Alexandre Dumas

L'homme au masque de fer

La Saga des Mousquetaires

~ Volume V ~

Atlantic Editions

Copyright © 2016 par Atlantic Editions

Atlantic Editions
contact.AtlanticEditions@gmail.com
Niort, France

Tous droits réservés.

ISBN 978-1517602932

Alexandre Dumas (1802-1870)

CHAPITRE I. Prisonnier

Depuis cette étrange transformation d'Aramis en confesseur de l'ordre, Baisemeaux n'était plus le même homme.

Jusque-là, Aramis avait été pour le digne gouverneur un prélat auquel il devait le respect, un ami auquel il devait la reconnaissance; mais, à partir de la révélation qui venait de bouleverser toutes ses idées, il était inférieur et Aramis était un chef.

Il alluma lui-même un falot, appela un porte-clefs, et, se retournant vers Aramis:

— Aux ordres de Monseigneur, dit-il.

Aramis se contenta de faire un signe de tête qui voulait dire: «C'est bien!» et un signe de la main qui voulait dire: «Marchez devant!» Baisemeaux se mit en route. Aramis le suivit.

Il faisait une belle nuit étoilée; les pas des trois hommes retentissaient sur la dalle des terrasses, et le cliquetis des clefs pendues à la ceinture du guichetier montait jusqu'aux étages des tours, comme pour rappeler aux prisonniers que la liberté était hors de leur atteinte.

On eût dit que le changement qui s'était opéré dans Baisemeaux s'était étendu jusqu'au porte-clefs. Ce porte-clefs, le même qui, à la première visite d'Aramis, s'était montré si curieux et si questionneur, était devenu non seulement muet, mais même impassible. Il baissait la tête et semblait craindre d'ouvrir les oreilles.

On arriva ainsi au pied de la Bertaudière, dont les deux étages furent gravis silencieusement et avec une certaine lenteur; car Baisemeaux, tout en obéissant, était loin de mettre un grand empressement à obéir.

Enfin, on arriva à la porte; le guichetier n'eut pas besoin de chercher la clef, il l'avait préparée. La porte s'ouvrit.

Baisemeaux se disposait à entrer chez le prisonnier; mais, l'arrêtant sur le seuil:

— Il n'est pas écrit, dit Aramis, que le gouverneur entendra la confession du prisonnier.

Baisemeaux s'inclina et laissa passer Aramis, qui prit le falot des mains du guichetier et entra; puis d'un geste, il fit signe que l'on refermât la porte derrière lui.

Pendant un instant, il se tint debout, l'oreille tendue, écoutant si Baisemeaux et le porte-clefs s'éloignaient; puis, lorsqu'il se fut assuré, par la décroissance du bruit, qu'ils avaient quitté la tour, il posa le falot sur la table et regarda autour de lui.

Sur un lit de serge verte, en tout pareil aux autres lits de la Bastille, excepté qu'il était plus neuf, sous des rideaux amples et fermés à demi, reposait le jeune homme près duquel, une fois déjà, nous avons introduit Aramis.

Suivant l'usage de la prison, le captif était sans lumière. À l'heure du couvre-feu, il avait dû éteindre sa bougie. On voit combien le prisonnier était favorisé, puisqu'il avait ce rare privilège de garder de la lumière jusqu'au moment du couvre-feu.

Près de ce lit, un grand fauteuil de cuir, à pieds tordus, supportait des habits d'une fraîcheur remarquable. Une petite table, sans plumes, sans livres, sans papiers, sans encre, était abandonnée tristement près de la fenêtre. Plusieurs assiettes, encore pleines attestaient que le prisonnier avait à peine touché à son dernier repas.

Aramis vit, sur le lit, le jeune homme étendu, le visage à demi caché sous ses deux bras.

L'arrivée du visiteur ne le fit point changer de posture; il attendait ou dormait. Aramis alluma la bougie à l'aide du falot, repoussa doucement le fauteuil et s'approcha du lit avec un mélange visible d'intérêt et de respect.

Le jeune homme souleva la tête.

— Que me veut-on? demanda-t-il.

— N'avez-vous pas désiré un confesseur?

— Oui.

— Parce que vous êtes malade?

— Oui.

— Bien malade?

Le jeune homme attacha sur Aramis des yeux pénétrants, et dit:

— Je vous remercie.

Puis, après un silence:

— Je vous ai déjà vu, continua-t-il.

Aramis s'inclina. Sans doute, l'examen que le prisonnier venait de faire, cette révélation d'un caractère froid, rusé et dominateur, empreint sur la physionomie de l'évêque de Vannes, était peu rassurant dans la situation du jeune homme; car il ajouta:

— Je vais mieux.

— Alors? demanda Aramis.

— Alors, allant mieux, je n'ai plus le même besoin d'un confesseur, ce me semble.

— Pas même du cilice que vous annonçait le billet que vous avez trouvé dans votre pain?

Le jeune homme tressaillit; mais, avant qu'il eût répondu ou nié:

— Pas même, continua Aramis, de cet ecclésiastique de la bouche duquel vous avez une importante révélation à attendre?

— S'il en est ainsi, dit le jeune homme en retombant sur son oreiller, c'est différent; j'écoute.

Aramis alors le regarda plus attentivement et fut surpris de cet air de majesté simple et aisée qu'on n'acquiert jamais, si Dieu ne l'a mis dans le sang ou dans le coeur.

— Asseyez-vous, monsieur, dit le prisonnier.

Aramis obéit en s'inclinant.

— Comment vous trouvez-vous à la Bastille? demanda l'évêque.

— Très bien.

— Vous ne souffrez pas?

— Non.

— Vous ne regrettez rien?

— Rien.

— Pas même la liberté?

— Qu'appelez-vous la liberté, monsieur, demanda le prisonnier avec l'accent d'un homme qui se prépare à une lutte.

— J'appelle la liberté, les fleurs, l'air, le jour, les étoiles, le bonheur de courir où vous portent vos jambes nerveuses de vingt ans.

Le jeune homme sourit; il eût été difficile de dire si c'était de résignation ou de dédain.

— Regardez, dit-il, j'ai là, dans ce vase du Japon, deux roses, deux belles roses, cueillies hier au soir en boutons dans le jardin du gouverneur; elles sont écloses ce matin et ont ouvert sous mes yeux leur calice vermeil; avec chaque pli de leurs feuilles, elles ouvraient le trésor de leur parfum; ma chambre en est tout embaumée. Ces deux roses, voyez-les: elles sont belles parmi les roses; et les roses sont les plus belles des fleurs. Pourquoi donc voulez-vous que je désire d'autres fleurs, puisque j'ai les plus belles de toutes?

Aramis regarda le jeune homme avec surprise.

— Si les fleurs sont la liberté, reprit mélancoliquement le captif, j'ai donc la liberté, puisque j'ai les fleurs.

— Oh! mais l'air! s'écria Aramis; l'air si nécessaire à la vie?

— Eh bien! monsieur, approchez-vous de la fenêtre continua le prisonnier; elle est ouverte. Entre le ciel et la terre, le vent roule ses tourbillons de glace, de feu, de tièdes vapeurs ou de douces brises. L'air qui vient de là caresse mon visage, quand, monté sur ce fauteuil, assis sur le dossier, le bras passé autour du barreau qui me soutient, je me figure que je nage dans le vide.

Le front d'Aramis se rembrunissait à mesure que parlait le jeune homme.

— Le jour? continua-t-il. J'ai mieux que le jour, j'ai le soleil, un ami qui vient tous les jours me visiter sans la permission du gouverneur, sans la compagnie du guichetier. Il entre par la fenêtre, il trace dans ma chambre un grand carré long qui part de la fenêtre même et va mordre la tenture de mon lit jusqu'aux franges. Ce carré lumineux grandit de dix heures à midi, et décroît de une heure à trois, lentement, comme si, ayant eu hâte de venir, il avait regret de me quitter. Quand son dernier rayon disparaît, j'ai joui quatre heures de sa présence. Est-ce que ça ne suffit pas? on m'a dit qu'il y avait des malheureux qui creusaient des carrières, des ouvriers qui travaillaient aux mines, et qui ne le voyaient jamais.

Aramis s'essuya le front.

— Quant aux étoiles, qui sont douces à voir, continua le jeune homme, elles se ressemblent toutes, sauf l'éclat et la grandeur. Moi, je suis favorisé; car, si vous n'eussiez allumé cette bougie, vous eussiez pu voir la belle étoile que je voyais de mon lit avant votre arrivée, et dont le rayonnement caressait mes yeux.

Aramis baissa la tête: il se sentait submergé, sous le flot amer de cette sinistre philosophie qui est la religion de la captivité.

— Voilà donc pour les fleurs, pour l'air, pour le jour et pour les étoiles, dit le jeune homme avec la même tranquillité. Reste la promenade. Est-ce que, toute la journée, je ne me promène pas dans le jardin du gouverneur s'il fait beau, ici s'il pleut, au frais s'il fait chaud, au chaud s'il fait froid, grâce à ma cheminée pendant l'hiver? Ah! croyez-moi, monsieur, ajouta le prisonnier avec une expression qui n'était pas exempte d'une certaine amertume, les hommes ont fait pour moi tout ce que peut espérer, tout ce que peut désirer un homme.

— Les hommes, soit! dit Aramis en relevant la tête; mais il me semble que vous oubliez Dieu.

— J'ai, en effet, oublié Dieu, répondit le prisonnier sans s'émouvoir; mais, pourquoi me dites-vous cela? À quoi bon parler de Dieu aux prisonniers?

Aramis regarda en face ce singulier jeune homme qui avait la résignation d'un martyr avec le sourire d'un athée.

— Est-ce que Dieu n'est pas dans toutes choses? murmura-t-il d'un ton de reproche.

— Dites au bout de toute chose, répondit le prisonnier fermement.

— Soit! dit Aramis; mais revenons au point d'où nous sommes partis.

— Je ne demande pas mieux, fit le jeune homme.

— Je suis votre confesseur.

— Oui.

— Eh bien! comme mon pénitent, vous me devez la vérité.

— Je ne demande pas mieux que de vous la dire.

— Tout prisonnier a commis le crime qui l'a fait mettre en prison. Quel crime avez-vous commis, vous?

— Vous m'avez déjà demandé cela, la première fois que vous m'avez vu, dit le prisonnier.

— Et vous avez éludé ma réponse, cette fois, comme aujourd'hui.

— Et pourquoi, aujourd'hui, pensez-vous que je vous répondrai?

— Parce que, aujourd'hui, je suis votre confesseur.

— Alors, si vous voulez que je vous dise quel crime j'ai commis, expliquez-moi ce que c'est qu'un crime. Or, comme je ne sais rien en moi qui me fasse des reproches, je dis que je ne suis pas criminel.

— On est criminel parfois aux yeux des grands de la terre, non seulement pour avoir commis des crimes, mais parce que l'on sait que des crimes ont été commis.

Le prisonnier prêtait une attention extrême.

— Oui, dit-il après un moment de silence, je comprends; oui, vous avez raison, monsieur; il se pourrait bien que, de cette façon, je fusse criminel aux yeux des grands.

— Ah! vous savez donc quelque chose? dit Aramis, qui crut avoir entrevu, non pas le défaut, mais la jointure de la cuirasse.

— Non, je ne sais rien, répondit le jeune homme; mais je pense quelquefois, et je me dis, à ces moments là...

— Que vous dites-vous?

— Que, si je voulais penser plus, ou je deviendrais fou, ou je devinerais bien des choses.

— Eh bien! alors? demanda Aramis avec impatience.

— Alors, je m'arrête.

— Vous vous arrêtez?

— Oui, ma tête est lourde, mes idées deviennent tristes, je sens l'ennui qui me prend; je désire...

— Quoi?

— Je n'en sais rien, car je ne veux pas me laisser prendre au désir de choses que je n'ai pas, moi qui suis si content de ce que j'ai.

— Vous craignez la mort? dit Aramis avec une légère inquiétude.

— Oui, dit le jeune homme en souriant.

Aramis sentit le froid de ce sourire et frémit.

— Oh! puisque vous avez peur de la mort, vous en savez plus que vous n'en dites, s'écria-t-il.

— Mais vous, répondit le prisonnier, vous qui me faites dire de vous demander, vous qui, lorsque je vous ai demandé, entrez ici en me promettant tout un monde de révélations, d'où vient que c'est vous maintenant qui vous taisez et moi qui parle? Puisque nous portons chacun un masque, ou gardons-le tous deux, ou déposons-le ensemble.

Aramis sentit à la fois la force et la justesse de ce raisonnement.

— Je n'ai point affaire à un homme ordinaire, pensa-t-il. Voyons, avez-vous de l'ambition? dit-il tout haut sans avoir préparé le prisonnier à la transition.

— Qu'est-ce que cela, de l'ambition? demanda le jeune homme.

— C'est, répondit Aramis, un sentiment qui pousse l'homme à désirer plus qu'il n'a.

— J'ai dit que j'étais content, monsieur, mais il est possible que je me trompe. J'ignore ce que c'est que l'ambition, mais il est possible que j'en aie. Voyons ouvrez-moi l'esprit, je ne demande pas mieux.

— Un ambitieux, dit Aramis, est celui qui convoite par-delà son état.

— Je ne convoite rien par-delà mon état, dit le jeune homme avec une assurance qui, encore une fois fit tressaillir l'évêque de Vannes.

Il se tut. Mais, à voir les yeux ardents, le front plissé, l'attitude réfléchie du captif, on sentait bien qu'il attendait autre chose que du silence. Ce silence, Aramis le rompit.

— Vous m'avez menti, la première fois que je vous ai vu, dit-il.

— Menti? s'écria le jeune homme en se dressant sur son lit, avec un tel accent dans la voix, avec un tel éclair dans les yeux, qu'Aramis recula malgré lui.

— Je veux dire, reprit Aramis en s'inclinant, que vous m'avez caché ce que vous savez de votre enfance.

— Les secrets d'un homme sont à lui, monsieur, dit le prisonnier, et non au premier venu.

— C'est vrai, dit Aramis en s'inclinant plus bas que la première fois, c'est vrai, pardonnez, mais aujourd'hui, suis-je encore pour vous le premier venu; Je vous en supplie, répondez, *monseigneur!*

Ce titre causa un léger trouble au prisonnier; cependant il ne parut point étonné qu'on le lui donnât.

— Je ne vous connais pas, monsieur, dit-il.

— Oh! si j'osais, je prendrais votre main, et je la baiserais.

Le jeune homme fit un mouvement comme pour donner la main à Aramis, mais l'éclair qui avait jailli de ses yeux s'éteignit au bord de sa paupière, et sa main se retira froide et défiante.

— Baiser la main d'un prisonnier! dit-il en secouant la tête, à quoi bon?

— Pourquoi m'avez-vous dit, demanda Aramis, que vous vous trouviez bien ici? pourquoi m'avez vous dit que vous n'aspiriez à rien? pourquoi enfin en me parlant ainsi, m'empêchez-vous d'être franc à mon tour?

Le même éclair reparut pour la troisième fois aux yeux du jeune homme, mais, comme les deux autres fois, il expira sans rien amener.

— Vous vous défiez de moi? dit Aramis.

— À quel propos, monsieur?

— Oh! par une raison bien simple: c'est que, si vous savez ce que vous devez savoir, vous devez vous défier de tout le monde.

— Alors, ne vous étonnez pas que je me délie, puisque vous me soupçonnez de savoir ce que je ne sais pas.

Aramis était frappé d'admiration pour cette énergique résistance.

— Oh! vous me désespérez, monseigneur! s'écriât-il en frappant du poing sur le fauteuil.

— Et moi, je ne vous comprends pas monsieur.

— Eh bien! tâchez de me comprendre.

Le prisonnier regarda fixement Aramis.

— Il me semble parfois, continua celui-ci, que j'ai devant les yeux l'homme que je cherche... et puis...

— Et puis... cet homme disparaît, n'est-ce pas? dit le prisonnier en souriant. Tant mieux!

— Décidément, reprit-il, je n'ai rien à dire à un homme qui se défie de moi au point que vous le faites.

— Et moi, ajouta le prisonnier du même ton, rien à dire à l'homme qui ne veut pas comprendre qu'un prisonnier doit se défier de tout.

— Même de ses anciens amis? dit Aramis. Oh! c'est trop de prudence, monseigneur!

— De mes anciens amis? vous êtes un de mes anciens amis, vous?

— Voyons, dit Aramis, ne vous souvient-il donc plus d'avoir vu autrefois, dans le village où s'écoula votre première enfance?...

— Savez-vous le nom de ce village? demanda le prisonnier.

— Noisy-le-Sec, monseigneur, répondit fermement Aramis.

— Continuez, dit le jeune homme sans que son visage avouât ou niât.

— Tenez, monseigneur, dit Aramis, si vous voulez absolument continuer ce jeu, restons-en là. Je viens pour vous dire beaucoup de choses, c'est vrai; mais il faut me laisser voir que ces choses, vous avez, de votre côté, le désir de les connaître. Avant de parler, avant de déclarer les choses si importantes que je recèle en moi, convenez-en, j'eusse eu besoin d'un peu d'aide sinon de franchise, d'un peu de sympathie sinon de confiance. Eh bien! vous vous tenez renfermé dans une prétendue ignorance qui me paralyse... Oh! non pas pour ce que vous croyez; car, si fort ignorant que vous soyez, ou si fort indifférent que vous feigniez d'être, vous n'en êtes pas moins ce que vous êtes, monseigneur, et rien, rien! entendez-vous bien, ne fera que vous ne le soyez pas.

— Je vous promets, répondit le prisonnier, de vous écouter sans impatience. Seulement, il me semble que j'ai le droit de vous répéter cette question que je vous ai déjà faite: Qui êtes-vous?

— Vous souvient-il, il y a quinze ou dix-huit ans, d'avoir vu à Noisy-le-Sec un cavalier qui venait avec une dame, vêtue ordinairement de soie noire, avec des rubans couleur de feu dans les cheveux?

— Oui, dit le jeune homme: une fois j'ai demandé le nom de ce cavalier, et l'on m'a dit qu'il s'appelait l'abbé d'Herblay. Je me suis étonné que cet abbé eût l'air si guerrier, et l'on m'a répondu qu'il n'y avait rien d'étonnant à cela, attendu que c'était un mousquetaire du roi Louis XIII.

— Eh bien! dit Aramis, ce mousquetaire autrefois, cet abbé alors, évêque de Vannes depuis, votre confesseur aujourd'hui, c'est moi.

— Je le sais. Je vous avais reconnu.

— Eh bien! monseigneur, si vous savez cela, il faut que j'y ajoute une chose que vous ne savez pas: c'est que si la présence ici de ce mousquetaire, de cet abbé, de cet évêque, de ce confesseur était connue du roi, ce soir, demain, celui qui a tout risqué pour venir à vous verrait reluire la hache du bourreau au fond d'un cachot plus sombre et plus perdu que ne l'est le vôtre.

En écoutant ces mots fermement accentués, le jeune homme s'était soulevé sur son lit, et avait plongé des regards de plus en plus avides dans les regards d'Aramis.

Le résultat de cet examen fut que le prisonnier parut prendre quelque confiance.

— Oui, murmura-t-il, oui, je me souviens parfaitement. La femme dont vous parlez vint une fois avec vous, et deux autres fois avec la femme...

Il s'arrêta.

— Avec la femme qui venait vous voir tous les mois, n'est-ce pas, monseigneur?

— Oui.

— Savez-vous quelle était cette dame?

Un éclair parut près de jaillir de l'oeil du prisonnier.

— Je sais que c'était une dame de la Cour, dit-il.

— Vous vous la rappelez bien, cette dame?

— Oh! mes souvenirs ne peuvent être bien confus sous ce rapport, dit le jeune prisonnier; j'ai vu une fois cette dame avec un homme de quarante-cinq ans, à peu près, j'ai vu une fois cette dame avec vous et avec la dame à la robe noire et aux rubans couleur de feu; je l'ai revue deux fois depuis avec la même personne. Ces quatre personnes avec mon gouverneur et la vieille Perronnette, mon geôlier et le gouverneur, sont les seules personnes à qui j'aie jamais parlé, et, en vérité, presque les seules personnes que j'aie jamais vues.

— Mais vous étiez donc en prison?

— Si je suis en prison ici, relativement j'étais libre là-bas, quoique ma liberté fût bien restreinte; une maison d'où je ne sortais pas, un grand jardin entouré de murs que je ne pouvais franchir: c'était ma demeure; vous la connaissez, puisque vous y êtes venu. Au reste, habitué à vivre dans les limites de ces murs et de cette maison, je n'ai jamais désiré en sortir. Donc, vous comprenez, monsieur, n'ayant rien vu de ce monde je ne puis rien désirer, et, si vous me racontez quelque chose, vous serez forcé de tout m'expliquer.

— Ainsi ferai-je, monseigneur, dit Aramis en s'inclinant; car c'est mon devoir.

— Eh bien! commencez donc par me dire ce qu'était mon gouverneur.

— Un bon gentilhomme, monseigneur, un honnête gentilhomme surtout, un précepteur à la fois pour votre corps et pour votre âme. Avez-vous jamais eu à vous en plaindre?
— Oh! non, monsieur, bien au contraire; mais ce gentilhomme m'a dit souvent que mon père et ma mère étaient morts; ce gentilhomme mentait-il ou disait-il la vérité?
— Il était forcé de suivre les ordres qui lui étaient donnés.
— Alors il mentait donc?
— Sur un point. Votre père est mort.
— Et ma mère?
— Elle est morte pour vous.
— Mais, pour les autres, elle vit, n'est-ce pas?
— Oui.
— Et moi, le jeune homme regarda Aramis, moi, je suis condamné à vivre dans l'obscurité d'une prison?
— Hélas! je le crois.
— Et cela, continua le jeune homme, parce que ma présence dans le monde révélerait un grand secret?
— Un grand secret, oui.
— Pour faire enfermer à la Bastille un enfant tel que je l'étais, il faut que mon ennemi soit bien puissant.
— Il l'est.
— Plus puissant que ma mère, alors?
— Pourquoi cela?
— Parce que ma mère m'eût défendu.
Aramis hésita.
— Plus puissant que votre mère, oui, monseigneur.
— Pour que ma nourrice et le gentilhomme aient été enlevés et pour qu'on m'ait séparé d'eux ainsi, j'étais donc ou ils étaient donc un bien grand danger pour mon ennemi?
— Oui, un danger dont votre ennemi s'est délivré en faisant disparaître le gentilhomme et la nourrice, répondit tranquillement Aramis.
— Disparaître? demanda le prisonnier. Mais de quelle façon ont-ils disparu?
— De la façon la plus sûre, répondit Aramis: ils sont morts.
Le jeune homme pâlit légèrement et passa une main tremblante sur son visage.
— Par le poison? demanda-t-il.
— Par le poison.
Le prisonnier réfléchit un instant.

— Pour que ces deux innocentes créatures, reprit-il, mes seuls soutiens, aient été assassinées le même jour, il faut que mon ennemi soit bien cruel, ou bien contraint par la nécessité; car ce digne gentilhomme et cette pauvre femme n'avaient jamais fait de mal à personne.

— La nécessité est dure dans votre maison, monseigneur. Aussi est-ce une nécessité qui me fait, à mon grand regret, vous dire que ce gentilhomme et cette nourrice ont été assassinés.

— Oh! vous ne m'apprenez rien de nouveau, dit le prisonnier en fronçant le sourcil.

— Comment cela?

— Je m'en doutais.

— Pourquoi?

— Je vais vous le dire.

En ce moment, le jeune homme, s'appuyant sur ses deux coudes, s'approcha du visage d'Aramis avec une telle expression de dignité, d'abnégation, de défi même, que l'évêque sentit l'électricité de l'enthousiasme monter en étincelles dévorantes de son coeur flétri à son crâne dur comme l'acier.

— Parlez, monseigneur. Je vous ai déjà dit que j'expose ma vie en vous parlant. Si peu que soit ma vie, je vous supplie de la recevoir comme rançon de la vôtre.

— Eh bien! reprit le jeune homme, voici pourquoi je soupçonnais que l'on avait tué ma nourrice et mon gouverneur.

— Que vous appeliez votre père.

— Oui, que j'appelais mon père, mais dont je savais bien que je n'étais pas le fils.

— Qui vous avait fait supposer?...

— De même que vous êtes, vous, trop respectueux pour un ami, lui était trop respectueux pour un père.

— Moi, dit Aramis, je n'ai pas le dessein de me déguiser.

Le jeune homme fit un signe de tête et continua:

— Sans doute, je n'étais pas destiné à demeurer éternellement enfermé, dit le prisonnier, et ce qui me le fait croire, maintenant surtout, c'est le soin qu'on prenait de faire de moi un cavalier aussi accompli que possible. Le gentilhomme qui était près de moi m'avait appris tout ce qu'il savait lui-même: les mathématiques, un peu de géométrie, d'astronomie, l'escrime, le manège. Tous les matins, je faisais des armes dans une salle basse, et montais à cheval dans le jardin. Eh bien! un matin, c'était pendant l'été, car il faisait une grande chaleur, je m'étais endormi dans cette salle basse. Rien, jusque-là, ne m'avait, excepté le respect de mon gouverneur, instruit ou donné des soupçons. Je vivais comme les oiseaux, comme les plantes, d'air et de soleil; je venais d'avoir quinze ans.

— Alors, il y a huit ans de cela?

— Oui, à peu près; j'ai perdu la mesure du temps.

— Pardon, mais que vous disait votre gouverneur pour vous encourager au travail?

— Il me disait qu'un homme doit chercher à se faire sur la terre une fortune que Dieu lui a refusée en naissant; il ajoutait que, pauvre, orphelin, obscur, je ne pouvais compter que sur moi, et que nul ne s'intéressait ou ne s'intéresserait jamais à ma personne. J'étais donc dans cette salle basse, et, fatigué par ma leçon d'escrime, je m'étais endormi. Mon gouverneur était dans sa chambre, au premier étage, juste au-dessus de moi. Soudain j'entendis comme un petit cri poussé par mon gouverneur. Puis il appela: «Perronnette! Perronnette!» C'était ma nourrice qu'il appelait.

— Oui, je sais, dit Aramis; continuez, monseigneur, continuez.

— Sans doute elle était au jardin, car mon gouverneur descendit l'escalier avec précipitation. Je me levai, inquiet de le voir inquiet lui-même. Il ouvrit la porte qui, du vestibule, menait au jardin, en criant toujours: «Perronnette! Perronnette!» Les fenêtres de la salle basse donnaient sur la cour; les volets de ces fenêtres étaient fermés; mais, par une fente du volet, je vis mon gouverneur s'approcher d'un large puits situé presque au-dessous des fenêtres de son cabinet de travail. Il se pencha sur la margelle, regarda dans le puits, et poussa un nouveau cri en faisant de grands gestes effarés. D'où j'étais, je pouvais non seulement voir, mais encore entendre. Je vis donc, j'entendis donc.

— Continuez, monseigneur, je vous en prie, dit Aramis.

«— Dame Perronnette accourait aux cris de mon gouverneur. Il alla au-devant d'elle, la prit par le bras et l'entraîna vivement vers la margelle; après quoi, se penchant avec elle dans le puits, il lui dit:

— Regardez, regardez, quel malheur!

— Voyons, voyons, calmez-vous, disait dame Perronnette; qu'y a-t-il?

— Cette lettre, criait mon gouverneur, voyez-vous cette lettre?

Et il étendait la main vers le fond du puits.

— Quelle lettre? demanda la nourrice.

— Cette lettre que vous voyez là-bas, c'est la dernière lettre de la reine.

À ce mot je tressaillis. Mon gouverneur, celui qui passait pour mon père, celui qui me recommandait sans cesse la modestie et l'humilité, en correspondance avec la reine!

— La dernière lettre de la reine? s'écria dame Perronnette sans paraître étonnée autrement que de voir cette lettre au fond du puits. Et comment est elle là?

— Un hasard, dame Perronnette, un hasard étrange! Je rentrais chez moi; en rentrant, j'ouvre la porte; la fenêtre de son côté était ouverte; un courant d'air s'établit; je vois un papier qui s'envole, je reconnais que ce papier, c'est la lettre de la reine; je cours à la fenêtre en poussant un cri; le papier flotte un instant en l'air et tombe dans le puits.

— Eh bien! dit dame Perronnette, si la lettre est tombée dans le puits, c'est comme si elle était brûlée, et, puisque la reine brûle elle-même toutes ses lettres, chaque fois qu'elle vient...»

Chaque fois qu'elle vient! Ainsi cette femme qui venait tous les mois, c'était la reine? interrompit le prisonnier.

— Oui, fit de la tête Aramis.

«— Sans doute, sans doute, continua le vieux gentilhomme, mais cette lettre contenait des instructions. Comment ferai-je pour les suivre?

— Écrivez vite à la reine, racontez-lui la chose comme elle s'est passée, et la reine vous écrira une seconde lettre en place de celle-ci.

— Oh! la reine ne voudra pas croire à cet accident, dit le bonhomme en branlant la tête; elle pensera que j'ai voulu garder cette lettre, au lieu de la lui rendre comme les autres, afin de m'en faire une arme. Elle est si défiante, et M. de Mazarin si... Ce démon d'Italien est capable de nous faire empoisonner au premier soupçon!»

Aramis sourit avec un imperceptible mouvement de tête.

«— Vous savez, dame Perronnette, tous les deux sont si ombrageux à l'endroit de Philippe!»

Philippe, c'est le nom qu'on me donnait, interrompit le prisonnier.

«— Eh bien! alors, il n'y a pas à hésiter, dit dame Perronnette, il faut faire descendre quelqu'un dans le puits.

— Oui, pour que celui qui rapportera le papier y lise en remontant.

— Prenons, dans le village, quelqu'un qui ne sache pas lire; ainsi vous serez tranquille.

— Soit; mais celui qui descendra dans le puits ne devinera-t-il pas l'importance d'un papier pour lequel on risque la vie d'un homme? Cependant vous venez de me donner une idée, dame Perronnette; oui, quelqu'un descendra dans le puits, et ce quelqu'un sera moi.

Mais, sur cette proposition, dame Perronnette se mit à s'éplorer et à s'écrier de telle façon, elle supplia si fort en pleurant le vieux gentilhomme, qu'il lui promit de se mettre en quête d'une échelle assez grande pour qu'on pût descendre dans le puits, tandis qu'elle irait jusqu'à la ferme chercher un garçon résolu, à qui l'on ferait accroire qu'il était tombé un bijou dans le puits, que ce bijou était enveloppé dans du papier, et, comme le papier, remarqua mon gouverneur, se développe à l'eau, il ne sera pas surprenant qu'on ne retrouve que la lettre tout ouvert.

— Elle aura peut-être déjà eu le temps de s'effacer dit dame Perronnette.

— Peu importe, pourvu que nous ayons la lettre. En remettant la lettre à la reine, elle verra bien que nous ne l'avons pas trahie, et, par conséquent, n'excitant pas la défiance de M. de Mazarin, nous n'aurons rien à craindre de lui.»

Cette résolution prise, ils se séparèrent. Je repoussai le volet, et, voyant que mon gouverneur s'apprêtait à rentrer, je me jetai sur mes coussins avec un bourdonnement dans la tête, causé par tout ce que je venais d'entendre.

Mon gouverneur entrebâilla la porte quelques secondes après que je m'étais rejeté sur mes coussins, et, me croyant assoupi, la referma doucement.

À peine fut-elle refermée, que le me relevai et prêtant l'oreille, j'entendis le bruit des pas qui s'éloignaient. Alors je revins à mon volet, et je vis sortir mon gouverneur et dame Perronnette.

J'étais seul à la maison.

Ils n'eurent pas plutôt refermé la porte, que, sans prendre la peine de traverser le vestibule, je sautai par la fenêtre et courus au puits.

Alors, comme s'était penché mon gouverneur, je me penchai à mon tour.

Je ne sais quoi de blanchâtre et de lumineux tremblotait dans les cercles frissonnants de l'eau verdâtre Ce disque brillant me fascinait et m'attirait. Mes yeux étaient fixes, ma respiration haletante. Le puits m'aspirait avec sa large bouche et son haleine glacée: il me semblait lire au fond de l'eau des caractères de feu tracés sur le papier qu'avait touché la reine.

Alors, sans savoir ce que je faisais, et animé par un de ces mouvements instinctifs qui vous poussent sur les pentes fatales, je roulai une extrémité de la corde au pied de la potence du puits, je laissai pendre le seau jusque dans l'eau, à trois pieds de profondeur à peu près, tout cela en me donnant bien du mal pour ne pas déranger le précieux papier, qui commençait à changer sa couleur blanchâtre contre une teinte verdâtre, preuve qu'il s'enfonçait, puis, un morceau de toile mouillée entre les mains, je me laissai glisser dans l'abîme.

Quand je me vis suspendu au-dessus de cette flaque d'eau sombre, quand je vis le ciel diminuer au-dessus de ma tête, le froid s'empara de moi, le vertige me saisit et fit dresser mes cheveux; mais ma volonté domina tout, terreur et malaise. J'atteignis l'eau, et je m'y plongeai d'un seul coup, me retenant d'une main, tandis que j'allongeais l'autre, et que je saisissais le précieux papier, qui se déchira en deux entre mes doigts.

Je cachai les deux morceaux dans mon justaucorps, et, m'aidant des pieds aux parois du puits, me suspendant des mains, vigoureux, agile, et pressé surtout, je regagnai la margelle, que j'inondai en la touchant de l'eau qui ruisselait de toute la partie inférieure de mon corps.

Une fois hors du puits avec ma proie, je me mis à courir au soleil, et j'atteignis le fond du jardin, où se trouvait une espèce de petit bois. C'est là que je voulais me réfugier.

Comme je mettais le pied dans ma cachette, la cloche qui retentissait lorsque s'ouvrait la grand-porte sonna. C'était mon gouverneur qui rentrait. Il était temps!

Je calculai qu'il me restait dix minutes avant qu'il m'atteignît, si, devinant où j'étais, il venait droit à moi; vingt minutes, s'il prenait la peine de me chercher.

C'était assez pour lire cette précieuse lettre, dont je me hâtai de rapprocher les deux fragments. Les caractères commençaient à s'effacer.

Cependant, malgré tout, je parvins à déchiffrer la lettre.

— Et qu'y avez-vous lu, monseigneur? demanda Aramis vivement intéressé.

— Assez de choses pour croire, monsieur, que le valet était un gentilhomme, et que Perronnette, sans être une grande dame, était cependant plus qu'une servante; enfin que j'avais moi-même quelque naissance, puisque la reine Anne d'Autriche et le premier ministre Mazarin me recommandaient si soigneusement.

Le jeune homme s'arrêta tout ému.

— Et qu'arriva-t-il? demanda Aramis.

— Il arriva, monsieur, répondit le jeune homme, que l'ouvrier appelé par mon gouverneur ne trouva rien dans le puits, après l'avoir fouillé en tous sens; il arriva que mon gouverneur s'aperçut que la margelle était toute ruisselante; il arriva que je ne m'étais pas si bien séché au soleil que dame Perronnette ne reconnût que mes habits étaient tout humides; il arriva enfin que je fus pris d'une grosse fièvre causée par la fraîcheur de l'eau et l'émotion de ma découverte, et que cette fièvre fut suivie d'un délire pendant lequel je racontai tout; de sorte que, guidé par mes propres aveux, mon gouverneur trouva sous mon chevet les deux fragments de la lettre écrite par la reine.

— Ah! fit Aramis, je comprends à cette heure.

— À partir de là, tout est conjecture. Sans doute, le pauvre gentilhomme et la pauvre femme, n'osant garder le secret de ce qui venait de se passer, écrivirent tout à la reine et lui renvoyèrent la lettre déchirée.

— Après quoi, dit Aramis, vous fûtes arrêté et conduit à la Bastille?

— Vous le voyez.

— Puis vos serviteurs disparurent?

— Hélas!

— Ne nous occupons pas des morts, reprit Aramis, et voyons ce que l'on peut faire avec le vivant. Vous m'avez dit que vous étiez résigné?

— Et je vous le répète.

— Sans souci de la liberté?

— Je vous l'ai dit.

— Sans ambition, sans regret, sans pensée?

Le jeune homme ne répondit rien.

— Eh bien! demanda Aramis, vous vous taisez?

— Je crois que j'ai assez parlé, répondit le prisonnier, et que c'est votre tour. Je suis fatigué.

— Je vais vous obéir, dit Aramis.

Aramis se recueillit, et une teinte de solennité profonde se répandit sur toute sa physionomie. On sentait qu'il en était arrivé à la partie importante du rôle qu'il était venu jouer dans la prison.

— Une première question, fit Aramis.

— Laquelle? Parlez.

— Dans la maison que vous habitiez, il n'y avait ni glace ni miroir, n'est-ce pas?

— Qu'est-ce que ces deux mots, et que signifient-ils? demanda le jeune homme. Je ne les connais même pas.

— On entend par miroir ou glace un meuble qui réfléchit les objets, qui permet, par exemple, que l'on voie les traits de son propre visage dans un verre préparé, comme vous voyez les miens à l'oeil nu.

— Non, il n'y avait dans la maison ni glace ni miroir, répondit le jeune homme.

Aramis regarda autour de lui.

— Il n'y en a pas non plus ici, dit-il; les mêmes précautions ont été prises ici que là-bas.

— Dans quel but?

— Vous le saurez tout à l'heure. Maintenant, pardonnez-moi; vous m'avez dit que l'on vous avait appris les mathématiques, l'astronomie, l'escrime, le manège; vous ne m'avez point parlé d'histoire.

— Quelquefois, mon gouverneur m'a raconté les hauts faits du roi saint Louis, de François Ier et du roi Henri IV.

— Voilà tout?

— Voilà à peu près tout.

— Eh bien! je le vois, c'est encore un calcul: comme on vous avait enlevé les miroirs qui réfléchissent le présent, on vous a laissé ignorer l'histoire qui réfléchit le passé. Depuis votre emprisonnement, les livres vous ont été interdits, de sorte que bien des faits vous sont inconnus, à l'aide desquels vous pourriez reconstruire l'édifice écroulé de vos souvenirs ou de vos intérêts.

— C'est vrai, dit le jeune homme.

— Écoutez, je vais donc, en quelques mots, vous dire ce qui s'est passé en France depuis vingt-trois ou vingt-quatre ans, c'est-à-dire depuis la date probable de votre naissance, c'est-à-dire, enfin, depuis le moment qui vous intéresse.

— Dites.

Et le jeune homme reprit son attitude sérieuse et recueillie.

— Savez-vous quel fut le fils du roi Henri IV?

— Je sais du moins quel fut son successeur.

— Comment savez-vous cela?

— Par une pièce de monnaie, à la date de 1610, qui représentait le roi Henri IV; par une pièce de monnaie à la date de 1612, qui représentait le roi Louis XIII. Je présumai, puisqu'il n'y avait que deux ans entre les deux pièces, que Louis XIII devait être le successeur de Henri IV.

— Alors, dit Aramis, vous savez que le dernier roi régnant était Louis XIII?

— Je le sais, dit le jeune homme en rougissant légèrement.

— Eh bien! ce fut un prince plein de bonnes idées, plein de grands projets, projets toujours ajournés par le malheur des temps et par les luttes qu'eut à soutenir contre la seigneurie de France son ministre Richelieu. Lui, personnellement je parle du roi Louis XIII, était faible de caractère. Il mourut jeune encore et tristement.

— Je sais cela.

— Il avait été longtemps préoccupé du soin de sa postérité. C'est un soin douloureux pour les princes, qui ont besoin de laisser sur la terre plus qu'un souvenir, pour que leur pensée se poursuive, pour que leur oeuvre continue.

— Le roi Louis XIII est-il mort sans enfants? demanda en souriant le prisonnier.

— Non, mais il fut privé longtemps du bonheur d'en avoir; non, mais longtemps il crut qu'il mourrait tout entier. Et cette pensée l'avait réduit à un profond désespoir, quand tout à coup sa femme, Anne d'Autriche...

Le prisonnier tressaillit.

— Saviez-vous, continua Aramis, que la femme de Louis XIII s'appelât Anne d'Autriche?

— Continuez, dit le jeune homme sans répondre.

— Quand tout à coup, reprit Aramis, la reine Anne d'Autriche annonça qu'elle était enceinte. La joie fut grande à cette nouvelle, et tous les voeux tendirent à une heureuse délivrance. Enfin, le 5 septembre 1638, elle accoucha d'un fils.

Ici Aramis regarda son interlocuteur, et crut s'apercevoir qu'il pâlissait.

— Vous allez entendre, dit Aramis, un récit que peu de gens sont en état de faire à l'heure qu'il est; car ce récit est un secret que l'on croit mort avec les morts, ou enseveli dans l'abîme de la confession.

— Et vous allez me dire ce secret? fit le jeune homme.

— Oh! dit Aramis avec un accent auquel il n'y avait pas à se méprendre, ce secret, je ne crois pas l'aventurer en le confiant à un prisonnier qui n'a aucun désir de sortir de la Bastille.

— J'écoute, monsieur.

— La reine donna donc le jour à un fils. Mais quand toute la Cour eut poussé des cris de joie à cette nouvelle, quand le roi eut montré le nouveau-né à son peuple, et à sa noblesse, quand il se fut gaiement mis à table pour fêter cette heureuse naissance, alors la reine, restée seule dans sa chambre, fut prise, pour la seconde fois, des douleurs de l'enfantement, et donna le jour à un second fils.

— Oh! dit le prisonnier trahissant une instruction plus grande que celle qu'il avouait, je croyais que Monsieur n'était né qu'en...

Aramis leva le doigt.

— Attendez que je continue, dit-il.

Le prisonnier poussa un soupir impatient, et attendit.

— Oui, dit Aramis, la reine eut un second fils, un second fils que dame Perronnette, la sage-femme, reçut dans ses bras.

— Dame Perronnette! murmura le jeune homme.

— On courut aussitôt à la salle où le roi dînait; on le prévint tout bas de ce qui arrivait; il se leva de table et accourut. Mais, cette fois, ce n'était plus la gaieté qu'exprimait son visage, c'était un sentiment qui ressemblait à de la terreur. Deux fils jumeaux changeaient en amertume la joie que lui avait causée la naissance d'un seul, attendu que ce que je vais vous dire, vous l'ignorez certainement, attendu qu'en France c'est l'aîné des fils qui règne après le père.

— Je sais cela.

— Et que les médecins et les jurisconsultes prétendent qu'il y a lieu de douter si le fils qui sort le premier du sein de sa mère est l'aîné de par la loi de Dieu et de la nature.

Le prisonnier poussa un cri étouffé, et devint plus blanc que le drap sous lequel il se cachait.

— Vous comprenez maintenant, poursuivit Aramis, que le roi, qui s'était vu avec tant de joie continuer dans un héritier, dut être au désespoir en songeant que maintenant il en avait deux, et que, peut-être, celui qui venait de naître et qui était inconnu, contesterait le droit d'aînesse à l'autre qui était né deux heures auparavant, et qui, deux heures auparavant, avait été reconnu. Ainsi, ce second fils, s'armant des intérêts ou des caprices d'un parti, pouvait, un jour, semer dans le royaume la discorde et la guerre, détruisant, par cela même, la dynastie qu'il eût dû consolider.

— Oh! je comprends, je comprends!... murmura le jeune homme.

— Eh bien! continua Aramis, voilà ce qu'on rapporte, voilà ce qu'on assure, voilà pourquoi un des deux fils d'Anne d'Autriche, indignement séparé de son frère, indignement séquestré, réduit à l'obscurité la plus profonde, voilà pourquoi ce second fils a disparu, et si bien disparu, que nul en France ne sait aujourd'hui qu'il existe, excepté sa mère.

— Oui, sa mère, qui l'a abandonné! s'écria le prisonnier avec l'expression du désespoir.

— Excepté, continua Aramis, cette dame à la robe noire et aux rubans de feu, et enfin excepté...

— Excepté vous, n'est-ce pas? Vous qui venez me conter tout cela, vous qui venez éveiller en mon âme la curiosité, la haine, l'ambition, et, qui sait? peut-être, la soif de la vengeance; excepté vous, monsieur, qui, si vous êtes l'homme que j'attends, l'homme que me promet le billet, l'homme enfin que Dieu doit m'envoyer, devez avoir sur vous...

— Quoi? demanda Aramis.

— Un portrait du roi Louis XIV, qui règne en ce moment sur le trône de France.

— Voici le portrait, répliqua l'évêque en donnant au prisonnier un émail des plus exquis, sur lequel Louis XIV apparaissait fier, beau, et vivant pour ainsi dire.

Le prisonnier saisit avidement le portrait, et fixa ses yeux sur lui comme s'il eût voulu le dévorer.

— Et maintenant, monseigneur, dit Aramis voici un miroir.

Aramis laissa le temps au prisonnier de renouer ses idées.

— Si haut! si haut! murmura le jeune homme en dévorant du regard le portrait de Louis XIV et son image à lui-même réfléchie dans le miroir.

— Qu'en pensez-vous? dit alors Aramis.

— Je pense que je suis perdu, répondit le captif, que le roi ne me pardonnera jamais.

— Et moi, je me demande, ajouta l'évêque en attachant sur le prisonnier un regard brillant de signification, je me demande lequel des deux est le roi, de celui que représente ce portrait, ou de celui que reflète cette glace.

— Le roi, monsieur, est celui qui est sur le trône, répliqua tristement le jeune homme, c'est celui qui n'est pas en prison, et qui, au contraire, y fait mettre les autres. La royauté, c'est la puissance, et vous voyez bien que je suis impuissant.

— Monseigneur, répondit Aramis avec un respect qu'il n'avait pas encore témoigné, le roi, prenez-y bien garde, sera, si vous le voulez, celui qui, sortant de prison, saura se tenir sur le trône où des amis le placeront.

— Monsieur, ne me tentez point, fit le prisonnier avec amertume.

— Monseigneur, ne faiblissez pas, persista Aramis avec vigueur. J'ai apporté toutes les preuves de votre naissance: consultez-les, prouvez-vous à vous-même que vous êtes un fils de roi, et, après, agissons.

— Non, non, c'est impossible.

— À moins, reprit ironiquement l'évêque, qu'il ne soit dans la destinée de votre race que les frères exclus du trône soient tous des princes sans valeur et sans honneur, comme M. Gaston d'Orléans, votre oncle, qui, dix fois, conspira contre le roi Louis XIII, son frère.

— Mon oncle Gaston d'Orléans conspira contre son frère? s'écria le prince épouvanté; il conspira pour le détrôner?

— Mais oui, monseigneur, pas pour autre chose.

— Que me dites-vous là, monsieur?

— La vérité.

— Et il eut des amis... dévoués?

— Comme moi pour vous.

— Eh bien! que fit-il? il échoua?

— Il échoua, mais toujours par sa faute, et, pour racheter, non pas sa vie, car la vie du frère du roi est sacrée, inviolable, mais pour racheter sa liberté, votre oncle sacrifia la vie de tous ses amis les uns après les autres. Aussi est-il aujourd'hui la honte de l'histoire et l'exécration de cent nobles familles de ce royaume.

— Je comprends, monsieur, fit le prince, et c'est par faiblesse ou par trahison que mon oncle tua ses amis?

— Par faiblesse: ce qui est toujours une trahison chez les princes.

— Ne peut-on pas échouer aussi par ignorance, par incapacité? Croyez-vous bien qu'il soit possible à un pauvre captif tel que moi, élevé non seulement loin de la Cour, mais encore loin du monde, croyez-vous qu'il lui soit possible d'aider ceux de ses amis qui tenteraient de le servir?

Et comme Aramis allait répondre, le jeune homme s'écria tout à coup avec une violence qui décelait la force du sang:

— Nous parlons ici d'amis, mais par quel hasard aurais-je des amis, moi que personne ne connaît, et qui n'ai pour m'en faire ni liberté, ni argent, ni puissance?

— Il me semble que j'ai eu l'honneur de m'offrir à Votre Altesse Royale.

— Oh! ne m'appelez pas ainsi, monsieur; c'est une dérision ou une barbarie. Ne me faites pas songer à autre chose qu'aux murs de la prison qui m'enferme, laissez-moi aimer encore, ou, du moins, subir mon esclavage et mon obscurité.

— Monseigneur! monseigneur! si vous me répétez encore ces paroles découragées! Si, après avoir eu la preuve de votre naissance, vous demeurez pauvre d'esprit, de souffle et de volonté, j'accepterai votre voeu, je disparaîtrai, je renoncerai à servir ce maître, à qui, si ardemment, je venais dévouer ma vie et mon aide.

— Monsieur, s'écria le prince, avant de me dire tout ce que vous dites, n'eût-il pas mieux valu réfléchir que vous m'avez à jamais brisé le coeur?

— Ainsi ai-je voulu faire, monseigneur.

— Monsieur, pour me parler de grandeur, de puissance, de royauté même, est-ce que vous devriez choisir une prison? Vous voulez me faire croire à la splendeur, et nous nous cachons dans la nuit? Vous me vantez la gloire, et nous étouffons nos paroles sous les rideaux de ce grabat? Vous me faites entrevoir une toute-puissance et j'entends les pas du geôlier dans ce corridor, ce pas qui vous fait trembler plus que moi? Pour me rendre un peu moins incrédule, tirez-moi donc de la Bastille, donnez de l'air à mes poumons, des éperons à mon pied, une épée à mon bras, et nous commencerons à nous entendre.

— C'est bien mon intention de vous donner tout cela, et plus que cela, monseigneur. Seulement, le voulez-vous?

— Écoutez encore, monsieur, interrompit le prince. Je sais qu'il y a des gardes à chaque galerie, des verrous à chaque porte, des canons et des soldats à chaque barrière. Avec quoi vaincrez-vous les gardes, enclouerez vous les canons? Avec quoi briserez-vous les verrous et les barrières?

— Monseigneur, comment vous est venu ce billet que vous avez lu et qui annonçait ma venue?

— On corrompt un geôlier pour un billet.

— Si l'on corrompt un geôlier, on peut en corrompre dix.

— Eh bien! j'admets que ce soit possible de tirer un pauvre captif de la Bastille, possible de le bien cacher pour que les gens du roi ne le rattrapent point, possible encore de nourrir convenablement ce malheureux dans un asile inconnu.

— Monseigneur! fit en souriant Aramis.

— J'admets que celui qui ferait cela pour moi serait déjà plus qu'un homme, mais puisque vous dites que je suis un prince, un frère de roi, comment me rendrez-vous le rang et la force que ma mère et mon frère m'ont enlevés? Mais, puisque je dois passer une vie de combats et de haines, comment me ferez-vous vainqueur dans ces combats et invulnérable à mes ennemis? Ah! monsieur, songez-y! jetez-moi demain dans quelque noire caverne, au fond d'une montagne! faites-moi cette joie d'entendre en liberté les bruits du fleuve et de la plaine, de voir en liberté le soleil d'azur ou le ciel orageux, c'en est assez! Ne me promettez pas davantage, car, en vérité, vous ne pouvez me donner davantage, et ce serait un crime de me tromper, puisque vous vous dites mon ami.

Aramis continua d'écouter en silence.

— Monseigneur, reprit-il après avoir un moment réfléchi, j'admire ce sens si droit et si ferme qui dicte vos paroles; je suis heureux d'avoir deviné mon roi.

— Encore! encore!... Ah! par pitié, s'écria le prince en comprimant de ses mains glacées son front couvert d'une sueur brûlante, n'abusez pas de moi: je n'ai pas besoin d'être un roi, monsieur, pour être le plus heureux des hommes.

— Et moi, monseigneur, j'ai besoin que vous soyez un roi pour le bonheur de l'humanité.

— Ah! fit le prince avec une nouvelle défiance inspirée par ce mot, ah! qu'a donc l'humanité à reprocher à mon frère?

— J'oubliais de dire, monseigneur, que, si vous daignez vous laisser guider par moi, et si vous consentez à devenir le plus puissant prince de la terre, vous aurez servi les intérêts de tous les amis que je voue au succès de notre cause, et ces amis sont nombreux.

— Nombreux?

— Encore moins que puissants, monseigneur.

— Expliquez-vous.

— Impossible! Je m'expliquerai, je le jure devant Dieu qui m'entend, le propre jour où je vous verrai assis sur le trône de France.

— Mais mon frère?

— Vous ordonnerez de son sort. Est-ce que vous le plaignez?

— Lui qui me laisse mourir dans un cachot? Non, je ne le plains pas!

— À la bonne heure!

— Il pouvait venir lui-même en cette prison, me prendre la main et me dire: «Mon frère, Dieu nous a créés pour nous aimer, non pour nous combattre. Je viens à vous. Un préjugé sauvage vous condamnait à périr obscurément loin de tous les hommes, privé de toutes les joies. Je veux vous faire asseoir près de moi; je veux vous attacher au côté l'épée de notre père. Profiterez-vous de ce rapprochement pour m'étouffer ou me contraindre? Userez-vous de cette épée pour verser mon sang?...»

— «Oh! non, lui eussé-je répondu: je vous regarde comme mon sauveur, et vous respecterai comme mon maître. Vous me donnez bien plus que ne m'avait donné Dieu. Par vous, j'ai la liberté; par vous, j'ai le droit d'aimer et d'être aimé en ce monde.»

— Et vous eussiez tenu parole, monseigneur?
— Oh! sur ma vie!
— Tandis que maintenant?...
— Tandis que, maintenant, je sens que j'ai des coupables à punir...
— De quelle façon, monseigneur?
— Que dites-vous de cette ressemblance que Dieu m'avait donnée avec mon frère?
— Je dis qu'il y avait dans cette ressemblance un enseignement providentiel que le roi n'eût pas dû négliger, je dis que votre mère a commis un crime en faisant différents par le bonheur et par la fortune ceux que la nature avait créés si semblables dans son sein, et je conclus, moi, que le châtiment ne doit être autre chose que l'équilibre à rétablir.
— Ce qui signifie?...
— Que, si je vous rends votre place sur le trône de votre frère, votre frère prendra la vôtre dans votre prison.
— Hélas! on souffre bien en prison! surtout quand on a bu si largement à la coupe de la vie!
— Votre Altesse Royale sera toujours libre de faire ce qu'elle voudra: elle pardonnera, si bon lui semble, après avoir puni.
— Bien. Et maintenant, savez-vous une chose, monsieur?
— Dites, mon prince.
— C'est que je n'écouterai plus rien de vous que hors de la Bastille.
— J'allais dire à Votre Altesse Royale que je n'aurai plus l'honneur de la voir qu'une fois.
— Quand cela?
— Le jour où mon prince sortira de ces murailles noires.
— Dieu vous entende! Comment me préviendrez-vous?
— En venant ici vous chercher.
— Vous-même?
— Mon prince, ne quittez cette chambre qu'avec moi, ou, si l'on vous contraint en mon absence, rappelez-vous que ce ne sera pas de ma part.
— Ainsi, pas un mot à qui que ce soit, si ce n'est à vous?
— Si ce n'est à moi.
Aramis s'inclina profondément. Le prince lui tendit la main.
— Monsieur, dit-il avec un accent qui jaillissait du coeur, j'ai un dernier mot à vous dire. Si vous vous êtes adressé à moi pour me perdre, si vous n'avez été qu'un instrument aux mains de mes ennemis, si de notre conférence, dans laquelle vous avez sondé

mon coeur il résulte pour moi quelque chose de pire que la captivité, c'est-à-dire la mort, eh bien! soyez béni, car vous aurez terminé mes peines et fait succéder le calme aux fiévreuses tortures dont je suis dévoré depuis huit ans.

— Monseigneur, attendez pour me juger, dit Aramis.

— J'ai dit que je vous bénissais et que je vous pardonnais. Si, au contraire, vous êtes venu pour me rendre la place que Dieu m'avait destinée au soleil de la fortune et de la gloire, si, grâce à vous, je puis vivre dans la mémoire des hommes, et faire honneur à ma race par quelques faits illustres ou quelques services rendus à mes peuples, si, du dernier rang où je languis, je m'élève au faîte des honneurs, soutenu par votre main généreuse, eh bien! à vous que je bénis et que je remercie, à vous la moitié de ma puissance et de ma gloire! Vous serez encore trop peu payé; votre part sera toujours incomplète, car jamais je ne réussirai à partager avec vous tout ce bonheur que vous m'aurez donné.

— Monseigneur, dit Aramis ému de la pâleur et de l'élan du jeune homme, votre noblesse de coeur me pénètre de joie et d'admiration. Ce n'est pas à vous de me remercier, ce sera surtout aux peuples que vous rendrez heureux, à vos descendants que vous rendrez illustres. Oui, je vous aurai donné plus que la vie, je vous donnerai l'immortalité.

Le jeune homme tendit la main à Aramis: celui-ci la baisa en s'agenouillant.

— Oh! s'écria le prince avec une modestie charmante.

— C'est le premier hommage rendu à notre roi futur, dit Aramis. Quand je vous reverrai, je dirai: «Bonjour, Sire!»

— Jusque-là, s'écria le jeune homme en appuyant ses doigts blancs et amaigris sur son coeur, jusque-là plus de rêves, plus de chocs à ma vie; elle se briserait! oh! monsieur, que ma prison est petite et que cette fenêtre est basse, que ces portes sont étroites! Comment tant d'orgueil, tant de splendeur, tant de félicité a-t-il pu passer par là et tenir ici?

— Votre Altesse Royale me rend fier, dit Aramis, puisqu'elle prétend que c'est moi qui ai apporté tout cela.

Il heurta aussitôt la porte.

Le geôlier vint ouvrir avec Baisemeaux, qui, dévoré d'inquiétude et de crainte, commençait à écouter malgré lui à la porte de la chambre.

Heureusement ni l'un ni l'autre des deux interlocuteurs n'avait oublié d'étouffer sa voix, même dans les plus hardis élans de la passion.

— Quelle confession! dit le gouverneur en essayant de rire; croirait-on jamais qu'un reclus, un homme presque mort, ait commis des péchés si nombreux et si longs?

Aramis se tut. Il avait hâte de sortir de la Bastille, où le secret qui l'accablait doublait le poids des murailles.

Quand ils furent arrivés chez Baisemeaux:

— Causons affaires, mon cher gouverneur, dit Aramis.

— Hélas! répliqua Baisemeaux.

— Vous avez à me demander mon acquit pour cent cinquante mille livres? dit l'évêque.

— Et à verser le premier tiers de la somme, ajouta en soupirant le pauvre gouverneur, qui fit trois pas vers son armoire de fer.

— Voici votre quittance, dit Aramis.

— Et voici l'argent, reprit avec un triple soupir M. de Baisemeaux.

— L'ordre m'a dit seulement de donner une quittance de cinquante mille livres, dit Aramis: il ne m'a pas dit de recevoir d'argent. Adieu, monsieur le gouverneur.

Et il partit, laissant Baisemeaux plus que suffoqué par la surprise et la joie, en présence de ce présent royal fait si grandement par le confesseur extraordinaire de la Bastille.

CHAPITRE II. *Comment Mouston avait engraissé sans en prévenir Porthos, et des désagréments qui en étaient résultés pour ce digne gentilhomme*

Depuis le départ d'Athos pour Blois, Porthos et d'Artagnan s'étaient rarement trouvés ensemble. L'un avait fait un service fatigant près du roi, l'autre avait fait beaucoup d'emplettes de meubles, qu'il comptait emporter dans ses terres, et à l'aide desquels il espérait fonder, dans ses diverses résidences, un peu de ce luxe de cour dont il avait entrevu l'éblouissante clarté dans la compagnie de Sa Majesté.

D'Artagnan, toujours fidèle,n matin que son service lui laissait quelque liberté, songea à Pothos, et, inquiet de n'avoir pas entendu parler de lui depuis plus de quinze jours, s'achemina vers son hôtel, où il le saisit au sortir du lit.

Le digne baron paraissait pensif: plus que pensif, mélancolique. Il était assis sur son lit, demi-nu, les jambes pendantes, contemplant une foule d'habits qui jonchaient le parquet de leurs franges, de leurs galons, de leurs broderies et de leurs cliquetis d'inharmonieuses couleurs.

Porthos, triste et songeur comme le lièvre de La Fontaine, ne vit pas entrer d'Artagnan, que lui cachait d'ailleurs en ce moment M. Mouston, dont la corpulence personnelle, fort suffisante en tout cas pour cacher un homme à un autre homme, était momentanément doublée par le déploiement d'un habit écarlate que l'intendant exhibait à son maître en le tenant par les manches, afin qu'il fût plus manifeste de tous les côtés.

D'Artagnan s'arrêta sur le seuil et examina Porthos songeant. Puis, comme la vue de ces innombrables habits jonchant le parquet tirait de profonds soupirs de la poitrine du digne gentilhomme, d'Artagnan pensa qu'il était temps de l'arracher à cette douloureuse contemplation, et toussa pour s'annoncer.

— Ah! fit Porthos, dont le visage s'illumina de joie ah! ah! voici d'Artagnan! Je vais enfin avoir une idée!

Mouston, à ces mots, se doutant de ce qui se passait derrière lui, s'effaça en souriant tendrement à l'ami de son maître, qui se trouva ainsi débarrassé de l'obstacle matériel qui l'empêchait de parvenir jusqu'à d'Artagnan.

Porthos fit craquer ses genoux robustes en se redressant, et, en deux enjambées, traversant la chambre, se trouva en face de d'Artagnan, qu'il pressa sur son coeur avec une affection qui semblait prendre une nouvelle force dans chaque jour qui s'écoulait.

— Ah! répéta-t-il, vous êtes toujours le bienvenu, cher ami, mais aujourd'hui, vous êtes mieux venu que jamais.

— Voyons, voyons, on est triste chez vous? fit d'Artagnan.

Porthos répondit par un regard qui exprimait l'abattement.

— Eh bien! contez-moi cela, Porthos, mon ami, à moins que ce ne soit un secret.

— D'abord, mon ami, dit Porthos, vous savez que je n'ai pas de secrets pour vous. Voici donc ce qui m'attriste.

— Attendez, Porthos, laissez-moi d'abord me dépêtrer de toute cette litière de drap, de satin et de velours.

— Oh! marchez, marchez, dit piteusement Porthos: tout cela n'est que rebut.

— Peste! du rebut, Porthos, du drap à vingt livres l'aune! du satin magnifique, du velours royal!

— Vous trouvez donc ces habits?...

— Splendides, Porthos, splendides! Je gage que vous seul en France en avez autant, et, en supposant que vous n'en fassiez plus faire un seul, et que vous viviez cent ans, ce qui ne m'étonnerait pas, vous porteriez encore des habits neufs le jour de votre mort, sans avoir besoin de voir le nez d'un seul tailleur, d'aujourd'hui à ce jour-là.

Porthos secoua la tête.

— Voyons, mon ami, dit d'Artagnan, cette mélancolie qui n'est pas dans votre caractère m'effraie. Mon cher Porthos, sortons-en donc: le plus tôt sera le mieux.

— Oui, mon ami, sortons-en, dit Porthos, si toutefois cela est possible.

— Est-ce que vous avez reçu de mauvaises nouvelles de Bracieux, mon ami?

— Non, on a coupé les bois, et ils ont donné un tiers de produit au-delà de leur estimation.

— Est-ce qu'il y a une fuite dans les étangs de Pierrefonds?

— Non, mon ami, on les a pêchés, et du superflu de la vente, il y a eu de quoi empoissonner tous les étangs des environs.

— Est-ce que le Vallon se serait éboulé par suite d'un tremblement de terre?

— Non, mon ami, au contraire, le tonnerre est tombé à cent pas du château, et a fait jaillir une source à un endroit qui manquait complètement d'eau.

— Eh bien! alors, qu'y a-t-il?

— Il y a que j'ai reçu une invitation pour la fête de Vaux, fit Porthos d'un air lugubre.

— Eh bien! plaignez-vous un peu! le roi a causé dans les ménages de la Cour plus de cent brouilles mortelles en refusant des invitations. Ah! vraiment, cher ami, vous êtes du voyage de Vaux? Tiens, tiens, tiens!

— Mon Dieu, oui!

— Vous allez avoir un coup d'oeil magnifique, mon ami.

— Hélas! je m'en doute bien.

— Tout ce qu'il y a de grand en France va être réuni.

— Ah! fit Porthos en s'arrachant de désespoir une pincée de cheveux.

— Eh! là, bon Dieu! fit d'Artagnan, êtes-vous malade, mon ami?

— Je me porte comme le Pont-Neuf, ventre Mahon! Ce n'est pas cela.

— Mais qu'est-ce donc, alors?
— C'est que je n'ai pas d'habits.
D'Artagnan demeura pétrifié.
— Pas d'habits, Porthos! pas d'habits! s'écria-t-il quand j'en vois là plus de cinquante sur le plancher!
— Cinquante, oui, et pas un qui m'aille!
— Comment, pas un qui vous aille? Mais on ne vous prend donc pas mesure quand on vous habille?
— Si fait, répondit Mouston, mais malheureusement j'ai engraissé.
— Comment! vous avez engraissé?
— De sorte que je suis devenu plus gros, mais beaucoup plus gros que M. le baron. Croiriez-vous cela, monsieur?
— Parbleu! il me semble que cela se voit!
— Entends-tu, imbécile! dit Porthos, cela se voit.
— Mais enfin, mon cher Porthos, reprit d'Artagnan avec une légère impatience, je ne comprends pas pourquoi vos habits ne vous vont point parce que Mouston a engraissé.
— Je vais vous expliquer cela, mon ami, dit Porthos. Vous vous rappelez m'avoir raconté l'histoire d'un général romain, Antoine, qui avait toujours sept sangliers à la broche, et cuits à des points différents, afin de pouvoir demander son dîner à quelque heure du jour qu'il lui plût de le faire. Eh bien! je résolus, comme, d'un moment à l'autre, je pouvais être appelé à la Cour et y rester une semaine, je résolus d'avoir toujours sept habits prêts pour cette occasion.
— Puissamment raisonné, Porthos. Seulement, il faut avoir votre fortune pour se passer ces fantaisies-là. Sans compter le temps que l'on perd à donner des mesures. Les modes changent si souvent.
— Voilà justement, dit Porthos, où je me flattais d'avoir trouvé quelque chose de fort ingénieux.
— Voyons, dites-moi cela. Pardieu! je ne doute pas de votre génie.
— Vous vous rappelez que Mouston a été maigre?
— Oui, du temps qu'il s'appelait Mousqueton.
— Mais vous rappelez-vous aussi l'époque où il a commencé d'engraisser?
— Non, pas précisément. Je vous demande pardon, mon cher Mouston.
— Oh! Monsieur n'est pas fautif, dit Mouston d'un air aimable, Monsieur était à Paris, et nous étions, nous, à Pierrefonds.

— Enfin, mon cher Porthos, il y a un moment où Mouston s'est mis à engraisser. Voilà ce que vous voulez dire, n'est-ce pas?

— Oui, mon ami, et je m'en réjouis fort à cette époque.

— Peste! je le crois bien, fit d'Artagnan.

— Vous comprenez, continua Porthos, ce que cela m'épargnait de peine?

— Non, mon cher ami, je ne comprends pas encore; mais, à force de m'expliquer...

— M'y voici, mon ami. D'abord, comme vous l'avez dit, c'est une perte de temps que de donner sa mesure, ne fût-ce qu'une fois tous les quinze jours. Et puis on peut être en voyage, et, quand on veut avoir toujours sept habits en train... Enfin, mon ami, j'ai horreur de donner ma mesure à quelqu'un. On est gentilhomme ou on ne l'est pas, que diable! Se faire toiser par un drôle qui vous analyse au pied, pouce et ligne, c'est humiliant. Ces gens-là vous trouvent trop creux ici, trop saillant là; ils connaissent votre fort et votre faible. Tenez, quand on sort des mains d'un mesureur, on ressemble à ces places fortes dont un espion est venu relever les angles et les épaisseurs.

— En vérité, mon cher Porthos, vous avez des idées qui n'appartiennent qu'à vous.

— Ah! vous comprenez, quand on est ingénieur.

— Et qu'on a fortifié Belle-Île, c'est juste, mon ami.

— J'eus donc une idée, et, sans doute, elle eût été bonne sans la négligence de M. Mouston.

D'Artagnan jeta un regard sur Mouston, qui répondit à ce regard par un léger mouvement de corps qui voulait dire: «Vous allez voir s'il y a de ma faute dans tout cela.»

— Je m'applaudis donc, reprit Porthos, de voir engraisser Mouston, et j'aidai même, de tout mon pouvoir, à lui faire de l'embonpoint, à l'aide d'une nourriture substantielle, espérant toujours qu'il parviendrait à m'égaler en circonférence, et qu'alors il pourrait se faire mesurer à ma place.

— Ah! corboeuf! s'écria d'Artagnan, je comprends... Cela vous épargnait le temps et l'humiliation.

— Parbleu! jugez donc de ma joie quand, après un an et demi de nourriture bien combinée, car je prenais la peine de le nourrir moi-même, ce drôle-là...

— Oh! et j'y ai bien aidé, monsieur, dit modestement Mouston.

— Ça, c'est vrai. Jugez donc de ma joie, lorsque je m'aperçus qu'un matin Mouston était forcé de s'effacer comme je m'effaçais moi-même, pour passer par la petite porte secrète que ces diables d'architectes ont faite dans la chambre de feu Mme du Vallon, au château de Pierrefonds. Et, à propos de cette porte, mon ami, je vous demanderai, à vous qui savez tout, comment ces bélîtres d'architectes, qui doivent avoir, par état, le compas dans l'oeil, imaginent de faire des portes par lesquelles ne peuvent passer que des gens maigres.

— Ces portes-là, répondit d'Artagnan, sont destinées aux galants; or, un galant est généralement de taille mince et svelte.

— Mme du Vallon n'avait pas de galants, interrompit Porthos avec majesté.

— Parfaitement juste, mon ami, répondit d'Artagnan: mais les architectes ont songé au cas où, peut-être, vous vous remarieriez.

— Ah! c'est possible, dit Porthos. Et, maintenant que l'explication des portes trop étroites m'est donnée, revenons à l'engraissement de Mouston. Mais remarquez que les deux choses se touchent, mon ami. Je me suis toujours aperçu que les idées s'appareillaient. Ainsi, admirez ce phénomène, d'Artagnan; je vous parlais de Mouston, qui était gras, et nous en sommes venus à Mme du Vallon...

— Qui était maigre.

— Hum! n'est-ce pas prodigieux, cela?

— Mon cher, un savant de mes amis, M. Costar, a fait la même observation que vous, et il appelle cela d'un nom grec que je ne me rappelle pas.

— Ah! mon observation n'est donc pas nouvelle? s'écria Porthos stupéfait. Je croyais l'avoir inventée.

— Mon ami, c'était un fait connu avant Aristote, c'est-à-dire voilà deux mille ans, à peu près.

— Eh bien! il n'en est pas moins juste, dit Porthos, enchanté de s'être rencontré avec les sages de l'Antiquité.

— À merveille! Mais si nous revenions à Mouston. Nous l'avons laissé engraissant à vue d'oeil, ce me semble.

— Oui, monsieur, dit Mouston.

— M'y voici, fit Porthos. Mouston engraissa donc si bien, qu'il combla toutes mes espérances, en atteignant ma mesure, ce dont je pus me convaincre un jour, en voyant sur le corps de ce coquin-là une de mes vestes dont il s'était fait un habit: une veste qui valait cent pistoles, rien que par la broderie!

— C'était pour l'essayer, monsieur, dit Mouston.

— À partir de ce moment, reprit Porthos, je décidai donc que Mouston entrerait en communication avec mes tailleurs d'habits, et prendrait mesure en mon lieu et place.

— Puissamment imaginé, Porthos; mais Mouston a un pied et demi moins que vous.

— Justement. On prenait la mesure jusqu'à terre, et l'extrémité de l'habit me venait juste au-dessus du genou.

— Quelle chance vous avez, Porthos! ces choses-là n'arrivent qu'à vous!

— Ah! oui, faites-moi votre compliment, il y a de quoi! Ce fut justement à cette époque, c'est-à-dire voilà deux ans et demi à peu près, que je partis pour Belle-Île, en recommandant à Mouston, pour avoir toujours, et en cas de besoin, un échantillon de toutes les modes, de se faire faire un habit tous les mois.

— Et Mouston aurait-il négligé d'obéir à votre recommandation? Ah! ah! ce serait mal, Mouston!

— Au contraire, monsieur, au contraire!

— Non, il n'a pas oublié de se faire faire des habits, mais il a oublié de me prévenir qu'il engraissait.

— Dame! ce n'est pas ma faute, monsieur, votre tailleur ne me l'a pas dit.

— De sorte, continua Porthos, que le drôle, depuis deux ans, a gagné dix-huit pouces de circonférence, et que mes douze derniers habits sont tous trop larges progressivement, d'un pied à un pied et demi.

— Mais les autres, ceux qui se rapprochent du temps où votre taille était la même?

— Ils ne sont plus de mode, mon cher ami, et, si je les mettais, j'aurais l'air d'arriver de Siam et d'être hors de cour depuis deux ans.

— Je comprends votre embarras. Vous avez combien d'habits neufs? trente-six? et vous n'en avez pas un! Eh bien! il faut en faire faire un trente-septième; les trente-six autres seront pour Mouston.

— Ah! monsieur! dit Mouston d'un air satisfait, le fait est que Monsieur a toujours été bien bon pour moi.

— Parbleu! croyez-vous que cette idée ne me soit pas venue ou que la dépense m'ait arrêté? Mais il n'y a plus que deux jours d'ici à la fête de Vaux; j'ai reçu l'invitation hier, j'ai fait venir Mouston en poste avec ma garde-robe; je me suis aperçu du malheur qui m'arrivait ce matin seulement, et, d'ici à après-demain, il n'y a pas un tailleur un peu à la mode qui se charge de me confectionner un habit.

— C'est-à-dire un habit couvert d'or, n'est-ce pas?

— J'en veux partout!

— Nous arrangerons cela. Vous ne partez que dans trois jours. Les invitations sont pour mercredi et nous sommes le dimanche matin.

— C'est vrai; mais Aramis m'a bien recommandé d'être à Vaux vingt quatre heures d'avance.

— Comment, Aramis?

— Oui, c'est Aramis qui m'a apporté l'invitation.

— Ah! fort bien, je comprends. Vous êtes invité du côté de M. Fouquet.

— Non pas! Du côté du roi, cher ami. Il y a sur le billet, en toutes lettres: «M. le baron du Vallon est prévenu que le roi a daigné le mettre sur la liste de ses invitations...»

— Très bien, mais c'est avec M. Fouquet que vous partez.

— Et quand je pense, s'écria Porthos en défonçant le parquet d'un coup de pied, quand je pense que je n'aurai pas d'habits! J'en crève de colère! Je voudrais bien étrangler quelqu'un ou déchirer quelque chose!

— N'étranglez personne et ne déchirez rien, Porthos, j'arrangerai tout cela: mettez un de vos trente-six habits et venez avec moi chez un tailleur.

— Bah! mon coureur les a tous vus depuis ce matin.

— Même M. Percerin?

— Qu'est-ce que M. Percerin?

— C'est le tailleur du roi, parbleu!

— Ah! oui, oui, dit Porthos, qui voulait avoir l'air de connaître le tailleur du roi et qui entendait prononcer ce nom pour la première fois; chez M. Percerin, le tailleur du roi, parbleu! J'ai pensé qu'il serait trop occupé.

— Sans doute, il le sera trop; mais, soyez tranquille, Porthos; il fera pour moi ce qu'il ne ferait pas pour un autre. Seulement, il faudra que vous vous laissiez mesurer, mon ami.

— Ah! fit Porthos, avec un soupir, c'est fâcheux; mais, enfin, que voulez vous!

— Dame! vous ferez comme les autres, mon cher ami; vous ferez comme le roi.

— Comment! on mesure aussi le roi? Et il le souffre?

— Le roi est coquet, mon cher, et vous aussi, vous l'êtes, quoi que vous en disiez.

Porthos sourit d'un air vainqueur.

— Allons donc chez le tailleur du roi! dit-il, et puisqu'il mesure le roi, ma foi! je puis bien, il me semble, me laisser mesurer par lui.

CHAPITRE III. Ce que c'était que messire Jean Percerin

Le tailleur du roi, messire Jean Percerin, occupait une maison assez grande dans la rue Saint-Honoré, près de la rue de l'Arbre-Sec. C'était un homme qui avait le goût des belles étoffes, des belles broderies, des beaux velours, étant de père en fils tailleur du roi. Cette succession remontait à Charles IX, auquel, comme on sait, remontaient souvent des fantaisies de *bravoure* assez difficiles à satisfaire.

Le Percerin de ce temps-là était un huguenot comme Ambroise Paré, et avait été épargné par la royne de Navarre, la belle Margot, comme on écrivait et comme on disait alors, et cela attendu qu'il était le seul qui eût jamais pu lui réussir ces merveilleux habits de cheval qu'elle aimait à porter, parce qu'ils étaient propres à dissimuler certains défauts anatomiques que la royne de Navarre cachait fort soigneusement.

Percerin, sauvé, avait fait, par reconnaissance, de beaux justes noirs, fort économiques pour la reine Catherine, laquelle finit par savoir bon gré de sa conservation au huguenot, à qui longtemps elle avait fait la mine. Mais Percerin était un homme prudent: il avait entendu dire que rien n'était plus dangereux pour un huguenot que les sourires de la reine Catherine; et, ayant remarqué qu'elle lui souriait plus souvent que de coutume, il se hâta de se faire catholique avec toute sa famille, et, devenu irréprochable par cette conversion, il parvint à la haute position de tailleur maître de la couronne de France.

Sous Henri III, roi coquet s'il en fut, cette position acquit la hauteur d'un des plus sublimes pics des Cordillères. Percerin avait été un homme habile toute sa vie, et, pour garder cette réputation au-delà de la tombe, il se garda bien de manquer sa mort; il trépassa donc fort adroitement et juste à l'heure où son imagination commençait à baisser.

Il laissait un fils et une fille, l'un et l'autre dignes du nom qu'ils étaient appelés à porter: le fils, coupeur intrépide et exact comme une équerre; la fille, brodeuse et dessinateur d'ornements.

Les noces de Henri IV et de Marie de Médicis, les deuils si beaux de ladite reine, firent, avec quelques mots échappés à M. de

Bassompierre, le roi des élégants de l'époque, la fortune de cette seconde génération des Percerin.

M. Concino Concini et sa femme Galigaï, qui brillèrent ensuite à la Cour de France, voulurent italianiser les habits et firent venir des tailleurs de Florence; mais Percerin, piqué au jeu dans son patriotisme et dans son amour-propre, réduisit à néant ces étrangers par ses dessins de brocatelle en application et ses plumetis inimitables; si bien que Concino renonça le premier à ses compatriotes, et tint le tailleur français en telle estime, qu'il ne voulut plus être habillé que par lui; de sorte qu'il portait un pourpoint de lui, le jour où Vitry lui cassa la tête, d'un coup de pistolet, au petit pont du Louvre.

C'est ce pourpoint, sortant des ateliers de maître Percerin, que les Parisiens eurent le plaisir de déchiqueter en tant de morceaux, avec la chair humaine qu'il contenait.

Malgré la faveur dont Percerin avait joui près de Concino Concini, le roi Louis XIII eut la générosité de ne pas garder rancune à son tailleur, et de le retenir à son service. Au moment où Louis le Juste donnait ce grand exemple d'équité, Percerin avait élevé deux fils, dont l'un fit son coup d'essai dans les noces d'Anne d'Autriche, inventa pour le cardinal de Richelieu ce bel habit espagnol avec lequel il dansa une sarabande, fit les costumes de la tragédie de *Mirame*, et cousit au manteau de Buckingham ces fameuses perles qui étaient destinées à être répandues sur les parquets du Louvre.

On devient aisément illustre quand on a habillé M. de Buckingham, M. de Cinq-Mars, Mlle Ninon, M. de Beaufort et Marion Delorme. Aussi Percerin III avait-il atteint l'apogée de sa gloire lorsque son père mourut.

Ce même Percerin III, vieux, glorieux et riche, habillait encore Louis XIV, et, n'ayant plus de fils, ce qui était un grand chagrin pour lui, attendu qu'avec lui sa dynastie s'éteignait, et, n'ayant plus de fils, disons-nous, avait formé plusieurs élèves de belle espérance. Il avait un carrosse, une terre, des laquais, les plus grands de tout Paris, et, par autorisation spéciale de Louis XIV, une meute. Il habillait MM. de Lyonne et Letellier avec une sorte de protection; mais, homme politique, nourri aux secrets d'État, il n'était jamais parvenu à réussir un habit à M. Colbert. Cela ne s'explique pas, cela se devine. Les grands esprits, en tout genre, vivent de perceptions invisibles, insaisissables; ils agissent sans savoir eux-mêmes pourquoi. Le grand Percerin, car, contre l'habitude des dynasties, c'était surtout le dernier des Percerin qui avait mérité le surnom de Grand, le grand Percerin, avons-nous dit, taillait d'inspiration une jupe pour la reine ou une trousse pour le roi; il inventait un manteau pour Monsieur, un coin de bas pour Madame; mais, malgré son génie suprême, il ne pouvait retenir la mesure de M. Colbert.

— Cet homme-là, disait-il souvent, est hors de mon talent, et je ne saurais le voir dans le dessin de mes aiguilles.

Il va sans dire que Percerin était le tailleur de M. Fouquet, et que M. le surintendant le prisait fort.

M. Percerin avait près de quatre-vingts ans, et cependant il était vert encore, et si sec en même temps, disaient les courtisans, qu'il en était cassant. Sa renommée et sa fortune étaient assez grandes pour que M. le prince, ce roi des petits-maîtres, lui donnât le bras en causant costumes avec lui, et que les moins ardents à payer parmi les gens de cour n'osassent jamais laisser chez lui des comptes trop arriérés; car maître Percerin faisait une fois des habits à crédit, mais jamais une seconde s'il n'était pas payé de la première.

On conçoit qu'un pareil tailleur, au lieu de courir après les pratiques, fût difficile à en recevoir de nouvelles. Aussi Percerin refusait d'habiller les bourgeois ou les anoblis trop récents. Le bruit courait même que M. de Mazarin, contre la fourniture désintéressée d'un grand habit complet de cardinal en cérémonie, lui avait glissé, un beau jour, des lettres de noblesse dans sa poche.

Percerin avait de l'esprit et de la malice. On le disait fort égrillard. À quatre-vingts ans, il prenait encore d'une main ferme la mesure des corsages de femme.

C'est dans la maison de cet artiste grand seigneur que d'Artagnan conduisit le désolé Porthos.

Celui-ci, tout en marchant, disait à son ami:

— Prenez garde, mon cher d'Artagnan, prenez garde de commettre la dignité d'un homme comme moi avec l'arrogance de ce Percerin, qui doit être fort incivil; car je vous préviens, cher ami, que s'il me manquait, je le châtierais.

— Présenté par moi, répondit d'Artagnan, vous n'avez rien à craindre, cher ami, fussiez-vous... ce que vous n'êtes pas.

— Ah! c'est que...

— Quoi donc? Auriez-vous quelque chose contre Percerin? Voyons,
Porthos.

— Je crois que, dans le temps...

— Eh bien! quoi, dans le temps?

— J'aurais envoyé Mousqueton chez un drôle de ce nom-là.
— Eh bien! après?
— Et que ce drôle aurait refusé de m'habiller.
— Oh! un malentendu, sans doute, qu'il est urgent de redresser; Mouston aura confondu.
— Peut-être.
— Il aura pris un nom pour un autre.
— C'est possible. Ce coquin de Mouston n'a jamais eu la mémoire des noms.
— Je me charge de tout cela.
— Fort bien.
— Faites arrêter le carrosse, Porthos; c'est ici.
— C'est ici?
— Oui.
— Comment, ici? Nous sommes aux Halles, et vous m'avez dit que la maison était au coin de la rue de l'Arbre-Sec.
— C'est vrai; mais regardez.
— Eh bien! je regarde, et je vois...
— Quoi?
— Que nous sommes aux Halles, pardieu!
— Vous ne voulez pas, sans doute, que nos chevaux montent sur le carrosse qui nous précède?
— Non.
— Ni que le carrosse qui nous précède monte sur celui qui est devant.
— Encore moins.
— Ni que le deuxième carrosse passe sur le ventre aux trente ou quarante autres qui sont arrivés avant nous?
— Ah! par ma foi! vous avez raison.
— Ah!
— Que de gens, mon cher, que de gens!
— Hein?
— Et que font-ils là, tous ces gens?
— C'est bien simple: ils attendent leur tour.
— Bah! les comédiens de l'hôtel de Bourgogne seraient-ils déménagés?
— Non, leur tour pour entrer chez M. Percerin.
— Mais nous allons donc attendre aussi, nous.
— Nous, nous serons plus ingénieux et moins fiers qu'eux.
— Qu'allons-nous faire, donc?
— Nous allons descendre, passer parmi les pages et les laquais, et nous entrerons chez le tailleur, c'est moi qui vous en réponds, surtout si vous marchez le premier.

— Allons, fit Porthos.

Et tous deux, étant descendus, s'acheminèrent à pied vers la maison.

Ce qui causait cet encombrement, c'est que la porte de M. Percerin était fermée, et qu'un laquais, debout à cette porte, expliquait aux illustres pratiques de l'illustre tailleur que, pour le moment, M. Percerin ne recevait personne. On se répétait au-dehors, toujours d'après ce qu'avait dit confidentiellement le grand laquais à un grand seigneur pour lequel il avait des bontés, on se répétait que M. Percerin s'occupait de cinq habits pour le roi, et que, vu l'urgence de la situation il méditait dans son cabinet les ornements, la couleur et la coupe de ces cinq habits.

Plusieurs, satisfaits de cette raison, s'en retournaient heureux de la dire aux autres, mais plusieurs aussi, plus tenaces, insistaient pour que la porte leur fût ouverte, et, parmi ces derniers, trois cordons bleus désignés pour un ballet qui manquerait infailliblement si les trois cordons bleus n'avaient pas des habits taillés de la main même du grand Percerin.

D'Artagnan, poussant devant lui Porthos, qui effondra les groupes, parvint jusqu'aux comptoirs, derrière lesquels les garçons tailleurs s'escrimaient à répondre de leur mieux.

Nous oublions de dire qu'à la porte on avait voulu consigner Porthos comme les autres, mais d'Artagnan s'était montré, avait prononcé ces seules paroles:

— Ordre du roi!

Et il avait été introduit avec son ami.

Ces pauvres diables avaient fort à faire et faisaient de leur mieux pour répondre aux exigences des clients en l'absence du patron, s'interrompant de piquer un point pour tourner une phrase, et quand l'orgueil blessé ou l'attente déçue les gourmandait trop vivement, celui qui était attaqué faisait un plongeon et disparaissait sous le comptoir.

La procession des seigneurs mécontents faisait un tableau plein de détails curieux.

Notre capitaine des mousquetaires, homme au regard rapide et sûr, l'embrassa d'un seul coup d'oeil. Mais, après avoir parcouru les groupes, ce regard s'arrêta sur un homme placé en face de lui. Cet homme, assis sur un escabeau, dépassait de la tête à peine le comptoir qui l'abritait. C'était un homme de quarante ans à peu près, à la physionomie mélancolique, au visage pâle, aux yeux doux et lumineux. Il regardait d'Artagnan et les autres, une main sous son menton, en amateur curieux et calme. Seulement, en apercevant et en reconnaissant, sans doute, notre capitaine, il rabattit son chapeau sur ses yeux.

Ce fut peut-être ce geste qui attira le regard de d'Artagnan. S'il en était ainsi, il en était résulté que l'homme au chapeau rabattu avait atteint un but tout différent de celui qu'il s'était proposé.

Au reste, le costume de cet homme était assez simple, et ses cheveux étaient assez uniment coiffés pour que des clients peu observateurs le prissent pour un simple garçon tailleur accroupi derrière le chêne, et piquant, avec exactitude, le drap et le velours.

Toutefois, cet homme avait trop souvent la tête en l'air pour travailler fructueusement avec ses doigts.

D'Artagnan n'en fut pas dupe, lui, et il vit bien que, si cet homme travaillait, ce n'était pas, assurément, sur les étoffes.

— Hé! dit-il en s'adressant à cet homme, vous voilà donc devenu garçon tailleur, monsieur Molière?

— Chut! monsieur d'Artagnan, répondit doucement l'homme, chut! au nom du Ciel! vous m'allez faire reconnaître.

— Eh bien! où est le mal?

— Le fait est qu'il n'y a pas de mal, mais...

— Mais vous voulez dire qu'il n'y a pas de bien non plus, n'est-ce pas?

— Hélas! non, car j'étais, je vous l'affirme, occupé à regarder de bien bonnes figures.

— Faites, faites, monsieur Molière. Je comprends l'intérêt que la chose a pour vous, et... je ne vous troublerai point dans vos études.

— Merci!

— Mais à une condition: c'est que vous me direz où est réellement M. Percerin.

— Oh! cela, volontiers: dans son cabinet. Seulement...

— Seulement, on ne peut pas y entrer?

— Inabordable!

— Pour tout le monde?

— Pour tout le monde. Il m'a fait entrer ici, afin que je fusse à l'aise pour y faire mes observations et puis il s'en est allé.

— Eh bien! mon cher monsieur Molière, vous l'allez prévenir que je suis là, n'est-ce pas?

— Moi? s'écria Molière du ton d'un brave chien à qui l'on retire l'os qu'il a légitimement gagné; moi, me déranger? Ah! monsieur d'Artagnan, comme vous me traitez mal!

— Si vous n'allez pas prévenir tout de suite M. Percerin que je suis là, mon cher monsieur Molière dit d'Artagnan à voix basse, je vous préviens d'une chose, c'est que je ne vous ferai pas voir l'ami que j'amène avec moi.

Molière désigna Porthos d'un geste imperceptible.

— Celui-ci n'est-ce pas? dit-il.

— Oui.

Molière attacha sur Porthos un de ces regards qui fouillent les cerveaux et les coeurs. L'examen lui parut sans doute gros de promesses, car il se leva aussitôt et passa dans la chambre voisine.

CHAPITRE IV. Les échantillons

Pendant ce temps, la foule s'écoulait lentement, laissant à chaque angle de comptoir un murmure ou une menace, comme aux bancs de sable de l'océan, les flots laissent un peu d'écume ou d'algues broyées, lorsqu'ils se retirent en descendant les marées.

Au bout de dix minutes, Molière reparut, faisant sous la tapisserie un signe à d'Artagnan. Celui-ci se précipita, entraînant Porthos, et, à travers des corridors assez compliqués, il le conduisit dans le cabinet de Percerin. Le vieillard, les manches retroussées, fouillait une pièce de brocart à grandes fleurs d'or, pour y faire naître de beaux reflets. En apercevant d'Artagnan, il laissa son étoffe et vint à lui, non pas radieux, non pas courtois, mais, en somme, assez civil.

— Monsieur le capitaine des gardes, dit-il, vous m'excuserez, n'est-ce pas, mais j'ai affaire.

— Eh! oui, pour les habits du roi? Je sais cela, mon cher monsieur Percerin. Vous en faites trois, m'a-t-on dit?

— Cinq, mon cher monsieur, cinq!

— Trois ou cinq, cela ne m'inquiète pas, maître Percerin, et je sais que vous les ferez les plus beaux du monde.

— On le sait, oui. Une fois faits, ils seront les plus beaux du monde, je ne dis pas non, mais pour qu'ils soient les plus beaux du monde, il faut d'abord qu'ils soient, et pour cela, monsieur le capitaine, j'ai besoin de temps.

— Ah bah! deux jours encore, c'est bien plus qu'il ne vous en faut, monsieur Percerin, dit d'Artagnan avec le plus grand flegme.

Percerin leva la tête en homme peu habitué à être contrarié, même dans ses caprices, mais d'Artagnan ne fit point attention à l'air que l'illustre tailleur de brocart commençait à prendre.

— Mon cher monsieur Percerin, continua-t-il, je vous amène une pratique.

— Ah! ah! fit Percerin d'un air rechigné.

— M. le baron du Vallon de Bracieux de Pierrefonds, continua d'Artagnan.

Percerin essaya un salut qui ne trouva rien de bien sympathique chez le terrible Porthos, lequel, depuis son entrée dans le cabinet, regardait le tailleur de travers.

— Un de mes bons amis, acheva d'Artagnan.

— Je servirai Monsieur, dit Percerin, mais, plus tard.

— Plus tard? Et quand cela?

— Mais, quand j'aurai le temps.

— Vous avez déjà dit cela à mon valet, interrompit Porthos mécontent.

— C'est possible, dit Percerin, je suis presque toujours pressé.

— Mon ami, dit sentencieusement Porthos, on a toujours le temps qu'on veut.

Percerin devint cramoisi, ce qui, chez les vieillards blanchis par l'âge, est un fâcheux diagnostic.

— Monsieur, dit-il, est, ma foi! bien libre de se servir ailleurs.

— Allons, allons, Percerin, glissa d'Artagnan, vous n'êtes pas aimable aujourd'hui. Eh bien! je vais vous dire un mot qui va vous faire tomber à nos genoux. Monsieur est non seulement un ami à moi, mais encore un ami à M. Fouquet.

— Ah! ah! fit le tailleur, c'est autre chose.

Puis, se retournant vers Porthos:

— Monsieur le baron est à M. le surintendant? demanda-t-il.

— Je suis à moi, éclata Porthos, juste au moment où la tapisserie se soulevait pour donner passage à un nouvel interlocuteur.

Molière observait. D'Artagnan riait. Porthos maugréait.

— Mon cher Percerin, dit d'Artagnan, vous ferez un habit à M. le baron, c'est moi qui vous le demande.

— Pour vous, je ne dis pas, monsieur le capitaine.

— Mais ce n'est pas le tout: vous lui ferez cet habit tout de suite.

— Impossible avant huit jours.

— Alors, c'est comme si vous refusiez de le lui faire, parce que l'habit est destiné à paraître aux fêtes de Vaux.

— Je répète que c'est impossible, reprit l'obstiné vieillard.

— Non pas, cher monsieur Percerin, surtout si c'est moi qui vous en prie, dit une douce voix à la porte, voix métallique qui fit dresser l'oreille à d'Artagnan.

C'était la voix d'Aramis.

— Monsieur d'Herblay! s'écria le tailleur.

— Aramis! murmura d'Artagnan.

— Ah! notre évêque! fit Porthos.

— Bonjour, d'Artagnan! bonjour, Porthos! bonjour, chers amis! Dit Aramis. Allons, allons, cher monsieur Percerin, faites l'habit de Monsieur, et je vous réponds qu'en le faisant vous ferez une chose agréable à M. Fouquet.

Et il accompagna ces paroles d'un signe qui voulait dire: «Consentez et congédiez.» Il paraît qu'Aramis avait sur maître Percerin une influence supérieure à celle de d'Artagnan lui-même, car le tailleur s'inclina en signe d'assentiment, et, se retournant vers Porthos:

— Allez vous faire prendre mesure de l'autre côté, dit-il rudement.

Porthos rougit d'une façon formidable.

D'Artagnan vit venir l'orage, et, interpellant Molière:

— Mon cher monsieur, lui dit-il à demi-voix, l'homme que vous voyez se croit déshonoré quand on toise la chair et les os que Dieu lui a départis; étudiez-moi ce type, maître Aristophane, et profitez.

Molière n'avait pas besoin d'être encouragé; il couvait des yeux le baron Porthos.

— Monsieur, lui dit-il, s'il vous plaît de venir avec moi, je vous ferai prendre mesure d'un habit, sans que le mesureur vous touche.

— Oh! fit Porthos, comment dites-vous cela, mon ami?

— Je dis qu'on n'appliquera ni l'aune ni le pied sur vos coutures. C'est un procédé nouveau, que nous avons imaginé, pour prendre la mesure des gens de qualité dont la susceptibilité répugne à se laisser toucher par des manants. Nous avons des gens susceptibles qui ne peuvent souffrir d'être mesurés, cérémonie qui, à mon avis, blesse la majesté naturelle de l'homme, et si, par hasard, monsieur, vous étiez de ces gens-là...

— Corboeuf! je crois bien que j'en suis.

— Eh bien! cela tombe à merveille, monsieur le baron, et vous aurez l'étrenne de notre invention.

— Mais comment diable s'y prend-on? dit Porthos ravi.

— Monsieur, dit Molière en s'inclinant, si vous voulez bien me suivre, vous le verrez.

Aramis regardait cette scène de tous ses yeux. Peut-être croyait-il reconnaître, à l'animation de d'Artagnan, que celui-ci partirait avec Porthos, pour ne pas perdre la fin d'une scène si bien commencée. Mais, si perspicace que fût Aramis, il se trompait. Porthos et Molière partirent seuls. D'Artagnan demeura avec Percerin. Pourquoi? Par curiosité, voilà tout; probablement, dans l'intention de jouir quelques instants de plus de la présence de son bon ami Aramis. Molière et Porthos disparus, d'Artagnan se rapprocha de l'évêque de Vannes; ce qui parut contrarier celui-ci tout particulièrement.

— Un habit aussi pour vous, n'est-ce pas, cher ami?

Aramis sourit.

— Non, dit-il.

— Vous allez à Vaux, cependant?

— J'y vais, mais sans habit neuf. Vous oubliez, cher d'Artagnan, qu'un pauvre évêque de Vannes n'est pas assez riche pour se faire faire des habits à toutes les fêtes.

— Bah! dit le mousquetaire en riant, et les poèmes, n'en faisons-nous plus?

— Oh! d'Artagnan, fit Aramis, il y a longtemps que je ne pense plus à toutes ces futilités.

— Bien! répéta d'Artagnan mal convaincu.

Quant à Percerin, il s'était replongé dans sa contemplation de brocarts.

— Ne remarquez-vous pas, dit Aramis en souriant, que nous gênons beaucoup ce brave homme mon cher d'Artagnan?

— Ah! ah! murmura à demi-voix le mousquetaire, c'est-à-dire que je te gêne, cher ami.

Puis tout haut:

— Eh bien, partons; moi, je n'ai plus affaire ici, et, si vous êtes aussi libre que moi, cher Aramis...

— Non; moi, je voulais...

— Ah! vous aviez quelque chose à dire en particulier à Percerin? Que ne me préveniez-vous de cela tout de suite!

— De particulier, répéta Aramis, oui, certes, mais pas pour vous, d'Artagnan. Jamais, je vous prie de le croire, je n'aurai rien d'assez particulier pour qu'un ami tel que vous ne puisse l'entendre.

— Oh! non, non, je me retire, insista d'Artagnan, mais en donnant à sa voix un accent sensible de curiosité; car la gêne d'Aramis, si bien dissimulée qu'elle fût, ne lui avait point échappé, et il savait que, dans cette âme impénétrable, tout, même les choses les plus futiles en apparence, marchaient d'ordinaire vers un but, but inconnu mais que, d'après la connaissance qu'il avait du caractère de son ami, le mousquetaire comprenait devoir être important.

Aramis, de son côté, vit que d'Artagnan n'était pas sans soupçon, et il insista:

— Restez, de grâce, dit-il, voici ce que c'est.

Puis, se retournant vers le tailleur:

— Mon cher Percerin... dit-il. Je suis même très heureux que vous soyez là, d'Artagnan.

— Ah! vraiment? fit pour la troisième fois le Gascon encore moins dupe cette fois que les autres.

Percerin ne bougeait pas. Aramis le réveilla violemment en lui tirant des mains l'étoffe, objet de sa méditation.

— Mon cher Percerin, lui dit-il, j'ai ici près M. Le Brun, un des peintres de M. Fouquet.

— Ah! très bien, pensa d'Artagnan; mais pourquoi Le Brun?

Aramis regardait d'Artagnan, qui avait l'air de regarder des gravures de Marc-Antoine.

— Et vous voulez lui faire faire un habit pareil à ceux des épicuriens? répondit Percerin.

Et, tout en disant cela d'une façon distraite, le digne tailleur cherchait à rattraper sa pièce de brocart.

— Un habit d'épicurien? demanda d'Artagnan d'un ton questionneur.

— Enfin, dit Aramis avec son plus charmant sourire, il est écrit que ce cher d'Artagnan saura tous nos secrets ce soir; oui, mon ami, oui. Vous avez bien entendu parler des épicuriens de M. Fouquet, n'est-ce pas?

— Sans doute. N'est-ce pas une espèce de société de poètes dont sont La Fontaine, Loret Pélisson, Molière, que sais-je? et qui tient son académie à Saint-Mandé?

— C'est cela justement. Eh bien, nous donnons un uniforme à nos poètes, et nous les enrégimentons au service du roi.

— Oh! très bien, je devine: une surprise que M. Fouquet fait au roi. Oh! soyez tranquille, si c'est là le secret de M. Le Brun, je ne le dirai pas.

— Toujours charmant, mon ami. Non, M. Le Brun n'a rien à faire de ce côté; le secret qui le concerne est bien plus important que l'autre encore!

— Alors, s'il est si important que cela, j'aime mieux ne pas le savoir, dit d'Artagnan en dessinant une fausse sortie.

— Entrez, monsieur Le Brun, entrez, dit Aramis en ouvrant de la main droite une porte latérale, et en retenant de la gauche d'Artagnan.

— Ma foi! je ne comprends plus, dit Percerin.

Aramis prit un temps, comme on dit en matière de théâtre.

— Mon cher monsieur Percerin, dit-il, vous faites cinq habits pour le roi, n'est-ce pas? Un en brocart, un en drap de chasse, un en velours, un en satin, et un en étoffe de Florence?

— Oui. Mais comment savez-vous tout cela, Monseigneur? demanda
Percerin stupéfait.

— C'est tout simple, mon cher monsieur; il y aura chasse, festin, concert, promenade et réception; ces cinq étoffes sont d'étiquette.

— Vous savez tout, Monseigneur!

— Et bien d'autres choses encore, allez, murmura d'Artagnan.

— Mais, s'écria le tailleur avec triomphe, ce que vous ne savez pas, Monseigneur, tout prince de l'Église que vous êtes, ce que personne ne saura, ce que le roi seul, mademoiselle de La Vallière et moi savons, c'est la couleur des étoffes et le genre des ornements, c'est la coupe, c'est l'ensemble, c'est la tournure de tout cela!

— Eh bien, dit Aramis, voilà justement ce que je viens vous demander de me faire connaître, mon cher monsieur Percerin.

— Ah bas! s'écria le tailleur épouvanté, quoique Aramis eût prononcé les paroles que nous rapportons de sa voix la plus douce et la plus mielleuse.

La prétention parut, en y réfléchissant, si exagérée, si ridicule, si énorme à M. Percerin, qu'il rit d'abord tout bas, puis tout haut, et qu'il finit par éclater. D'Artagnan l'imita, non qu'il trouvât la chose aussi profondément risible, mais pour ne pas laisser refroidir Aramis. Celui-ci les laissa faire tous deux; puis, lorsqu'ils furent calmés:

— Au premier abord, dit-il, j'ai l'air de hasarder une absurdité, n'est-ce pas? Mais d'Artagnan, qui est la sagesse incarnée, va vous dire que je ne saurais faire autrement que de vous demander cela.

— Voyons, fit le mousquetaire attentif, et sentant avec son flair merveilleux qu'on n'avait fait qu'escarmoucher jusque-là et que le moment de la bataille approchait.

— Voyons, dit Percerin avec incrédulité.

— Pourquoi, continua Aramis, M. Fouquet donne-t-il une fête au roi? N'est-ce pas pour lui plaire?

— Assurément, fit Percerin.

D'Artagnan approuva d'un signe de tête.

— Par quelque galanterie? Par quelque bonne imagination? Par une suite de surprises pareilles à celle dont nous parlions tout à l'heure à propos de l'enrégimentation de nos épicuriens?

— À merveille!

— Eh bien, voici la surprise, mon bon ami. M. Le Brun, que voici, est un homme qui dessine très exactement.

— Oui, dit Percerin, j'ai vu des tableaux de monsieur, et j'ai remarqué que les habits étaient fort soignés. Voilà pourquoi j'ai accepté tout de suite de lui faire un vêtement, soit conforme à ceux de MM. les épicuriens, soit particulier.

— Cher monsieur, nous acceptons votre parole; plus tard, nous y aurons recours, mais pour le moment, M. Le Brun a besoin, non des habits que vous ferez pour lui, mais de ceux que vous faites pour le roi.

Percerin exécuta un bond en arrière que d'Artagnan, l'homme calme et l'appréciateur par excellence, ne trouva pas trop exagéré, tant la proposition que venait de risquer Aramis renfermait de faces étranges et horripilantes.

— Les habits du roi! Donner à qui que ce soit au monde les habits du roi?... Oh! pour le coup, monsieur l'évêque, Votre Grandeur est folle! s'écria le pauvre tailleur poussé à bout.

— Aidez-moi donc, d'Artagnan, dit Aramis de plus en plus souriant et calme, aidez-moi donc à persuader monsieur; car vous comprenez, vous, n'est-ce pas?

— Eh! eh! pas trop, je l'avoue.

— Comment! mon ami, vous ne comprenez pas que M. Fouquet veut faire au roi la surprise de trouver son portrait en arrivant à Vaux? que le portrait, dont la ressemblance sera frappante, devra être vêtu juste comme sera vêtu le roi le jour où le portrait paraîtra?

— Ah! oui, oui, s'écria le mousquetaire presque persuadé, tant la raison était plausible; oui, mon cher Aramis, vous avez raison; oui, l'idée est heureuse. Gageons qu'elle est de vous, Aramis?

— Je ne sais, répondit négligemment l'évêque; de moi ou de M. Fouquet...

Puis, interrogeant la figure de Percerin après avoir remarqué l'indécision de d'Artagnan:

— Eh bien, monsieur Percerin, demanda-t-il, qu'en dites-vous? Voyons.

— Je dis que...

— Que vous êtes libre de refuser, sans doute, je le sais bien, et je ne compte nullement vous forcer, mon cher monsieur; je dirai plus, je comprends même toute la délicatesse que vous mettez à n'aller pas au-devant de l'idée de M. Fouquet: vous redoutez de paraître aduler le roi. Noblesse de coeur, monsieur Percerin! noblesse de coeur!

Le tailleur balbutia.

— Ce serait, en effet, une bien belle flatterie à faire au jeune prince, continua Aramis. «Mais, m'a dit M. le surintendant, si Percerin refuse, dites-lui que cela ne lui fait aucun tort dans mon esprit, et que je l'estime toujours. Seulement...»

— Seulement?... répéta Percerin avec inquiétude.

— «Seulement, continua Aramis, je serai forcé de dire au roi mon cher monsieur Percerin, vous comprenez, c'est M. Fouquet qui parle; seulement, je serai forcé de dire au roi: «Sire, j'avais l'intention d'offrir à Votre Majesté son image; mais, dans un sentiment de délicatesse, exagérée peut-être, quoique respectable, M. Percerin s'y est opposé.»

— Opposé! s'écria le tailleur épouvanté de la responsabilité qui allait peser sur lui; moi, m'opposer à ce que désire, à ce que veut M. Fouquet quand il s'agit de faire plaisir au roi? oh! le vilain mot que vous avez dit là, monsieur l'évêque! M'opposer! Oh! ce n'est pas moi qui l'ai prononcé Dieu merci! J'en prends à témoin M. le capitaine des mousquetaires. N'est ce pas, monsieur d'Artagnan, que je ne m'oppose à rien?

D'Artagnan fit un signe d'abnégation indiquant qu'il désirait demeurer neutre; il sentait qu'il y avait là-dessous une intrigue, comédie ou tragédie; il se donnait au diable de ne pas la deviner, mais en attendant, il désirait s'abstenir.

Mais déjà Percerin, poursuivi de l'idée qu'on pouvait dire au roi qu'il s'était opposé à ce qu'on lui fît une surprise, avait approché un siège à Le Brun et s'occupait de tirer d'une armoire quatre habits resplendissants, le cinquième étant encore aux mains des ouvriers, et plaçait successivement lesdits chefs-d'oeuvre sur autant de mannequins de Bergame, qui, venus en France du temps de Concini avaient été donnés à Percerin II par le maréchal d'Ancre, après la déconfiture des tailleurs italiens ruinés dans leur concurrence.

Le peintre se mit à dessiner, puis à peindre les habits.

Mais Aramis, qui suivait des yeux toutes les phases de son travail et qui le veillait de près l'arrêta tout à coup.

— Je crois que vous n'êtes pas dans le ton, mon cher monsieur Le Brun, lui dit-il; vos couleurs vous tromperont, et sur la toile se perdra cette parfaite ressemblance qui nous est absolument nécessaire; il faudrait plus de temps pour observer attentivement les nuances.

— C'est vrai, dit Percerin; mais le temps nous fait faute, et à cela, vous en conviendrez, monsieur l'évêque, je ne puis rien.

— Alors la chose manquera, dit Aramis tranquillement, et cela faute de vérité dans les couleurs.

Cependant Le Brun copiait étoffes et ornements avec la plus grande fidélité, ce que regardait Aramis avec une impatience mal dissimulée.

— Voyons, voyons, quel diable d'imbroglio joue-t-on ici? continua de se demander le mousquetaire.

— Décidément, cela n'ira point, dit Aramis; monsieur Le Brun, fermez vos boites et roulez vos toiles.

— Mais c'est qu'aussi, monsieur, s'écria le peintre dépité, le jour est détestable ici.

— Une idée, monsieur Le Brun, une idée! Si on avait un échantillon des étoffes, par exemple, et qu'avec le temps et dans un meilleur jour...

— Oh! alors, s'écria Le Brun, je répondrais de tout.

— Bon! dit d'Artagnan, ce doit être là le noeud de l'action; on a besoin d'un échantillon de chaque étoffe. Mordious! Le donnera-t-il, ce Percerin?

Percerin, battu dans ses derniers retranchements, dupe, d'ailleurs, de la feinte bonhomie d'Aramis, coupa cinq échantillons qu'il remit à l'évêque de Vannes.

— J'aime mieux cela. N'est-ce pas, dit Aramis à d'Artagnan, c'est votre avis, hein?

— Mon avis, mon cher Aramis, dit d'Artagnan c'est que vous êtes toujours le même.

— Et, par conséquent, toujours votre ami, dit l'évêque avec un son de voix charmant.

— Oui, oui, dit tout haut d'Artagnan. Puis tout bas: Si je suis ta dupe, double jésuite, je ne veux pas être ton complice, au moins, et, pour ne pas être ton complice, il est temps que je sorte d'ici. Adieu, Aramis, ajouta-t-il tout haut; adieu, je vais rejoindre Porthos.

— Alors attendez-moi, fit Aramis en empochant les échantillons, car j'ai fini, et je ne serai pas fâché de dire un dernier mot à notre ami.

Le Brun plia bagage, Percerin rentra ses habits dans l'armoire, Aramis pressa sa poche de la main pour s'assurer que les échantillons y étaient bien renfermés, et tous sortirent du cabinet.

CHAPITRE V. Où Molière prit peut-être sa première idée du Bourgeois gentilhomme

D'Artagnan retrouva Porthos dans la salle voisine; non plus Porthos irrité, non plus Porthos désappointé, mais Porthos épanoui, radieux, charmant, et causant avec Molière, qui le regardait avec une sorte d'idolâtrie et comme un homme qui, non seulement n'a jamais rien vu de mieux, mais qui encore n'a jamais rien vu de pareil.

Aramis alla droit à Porthos, lui présenta sa main fine et blanche, qui alla s'engloutir dans la main gigantesque de son vieil ami, opération qu'Aramis ne risquait jamais sans une espèce d'inquiétude. Mais, la pression amicale s'étant accomplie sans trop de souffrance, l'évêque de Vannes se retourna du côté de Molière.

— Eh bien, monsieur, lui dit-il, viendrez-vous avec moi à Saint-Mandé?

— J'irai partout où vous voudrez, Monseigneur, répondit Molière.

— À Saint-Mandé! s'écria Porthos, surpris de voir ainsi le fier évêque de Vannes en familiarité avec un garçon tailleur. Quoi! Aramis, vous emmenez monsieur à Saint-Mandé?

— Oui, dit Aramis en souriant, le temps presse.

— Et puis mon cher Porthos, continua d'Artagnan, M. Molière n'est pas tout à fait ce qu'il paraît être.

— Comment? demanda Porthos.

— Oui, monsieur est un des premiers commis de maître Percerin, il est attendu à Saint-Mandé pour essayer aux épicuriens les habits de fête qui ont été commandés par M. Fouquet.

— C'est justement cela, dit Molière. Oui, monsieur.

— Venez donc, mon cher monsieur Molière, dit Aramis, si toutefois vous avez fini avec M. du Vallon.

— Nous avons fini, répliqua Porthos.

— Et vous êtes satisfait? demanda d'Artagnan.

— Complètement satisfait, répondit Porthos.

Molière prit congé de Porthos avec force saluts et serra la main que lui tendit furtivement le capitaine des mousquetaires.

— Monsieur, acheva Porthos en minaudant, monsieur, soyez exact, surtout.

— Vous aurez votre habit dès demain, monsieur le baron, répondit Molière.

Et il partit avec Aramis.

Alors d'Artagnan, prenant le bras de Porthos:

— Que vous a donc fait ce tailleur, mon cher Porthos, demanda-t-il, pour que vous soyez si content de lui?

— Ce qu'il m'a fait, mon ami! Ce qu'il m'a fait! s'écria Porthos avec enthousiasme.

— Oui, je vous demande ce qu'il vous a fait.

— Mon ami, il a su faire ce qu'aucun tailleur n'avait jamais fait: il m'a pris mesure sans me toucher.

— Ah bah! Contez-moi cela, mon ami.

— D'abord, mon ami, on a été chercher je ne sais où une suite de mannequins de toutes les tailles espérant qu'il s'en trouverait un de la mienne, mais le plus grand, qui était celui du tambour-major des Suisses, était de deux pouces trop court et d'un demi-pied trop maigre.

— Ah! vraiment?

— C'est comme j'ai l'honneur de vous le dire mon cher d'Artagnan. Mais c'est un grand homme ou tout au moins un grand tailleur que ce M. Molière; il n'a pas été le moins du monde embarrassé pour cela.

— Et qu'a-t-il fait?

— Oh! une chose bien simple. C'est inouï, par ma foi! Comment! on est assez grossier pour n'avoir pas trouvé tout de suite ce moyen? Que de peines et d'humiliations on m'eût épargnées!

— Sans compter les habits, mon cher Porthos.

— Oui, trente habits.

— Eh bien, mon cher Porthos, voyons, dites-moi la méthode de M. Molière.

— Molière? vous l'appelez ainsi, n'est-ce pas? Je tiens à me rappeler son nom.

— Oui, ou Poquelin, si vous l'aimez mieux.

— Non, j'aime mieux Molière. Quand je voudrai me rappeler son nom, je penserai à volière, et, comme j'en ai une à Pierrefonds...

— À merveille, mon ami. Et sa méthode, à ce M. Molière?

— La voici. Au lieu de me démembrer comme font tous ces bélîtres, de me faire courber les reins, de me faire plier les articulations, toutes pratiques déshonorantes et basses...

D'Artagnan fit un signe approbatif de la tête.

— «Monsieur, m'a-t-il dit, un galant homme doit se mesurer lui-même. Faites-moi le plaisir de vous approcher de ce miroir.» Alors je me suis approché du miroir. Je dois avouer que je ne comprenais pas parfaitement ce que ce brave M. Volière voulait de moi.

— Molière.

— Ah! oui, Molière, Molière. Et, comme la peur d'être mesuré me tenait toujours: «Prenez garde, lui ai-je dit, à ce que vous m'allez faire; je suis fort chatouilleux, je vous en préviens.» Mais lui, de sa voix douce car c'est un garçon courtois, mon ami, il faut en convenir, mais lui, de sa voix douce: «Monsieur, dit-il, pour que l'habit aille bien, il faut qu'il soit fait à votre image. Votre image est exactement réfléchie par le miroir. Nous allons prendre mesure sur votre image.»

— En effet, dit d'Artagnan, vous vous voyiez au miroir; mais comment a-t-on trouvé un miroir où vous pussiez vous voir tout entier?

— Mon cher, c'est le propre miroir où le roi se regarde.

— Oui; mais le roi a un pied et demi de moins que vous.

— Eh bien, je ne sais pas comment cela se fait c'était sans doute une manière de flatter le roi, mais le miroir était trop grand pour moi. Il est vrai que sa hauteur était faite de trois glaces de Venise superposées et sa largeur des mêmes glaces juxtaposées.

— Oh! mon ami, les admirables mots que vous possédez là! Où diable en avez-vous fait collection?

— À Belle-Île. Aramis les expliquait à l'architecte.

— Ah! très bien! Revenons à la glace, cher ami.

— Alors, ce brave M. Volière...

— Molière.

— Oui, Molière, c'est juste. Vous allez voir, mon cher ami, que voilà maintenant que je vais trop me souvenir de son nom. Ce brave M. Molière se mit donc à tracer avec un peu de blanc d'Espagne des lignes sur le miroir, le tout en suivant le dessin de mes bras et de mes épaules, et cela tout en professant cette maxime que je trouvai admirable: «Il faut qu'un habit ne gêne pas celui qui le porte.»

— En effet, dit d'Artagnan, voilà une belle maxime, qui n'est pas toujours mise en pratique.

— C'est pour cela que je la trouvai d'autant plus étonnante, surtout lorsqu'il la développa.

— Ah! Il développa cette maxime?

— Parbleu!

— Voyons le développement.

«— Attendu, continua-t-il, que l'on peut, dans une circonstance difficile, ou dans une situation gênante, avoir son habit sur l'épaule, et désirer ne pas ôter son habit...»

— C'est vrai, dit d'Artagnan.

«— Ainsi», continua M. Volière...

— Molière!

— Molière, oui. «Ainsi continua M. Molière, vous avez besoin de tirer l'épée, monsieur, et vous avez votre habit sur le dos. Comment faites-vous?

«— Je l'ôte, répondis-je.

«— Eh bien, non, répondit-il à son tour.

«— Comment! non?

«— Je dis qu'il faut que l'habit soit si bien fait, qu'il ne vous gêne aucunement, même pour tirer l'épée.

«— Ah! ah!

«— Mettez-vous en garde», poursuivit-il. J'y tombai avec un si merveilleux aplomb, que deux carreaux de la fenêtre en sautèrent. «Ce n'est rien, ce n'est rien, dit-il, restez comme cela.» Je levai le bras gauche en l'air, l'avant-bras plié gracieusement, la manchette rabattue et le poignet circonflexe, tandis que le bras droit à demi étendu garantissait la ceinture avec le coude, et la poitrine avec le poignet.

— Oui, dit d'Artagnan, la vraie garde, la garde académique.

— Vous avez dit le mot, cher ami. Pendant ce temps, Volière...

— Molière!

— Tenez, décidément, mon cher ami, j'aime mieux l'appeler... Comment avez-vous dit son autre nom?

— Poquelin.

— J'aime mieux l'appeler Poquelin.

— Et comment vous souviendrez-vous mieux de ce nom que de l'autre?

— Vous comprenez... Il s'appelle Poquelin, n'est-ce pas?

— Oui.

— Je me rappellerai madame Coquenard.

— Bon.

— Je changerai *Coque* en *Poque*, *nard* en *lin*, et au lieu de Coquenard, j'aurai Poquelin.

— C'est merveilleux! s'écria d'Artagnan abasourdi... Allez, mon ami, je vous écoute avec admiration.

— Ce Coquelin esquissa donc mon bras sur le miroir.

— Poquelin. Pardon.

— Comment ai-je donc dit?

— Vous avez dit Coquelin.

— Ah! c'est juste. Ce Poquelin esquissa donc mon bras sur le miroir; mais il y mit le temps; il me regardait beaucoup; le fait est que j'étais très beau. «Cela vous fatigue? demanda-t-il.. Un peu, répondis-je en pliant sur les jarrets; cependant le peux tenir encore une heure.. Non, non, je ne le souffrirai pas! Nous avons ici des garçons complaisants qui se feront un devoir de vous soutenir les bras, comme autrefois on soutenait ceux des prophètes quand ils invoquaient le Seigneur.. Très bien! répondis-je.. Cela ne vous humiliera pas?. Mon ami, lui dis-je, il y a, je le crois, une grande différence entre être soutenu et être mesuré.»

— La distinction est pleine de sens, interrompit d'Artagnan.

— Alors, continua Porthos, il fit un signe; deux garçons s'approchèrent; l'un me soutint le bras gauche, tandis que l'autre, avec infiniment d'adresse, me soutenait le bras droit.

«— Un troisième garçon! dit-il.

«Un troisième garçon s'approcha.

«— Soutenez les reins de monsieur, dit-il.

«Le garçon me soutint les reins.»

— De sorte que vous posiez? demanda d'Artagnan.

— Absolument, et Poquenard me dessinait sur la glace.

— Poquelin, mon ami.

— Poquelin, vous avez raison. Tenez, décidément, j'aime encore mieux l'appeler Volière.

— Oui, et que ce soit fini, n'est-ce pas?

— Pendant ce temps-là, Volière me dessinait sur la glace.

— C'était galant.

— J'aime fort cette méthode: elle est respectueuse et met chacun à sa place.

— Et cela se termina?...

— Sans que personne m'eût touché, mon ami.

— Excepté les trois garçons qui vous soutenaient?

— Sans doute; mais je vous ai déjà exposé, je crois, la différence qu'il y a entre soutenir et mesurer.

— C'est vrai, répondit d'Artagnan, qui se dit ensuite à lui-même: Ma foi! ou je me trompe fort, ou j'ai valu là une bonne aubaine à ce coquin de Molière, et nous en verrons bien certainement la scène tirée au naturel dans quelque comédie.

Porthos souriait.

— Quelle chose vous fait rire? lui demanda d'Artagnan.

— Faut-il vous l'avouer? Eh bien, je ris de ce que j'ai tant de bonheur.

— Oh! cela, c'est vrai; je ne connais pas d'homme plus heureux que vous. Mais quel est le nouveau bonheur qui vous arrive?

— Eh bien, mon cher, félicitez-moi.

— Je ne demande pas mieux.

— Il paraît que je suis le premier à qui l'on ait pris mesure de cette façon-là.

— Vous en êtes sûr?

— À peu près. Certains signes d'intelligence échangés entre Volière et les autres garçons me l'ont bien indiqué.

— Eh bien, mon cher ami, cela ne me surprend pas de la part de Molière.

— Volière, mon ami!

— Oh! non, non, par exemple! je veux bien vous laisser dire Volière à vous; mais je continuerai, moi, à dire Molière. Eh bien, cela, disais-je donc, ne m'étonne point de la part de Molière qui est un garçon ingénieux, et à qui vous avez inspiré cette belle idée.

— Elle lui servira plus tard, j'en suis sûr.

— Comment donc, si elle lui servira! Je le crois bien, qu'elle lui servira, et même beaucoup! Car, voyez-vous, mon ami, Molière est, de tous nos tailleurs connus, celui qui habille le mieux nos barons, nos comtes et nos marquis... à leur mesure.

Sur ce mot, dont nous ne discuterons ni l'à-propos ni la profondeur, d'Artagnan et Porthos sortirent de chez maître Percerin et rejoignirent leur carrosse. Nous les y laisserons, s'il plaît au lecteur, pour revenir auprès de Molière et d'Aramis à Saint-Mandé.

CHAPITRE VI. La ruche, les abeilles et le miel

L'évêque de Vannes, fort marri d'avoir rencontré d'Artagnan chez maître Percerin, revint d'assez mauvaise humeur à Saint-Mandé.

Molière, au contraire, tout enchanté d'avoir trouvé un si bon croquis à faire, et de savoir où retrouver l'original, quand du croquis il voudrait faire un tableau, Molière y rentra de la plus joyeuse humeur.

Tout le premier étage, du côté gauche, était occupé par les épicuriens les plus célèbres dans Paris et les plus familiers dans la maison, employés chacun dans son compartiment, comme des abeilles dans leurs alvéoles, à produire un miel destiné au gâteau royal que M. Fouquet comptait servir à Sa Majesté Louis XIV pendant la fête de Vaux.

Pélisson, la tête dans sa main, creusait les fondations du prologue des *Fâcheux*, comédie en trois actes, que devait faire représenter Poquelin de Molière, comme disait d'Artagnan, et Coquelin de Volière, comme disait Porthos.

Loret, dans toute la naïveté de son état de gazetier, les gazetiers de tout temps ont été naïfs, Loret composait le récit des fêtes de Vaux avant que ces fêtes eussent eu lieu.

La Fontaine vaguait au milieu des uns et des autres, ombre égarée, distraite, gênante, insupportable, qui bourdonnait et susurrait à l'épaule de chacun mille inepties poétiques. Il gêna tant de fois Pélisson, que celui-ci, relevant la tête avec humeur.

— Au moins, La Fontaine, dit-il, cueillez-moi une rime, puisque vous dites que vous vous promenez dans les jardins du Parnasse.

— Quelle rime voulez-vous? demanda le fablier, comme l'appelait madame de Sévigné.

— Je veux une rime à *lumière*.

— *Ornière*, répondit La Fontaine.

— Eh! mon cher ami, impossible de parler d'ornières quand on vante les délices de Vaux dit Loret.

— D'ailleurs, cela ne rime pas, répondit Pélisson.

— Comment! cela ne rime pas? s'écria La Fontaine surpris.

— Oui, vous avez une détestable habitude mon cher; habitude qui vous empêchera toujours d'être un poète de premier ordre. Vous rimez lâchement!

— Oh! oh! vous trouvez, Pélisson?

— Eh! oui, mon cher, je trouve. Rappelez-vous qu'une rime n'est jamais bonne tant qu'il s'en peut trouver une meilleure.

— Alors, je n'écrirai plus jamais qu'en prose, dit La Fontaine, qui avait pris au sérieux le reproche de Pélisson. Ah! je m'en étais souvent douté, que je n'étais qu'un maraud de poète! oui, c'est la vérité pure.

— Ne dites pas cela, mon cher; vous devenez trop exclusif, et vous avez du bon dans vos fables.

— Et pour commencer, continua La Fontaine poursuivant son idée, je vais brûler une centaine de vers que je venais de faire.

— Où sont-ils, vos vers?

— Dans ma tête.

— Eh bien, s'ils sont dans votre tête, vous ne pouvez pas les brûler?

— C'est vrai, dit La Fontaine. Si je ne les brûle pas, cependant...

— Eh bien, qu'arrivera-t-il si vous ne les brûlez pas?

— Il arrivera qu'ils me resteront dans l'esprit, et que je ne les oublierai jamais.

— Diable! fit Loret, voilà qui est dangereux; on en devient fou!

— Diable, diable, diable! comment faire? répéta La Fontaine.

— J'ai trouvé un moyen, moi, dit Molière, qui venait d'entrer sur les derniers mots.

— Lequel?

— Écrivez-les d'abord, et brûlez-les ensuite.

— Comme c'est simple! Eh bien, je n'eusse jamais inventé cela. Qu'il a d'esprit, ce diable de Molière! dit La Fontaine.

Puis, se frappant le front:

— Ah! tu ne seras jamais qu'un âne, Jean de La Fontaine, ajouta-t-il.

— Que dites-vous là, mon ami? interrompit Molière en s'approchant du poète, dont il avait entendu l'aparté.

— Je dis que je ne serai jamais qu'un âne, mon cher confrère, répondit La Fontaine avec un gros soupir et les yeux tout bouffis de tristesse. Oui, mon ami, continua-t-il avec une tristesse croissante, il paraît que je rime lâchement.

— C'est un tort.

— Vous voyez bien! Je suis un faquin!

— Qui a dit cela?

— Parbleu! c'est Pélisson. N'est-ce pas, Pélisson?

Pélisson, replongé dans sa composition, se garda bien de répondre.

— Mais, si Pélisson a dit que vous étiez un faquin s'écria Molière, Pélisson vous a gravement offensé.
— Vous croyez?...
— Ah! mon cher, je vous conseille, puisque vous êtes gentilhomme, de ne pas laisser impunie une pareille injure.
— Heu! fit La Fontaine.
— Vous êtes-vous jamais battu?
— Une fois, mon ami, avec un lieutenant de chevau-légers.
— Que vous avait-il fait?
— Il paraît qu'il avait séduit ma femme.
— Ah! ah! dit Molière pâlissant légèrement.

Mais comme, à l'aveu formulé par La Fontaine, les autres s'étaient retournés, Molière garda sur ses lèvres le sourire railleur qui avait failli s'en effacer, et, continuant de faire parler La Fontaine:
— Et qu'est-il résulté de ce duel?
— Il est résulté que, sur le terrain, mon adversaire me désarma, puis me fit des excuses, me promettant de ne plus remettre les pieds à la maison.
— Et vous vous tîntes pour satisfait? demanda Molière.
— Non pas, au contraire! Je ramassai mon épée: «Pardon, monsieur, lui dis-je, je ne me suis pas battu avec vous parce que vous étiez l'amant de ma femme, mais parce qu'on m'a dit que je devais me battre. Or, comme je n'ai jamais été heureux que depuis ce temps-là, faites-moi le plaisir de continuer d'aller à la maison, comme par le passé, ou, morbleu! recommençons.» De sorte, continua La Fontaine, qu'il fut forcé de rester l'amant de ma femme, et que je continue d'être le plus heureux mari de la terre.

Tous éclatèrent de rire. Molière seul passa sa main sur ses yeux. Pourquoi? Peut-être pour essuyer une larme, peut-être pour étouffer un soupir. Hélas! on le sait, Molière était moraliste mais Molière n'était pas philosophe.
— C'est égal, dit-il revenant au point de départ de la discussion, Pélisson vous a offensé.
— Ah! c'est vrai, je l'avais déjà oublié, moi.
— Et je vais l'appeler de votre part.
— Cela se peut faire, si vous le jugez indispensable.
— Je le juge indispensable, et j'y vais.
— Attendez, fit La Fontaine. Je veux avoir votre avis.
— Sur quoi?... Sur cette offense?
— Non, dites-moi si, réellement, *lumière* ne rime pas avec *ornière*.

— Moi, je les ferais rimer.

— Parbleu! je le savais bien.

— Et j'ai fait cent mille vers pareils dans ma vie.

— Cent mille? s'écria La Fontaine. Quatre fois *la Pucelle* que médite M. Chapelain! Est-ce aussi sur ce sujet que vous avez fait cent mille vers, cher ami?

— Mais, écoutez donc, éternel distrait! dit Molière.

— Il est certain, continua La Fontaine, que *légume* par exemple rime avec_ posthume_.

— Au pluriel surtout.

— Oui, surtout au pluriel; attendu qu'alors, il rime, non plus par trois lettres, mais par quatre; c'est comme *ornière* avec *lumière*. Mettez *ornières* et *lumières* au pluriel mon cher Pélisson, dit La Fontaine en allant frapper sur l'épaule de son confrère, dont il avait complètement oublié l'injure, et cela rimera.

— Hein! fit Pélisson.

— Dame! Molière le dit, et Molière s'y connaît, il avoue lui-même avoir fait cent mille vers.

— Allons, dit Molière en riant, le voilà parti!

— C'est comme *rivage*, qui rime admirablement avec *herbage*, j'en mettrais ma tête au feu.

— Mais... fit Molière.

— Je vous dis cela, continua La Fontaine, parce que vous faites un divertissement pour Sceaux, n'est-ce pas?

— Oui, les Fâcheux.

— Ah! *les Fâcheux*, c'est cela; oui, je me souviens. Eh bien, j'avais imaginé qu'un prologue ferait très bien à votre divertissement.

— Sans doute, cela irait à merveille.

— Ah! vous êtes de mon avis?

— J'en suis si bien, que je vous avais prié de le faire, ce prologue.

— Vous m'avez prié de le faire, moi?

— Oui, vous; et même, sur votre refus, je vous ai prié de le demander à Pélisson, qui le fait en ce moment.

— Ah! c'est donc cela que fait Pélisson? Ma foi! mon cher Molière, vous pourriez bien avoir raison quelquefois.

— Quand cela?

— Quand vous dites que je suis distrait. C'est un vilain défaut; je m'en corrigerai, et je vais vous faire votre prologue.

— Mais puisque c'est Pélisson qui le fait!

— C'est juste! Ah! double brute que je suis! Loret a eu bien raison de dire que j'étais un faquin!

— Ce n'est pas Loret qui l'a dit, mon ami.

— Eh bien, celui qui l'a dit, peu m'importe lequel! Ainsi, votre divertissement s'appelle *les Fâcheux*. Eh bien, est-ce que vous ne feriez pas rimer *heureux* avec *fâcheux*?

— À la rigueur, oui.

— Et même avec *capricieux*?

— Oh! non, cette fois, non!

— Ce serait hasardé, n'est-ce pas? Mais, enfin, pourquoi serait-ce hasardé?

— Parce que la désinence est trop différente.

— Je supposais, moi, dit La Fontaine en quittant Molière pour aller trouver Loret, je supposais...

— Que supposiez-vous? dit Loret au milieu d'une phrase. Voyons, dites vite.

— C'est vous qui faites le prologue des *Fâcheux*, n'est-ce pas?

— Eh! non, mordieu! c'est Pélisson!

— Ah! c'est Pélisson! s'écria La Fontaine, qui alla trouver Pélisson. Je supposais, continua-t-il, que la nymphe de Vaux...

— Ah! jolie! s'écria Loret. La nymphe de Vaux! Merci, La Fontaine; vous venez de me donner les deux derniers vers de ma gazette.

Et l'on vit la nymphe de Vaux Donner le prix à leurs travaux.

— À la bonne heure! voilà qui est rimé, dit Pélisson: si vous rimiez comme cela, La Fontaine, à la bonne heure!

— Mais il paraît que je rime comme cela, puisque Loret dit que c'est moi qui lui ai donné les deux vers qu'il vient de dire.

— Eh bien, si vous rimez comme cela, voyons dites, de quelle façon commenceriez-vous mon prologue?

— Je dirais, par exemple: *Ô nymphe... qui...* Après *qui*, je mettrais un verbe à la deuxième personne du pluriel du présent de l'indicatif, et je continuerais ainsi: *cette grotte profonde.*

— Mais le verbe, le verbe? demanda Pélisson.

— Pour venir admirer le plus grand roi du monde, continua La Fontaine.

— Mais le verbe, le verbe? insista obstinément Pélisson. Cette seconde personne du pluriel du présent de l'indicatif?

— Eh bien: *quittez.*

Ô nymphe qui quittez cette grotte profonde Pour venir admirer le plus grand roi du monde.

— Vous mettriez: *qui quittez,* vous?

— Pourquoi pas?

— Qui... qui!

— Ah! mon cher, fit La Fontaine, vous êtes horriblement pédant!

— Sans compter, dit Molière, que, dans le second vers, *venir admirer* est faible, mon cher La Fontaine.

— Alors, vous voyez bien que je suis un pleutre, un faquin, comme vous disiez.

— Je n'ai jamais dit cela.

— Comme disait Loret, alors.

— Ce n'est pas Loret non plus; c'est Pélisson.

— Eh bien, Pélisson avait cent fois raison. Mais ce qui me fâche surtout, mon cher Molière, c'est que je crois que nous n'aurons pas nos habits d'épicuriens.

— Vous comptiez sur le vôtre pour la fête?

— Oui, pour la fête, et puis pour après la fête. Ma femme de ménage m'a prévenu que le mien était un peu mûr.

— Diable! votre femme de ménage a raison: il est plus que mûr!

— Ah! voyez-vous, reprit La Fontaine, c'est que je l'ai oublié à terre dans mon cabinet, et ma chatte...

— Eh bien, votre chatte?

— Ma chatte a fait ses chats dessus, ce qui l'a un peu fané.

Molière éclata de rire. Pélisson et Loret suivirent son exemple.

En ce moment, l'évêque de Vannes parut, tenant sous son bras un rouleau de plans et de parchemins.

Comme si l'ange de la mort eût glacé toutes les imaginations folles et rieuses, comme si cette figure pâle eût effarouché les grâces auxquelles sacrifiait Xénocrate, le silence s'établit aussitôt dans l'atelier, et chacun reprit son sang-froid et sa plume.

Aramis distribua des billets d'invitation aux assistants, et leur adressa des remerciements de la part de M. Fouquet. Le surintendant, disait-il retenu dans son cabinet par le travail, ne pouvait les venir voir, mais les priait de lui envoyer un peu de leur travail du jour pour lui faire oublier la fatigue de son travail de la nuit.

À ces mots, on vit tous les fronts s'abaisser. La Fontaine lui-même se mit à une table et fit courir sur le vélin une plume rapide; Pélisson remit au net son prologue; Molière donna cinquante vers nouvellement crayonnés que lui avait inspirés sa visite chez Percerin; Loret, son article sur les fêtes merveilleuses qu'il prophétisait, et Aramis chargé de butin comme le roi des abeilles, ce gros bourdon noir aux ornements de pourpre et d'or rentra dans son appartement, silencieux et affairé. Mais, avant de rentrer:

— Songez, dit-il, chers messieurs, que nous partons tous demain au soir.

— En ce cas, il faut que je prévienne chez moi, dit Molière.

— Ah! oui, pauvre Molière! fit Loret en souriant *il aime* chez lui.

— *Il aime*, oui, répliqua Molière avec son doux et triste sourire; *il aime*, ce qui ne veut pas dire *on l'aime*.

— Moi, dit La Fontaine, on m'aime à Château-Thierry, j'en suis bien sûr.

En ce moment, Aramis rentra après une disparition d'un instant.

— Quelqu'un vient-il avec moi? demanda-t-il. Je passe par Paris, après avoir entretenu M. Fouquet un quart d'heure. J'offre mon carrosse.

— Bon, à moi! dit Molière. J'accepte; je suis pressé.

— Moi, je dînerai ici, dit Loret. M. de Gourville m'a promis des écrevisses.

Il m'a promis des écrevisses...

Cherche la rime, La Fontaine.»

Aramis sortit en riant comme il savait rire. Molière le suivit. Ils étaient au bas de l'escalier lorsque La Fontaine entrebâilla la porte et cria:

Moyennant que tu l'écrivisses, Il t'a promis des écrevisses.

Les éclats de rire des épicuriens redoublèrent et parvinrent jusqu'aux oreilles de Fouquet, au moment où Aramis ouvrait la porte de son cabinet.

Quant à Molière, il s'était chargé de commander les chevaux, tandis qu'Aramis allait échanger avec le surintendant les quelques mots qu'il avait à lui dire.

— Oh! comme ils rient là-haut! dit Fouquet avec un soupir.

— Vous ne riez pas, vous, Monseigneur?

— Je ne ris plus, monsieur d'Herblay.

— La fête approche.

— L'argent s'éloigne.

— Ne vous ai-je pas dit que c'était mon affaire?

— Vous m'avez promis des millions.

— Vous les aurez le lendemain de l'entrée du roi à Vaux.

Fouquet regarda profondément Aramis, et passa sa main glacée sur son front humide. Aramis comprit que le surintendant doutait de lui, ou sentait son impuissance à avoir de l'argent. Comment

Fouquet pouvait-il supposer qu'un pauvre évêque, ex-abbé, ex-mousquetaire, en trouverait?

— Pourquoi douter? dit Aramis.:

Fouquet sourit et secoua la tête.

— Homme de peu de foi! ajouta l'évêque.

— Mon cher monsieur d'Herblay, répondit Fouquet, si je tombe...

— Eh bien, si vous tombez...

— Je tomberai du moins de si haut, que je me briserai en tombant.

Puis, secouant la tête comme pour échapper à lui-même:

— D'où venez-vous, dit-il, cher ami?

— De Paris.

— De Paris? Ah!

— Oui, de chez Percerin.

— Et qu'avez-vous été faire vous-même chez Percerin; car je ne suppose pas que vous attachiez une si grande importance aux habits de nos poètes?

— Non; j'ai été commander une surprise.

— Une surprise?

— Oui, que vous ferez au roi.

— Coûtera-t-elle cher?

— Oh! cent pistoles, que vous donnerez à Le Brun.

— Une peinture? Ah! tant mieux! Et que doit représenter cette peinture?

— Je vous conterai cela; puis, du même coup, quoi que vous en disiez, j'ai visité les habits de nos poètes.

— Bah! et ils seront élégants, riches?

— Superbes! Il n'y aura pas beaucoup de grands seigneurs qui en auront de pareils. On verra la différence qu'il y a entre les courtisans de la richesse et ceux de l'amitié.

— Toujours spirituel et généreux, cher prélat!

— À votre école.

Fouquet lui serra la main.

— Et où allez-vous? dit-il.

— Je vais à Paris, quand vous m'aurez donné une lettre.

— Une lettre pour qui?

— Une lettre pour M. de Lyonne.

— Et que lui voulez-vous, à Lyonne?

— Je veux lui faire signer une lettre de cachet.

— Une lettre de cachet! Vous voulez faire mettre quelqu'un à la Bastille?

— Non, au contraire, j'en veux faire sortir quelqu'un.
— Ah! Et qui cela?
— Un pauvre diable, un jeune homme, un enfant, qui est embastillé, voilà tantôt dix ans, pour deux vers latins qu'il a faits contre les jésuites.
— Pour deux vers latins! Et, pour deux vers latins, il est en prison depuis dix ans, le malheureux?
— Oui.
— Et il n'a pas commis d'autre crime?
— À part ces deux vers, il est innocent comme vous et moi.
— Votre parole?
— Sur l'honneur!
— Et il se nomme?...
— Seldon.
— Ah! c'est trop fort, par exemple! Et vous saviez cela, et vous ne me l'avez pas dit?
— Ce n'est qu'hier que sa mère s'est adressée à moi, Monseigneur.
— Et cette femme est pauvre?
— Dans la misère la plus profonde.
— Mon Dieu! dit Fouquet, vous permettez parfois de telles injustices, que je comprends qu'il y ait des malheureux qui doutent de vous! Tenez, monsieur d'Herblay.

Et Fouquet, prenant une plume, écrivit rapidement quelques lignes à son collègue Lyonne.

Aramis prit la lettre et s'apprêta à sortir.
— Attendez, dit Fouquet.

Il ouvrit son tiroir et lui remit dix billets de caisse qui s'y trouvaient. Chaque billet était de mille livres.
— Tenez, dit-il, faites sortir le fils, et remettez ceci à la mère; mais surtout ne lui dites pas...
— Quoi, Monseigneur?
— Qu'elle est de dix mille livres plus riche que moi; elle dirait que je suis un triste surintendant. Allez, et j'espère que Dieu bénira ceux qui pensent à ses pauvres.
— C'est ce que j'espère aussi, répliqua Aramis en baisant la main de Fouquet.

Et il sortit rapidement, emportant la lettre pour Lyonne, les bons de caisse pour la mère de Seldon et emmenant Molière, qui commençait à s'impatienter.

CHAPITRE VII. Encore un souper à la Bastille

Sept heures du soir sonnaient au grand cadran de la Bastille, à ce fameux cadran qui, pareil à tous les accessoires de la prison d'État, dont l'usage est une torture, rappelait aux prisonniers la destination de chacune des heures de leur supplice. Le cadran de la Bastille, orné de figures comme la plupart des horloges de ce temps, représentait saint Pierre aux Liens.

C'était l'heure du souper des pauvres captifs. Les portes, grondant sur leurs énormes gonds, ouvraient passage aux plateaux et aux paniers chargés de mets, dont la délicatesse, comme M. Baisemeaux nous l'a appris lui-même, s'appropriait à la condition du détenu.

Nous savons là-dessus les théories de M. Baisemeaux, souverain dispensateur des délices gastronomiques, cuisinier en chef de la forteresse royale, dont les paniers pleins montaient les raides escaliers, portant quelque consolation aux prisonniers, dans le fond des bouteilles honnêtement remplies.

Cette même heure était celle du souper de M. le gouverneur. Il avait un convive ce jour-là, et la broche tournait plus lourde que d'habitude.

Les perdreaux rôtis, flanqués de cailles et flanquant un levraut piqué; les poules dans le bouillon, le jambon frit et arrosé de vin blanc, les cardons de Guipuzcoa et la bisque d'écrevisses; voilà, outre les soupes et les hors d'oeuvre, quel était le menu de M. le gouverneur.

Baisemeaux, attablé, se frottait les mains en regardant M. l'évêque de Vannes, qui, botté comme un cavalier, habillé de gris, l'épée au flanc, ne cessait de parler de sa faim et témoignait la plus vive impatience.

M. Baisemeaux de Montlezun n'était pas accoutumé aux familiarités de Sa Grandeur Monseigneur de Vannes, et, ce soir-là, Aramis, devenu guilleret, faisait confidences sur confidences. Le prélat était redevenu tant soit peu mousquetaire. L'évêque frisait la gaillardise. Quant à M. Baisemeaux, avec cette facilité des gens vulgaires, il se livrait tout entier sur ce quart d'abandon de son convive.

— Monsieur, dit-il, car, en vérité, ce soir, je n'ose vous appeler Monseigneur...

— Non pas, dit Aramis, appelez-moi monsieur, j'ai des bottes.

— Eh bien, monsieur, savez-vous qui vous me rappelez ce soir?

— Non, ma foi! dit Aramis en se versant à boire, mais j'espère que je vous rappelle un bon convive.

— Vous m'en rappelez deux. Monsieur François, mon ami, fermez cette fenêtre: le vent pourrait incommoder Sa Grandeur.

— Et qu'il sorte! ajouta Aramis. Le souper est complètement servi, nous le mangerons bien sans laquais. J'aime fort, quand je suis en petit comité, quand je suis avec un ami...

Baisemeaux s'inclina respectueusement.

— J'aime fort, continua Aramis, à me servir moi-même.

— François, sortez! cria Baisemeaux. Je disais donc que Votre Grandeur me rappelle deux personnes: l'une bien illustre, c'est feu M. le cardinal, le grand cardinal, celui de La Rochelle, celui qui avait des bottes comme vous. Est-ce vrai?

— Oui, ma foi! dit Aramis. Et l'autre?

— L'autre, c'est un certain mousquetaire, très joli, très brave, très hardi, très heureux, qui, d'abbé, se fit mousquetaire, et, de mousquetaire, abbé.

Aramis daigna sourire.

— D'abbé, continua Baisemeaux enhardi par le sourire de Sa Grandeur, d'abbé, évêque, et, d'évêque...

— Ah! arrêtons-nous, par grâce! fit Aramis.

— Je vous dis, monsieur, que vous me faites l'effet d'un cardinal.

— Cessons, mon cher monsieur Baisemeaux. Vous l'avez dit, j'ai les bottes d'un cavalier, mais je ne veux pas, même ce soir, me brouiller, malgré cela, avec l'Église.

— Vous avez des intentions mauvaises, cependant, Monseigneur.

— Oh! je l'avoue, mauvaises comme tout ce qui est mondain.

— Vous courez la ville, les ruelles, en masque?

— Comme vous dites, en masque.

— Et vous jouez toujours de l'épée?

— Je crois que oui, mais seulement quand on m'y force. Faites-moi donc le plaisir d'appeler François.

— Vous avez du vin là.

— Ce n'est pas pour du vin, c'est parce qu'il fait chaud ici et que la fenêtre est close.

— Je ferme les fenêtres en soupant pour ne pas entendre les rondes ou les arrivées des courriers.

— Ah! oui... On les entend quand la fenêtre est ouverte?

— Trop bien, et cela dérange. Vous comprenez.

— Cependant on étouffe. François!

François entra.

— Ouvrez, je vous prie, maître François, dit Aramis. Vous permettez, cher monsieur Baisemeaux?

— Monseigneur est ici chez lui, répondit le gouverneur.

La fenêtre fut ouverte.

— Savez-vous, dit M. Baisemeaux, que vous allez vous trouver bien esseulé, maintenant que M. de La Fère a regagné ses pénates de Blois? C'est un bien ancien ami, n'est-ce pas?

— Vous le savez comme moi, Baisemeaux, puisque vous avez été aux mousquetaires avec nous.

— Bah! avec mes amis, je ne compte ni les bouteilles ni les années.

— Et vous avez raison. Mais je fais plus qu'aimer M. de La Fère, cher monsieur Baisemeaux, je le vénère.

— Eh bien, moi, c'est singulier, dit le gouverneur, je lui préfère M. d'Artagnan. Voilà un homme qui boit bien et longtemps! Ces gens-là laissent voir leur pensée, au moins.

— Baisemeaux, enivrez-moi ce soir, faisons la débauche comme autrefois; et, si j'ai une peine au fond du coeur, je vous promets que vous la verrez comme vous verriez un diamant au fond de votre verre.

— Bravo! dit Baisemeaux.

Et il se versa un grand coup de vin, et l'avala en frémissant de joie d'être pour quelque chose dans un péché capital d'archevêque.

Tandis qu'il buvait il ne voyait pas avec quelle attention Aramis observait les bruits de la grande cour.

Un courrier entra vers huit heures, à la cinquième bouteille apportée par François sur la table, et, quoique ce courrier fît grand bruit, Baisemeaux n'entendit rien.

— Le diable l'emporte! fit Aramis.

— Quoi donc? Qui donc? demanda Baisemeaux. J'espère que ce n'est pas le vin que vous buvez, ni celui qui vous le fait boire?

— Non; c'est un cheval qui fait, à lui seul autant de bruit dans la cour que pourrait en faire un escadron tout entier.

— Bon! Quelque courrier, répliqua le gouverneur en redoublant force rasades. Oui, le diable l'emporte! et si vite, que nous n'en entendions plus parler! Hourra! hourra!

— Vous m'oubliez, Baisemeaux! Mon verre est vide, dit Aramis en montrant un cristal éblouissant.

— D'honneur, vous m'enchantez... François, du vin!

François entra.

— Du vin, maraud, et du meilleur!

— Oui, monsieur; mais... c'est un courrier.
— Au diable! ai-je dit.
— Monsieur, cependant...
— Qu'il laisse au greffe; nous verrons demain. Demain, il sera temps; demain, il fera jour, dit Baisemeaux en chantonnant ces deux dernières phrases.
— Ah! monsieur, grommela le soldat François, bien malgré lui, monsieur...
— Prenez garde, dit Aramis, prenez garde.
— À quoi, cher monsieur d'Herblay? dit Baisemeaux à moitié ivre.
— La lettre par courrier, qui arrive aux gouverneurs de citadelle c'est quelquefois un ordre.
— Presque toujours.
— Les ordres ne viennent-ils pas des ministres?
— Oui sans doute; mais...
— Et ces ministres ne font-ils pas que contresigner le seing du roi?
— Vous avez peut-être raison. Cependant, c'est bien ennuyeux quand on est en face d'une bonne table en tête à tête avec un ami! Ah! pardon, monsieur, j'oublie que c'est moi qui vous donne à souper, et que je parle à un futur cardinal.
— Laissons tout cela, cher Baisemeaux, et revenons à votre soldat, à François.
— Eh bien, qu'a-t-il fait, François?
— Il a murmuré.
— Il a eu tort.
— Cependant, il a murmuré, vous comprenez; c'est qu'il se passe quelque chose d'extraordinaire. Ce pourrait bien n'être pas François qui aurait tort de murmurer, mais vous qui auriez tort de ne pas l'entendre.
— Tort? Moi, avoir tort devant François? Cela me paraît dur.
— Un tort d'irrégularité. Pardon! mais j'ai cru devoir vous faire une observation que je juge importante.
— Oh! vous avez raison, peut-être, bégaya Baisemeaux. Ordre du roi c'est sacré! Mais les ordres qui viennent quand on soupe, je le répète, que le diable...
— Si vous eussiez fait cela au grand cardinal, hein! mon cher Baisemeaux, et que cet ordre eût eu quelque importance...
— Je le fais pour ne pas déranger un évêque; ne suis-je pas excusable, morbleu?

— N'oubliez pas, Baisemeaux, que j'ai porté la casaque, et j'ai l'habitude de voir partout des consignes.

— Vous voulez donc?...

— Je veux que vous fassiez votre devoir, mon ami. Oui, je vous en prie, au moins devant ce soldat.

— C'est mathématique, fit Baisemeaux.

François attendait toujours.

— Qu'on me monte cet ordre du roi, dit Baisemeaux en se redressant. Et il ajouta tout bas: Savez-vous ce que c'est? Je vais vous le dire quelque chose d'intéressant comme ceci: «Prenez garde au feu dans les environs de la poudrière»; ou bien: «Veillez sur un tel, qui est un adroit fuyard.» Ah! si vous saviez, Monseigneur, combien de fois j'ai été réveillé en sursaut au plus doux, au plus profond de mon sommeil, par des ordonnances arrivant au galop pour me dire, ou plutôt pour m'apporter un pli contenant ces mots: «Monsieur Baisemeaux, qu'y a-t-il de nouveau?» On voit bien que ceux qui perdent leur temps à écrire de pareils ordres n'ont jamais couché à la Bastille. Ils connaîtraient mieux l'épaisseur de mes murailles, la vigilance de mes officiers, la multiplicité de mes rondes. Enfin, que voulez-vous, Monseigneur! leur métier est d'écrire pour me tourmenter lorsque je suis tranquille; pour me troubler quand je suis heureux ajouta Baisemeaux en s'inclinant devant Aramis. Laissons-les donc faire leur métier.

— Et faites le vôtre, ajouta en souriant l'évêque, dont le regard, soutenu, commandait malgré cette caresse.

François rentra. Baisemeaux prit de ses mains l'ordre envoyé du ministère. Il le décacheta lentement et le lut de même. Aramis feignit de boire pour observer son hôte au travers du cristal. Puis, Baisemeaux ayant lu:

— Que disais-je tout à l'heure? fit-il.

— Quoi donc? demanda l'évêque.

— Un ordre d'élargissement. Je vous demande un peu, la belle nouvelle pour nous déranger!

— Belle nouvelle pour celui qu'elle concerne, vous en conviendrez, au moins, mon cher gouverneur.

— Et à huit heures du soir!

— C'est de la charité.

— De la charité, je le veux bien; mais elle est pour ce drôle-là qui s'ennuie, et non pas pour moi qui m'amuse! dit Baisemeaux exaspéré.

— Est-ce une perte que vous faites, et le prisonnier qui vous est enlevé était il aux grands contrôles?

— Ah bien, oui! Un pleutre, un rat, à cinq francs!

— Faites voir, demanda M. d'Herblay. Est-ce indiscret?

— Non pas; lisez.

— Il y a *pressé* sur la feuille. Vous avez vu, n'est-ce pas.

— C'est admirable! *Pressé!*... un homme qui est ici depuis dix ans! On est pressé de le mettre dehors, aujourd'hui, ce soir même, à huit heures!

Et Baisemeaux, haussant les épaules avec un air de superbe dédain, jeta l'ordre sur la table et se remit à manger.

— Ils ont de ces mouvements-là, dit-il la bouche pleine, ils prennent un homme un beau jour, ils le nourrissent pendant dix ans et vous écrivent: *Veillez bien sur le drôle!* ou bien: *Tenez-le rigoureusement!* Et puis, quand on s'est accoutumé à regarder le détenu comme un homme dangereux tout à coup, sans cause, sans précédent, ils vous écrivent: *Mettez en liberté.* Et ils ajoutent à leur missive: *Pressé!* Vous avouerez, Monseigneur que c'est à faire lever les épaules.

— Que voulez-vous! on crie comme cela, dit Aramis, et on exécute l'ordre.

— Bon! bon! l'on exécute!... Oh! patience!... Il ne faudrait pas vous figurer que je suis un esclave.

— Mon Dieu, très cher monsieur Baisemeaux, qui vous dit cela? on connaît votre indépendance.

— Dieu merci!

— Mais on connaît aussi votre bon coeur.

— Ah! parlons-en!

— Et votre obéissance à vos supérieurs. Quand on a été soldat, voyez-vous, Baisemeaux, c'est pour la vie.

— Aussi, obéirai-je strictement, et demain matin, au point du jour, le détenu désigné sera élargi.

— Demain?

— Au jour.

— Pourquoi pas ce soir, puisque la lettre de cachet porte sur la suscription et à l'intérieur: *Pressé?*

— Parce que ce soir nous soupons et que nous sommes pressés, nous aussi.

— Cher Baisemeaux, tout botté que je suis, je me sens prêtre, et la charité m'est un devoir plus impérieux que la faim et la soif. Ce malheureux a souffert assez longtemps, puisque vous venez de me dire que, depuis dix ans, il est votre pensionnaire. Abrégez-lui la souffrance. Une bonne minute l'attend, donnez-la-lui bien vite. Dieu vous la rendra dans son paradis en années de félicité.

— Vous le voulez?

— Je vous en prie.

— Comme cela, tout au travers du repas.

— Je vous en supplie; cette action vaudra dix *Benedicite*.

— Qu'il soit fait comme vous le désirez. Seulement, nous mangerons froid.

— Oh! qu'à cela ne tienne!

Baisemeaux se pencha en arrière pour sonner François, et, par un mouvement tout naturel, il se retourna vers la porte.

L'ordre était resté sur la table. Aramis profita du moment où Baisemeaux ne regardait pas pour échanger ce papier contre un autre, plié de la même façon, et qu'il tira de sa poche.

— François, dit le gouverneur, que l'on fasse monter ici M. le major avec les guichetiers de la Bertaudière.

François sortit en s'inclinant, et les deux convives se retrouvèrent seuls.

CHAPITRE VIII. *Le général de l'ordre*

Il se fit, entre les deux convives, un instant de silence pendant lequel Aramis ne perdit pas de vue le gouverneur. Celui-ci ne semblait qu'à moitié résolu à se déranger ainsi au milieu de son souper, et il était évident qu'il cherchait une raison quelconque, bonne ou mauvaise, pour retarder au moins jusqu'après le dessert. Cette raison, il parut tout à coup l'avoir trouvée.

— Eh! mais, s'écria-t-il, c'est impossible!

— Comment, impossible? dit Aramis. Voyons un peu, cher ami, ce qui est impossible.

— Il est impossible de mettre le prisonnier en liberté à une pareille heure. Où ira-t-il, lui qui ne connaît pas Paris?

— Il ira où il pourra.

— Vous voyez bien, autant vaudrait délivrer un aveugle.

— J'ai un carrosse, je le conduirai là où il voudra que je le mène.

— Vous avez réponse à tout... François, qu'on dise à M. le major d'aller ouvrir la prison de M. Seldon, N° 3, Bertaudière.

— Seldon? fit Aramis très simplement. Vous avez dit Seldon, je crois?

— J'ai dit Seldon. C'est le nom de celui qu'on élargit.

— Oh! vous voulez dire Marchiali, dit Aramis.

— Marchiali? Ah bien! oui! Non, non, Seldon.

— Je pense que vous faites erreur, monsieur Baisemeaux.

— J'ai lu l'ordre.

— Moi aussi.

— Et j'ai vu *Seldon* en lettres grosses comme cela.

Et M. de Baisemeaux montrait son doigt.

— Moi, j'ai lu *Marchiali* en caractères gros comme ceci.

Et Aramis montrait les deux doigts.

— Au fait, éclaircissons le cas, dit Baisemeaux, sûr de lui. Le papier est là, et il suffira de le lire.

— Je lis: Marchiali, reprit Aramis en déployant le papier. Tenez!

Baisemeaux regarda et ses bras fléchirent.

— Oui, oui, dit-il atterré, oui, *Marchiali*. Il y a bien écrit Marchiali! c'est bien vrai!

— Ah!

— Comment! l'homme dont nous parlons tant? L'homme que chaque jour l'on me recommande tant?

— Il y a _Marchiali,_ répéta encore l'inflexible Aramis.

— Il faut l'avouer, monseigneur, mais je n'y comprends absolument rien.

— On en croit ses yeux, cependant.

— Ma foi, dire qu'il y a bien *Marchiali*!

— Et d'une bonne écriture, encore.

— C'est phénoménal! Je vois encore cet ordre et le nom de Seldon, Irlandais. Je le vois. Ah! et même, je me le rappelle, sous ce nom, il y avait un pâté d'encre.

— Non, il n'y a pas d'encre, non, il n'y a pas de pâté.

— Oh! par exemple, si fait! À telle enseigne que j'ai frotté la poudre qu'il y avait sur le pâté.

— Enfin, quoi qu'il en soit, cher monsieur de Baisemeaux, dit Aramis, et quoi que vous ayez vu, l'ordre est signé de délivrer Marchiali, avec ou sans pâté.

— L'ordre est signé de délivrer Marchiali, répéta machinalement Baisemeaux, qui essayait de reprendre possession de ses esprits.

— Et vous allez délivrer ce prisonnier. Si le coeur vous dit de délivrer aussi Seldon, je vous déclare que je ne m'y opposerai pas le moins du monde.

Aramis ponctua cette phrase par un sourire dont l'ironie acheva de dégriser Baisemeaux et lui donna du courage.

— Monseigneur, dit-il, ce Marchiali est bien le même prisonnier, que, l'autre jour, un prêtre, confesseur de *notre ordre*, est venu visiter si impérieusement et si secrètement.

— Je ne sais pas cela, monsieur, répliqua l'évêque.

— Il n'y a pas cependant si longtemps, cher monsieur d'Herblay.

— C'est vrai, mais chez nous, monsieur, il est bon que l'homme d'aujourd'hui ne sache plus ce qu'a fait l'homme d'hier.

— En tout cas, fit Baisemeaux, la visite du confesseur jésuite aura porté bonheur à cet homme.

Aramis ne répliqua pas et se remit à manger et à boire.

Baisemeaux, lui, ne touchant plus à rien de ce qui était sur la table, reprit encore une fois l'ordre et l'examina en tous sens.

Cette inquisition, dans des circonstances ordinaires, eût fait monter le pourpre aux oreilles du mal patient Aramis; mais l'évêque de Vannes ne se courrouçait point pour si peu, surtout quand il s'était dit tout bas qu'il serait dangereux de se courroucer.

— Allez-vous délivrer Marchiali? dit-il. Oh! que voilà du xérès fondu et parfumé, mon cher gouverneur!

— Monseigneur, répondit Baisemeaux, je délivrerai le prisonnier Marchiali quand j'aurai rappelé le courrier qui apportait l'ordre, et surtout lorsqu'en l'interrogeant je me serai assuré...

— Les ordres sont cachetés, et le contenu est ignoré du courrier. De quoi vous assurerez-vous donc, je vous prie?

— Soit, monseigneur; mais j'enverrai au ministère, et, là, M. de Lyonne retirera l'ordre ou l'approuvera.

— À quoi bon tout cela? fit Aramis froidement.

— À quoi bon?

— Oui, je demande à quoi cela sert.

— Cela sert à ne jamais se tromper, monseigneur, à ne jamais manquer au respect que tout subalterne doit à ses supérieurs, à ne jamais enfreindre les devoirs du service qu'on a consenti à prendre.

— Fort bien, vous venez de parler si éloquemment, que je vous ai admiré. C'est vrai, un subalterne doit respect à ses supérieurs, il est coupable quand il se trompe, et il serait puni s'il enfreignait les devoirs ou les lois de son service.

Baisemeaux regarda l'évêque avec étonnement.

— Il en résulte, poursuivit Aramis, que vous allez consulter pour vous mettre en repos avec votre conscience?
— Oui, monseigneur.
— Et que, si un supérieur vous ordonne, vous obéirez?
— Vous n'en doutez pas, monseigneur.
— Vous connaissez bien la signature du roi, monsieur de Baisemeaux?
— Oui, monseigneur.
— N'est-elle pas sur cet ordre de mise en liberté?
— C'est vrai, mais elle peut...
— Être fausse, n'est-ce pas?
— Cela s'est vu, monseigneur.
— Vous avez raison. Et celle de M. de Lyonne?
— Je la vois bien sur l'ordre; mais, de même qu'on peut contrefaire le seing du roi, l'on peut, à plus forte raison, contrefaire celui de M. de Lyonne.
— Vous marchez dans la logique à pas de géant, monsieur de Baisemeaux, dit Aramis, et votre argumentation est invincible. Mais vous vous fondez, pour croire ces signatures fausses, particulièrement sur quelles causes?
— Sur celle-ci: l'absence des signataires. Rien ne contrôle la signature de Sa Majesté, et M. de Lyonne n'est pas là pour me dire qu'il a signé.
— Eh bien! monsieur de Baisemeaux, fit Aramis en attachant sur le gouverneur son regard d'aigle, j'adopte si franchement vos doutes et votre façon de les éclaircir, que je vais prendre une plume si vous me la donnez.
Baisemeaux donna une plume.
— Une feuille blanche quelconque, ajouta Aramis.
Baisemeaux donna le papier.
— Et que je vais écrire, moi aussi, moi présent, moi incontestable, n'est-ce pas? un ordre auquel, j'en suis certain, vous donnerez créance, si incrédule que vous soyez.
Baisemeaux pâlit devant cette glaciale assurance. Il lui sembla que cette voix d'Aramis, si souriant et si gai naguère, était devenue funèbre et sinistre, que la cire des flambeaux se changeait en cierges de chapelle sépulcrale, et que le vin des verres se transformait en calice de sang.
Aramis prit la plume et écrivit. Baisemeaux, terrifié, lisait derrière son épaule:

«A.M.D.G.» écrivit l'évêque, et il souscrivit une croix au-dessous de ces quatre lettres, qui signifient *ad majorem Dei gloriam*. Puis il continua:

«Il nous plaît que l'ordre apporté à M. de Baisemeaux de Montlezun, gouverneur pour le roi du château de la Bastille, soit réputé par lui bon et valable, et mis sur-le-champ à exécution.

Signé: d'Herblay, général de l'ordre par la grâce de Dieu.»

Baisemeaux fut frappé si profondément, que ses traits demeurèrent contractés, ses lèvres béantes, ses yeux fixes. Il ne remua pas, il n'articula pas un son.

On n'entendait dans la vaste salle que le bourdonnement d'une petite mouche qui voletait autour des flambeaux.

Aramis, sans même daigner regarder l'homme qu'il réduisait à un si misérable état, tira de sa poche un petit étui qui renfermait de la cire noire; il cacheta sa lettre, y apposa un sceau suspendu à sa poitrine derrière son pourpoint, et, quand l'opération fut terminée, il présenta, silencieusement toujours, la missive à M. de Baisemeaux.

Celui-ci, dont les mains tremblaient à faire pitié, promena un regard terne et fou sur le cachet. Une dernière lueur d'émotion se manifesta sur ses traits, et il tomba comme foudroyé sur une chaise.

— Allons, allons, dit Aramis après un long silence pendant lequel le gouverneur de la Bastille avait repris peu à peu ses sens, ne me faites pas croire, cher Baisemeaux, que la présence du général de l'ordre est terrible comme celle de Dieu, et qu'on meurt de l'avoir vu. Du courage! levez vous, donnez-moi votre main, et obéissez.

Baisemeaux, rassuré, sinon satisfait, obéit, baisa la main d'Aramis et se leva.

— Tout de suite? murmura-t-il.

— Oh! pas d'exagération, mon hôte; reprenez votre place, et faisons honneur à ce beau dessert.

— Monseigneur, je ne me relèverai pas d'un tel coup; moi qui ai ri, plaisanté avec vous! moi qui ai osé vous traiter sur un pied d'égalité!

— Tais-toi, mon vieux camarade, répliqua l'évêque, qui sentit combien la corde était tendue et combien il eût été dangereux de la rompre, tais-toi. Vivons chacun de notre vie: à toi, ma protection et mon amitié; à moi, ton obéissance. Ces deux tributs exactement payés, restons en joie.

Baisemeaux réfléchit; il aperçut d'un coup d'oeil les conséquences de cette extorsion d'un prisonnier à l'aide d'un faux ordre, et, mettant en parallèle la garantie que lui offrait l'ordre officiel du général, il ne la sentit pas de poids.

Aramis le devina.

— Mon cher Baisemeaux, dit-il, vous êtes un niais. Perdez donc l'habitude de réfléchir, quand je me donne la peine de penser pour vous.

Et sur un nouveau geste qu'il fit, Baisemeaux s'inclina encore.

— Comment vais-je m'y prendre? dit-il.

— Comment faites-vous pour délivrer un prisonnier?

— J'ai le règlement.

— Eh bien! suivez le règlement, mon cher.

— Je vais avec mon major à la chambre du prisonnier, et je l'emmène quand c'est un personnage d'importance.

— Mais ce Marchiali n'est pas un personnage d'importance? dit négligemment Aramis.

— Je ne sais, répliqua le gouverneur.

Comme il eût dit: «C'est à vous de me l'apprendre.»

— Alors, si vous ne le savez pas, c'est que j'ai raison: agissez donc envers ce Marchiali comme vous agissez envers les petits.

— Bien. Le règlement l'indique.

— Ah!

— Le règlement porte que le guichetier ou l'un des bas officiers amènera le prisonnier au gouverneur, dans le greffe.

— Eh bien! mais c'est fort sage, cela. Et ensuite?

— Ensuite, on rend à ce prisonnier les objets de valeur qu'il portait sur lui lors de son incarcération, les habits, les papiers, si l'ordre du ministre n'en a disposé autrement.

— Que dit l'ordre du ministre à propos de ce Marchiali?

— Rien; car le malheureux est arrivé ici sans joyaux, sans papiers, presque sans habits.

— Voyez comme tout cela est simple! En vérité, Baisemeaux, vous vous faites des monstres de toute chose. Restez donc ici, et faites amener le prisonnier au Gouvernement.

Baisemeaux obéit. Il appela son lieutenant, et lui donna une consigne, que celui-ci transmit, sans s'émouvoir, à qui de droit.

Une demi-heure après, on entendit une porte se refermer dans la cour: c'était la porte du donjon qui venait de rendre sa proie à l'air libre.

Aramis souffla toutes les bougies qui éclairaient la chambre. Il n'en laissa brûler qu'une, derrière la porte. Cette lueur tremblotante ne permettait pas aux regards de se fixer sur les objets. Elle en décuplait les aspects et les nuances par son incertitude et sa mobilité.

Les pas se rapprochèrent.

— Allez au-devant de vos hommes, dit Aramis à Baisemeaux.

Le gouverneur obéit.

Le sergent et les guichetiers disparurent.

Baisemeaux rentra, suivi d'un prisonnier.

Aramis s'était placé dans l'ombre; il voyait sans être vu.

Baisemeaux, d'une voix émue, fit connaître à ce jeune homme l'ordre qui le rendait libre.

Le prisonnier écouta sans faire un geste ni prononcer un mot.

— Vous jurerez, c'est le règlement qui le veut, ajouta le gouverneur, de ne jamais rien révéler de ce que vous avez vu ou entendu dans la Bastille?

Le prisonnier aperçut un christ; il étendit la main et jura des lèvres.

— À présent, monsieur, vous êtes libre; où comptez-vous aller?

Le prisonnier tourna la tête, comme pour chercher derrière lui une protection sur laquelle il avait dû compter.

C'est alors qu'Aramis sortit de l'ombre.

— Me voici, dit-il, pour rendre à Monsieur le service qu'il lui plaira de me demander.

Le prisonnier rougit légèrement, et, sans hésitation vint passer son bras sous celui d'Aramis.

— Dieu vous ait en sa sainte garde! dit-il d'une voix qui, par sa fermeté, fit tressaillir le gouverneur, autant que la formule l'avait étonné.

Aramis, en serrant les mains de Baisemeaux, lui dit:

— Mon ordre vous gêne-t-il? craignez-vous qu'on ne le trouve chez vous, si l'on venait à y fouiller?

— Je désire le garder, monseigneur, dit Baisemeaux. Si on le trouvait chez moi, ce serait un signe certain que je serais perdu, et, en ce cas, vous seriez pour moi un puissant et dernier auxiliaire.

— Étant votre complice, voulez-vous dire? répondit Aramis en haussant les épaules. Adieu, Baisemeaux! dit-il.

Les chevaux attendaient, ébranlant le carrosse dans leur impatience.

Baisemeaux conduisit l'évêque jusqu'au bas du perron.

Aramis fit monter son compagnon avant lui dans le carrosse, y monta ensuite, et, sans donner d'autre ordre au cocher:
— Allez! dit-il.
La voiture roula bruyamment sur le pavé des cours. Un officier, portant un flambeau, devançait les chevaux, et donnait à chaque corps de garde l'ordre de laisser passer.
Pendant le temps que l'on mit à ouvrir toutes les barrières, Aramis ne respira point, et l'on eût pu entendre son coeur battre contre les parois de sa poitrine.
Le prisonnier, plongé dans un angle du carrosse, ne donnait pas non plus signe d'existence.
Enfin, un soubresaut, plus fort que les autres, annonça que le dernier ruisseau était franchi. Derrière le carrosse se referma la dernière porte, celle de la rue Saint-Antoine. Plus de murs à droite ni à gauche; le ciel partout, la liberté partout, la vie partout. Les chevaux, tenus en bride par une main vigoureuse, allèrent doucement jusqu'au milieu du faubourg. Là, ils prirent le trot.
Peu à peu, soit qu'il s'échauffassent, soit qu'on les poussât, ils gagnèrent en rapidité, et, une fois à Bercy, le carrosse semblait voler, tant l'ardeur des coursiers était grande. Ces chevaux coururent ainsi jusqu'à Villeneuve-Saint-Georges, où le relais était préparé. Alors, quatre chevaux, au lieu de deux, entraînèrent la voiture dans la direction de Melun, et s'arrêtèrent un moment au milieu de la forêt de Sénart. L'ordre sans doute, avait été donné d'avance au postillon, car Aramis n'eut pas même besoin de faire un signe.
— Qu'y a-t-il? demanda le prisonnier, comme s'il sortait d'un long rêve.
— Il y a, monseigneur, dit Aramis, qu'avant d'aller plus loin, nous avons besoin de causer, Votre Altesse Royale et moi.
— J'attendrai l'occasion, monsieur, répondit le jeune prince.
— Elle ne saurait être meilleure, monseigneur; nous voici au milieu du bois, nul ne peut nous entendre.
— Et le postillon?
— Le postillon de ce relais est sourd et muet, monseigneur.
— Je suis à vous, monsieur d'Herblay.
— Vous plaît-il de rester dans cette voiture?
— Oui, nous sommes bien assis, et j'aime cette voiture; c'est celle qui m'a rendu à la liberté.
— Attendez, monseigneur... Encore une précaution à prendre.
— Laquelle?

— Nous sommes ici sur le grand chemin: il peut passer des cavaliers ou des carrosses voyageant comme nous, et qui, à nous voir arrêtés, nous croiraient dans un embarras. Évitons des offres de services qui nous gêneraient.

— Ordonnez au postillon de cacher le carrosse dans une allée latérale.

— C'est précisément ce que je voulais faire, monseigneur.

Aramis fit un signe au muet, qu'il toucha. Celui-ci mit pied à terre, prit les deux premiers chevaux par la bride, et les entraîna dans les bruyères veloutées, sur l'herbe moussue d'une allée sinueuse, au fond de laquelle, par cette nuit sans lune, les nuages formaient un rideau plus noir que des taches d'encre.

Cela fait, l'homme se coucha sur un talus, près de ses chevaux, qui arrachaient de droite et de gauche les jeunes pousses de la glandée.

— Je vous écoute, dit le jeune prince à Aramis; mais que faites-vous là?

— Je désarme des pistolets dont nous n'avons plus besoin, monseigneur.

CHAPITRE IX. *Le tentateur*

Mon prince, dit Aramis en se tournant, dans le carrosse, du côté de son compagnon, si faible créature que je sois, si médiocre d'esprit, si inférieur dans l'ordre des êtres pensants, jamais il ne m'est arrivé de m'entretenir avec un homme, sans pénétrer sa pensée au travers de ce masque vivant jeté sur notre intelligence, afin d'en retenir la manifestation. Mais ce soir, dans l'ombre où nous sommes, dans la réserve où je vous vois je ne pourrai rien lire sur vos traits, et quelque chose me dit que j'aurai de la peine à vous arracher une parole sincère. Je vous supplie donc, non pas par amour pour moi, car les sujets ne doivent peser rien dans la balance que tiennent les princes, mais pour l'amour de vous, de retenir chacune de mes syllabes, chacune de mes inflexions, qui, dans les graves circonstances où nous sommes engagés, auront chacune leur sens et leur valeur, aussi importantes que jamais il s'en prononça dans le monde.

— J'écoute, répéta le jeune prince avec décision, sans rien ambitionner, sans rien craindre de ce que vous m'allez dire.

Et il s'enfonça plus profondément encore dans les coussins épais du carrosse, essayant de dérober à son compagnon, non seulement la vue, mais la supposition même de sa personne.

L'ombre était noire, et elle descendait, large et opaque, du sommet des arbres entrelacés. Ce carrosse fermé d'une vaste toiture, n'eût pas reçu la moindre parcelle de lumière, lors même qu'un atome lumineux se fût glissé entre les colonnes de brume qui s'épanouissaient dans l'allée du bois.

— Monseigneur, reprit Aramis, vous connaissez l'histoire du gouvernement qui dirige aujourd'hui la France. Le roi est sorti d'une enfance captive comme l'a été la vôtre, obscure comme l'a été la vôtre, étroite comme l'a été la vôtre. Seulement, au lieu d'avoir, comme vous, l'esclavage de la prison, l'obscurité de la solitude, l'étroitesse de la vie cachée, il a dû souffrir toutes ses misères, toutes ses humiliations, toutes ses gênes, au grand jour, au soleil impitoyable de la royauté; place noyée de lumière, où toute tache paraît une fange sordide, où toute gloire paraît une tache. Le roi a souffert, il a de la rancune, il se vengera. Ce sera un mauvais roi. Je ne dis pas qu'il versera le sang comme Louis XI ou Charles IX, car il n'a pas à venger d'injures mortelles, mais il dévorera l'argent et la subsistance de ses sujets, parce qu'il a subi des injures d'intérêt et d'argent. Je mets donc tout d'abord à l'abri ma conscience quand je considère en face les mérites et les défauts de ce prince, et, si je le condamne, ma conscience m'absout.

Aramis fit une pause. Ce n'était pas pour écouter si le silence du bois était toujours le même, c'était pour reprendre sa pensée du fond de son esprit, c'était pour laisser à cette pensée le temps de s'incruster profondément dans l'esprit de son interlocuteur.

— Dieu fait bien tout ce qu'il fait, continua l'évêque de Vannes, et de cela je suis tellement persuadé, que je me suis applaudi dès longtemps d'avoir été choisi par lui comme dépositaire du secret que je vous ai aidé à découvrir. Il fallait au Dieu de justice et de prévoyance un instrument aigu, persévérant, convaincu, pour accomplir une grande oeuvre. Cet instrument, c'est moi. J'ai l'acuité, j'ai la persévérance, j'ai la conviction; je gouverne un peuple mystérieux qui a pris pour devise la devise de Dieu: *Patiens quia aeternus!*

Le prince fit un mouvement.

— Je devine, monseigneur, dit Aramis, que vous levez la tête, et que ce peuple à qui je commande vous étonne. Vous ne saviez pas traiter avec un roi. Oh! monseigneur, roi d'un peuple bien humble, roi d'un peuple bien déshérité: humble, parce qu'il n'a de force qu'en rampant; déshérité, parce que jamais, presque jamais en ce monde, mon peuple ne récolte les moissons qu'il sème et ne mange le fruit qu'il cultive. Il travaille pour une abstraction, il agglomère toutes les molécules de sa puissance pour en former un homme, et à cet homme, avec le produit de ses gouttes de sueur, il compose un nuage dont le génie de cet homme doit à son tour faire une auréole, dorée aux rayons de toutes les couronnes de la chrétienté. Voilà l'homme que vous avez à vos côtés, monseigneur. C'est vous dire qu'il vous a tiré de l'abîme dans un grand dessein, et qu'il veut, dans ce dessein magnifique, vous élever au-dessus des puissances de la terre, au-dessus de lui-même.

Le prince toucha légèrement le bras d'Aramis.

— Vous me parlez, dit-il, de cet ordre religieux dont vous êtes le chef. Il résulte, pour moi, de vos paroles, que, le jour où vous voudrez précipiter celui que vous aurez élevé, la chose se fera, et que vous tiendrez sous votre main votre créature de la veille.

— Détrompez-vous, monseigneur, répliqua l'évêque, je ne prendrais pas la peine de jouer ce jeu terrible avec Votre Altesse Royale, si je n'avais un double intérêt à gagner la partie. Le jour où vous serez élevé, vous serez élevé à jamais, vous renverserez en montant le marchepied, vous l'enverrez rouler si loin, que jamais sa vue ne vous rappellera même son droit à votre reconnaissance.

— Oh! monsieur.

— Votre mouvement, monseigneur, vient d'un excellent naturel. Merci! Croyez bien que j'aspire à plus que de la reconnaissance; je suis assuré que, parvenu au faîte, vous me jugerez plus digne encore d'être votre ami, et alors, à nous deux, monseigneur, nous ferons de si grandes choses, qu'il en sera longtemps parlé dans les siècles.

— Dites-moi bien, monsieur, dites-le-moi sans voiles, ce que je suis aujourd'hui et ce que vous prétendez que je sois demain.

— Vous êtes le fils du roi Louis XIII, vous êtes le frère du roi Louis XIV, vous êtes l'héritier naturel et légitime du trône de France. En vous gardant près de lui, comme on a gardé Monsieur, votre frère cadet, le roi se réservait le droit d'être souverain légitime. Les médecins seuls et Dieu pouvaient lui disputer la légitimité. Les médecins aiment toujours mieux le roi qui est que le roi qui n'est pas. Dieu se mettrait dans son tort en nuisant à un prince honnête homme. Mais Dieu a voulu qu'on vous persécutât, et cette persécution vous sacre aujourd'hui roi de France. Vous aviez donc le droit de régner, puisqu'on vous le conteste; vous aviez donc le droit d'être déclaré, puisqu'on vous séquestre; vous êtes donc de sang divin, puisqu'on n'a pas osé verser votre sang comme celui de vos serviteurs. Maintenant, voyez ce qu'il a fait pour vous, ce Dieu que vous avez tant de fois accusé d'avoir tout fait contre vous. Il vous a donné les traits, la taille, l'âge et la voix de votre frère, et toutes les causes de votre persécution vont devenir les causes de votre résurrection triomphale. Demain, après-demain, au premier moment, fantôme royal, ombre vivante de Louis XIV, vous vous assiérez sur son trône, d'où la volonté de Dieu, confiée à l'exécution d'un bras d'homme, l'aura précipité sans retour.

— Je comprends, dit le prince, on ne versera pas le sang de mon frère.

— Vous serez seul arbitre de sa destinée.

— Ce secret dont on a abusé envers moi...

— Vous en userez avec lui. Que faisait-il pour le cacher? Il vous cachait. Vivante image de lui-même, vous trahiriez le complot de Mazarin et d'Anne d'Autriche. Vous, mon prince, vous aurez le même intérêt à cacher celui qui vous ressemblera prisonnier, comme vous lui ressemblerez roi.

— Je reviens sur ce que je vous disais. Qui le gardera?

— Qui vous gardait.

— Vous connaissez ce secret, vous en avez fait usage pour moi. Qui le connaît encore?

— La reine mère et Mme de Chevreuse.

— Que feront-elles?

— Rien, si vous le voulez.

— Comment cela?

— Comment vous reconnaîtront-elles, si vous agissez de façon qu'on ne vous reconnaisse pas?

— C'est vrai. Il y a des difficultés plus graves.

— Dites, prince.

— Mon frère est marié; je ne puis prendre la femme de mon frère.

— Je ferai qu'une répudiation soit consentie par l'Espagne; c'est l'intérêt de votre nouvelle politique, c'est la morale humaine. Tout ce qu'il y a de vraiment noble et de vraiment utile en ce monde y trouvera son compte.

— Le roi, séquestré, parlera.

— À qui voulez-vous qu'il parle? Aux murs?

— Vous appelez murs les hommes en qui vous aurez confiance.
— Au besoin, oui, Votre Altesse Royale. D'ailleurs...
— D'ailleurs?...
— Je voulais dire que les desseins de Dieu ne s'arrêtent pas en si beau chemin. Tout plan de cette portée est complété par les résultats, comme un calcul géométrique. Le roi, séquestré, ne sera pas pour vous l'embarras que vous avez été pour le roi régnant. Dieu a fait cette âme orgueilleuse et impatiente de nature. Il l'a, de plus, amollie, désarmée, par l'usage des honneurs et l'habitude du souverain pouvoir. Dieu, qui voulait que la fin du calcul géométrique dont j'avais l'honneur de vous parler fût votre avènement au trône et la destruction de ce qui vous est nuisible, a décidé que le vaincu finira bientôt ses souffrances avec les vôtres. Il a donc préparé cette âme et ce corps pour la brièveté de l'agonie. Mis en prison simple particulier, séquestré avec vos doutes, privé de tout, avec l'habitude d'une vie solide vous avez résisté. Mais votre frère, captif, oublié, restreint, ne supportera point son injure, et Dieu reprendra son âme au temps voulu, c'est-à-dire bientôt.

À ce moment de la sombre analyse d'Aramis, un oiseau de nuit poussa du fond des futaies ce hululement plaintif et prolongé qui fait tressaillir toute créature.

— J'exilerais le roi déchu, dit Philippe en frémissant; ce serait plus humain.

— Le bon plaisir du roi décidera la question, répondit Aramis. Maintenant, ai-je bien posé le problème? ai-je bien amené la solution selon les désirs ou les prévisions de Votre Altesse Royale?

— Oui, monsieur, oui; vous n'avez rien oublié, si ce n'est cependant deux choses.

— La première?

— Parlons-en tout de suite avec la même franchise que nous venons de mettre à notre conversation, parlons des motifs qui peuvent amener la dissolution des espérances que nous avons conçues, parlons des dangers que nous courons.

— Ils seraient immenses, infinis, effrayants, insurmontables, si, comme je vous l'ai dit, tout ne concourait à les rendre absolument nuls. Il n'y a pas de dangers pour vous ni pour moi, si la constance et l'intrépidité de Votre Altesse Royale égalent la perfection de cette ressemblance que la nature vous a donnée avec le roi. Je vous le répète, il n'y a pas de dangers, il n'y a que des obstacles. Ce mot-là, que je trouve dans toutes les langues, je l'ai toujours mal compris; si j'étais roi, je le ferais effacer comme absurde et inutile.

— Si fait, monsieur, il y a un obstacle très sérieux, un danger insurmontable que vous oubliez.

— Ah! fit Aramis.
— Il y a la conscience qui crie, il y a le remords qui déchire.
— Oui, c'est vrai, dit l'évêque; il y a la faiblesse de coeur vous me le rappelez. Oh! vous avez raison, c'est un immense obstacle, c'est vrai. Le cheval qui a peur du fossé saute au milieu et se tue! L'homme qui croise le fer en tremblant laisse à la lame ennemie des jours par lesquels la mort passe! C'est vrai! c'est vrai!
— Avez-vous un frère? dit le jeune homme à Aramis.
— Je suis seul au monde, répliqua celui-ci d'une voix sèche et nerveuse comme la détente d'un pistolet.
— Mais vous aimez quelqu'un sur la terre? ajouta Philippe.
— Personne! Si fait, je vous aime.
Le jeune homme se plongea dans un silence si profond, que le bruit de son propre souffle devint un tumulte pour Aramis.
— Monseigneur, reprit-il, je n'ai pas dit tout ce que j'avais à dire à Votre Altesse Royale: je n'ai pas offert à mon prince tout ce que je possède pour lui de salutaires conseils et d'utiles ressources. Il ne s'agit pas de faire briller un éclair aux yeux de ce qui aime l'ombre; il ne s'agit pas de faire gronder les magnificences du canon aux oreilles de l'homme doux qui aime le repos et les champs. Monseigneur, j'ai votre bonheur tout prêt dans ma pensée; je vais le laisser tomber de mes lèvres, ramassez- le précieusement pour vous, qui avez tant aimé le ciel, les prés verdoyants et l'air pur. Je connais un pays de délices, un paradis ignoré, un coin du monde où, seul, libre, inconnu, dans les bois, dans les fleurs, dans les eaux vives, vous oublierez tout ce que la folie humaine, tentatrice de Dieu, vient de vous débiter de misères tout à l'heure. Oh! écoutez-moi, mon prince, je ne raille pas. J'ai une âme, voyez-vous, je devine l'abîme de la vôtre. Je ne vous prendrai pas incomplet pour vous jeter dans le creuset de ma volonté, de mon caprice ou de mon ambition. Tout ou rien. Vous êtes froissé, malade, presque éteint par le surcroît de souffle qu'il vous a fallu donner depuis une heure de liberté. C'est un signe certain pour moi que vous ne voudrez pas continuer à respirer largement, longuement. Tenons-nous donc à une vie plus humble, plus appropriée à nos forces. Dieu m'est témoin, j'en atteste sa toute-puissance, que je veux faire sortir votre bonheur de cette épreuve où je vous ai engagé.
— Parlez! Parlez! dit le prince avec une vivacité qui fit réfléchir Aramis.
— Je connais, reprit le prélat, dans le Bas-Poitou, un canton dont nul en France ne soupçonne l'existence. Vingt lieues de pays, c'est immense, n'est-ce pas? Vingt lieues, monseigneur, et toutes

couvertes et eau, d'herbages et de joncs, le tout mêlé d'îles chargées de bois. Ces grands marais, vêtus de roseaux comme d'une épaisse mante, dorment silencieux et profonds sous le sourire du soleil. Quelques familles de pêcheurs les mesurent paresseusement avec leurs grands radeaux de peuplier et d'aulne, dont le plancher est fait d'un lit de roseaux, dont la toiture est tressée en joncs solides. Ces barques, ces maisons flottantes, vont à l'aventure sous le souffle du vent. Quand elles touchent une rive, c'est par hasard, et si moelleusement, que le pêcheur qui dort n'est pas réveillé par la secousse. S'il a voulu aborder, c'est qu'il a vu les longues bandes de râles ou de vanneaux, de canards ou de pluviers, de sarcelles ou de bécassines, dont il fait sa proie avec le piège ou avec le plomb du mousquet. Les aloses argentées, les anguilles monstrueuses, les brochets nerveux, les perches roses et grises, tombent par masse dans ses filets. Il n'y a qu'à choisir les pièces les plus grasses, et laisser échapper le reste. Jamais un homme des villes, jamais un soldat, jamais personne n'a pénétré dans ce pays. Le soleil y est doux. Certains massifs de terre retiennent la vigne et nourrissent d'un suc généreux ses belles grappes noires et blanches. Une fois la semaine, une barque va chercher, au four commun, pain tiède et jaune dont l'odeur attire et caresse de loin. Vous vivrez là comme un homme des temps anciens. Seigneur puissant de vos chiens barbets, de vos lignes, de vos fusils et de votre belle maison de roseaux, vous y vivrez dans l'opulence de la chasse dans la plénitude de la sécurité; vous passerez ainsi des années au bout desquelles, méconnaissable, transformé, vous aurez forcé Dieu à vous refaire une destinée. Il y a mille pistoles dans ce sac, monseigneur; c'est plus qu'il n'en faut pour acheter tout le marais dont je vous ai parlé; c'est plus qu'il n'en faut pour y vivre autant d'années que vous avez de jours à vivre; c'est plus qu'il n'en faut pour être le plus riche, le plus libre et le plus heureux de la contrée. Acceptez comme je vous offre, sincèrement, joyeusement. Tout de suite du carrosse que voici, nous allons distraire deux chevaux. Le muet, mon serviteur, vous conduira, marchant la nuit, dormant le jour, jusqu'au pays dont je vous parle, et au moins j'aurai la satisfaction de me dire que j'ai rendu à mon prince le service qu'il a choisi. J'aurai fait un homme heureux. Dieu m'en saura plus de gré que d'avoir fait un homme puissant. C'est bien autrement difficile! Eh bien! que répondez-vous, monseigneur? Voici l'argent. Oh! n'hésitez pas. Au Poitou, vous ne risquez rien, sinon de gagner les fièvres. Encore les sorciers du pays pourront-ils vous guérir pour vos pistoles. À jouer l'autre partie, celle que vous savez, vous risquez d'être assassiné sur un trône ou étranglé dans une prison. Sur mon âme! je le dis, à présent que j'ai pesé les deux, sur ma vie! j'hésiterais.

— Monsieur, répliqua le jeune prince, avant que je me résolve, laissez-moi descendre de ce carrosse, marcher sur la terre, et consulter cette voix que Dieu fait parler dans la nature libre. Dix minutes, et je répondrai.

— Faites, monseigneur, dit Aramis en s'inclinant avec respect, tant avait été solennelle et auguste la voix qui venait de s'exprimer ainsi.

CHAPITRE X. Couronne et tiare

Aramis était descendu avant le jeune homme et lui tenait la portière ouverte. Il le vit poser le pied sur la mousse avec un frémissement de tout le corps, et faire autour de la voiture quelques pas embarrassés, chancelants presque. On eût dit que le pauvre prisonnier était mal habitué à marcher sur la terre des hommes.

On était au 15 août, vers onze heures du soir: de gros nuages, qui présageaient la tempête, avaient envahi le ciel, et sous leurs plis dérobaient toute lumière et toute perspective. À peine les extrémités des allées se détachaient-elles des taillis par une pénombre d'un gris opaque qui devenait, après un certain temps d'examen, sensible au milieu de cette obscurité complète. Mais les parfums qui montent de l'herbe, ceux plus pénétrants et plus frais qu'exhale l'essence des chênes, l'atmosphère tiède et onctueuse qui l'enveloppait tout entier pour la première fois depuis tant d'années, cette ineffable jouissance de liberté en pleine campagne, parlaient un langage si séduisant pour le prince, que, quelle que fût cette retenue, nous dirons presque cette dissimulation dont nous avons essayé de donner une idée, il se laissa surprendre à son émotion et poussa un soupir de joie.

Puis peu à peu, il leva sa tête alourdie, et respira les différentes couches d'air, à mesure qu'elles s'offraient chargées d'arômes à son visage épanoui. Croisant ses bras sur sa poitrine, comme pour l'empêcher d'éclater à l'invasion de cette félicité nouvelle, il aspira délicieusement cet air inconnu qui court la nuit sous le dôme des hautes forêts. Ce ciel qu'il contemplait, ces eaux qu'il entendait bruire, ces créatures qu'il voyait s'agiter, n'était-ce pas la réalité? Aramis n'était-il pas un fou de croire qu'il y eût autre chose à rêver dans ce monde?

Ces tableaux enivrants de la vie de campagne, exempte de soucis, de craintes et de gênes, cet océan de jours heureux qui miroite incessamment devant toute imagination jeune, voilà la véritable amorce à laquelle pourra se prendre un malheureux captif, usé par la pierre du cachot, étiolé dans l'air si rare de la Bastille. C'était celle, on s'en souvient, que lui avait présentée Aramis en lui offrant et les mille pistoles que renfermait la voiture et cet Eden enchanté que cachaient aux yeux du monde les déserts du Bas-Poitou.

Telles étaient les réflexions d'Aramis pendant qu'il suivait, avec une anxiété impossible à décrire, la marche silencieuse des joies de Philippe, qu'il voyait s'enfoncer graduellement dans les profondeurs de sa méditation.

En effet, le jeune prince, absorbé, ne touchait plus que des pieds à la terre, et son âme, envolée aux pieds de Dieu, le suppliait d'accorder un rayon de lumière à cette hésitation d'où devait sortir sa mort ou sa vie.

Ce moment fut terrible pour l'évêque de Vannes. Il ne s'était pas encore trouvé en présence d'un aussi grand malheur. Cette âme d'acier, habituée à se jouer dans la vie parmi des obstacles sans consistance, ne se trouvant jamais inférieure ni vaincue, allait-elle échouer dans un si vaste plan, pour n'avoir pas prévu l'influence qu'exerçaient sur un corps humain quelques feuilles d'arbres arrosées de quelques litres d'air?

Aramis, fixé à la même place par l'angoisse de son doute, contempla donc cette agonie douloureuse de Philippe, qui soutenait la lutte contre les deux anges mystérieux. Ce supplice dura les dix minutes qu'avait demandées le jeune homme. Pendant cette éternité Philippe ne cessa de regarder le ciel avec un oeil suppliant, triste et humide. Aramis ne cessa de regarder Philippe avec un oeil avide, enflammé, dévorant.

Tout à coup, la tête du jeune homme s'inclina. Sa pensée redescendit sur la terre. On vit son regard s'endurcir, son front se plisser, sa bouche s'armer d'un courage farouche; puis ce regard devint fixe encore une fois; mais, cette fois, il reflétait la flamme des mondaines splendeurs; cette fois, il ressemblait au regard de

Satan sur la montagne, lorsqu'il passait en revue les royaumes et les puissances de la terre pour en faire des séductions à Jésus.

L'oeil d'Aramis redevint aussi doux qu'il avait été sombre. Alors, Philippe lui saisissant la main d'un mouvement rapide et nerveux:

— Allons, dit-il, allons où l'on trouve la couronne de France!
— C'est votre décision, mon prince? repartit Aramis.
— C'est ma décision.
— Irrévocable?

Philippe ne daigna pas même répondre. Il regarda résolument l'évêque, comme pour lui demander s'il était possible qu'un homme revînt jamais sur un parti pris.

— Ces regards-là sont des traits de feu qui peignent les caractères, dit Aramis en s'inclinant sur la main de Philippe. Vous serez grand, monseigneur, je vous en réponds.

— Reprenons, s'il vous plaît, la conversation où nous l'avons laissée. Je vous avais dit, je crois, que je voulais m'entendre avec vous sur deux points: les dangers ou les obstacles. Ce point est décidé. L'autre, ce sont les conditions que vous me poseriez. À votre tour de parler, monsieur d'Herblay.

— Les conditions, mon prince?
— Sans doute. Vous ne m'arrêterez pas en chemin pour une bagatelle semblable, et vous ne me ferez pas l'injure de supposer que je vous crois sans intérêt dans cette affaire. Ainsi donc, sans détour et sans crainte, ouvrez-moi le fond de votre pensée.
— M'y voici, monseigneur. Une fois roi...
— Quand sera-ce?
— Ce sera demain au soir. Je veux dire dans la nuit.
— Expliquez-moi comment.
— Quand j'aurai fait une question à Votre Altesse Royale.
— Faites.
— J'avais envoyé à Votre Altesse un homme à moi, chargé de lui remettre un cahier de notes écrites finement, rédigées avec sûreté, notes qui permettent à Votre Altesse de connaître à fond toutes les personnes qui composent et composeront sa cour.
— J'ai lu toutes ces notes.
— Attentivement?
— Je les sais par coeur.
— Et comprises? Pardon, je puis demander cela au pauvre abandonné de la Bastille. Il va sans dire que dans huit jours, je n'aurai plus rien à demander à un esprit comme le vôtre, jouissant de sa liberté dans sa toute-puissance.
— Interrogez-moi, alors: je veux être l'écolier à qui le savant maître fait répéter la leçon convenue.

— Sur votre famille, d'abord, monseigneur.

— Ma mère, Anne d'Autriche? tous ses chagrins sa triste maladie? oh! je la connais! je la connais!

— Votre second frère? dit Aramis en s'inclinant.

— Vous avez joint à ces notes des portraits si merveilleusement tracés, dessinés et peints, que j'ai, par ces peintures, reconnu les gens dont vos notes me désignaient le caractère, les moeurs et l'histoire. Monsieur mon frère est un beau brun, le visage pâle; il n'aime pas sa femme Henriette, que moi, moi Louis XIV, j'ai un peu aimée, que j'aime encore coquettement, bien qu'elle m'ait tant fait pleurer le jour où elle voulait chasser Mlle de La Vallière.

— Vous prendrez garde aux yeux de celle-ci, dit Aramis. Elle aime sincèrement le roi actuel. On trompe difficilement les yeux d'une femme qui aime.

— Elle est blonde, elle a des yeux bleus dont la tendresse me révélera son identité. Elle boite un peu, elle écrit chaque jour une lettre à laquelle je fais répondre par M. de Saint-Aignan.

— Celui-là, vous le connaissez?

— Comme si je le voyais, et je sais les derniers vers qu'il m'a faits, comme ceux que j'ai composés en réponse aux siens.

— Très bien. Vos ministres, les connaissez-vous?

— Colbert, une figure laide et sombre, mais intelligente, cheveux couvrant le front, grosse tête, lourde, pleine: ennemi mortel de M. Fouquet.

— Quant à celui-là, ne nous en inquiétons pas.

— Non, parce que, nécessairement, vous me demanderez de l'exiler, n'est ce pas?

Aramis, pénétré d'admiration, se contenta de dire:

— Vous serez très grand, monseigneur.

— Vous voyez, ajouta le prince, que je sais ma leçon à merveille, et, Dieu aidant, vous ensuite, je ne me tromperai guère.

— Vous avez encore une paire d'yeux bien gênants, monseigneur.

— Oui, le capitaine des mousquetaires, M. d'Artagnan, votre ami.

— Mon ami je dois le dire.

— Celui qui a escorté La Vallière à Chaillot, celui qui a livré Monck dans un coffre au roi Charles II, celui qui a si bien servi ma mère, celui à qui la couronne de France doit tant qu'elle lui doit tout. Est-ce que vous me demanderez aussi de l'exiler, celui-là?

— Jamais, Sire. D'Artagnan est un homme à qui, dans un moment donné, je me charge de tout dire; mais défiez-vous, car, s'il nous dépiste avant cette révélation, vous ou moi, nous serons pris ou tués. C'est un homme de main.

— J'aviserai. Parlez-moi de M. Fouquet. Qu'en voulez-vous faire?

— Un moment encore, je vous en prie, monseigneur. Pardon, si je parais manquer de respect en vous questionnant toujours.

— C'est votre devoir de le faire, et c'est encore votre droit.

— Avant de passer à M. Fouquet, j'aurais un scrupule d'oublier un autre ami à moi.

— M. du Vallon, l'Hercule de la France. Quant à celui-là, sa fortune est assurée.

— Non, ce n'est pas de lui que je voulais parler.

— Du comte de La Fère, alors?

— Et de son fils, notre fils à tous quatre.

— Ce garçon qui se meurt d'amour pour La Vallière, à qui mon frère l'a prise déloyalement! Soyez tranquille, je saurai la lui faire recouvrer. Dites-moi une chose, monsieur d'Herblay: oublie-t-on les injures quand on aime? pardonne-t-on à la femme qui a trahi? Est-ce un des usages de l'esprit français? est-ce une des lois du coeur humain?

— Un homme qui aime profondément, comme aime Raoul de Bragelonne, finit par oublier le crime de sa maîtresse; mais je ne sais si Raoul oubliera.

— J'y pourvoirai. Est-ce tout ce que vous vouliez me dire sur votre ami?

— C'est tout.

— À M. Fouquet, maintenant. Que comptez-vous que j'en ferai?

— Le surintendant, comme par le passé, je vous en prie.

— Soit! mais il est aujourd'hui premier ministre.

— Pas tout à fait.

— Il faudra bien un premier ministre à un roi ignorant et embarrassé comme je le serai.

— Il faudra un ami à Votre Majesté?

— Je n'en ai qu'un, c'est vous.

— Vous en aurez d'autres plus tard: jamais d'aussi dévoué, jamais d'aussi zélé pour votre gloire.

— Vous serez mon premier ministre.

— Pas tout de suite, monseigneur. Cela donnerait trop d'ombrage et d'étonnement.

— M. de Richelieu, premier ministre de ma grand-mère Marie de Médicis, n'était qu'évêque de Luçon, comme vous êtes évêque de Vannes.

— Je vois que Votre Altesse Royale a bien profité de mes notes. Cette miraculeuse perspicacité me comble de joie.

— Je sais bien que M. de Richelieu, par la protection de la reine, est devenu bientôt cardinal.

— Il vaudra mieux, dit Aramis en s'inclinant, que je ne sois premier ministre qu'après que Votre Altesse Royale m'aura fait nommer cardinal.

— Vous le serez avant deux mois, monsieur d'Herblay. Mais voilà bien peu de chose. Vous ne m'offenseriez pas en me demandant davantage, et vous m'affligeriez en vous en tenant là.

— Aussi ai-je quelque chose à espérer de plus, monseigneur.

— Dites, dites!

— M. Fouquet ne gardera pas toujours les affaires, il vieillira vite. Il aime le plaisir, compatible aujourd'hui avec son travail, grâce au reste de jeunesse dont il jouit; mais cette jeunesse tient au premier chagrin ou à la première maladie qu'il rencontrera. Nous lui épargnerons le chagrin, parce qu'il est galant homme et noble coeur. Nous ne pourrons lui sauver la maladie. Ainsi, c'est jugé. Quand vous aurez payé toutes les dettes de M. Fouquet, remis les finances en état, M. Fouquet pourra demeurer roi dans sa cour de poètes et de peintres; nous l'aurons fait riche. Alors, devenu premier ministre de Votre Altesse Royale, je pourrai songer à mes intérêts et aux vôtres.

Le jeune homme regarda son interlocuteur.

— M. de Richelieu, dont nous parlions, dit Aramis, a eu le tort très grand de s'attacher à gouverner seulement la France. Il a laissé deux rois, le roi Louis XIII et lui, trôner sur le même trône, tandis qu'il pouvait les installer plus commodément sur deux trônes différents.

— Sur deux trônes? dit le jeune homme en rêvant.

— En effet, poursuivit Aramis tranquillement: un cardinal premier ministre de France, aidé de la faveur et de l'appui du roi Très Chrétien; un cardinal à qui le roi son maître prêtre ses trésors, son armée, son conseil, cet homme-là ferait un double emploi fâcheux en appliquant ses ressources à la seule France. Vous, d'ailleurs, ajouta Aramis en plongeant jusqu'au fond des yeux de Philippe, vous ne serez pas un roi comme votre père, délicat, lent et fatigué de tout; vous serez un roi de tête et d'épée; vous n'aurez pas assez de vos États: je vous y gênerais. Or, jamais notre amitié ne doit être, je ne dis pas altérée, mais même effleurée par une pensée secrète. Je vous aurai donné le trône de France, vous me donnerez le trône de saint Pierre. Quand votre main loyale, ferme et armée aura pour main jumelle la main d'un pape tel que je le serai, ni Charles-Quint, qui a possédé les deux tiers du monde, ni Charlemagne, qui le posséda entier, ne viendront à la hauteur de votre ceinture. Je n'ai pas d'alliance, moi, je n'ai pas de préjugés, je ne vous jette pas dans la persécution des hérétiques, je ne vous jetterai pas dans les guerres de famille; je dirai: «À nous deux l'univers; à moi pour les âmes, à vous pour les corps.» Et, comme je mourrai le premier, vous aurez mon héritage. Que dites-vous de mon plan, monseigneur?

— Je dis que vous me rendez heureux et fier, rien que de vous avoir compris, monsieur d'Herblay, vous serez cardinal; cardinal, vous serez mon premier ministre. Et puis vous m'indiquerez ce qu'il faut faire pour qu'on vous élise pape; je le ferai. Demandez-moi des garanties.

— C'est inutile. Je n'agirai jamais qu'en vous faisant gagner quelque chose; je ne monterai jamais sans vous avoir hissé sur l'échelon supérieur; je me tiendrai toujours assez loin de vous pour échapper à votre jalousie, assez près pour maintenir votre profit et surveiller votre amitié. Tous les contrats en ce monde se rompent, parce que l'intérêt qu'ils renferment tend à pencher d'un seul côté. Jamais entre nous il n'en sera de même; je n'ai pas besoin de garanties.

— Ainsi... mon frère... disparaîtra?...

— Simplement. Nous l'enlèverons de son lit par le moyen d'un plancher qui cède à la pression du doigt. Endormi sous la couronne, il se réveillera dans la captivité. Seul, vous commanderez à partir de ce moment, et vous n'aurez pas d'intérêt plus cher que celui de me conserver près de vous.

— C'est vrai! Voici ma main, monsieur d'Herblay.

— Permettez-moi de m'agenouiller devant vous, Sire, bien respectueusement. Nous nous embrasserons le jour où tous deux nous aurons au front, vous la couronne, moi la tiare.

— Embrassez-moi aujourd'hui même, et soyez plus que grand, plus qu'habile, plus que sublime génie: soyez bon pour moi, soyez mon père!

Aramis faillit s'attendrir en l'écoutant parler. Il crut sentir dans son coeur un mouvement jusqu'alors inconnu; mais cette impression s'effaça bien vite.

«Son père! pensa-t-il. Oui, Saint-Père!»

Et ils reprirent place dans le carrosse, qui courut rapidement sur la route de Vaux-le-Vicomte.

CHAPITRE XI. *Le château de Vaux-le-Vicomte*

Le château de Vaux-le-Vicomte, situé à une lieue de Melun, avait été bâti par Fouquet en 1656. Il n'y avait alors que peu d'argent en France. Mazarin avait tout pris, et Fouquet dépensait le reste. Seulement, comme certains hommes ont les défauts féconds et les vices utiles, Fouquet, en semant les millions dans ce palais, avait trouvé le moyen de récolter trois hommes illustres: Le Vau, architecte de l'édifice, Le Nôtre, dessinateur des jardins, et Le Brun, décorateur des appartements.

Si le château de Vaux avait un défaut qu'on pût lui reprocher, c'était son caractère grandiose et sa gracieuse magnificence, il est encore proverbial aujourd'hui de nombrer les arpents de sa toiture, dont la réparation est de nos jours la ruine des fortunes rétrécies comme toute l'époque.

Vaux-le-Vicomte, quand on a franchi sa large grille, soutenue par des cariatides, développe son principal corps de logis dans la vaste cour d'honneur, ceinte de fossés profonds que borde un magnifique balustre de pierre. Rien de plus noble que l'avant-corps du milieu, hissé sur son perron comme un roi sur son trône, ayant autour de lui quatre pavillons qui forment les angles, et dont les immenses colonnes ioniques s'élèvent majestueusement à toute la hauteur de l'édifice. Les frises ornées d'arabesques, les frontons couronnant les pilastres donnent partout la richesse et la grâce. Les dômes, surmontant le tout, donnent l'ampleur et la majesté.

Cette maison, bâtie par un sujet, ressemble bien plus à une maison royale que ces maisons royales dont Wolsey se croyait forcé de faire présent à son maître de peur de le rendre jaloux.

Mais, si la magnificence et le goût éclatent dans un endroit spécial de ce palais, si quelque chose peut être préféré à la splendide ordonnance des intérieurs, au luxe des dorures, à la profusion des peintures et des statues, c'est le parc, ce sont les jardins de Vaux. Les jets d'eau, merveilleux en 1653, sont encore des merveilles aujourd'hui, les cascades faisaient l'admiration de tous les rois et de tous les princes, et quant à la fameuse grotte, thème de tant de vers fameux, séjour de cette illustre nymphe de

Vaux que Pélisson fit parler avec La Fontaine, on nous dispensera d'en décrire toutes les beautés, car nous ne voudrions pas réveiller pour nous ces critiques que méditait alors Boileau:
Ce ne sont que festons, ce ne sont qu'astragales.
Et je me sauve à peine au travers du jardin.

Nous ferons comme Despréaux, nous entrerons dans ce parc âgé de huit ans seulement, et dont les cimes, déjà superbes, s'épanouissaient rougissantes aux premiers rayons du soleil. Le Nôtre avait hâté le plaisir de Mécène; toutes les pépinières avaient donné des arbres doublés par la culture et les actifs engrais. Tout arbre du voisinage qui offrait un bel espoir avait été enlevé avec ses racines, et planté tout vif dans le parc. Fouquet pouvait bien acheter des arbres pour orner son parc, puisqu'il avait acheté trois villages et leurs contenances pour l'agrandir.

M. de Scudéry dit de ce palais que, pour l'arroser, M. Fouquet avait divisé une rivière en mille fontaines et réuni mille fontaines en torrents. Ce M. de Scudéry en dit bien d'autres dans sa *Clélie* sur ce palais de Valterre, dont il décrit minutieusement les agréments.

Nous serons plus sages de renvoyer les lecteurs curieux à Vaux que de les renvoyer à la *Clélie*. Cependant il y a autant de lieues de Paris à Vaux que de volumes à la *Clélie*.

Cette splendide maison était prête pour recevoir *le plus grand roi du monde*. Les amis de M. Fouquet avaient voituré là, les uns leurs acteurs et leurs décors, les autres leurs équipages de statuaires et de peintres, les autres encore leur plumes finement taillées. Il s'agissait de risquer beaucoup d'impromptus.

Les cascades, peu dociles, quoique nymphes, regorgeaient d'une eau plus brillante que le cristal; elles épanchaient sur les tritons et les néréides de bronze des flots écumeux s'irisant aux feux du soleil.

Une armée de serviteurs courait par escouades dans les cours et dans les vastes corridors, tandis que Fouquet, arrivé le matin seulement, se promenait calme et clairvoyant, pour donner les derniers ordres, après que ses intendants avaient passé leur revue.

On était, comme nous l'avons dit, au 15 août. Le soleil tombait d'aplomb sur les épaules des dieux de marbre et de bronze; il chauffait l'eau des conques et mûrissait dans les vergers ces magnifiques pêches que le roi devait regretter cinquante ans plus tard, alors qu'à Marly, manquant de belles espèces dans ses jardins qui avaient coûté à la France le double de ce qu'avait coûté Vaux, le grand roi disait à quelqu'un:

— Vous êtes trop jeune, vous, pour avoir mangé des pêches de M. Fouquet.

Ô souvenir! ô trompettes de la renommée! ô gloire de ce monde! Celui-là qui se connaissait si bien en mérite; celui-là qui avait recueilli l'héritage de Nicolas Fouquet; celui-là qui lui avait pris Le Nôtre et Le Brun; celui-là qui l'avait envoyé pour toute sa vie dans une prison d'État, celui-là se rappelait seulement les pêches de cet ennemi vaincu, étouffé, oublié! Fouquet avait eu beau jeter trente millions dans ses bassins, dans les creusets de ses statuaires, dans les écritures de ses poètes, dans les portefeuilles de ses peintres; il avait cru en vain faire penser à lui. Une pêche éclose vermeille et charnue entre les losanges d'un treillage, sous les langues verdoyantes de ses feuilles aiguës, ce peu de matière végétale qu'un loir croquait sans y penser, suffisait au grand roi pour ressusciter en son souvenir l'ombre lamentable du dernier surintendant de France!

Bien sûr qu'Aramis avait distribué les grandes masses, qu'il avait pris soin de faire garder les portes et préparer les logements, Fouquet ne s'occupait plus que de l'ensemble. Ici, Gourville lui montrait les dispositions du feu d'artifice; là, Molière le conduisait au théâtre; et enfin, après avoir visité la chapelle, les salons, les galeries, Fouquet redescendait épuisé, quand il vit Aramis dans l'escalier. Le prélat lui faisait signe.

Le surintendant vint joindre son ami, qui l'arrêta devant un grand tableau terminé à peine. S'escrimant sur cette toile, le peintre Le Brun, couvert de sueur, taché de couleurs, pâle de fatigue et d'inspiration, jetait les derniers coups de sa brosse rapide. C'était ce portrait du roi qu'on attendait, avec l'habit de cérémonie, que Percerin avait daigné faire voir d'avance à l'évêque de Vannes.

Fouquet se plaça devant ce tableau, qui vivait, pour ainsi dire, dans sa chair fraîche et dans sa moite chaleur. Il regarda la figure, calcula le travail, admira, et, ne trouvant pas de récompense qui fût digne de ce travail d'Hercule, il passa ses bras au cou du peintre et l'embrassa. M. le surintendant venait de gâter un habit de mille pistoles, mais il avait reposé Le Brun.

Ce fut un beau moment pour l'artiste, ce fut un douloureux moment pour M. Percerin, qui, lui aussi, marchait derrière Fouquet, et admirait dans la peinture de Le Brun l'habit qu'il avait fait pour Sa Majesté, objet d'art, disait-il, qui n'avait son pareil que dans la garde-robe de M. le surintendant.

Sa douleur et ses cris furent interrompus par le signal qui fut donné du sommet de la maison. Par-delà Melun, dans la plaine déjà nue, les sentinelles de Vaux avaient aperçu le cortège du roi et des reines: Sa Majesté entrait dans Melun avec sa longue file de carrosses et de cavaliers.

— Dans une heure, dit Aramis à Fouquet.

— Dans une heure! répliqua celui-ci en soupirant.

— Et ce peuple qui se demande à quoi servent les fêtes royales! continua l'évêque de Vannes en riant de son faux rire.

— Hélas! moi, qui ne suis pas peuple, je me le demande aussi.

— Je vous répondrai dans vingt-quatre heures, monseigneur. Prenez votre bon visage, car c'est jour de joie.

— Eh bien! croyez-moi, si vous voulez, d'Herblay, dit le surintendant avec expansion, en désignant du doigt le cortège de Louis à l'horizon, il ne m'aime guère, je ne l'aime pas beaucoup, mais je ne sais comment il se fait que, depuis qu'il approche de ma maison...

— Eh bien! quoi?

— Eh bien! depuis qu'il se rapproche, il m'est plus sacré, il m'est le roi, il m'est presque cher.

— Cher? oui, fit Aramis en jouant sur le mot, comme, plus tard, l'abbé Terray avec Louis XV.

— Ne riez pas, d'Herblay, je sens que, s'il le voulait bien, j'aimerais ce jeune homme.

— Ce n'est pas à moi qu'il faut dire cela, reprit Aramis, c'est à M. Colbert.

— À M. Colbert! s'écria Fouquet. Pourquoi?

— Parce qu'il vous fera avoir une pension sur la cassette du roi, quand il sera surintendant.

Ce trait lancé, Aramis salua.

— Où allez-vous donc? reprit Fouquet, devenu sombre.

— Chez moi, pour changer d'habits, monseigneur.

— Où vous êtes-vous logé, d'Herblay?

— Dans la chambre bleue du deuxième étage.

— Celle qui donne au-dessus de la chambre du roi?

— Précisément.

— Quelle sujétion vous avez prise là! Se condamner à ne pas remuer!

— Toute la nuit, monseigneur, je dors ou je lis dans mon lit.

— Et vos gens?

— Oh! je n'ai qu'une personne avec moi.

— Si peu!

— Mon lecteur me suffit. Adieu, monseigneur, ne vous fatiguez pas trop. Conservez-vous frais pour l'arrivée du roi.

— On vous verra? on verra votre ami du Vallon?
— Je l'ai logé près de moi. Il s'habille.

Et Fouquet, saluant de la tête et du sourire, passa comme un général en chef qui visite des avant-postes, quand on lui a signalé l'ennemi.

CHAPITRE XII. *Le vin de Melun*

Le roi était entré effectivement dans Melun avec l'intention de traverser seulement la ville. Le jeune monarque avait soif de plaisirs. Durant tout le voyage, il n'avait aperçu que deux fois La Vallière, et, devinant qu'il ne pourrait lui parler que la nuit, dans les jardins, après la cérémonie, il avait hâte de prendre ses logements à Vaux. Mais il comptait sans son capitaine des mousquetaires et aussi sans M. Colbert.

Semblable à Calypso, qui ne pouvait se consoler du départ d'Ulysse, notre Gascon ne pouvait se consoler de n'avoir pas deviné pourquoi Aramis faisait demander à Percerin l'exhibition des habits neufs du roi.

«Toujours est-il, se disait cet esprit flexible dans sa logique, que l'évêque de Vannes, mon ami, fait cela pour quelque chose.»

Et de se creuser la cervelle bien inutilement.

D'Artagnan, si fort assoupli à toutes les intrigues de cour; d'Artagnan, qui connaissait la situation de Fouquet mieux que Fouquet lui-même, avait conçu les plus étranges soupçons à l'énoncé de cette fête qui eût ruiné un homme riche, et qui devenait une oeuvre impossible, insensée, pour un homme ruiné. Et puis, la présence d'Aramis, revenu de Belle-Île et nommé grand ordonnateur par M. Fouquet, son immixtion persévérante dans toutes les affaires du surintendant, les visites de M. de Vannes chez Baisemeaux, tout ce louche avait profondément tourmenté d'Artagnan depuis quelques semaines.

«Avec des hommes de la trempe d'Aramis, disait-il, on n'est le plus fort que l'épée à la main. Tant qu'Aramis a fait l'homme de guerre, il y a eu espoir de le surmonter; depuis qu'il a doublé sa cuirasse d'une étole, nous sommes perdus. Mais que veut Aramis?»

Et d'Artagnan rêvait.

«Que m'importe! après tout, s'il ne veut renverser que M. Colbert?... Que peut-il vouloir autre chose?»

D'Artagnan se grattait le front, cette fertile terre d'où le soc de ses ongles avait tant fouillé de belles et bonnes idées.

Il eut celle de s'aboucher avec M. Colbert, mais son amitié, son serment d'autrefois, le liaient trop à Aramis. Il recula. D'ailleurs, il haïssait ce financier.

Il voulut s'ouvrir au roi. Mais le roi ne comprendrait rien à ses soupçons, qui n'avaient pas même la réalité de l'ombre.

Il résolut de s'adresser directement à Aramis, la première fois qu'il le verrait.

«Je le prendrai entre deux chandelles, directement, brusquement, se dit le mousquetaire. Je lui mettrai la main sur le coeur, et il me dira... Que me dira-t-il? oui, il me dira quelque chose, car, mordioux! il y a quelque chose là-dessous!»

Plus tranquille, d'Artagnan fit ses apprêts de voyage, et donna ses soins à ce que la maison militaire du roi, fort peu considérable encore, fût bien commandée et bien ordonnée dans ses médiocres proportions. Il résulta, de ces tâtonnements du capitaine, que le roi se mit à la tête des mousquetaires, de ses Suisses et d'un piquet de gardes-françaises, lorsqu'il arriva devant Melun. On eût dit d'une petite armée. M. Colbert regardait ces hommes d'épée avec beaucoup de joie. Il en voulait encore un tiers en sus.

— Pourquoi? disait le roi.

— Pour faire plus d'honneur à M. Fouquet, répliquait Colbert.

«Pour le ruiner plus vite», pensait d'Artagnan.

L'armée parut devant Melun, dont les notables apportèrent au roi les clefs, et l'invitèrent à entrer à l'Hôtel de Ville pour prendre le vin d'honneur.

Le roi, qui s'attendait à passer outre et à gagner Vaux tout de suite, devint rouge de dépit.

— Quel est le sot qui m'a valu ce retard? grommela-t-il entre ses dents, pendant que le maître échevin faisait son discours.

— Ce n'est pas moi, répliqua d'Artagnan; mais je crois bien que c'est M. Colbert.

Colbert entendit son nom.

— Que plaît-il à M. d'Artagnan? demanda-t-il.

— Il me plaît savoir si vous êtes celui qui a fait entrer le roi dans le vin de Brie?

— Oui, monsieur.
— Alors, c'est à vous que le roi a donné un nom.
— Lequel, monsieur?
— Je ne sais trop... Attendez... imbécile... non, non... sot, sot, stupide, voilà ce que Sa Majesté a dit de celui qui lui a valu le vin de Melun.

D'Artagnan, après cette bordée, caressa tranquillement son cheval.

La grosse tête de M. Colbert enfla comme un boisseau.

D'Artagnan, le voyant si laid par la colère, ne s'arrêta pas en chemin. L'orateur allait toujours; le roi rougissait à vue d'oeil.

— Mordioux! dit flegmatiquement le mousquetaire, le roi va prendre un coup de sang. Où diable avez-vous eu cette idée-là, monsieur Colbert? Vous n'avez pas de chance.

— Monsieur, dit le financier en se redressant, elle m'a été inspirée par mon zèle pour le service du roi.

— Bah!

— Monsieur, Melun est une ville, une bonne ville qui paie bien, et qu'il est inutile de mécontenter.

— Voyez-vous cela! Moi qui ne suis pas un financier, j'avais seulement vu une idée dans votre idée.

— Laquelle, monsieur?

— Celle de faire faire un peu de bile à M. Fouquet, qui s'évertue, là-bas, sur ses donjons, à nous attendre.

Le coup était juste et rude. Colbert en fut désarçonné. Il se retira l'oreille basse. Heureusement, le discours était fini. Le roi but, puis tout le monde reprit la marche à travers la ville. Le roi rongeait ses lèvres, car la nuit venait et tout espoir de promenade avec La Vallière s'évanouissait.

Pour faire entrer la maison du roi dans Vaux, il fallait au moins quatre heures, grâce à toutes les consignes. Aussi le roi, qui bouillait d'impatience, pressa-t-il les reines, afin d'arriver avant la nuit, mais au moment de se remettre en marche, les difficultés surgirent.

— Est-ce que le roi ne va pas coucher à Melun? dit M. Colbert, bas, à d'Artagnan.

M. Colbert était bien mal inspiré, ce jour-là, de s'adresser ainsi au chef des mousquetaires. Celui-ci avait deviné que le roi ne tenait pas en place. D'Artagnan ne voulait le laisser entrer à Vaux que bien accompagné: il désirait donc que Sa Majesté n'entrât qu'avec toute l'escorte. D'un autre côté, il sentait que les retards irriteraient cet impatient caractère. Comment concilier ces deux difficultés? D'Artagnan prit Colbert au mot et le lança sur le roi.

— Sire, dit-il, M. Colbert demande si Votre Majesté ne couchera pas à Melun?

— Coucher à Melun! Et pour quoi faire? s'écria Louis XIV Coucher à Melun! Qui diable a pu songer à cela, quand M. Fouquet nous attend ce soir?

— C'était, reprit vivement Colbert, la crainte de retarder Votre Majesté, qui, d'après l'étiquette, ne peut entrer autre part que chez elle, avant que les logements aient été marqués par son fourrier, et la garnison distribuée.

D'Artagnan écoutait de ses oreilles en se mordant la moustache.

Les reines entendaient aussi. Elles étaient fatiguées; elles eussent voulu dormir, et surtout empêcher le roi de se promener, le soir, avec M. de Saint-Aignan et les dames; car, si l'étiquette renfermait chez elles les princesses, les dames, leur service fait, avaient toute faculté de se promener.

On voit que tous ces intérêts, s'amoncelant en vapeurs, devaient produire des nuages, et les nuages une tempête. Le roi n'avait pas de moustache à mordre: il mâchait avidement le manche de son fouet. Comment sortir de là? D'Artagnan faisait les doux yeux et Colbert le gros dos. Sur qui mordre?

— On consultera là-dessus la reine, dit Louis XIV en saluant les dames.

Et cette bonne grâce qu'il eut pénétra le coeur de Marie-Thérèse, qui était bonne et généreuse, et qui, remise à son libre arbitre, répliqua respectueusement:

— Je ferai la volonté du roi, toujours avec plaisir.

— Combien faut-il de temps pour aller à Vaux? demanda Anne d'Autriche en traînant sur chaque syllabe, et en appuyant la main sur son sein endolori.

— Une heure pour les carrosses de Leurs Majestés, dit d'Artagnan, par des chemins assez beaux.

Le roi le regarda.

— Un quart d'heure pour le roi, se hâta-t-il d'ajouter.

— On arriverait au jour, dit Louis XIV.

— Mais les logements de la maison militaire, objecta doucement Colbert, feront perdre au roi toute la hâte du voyage, si prompt qu'il soit.

«Double brute! pensa d'Artagnan, si j'avais intérêt à démolir ton crédit, je le ferais en dix minutes.»

— À la place du roi, ajouta-t-il tout haut, en me rendant chez M. Fouquet, qui est un galant homme, je laisserais ma maison, j'irais en ami; j'entrerais seul avec mon capitaine des gardes; j'en serais plus grand et plus sacré.

La joie brilla dans les yeux du roi.

— Voilà un bon conseil, dit-il, mesdames; allons chez un ami, en ami. Marchez doucement, messieurs des équipages; et nous, messieurs, en avant!

Il entraîna derrière lui tous les cavaliers.

Colbert cacha sa grosse tête renfrognée derrière le cou de son cheval.

— J'en serai quitte, dit d'Artagnan tout en galopant, pour causer, dès ce soir, avec Aramis. Et puis M. Fouquet est un galant homme, mordioux! je l'ai dit, il faut le croire.

Voilà comment, vers sept heures du soir, sans trompettes et sans gardes avancées, sans éclaireurs ni mousquetaires, le roi se présenta devant la grille de Vaux, où Fouquet, prévenu, attendait, depuis une demi-heure, tête nue, au milieu de sa maison et de ses amis.

CHAPITRE XIII. Nectar et ambroisie

M. Fouquet tint l'étrier au roi, qui, ayant mis pied à terre, se releva gracieusement, et, plus gracieusement encore, lui tendit une main que Fouquet, malgré un léger effort du roi, porta respectueusement à ses lèvres.

Le roi voulait attendre, dans la première enceinte l'arrivée des carrosses. Il n'attendit pas longtemps. Les chemins avaient été battus par ordre du surintendant. On n'eût pas trouvé, depuis Melun jusqu'à Vaux, un caillou gros comme un oeuf. Aussi les carrosses, roulant comme sur un tapis, amenèrent-ils, sans cahots ni fatigues, toutes les dames à huit heures. Elles furent reçues par Mme la surintendante, et au moment où elles apparaissaient, une lumière vive, comme celle du jour, jaillit de tous les arbres, de tous les vases de tous les marbres. Cet enchantement dura jusqu'à ce que Leurs Majestés se fussent perdues dans l'intérieur du palais.

Toutes ces merveilles, que le chroniqueur a entassées ou plutôt conservées dans son récit, au risque de rivaliser avec le romancier, ces splendeurs de la nuit vaincue, de la nature corrigée, de tous les plaisirs, de tous les luxes combinés pour la satisfaction des sens et de l'esprit, Fouquet les offrit réellement à son roi, dans cette retraite enchantée, dont nul souverain, en Europe ne pouvait se flatter de posséder l'équivalent.

Nous ne parlerons ni du grand festin qui réunit Leurs Majestés, ni des concerts, ni des féeriques métamorphoses; nous nous contenterons de peindre le visage du roi, qui, de gai, ouvert, de bienheureux qu'il était d'abord, devint bientôt sombre, contraint, irrité. Il se rappelait sa maison à lui, et ce pauvre luxe qui n'était que l'ustensile de la royauté sans être la propriété de l'homme-roi. Les grands vases du Louvre, les vieux meubles et la vaisselle de Henri II, de François Ier, de Louis XI, n'étaient que des monuments historiques. Ce n'étaient que des objets d'art, une défroque du métier royal. Chez Fouquet, la valeur était dans le travail comme dans la matière. Fouquet mangeait dans un or que des artistes à lui avaient fondu et ciselé pour lui. Fouquet buvait des vins dont le roi de France ne savait pas le nom: il les buvait dans des gobelets plus précieux chacun que toute la cave royale.

Que dire des salles, des tentures, des tableaux, des serviteurs, des officiers de toute sorte? Que dire du service ou, l'ordre remplaçant l'étiquette, le bien-être remplaçant les consignes, le plaisir et la satisfaction du convive devenaient la suprême loi de tout ce qui obéissait à l'hôte?

Cet essaim de gens affairés sans bruit, cette multitude de convives moins nombreux que les serviteurs, ces myriades de mets, de vases d'or et d'argent, ces flots de lumière, ces amas de fleurs inconnues, dont les serres s'étaient dépouillées comme d'une surcharge, puisqu'elles étaient encore redondantes de beauté, ce tout harmonieux, qui n'était que le prélude de la fête promise, ravit tous les assistants, qui témoignèrent leur admiration à plusieurs reprises, non par la voix ou par le geste, mais par le silence et l'attention, ces deux langages du courtisan qui ne connaît plus le frein du maître.

Quant au roi, ses yeux se gonflèrent: il n'osa plus regarder la reine. Anne d'Autriche, toujours supérieure en orgueil à toute créature, écrasa son hôte par le mépris qu'elle témoigna pour tout ce qu'on lui servait.

La jeune reine, bonne et curieuse de la vie, loua Fouquet, mangea de grand appétit, et demanda le nom de plusieurs fruits qui paraissaient sur la table. Fouquet répondit qu'il ignorait les noms. Ces fruits sortaient de ses réserves: il les avait souvent cultivés lui-même, étant un savant en fait d'agronomie exotique. Le roi sentit la délicatesse. Il n'en fut que plus humilié. Il trouvait la reine un peu peuple, et Anne d'Autriche un peu Junon. Tout son soin, à lui, était de se garder froid sur la limite de l'extrême dédain ou de la simple admiration.

Mais Fouquet avait prévu tout cela: c'était un de ces hommes qui prévoient tout.

Le roi avait expressément déclaré que, tant qu'il serait chez M. Fouquet, il désirait ne pas soumettre ses repas à l'étiquette, et, par conséquent, dîner avec tout le monde; mais, par les soins du surintendant, le dîner du roi se trouvait servi à part, si l'on peut s'exprimer ainsi, au milieu de la table générale. Ce dîner, merveilleux par sa composition, comprenait tout ce que le roi aimait, tout ce qu'il choisissait d'habitude. Louis n'avait pas d'excuses, lui, le premier appétit de son royaume, pour dire qu'il n'avait pas faim.

M. Fouquet fit bien mieux: il s'était mis à table pour obéir à l'ordre du roi, mais dès que les potages furent servis, il se leva de table et se mit lui-même à servir le roi, pendant que Mme la surintendante se tenait derrière le fauteuil de la reine mère. Le dédain de Junon et les bouderies de Jupiter ne tinrent pas contre cet excès de bonne grâce. La reine mère mangea un biscuit dans du vin de San Lucar, et le roi mangea de tout en disant à M. Fouquet:

— Il est impossible, monsieur le surintendant, de faire meilleure chère.

Sur quoi, toute la Cour se mit à dévorer d'un tel enthousiasme, que l'on eût dit des nuées de sauterelles d'Égypte s'abattant sur les seigles verts.

Cela n'empêcha pas que, après la faim assouvie, le roi ne redevînt triste: triste en proportion de la belle humeur qu'il avait cru devoir manifester, triste surtout de la bonne mine que ses courtisans avaient faite à Fouquet.

D'Artagnan, qui mangeait beaucoup et qui buvait sec, sans qu'il y parût, ne perdit pas un coup de dent, mais fit un grand nombre d'observations qui lui profitèrent.

Le souper fini, le roi ne voulut pas perdre la promenade. Le parc était illuminé. La lune, d'ailleurs, comme si elle se fût mise aux ordres du seigneur de Vaux, argenta les massifs et les lacs de ses diamants et de son phosphore. La fraîcheur était douce. Les allées étaient ombreuses et sablées si moelleusement, que les pieds s'y plaisaient. Il y eut fête complète; car le roi, trouvant La Vallière au détour d'un bois, lui put serrer la main et dire: «Je vous aime», sans que nul l'entendît, excepté M. d'Artagnan, qui suivait, et M. Fouquet, qui précédait.

Cette nuit d'enchantements s'avança. Le roi demanda sa chambre. Aussitôt tout fut en mouvement. Les reines passèrent chez elles au son des théorbes et des flûtes. Le roi trouva, en montant, ses mousquetaires, que M. Fouquet avait fait venir de Melun et invités à souper.

D'Artagnan perdit toute défiance. Il était las, il avait bien soupé, et voulait, une fois dans sa vie, jouir d'une fête chez un véritable roi.

— M. Fouquet, disait-il, est mon homme.

On conduisit, en grande cérémonie, le roi dans la chambre de Morphée, dont nous devons une mention légère à nos lecteurs. C'était la plus belle et la plus vaste du palais. Le Brun avait peint, dans la coupole, les songes heureux et les songes tristes que Morphée suscite aux rois comme aux hommes. Tout ce que le sommeil enfante de gracieux, ce qu'il verse de miel et de parfums, de fleurs et de nectar, de voluptés ou de repos dans les sens, le peintre en avait enrichi les fresques. C'était une composition aussi suave dans une partie, que sinistre et terrible dans l'autre. Les coupes qui versent les poisons, le fer qui brille sur la tête du dormeur, les sorciers et les fantômes aux masques hideux, les demi-ténèbres, plus effrayantes que la flamme ou la nuit profonde, voilà ce qu'il avait donné pour pendants à ses gracieux tableaux.

Le roi, entré dans cette chambre magnifique, fut saisi d'un frisson. Fouquet en demanda la cause.

— J'ai sommeil, répliqua Louis assez pâle.

— Votre Majesté veut-elle son service sur-le-champ?

— Non, j'ai à causer avec quelques personnes, dit le roi. Qu'on prévienne M. Colbert.

Fouquet s'inclina et sortit.

CHAPITRE XIV. À Gascon, Gascon et demi

D'Artagnan n'avait pas perdu de temps; ce n'était pas dans ses habitudes. Après s'être informé d'Aramis, il avait couru jusqu'à ce qu'il l'eût rencontré. Or, Aramis, une fois le roi entré dans Vaux, s'était retiré dans sa chambre, méditant sans doute encore quelque galanterie pour les plaisirs de Sa Majesté.

D'Artagnan se fit annoncer et trouva au second étage, dans une belle chambre qu'on appelait la chambre bleue, à cause de ses tentures, il trouva, disons-nous l'évêque de Vannes en compagnie de Porthos et de plusieurs épicuriens modernes.

Aramis vint embrasser son ami, lui offrit le meilleur siège, et comme on vit généralement que le mousquetaire se réservait sans doute afin d'entretenir secrètement Aramis, les épicuriens prirent congé.

Porthos ne bougea pas. Il est vrai qu'ayant dîné beaucoup, il dormait dans son fauteuil. L'entretien ne fut pas gêné par ce tiers. Porthos avait le ronflement harmonieux, et l'on pouvait parler sur cette espèce de basse comme sur une mélopée antique.

D'Artagnan sentit que c'était à lui d'ouvrir la conversation. L'engagement qu'il était venu chercher était rude; aussi aborda-t-il nettement le sujet.

— Eh bien! nous voici donc à Vaux? dit-il.

— Mais oui, d'Artagnan. Aimez-vous ce séjour?

— Beaucoup, et j'aime aussi M. Fouquet.

— N'est-ce pas qu'il est charmant?

— On ne saurait plus.

— On dit que le roi a commencé par lui battre froid, et que Sa Majesté s'est radoucie?

— Vous n'avez donc pas vu, que vous dites: «On dit»?

— Non; je m'occupais, avec ces messieurs qui viennent de sortir, de la représentation et du carrousel de demain.

— Ah çà! vous êtes ordonnateur des fêtes, ici, vous?

— Je suis, comme vous savez, ami des plaisirs de l'imagination: j'ai toujours été poète par quelque endroit, moi.

— Je me rappelle vos vers. Ils étaient charmants.

— Moi, je les ai oubliés, mais je me réjouis d'apprendre ceux des autres, quand les autres s'appellent Molière, Pélisson, La Fontaine, etc.

— Savez-vous l'idée qui m'est venue ce soir en soupant, Aramis?

— Non. Dites-la-moi; sans quoi, je ne la devinerais pas; vous en avez tant!

— Eh bien! l'idée m'est venue que le vrai roi de France n'est pas Louis XIV.

— Hein! fit Aramis en ramenant involontairement ses yeux sur les yeux du mousquetaire.

— Non, c'est M. Fouquet.

Aramis respira et sourit.

— Vous voilà comme les autres: jaloux! dit-il. Parions que c'est M. Colbert qui vous a fait cette phrase-là?

D'Artagnan, pour amadouer Aramis, lui conta les mésaventures de Colbert à propos du vin de Melun.

— Vilaine race que ce Colbert! fit Aramis.

— Ma foi, oui!

— Quand on pense, ajouta l'évêque, que ce drôle-là sera votre ministre dans quatre mois.

— Bah!

— Et que vous le servirez comme Richelieu, comme Mazarin.

— Comme vous servez Fouquet, dit d'Artagnan.

— Avec cette différence, cher ami, que M. Fouquet n'est pas M. Colbert.

— C'est vrai.

Et d'Artagnan feignit de devenir triste.

— Mais, ajouta-t-il un moment après, pourquoi donc me disiez-vous que M. Colbert sera ministre dans quatre mois?

— Parce que M. Fouquet ne le sera plus, répliqua Aramis.

— Il sera ruiné, n'est-ce pas? dit d'Artagnan.

— À plat.

— Pourquoi donner des fêtes, alors? fit le mousquetaire d'un ton de bienveillance si naturel, que l'évêque en fut un moment la dupe. Comment ne l'en avez-vous pas dissuadé, vous?

Cette dernière partie de la phrase était un excès. Aramis revint à la défiance.

— Il s'agit, dit-il, de se ménager le roi.

— En se ruinant?

— En se ruinant pour lui, oui.

— Singulier calcul!

— La nécessité.

— Je ne la vois pas, cher Aramis.

— Si fait, vous remarquez bien l'antagonisme naissant de M. de Colbert.

— Et que M. Colbert pousse le roi à se défaire du surintendant.

— Cela saute aux yeux.

— Et qu'il y a cabale contre M. Fouquet.

— On le sait de reste.

— Quelle apparence que le roi se mette de la partie contre un homme qui aura tout dépensé pour lui plaire?

— C'est vrai, fit lentement Aramis, peu convaincu, et curieux d'aborder une autre face du sujet de conversation.

— Il y a folies et folies, reprit d'Artagnan. Je n'aime pas toutes celles que vous faites.

— Lesquelles?

— Le souper, le bal, le concert, la comédie, les carrousels, les cascades, les feux de joie et d'artifice, les illuminations et les présents, très bien, je vous accorde cela; mais ces dépenses de circonstance ne suffisaient-elles point? Fallait-il...

— Quoi?

— Fallait-il habiller de neuf toute une maison, par exemple?

— Oh! c'est vrai! J'ai dit cela à M. Fouquet; il m'a répondu que, s'il était assez riche, il offrirait au roi un château neuf des girouettes aux caves, neuf avec tout ce qui tient dedans, et que, le roi parti, il brûlerait tout cela pour que rien ne servît à d'autres.

— C'est de l'espagnol pur!

— Je le lui ai dit. Il a ajouté ceci: «Sera mon ennemi, quiconque me conseillera d'épargner.»

— C'est de la démence, vous dis-je, ainsi que ce portrait.

— Quel portrait? dit Aramis.

— Celui du roi, cette surprise...

— Cette surprise?

— Oui, pour laquelle vous avez pris des échantillons chez Percerin.

D'Artagnan s'arrêta. Il avait lancé la flèche. Il ne s'agissait plus que d'en mesurer la portée.

— C'est une gracieuseté, répondit Aramis.

D'Artagnan vint droit à son ami, lui prit les deux mains, et, le regardant dans les yeux:

— Aramis, dit-il, m'aimez-vous encore un peu?

— Si je vous aime!

— Bon! Un service, alors. Pourquoi avez-vous pris des échantillons de l'habit du roi chez Percerin?

— Venez avec moi le demander à ce pauvre Le Brun, qui a travaillé là dessus deux jours et deux nuits.

— Aramis, cela est la vérité pour tout le monde, mais pour moi...

— En vérité, d'Artagnan, vous me surprenez!

— Soyez bon pour moi. Dites-moi la vérité: vous ne voudriez pas qu'il m'arrivât du désagrément, n'est-ce pas?

— Cher ami, vous devenez incompréhensible. Quel diable de soupçon avez vous donc?

— Croyez-vous à mes instincts? Vous y croyiez autrefois. Eh bien! un instinct me dit que vous avez un projet caché.

— Moi, un projet?

— Je n'en suis pas sûr.

— Pardieu!

— Je n'en suis pas sûr, mais j'en jurerais.

— Eh bien! d'Artagnan, vous me causez une vive peine. En effet, si j'ai un projet que je doive vous taire, je vous le tairai, n'est-ce pas? Si j'en ai un que je doive vous révéler, je vous l'aurais déjà dit.

— Non, Aramis, non, il est des projets qui ne se révèlent qu'au moment favorable.

— Alors, mon bon ami, reprit l'évêque en riant, c'est que le moment favorable n'est pas encore arrivé.

D'Artagnan secoua la tête avec mélancolie.

— Amitié! amitié! dit-il, vain nom! Voilà un homme qui, si je le lui demandais, se ferait hacher en morceaux pour moi.

— C'est vrai, dit noblement Aramis.

— Et cet homme, qui me donnerait tout le sang de ses veines, ne m'ouvrira pas un petit coin de son coeur. Amitié, je le répète, tu n'es qu'une ombre et qu'un leurre, comme tout ce qui brille dans le monde!

— Ne parlez pas ainsi de notre amitié, répondit l'évêque d'un ton ferme et convaincu. Elle n'est pas du genre de celles dont vous parlez.

— Regardez-nous, Aramis. Nous voici trois sur quatre. Vous me trompez, je vous suspecte, et Porthos dort. Beau trio d'amis, n'est-ce pas? beau reste!

— Je ne puis vous dire qu'une chose, d'Artagnan, et je vous l'affirme sur l'évangile. Je vous aime comme autrefois. Si jamais je me défie de vous, c'est à cause des autres, non à cause de vous ni de moi. Toute chose que je ferai et en quoi je réussirai, vous y trouverez votre part. Promettez-moi la même faveur, dites!

— Si je ne m'abuse, Aramis, voilà des paroles qui sont, au moment où vous les prononcez, pleines de générosité.

— C'est possible.

— Vous conspirez contre M. Colbert. Si ce n'est que cela, mordioux! dites le-moi donc, j'ai l'outil, j'arracherai la dent.

Aramis ne put effacer un sourire de dédain, qui glissa sur sa noble figure.

— Et, quand je conspirerais contre M. Colbert, où serait le mal?

— C'est trop peu pour vous, et ce n'est pas pour renverser Colbert que vous avez été demander des échantillons à Percerin. Oh! Aramis, nous ne sommes pas ennemis, nous sommes frères. Dites- moi ce que vous voulez entreprendre, et, foi de d'Artagnan, si je ne puis pas vous aider, je jure de rester neutre.

— Je n'entreprends rien, dit Aramis.

— Aramis, une voix me parle, elle m'éclaire; cette voix ne m'a jamais trompé. Vous en voulez au roi!

— Au roi? s'écria l'évêque en affectant le mécontentement.

— Votre physionomie ne me convaincra pas. Au roi, je le répète.

— Vous m'aiderez? dit Aramis, toujours avec l'ironie de son rire.

— Aramis, je ferai plus que de vous aider, je ferai plus que de rester neutre, je vous sauverai.

— Vous êtes fou, d'Artagnan.

— Je suis le plus sage de nous deux.

— Vous, me soupçonner de vouloir assassiner le roi!

— Qui est-ce qui parle de cela? dit le mousquetaire.

— Alors, entendons-nous, je ne vois pas ce que l'on peut faire à un roi légitime comme le nôtre, si on ne l'assassine pas.

D'Artagnan ne répliqua rien.

— Vous avez, d'ailleurs, vos gardes et vos mousquetaires ici, fit l'évêque.

— C'est vrai.

— Vous n'êtes pas chez M. Fouquet, vous êtes chez vous.

— C'est vrai.

— Vous avez, à l'heure qu'il est, M. Colbert qui conseille au roi contre M. Fouquet tout ce que vous voudriez peut-être conseiller si je n'étais pas de la partie.

— Aramis! Aramis! par grâce, un mot d'ami!

— Le mot des amis, c'est la vérité. Si je pense à toucher du doigt au fils d'Anne d'Autriche, le vrai roi de ce pays de France, si je n'ai pas la ferme intention de me prosterner devant son trône, si, dans mes idées, le jour de demain, ici, à Vaux, ne doit pas être le plus glorieux des jours de mon roi, que la foudre m'écrase! j'y consens.

Aramis avait prononcé ces paroles le visage tourné vers l'alcôve de sa chambre, où d'Artagnan, adossé d'ailleurs à cette alcôve, ne pouvait soupçonner qu'il se cachât quelqu'un. L'onction de ces paroles, leur lenteur étudiée, la solennité du serment, donnèrent au mousquetaire la satisfaction la plus complète. Il prit les deux mains d'Aramis et les serra cordialement.

Aramis avait supporté les reproches sans pâlir, il rougit en écoutant les éloges. D'Artagnan trompé lui faisait honneur. D'Artagnan confiant lui faisait honte.

— Est-ce que vous partez? lui dit-il en l'embrassant pour cacher sa rougeur.

— Oui, mon service m'appelle. J'ai le mot de la nuit à prendre.

— Où coucherez-vous?

— Dans l'antichambre du roi, à ce qu'il paraît. Mais Porthos?

— Emmenez-le-moi donc; car il ronfle comme un canon.

— Ah!... il n'habite pas avec vous? dit d'Artagnan.

— Pas le moins du monde. Il a son appartement je ne sais où.

— Très bien! dit le mousquetaire, à qui cette séparation des deux associés ôtait ses derniers soupçons.

Et il toucha rudement l'épaule de Porthos. Celui-ci répondit en rugissant.

— Venez! dit d'Artagnan.

— Tiens! d'Artagnan, ce cher ami! par quel hasard? Ah! c'est vrai, je suis de la fête de Vaux.

— Avec votre bel habit.

— C'est gentil de la part de M. Coquelin de Volière, n'est-ce pas?

— Chut! fit Aramis, vous marchez à défoncer les parquets.

— C'est vrai, dit le mousquetaire. Cette chambre est au-dessus du dôme.

— Et je ne l'ai pas prise pour salle d'armes, ajouta l'évêque. La chambre du roi a pour plafond les douceurs du sommeil. N'oubliez pas que mon parquet est la doublure de ce plafond-là. Bonsoir, mes amis, dans dix minutes je dormirai.

Et Aramis les conduisit en riant doucement. Puis, lorsqu'ils furent dehors, fermant rapidement les verrous et calfeutrant les fenêtres, il appela:

— Monseigneur! monseigneur!

Philippe sortit de l'alcôve en poussant une porte à coulisse placée derrière le lit.

— Voilà bien des soupçons chez M. d'Artagnan, dit-il.

— Ah! vous avez reconnu d'Artagnan, n'est-ce pas?

— Avant que vous l'eussiez nommé.

— C'est votre capitaine des mousquetaires.

— Il m'est bien dévoué, répliqua Philippe en appuyant sur le pronom personnel.

— Fidèle comme un chien, mordant quelquefois. Si d'Artagnan ne vous reconnaît pas avant que l'autre ait disparu, comptez sur d'Artagnan à toute éternité; car alors, s'il n'a rien vu, il gardera sa fidélité. S'il a vu trop tard, il est Gascon et n'avouera jamais qu'il s'est trompé.

— Je le pensais. Que faisons-nous maintenant?

— Vous allez vous mettre à l'observatoire et regarder, au coucher du roi, comment vous vous couchez en petite cérémonie.

— Très bien. Où me mettrai-je?

— Asseyez-vous sur ce pliant. Je vais faire glisser le parquet. Vous regarderez par cette ouverture qui répond aux fausses fenêtres pratiquées dans le dôme de la chambre du roi. Voyez-vous?

— Je vois le roi.

Et Philippe tressaillit comme à l'aspect d'un ennemi.

— Que fait-il?

— Il veut faire asseoir auprès de lui un homme.

— M. Fouquet.

— Non, non pas; attendez...

— Les notes, mon prince, les portraits!

— L'homme que le roi veut faire s'asseoir ainsi devant lui, c'est M. Colbert.

— Colbert devant le roi? s'écria Aramis. Impossible!

— Regardez.

Aramis plongea ses regards dans la rainure du parquet.

— Oui, dit-il, Colbert lui-même. Oh! monseigneur, qu'allons-nous entendre, et que va-t-il résulter de cette intimité?

— Rien de bon pour M. Fouquet, sans nul doute.

Le prince ne se trompait pas. Nous avons vu que Louis XIV avait fait mander Colbert, et que Colbert était arrivé. La conversation s'était engagée entre eux par une des plus hautes faveurs que le roi eût jamais faites. Il est vrai que le roi était seul avec son sujet.

— Colbert, asseyez-vous.

L'intendant, comblé de joie, lui qui craignait d'être renvoyé, refusa cet insigne honneur.

— Accepte-t-il? dit Aramis.

— Non, il reste debout.

— Écoutons, mon prince.

Et le futur roi, le futur pape écoutèrent avidement ces simples mortels qu'ils tenaient sous leurs pieds, prêts à les écraser s'ils l'eussent voulu.

— Colbert, dit le roi, vous m'avez fort contrarié aujourd'hui.

— Sire... je le savais.

— Très bien! J'aime cette réponse. Oui, vous le saviez. Il y a du courage à l'avoir fait.

— Je risquais de mécontenter Votre Majesté, mais je risquais aussi de lui cacher son intérêt véritable.

— Quoi donc? Vous craigniez quelque chose pour moi?

— Ne fût-ce qu'une indigestion, Sire, dit Colbert, car on ne donne à son roi des festins pareils que pour l'étouffer sous le poids de la bonne chère.

Et, cette grosse plaisanterie lancée, Colbert en attendit agréablement l'effet.

Louis XIV, l'homme le plus vain et le plus délicat de son royaume, pardonna encore cette facétie à Colbert.

— De vrai, dit-il, M. Fouquet m'a donné un trop beau repas. Dites-moi, Colbert, où prend-il tout l'argent nécessaire pour subvenir à ces frais énormes? Le savez-vous?

— Oui, je le sais, Sire.

— Vous me l'allez un peu établir.

— Facilement, à un denier près.

— Je sais que vous comptez juste.

— C'est la première qualité qu'on puisse exiger d'un intendant des finances.

— Tous ne l'ont pas.

— Je rends grâce à Votre Majesté d'un éloge si flatteur dans sa bouche.

— Donc, M. Fouquet est riche, très riche, et cela monsieur, tout le monde le sait.

— Tout le monde, les vivants comme les morts.

— Que veut dire cela, monsieur Colbert?

— Les vivants voient la richesse de M. Fouquet. Ils admirent un résultat, et ils y applaudissent; mais les morts, plus savants que nous, savent les causes, et ils accusent.

— Eh bien! M. Fouquet doit sa richesse à quelles causes?

— Le métier d'intendant favorise souvent ceux qui l'exercent.

— Vous avez à me parler plus confidentiellement; ne craignez rien, nous sommes bien seuls.

— Je ne crains jamais rien, sous l'égide de ma conscience et sous la protection de mon roi, Sire.

Et Colbert s'inclina.

— Donc, les morts, s'ils parlaient?...

— Ils parlent quelquefois, Sire. Lisez.

— Ah! murmura Aramis à l'oreille du prince, qui, à ses côtés, écoutait sans perdre une syllabe, puisque vous êtes placé ici, monseigneur, pour apprendre votre métier de roi, écoutez une infamie toute royale. Vous allez assister à une de ces scènes comme Dieu seul ou plutôt comme le diable les conçoit et les exécute. Écoutez bien, vous profiterez.

Le prince redoubla d'attention et vit Louis XIV prendre des mains de Colbert une lettre que celui-ci tendait.

— L'écriture du feu cardinal! dit le roi.

— Votre Majesté a bonne mémoire, répliqua Colbert en s'inclinant, et c'est une merveilleuse aptitude pour un roi destiné au travail, que de reconnaître ainsi les écritures à première vue.

Le roi lut une lettre de Mazarin, qui, déjà connue du lecteur, depuis la brouille entre Mme de Chevreuse et Aramis, n'apprendrait rien de nouveau si nous la rapportions ici.

— Je ne comprends pas bien, dit le roi intéressé vivement.

— Votre Majesté n'a pas encore l'habitude des commis d'intendance.

— Je vois qu'il s'agit d'argent donné à M. Fouquet.

— Treize millions. Une jolie somme!

— Mais oui... Eh bien! ces treize millions manquent dans le total des comptes? Voilà ce que je ne comprends pas très bien, vous dis-je. Pourquoi et comment ce déficit serait-il possible?

— Possible, je ne dis pas; réel, je le dis.

— Vous dites que treize millions manquent dans les comptes?

— Ce n'est pas moi qui le dis, c'est le registre.

— Et cette lettre de M. de Mazarin indique l'emploi de cette somme et le nom du dépositaire?

— Comme Votre Majesté peut s'en convaincre.

— Oui, en effet, il résulte de là que M. Fouquet n'aurait pas encore rendu les treize millions.

— Cela résulte des comptes, oui, Sire.

— Eh bien! alors?...

— Eh bien! alors, Sire, puisque M. Fouquet n'a pas rendu les treize millions, c'est qu'il les a encaissés, et, avec treize millions, on fait quatre fois plus, et une fraction, de dépense et de munificence que Votre Majesté n'a pu en faire à Fontainebleau, où nous ne dépensâmes que trois millions en totalité, s'il vous en souvient.

C'était, pour un maladroit, une bien adroite noirceur que ce souvenir invoqué de la fête dans laquelle le roi avait, grâce à un mot de Fouquet, aperçu pour la première fois sont infériorité. Colbert recevait à Vaux ce que Fouquet lui avait fait à Fontainebleau, et, en bon homme de finances, il le rendait avec tous les intérêts. Ayant ainsi disposé le roi, Colbert n'avait plus grand-chose à faire. Il le sentit; le roi était devenu sombre. Colbert attendit la première parole du roi avec autant d'impatience que Philippe et Aramis du haut de leur observatoire.

— Savez-vous ce qui résulte de tout cela, monsieur Colbert? dit le roi après une réflexion.

— Non, Sire, je ne le sais pas.

— C'est que le fait de l'appropriation des treize millions, s'il était avéré...

— Mais il l'est.

— Je veux dire s'il était déclaré, monsieur Colbert.

— Je pense qu'il le serait dès demain, si Votre Majesté...

— N'était pas chez M. Fouquet, répondit assez dignement le roi.

— Le roi est chez lui partout, Sire, et surtout dans les maisons que son argent a payées.

— Il me semble, dit Philippe bas à Aramis, que l'architecte qui a bâti ce dôme aurait dû, prévoyant quel usage on en ferait, le mobiliser pour qu'on pût le faire choir sur la tête des coquins d'un caractère aussi noir que ce M. Colbert.

— J'y pensais bien, dit Aramis, mais M. Colbert est si près du roi en ce moment!

— C'est vrai, cela ouvrirait une succession.

— Dont monsieur votre frère puîné récolterait tout le fruit, monseigneur. Tenez, restons en repos et continuons à écouter.

— Nous n'écouterons pas longtemps, dit le jeune prince.

— Pourquoi cela, monseigneur?

— Parce que, si j'étais le roi, je ne répondrais plus rien.

— Et que feriez-vous?

— J'attendrais à demain matin pour réfléchir.

Louis XIV leva enfin les yeux, et, retrouvant Colbert attentif à sa première parole:

— Monsieur Colbert, dit-il, en changeant brusquement la conversation, je vois qu'il se fait tard, je me coucherai.

— Ah! fit Colbert, j'aurai...

— À demain. Demain matin, j'aurai pris une détermination.

— Fort bien, Sire, repartit Colbert outré, quoiqu'il se contint en présence du roi.

Le roi fit un geste, et l'intendant se dirigea vers la porte à reculons.

— Mon service! cria le roi.

Le service du roi entra dans l'appartement.

Philippe allait quitter son poste d'observation.

— Un moment, lui dit Aramis avec sa douceur habituelle; ce qui vient de se passer n'est qu'un détail, et nous n'en prendrons plus demain aucun souci, mais le service de nuit, l'étiquette du petit coucher, ah! monseigneur, voilà qui est important! Apprenez, apprenez comment vous vous mettez au lit, Sire. Regardez, regardez!

CHAPITRE XV. Colbert

L'histoire nous dira ou plutôt l'histoire nous a dit les événements du lendemain, les fêtes splendides données par le surintendant à son roi. Deux grands écrivains ont constaté la grande dispute qu'il y eut entre _la Cascade et la Gerbe d'Eau, _la lutte engagée entre _la Fontaine de la Couronne et les Animaux, _pour savoir à qui plairait davantage. Il y eut donc le lendemain divertissement et joie; il y eut promenade, repas, comédie; comédie dans laquelle, à sa grande surprise, Porthos reconnut M. Coquelin de Volière, jouant dans la *farce* des *Fâcheux*. C'est ainsi qu'appelait ce divertissement M. de Bracieux de Pierrefonds.

La Fontaine n'en jugeait pas de même, sans doute, lui qui écrivait à son ami M. Maucrou:

C'est un ouvrage de Molière. Cet écrivain, par sa manière, Charme à présent toute la Cour. De la façon que son nom court, Il doit être par-delà Rome. J'en suis ravi, car c'est un homme.

On voit que La Fontaine avait profité de l'avis de Pélisson et avait soigné la rime.

Au reste, Porthos était de l'avis de La Fontaine, et il eût dit comme lui: «Pardieu! ce Molière est mon homme! mais seulement pour les habits.» À l'endroit du théâtre, nous l'avons dit, pour M. de Bracieux de Pierrefonds, Molière n'était qu'un *farceur*.

Mais préoccupé par la scène de la veille, mais cuvant le poison versé par Colbert, le roi, pendant toute cette journée si brillante, si accidentée, si imprévue, où toutes les merveilles des *Mille et Une Nuits* semblaient naître sous ses pas, le roi se montra froid, réservé, taciturne. Rien ne put le dérider; on sentait qu'un profond ressentiment venant de loin, accru peu à peu comme la source qui devient rivière, grâce aux mille filets d'eau qui l'alimentent, tremblait au plus profond de son âme. Vers midi seulement, il commença à reprendre un peu de sérénité. Sans doute, sa résolution était arrêtée.

Aramis, qui le suivait pas à pas, dans sa pensée comme dans sa marche, Aramis conclut que l'événement qu'il attendait ne se ferait pas attendre.

Cette fois, Colbert semblait marcher de concert avec l'évêque de Vannes, et, eût-il reçu pour chaque aiguille dont il piquait le coeur du roi un mot d'ordre d'Aramis, qu'il n'eût pas fait mieux.

Toute cette journée, le roi, qui avait sans doute besoin d'écarter une pensée sombre, le roi parut rechercher aussi activement la société de La Vallière qu'il mit d'empressement à fuir celle de M. Colbert ou celle de M. Fouquet.

Le soir vint. Le roi avait désiré ne se promener qu'après le jeu. Entre le souper et la promenade, on joua donc. Le roi gagna mille pistoles, et, les ayant gagnées, les mit dans sa poche, et se leva en disant:

— Allons, messieurs, au parc.

Il y trouva les dames. Le roi avait gagné mille pistoles et les avait empochées, avons-nous dit. Mais M. Fouquet avait su en perdre dix mille; de sorte que, parmi les courtisans, il y avait encore cent quatre-vingt-dix mille livres de bénéfice, circonstance qui faisait des visages des courtisans et des officiers de la maison du roi les visages les plus joyeux de la terre.

Il n'en était pas de même du visage du roi, sur lequel, malgré ce gain auquel il n'était pas insensible, demeurait toujours un lambeau de nuage. Au coin d'une allée, Colbert l'attendait. Sans doute, l'intendant se trouvait là en vertu d'un rendez-vous donné, car Louis XIV, qui l'avait évité, lui fit un signe et s'enfonça avec lui dans le parc.

Mais La Vallière aussi avait vu ce front sombre et ce regard flamboyant du roi, elle l'avait vu, et comme rien de ce qui couvait dans cette âme n'était impénétrable à son amour, elle avait compris que cette colère comprimée menaçait quelqu'un. Elle se tenait sur le chemin de vengeance comme l'ange de la miséricorde.

Toute triste, toute confuse, à demi folle d'avoir été si longtemps séparée de son amant, inquiète de cette émotion intérieure qu'elle avait devinée, elle se montra d'abord au roi avec un aspect embarrassé que, dans sa mauvaise disposition d'esprit, le roi interpréta défavorablement.

Alors, comme ils étaient seuls ou à peu près seuls, attendu que Colbert, en apercevant la jeune fille, s'était respectueusement arrêté et se tenait à dix pas de distance, le roi s'approcha de La Vallière et lui prit la main.

— Mademoiselle, lui dit-il, puis-je, sans indiscrétion, vous demander ce que vous avez? Votre poitrine paraît gonflée, vos yeux sont humides.

— Oh! Sire, si ma poitrine est gonflée, si mes yeux sont humides, si je suis triste enfin, c'est de la tristesse de Votre Majesté.

— Ma tristesse? oh! vous voyez mal, mademoiselle. Non, ce n'est point de la tristesse que j'éprouve.

— Et qu'éprouvez-vous, Sire?

— De l'humiliation.

— De l'humiliation? oh! que dites-vous là?

— Je dis, mademoiselle, que, là où je suis, nul autre ne devrait être le maître. Eh bien! regardez, si je ne m'éclipse pas, moi, le roi de France, devant le roi de ce domaine. Oh! continua-t-il en serrant les dents et le poing, oh!... Et quand je pense que ce roi...

— Après? dit La Vallière effrayée.

— Que ce roi est un serviteur infidèle qui se fait orgueilleux avec mon bien volé! Aussi je vais lui changer, à cet impudent ministre, sa fête en deuil dont la nymphe de Vaux, comme disent ses poètes gardera longtemps le souvenir.

— Oh! Votre Majesté...

— Eh bien! mademoiselle, allez-vous prendre le parti de M. Fouquet? fit Louis XIV avec impatience.

— Non, Sire, je vous demanderai seulement si vous êtes bien renseigné. Votre Majesté, plus d'une fois, a appris à connaître la valeur des accusations de cour.

Louis XIV fit signe à Colbert de s'approcher.

— Parlez, monsieur Colbert, dit le jeune prince; car, en vérité, je crois que voilà Mlle de La Vallière qui a besoin de votre parole pour croire à la parole du roi. Dites à Mademoiselle ce qu'a fait M. Fouquet. Et vous, mademoiselle, oh! ce ne sera pas long, ayez la bonté d'écouter, je vous prie.

Pourquoi Louis XIV insistait-il ainsi? Chose toute simple: son coeur n'était pas tranquille, son esprit n'était pas bien convaincu; il devinait quelque menée sombre, obscure, tortueuse, sous cette histoire des treize millions, et il eût voulu que le coeur pur de La Vallière, révolté à l'idée d'un vol, approuvât, d'un seul mot, cette résolution qu'il avait prise, et que néanmoins, il hésitait à mettre à exécution.

— Parlez, monsieur, dit La Vallière à Colbert qui s'était avancé; parlez, puisque le roi veut que je vous écoute. Voyons, dites, quel est le crime de M. Fouquet?

— Oh! pas bien grave, mademoiselle, dit le noir personnage; un simple abus de confiance...

— Dites, dites, Colbert, et quand vous aurez dit, laissez-nous et allez avertir M. d'Artagnan que j'ai des ordres à lui donner.

— M. d'Artagnan! s'écria La Vallière, et pourquoi faire avertir M. d'Artagnan, Sire? Je vous supplie de me le dire.

— Pardieu! pour arrêter ce titan orgueilleux qui, fidèle à sa devise, menace d'escalader mon ciel.

— Arrêter M. Fouquet, dites-vous?

— Ah! cela vous étonne?

— Chez lui?

— Pourquoi pas? S'il est coupable, il est coupable chez lui comme ailleurs.

— M. Fouquet, qui se ruine en ce moment pour faire honneur à son roi?

— Je crois, en vérité, que vous défendez ce traître, mademoiselle.

Colbert se mit à rire tout bas. Le roi se retourna au sifflement de ce rire.

— Sire, dit La Vallière, ce n'est pas M. Fouquet que je défends, c'est vous même.

— Moi-même!... Vous me défendez?

— Sire, vous vous déshonorez en donnant un pareil ordre.

— Me déshonorer? murmura le roi blêmissant de colère. En vérité, mademoiselle, vous mettez à ce que vous dites une étrange passion.

— Je mets de la passion, non pas à ce que je dis, Sire, mais à servir Votre Majesté, répondit la noble jeune fille. J'y mettrais, s'il le fallait, ma vie, et cela avec la même passion, Sire.

Colbert voulut grommeler. Alors La Vallière, ce doux agneau, se redressa contre lui et, d'un oeil enflammé, lui imposa silence.

— Monsieur, dit-elle, quand le roi agit bien, si le roi fait tort à moi ou aux miens, je me tais; mais, le roi me servît-il, moi ou ceux que j'aime, si le roi agit mal, je le lui dis.

— Mais, il me semble, mademoiselle, hasarda Colbert, que, moi aussi, j'aime le roi.

— Oui, monsieur, nous l'aimons tous deux, chacun à sa manière, répliqua La Vallière avec un tel accent, que le coeur du jeune roi en fut pénétré. Seulement je l'aime, moi, si fortement, que tout le monde le sait, si purement, que le roi lui-même ne doute pas de mon amour. Il est mon roi et mon maître, je suis son humble servante, mais quiconque touche à son honneur touche à ma vie.

Or, je répète que ceux-là déshonorent le roi qui lui conseillent de faire arrêter M. Fouquet chez lui.

Colbert baissa la tête, car il se sentait abandonné par le roi. Cependant, tout en baissant la tête, il murmura:

— Mademoiselle, je n'aurais qu'un mot à dire.

— Ne le dites pas, ce mot, monsieur, car ce mot, je ne l'écouterais point. Que me diriez-vous d'ailleurs? Que M. Fouquet a commis des crimes? Je le sais, parce que le roi l'a dit, et du moment que le roi a dit: «Je crois», je n'ai pas besoin qu'une autre bouche dise: «J'affirme.» Mais M. Fouquet, fût-il le dernier des hommes, je le dis hautement, M. Fouquet est sacré au roi, parce que le roi est son hôte. Sa maison fût-elle un repaire, Vaux fût-il une caverne de faux-monnayeurs ou de bandits, sa maison est sainte, son château est inviolable, puisqu'il y loge sa femme, et c'est un lieu d'asile que des bourreaux ne violeraient pas!

La Vallière se tut. Malgré lui, le roi l'admirait; il fut vaincu par la chaleur de cette voix, par la noblesse de cette cause. Colbert, lui, ployait, écrasé par l'inégalité de cette lutte. Enfin, le roi respira, secoua la tête et tendit la main à La Vallière.

— Mademoiselle, dit-il avec douceur, pourquoi parlez-vous contre moi? Savez-vous ce que fera ce misérable si je le laisse respirer?

— Eh! mon Dieu, n'est-ce pas une proie qui vous appartiendra toujours?

— Et s'il échappe, s'il fuit? s'écria Colbert.

— Eh bien! monsieur, ce sera la gloire éternelle du roi d'avoir laissé fuir M. Fouquet, et plus il aura été coupable, plus la gloire du roi sera grande, comparée à cette misère, à cette honte.

Louis baisa la main de La Vallière, tout en se laissant glisser à ses genoux.

«Je suis perdu», pensa Colbert.

Puis tout à coup sa figure s'éclaira:

«Oh! non, non, pas encore!» se dit-il.

Et, tandis que le roi, protégé par l'épaisseur d'un énorme tilleul, étreignait La Vallière avec toute l'ardeur d'un ineffable amour, Colbert fouilla tranquillement dans son garde-notes, d'où il tira un papier plié en forme de lettre, papier un peu jaune peut-être, mais qui devait être bien précieux, puisque l'intendant sourit en le regardant. Puis il reporta son regard haineux sur le groupe charmant que dessinaient dans l'ombre la jeune fille et le roi, groupe que venait éclairer la lueur des flambeaux qui s'approchaient.

Louis vit la lueur de ces flambeaux se refléter sur la robe blanche de La Vallière.

— Pars, Louise, lui dit-il, car voilà que l'on vient.

— Mademoiselle, mademoiselle, on vient, ajouta Colbert pour hâter le départ de la jeune fille.

Louise disparut rapidement entre les arbres. Puis, comme le roi, qui s'était mis aux genoux de la jeune fille, se relevait:

— Ah! Mlle de la Vallière a laissé tomber quelque chose, dit Colbert.

— Quoi donc? demanda le roi.

— Un papier, une lettre, quelque chose de blanc, voyez, là, Sire.

Le roi se baissa vite, et ramassa la lettre en la froissant.

En ce moment, les flambeaux arrivèrent, inondant de jour cette scène obscure.

CHAPITRE XVI. Jalousie

Cette vraie lumière, cet empressement de tous, cette nouvelle ovation faite au roi par Fouquet, vinrent suspendre l'effet d'une résolution que La Vallière avait déjà bien ébranlée dans le coeur de Louis XIV.

Il regarda Fouquet avec une sorte de reconnaissance pour lui, de ce qu'il avait fourni à La Vallière l'occasion de se montrer si généreuse, si fort puissante sur son coeur.

C'était le moment des dernières merveilles. À peine Fouquet eut-il emmené le roi vers le château, qu'une masse de feu, s'échappant avec un grondement majestueux du dôme de Vaux, éblouissante aurore, vint éclairer jusqu'aux moindres détails des parterres.

Le feu d'artifice commençait. Colbert, à vingt pas du roi, que les maîtres de Vaux entouraient et fêtaient, cherchait par l'obstination de sa pensée funeste à ramener l'attention de Louis sur des idées que la magnificence du spectacle éloignait déjà trop.

Tout à coup, au moment de la tendre à Fouquet, le roi sentit dans sa main ce papier que, selon toute apparence, La Vallière, en fuyant, avait laissé tomber à ses pieds.

L'aimant le plus fort de la pensée d'amour entraînait le jeune prince vers le souvenir de sa maîtresse.

Aux lueurs de ce feu, toujours croissant en beauté, et qui faisait pousser des cris d'admiration dans les villages d'alentour, le roi lut le billet, qu'il supposait être une lettre d'amour destinée à lui par La Vallière.

À mesure qu'il lisait, la pâleur montait à son visage, et cette sourde colère, illuminée par ces feux de mille couleurs, faisait un spectacle terrible dont tout le monde eût frémi, si chacun avait pu lire dans ce coeur ravagé par les plus sinistres passions. Pour lui, plus de trêve dans la jalousie et la rage. À partir du moment où il eut découvert la sombre vérité, tout disparut, pitié douceur, religion de l'hospitalité.

Peu s'en fallut que, dans la douleur aiguë qui tordait son coeur, encore trop faible pour dissimuler la souffrance, peu s'en fallut qu'il ne poussât un cri d'alarme et qu'il n'appelât ses gardes autour de lui.

Cette lettre, jetée sur les pas du roi par Colbert on l'a déjà deviné, c'était celle qui avait disparu avec le grison Tobie à Fontainebleau, après la tentative faite par Fouquet sur le coeur de La Vallière.

Fouquet voyait la pâleur et ne devinait point le mal; Colbert voyait la colère et se réjouissait à l'approche de l'orage.

La voix de Fouquet tira le jeune prince de sa farouche rêverie.

— Qu'avez-vous, Sire? demanda gracieusement le surintendant.

Louis fit un effort sur lui-même, un violent effort.

— Rien, dit-il.

— J'ai peur que Votre Majesté ne souffre.

— Je souffre, en effet, je vous l'ai déjà dit, monsieur, mais ce n'est rien.

Et le roi, sans attendre la fin du feu d'artifice, se dirigea vers le château.

Fouquet accompagna le roi. Tout le monde suivit derrière eux.

Les dernières fusées brûlèrent tristement pour elles seules.

Le surintendant essaya de questionner encore Louis XIV, mais n'obtint aucune réponse. Il supposa qu'il y avait eu querelle entre Louis et La Vallière dans le parc; que brouille en était résultée; que le roi, peu boudeur de sa nature, mais tout dévoué à sa rage d'amour, prenait le monde en haine depuis que sa maîtresse le boudait. Cette idée suffit à le rassurer; il eut même un sourire amical et consolant pour le jeune roi, quand celui-ci lui souhaita le bonsoir.

Ce n'était pas tout pour le roi. Il fallait subir le service. Ce service du soir se devait faire en grande étiquette. Le lendemain était le jour du départ. Il fallait bien que les hôtes remerciassent leur hôte et lui donnassent une politesse pour ses douze millions.

La seule chose que Louis trouva d'aimable pour Fouquet en le congédiant, ce furent ces paroles:

— Monsieur Fouquet, vous saurez de mes nouvelles; faites, je vous prie, venir ici M. d'Artagnan.

Et le sang de Louis XIII, qui avait tant dissimulé, bouillait alors dans ses veines, et il était tout prêt à faire égorger Fouquet, comme son prédécesseur avait fait assassiner le maréchal d'Ancre. Aussi déguisa-t-il l'affreuse résolution sous un de ces sourires royaux qui sont les éclairs des coups d'État.

Fouquet prit la main du roi et la baisa. Louis frissonna de tout son corps, mais laissa toucher sa main aux lèvres de M. Fouquet.

Cinq minutes après, d'Artagnan, auquel on avait transmis l'ordre royal, entrait dans la chambre de Louis XIV.

Aramis et Philippe étaient dans la leur, toujours attentifs, toujours écoutant.

Le roi ne laissa pas au capitaine de ses mousquetaires le temps d'arriver jusqu'à son fauteuil.

Il courut à lui.

— Ayez soin, s'écria-t-il, que nul n'entre ici.

— Bien, Sire, répliqua le soldat, dont le coup d'oeil avait, depuis longtemps, analysé les ravages de cette physionomie.

Et il donna l'ordre à la porte, puis revenant vers le roi:

— Il y a du nouveau chez Votre Majesté? dit-il.

— Combien avez-vous d'hommes ici? demanda le roi sans répondre autrement à la question qui lui était faite.

— Pour quoi faire, Sire?

— Combien avez-vous d'hommes? répéta le roi en frappant du pied.

— J'ai les mousquetaires.

— Après?

— J'ai vingt gardes et treize Suisses.

— Combien faut-il de gens pour...

— Pour?... dit le mousquetaire avec ses grands yeux calmes.

— Pour arrêter M. Fouquet.

D'Artagnan fit un pas en arrière.

— Arrêter M. Fouquet! dit-il avec éclat.

— Allez-vous dire aussi que c'est impossible? s'écria le roi avec une rage froide et haineuse.

— Je ne dis jamais qu'une chose soit impossible répliqua d'Artagnan blessé au vif.

— Eh bien! faites!

D'Artagnan tourna sur ses talons sans mesure et se dirigea vers la porte.

L'espace à parcourir était court: il le franchit en six pas. Là, s'arrêtant:

— Pardon, Sire, dit-il.

— Quoi? dit le roi.

— Pour faire cette arrestation, je voudrais un ordre écrit.

— À quel propos? et depuis quand la parole du roi ne vous suffit- elle pas?

— Parce qu'une parole de roi, issue d'un sentiment de colère, peut changer quand le sentiment change.

— Pas de phrases, monsieur! vous avez une autre pensée.

— Oh! j'ai toujours des pensées, moi, et des pensées que les autres n'ont malheureusement pas, répliqua impertinemment d'Artagnan.

Le roi, dans la fougue de son emportement, plia devant cet homme, comme le cheval plie les jarrets sous la main robuste du dompteur.

— Votre pensée? s'écria-t-il.

— La voici, Sire, répondit d'Artagnan. Vous faites arrêter un homme lorsque vous êtes encore chez lui: c'est de la colère. Quand vous ne serez plus en colère, vous vous repentirez. Alors, je veux pouvoir vous montrer votre signature. Si cela ne répare rien, au moins cela nous montrera-t-il que le roi a tort de se mettre en colère.

— À tort de se mettre en colère! hurla le roi avec frénésie. Est-ce que le roi mon père, est-ce que mon aïeul ne s'y mettaient pas, corps du Christ?

— Le roi votre père, le roi votre aïeul ne se mettaient jamais en colère que chez eux.

— Le roi est maître partout comme chez lui.

— C'est une phrase de flatteur, et qui doit venir de M. Colbert, mais ce n'est pas une vérité. Le roi est chez lui dans toute maison, quand il en a chassé le propriétaire.

Louis se mordit les lèvres.

— Comment! dit d'Artagnan, voilà un homme qui se ruine pour vous plaire, et vous voulez le faire arrêter? Mordioux! Sire, si je m'appelais Fouquet et que l'on me fît cela, j'avalerais d'un coup dix fusées d'artifice, et j'y mettrais le feu pour me faire sauter, moi et tout le reste. C'est égal, vous le voulez, j'y vais.

— Allez! fit le roi. Mais avez-vous assez de monde?

— Croyez-vous, Sire, que je vais emmener un anspessade avec moi? Arrêter M. Fouquet, mais c'est si facile, qu'un enfant le ferait. M. Fouquet à arrêter, c'est un verre d'absinthe à boire. On fait la grimace, et c'est tout.

— S'il se défend?...

— Lui? Allons donc! se défendre, quand une rigueur comme celle-là le fait roi et martyr! Tenez, s'il lui reste un million, ce dont je doute, je gage qu'il le donnerait pour avoir cette fin-là. Allons, Sire, j'y vais.

— Attendez! dit le roi.

— Ah! qu'y a-t-il?

— Ne rendez pas son arrestation publique.

— C'est plus difficile, cela.

— Pourquoi?

— Parce que rien n'est plus simple que d'aller, au milieu des mille personnes enthousiastes qui l'entourent, dire à M. Fouquet: «Au nom du roi, monsieur, je vous arrête!» Mais aller à lui, le tourner, le retourner, le coller dans quelque coin de l'échiquier, de façon qu'il ne s'en échappe pas; le voler à tous ses convives, et vous le garder prisonnier, sans qu'un de ses *hélas!* ait été entendu, voilà une difficulté réelle, véritable, suprême, et je la donne en cent aux plus habiles.

— Dites encore: «C'est impossible!» et vous aurez plus vite fait. Ah! mon Dieu, mon Dieu! ne serais-je entouré que de gens qui m'empêchent de faire ce que je veux!

— Moi, je ne vous empêche de rien faire. Est-ce dit?

— Gardez-moi M. Fouquet jusqu'à ce que, demain, j'aie pris une résolution.

— Ce sera fait, Sire.

— Et revenez à mon lever pour prendre mes nouveaux ordres.

— Je reviendrai.

— Maintenant, qu'on me laisse seul.

— Vous n'avez pas même besoin de M. Colbert? dit le mousquetaire envoyant sa dernière flèche au moment du départ.

Le roi tressaillit. Tout entier à la vengeance, il avait oublié le corps du délit.

— Non, personne, dit-il, personne ici! Laissez-moi!

D'Artagnan partit. Le roi ferma sa porte lui-même, et commença une furieuse course dans sa chambre, comme le taureau blessé qui traîne après lui ses banderilles et les fers des hameçons. Enfin, il se mit à se soulager par des cris.

— Ah! le misérable! non seulement il me vole mes finances, mais, avec cet or, il me corrompt secrétaires, amis, généraux, artistes, il me prend jusqu'à ma maîtresse! Ah! voilà pourquoi cette perfide l'a si bravement défendu!... C'était de la reconnaissance!... Qui sait?... peut-être même de l'amour.

Il s'abîma un instant dans ces réflexions douloureuses.

«Un satyre! pensa-t-il avec cette haine profonde que la grande jeunesse porte aux hommes mûrs qui songent encore à l'amour; un faune qui court la galanterie et qui n'a jamais trouvé de rebelles! un homme à femmelettes, qui donne des fleurettes d'or et de diamant, et qui a des peintres pour faire le portrait de ses maîtresses en costume de déesses!»

Le roi frémit de désespoir.

— Il me souille tout! continua-t-il. Il me ruine tout! Il me tuera! Cet homme est trop pour moi! Il est mon mortel ennemi! Cet homme tombera! Je le hais!... je le hais!... je le hais!...

Et, en disant ces mots, il frappait à coups redoublés sur les bras du fauteuil dans lequel il s'asseyait et duquel il se levait comme un épileptique.

— Demain! demain!... Oh! le beau jour! murmura-t-il, quand le soleil se lèvera, n'ayant que moi pour rival, cet homme tombera si bas, qu'en voyant les ruines que ma colère aura faites, on avouera enfin que je suis plus grand que lui!

Le roi, incapable de se maîtriser plus longtemps, renversa d'un coup de poing une table placée près de son lit, et, dans la douleur qu'il ressentit, pleurant presque, suffoquant, il alla se précipiter sur ses draps, tout habillé qu'il était, pour les mordre et pour y trouver le repos du corps.

Le lit gémit sous ce poids, et, à part quelques soupirs échappés de la poitrine haletante du roi, on n'entendit plus rien dans la chambre de Morphée.

CHAPITRE XVII. Lèse-majesté

Cette fureur exaltée, qui s'était emparée du roi à la vue et à la lecture de la lettre de Fouquet à La Vallière, se fondit peu à peu en une fatigue douloureuse.

La jeunesse, pleine de santé et de vie, ayant besoin de réparer à l'instant même ce qu'elle perd, la jeunesse ne connaît point ces insomnies sans fin qui réalisent pour le malheureux la fable du foie toujours renaissant de Prométhée. Là où l'homme mûr dans sa force, où le vieillard dans son épuisement, trouvent une continuelle alimentation de la douleur, le jeune homme, surpris par la révélation subite du mal, s'énerve en cris, en luttes directes, et se fait terrasser plus vite par l'inflexible ennemi qu'il combat. Une fois terrassé, il ne souffre plus.

Louis fut dompté en un quart d'heure; puis il cessa de crisper ses poings et de brûler avec ses regards les invincibles objets de sa haine; il cessa d'accuser par de violentes paroles M. Fouquet et La Vallière; il tomba de la fureur dans le désespoir, et du désespoir dans la prostration.

Après qu'il se fut roidi et tordu pendant quelques instants sur le lit, ses bras inertes retombèrent à ces côtés. Sa tête languit sur l'oreiller de dentelle, ses membres épuisés frissonnèrent, agités de légères contractions musculaires, sa poitrine ne laissa plus filtrer que de rares soupirs.

Le dieu Morphée, qui régnait en souverain dans cette chambre à laquelle il avait donné son nom, et vers lequel Louis tournait ses yeux appesantis par la colère et rougis par les larmes, le dieu Morphée versait sur lui les pavots dont ses mains étaient pleines, de sorte que le roi ferma doucement ses yeux et s'endormit.

Alors il lui sembla, comme il arrive dans le premier sommeil, si doux et si léger, qui élève le corps au-dessus de la couche, l'âme au-dessus de la terre, il lui sembla que le dieu Morphée, peint sur le plafond, le regardait avec des yeux tout humains; que quelque chose brillait et s'agitait dans le dôme; que les essaims de songes sinistres, un instant déplacés, laissaient à découvert un visage d'homme, la main appuyée sur sa bouche, et dans l'attitude d'une méditation contemplative. Et, chose étrange, cet homme ressemblait tellement au roi, que Louis croyait voir son propre visage réfléchi dans un miroir. Seulement, ce visage était attristé par un sentiment de profonde pitié.

Puis il lui sembla, peu à peu, que le dôme fuyait, échappant à sa vue, et que les figures et les attributs peints par Le Brun s'obscurcissaient dans un éloignement progressif. Un mouvement doux, égal, cadencé, comme celui d'un vaisseau qui plonge sous la vague, avait succédé à l'immobilité du lit. Le roi faisait un rêve sans doute, et, dans ce rêve, la couronne d'or qui attachait les rideaux s'éloignait comme le dôme auquel elle restait suspendue, de sorte que le génie ailé, qui, des deux mains, soutenait cette couronne, semblait appeler vainement le roi, qui disparaissait loin d'elle.

Le lit s'enfonçait toujours. Louis, les yeux ouverts, se laissait décevoir par cette cruelle hallucination. Enfin, la lumière de la chambre royale allant s'obscurcissant, quelque chose de froid, de sombre, d'inexplicable envahit l'air. Plus de peintures, plus d'or, plus de rideaux de velours, mais des murs d'un gris terne, dont l'ombre s'épaississait de plus en plus. Et cependant le lit descendait toujours, et, après une minute, qui parut un siècle au roi, il atteignit une couche d'air noire et glacée. Là, il s'arrêta.

Le roi ne voyait plus la lumière de sa chambre que comme, du fond d'un puits, on voit la lumière du jour.

«Je fais un affreux rêve! pensa-t-il. Il est temps de me réveiller. Allons, réveillons-nous!»

Tout le monde a éprouvé ce que nous disons là. Il n'est personne qui, au milieu d'un cauchemar étouffant, ne se soit dit, à l'aide de cette lampe qui veille au fond du cerveau quand toute lumière humaine est éteinte il n'est personne qui ne se soit dit: «Ce n'est rien, je rêve!»

C'était ce que venait de se dire Louis XIV; mais à ce mot: «Réveillons-nous!» il s'aperçut que non seulement il était éveillé, mais encore qu'il avait les yeux ouverts. Alors il les jeta autour de lui.

À sa droite et à sa gauche se tenaient deux hommes armés, enveloppés chacun dans un vaste manteau et le visage couvert d'un masque.

L'un de ces hommes tenait à la main une petite lampe dont la lueur rouge éclairait le plus triste tableau qu'un roi pût envisager.

Louis se dit que son rêve continuait, et que, pour le faire cesser, il suffisait de remuer les bras ou de faire entendre sa voix. Il sauta à bas du lit, et se trouva sur un sol humide. Alors, s'adressant à celui des deux hommes qui tenait la lampe:

— Qu'est cela, monsieur, dit-il, et d'où vient cette plaisanterie?

— Ce n'est point une plaisanterie, répondit d'une voix sourde celui des deux hommes masqués qui tenait la lanterne.
— Êtes-vous à M. Fouquet? demanda le roi un peu interdit.
— Peu importe à qui nous appartenons! dit le fantôme. Nous sommes vos maîtres, voilà tout.

Le roi, plus impatient qu'intimidé, se tourna vers le second masque.

— Si c'est une comédie, fit-il, vous direz à M. Fouquet que je la trouve inconvenante, et j'ordonne qu'elle cesse.

Ce second masque, auquel s'adressait le roi, était un homme de très haute taille et d'une vaste circonférence. Il se tenait droit et immobile comme un bloc de marbre.

— Eh bien! ajouta le roi en frappant du pied, vous ne me répondez pas?

— Nous ne vous répondons pas, mon petit monsieur, fit le géant d'une voix de stentor, parce qu'il n'y a rien à vous répondre, sinon que vous êtes le premier _fâcheux, _et que M. Coquelin de Volière vous a oublié dans le nombre des siens.

— Mais, enfin, que me veut-on? s'écria Louis en se croisant les bras avec colère.

— Vous le saurez plus tard, répondit le porte-lampe.
— En attendant, où suis-je?
— Regardez!

Louis regarda effectivement; mais, à la lueur de la lampe que soulevait l'homme masqué, il n'aperçut que des murs humides, sur lesquels brillait çà et là le sillage argenté des limaces.

— Oh! oh! un cachot? fit le roi.
— Non, un souterrain.
— Qui mène?...
— Veuillez nous suivre.
— Je ne bougerai pas d'ici, s'écria le roi.
— Si vous faites le mutin, mon jeune ami, répondit le plus robuste des deux hommes, je vous enlèverai, je vous roulerai dans un manteau, et, si vous y étouffez, ma foi! ce sera tant pis pour vous.

Et, en disant ces mots, celui qui les disait tira, de dessous ce manteau dont il menaçait le roi, une main que Milon de Crotone eût bien voulu posséder le jour où lui vint cette malheureuse idée de fendre son dernier chêne.

Le roi eut horreur d'une violence, car il comprenait que ces deux hommes, au pouvoir desquels il se trouvait, ne s'étaient point avancés jusque-là pour reculer, et, par conséquent, pousseraient la chose jusqu'au bout. Il secoua la tête.

— Il paraît que je suis tombé aux mains de deux assassins, dit-il. Marchons!

Aucun des deux hommes ne répondit à cette parole. Celui qui tenait la lampe marcha le premier; le roi le suivit; le second masque vint ensuite. On traversa ainsi une galerie longue et sinueuse, diaprée d'autant d'escaliers qu'on en trouve dans les mystérieux et sombres palais d'Anne Radcliff. Tous ces détours, pendant lesquels le roi entendit plusieurs fois des bruits d'eau sur sa tête, aboutirent enfin à un long corridor fermé par une porte de fer. L'homme à la lampe ouvrit cette porte avec des clefs qu'il portait à sa ceinture, où, pendant toute la route, le roi les avait entendues résonner.

Quand cette porte s'ouvrit et donna passage à l'air, Louis reconnut ces senteurs embaumées qui s'exhalent des arbres après les journées chaudes de l'été. Un instant, il s'arrêta hésitant, mais le robuste gardien qui le suivait le poussa hors du souterrain.

— Encore une fois, dit le roi en se retournant vers celui qui venait de se livrer à cet acte audacieux de toucher son souverain, que voulez-vous faire du roi de France?

— Tâchez d'oublier ce mot-là, répondit l'homme à la lampe, d'un ton qui n'admettait pas plus de réplique que les fameux arrêts de Minos.

— Vous devriez être roué pour le mot que vous venez de prononcer, ajouta le géant en éteignant la lumière que lui passait son compagnon, mais le roi est trop humain.

Louis, à cette menace, fit un mouvement si brusque, que l'on put croire qu'il voulait fuir, mais la main du géant s'appuya sur son épaule et le fixa à sa place.

— Mais, enfin, où allons-nous? dit le roi.

— Venez, répondit le premier des deux hommes avec une sorte de respect, et en conduisant son prisonnier vers un carrosse qui semblait attendre.

Ce carrosse était entièrement caché dans les feuillages. Deux chevaux, ayant des entraves aux jambes, étaient attachés, par un licol, aux branches basses d'un grand chêne.

— Montez, dit le même homme en ouvrant la portière du carrosse et en abaissant le marchepied.

Le roi obéit, s'assit au fond de la voiture, dont la portière matelassée et à serrure se ferma à l'instant même sur lui et sur son conducteur. Quant au géant, il coupa les entraves et les liens des chevaux, les attela lui-même et monta sur le siège, qui n'était pas occupé. Aussitôt le carrosse partit au grand trot, gagna la route de Paris, et dans la forêt de Sénart, trouva un relais attaché à des arbres comme les premiers chevaux. L'homme du siège changea d'attelage et continua rapidement sa route vers Paris, où il entra vers trois heures du matin. Le carrosse suivit le faubourg Saint-Antoine, et, après avoir crié à la sentinelle: «Ordre du roi!» le cocher guida les chevaux dans l'enceinte circulaire de la Bastille, aboutissant à la cour du Gouvernement. Là, les chevaux s'arrêtèrent fumants aux degrés du perron. Un sergent de garde accourut.

— Qu'on éveille M. le gouverneur, dit le cocher d'une voix de tonnerre.

À part cette voix, qu'on eût pu entendre de l'entrée du faubourg Saint-Antoine, tout demeura calme dans le carrosse comme dans le château. Dix minutes après M. de Baisemeaux parut en robe de chambre sur le seuil de sa porte.

— Qu'est-ce encore, demanda-t-il, et que m'amenez-vous là?

L'homme à la lanterne ouvrit la portière du carrosse et dit deux mots au cocher. Aussitôt celui-ci descendit de son siège, prit un mousqueton qu'il y tenait sous ses pieds, et appuya le canon de l'arme sur la poitrine du prisonnier.

— Et faites feu, s'il parle! ajouta tout haut l'homme qui descendait de la voiture.

— Bien! répliqua l'autre sans plus d'observation.

Cette recommandation faite, le conducteur du roi monta les degrés, au haut desquels l'attendait le gouverneur.

— Monsieur d'Herblay! s'écria celui-ci.

— Chut! dit Aramis. Entrons chez vous.

— Oh! mon Dieu! Et quoi donc vous amène à cette heure?

— Une erreur, mon cher monsieur de Baisemeaux, répondit tranquillement Aramis. Il paraît que, l'autre jour, vous aviez raison.

— À quel propos? demanda le gouverneur.

— Mais à propos de cet ordre d'élargissement, cher ami.

— Expliquez-moi cela, monsieur... non, monseigneur dit le gouverneur, suffoqué à la fois et par la surprise et par la terreur.

— C'est bien simple: vous vous souvenez, cher monsieur de Baisemeaux, qu'on vous a envoyé un ordre de mise en liberté?

— Oui, pour Marchiali.

— Eh bien! n'est-ce pas, nous avons tous cru que c'était pour Marchiali?

— Sans doute. Cependant, rappelez-vous que, moi, je doutais; que, moi, je ne voulais pas; que c'est vous qui m'avez contraint.

— Oh! quel mot employez-vous là, cher Baisemeaux!... engagé, voilà tout.

— Engagé, oui, engagé à vous le remettre, et que vous l'avez emmené dans votre carrosse.

— Eh bien! mon cher monsieur de Baisemeaux, c'était une erreur. On l'a reconnue au ministère, de sorte que je vous rapporte un ordre du roi pour mettre en liberté... Seldon, ce pauvre diable d'Écossais, vous savez?

— Seldon? Vous êtes sûr, cette fois?...

— Dame! lisez vous-même, ajouta Aramis en lui remettant l'ordre.

— Mais, dit Baisemeaux, cet ordre, c'est celui qui m'a déjà passé par les mains.

— Vraiment?

— C'est celui que je vous attestais avoir vu l'autre soir. Parbleu! je le reconnais au pâté d'encre.

— Je ne sais si c'est celui-là; mais toujours est-il que je vous l'apporte.

— Mais, alors, l'autre?

— Qui l'autre?

— Marchiali?

— Je vous le ramène.

— Mais cela ne me suffit pas. Il faut, pour le reprendre, un nouvel ordre.

— Ne dites donc pas de ces choses-là, mon cher Baisemeaux; vous parlez comme un enfant! où est l'ordre que vous avez reçu, touchant Marchiali?

Baisemeaux courut à son coffre et l'en tira. Aramis le saisit, le déchira froidement en quatre morceaux, approcha les morceaux de la lampe et les brûla.

— Mais que faites-vous? s'écria Baisemeaux au comble de l'effroi.

— Considérez un peu la situation, mon cher gouverneur, dit Aramis avec son imperturbable tranquillité, et vous allez voir comme elle est simple. Vous n'avez plus d'ordre qui justifie la sortie de Marchiali.

— Eh! mon Dieu, non! je suis un homme perdu!

— Mais pas du tout, puisque je vous ramène Marchiali. Du moment que je vous le ramène, c'est comme s'il n'était pas sorti.

— Ah! fit le gouverneur abasourdi.

— Sans doute. Vous l'allez renfermer sur l'heure.
— Je le crois bien!
— Et vous me donnerez ce Seldon que l'ordre nouveau libère. De cette façon votre comptabilité est en règle. Comprenez-vous?
— Je... je...
— Vous comprenez, dit Aramis. Très bien!
Baisemeaux joignit les mains.
— Mais enfin, pourquoi, après m'avoir pris Marchiali, me le ramenez-vous? s'écria le malheureux gouverneur dans un paroxysme de douleur et d'attendrissement.
— Pour un ami comme vous, dit Aramis, pour un serviteur comme vous, pas de secrets.
Et Aramis approcha sa bouche de l'oreille de Baisemeaux.
— Vous savez, continua Aramis à voix basse, quelle ressemblance il y avait entre ce malheureux et...
— Et le roi, oui.
— Eh bien! le premier usage qu'a fait Marchiali de sa liberté a été pour soutenir, devinez quoi?
— Comment voulez-vous que je devine?
— Pour soutenir qu'il était le roi de France.
— Oh! le malheureux! s'écria Baisemeaux.
— Ç'a été pour se revêtir d'habits pareils à ceux du roi et se poser en usurpateur.
— Bonté du Ciel!
— Voilà pourquoi je vous le ramène, cher ami. Il est fou, et dit sa folie à tout le monde.
— Que faire alors?
— C'est bien simple: ne le laissez communiquer avec personne. Vous comprenez que, lorsque sa folie est venue aux oreilles du roi, qui avait eu pitié de son malheur, et qui se voyait récompensé de sa bonté par une noire ingratitude, le roi a été furieux. De sorte que, maintenant, retenez bien ceci, cher monsieur de Baisemeaux, car ceci vous regarde, de sorte que, maintenant, il y a peine de mort contre ceux qui le laisseraient communiquer avec d'autres que moi, ou le roi lui-même. Vous entendez, Baisemeaux, peine de mort!
— Si j'entends, morbleu!
— Et maintenant, descendez, et reconduisez ce pauvre diable à son cachot, à moins que vous ne préfériez le faire monter ici.
— À quoi bon?
— Oui, mieux vaut l'écrouer tout de suite, n'est-ce pas?
— Pardieu!
— Eh bien! alors, allons.

Baisemeaux fit battre le tambour et sonner la cloche qui avertissait chacun de rentrer, afin d'éviter la rencontre d'un prisonnier mystérieux. Puis, lorsque les passages furent libres, il alla prendre au carrosse le prisonnier, que Porthos, fidèle à la consigne, maintenait toujours le mousqueton sur la gorge.

— Ah! vous voilà, malheureux! s'écria Baisemeaux en apercevant le roi. C'est bon! c'est bon!

Et aussitôt, faisant descendre le roi de voiture, il le conduisit, toujours accompagné de Porthos, qui n'avait pas quitté son masque, et d'Aramis, qui avait remis le sien, dans la deuxième Bertaudière, et lui ouvrit la porte de la chambre où, pendant six ans, avait gémi Philippe.

Le roi entra dans le cachot sans prononcer une parole. Il était pâle et hagard.

Baisemeaux referma la porte sur lui, donna lui-même deux tours de clef à la serrure, et, revenant à Aramis:

— C'est, ma foi, vrai! lui dit-il tout bas, qu'il ressemble au roi; cependant, moins que vous ne le dites.

— De sorte, fit Aramis, que vous ne vous seriez pas laissé prendre à la substitution, vous?

— Ah! par exemple!

— Vous êtes un homme précieux, mon cher Baisemeaux, dit Aramis.
Maintenant, mettez en liberté Seldon.

— C'est juste, j'oubliais... Je vais donner l'ordre.

— Bah! demain, vous avez le temps.

— Demain? Non, non, à l'instant même. Dieu me garde d'attendre une seconde!

— Alors, allez à vos affaires; moi, je vais aux miennes. Mais c'est compris, n'est-ce pas.

— Qu'est-ce qui est compris?

— Que personne n'entrera chez le prisonnier qu'avec un ordre du roi, ordre que j'apporterai moi-même?

— C'est dit. Adieu! monseigneur.

Aramis revint vers son compagnon.

— Allons, allons, ami Porthos, à Vaux! et bien vite!

— On est léger quand on a fidèlement servi son roi, et, en le servant, sauvé son pays, dit Porthos. Les chevaux n'auront rien à traîner. Partons.

Et le carrosse, délivré d'un prisonnier qui, en effet, pouvait paraître bien lourd à Aramis, franchit le pont-levis de la Bastille, qui se releva derrière lui.

CHAPITRE XVIII. Une nuit à la Bastille

La souffrance dans cette vie est en proportion des forces de l'homme. Nous ne prétendons pas dire que Dieu mesure toujours aux forces de la créature l'angoisse qu'il lui fait endurer: cela ne serait pas exact, puisque Dieu permet la mort, qui est parfois le seul refuge des âmes trop vivement pressées dans le corps. La souffrance est en proportion des forces, c'est-à-dire que le faible souffre plus, à mal égal, que le fort. Maintenant, de quels éléments se compose la force humaine? N'est-ce pas surtout de l'exercice, de l'habitude, de l'expérience? Voilà ce que nous ne prendrons même pas la peine de démontrer; c'est un axiome au moral comme au physique.

Quand le jeune roi, hébété, rompu, se vit conduire à une chambre de la Bastille, il se figura d'abord que la mort est comme un sommeil, qu'elle a ses rêves, que le lit s'était enfoncé dans le plancher de Vaux, que la mort s'en était ensuivie, et que, poursuivant son rêve, Louis XIV, défunt, rêvait une de ces horreurs, impossibles à la vie, qu'on appelle le détrônement, l'incarcération et l'insulte d'un roi naguère tout-puissant.

Assister, fantôme palpable, à sa passion douloureuse; nager dans un mystère incompréhensible entre la ressemblance et la réalité; tout voir, tout entendre, sans brouiller un de ces détails de l'agonie, n'était-ce pas, se disait le roi, un supplice d'autant plus épouvantable qu'il pouvait être éternel?

— Est-ce là ce qu'on appelle l'éternité, l'enfer? murmura Louis XIV au moment où la porte se ferma sur lui, poussée par Baisemeaux lui-même.

Il ne regarda pas même autour de lui, et, dans cette chambre, adossé à un mur quelconque, il se laissa emporter par la terrible supposition de sa mort, en fermant les yeux pour éviter de voir quelque chose de pire encore.

— Comment suis-je mort? se dit-il à moitié insensé. N'aura-t-on pas fait descendre ce lit par artifice? Mais non, pas de souvenir d'aucune contusion, d'aucun choc... Ne m'aurait-on pas plutôt empoisonné dans le repas, ou avec des fumées de cire, comme Jeanne d'Albret, ma bisaïeule?

Tout à coup, le froid de cette chambre tomba comme un manteau sur les épaules de Louis.

— J'ai vu, dit-il, mon père exposé mort sur son lit dans son habit royal. Cette figure pâle, si calme et si affaissée; ces mains si adroites devenues insensibles; ces jambes raidies; tout cela n'annonçait pas un sommeil peuplé de songes. Et pourtant que de songes Dieu ne devait-il pas envoyer à ce mort!... à ce mort que tant d'autres avaient précédé, précipités par lui dans la mort éternelle!... Non, ce roi était encore le roi. Il trônait encore sur ce lit funèbre, comme sur le fauteuil de velours. Il n'avait rien abdiqué de sa majesté. Dieu, qui ne l'avait point puni, ne peut me punir, moi qui n'ai rien fait.

Un bruit étrange attira l'attention du jeune homme. Il regarda et vit sur la cheminée, au-dessus d'un énorme christ grossièrement peint à fresque, un rat de taille monstrueuse, occupé à grignoter un reste de pain dur, tout en fixant sur le nouvel hôte du logis un regard intelligent et curieux.

Le roi eut peur; il sentit le dégoût; il recula vers la porte en poussant un grand cri. Et, comme s'il eût fallu ce cri, échappé de sa poitrine, pour qu'il se reconnût lui-même, Louis se comprit vivant, raisonnable et nanti de sa conscience naturelle.

— Prisonnier! s'écria-t-il, moi, moi, prisonnier!

Il chercha des yeux une sonnette pour appeler.

— Il n'y a pas de sonnettes à la Bastille, dit-il, et c'est à la Bastille que je suis enfermé. Maintenant, comment ai-je été fait prisonnier? C'est une conspiration de M. Fouquet nécessairement. J'ai été attiré à Vaux dans un piège. M. Fouquet ne peut être seul dans cette affaire. Son agent... cette voix... c'était M. d'Herblay, je l'ai reconnu. Colbert avait raison. Mais que me veut Fouquet? Régnera-t-il à ma place? Impossible! Qui sait?... pensa le roi devenu sombre. Mon frère le duc d'Orléans fait peut-être contre moi ce qu'a voulu faire, toute sa vie, mon oncle contre mon père. Mais la reine? mais ma mère? mais La Vallière? oh! La Vallière! elle serait livrée à Madame. Chère enfant! oui, c'est cela, on l'aura renfermée comme je le suis moi-même. Nous sommes éternellement séparés!

Et, à cette seule idée de séparation, l'amant éclata en soupirs, en sanglots et en cris.

— Il y a un gouverneur ici, reprit le roi avec fureur. Je lui parlerai. Appelons.

Il appela. Aucune voix ne répondit à la sienne.

Il prit la chaise et s'en servit pour frapper dans la massive porte de chêne. Le bois sonna sur le bois, et fit parler plusieurs échos lugubres dans les profondeurs de l'escalier; mais, de créature qui répondit, pas une.

C'était pour le roi une nouvelle preuve du peu d'estime qu'on faisait de lui à la Bastille. Alors, après la première colère, ayant remarqué une fenêtre grillée par où passait une lumière dorée qui devait être l'aube lumineuse, Louis se mit à crier, doucement d'abord, puis avec force. Il ne lui fut rien répondu.

Vingt autres tentatives, faites successivement, n'obtinrent pas plus de succès.

Le sang commençait à se révolter et montait à la tête du prince. Cette nature, habituée au commandement, frémissait devant une désobéissance. Peu à peu la colère grandit. Le prisonnier brisa sa chaise trop lourde pour ses mains, et s'en servit comme d'un bélier pour frapper dans la porte. Il frappa si fort et tant de fois, que la sueur commença à couler de son front. Le bruit devint immense et continu. Quelques cris étouffés y répondaient çà et là.

Ce bruit produisit sur le roi un effet étrange. Il s'arrêta pour l'écouter. C'étaient les voix des prisonniers, autrefois ses victimes, aujourd'hui ses compagnons. Ces voix montaient comme des vapeurs à travers d'épais plafonds, des murs opaques. Elles accusaient encore l'auteur de ce bruit, comme, sans doute, les soupirs et les larmes accusaient tout bas l'auteur de leur captivité. Après avoir ôté la liberté à tant de gens le roi venait chez eux leur ôter le sommeil.

Cette idée faillit le rendre fou. Elle doubla ses forces ou plutôt sa volonté, altérée d'obtenir un renseignement ou une conclusion. Le bâton de la chaise recommença son office. Au bout d'une heure, Louis entendit quelque chose dans le corridor, derrière sa porte, et un violent coup, répondu dans cette porte même, fit cesser les siens.

— Ah çà! êtes-vous fou? dit une rude et grossière voix. Que vous prend-il ce matin?

«Ce matin?» pensa le roi surpris.

Puis, poliment:

— Monsieur, dit-il, êtes-vous le gouverneur de la Bastille?

— Mon brave, vous avez la cervelle détraquée répliqua la voix, mais ce n'est pas une raison pour faire tant de vacarme. Taisez-vous, mordieu!

— Est-ce vous le gouverneur? demanda encore le roi.

Une porte se referma. Le guichetier venait de partir sans daigner même répondre un mot.

Quand le roi eut la certitude de ce départ, sa fureur ne connut plus de bornes. Agile comme un tigre, il bondit de la table sur la fenêtre, dont il secoua les grilles. Il enfonça une vitre dont les éclats tombèrent avec mille cliquetis harmonieux dans les cours. Il appela, en s'enrouant: «Le gouverneur! le gouverneur!» Cet accès dura une heure, qui fut une période de fièvre chaude.

Les cheveux en désordre et collés sur son front, ses habits déchirés, blanchis, son linge en lambeaux, le roi ne s'arrêta qu'à bout de toutes ses forces, et, seulement alors, il comprit l'épaisseur impitoyable de ces murailles, l'impénétrabilité de ce ciment, invincible à toute autre tentative que celle du temps, ayant pour outil le désespoir.

Il appuya son front sur la porte, et laissa son coeur se calmer peu à peu: un battement de plus l'eût fait éclater.

— Il viendra, dit-il, un moment où l'on m'apportera la nourriture que l'on donne à tous les prisonniers. Je verrai alors quelqu'un, je parlerai, on me répondra.

Et le roi chercha dans sa mémoire à quelle heure avait lieu le premier repas des prisonniers dans la Bastille. Il ignorait même ce détail. Ce fut un coup de poignard sourd et cruel, que ce remords d'avoir vécu vingt-cinq ans, roi et heureux, sans penser à tout ce que souffre un malheureux qu'on prive injustement de sa liberté. Le roi en rougit de honte. Il sentait que Dieu, en permettant cette humiliation terrible, ne faisait que rendre à un homme la torture infligée par cet homme à tant d'autres.

Rien ne pouvait être plus efficace pour ramener à la religion cette âme atterrée par le sentiment des douleurs. Mais Louis n'osa pas même s'agenouiller pour prier Dieu, pour lui demander la fin de cette épreuve.

— Dieu fait bien, dit-il, Dieu a raison. Ce serait lâche à moi de demander à Dieu ce que j'ai refusé souvent à mes semblables.

Il en était là de ses réflexions, c'est-à-dire de son agonie, quand le même bruit se fit entendre derrière sa porte, suivi cette fois du grincement des clefs et du bruit des verrous jouant dans les gâches.

Le roi fit un bond en avant pour se rapprocher de celui qui allait entrer, mais soudain, songeant que c'était un mouvement indigne d'un roi, il s'arrêta, prit une pose noble et calme, ce qui lui était facile et il attendit, le dos tourné à la fenêtre, pour dissimuler un peu de son agitation aux regards du nouvel arrivant.

C'était seulement un porte-clefs chargé d'un panier plein de vivres.

Le roi considérait cet homme avec inquiétude: il attendit qu'il parlât.

— Ah! dit celui-ci, vous avez cassé votre chaise, je le disais bien. Mais il faut que vous soyez devenu enragé!

— Monsieur, fit le roi, prenez garde à tout ce que vous allez dire: il y va pour vous d'un intérêt fort grave.

Le guichetier posa son panier sur la table, et, regardant son interlocuteur:

— Hein? dit-il avec surprise.

— Faites-moi monter le gouverneur, ajouta noblement le roi.

— Voyons, mon enfant, dit le guichetier, vous avez toujours été bien sage; mais la folie rend méchant, et nous voulons bien vous prévenir: vous avez cassé votre chaise et fait du bruit; c'est un délit qui se punit du cachot. Promettez-moi de ne pas recommencer, et je n'en parlerai pas au gouverneur.

— Je veux voir le gouverneur, répliqua le roi sans sourciller.

— Il vous fera mettre dans le cachot, prenez-y garde.

— Je veux! entendez-vous?

— Ah! voilà votre oeil qui devient hagard. Bon! je vous retire votre couteau.

Et le guichetier fit ce qu'il disait, ferma la porte et partit, laissant le roi plus étonné, plus malheureux, plus seul que jamais.

En vain recommença-t-il le jeu du bâton de chaise, en vain fit-il voler par la fenêtre les plats et les assiettes: rien ne lui répondit plus.

Deux heures après, ce n'était plus un roi, un gentilhomme, un homme, un cerveau: c'était un fou s'arrachant les ongles aux portes, essayant de dépaver la chambre, et poussant des cris si effrayants, que la vieille Bastille semblait trembler jusque dans ses racines d'avoir osé se révolter contre son maître.

Quant au gouverneur, il ne s'était pas même dérangé. Le porte-clefs et les sentinelles avaient fait leur rapport, mais à quoi bon? Les fous n'étaient-ils pas chose vulgaire dans la forteresse, et les murs n'étaient-ils pas plus forts que les fous?

M. de Baisemeaux, pénétré de tout ce que lui avait dit Aramis, et parfaitement en règle avec son ordre du roi, ne demandait qu'une chose, c'était que le fou Marchiali fût assez fou pour se pendre un peu à son baldaquin ou à l'un de ses barreaux.

En effet, ce prisonnier-là ne rapportait guère, et il devenait plus gênant que de raison. Ces complications de Seldon et de Marchiali, ces complications de délivrance et de réincarcération, ces complications de ressemblance, se fussent trouvées avoir un dénouement fort commode. Baisemeaux croyait même avoir remarqué que cela ne déplairait pas trop à M. d'Herblay.

— Et puis, réellement, disait Baisemeaux à son major, un prisonnier ordinaire est déjà bien assez malheureux d'être prisonnier; il souffre bien assez pour qu'on puisse charitablement lui souhaiter la mort. À plus forte raison, quand ce prisonnier est devenu fou, et qu'il peut mordre et faire du bruit dans la Bastille; alors, ma foi! ce n'est plus un voeu charitable à faire que de lui souhaiter la mort; ce serait une bonne oeuvre à accomplir que de le supprimer tout doucement.

Et le bon gouverneur fit là-dessus son deuxième déjeuner.

CHAPITRE XIX. L'ombre de M. Fouquet

D'Artagnan, tout lourd encore de l'entretien qu'il venait d'avoir avec le roi, se demandait s'il était bien dans son bon sens; si la scène se passait bien à Vaux; si lui, d'Artagnan, était bien le capitaine des mousquetaires, et M. Fouquet le propriétaire du château dans lequel Louis XIV venait de recevoir l'hospitalité. Ces réflexions n'étaient pas celles d'un homme ivre. On avait cependant bien banqueté à Vaux. Les vins de M. le surintendant avaient cependant figuré avec honneur à la fête. Mais le Gascon était homme de sang-froid: il savait, en touchant son épée d'acier, prendre au moral le froid de cet acier pour les grandes occasions.

— Allons, dit-il en quittant l'appartement royal, me voilà jeté tout historiquement dans les destinées du roi et dans celles du ministre; il sera écrit que M. d'Artagnan, cadet de Gascogne, a mis la main sur le collet de M. Nicolas Fouquet, surintendant des finances de France. Mes descendants, si j'en ai, se feront une renommée avec cette arrestation, comme les messieurs de Luynes s'en sont fait une avec les défroques de ce pauvre maréchal d'Ancre. Il s'agit d'exécuter proprement les volontés du roi. Tout homme saura bien dire à M. Fouquet: «Votre épée, monsieur!». Mais tout le monde ne saura pas garder M. Fouquet sans faire crier personne. Comment donc opérer, pour que M. le surintendant passe de l'extrême faveur à la dernière disgrâce, pour qu'il voie se changer Vaux en un cachot, pour que, après avoir goutté l'encens d'Assuérus, il touche à la potence d'Aman, c'est-à-dire d'Enguerrand de Marigny?

Ici, le front de d'Artagnan, s'assombrit à faire pitié. Le mousquetaire avait des scrupules. Livrer ainsi à la mort car certainement Louis XIV haïssait M. Fouquet, livrer, disons-nous, à la mort celui qu'on venait de breveter galant homme, c'était un véritable cas de conscience.

— Il me semble, se dit d'Artagnan, que, si je ne suis pas un croquant, je ferai savoir à M. Fouquet l'idée du roi à son égard. Mais, si je trahis le secret de mon maître, je suis un perfide et un traître, crime tout à fait prévu par les lois militaires, à telles enseignes que j'ai vu vingt fois, dans les guerres, brancher des malheureux qui avaient fait en petit ce que mon scrupule me conseille de faire en grand. Non, je pense qu'un homme d'esprit doit sortir de ce pas avec beaucoup plus d'adresse. Et maintenant, admettons-nous que j'aie de l'esprit? C'est contestable, en ayant fait depuis quarante ans une telle consommation que, s'il m'en reste pour une pistole, ce sera bien du bonheur.

D'Artagnan se prit la tête dans les mains, s'arracha, bon gré mal gré, quelques poils de moustache et ajouta:

— Pour quelle cause M. Fouquet serait-il disgracié? Pour trois causes: la première, parce qu'il n'est pas aimé de M. Colbert; la seconde, parce qu'il a voulu aimer Mlle de La Vallière; la troisième, parce que le roi aime M. Colbert et Mlle de La Vallière. C'est un homme perdu! Mais lui mettrai-je le pied sur la tête, moi, un homme, quand il succombe sous des intrigues de femmes et de commis? Fi donc! S'il est dangereux, je l'abattrai; s'il n'est que persécuté, je verrai! J'en suis venu à ce point que ni roi ni homme ne prévaudra sur mon opinion. Athos serait ici qu'il ferait comme moi. Ainsi donc, au lieu d'aller trouver brutalement M. Fouquet, de l'appréhender au corps et de le calfeutrer, je vais tâcher de me conduire en homme de bonnes façons. On en parlera, d'accord; mais on en parlera bien.

Et d'Artagnan, rehaussant par un geste particulier son baudrier sur son épaule, s'en alla droit chez M. Fouquet, lequel, après les adieux faits aux dames, se préparait à dormir tranquillement sur ses triomphes de la journée.

L'air était encore parfumé ou infecté, comme on voudra, de l'odeur du feu d'artifice. Les bougies jetaient leurs mourantes clartés, les fleurs tombaient détachées des guirlandes, les grappes de danseurs et de courtisans s'égrenaient dans les salons.

Au centre de ses amis, qui le complimentaient et recevaient ses compliments, le surintendant fermait à demi ses yeux fatigués. Il aspirait au repos, il tombait sur la litière de lauriers amassés depuis tant de jours. On eût dit qu'il courbait sa tête sous le poids de dettes nouvelles contractées pour faire honneur à cette fête.

M. Fouquet venait de se retirer dans sa chambre, souriant et plus qu'à moitié mort. Il n'écoutait plus, il ne voyait plus; son lit l'attirait, le fascinait. Le dieu Morphée, dominateur du dôme, peint par Le Brun, avait étendu sa puissance aux chambres voisines, et lancé ses plus efficaces pavots chez le maître de la maison.

M. Fouquet, presque seul, était déjà dans les mains de son valet de chambre, lorsque M. d'Artagnan apparut sur le seuil de son appartement.

D'Artagnan n'avait jamais pu réussir à se vulgariser à la Cour: en vain le voyait-on partout et toujours il faisait son effet toujours et partout. C'est le privilège de certaines natures, qui ressemblent en cela aux éclairs ou au tonnerre. Chacun les connaît, mais leur apparition étonne, et, quand on les sent, la dernière impression est toujours celle qu'on croit avoir été la plus forte.

— Tiens! M. d'Artagnan? dit M. Fouquet, dont la manche droite était déjà séparée du corps.

— Pour vous servir, répliqua le mousquetaire.

— Entrez donc, cher monsieur d'Artagnan.

— Merci!

— Venez-vous me faire quelque critique sur la fête? Vous êtes un esprit ingénieux.

— Oh! non.

— Est-ce qu'on gêne votre service?

— Pas du tout.

— Vous êtes mal logé peut-être?

— À merveille.

— Eh bien! je vous remercie d'être aussi aimable, et c'est moi qui me déclare votre obligé pour tout ce que vous me dites de flatteur.

Ces paroles signifiaient sans conteste: «Mon cher d'Artagnan, allez vous coucher, puisque vous avez un lit, et laissez-moi en faire autant.»

D'Artagnan ne parut pas avoir compris.

— Vous vous couchez déjà? dit-il au surintendant.

— Oui. Avez-vous quelque chose à me communiquer?

— Rien, monsieur, rien. Vous couchez donc ici?
— Comme vous voyez.
— Monsieur, vous avez donné une bien belle fête au roi.
— Vous trouvez?
— Oh! superbe.
— Le roi est content?
— Enchanté.
— Vous aurait-il prié de m'en faire part?
— Il ne choisirait pas un si peu digne messager, monseigneur.
— Vous vous faites tort, monsieur d'Artagnan.
— C'est votre lit, ceci?
— Oui. Pourquoi cette question? n'êtes-vous pas satisfait du vôtre?
— Faut-il vous parler avec franchise?
— Assurément.
— Eh bien! non.
Fouquet tressaillit.
— Monsieur d'Artagnan, dit-il, prenez ma chambre.
— Vous en priver, monseigneur? Jamais!
— Que faire, alors?
— Me permettre de la partager avec vous.
M. Fouquet regarda fixement le mousquetaire.
— Ah! ah! dit-il, vous sortez de chez le roi?
— Mais oui, monseigneur.
— Et le roi voudrait vous voir coucher dans ma chambre?
— Monseigneur...
— Très bien, monsieur d'Artagnan, très bien. Vous êtes ici le maître. Allez, monsieur.
— Je vous assure, monseigneur, que je ne veux point abuser...
M. Fouquet, s'adressant à son valet de chambre:
— Laissez-nous, dit-il.
Le valet sortit.
— Vous avez à me parler, monsieur? dit-il à d'Artagnan.
— Moi?
— Un homme de votre esprit ne vient pas causer avec un homme du mien, à l'heure qu'il est, sans de graves motifs?
— Ne m'interrogez pas.
— Au contraire, que voulez-vous de moi?
— Rien que votre société.
— Allons au jardin, fit le surintendant tout à coup, dans le parc?
— Non, répondit vivement le mousquetaire, non.
— Pourquoi?

— La fraîcheur...

— Voyons, avouez donc que vous m'arrêtez, dit le surintendant au capitaine.

— Jamais! fit celui-ci.

— Vous me veillez, alors?

— Par honneur, oui, monseigneur.

— Par honneur?... C'est autre chose! Ah! l'on m'arrête chez moi?

— Ne dites pas cela!

— Je le crierai, au contraire!

— Si vous le criez, je serai forcé de vous engager au silence.

— Bien! de la violence chez moi? Ah! c'est très bien!

— Nous ne nous comprenons pas du tout. Tenez, il y a là un échiquier: jouons, s'il vous plaît, monseigneur.

— Monsieur d'Artagnan, je suis donc en disgrâce?

— Pas du tout, mais...

— Mais défense m'est faite de me soustraire à vos regards?

— Je ne comprends pas un mot de ce que vous me dites, monseigneur, et si vous voulez que je me retire, annoncez-le-moi.

— Cher monsieur d'Artagnan, vos façons me rendront fou. Je tombais de sommeil, vous m'avez réveillé.

— Je ne me le pardonnerai jamais, et si vous voulez me réconcilier avec moi-même...

— Eh bien?

— Eh bien! dormez là, devant moi, j'en serai ravi.

— Surveillance?...

— Je m'en vais alors.

— Je ne vous comprends plus.

— Bonsoir, monseigneur.

Et d'Artagnan feignit de se retirer.

Alors M. Fouquet courut après lui.

— Je ne me coucherai pas, dit-il. Sérieusement, et puisque vous refusez de me traiter en homme, et que vous jouez au fin avec moi, je vais vous forcer comme on fait du sanglier.

— Bah! s'écria d'Artagnan affectant de sourire.

— Je commande mes chevaux et je pars pour Paris, dit M. Fouquet plongeant jusqu'au coeur du capitaine des mousquetaires.

— Ah! s'il en est ainsi, monseigneur, c'est différent.

— Vous m'arrêtez?

— Non, mais je pars avec vous.

— En voilà assez, monsieur d'Artagnan, reprit Fouquet d'un ton froid. Ce n'est pas pour rien que vous avez cette réputation d'homme d'esprit et d'homme de ressources; mais, avec moi, tout cela est superflu. Droit au but: un service. Pourquoi m'arrêtez-vous? qu'ai-je fait?

— Oh! je ne sais rien de ce que vous avez fait; mais je ne vous arrête pas... ce soir...

— Ce soir! s'écria Fouquet en pâlissant. Mais demain?

— Oh! nous ne sommes pas à demain, monseigneur. Qui peut répondre jamais du lendemain?

— Vite! vite! capitaine, laissez-moi parler à M. d'Herblay.

— Hélas! voilà qui devient impossible, monseigneur. J'ai ordre de veiller à ce que vous ne causiez avec personne.

— Avec M. d'Herblay, capitaine, avec votre ami!

— Monseigneur, est-ce que, par hasard, M. d'Herblay, mon ami, ne serait pas le seul avec qui je dusse vous empêcher de communiquer?

Fouquet rougit, et, prenant l'air de la résignation:

— Monsieur, dit-il, vous avez raison, je reçois une leçon que je n'eusse pas dû provoquer. L'homme tombé n'a droit à rien, pas même de la part de ceux dont il a fait la fortune, à plus forte raison de ceux à qui il n'a pas eu le bonheur de rendre jamais service.

— Monseigneur!

— C'est vrai, monsieur d'Artagnan, vous vous êtes toujours mis avec moi dans une bonne situation, dans la situation qui convient à l'homme destiné à m'arrêter. Vous ne m'avez jamais rien demandé, vous!

— Monseigneur, répondit le Gascon touché de cette douleur éloquente et noble, voulez-vous, je vous prie, m'engager votre parole d'honnête homme que vous ne sortirez pas de cette chambre?

— À quoi bon, cher monsieur d'Artagnan, puisque vous m'y gardez? Craignez-vous que je ne lutte contre la plus vaillante épée du royaume?

— Ce n'est pas cela, monseigneur, c'est que je vais vous aller chercher M. d'Herblay, et, par conséquent, vous laisser seul.

Fouquet poussa un cri de joie et de surprise.

— Chercher M. d'Herblay! me laisser seul! s'écria-t-il en joignant les mains.

— Où loge M. d'Herblay? dans la chambre bleue?

— Oui, mon ami, oui.

— Votre ami! merci du mot, monseigneur. Vous me donnez aujourd'hui, si vous ne m'avez pas donné autrefois.

— Ah! vous me sauvez!

— Il y a bien pour dix minutes de chemin d'ici à la chambre bleue pour aller et revenir? reprit d'Artagnan.

— À peu près.

— Et pour réveiller Aramis, qui dort bien quand il dort, pour le prévenir, je mets cinq minutes: total, un quart d'heure d'absence. Maintenant, monseigneur, donnez-moi votre parole que vous ne chercherez en aucune façon à fuir, et qu'en rentrant ici je vous y retrouverai?

— Je vous la donne, monsieur, répondit Fouquet en serrant la main du mousquetaire avec une affectueuse reconnaissance.

D'Artagnan disparut.

Fouquet le regarda s'éloigner, attendit avec une impatience visible que la porte se fût refermée derrière lui, et, la porte refermée, se précipita sur ses clefs, ouvrit quelques tiroirs à secret cachés dans des meubles, chercha vainement quelques papiers, demeurés sans doute à Saint-Mandé et qu'il parut regretter de ne point y trouver; puis, saisissant avec empressement des lettres, des contrats, des écritures, il en fit un monceau qu'il brûla hâtivement sur la plaque de marbre de l'âtre, ne prenant pas la peine de tirer de l'intérieur les pots de fleurs qui l'encombraient.

Puis, cette opération achevée, comme un homme qui vient d'échapper à un immense danger, et que la force abandonne dès que ce danger n'est plus à craindre, il se laissa tomber anéanti dans un fauteuil.

D'Artagnan rentra et trouva Fouquet dans la même position. Le digne mousquetaire n'avait pas fait un doute que Fouquet, ayant donné sa parole ne songerait pas même à y manquer; mais il avait pensé qu'il utiliserait son absence en se débarrassant de tous les papiers de toutes les notes, de tous les contrats qui pourraient rendre plus dangereuse la position déjà assez grave dans laquelle il se trouvait. Aussi, levant la tête comme un chien qui prend le vent, il flaira cette odeur de fumée qu'il comptait bien découvrir dans l'atmosphère, et, l'y ayant trouvée, il fit un mouvement de tête en signe de satisfaction.

À l'entrée de d'Artagnan, Fouquet avait, de son côté, levé la tête, et aucun des mouvements de d'Artagnan ne lui avait échappé.

Puis les regards des deux hommes se rencontrèrent; tous deux virent qu'ils s'étaient compris sans avoir échangé une parole.

— Eh bien! demanda, le premier, Fouquet, et M. d'Herblay?

— Ma foi! monseigneur, répondit d'Artagnan, il faut que M. d'Herblay aime les promenades nocturnes et fasse, au clair de la lune, dans le parc de Vaux, des vers avec quelques-uns de vos poètes, mais il n'était pas chez lui.

— Comment! pas chez lui? s'écria Fouquet, à qui échappait sa dernière espérance, car, sans qu'il se rendît compte de quelle façon l'évêque de Vannes pouvait le secourir, il comprenait qu'en réalité il ne pouvait attendre de secours que de lui.

— Ou bien, s'il est chez lui, continua d'Artagnan, il a eu des raisons pour ne pas répondre.

— Mais vous n'avez donc pas appelé de façon qu'il entendît, monsieur?

— Vous ne supposez pas, monseigneur, que, déjà en dehors de mes ordres, qui me défendaient de vous quitter un seul instant, vous ne supposez pas que j'aie été assez fou pour réveiller toute la maison et me faire voir dans le corridor de l'évêque de Vannes, afin de bien faire constater par M. Colbert que je vous donnais le temps de brûler vos papiers?

— Mes papiers?

— Sans doute; c'est du moins ce que j'eusse fait à votre place. Quand on m'ouvre une porte, j'en profite.

— Eh bien! oui, merci, j'en ai profité.

— Et vous avez bien fait, morbleu! Chacun a ses petits secrets qui ne regardent pas les autres. Mais revenons à Aramis, monseigneur.

— Eh bien! je vous dis, vous aurez appelé trop bas, et il n'aura pas entendu.

— Si bas qu'on appelle Aramis, monseigneur, Aramis entend toujours quand il a intérêt à entendre. Je répète donc ma phrase: Aramis n'était pas chez lui, monseigneur, ou Aramis a eu, pour ne pas reconnaître ma voix, des motifs que j'ignore et que vous ignorez peut-être vous-même, tout votre homme-lige qu'est Sa Grandeur Mgr l'évêque de Vannes.

Fouquet poussa un soupir, se leva, fit trois ou quatre pas dans la chambre, et finit par aller s'asseoir, avec une expression de profond abattement, sur son magnifique lit de velours, tout garni de splendides dentelles.

D'Artagnan regarda Fouquet avec un sentiment de profonde pitié.

— J'ai vu arrêter bien des gens dans ma vie, dit le mousquetaire avec mélancolie, j'ai vu arrêter M. de Cinq-Mars, j'ai vu arrêter M. de Chalais. J'étais bien jeune. J'ai vu arrêter M. de Condé avec les princes, j'ai vu arrêter M. de Retz, j'ai vu arrêter M. Broussel. Tenez, monseigneur, c'est fâcheux à dire, mais celui de tous ces gens-là à qui vous ressemblez le plus en ce moment, c'est le bonhomme Broussel. Peu s'en faut que vous ne mettiez, comme lui, votre serviette dans votre portefeuille, et que vous ne vous essuyiez la bouche avec vos papiers. Mordioux! monsieur Fouquet, un homme comme vous n'a pas de ces abattements-là. Si vos amis vous voyaient!...

— Monsieur d'Artagnan, reprit le surintendant avec un sourire plein de tristesse, vous ne comprenez point: c'est justement parce que mes amis ne me voient pas, que je suis tel que vous me voyez, vous. Je ne vis pas tout seul, moi! je ne suis rien tout seul. Remarquez bien que j'ai employé mon existence à me faire des amis dont j'espérais me faire des soutiens. Dans la prospérité, toutes ces voix heureuses, et heureuses par moi, me faisaient un concert de louanges et d'actions de grâces. Dans la moindre défaveur, ces voix plus humbles accompagnaient harmonieusement les murmures de mon âme. L'isolement, je ne l'ai jamais connu. La pauvreté, fantôme que parfois j'ai entrevu avec ses haillons au bout de ma route! la pauvreté, c'est le spectre avec lequel plusieurs de mes amis se jouent depuis tant d'années, qu'ils poétisent, qu'ils caressent, qu'ils me font aimer! La pauvreté! mais je l'accepte, je la reconnais, je l'accueille comme une soeur déshéritée; car la pauvreté, ce n'est pas la solitude, ce n'est pas l'exil, ce n'est pas la prison! Est-ce que je serais jamais pauvre, moi, avec des amis comme Pélisson, comme La Fontaine, comme Molière? avec une maîtresse, comme... Oh! mais la solitude, à moi, homme de bruit, à moi, homme de plaisirs, à moi qui ne suis que parce que les autres sont!... Oh! Si vous saviez comme je suis seul en ce moment! et comme vous me paraissez être, vous qui me séparez de tout ce que j'aimais, l'image de la solitude, du néant et de la mort!

— Mais je vous ai déjà dit, monsieur Fouquet, répondit d'Artagnan touché jusqu'au fond de l'âme, je vous ai déjà dit que vous exagériez les choses. Le roi vous aime.

— Non, dit Fouquet en secouant la tête, non!

— M. Colbert vous hait.

— M. Colbert? que m'importe!

— Il vous ruinera.

— Oh! quant à cela, je l'en défie: je suis ruiné.

À cet étrange aveu du surintendant, d'Artagnan promena un regard expressif autour de lui. Quoiqu'il n'ouvrît pas la bouche, Fouquet le comprit si bien, qu'il ajouta:

— Que faire de ces magnificences, quand on n'est plus magnifique? Savez-vous à quoi nous servent la plupart de nos possessions, à nous autres riches? C'est à nous dégoûter, par leur splendeur même, de tout ce qui n'égale pas cette splendeur. Vaux! me direz- vous, les merveilles de Vaux, n'est-ce pas? Eh bien! quoi? Que faire de cette merveille? Avec quoi, si je suis ruiné, verserai-je l'eau dans les urnes de mes naïades, le feu dans les entrailles de mes salamandres, l'air dans la poitrine de mes tritons? Pour être assez riche, monsieur d'Artagnan, il faut être trop riche.

D'Artagnan hocha la tête.

— Oh! je sais bien ce que vous pensez, répliqua vivement Fouquet. Si vous aviez Vaux, vous le vendriez, vous, et vous achèteriez une terre en province. Cette terre aurait des bois, des vergers et des champs; cette terre nourrirait son maître. De quarante millions, vous feriez bien...

— Dix millions, interrompit d'Artagnan.

— Pas un million, mon cher capitaine. Nul, en France, n'est assez riche pour acheter Vaux deux millions et l'entretenir comme il est, nul ne le pourrait, nul ne le saurait.

— Dame! fit d'Artagnan, en tout cas, un million...

— Eh bien?

— Ce n'est pas la misère.

— C'est bien près, mon cher monsieur.

— Comment?

— Oh! vous ne comprenez pas. Non, je ne veux pas vendre ma maison de Vaux. Je vous la donne, si vous voulez.

Et Fouquet accompagna ces mots d'un inexprimable mouvement d'épaules.

— Donnez-la au roi, vous ferez un meilleur marché.

— Le roi n'a pas besoin que je la lui donne, dit Fouquet; il me la prendra parfaitement bien, si elle lui fait plaisir: voilà pourquoi j'aime mieux qu'elle périsse. Tenez, monsieur d'Artagnan, si le roi n'était pas sous mon toit, je prendrais cette bougie, j'irais sous le dôme mettre le feu à deux caisses de fusées et d'artifices que l'on avait réservées, et je réduirais mon palais en cendres.

— Bah! fit négligemment le mousquetaire. En tout cas, vous ne brûleriez pas les jardins. C'est ce qu'il y a de mieux chez vous.

— Et puis, reprit sourdement Fouquet, qu'ai-je dit là, mon Dieu! Brûler Vaux! détruire mon palais! Mais Vaux n'est pas à moi, mais ces richesses, mais ces merveilles, elles appartiennent, comme jouissance, à celui qui les a payées, c'est vrai, mais comme durée, elles sont à ceux-là qui les ont créées. Vaux est à Le Brun; Vaux est à Le Nôtre; Vaux est à Pélisson, à Levau, à La Fontaine, Vaux est à Molière, qui y a fait jouer _Les Fâcheux, _Vaux est à la postérité, enfin. Vous voyez bien, monsieur d'Artagnan, que je n'ai plus ma maison à moi.

— À la bonne heure, dit d'Artagnan, voilà une idée que j'aime, et je reconnais là M. Fouquet. Cette idée m'éloigne du bonhomme Broussel, et je n'y reconnais plus les pleurnicheries du vieux frondeur. Si vous êtes ruiné, monseigneur, prenez bien la chose; vous aussi, mordioux! vous appartenez à la postérité et vous n'avez pas le droit de vous amoindrir. Tenez, regardez-moi, moi qui ai l'air d'exercer une supériorité sur vous parce que je vous arrête; le sort, qui distribue leurs rôles aux comédiens de ce monde, m'en a donné un moins beau, moins agréable à jouer que n'était le vôtre. Je suis de ceux, voyez-vous, qui pensent que les rôles des rois ou des puissants valent mieux que les rôles de mendiants ou de laquais. Mieux vaut, même en scène, sur un autre théâtre que le théâtre du monde, mieux vaut porter le bel habit et mâcher le beau langage que de frotter la planche avec une savate ou se faire caresser l'échine avec des bâtons rembourrés d'étoupe. En un mot, vous avez abusé de l'or, vous avez commandé, vous avez joui. Moi, j'ai traîné ma longe; moi, j'ai obéi; moi, j'ai pâti. Eh bien! si peu que je vaille auprès de vous, monseigneur, je vous le déclare: le souvenir de ce que j'ai fait me tient lieu d'un aiguillon qui m'empêche de courber trop tôt ma vieille tête. Je serai jusqu'au bout bon cheval d'escadron, et je tomberai tout roide, tout d'une pièce, tout vivant, après avoir bien choisi ma place. Faites comme moi, monsieur Fouquet; vous ne vous en trouverez pas plus mal. Cela n'arrive qu'une fois aux hommes comme vous. Le tout est de bien faire quand cela arrive. Il y a un proverbe latin dont j'ai oublié les mots, mais dont je me rappelle le sens, car plus d'une fois, je l'ai médité: il dit: «La fin couronne l'oeuvre.»

Fouquet se leva, vint passer son bras autour du cou de d'Artagnan, qu'il étreignit sur sa poitrine, tandis que, de l'autre main, il lui serrait la main.

— Voilà un beau sermon, dit-il après une pause.
— Sermon de mousquetaire, monseigneur.
— Vous m'aimez, vous, qui me dites tout cela.
— Peut-être.

Fouquet redevint pensif. Puis, après un instant:
— Mais M. d'Herblay, demanda-t-il, où peut-il être?
— Ah! voilà!
— Je n'ose vous prier de le faire chercher.

— Vous m'en prieriez, que je ne le ferais plus, monsieur Fouquet. C'est imprudent. On le saurait, et Aramis, qui n'est pas en cause dans tout cela, pourrait être compromis et englobé dans votre disgrâce.

— J'attendrai le jour, dit Fouquet.

— Oui, c'est ce qu'il y a de mieux.

— Que ferons-nous, au jour?

— Je n'en sais rien, monseigneur.

— Faites-moi une grâce, monsieur d'Artagnan.

— Très volontiers.

— Vous me gardez, je reste; vous êtes dans la pleine exécution de vos consignes, n'est-ce pas?

— Mais oui.

— Eh bien! restez mon ombre, soit! J'aime mieux cette ombre-là qu'une autre.

D'Artagnan s'inclina.

— Mais oubliez que vous êtes M. d'Artagnan, capitaine des mousquetaires; oubliez que je suis M. Fouquet, surintendant des finances, et causons de mes affaires.

— Peste! c'est épineux, cela.

— Vraiment?

— Oui; mais, pour vous, monsieur Fouquet, je ferais l'impossible.

— Merci. Que vous a dit le roi?

— Rien.

— Ah! voilà comme vous causez?

— Dame!

— Que pensez-vous de ma situation?

— Rien.

— Cependant, à moins de mauvaise volonté...

— Votre situation est difficile.

— En quoi?

— En ce que vous êtes chez vous.

— Si difficile qu'elle soit, je la comprends bien.

— Pardieu! est-ce que vous vous imaginez qu'avec un autre que vous j'eusse fait tant de franchise?

— Comment, tant de franchise? Vous avez été franc avec moi, vous! vous qui refusez de me dire la moindre chose?

— Tant de façons. Alors.

— À la bonne heure!

— Tenez, monseigneur, écoutez comment je m'y fusse pris avec un autre que vous: j'arrivais à votre porte, les gens partis, ou, s'ils n'étaient pas partis, je les attendais à leur sortie et je les attrapais un à un, comme des lapins au débouter; je les coffrais sans bruit, je m'étendais sur le tapis de votre corridor, et, une main sur vous, sans que vous vous en doutassiez, je vous gardais pour le déjeuner du maître. De cette façon pas d'esclandre, pas de défense, pas de bruit, mais aussi, pas d'avertissement pour M. Fouquet, pas de réserve, pas de ces concessions délicates qu'entre gens courtois on se fait au moment décisif. Êtes-vous content de ce plan-là?

— Il me fait frémir.

— N'est-ce pas? c'eût été triste d'apparaître demain, sans préparation, et de vous demander votre épée.

— Oh! monsieur, j'en fusse mort de honte et de colère!

— Votre reconnaissance s'exprime trop éloquemment; je n'ai point fait assez, croyez-moi.

— À coup sûr, monsieur, vous ne me ferez jamais avouer cela.

— Eh bien! maintenant, monseigneur, si vous êtes content de moi, si vous êtes remis de la secousse, que j'ai adoucie autant que j'ai pu, laissons le temps battre des ailes, vous êtes harassé, vous avez des réflexions à faire, je vous en conjure: dormez ou faites semblant de dormir, sur votre lit ou dans votre lit. Moi, je dors sur ce fauteuil, et quand je dors, mon sommeil est dur au point que le canon ne me réveillerait pas.

Fouquet sourit.

— J'excepte cependant, continua le mousquetaire, le cas où l'on ouvrirait une porte, soit secrète, soit visible, soit de sortie, soit d'entrée. Oh! pour cela, mon oreille est vulnérable au dernier point. Un craquement me fait tressaillir. C'est une affaire d'antipathie naturelle. Allez donc, venez donc, promenez-vous par la chambre, écrivez, effacez, déchirez, brûlez, mais ne touchez pas la clef de la serrure; mais ne touchez pas au bouton de la porte, car vous me réveilleriez en sursaut, et cela m'agacerait horriblement les nerfs.

— Décidément, monsieur d'Artagnan, dit Fouquet vous êtes l'homme le plus spirituel et le plus courtois que je connaisse, et vous ne me laisserez qu'un regret, c'est d'avoir fait si tard votre connaissance.

D'Artagnan poussa un soupir qui voulait dire. «Hélas! peut-être l'avez vous faite trop tôt!»

Puis il s'enfonça dans son fauteuil, tandis que Fouquet, à demi couché sur son lit et appuyé sur le coude, rêvait à son aventure.

Et tous deux, laissant les bougies brûler, attendirent ainsi le premier réveil du jour, et quand Fouquet soupirait trop haut, d'Artagnan ronflait plus fort.

Nulle visite, même celle d'Aramis, ne troubla leur quiétude, nul bruit ne se fit entendre dans la vaste maison.

Au-dehors, les rondes d'honneur et les patrouilles de mousquetaires faisaient crier le sable sous leurs pas: c'était une tranquillité de plus pour les dormeurs. Qu'on y joigne le bruit du vent et des fontaines, qui font leur fonction éternelle, sans s'inquiéter des petits bruits et des petites choses dont se compose la vie et la mort de l'homme.

CHAPITRE XX. Le matin

Auprès de ce destin lugubre du roi enfermé à la Bastille et rongeant de désespoir les verrous et les barreaux, la rhétorique des chroniqueurs anciens ne manquerait pas de placer l'antithèse de Philippe dormant sous le dais royal. Ce n'est pas que la rhétorique soit toujours mauvaise et sème toujours à faux les fleurs dont elle veut émailler l'histoire; mais nous nous excuserons de polir ici soigneusement l'antithèse et de dessiner avec intérêt l'autre tableau destiné à servir de pendant au premier.

Le jeune prince descendit de chez Aramis comme le roi était descendu de la chambre de Morphée. Le dôme s'abaissa lentement sous la pression de M. d'Herblay, et Philippe se trouva devant le lit royal, qui était remonté après avoir déposé son prisonnier dans les profondeurs des souterrains.

Seul en présence de ce luxe, seul devant toute sa puissance, seul devant le rôle qu'il allait être forcé de jouer, Philippe sentit pour la première fois son âme s'ouvrir à ces mille émotions qui sont les battements vitaux d'un coeur de roi.

Mais la pâleur le prit quand il considéra ce lit vide et encore froissé par le corps de son frère.

Ce muet complice était revenu après avoir servi à la consommation de l'oeuvre. Il revenait avec la trace du crime, il parlait au coupable le langage franc et brutal que le complice ne craint jamais d'employer avec son complice. Il disait la vérité.

Philippe, en se baissant pour mieux voir, aperçut le mouchoir encore humide de la sueur froide qui avait ruisselé du front de Louis XIV. Cette sueur épouvanta Philippe comme le sang d'Abel épouvanta Caïn.

— Me voilà face à face avec mon destin, dit Philippe, l'oeil en feu, le visage livide. Sera-t-il plus effrayant que ma captivité ne fut douloureuse? Forcé de suivre à chaque instant les usurpations de la pensée, songerai-je toujours à écouter les scrupules de mon coeur?... Eh bien! oui! le roi a reposé sur ce lit; oui, c'est bien sa tête qui a creusé ce pli dans l'oreiller, c'est bien l'amertume de ses larmes qui a amolli ce mouchoir et j'hésite à me coucher sur ce lit, à serrer de ma main ce mouchoir brodé des armes et du chiffre du roi!... Allons, imitons M. d'Herblay, qui veut que l'action soit toujours d'un degré au-dessus de la pensée; imitons M. d'Herblay, qui songe toujours à lui et qui s'appelle honnête homme quand il n'a mécontenté ou trahi que ses ennemis. Ce lit, je l'aurais occupé si Louis XIV ne m'en eût frustré par le crime de notre mère. Ce mouchoir brodé aux armes de France, c'est à moi qu'il appartiendrait de m'en servir, si, comme le fait observer M. d'Herblay, j'avais été laissé à ma place dans le berceau royal. Philippe, fils de France, remonte sur ton lit! Philippe, seul roi de France, reprends ton blason! Philippe, seul héritier présomptif de Louis XIII, ton père, sois sans pitié pour l'usurpateur, qui n'a pas même en ce moment le remords de tout ce que tu as souffert!

Cela dit, Philippe, malgré sa répugnance instinctive du corps, malgré les frissons et la terreur que domptait la volonté, se coucha sur le lit royal, et contraignit ses muscles à presser la couche encore tiède de Louis XIV, tandis qu'il appuyait sur son front le mouchoir humide de sueur.

Lorsque sa tête se renversa en arrière et creusa l'oreiller moelleux, Philippe aperçut au-dessus de son front la couronne de France, tenue, comme nous l'avons dit, par l'ange aux ailes d'or.

Maintenant, qu'on se représente ce royal intrus, l'oeil sombre et le corps frémissant. Il ressemble au tigre égaré par une nuit d'orage, qui est venu par les roseaux, par la ravine inconnue, se coucher dans la caverne du lion absent. L'odeur féline l'a attiré, cette tiède vapeur de l'habitation ordinaire. Il a trouvé un lit d'herbes sèches, d'ossements rompus et pâteux comme une moelle; il arrive, promène dans l'ombre son regard qui flamboie et qui voit;

il secoue ses membres ruisselants, son pelage souillé de vase, et s'accroupit lourdement, son large museau sur ses pattes énormes, prêt au sommeil, mais aussi prêt au combat. De temps en temps, l'éclair qui brille et miroite dans les crevasses de l'antre, le bruit des branches qui s'entrechoquent, des pierres qui crient en tombant, la vague appréhension du danger, le tirent de cette léthargie causée par la fatigue.

On peut être ambitieux de coucher dans le lit du lion, mais on ne doit pas espérer d'y dormir tranquille.

Philippe prêta l'oreille à tous les bruits, il laissa osciller son coeur au souffle de toutes les épouvantes; mais, confiant dans sa force, doublée par l'exagération de sa résolution suprême, il attendit sans faiblesse qu'une circonstance décisive lui permît de se juger lui-même. Il espéra qu'un grand danger luirait pour lui, comme ces phosphores de la tempête qui montrent aux navigateurs la hauteur des vagues contre lesquelles ils luttent.

Mais rien ne vint. Le silence, ce mortel ennemi des coeurs inquiets, ce mortel ennemi des ambitieux, enveloppa toute la nuit, dans son épaisse vapeur, le futur roi de France, abrité sous sa couronne volée.

Vers le matin, une ombre bien plutôt qu'un corps se glissa dans la chambre royale; Philippe l'attendait et ne s'en étonna pas.

— Eh bien! monsieur d'Herblay? dit-il.

— Eh bien! Sire, tout est fini.

— Comment?

— Tout ce que nous attendions.

— Résistance?

— Acharnée: pleurs, cris.

— Puis?

— Puis la stupeur.

— Mais enfin?

— Enfin, victoire complète et silence absolu.

— Le gouverneur de la Bastille se doute-t-il?...

— De rien.

— Cette ressemblance?

— Est la cause du succès.

— Mais le prisonnier ne peut manquer de s'expliquer, songez-y. J'ai bien pu le faire, moi qui avais à combattre un pouvoir bien autrement solide que n'est le mien.

— J'ai déjà pourvu à tout. Dans quelques jours plus tôt peut-être, s'il est besoin, nous tirerons le captif de sa prison, et nous le dépayserons par un exil si lointain...

— On revient de l'exil, monsieur d'Herblay.

— Si loin, ai-je dit, que les forces matérielles de l'homme et la durée de sa vie ne suffiraient pas au retour.

Encore une fois, le regard du jeune roi et celui d'Aramis se croisèrent avec une froide intelligence.

— Et M. du Vallon? demanda Philippe pour détourner la conversation.

— Il vous sera présenté aujourd'hui, et, confidentiellement, vous félicitera du danger que cet usurpateur vous a fait courir.

— Qu'en fera-t-on?

— De M. du Vallon?

— Un duc à brevet, n'est-ce pas?

— Oui, un duc à brevet, reprit en souriant singulièrement Aramis.

— Pourquoi riez-vous, monsieur d'Herblay?

— Je ris de l'idée prévoyante de Votre Majesté.

— Prévoyante? Qu'entendez-vous par là?

— Votre Majesté craint sans doute que ce pauvre Porthos ne devienne un témoin gênant, et elle veut s'en défaire.

— En le créant duc?

— Assurément. Vous le tuez; il en mourra de joie, et le secret mourra avec lui.

— Ah! mon Dieu!

— Moi, dit flegmatiquement Aramis, j'y perdrai un bien bon ami.

En ce moment, et au milieu de ces futiles entretiens sous lesquels les deux conspirateurs cachaient la joie et l'orgueil du succès, Aramis entendit quelque chose qui lui fit dresser l'oreille.

— Qu'y a-t-il? dit Philippe.

— Le jour, Sire.

— Eh bien?

— Eh bien! avant de vous coucher, hier, sur ce lit, vous avez probablement décidé de faire quelque chose ce matin, au jour?

— J'ai dit à mon capitaine des mousquetaires, répondit le jeune homme vivement, que je l'attendrais.

— Si vous lui avez dit cela, il viendra assurément, car c'est un homme exact.

— J'entends un pas dans le vestibule.

— C'est lui.

— Allons, commençons l'attaque, fit le jeune roi avec résolution.

— Prenez garde! s'écria Aramis. Commencer l'attaque, et par d'Artagnan, ce serait folie. D'Artagnan ne sait rien, d'Artagnan n'a rien vu, d'Artagnan est à cent lieues de soupçonner notre mystère; mais qu'il pénètre ici ce matin le premier, et il flairera que quelque chose s'y est passé dont il doit se préoccuper. Voyez-vous, Sire, avant de laisser pénétrer d'Artagnan ici, nous devons donner beaucoup d'air à la chambre, ou y introduire tant de gens, que le limier le plus fin de ce royaume ait été dépisté par vingt traces différentes.

— Mais comment le congédier, puisque je lui ai donné rendez-vous? fit observer le prince, impatient de se mesurer avec un si redoutable adversaire.

— Je m'en charge, répliqua l'évêque, et, pour commencer, je vais frapper un coup qui étourdira notre homme.

— Lui aussi frappe un coup, ajouta vivement le prince.

En effet, un coup retentit à l'extérieur.

Aramis ne s'était pas trompé: c'était bien d'Artagnan qui s'annonçait de la sorte.

Nous l'avons vu passer la nuit à philosopher avec M. Fouquet; mais le mousquetaire était bien las, même de feindre le sommeil; et aussitôt que l'aube vint illuminer de sa bleuâtre auréole les somptueuses corniches de la chambre du surintendant, d'Artagnan se leva de son fauteuil, rangea son épée, repassa son habit avec sa manche et brossa son feutre comme un soldat aux gardes prêt à passer l'inspection de son anspessade.

— Vous sortez? demanda M. Fouquet.

— Oui, monseigneur; et vous?

— Moi, je reste.

— Sur parole?

— Sur parole.

— Bien. Je ne sors, d'ailleurs, que pour aller chercher cette réponse, vous savez?

— Cette sentence, vous voulez dire.

— Tenez, j'ai un peu du vieux Romain, moi. Ce matin, en me levant, j'ai remarqué que mon épée ne s'est prise dans aucune aiguillette, et que le baudrier a bien coulé. C'est un signe infaillible.

— De prospérité?

— Oui, figurez-vous le bien. Chaque fois que ce diable de buffle s'accrochait à mon dos, c'était une punition de M. de Tréville, ou un refus d'argent de M. de Mazarin. Chaque fois que l'épée s'accrochait dans le baudrier même, c'était une mauvaise commission, comme il m'en a plu toute ma vie. Chaque fois que l'épée elle-même dansait au fourreau, c'était un duel heureux. Chaque fois qu'elle se logeait dans mes mollets, c'était une blessure légère. Chaque fois qu'elle sortait tout à fait du fourreau, j'étais fixé, j'en étais quitte pour rester sur le champ de bataille, avec deux ou trois mois de chirurgien et de compresses.

— Ah! mais je ne vous savais pas si bien renseigné par votre épée, dit Fouquet avec un pâle sourire qui était la lutte contre ses propres faiblesses. Avez-vous une *tisona* ou une *tranchante?* Votre lame est-elle fée ou charmée?

— Mon épée, voyez-vous, c'est un membre qui fait partie de mon corps. J'ai ouï dire que certains hommes sont avertis par leur jambe ou par un battement de leur tempe. Moi, je suis averti par mon épée. Eh bien! elle ne m'a rien dit ce matin. Ah! si fait!... la voilà qui vient de tomber toute seule dans le dernier recoin du baudrier. Savez-vous ce que cela me présage?

— Non.

— Eh bien! cela me présage une arrestation pour aujourd'hui.

— Ah! mais, fit le surintendant plus étonné que fâché de cette franchise, si rien de triste ne vous est prédit par votre épée, il n'est donc pas triste pour vous de m'arrêter?

— Vous arrêter! vous?

— Sans doute... le présage...

— Ne vous regarde pas, puisque vous êtes tout arrêté depuis hier. Ce n'est donc pas vous que j'arrêterai. Voilà pourquoi je me réjouis, voilà pourquoi je dis que ma journée sera heureuse.

Et, sur ces paroles, prononcées avec une bonne grâce tout affectueuse, le capitaine prit congé de M. Fouquet pour se rendre chez le roi.

Il allait franchir le seuil de la chambre, lorsque M. Fouquet lui dit:

— Une dernière marque de votre bienveillance.

— Soit, monseigneur.

— M. d'Herblay; laissez-moi voir M. d'Herblay.

— Je vais faire en sorte de vous le ramener.

D'Artagnan ne croyait pas si bien dire. Il était écrit que la journée se passerait pour lui à réaliser les prédictions que le matin lui aurait faites.

Il vint heurter, ainsi que nous l'avons dit, à la porte du roi. Cette porte s'ouvrit. Le capitaine put croire que le roi venait ouvrir lui-même. Cette supposition n'était pas inadmissible après l'état d'agitation où le mousquetaire avait laissé Louis XIV la veille. Mais, au lieu de la figure royale, qu'il s'apprêtait à saluer respectueusement, il aperçut la figure longue et impassible d'Aramis. Peu s'en fallut qu'il ne poussât un cri, tant sa surprise fut violente.

— Aramis! dit-il.

— Bonjour, cher d'Artagnan, répondit froidement le prélat.

— Ici? balbutia le mousquetaire.

— Sa Majesté vous prie, dit l'évêque, d'annoncer qu'elle repose, après avoir été bien fatiguée toute la nuit.

— Ah! fit d'Artagnan, qui ne pouvait comprendre comment l'évêque de Vannes, si mince favori la veille, se trouvait devenu, en six heures, le plus haut champignon de fortune qui eût encore poussé dans la ruelle d'un lit royal.

En effet, pour transmettre au seuil de la chambre du monarque les volontés du roi, pour servir d'intermédiaire à Louis XIV, pour commander en son nom à deux pas de lui, il fallait être plus que n'avait jamais été Richelieu avec Louis XIII.

L'oeil expressif de d'Artagnan, sa bouche dilatée, sa moustache hérissée, dirent tout cela dans le plus éclatant des langages au superbe favori, qui ne s'en émut point.

— De plus, continua l'évêque, vous voudrez bien, monsieur le capitaine des mousquetaires, ne laisser admettre que les grandes entrées ce matin. Sa Majesté veut dormir encore.

— Mais, objecta d'Artagnan prêt à se révolter et surtout à laisser éclater les soupçons que lui inspirait le silence du roi; mais, monsieur l'évêque, Sa Majesté m'a donné rendez-vous ce matin.

— Remettons, remettons, dit du fond de l'alcôve la voix du roi, voix qui fit courir un frisson dans les veines du mousquetaire.

Il s'inclina, ébahi, stupide, abruti par le sourire dont Aramis l'écrasa, une fois ces paroles prononcées.

— Et puis, continua l'évêque, pour répondre à ce que vous veniez demander au roi, mon cher d'Artagnan, voici un ordre dont vous prendrez connaissance sur-le-champ. Cet ordre concerne M. Fouquet.

D'Artagnan prit l'ordre qu'on lui tendait.

— Mise en liberté? murmura-t-il. Ah!

Et il poussa un second *ah!* plus intelligent que le premier.

C'est que cet ordre lui expliquait la présence d'Aramis chez le roi; c'est qu'Aramis, pour avoir obtenu la grâce de M. Fouquet, devait être bien avant dans la faveur royale; c'est que cette faveur expliquait à son tour l'incroyable aplomb avec lequel M. d'Herblay donnait les ordres au nom de Sa Majesté.

Il suffisait à d'Artagnan d'avoir compris quelque chose pour tout comprendre. Il salua et fit deux pas pour partir.

— Je vous accompagne, dit l'évêque.

— Où cela?

— Chez M. Fouquet; je veux jouir de son contentement.

— Ah! Aramis, que vous m'avez intrigué tout à l'heure, dit encore d'Artagnan.

— Mais, à présent, vous comprenez?

— Pardieu! si je comprends, dit-il tout haut.

Puis, tout bas:

— Eh bien! non! siffla-t-il entre ses dents; non, je ne comprends pas. C'est égal, il y a ordre.

Et il ajouta:

— Passez devant, monseigneur.

D'Artagnan conduisit Aramis chez Fouquet.

CHAPITRE XXI. *L'ami du roi*

Fouquet attendait avec anxiété; il avait déjà congédié plusieurs de ses serviteurs et de ses amis qui, devançant l'heure de ses réceptions accoutumées, étaient venus à sa porte. À chacun d'eux, taisant le danger suspendu sur sa tête, il demandait seulement où l'on pouvait trouver Aramis.

Quand il vit revenir d'Artagnan, quand il aperçut derrière lui l'évêque de Vannes, sa joie fut au comble; elle égala toute son inquiétude. Voir Aramis, c'était pour le surintendant une compensation au malheur d'être arrêté.

Le prélat était silencieux et grave; d'Artagnan était bouleversé par toute cette accumulation d'événements incroyables.

— Eh bien! capitaine, vous m'amenez M. d'Herblay?

— Et quelque chose de mieux encore, monseigneur.
— Quoi donc?
— La liberté.
— Je suis libre?
— Vous l'êtes. Ordre du roi.

Fouquet reprit toute sa sérénité pour bien interroger Aramis avec son regard.

— Oh! oui, vous pouvez remercier M. l'évêque de Vannes, poursuivit d'Artagnan, car c'est bien à lui que vous devez le changement du roi.

— Oh! dit M. Fouquet, plus humilié du service que reconnaissant du succès.

— Mais vous, continua d'Artagnan en s'adressant à Aramis, vous qui protégez M. Fouquet, est-ce que vous ne ferez pas quelque chose pour moi?

— Tout ce qu'il vous plaira, mon ami, répliqua l'évêque de sa voix calme.

— Une seule chose alors, et je me déclare satisfait. Comment êtes-vous devenu le favori du roi, vous qui ne lui avez parlé que deux fois en votre vie?

— À un ami comme vous, repartit Aramis finement, on ne cache rien.

— Ah! bon. Dites.

— Eh bien! vous croyez que je n'ai vu le roi que deux fois, tandis que je l'ai vu plus de cent fois. Seulement, nous nous cachions, voilà tout.

Et, sans chercher à éteindre la nouvelle rougeur que cette révélation fit monter au front de d'Artagnan, Aramis se tourna vers M. Fouquet, aussi surpris que le mousquetaire.

— Monseigneur, reprit-il, le roi me charge de vous dire qu'il est plus que jamais votre ami, et que votre fête si belle, si généreusement offerte, lui a touché le coeur.

Là-dessus, il salua M. Fouquet si révérencieusement, que celui-ci, incapable de rien comprendre à une diplomatie de cette force, demeura sans voix, sans idée et sans mouvement.

D'Artagnan crut comprendre, lui, que ces deux hommes avaient quelque chose à se dire, et il allait obéir à cet instinct de politesse qui précipite, en pareil cas, vers la porte celui dont la présence est une gêne pour les autres; mais sa curiosité ardente, fouettée par tant de mystères, lui conseilla de rester.

Alors, Aramis, se tournant vers lui avec douceur:

— Mon ami, dit-il, vous vous rappellerez bien, n'est-ce pas, l'ordre du roi touchant les défenses pour son petit lever?

Ces mots étaient assez clairs. Le mousquetaire les comprit; il salua donc M. Fouquet, puis Aramis avec une teinte de respect ironique, et disparut.

Alors M. Fouquet, dont toute l'impatience avait eu peine à attendre ce moment, s'élança vers la porte pour la fermer, et, revenant à l'évêque:

— Mon cher d'Herblay, dit-il, je crois qu'il est temps pour vous de m'expliquer ce qui se passe. En vérité, je n'y comprends plus rien.

— Nous allons vous expliquer tout cela, dit Aramis en s'asseyant et en faisant asseoir M. Fouquet. Par où faut-il commencer?

— Par ceci, d'abord. Avant tout autre intérêt, pourquoi le roi me fait-il mettre en liberté?

— Vous eussiez dû plutôt me demander pourquoi il vous faisait arrêter.

— Depuis mon arrestation, j'ai eu le temps d'y songer, et je crois qu'il s'agit bien un peu de jalousie. Ma fête a contrarié M. Colbert, et M. Colbert a trouvé quelque plan contre moi, le plan de Belle-Île, par exemple?

— Non, il ne s'agissait pas encore de Belle-Île.

— De quoi, alors?

— Vous souvenez-vous de ces quittances de treize millions que M. de Mazarin vous a fait voler?

— Oh! oui. Eh bien?

— Eh bien! vous voilà déjà déclaré voleur.

— Mon Dieu!

— Ce n'est pas tout. Vous souvient-il de cette lettre écrite par vous à La Vallière?

— Hélas! c'est vrai.

— Vous voilà déclaré traître et suborneur.

— Alors, pourquoi m'avoir pardonné?

— Nous n'en sommes pas encore là de notre argumentation. Je désire vous voir bien fixé sur le fait. Remarquez bien ceci: le roi vous sait coupable de détournements de fonds. Oh! pardieu! je n'ignore pas que vous n'avez rien détourné du tout; mais enfin, le roi n'a pas vu les quittances, et il ne peut faire autrement que de vous croire criminel.

— Pardon, je ne vois...

— Vous allez voir. Le roi, de plus, ayant lu votre billet amoureux et vos offres faites à La Vallière, ne peut conserver aucun doute sur vos intentions à l'égard de cette belle, n'est-ce pas?

— Assurément. Mais concluez.

— J'y viens. Le roi est donc pour vous un ennemi capital, implacable, éternel.

— D'accord. Mais suis-je donc si puissant, qu'il n'ait osé me perdre, malgré cette haine, avec tous les moyens que ma faiblesse ou mon malheur lui donne comme prise sur moi?

— Il est bien constaté, reprit froidement Aramis, que le roi est irrévocablement brouillé avec vous.

— Mais qu'il m'absout.

— Le croyez-vous? fit l'évêque avec un regard scrutateur.

— Sans croire à la sincérité du coeur, je crois à la vérité du fait.

Aramis haussa légèrement les épaules.

— Pourquoi alors Louis XIV vous aurait-il chargé de me dire ce que vous m'avez rapporté? demanda Fouquet.

— Le roi ne m'a chargé de rien pour vous.

— De rien!... fit le surintendant stupéfait. Eh bien! alors, cet ordre?...

— Ah! oui, il y a un ordre, c'est juste.

Et ces mots furent prononcés par Aramis avec un accent si étrange, que Fouquet ne put s'empêcher de tressaillir.

— Tenez, dit-il, vous me cachez quelque chose, je le vois.

Aramis caressa son menton avec ses doigts si blancs.

— Le roi m'exile?

— Ne faites pas comme dans ce jeu où les enfants devinent la présence d'un objet caché à la façon dont une sonnette tinte quand ils s'approchent ou s'éloignent.

— Parlez, alors!

— Devinez.

— Vous me faites peur.

— Bah!... C'est que vous n'avez pas deviné, alors.

— Que vous a dit le roi? Au nom de notre amitié, ne me le dissimulez pas.

— Le roi ne m'a rien dit.

— Vous me ferez mourir d'impatience, d'Herblay. Suis-je toujours surintendant?

— Tant que vous voudrez.

— Mais quel singulier empire avez-vous pris tout à coup sur l'esprit de Sa Majesté?

— Ah! voilà!

— Vous le faites agir à votre gré.

— Je le crois.

— C'est invraisemblable.

— On le dira.

— D'Herblay, par notre alliance, par notre amitié, par tout ce que vous avez de plus cher au monde, parlez-moi, je vous en supplie. À quoi devez-vous d'avoir ainsi pénétré chez Louis XIV? Il ne vous aimait pas, je le sais.

— Le roi m'aimera maintenant, dit Aramis en appuyant sur ce dernier mot.

— Vous avez eu quelque chose de particulier avec lui?

— Oui.

— Un secret, peut-être?

— Oui, un secret.

— Un secret de nature à changer les intérêts de Sa Majesté?

— Vous êtes un homme réellement supérieur, monseigneur. Vous avez bien deviné. J'ai, en effet, découvert un secret de nature à changer les intérêts du roi de France.

— Ah! dit Fouquet, avec la réserve d'un galant homme qui ne veut pas questionner.

— Et vous allez en juger, poursuivit Aramis; vous allez me dire si je me trompe sur l'importance de ce secret.

— J'écoute, puisque vous êtes assez bon pour vous ouvrir à moi. Seulement, mon ami, remarquez que je n'ai rien sollicité d'indiscret.

Aramis se recueillit un moment.

— Ne parlez pas, s'écria Fouquet. Il est temps encore.

— Vous souvient-il, dit l'évêque, les yeux baissés, de la naissance de Louis XIV?

— Comme d'aujourd'hui.

— Avez-vous ouï dire quelque chose de particulier sur cette naissance?

— Rien, sinon que le roi n'était pas véritablement le fils de Louis XIII.

— Cela n'importe en rien à notre intérêt ni à celui du royaume. Est le fils de son père, dit la loi française, celui qui a un père avoué par la loi.

— C'est vrai; mais c'est grave, quand il s'agit de la qualité de races.

— Question secondaire. Donc, vous n'avez rien su de particulier?

— Rien.

— Voilà où commence mon secret.
— Ah!
— La reine, au lieu d'accoucher d'un fils, accoucha de deux enfants.

Fouquet leva la tête.

— Et le second est mort? dit-il.
— Vous allez voir. Ces deux jumeaux devaient être l'orgueil de leur mère et l'espoir de la France; mais la faiblesse du roi, sa superstition, lui firent craindre des conflits entre deux enfants égaux en droits; il supprima l'un des deux jumeaux.
— Supprima, dites-vous?
— Attendez... Ces deux enfants grandirent: l'un, sur le trône, vous êtes son ministre; l'autre, dans l'ombre et l'isolement.
— Et celui-là?
— Est mon ami.
— Mon Dieu! que me dites-vous là, monsieur d'Herblay. Et que fait ce pauvre prince?
— Demandez-moi d'abord ce qu'il a fait.
— Oui, oui.
— Il a été élevé dans une campagne, puis séquestré dans une forteresse que l'on nomme la Bastille.
— Est-ce possible! s'écria le surintendant les mains jointes.
— L'un était le plus fortuné des mortels, l'autre le plus malheureux des misérables.
— Et sa mère ignore-t-elle?
— Anne d'Autriche sait tout.
— Et le roi?
— Ah! le roi ne sait rien.
— Tant mieux! dit Fouquet.

Cette exclamation parut impressionner vivement Aramis. Il regarda d'un air soucieux son interlocuteur.

— Pardon, je vous ai interrompu, dit Fouquet.
— Je disais donc, reprit Aramis, que ce pauvre prince était le plus malheureux des hommes, quand Dieu, qui songe à toutes ses créatures, entreprit de venir à son secours.
— Oh! comment cela?
— Vous allez voir. Le roi régnant... Je dis le roi régnant, vous devinez bien pourquoi.
— Non... Pourquoi?
— Parce que tous deux, bénéficiant légitimement de leur naissance, eussent dû être rois. Est-ce votre avis?
— C'est mon avis.

— Positif?

— Positif. Les jumeaux sont un en deux corps.

— J'aime qu'un légiste de votre force et de votre autorité me donne cette consultation. Il est donc établi pour nous que tous deux avaient les mêmes droits, n'est-ce pas?

— C'est établi... Mais, mon Dieu! quelle aventure!

— Vous n'êtes pas au bout. Patience!

— Oh! j'en aurai.

— Dieu voulut susciter à l'opprimé un vengeur, un soutien, si vous le préférez. Il arriva que le roi régnant, l'usurpateur... Vous êtes bien de mon avis, n'est-ce pas? c'est de l'usurpation que la jouissance tranquille, égoïste d'un héritage dont on n'a, au plus, en droit, que la moitié.

— Usurpation est le mot.

— Je poursuis donc. Dieu voulut que l'usurpateur eût pour premier ministre un homme de talent et de grand coeur, un grand esprit, outre cela.

— C'est bien, c'est bien, s'écria Fouquet. Je comprends: vous avez compté sur moi pour vous aider à réparer le tort fait au pauvre frère de Louis XIV? Vous avez bien pensé: je vous aiderai. Merci, d'Herblay, merci!

— Ce n'est pas cela du tout. Vous ne me laissez pas finir, dit Aramis, impassible.

— Je me tais.

— M. Fouquet, disais-je, étant ministre du roi régnant, fut pris en aversion par le roi et fort menacé dans sa fortune, dans sa liberté, dans sa vie peut-être, par l'intrigue et la haine, trop facilement écoutées du roi. Mais Dieu permit, toujours pour le salut du prince sacrifié, que M. Fouquet eût à son tour un ami dévoué qui savait le secret d'État, et se sentait la force de mettre ce secret au jour après avoir eu la force de porter ce secret vingt ans dans son coeur.

— N'allez pas plus loin, dit Fouquet bouillant d'idées généreuses; je vous comprends et je devine tout. Vous avez été trouver le roi quand la nouvelle de mon arrestation vous est parvenue; vous l'avez supplié, il a refusé de vous entendre, lui aussi; alors vous avez fait la menace du secret, la menace de la révélation, et Louis XIV, épouvanté, a dû accorder à la terreur de votre indiscrétion ce qu'il refusait à votre intercession généreuse. Je comprends, je comprends! vous tenez le roi; je comprends!

— Vous ne comprenez pas du tout, répondit Aramis, et voilà encore une fois que vous m'interrompez, mon ami. Et puis, permettez-moi de vous le dire, vous négligez trop la logique et vous n'usez pas assez de la mémoire.

— Comment?

— Vous savez sur quoi j'ai appuyé au début de notre conversation?

— Oui, la haine de Sa Majesté pour moi, haine invincible! mais quelle haine résisterait à une menace de pareille révélation?

— Une pareille révélation? Eh! voilà où vous manquez de logique. Quoi! vous admettez que, si j'eusse fait au roi une pareille révélation, je puisse vivre encore à l'heure qu'il est?

— Il n'y a pas dix minutes que vous étiez chez le roi.

— Soit! il n'aurait pas eu le temps de me faire tuer; mais il aurait eu le temps de me faire bâillonner et jeter dans une oubliette. Allons, de la fermeté dans le raisonnement, mordieu!

Et, par ce mot tout mousquetaire, oubli d'un homme qui ne s'oubliait jamais, Fouquet dut comprendre à quel degré d'exaltation venait d'arriver le calme, l'impénétrable évêque de Vannes. Il en frémit.

— Et puis, reprit ce dernier après s'être dompté, serais-je l'homme que je suis? serais-je un ami véritable si je vous exposais, vous que le roi hait déjà, à un sentiment plus redoutable encore du jeune roi? L'avoir volé, ce n'est rien; avoir courtisé sa maîtresse, c'est peu; mais tenir dans vos mains sa couronne et son honneur, allons donc! il vous arracherait plutôt le coeur de ses propres mains!

— Vous ne lui avez rien laissé voir du secret?

— J'eusse mieux aimé avaler tous les poisons que Mithridate a bus en vingt ans pour essayer à ne pas mourir.

— Qu'avez-vous fait, alors?

— Ah! nous y voici, monseigneur. Je crois que je vais exciter en vous quelque intérêt. Vous m'écoutez toujours, n'est-ce pas?

— Si j'écoute! Dites.

Aramis fit un tour dans la chambre, s'assura de la solitude, du silence, et revint se placer près du fauteuil dans lequel Fouquet attendait ses révélations avec une anxiété profonde.

— J'avais oublié de vous dire, reprit Aramis en s'adressant à Fouquet, qui l'écoutait avec une attention extrême, j'avais oublié une particularité remarquable touchant ces jumeaux: c'est que Dieu les a faits tellement semblables l'un à l'autre, que lui seul, s'il les citait à son tribunal, les saurait distinguer l'un de l'autre. Leur mère ne le pourrait pas.

— Est-il possible! s'écria Fouquet.

— Même noblesse dans les traits, même démarche, même taille, même voix.

— Mais la pensée? mais l'intelligence? mais la science de la vie?

— Oh! en cela, inégalité, monseigneur. Oui, car le prisonnier de la Bastille est d'une supériorité incontestable sur son frère, et si, de la prison, cette pauvre victime passait sur le trône, la France n'aurait pas, depuis son origine peut-être, rencontré un maître plus puissant par le génie et la noblesse de caractère.

Fouquet laissa un moment tomber dans ses mains son front apposant par ce secret immense. Aramis s'approchait de lui:

— Il y a encore inégalité, dit-il en poursuivant son oeuvre tentatrice, inégalité pour vous, monseigneur, entre les deux jumeaux, fils de Louis XIII: c'est que le dernier venu ne connaît pas M. Colbert.

Fouquet se releva aussitôt avec des traits pâles et altérés. Le coup avait porté, non pas en plein coeur, mais en plein esprit.

— Je vous comprends, dit-il à Aramis: vous me proposez une conspiration.

— À peu près.

— Une de ces tentatives qui, ainsi que vous le disiez au début de cet entretien, changent le sort des empires.

— Et des surintendants; oui, monseigneur.

— En un mot, vous me proposez d'opérer une substitution du fils de Louis XIII qui est prisonnier aujourd'hui au fils de Louis XIII qui dort dans la chambre de Morphée en ce moment?

Aramis sourit avec l'éclat sinistre de sa sinistre pensée.

— Soit! dit-il.

— Mais, reprit Fouquet après un silence pénible, vous n'avez pas réfléchi que cette oeuvre politique est de nature à bouleverser tout le royaume, et que, pour arracher cet arbre aux racines infinies qu'on appelle un roi, pour le remplacer par un autre, la terre ne sera jamais raffermie à ce point que le nouveau roi soit assuré contre le vent qui restera de l'ancien orage et contre les oscillations de sa propre masse.

Aramis continua de sourire.

— Songez donc, continua M. Fouquet en s'échauffant avec cette force de talent qui creuse un projet et le mûrit en quelques secondes, et avec cette largeur de vue qui en prévoit toutes les conséquences et en embrasse tous les résultats, songez donc qu'il nous faut assembler la noblesse, le clergé, le tiers état, déposer le prince régnant, troubler par un affreux scandale la tombe de Louis XIII, perdre la vie et l'honneur d'une femme, Anne d'Autriche, la vie et la paix d'une autre femme, Marie-Thérèse, et que, tout cela fini, Si nous le finissons...

— Je ne vous comprends pas, dit froidement Aramis. Il n'y a pas un mot utile dans tout ce que vous venez de dire là.

— Comment! fit le surintendant surpris; vous ne discutez pas la pratique, un homme comme vous? Vous vous bornez aux joies enfantines d'une illusion politique, et vous négligez les chances de l'exécution, c'est-à-dire la réalité; est-ce possible?

— Mon ami, dit Aramis en appuyant sur le mot avec une sorte de familiarité dédaigneuse, comment fait Dieu pour substituer un roi à un autre?

— Dieu! s'écria Fouquet, Dieu donne un ordre à son agent, qui saisit le condamné, l'emporte et fait asseoir le triomphateur sur le trône devenu vide. Mais vous oubliez que cet agent s'appelle la mort. Oh! mon Dieu! monsieur d'Herblay, est-ce que vous auriez l'idée...

— Il ne s'agit pas de cela, monseigneur. En vérité, vous allez au-delà du but. Qui donc vous parle d'envoyer la mort au roi Louis XIV? qui donc vous parle de suivre l'exemple de Dieu dans la stricte pratique de ses oeuvres? Non. Je voulais vous dire que Dieu fait les choses sans bouleversement, sans scandale, sans efforts, et que les hommes inspirés par Dieu réussissent comme lui dans ce qu'ils entreprennent, dans ce qu'ils tentent, dans ce qu'ils font.

— Que voulez-vous dire?

— Je voulais vous dire, mon ami, reprit Aramis avec la même intonation qu'il avait donnée à ce mot ami, quand il l'avait prononcé pour la première fois, je voulais vous dire que, s'il y a eu bouleversement, scandale et même effort dans la substitution du prisonnier au roi, je vous défie de me le prouver.

— Plaît-il? s'écria Fouquet, plus blanc que le mouchoir dont il essuyait ses tempes. Vous dites?...

— Allez dans la chambre du roi, continua tranquillement Aramis, et, vous qui savez le mystère, je vous défie de vous apercevoir que le prisonnier de la Bastille est couché dans le lit de son frère.

— Mais le roi? balbutia Fouquet, saisi d'horreur à cette nouvelle.

— Quel roi? dit Aramis de son plus doux accent, celui qui vous hait ou celui qui vous aime?

— Le roi... d'hier?...

— Le roi d'hier? Rassurez-vous; il a été prendre, à la Bastille, la place que sa victime occupait depuis trop longtemps.

— Juste Ciel! Et qui l'y a conduit?

— Moi.

— Vous?

— Oui, et de la façon la plus simple. Je l'ai enlevé cette nuit, et, pendant qu'il redescendait dans l'ombre, l'autre remontait à la lumière. Je ne crois pas que cela ait fait du bruit. Un éclair sans tonnerre, cela ne réveille jamais personne.

Fouquet poussa un cri sourd, comme s'il eût été atteint d'un coup invisible, et prenant sa tête dans ses deux mains crispées:

— Vous avez fait cela? murmura-t-il.

— Assez adroitement. Qu'en pensez-vous?

— Vous avez détrôné le roi? vous l'avez emprisonné?

— C'est fait.

— Et l'action s'est accomplie ici, à Vaux?

— Ici, à Vaux, dans la chambre de Morphée. Ne semblait-elle pas avoir été bâtie dans la prévoyance d'un pareil acte?

— Et cela s'est passé?

— Cette nuit.

— Cette nuit?

— Entre minuit et une heure.

Fouquet fit un mouvement comme pour se jeter sur Aramis; il se retint.

— À Vaux! chez moi!... dit-il d'une voix étranglée.

— Mais je crois que oui. C'est surtout votre maison, depuis que M. Colbert ne peut plus vous la faire voler.

— C'est donc chez moi que s'est exécuté ce crime.

— Ce crime! fit Aramis stupéfait.

— Ce crime abominable! poursuivit Fouquet en s'exaltant de plus en plus, ce crime plus exécrable qu'un assassinat! ce crime qui déshonore à jamais mon nom et me voue à l'horreur de la postérité.

— Çà, vous êtes en délire, monsieur, répondit Aramis d'une voix mal assurée, vous parlez trop haut: prenez garde!

— Je crierai si haut, que l'univers m'entendra.

— Monsieur Fouquet, prenez garde!

Fouquet se retourna vers le prélat, qu'il regarda en face.

— Oui, dit-il, vous m'avez déshonoré en commettant cette trahison, ce forfait, sur mon hôte, sur celui qui reposait paisiblement sous mon toit! oh! malheur à moi!

— Malheur sur celui qui méditait, sous votre toit, la ruine de votre fortune, de votre vie! oubliez-vous cela?

— C'était mon hôte, c'était mon roi!

Aramis se leva, les yeux injectés de sang, la bouche convulsive.

— Ai-je affaire à un insensé? dit-il.
— Vous avez affaire à un honnête homme.
— Fou!
— À un homme qui vous empêchera de consommer votre crime.
— Fou!
— À un homme qui aime mieux mourir, qui aime mieux vous tuer que de laisser consommer son déshonneur.

Et Fouquet, se précipitant sur son épée, replacée par d'Artagnan au chevet du lit, agita résolument dans ses mains l'étincelant carrelet d'acier.

Aramis fronça le sourcil, glissa une main dans sa poitrine, comme, s'il y cherchait une arme. Ce mouvement n'échappa point à Fouquet. Aussi, noble et superbe en sa magnanimité, jeta-t-il loin de lui son épée, qui alla rouler dans la ruelle du lit, et, s'approchant d'Aramis, de façon à lui toucher l'épaule de sa main désarmée:

— Monsieur, dit-il, il me serait doux de mourir ici pour ne pas survivre à mon opprobre, et, si vous avez encore quelque amitié pour moi, je vous en supplie, donnez-moi la mort.

Aramis resta silencieux et immobile.

— Vous ne répondez rien?

Aramis releva doucement la tête, et l'on vit l'éclair de l'espoir se rallumer encore une fois dans ses yeux.

— Réfléchissez, dit-il, monseigneur, à tout ce qui nous attend. Cette justice étant faite, le roi vit encore, et son emprisonnement vous sauve la vie.

— Oui, répliqua Fouquet, vous avez pu agir dans mon intérêt, mais je n'accepte pas votre service. Toutefois, je ne veux point vous perdre. Vous allez sortir de cette maison.

Aramis étouffa l'éclair qui jaillissait de son coeur brisé.

— Je suis hospitalier pour tous, continua Fouquet avec une inexprimable majesté; vous ne serez pas plus sacrifié, vous, que ne le sera celui dont vous aviez consommé la perte.

— Vous le serez, vous, dit Aramis d'une voix sourde et prophétique; vous le serez, vous le serez!

— J'accepte l'augure, monsieur d'Herblay; mais rien ne m'arrêtera. Vous allez quitter Vaux, vous allez quitter la France; je vous donne quatre heures pour vous mettre hors de la portée du roi.

— Quatre heures? fit Aramis railleur et incrédule.

— Foi de Fouquet! nul ne vous suivra avant ce délai. Vous aurez donc quatre heures d'avance sur tous ceux que le roi voudrait expédier après vous.

— Quatre heures! répéta Aramis en rugissant.

— C'est plus qu'il n'en faut pour vous embarquer et gagner Belle-Île, que je vous donne pour refuge.

— Ah! murmura Aramis.

— Belle-Île, c'est à moi pour vous, comme Vaux est à moi pour le roi. Allez, d'Herblay, allez! tant que je vivrai, il ne tombera pas un cheveu de votre tête.

— Merci! dit Aramis avec une sombre ironie.

— Partez donc, et me donnez la main pour que tous deux nous courions, vous, au salut de votre vie, moi, au salut de mon honneur.

Aramis retira de son sein la main qu'il y avait cachée. Elle était rouge de son sang; elle avait labouré sa poitrine avec ses ongles, comme pour punir la chair d'avoir enfanté tant de projets plus vains, plus fous, plus périssables que la vie de l'homme. Fouquet eut horreur, eut pitié: il ouvrit les bras à Aramis.

— Je n'avais pas d'armes, murmura celui-ci, farouche et terrible comme l'ombre de Didon.

Puis, sans toucher la main de Fouquet, il détourna sa vue et fit deux pas en arrière. Son dernier mot fut une imprécation; son dernier geste fut l'anathème que dessina cette main rougie, en tachant Fouquet au visage de quelques gouttelettes de son sang.

Et tous deux s'élancèrent hors de la chambre par l'escalier secret, qui aboutissait aux cours intérieures.

Fouquet commanda ses meilleurs chevaux, et Aramis s'arrêta au bas de l'escalier qui conduisait à la chambre de Porthos. Il réfléchit longtemps, pendant que le carrosse de Fouquet quittait au grand galop le pavé de la cour principale.

— Partir seul?... se dit Aramis. Prévenir le prince?... Oh! fureur!... Prévenir le prince, et alors quoi faire?... Partir avec lui?... Traîner partout ce témoignage accusateur?... La guerre?... La guerre civile, implacable?... Sans ressource, hélas!... Impossible!... Que fera-t-il sans moi?... Oh! sans moi, il s'écroulera comme moi... Qui sait?... Que la destinée s'accomplisse!... Il était condamné, qu'il demeure condamné!... Dieu!... Démon!... Sombre et railleuse puissance qu'on appelle le génie de l'homme, tu n'es qu'un souffle plus incertain, plus inutile que le vent dans la montagne; tu t'appelles hasard, tu n'es rien; tu embrasses tout de ton haleine, tu soulèves les quartiers de roc, la montagne elle-même, et tout à coup tu te brises devant la croix de bois mort, derrière laquelle vit une autre puissance invisible... que tu niais peut-être, et qui se venge de toi, et qui t'écrase sans te faire même l'honneur de dire son nom!... Perdu!... Je suis perdu!... Que faire?... Aller à Belle-Île?... Oui. Et Porthos qui va rester ici, et parler, et tout conter à tous! Porthos, qui souffrira peut-être!... Je ne veux pas que Porthos souffre. C'est un de mes membres: sa douleur est mienne. Porthos partira avec moi, Porthos suivra ma destinée. Il le faut.

Et Aramis, tout à la crainte de rencontrer quelqu'un à qui cette précipitation pût paraître suspecte, Aramis gravit l'escalier sans être aperçu de personne.

Porthos, revenu à peine de Paris, dormait déjà du sommeil du juste. Son corps énorme oubliait la fatigue, comme son esprit oubliait la pensée.

Aramis entra léger comme une ombre, et posa sa main nerveuse sur l'épaule du géant.

— Allons cria-t-il, allons, Porthos, allons!

Porthos obéit, se leva, ouvrit les yeux avant d'avoir ouvert son intelligence.

— Nous partons, fit Aramis.

— Ah! fit Porthos.

— Nous partons à cheval, plus rapides que nous n'avons jamais couru.

— Ah! répéta Porthos.

— Habillez-vous, ami.

Et il aida le géant à s'habiller, et lui mit dans les poches son or et ses diamants.

Tandis qu'il se livrait à cette opération, un léger bruit attira sa pensée.

D'Artagnan regardait à l'embrasure de la porte.

Aramis tressaillit.

— Que diable faites-vous là, si agité? dit le mousquetaire.

— Chut! souffla Porthos.

— Nous partons en mission, ajouta l'évêque.

— Vous êtes bien heureux! dit le mousquetaire.

— Peuh! fit Porthos, je me sens fatigué; j'eusse aimé mieux dormir; mais le service du roi!...

— Est-ce que vous avez vu M. Fouquet? dit Aramis à d'Artagnan.

— Oui, en carrosse, à l'instant.

— Et que vous a-t-il dit?

— Il m'a dit adieu.

— Voilà tout?

— Que vouliez-vous qu'il me dît autre chose? Est-ce que je ne compte pas pour rien depuis que vous êtes tous en faveur?

— Écoutez, dit Aramis en embrassant le mousquetaire, votre bon temps est revenu; vous n'aurez plus à être jaloux de personne.

— Ah bah!

— Je vous prédis pour ce jour un événement qui doublera votre position.

— En vérité!

— Vous savez que je sais les nouvelles?

— Oh! oui!

— Allons, Porthos, vous êtes prêt? Partons!

— Partons!

— Et embrassons d'Artagnan.

— Pardieu!

— Les chevaux?

— Il n'en manque pas ici. Voulez-vous le mien?

— Non, Porthos a son écurie. Adieu! adieu!

Les deux fugitifs montèrent à cheval sous les yeux du capitaine des mousquetaires, qui tint l'étrier à Porthos et accompagna ses amis du regard, jusqu'à ce qu'il les eût vus disparaître.

«En toute autre occasion, pensa le Gascon, je dirais que ces gens-là se sauvent; mais, aujourd'hui, la politique est si changée, que cela s'appelle aller en mission. Je le veux bien. Allons à nos affaires.»

Et il rentra philosophiquement à son logis.

CHAPITRE XXII. Comment la consigne était respectée à la Bastille

Fouquet brûlait le pavé. Chemin faisant, il s'agitait d'horreur à l'idée de ce qu'il venait d'apprendre.

Qu'était donc, pensait-il, la jeunesse de ces hommes prodigieux, qui, dans l'âge déjà faible, savent encore composer des plans pareils et les exécuter sans sourciller?

Parfois, il se demandait si tout ce qu'Aramis lui avait conté n'était point un rêve, si la fable n'était pas le piège lui-même, et si, en arrivant à la Bastille, lui, Fouquet, il n'allait pas trouver un ordre d'arrestation qui l'enverrait rejoindre le roi détrôné.

Dans cette idée, il donna quelques ordres cachetés sur sa route, tandis qu'on attelait les chevaux. Ces ordres s'adressaient à M. d'Artagnan et à tous les chefs de corps dont la fidélité ne pouvait être suspecte.

«De cette façon, se dit Fouquet, prisonnier ou non, j'aurai rendu le service que je dois à la cause de l'honneur. Les ordres n'arriveront qu'après moi si je reviens libre, et, par conséquent, on ne les aura pas décachetés. Je les reprendrai. Si je tarde, c'est qu'il me sera arrivé malheur. Alors j'aurai du secours pour moi et pour le roi.»

C'est ainsi préparé qu'il arriva devant la Bastille. Le surintendant avait fait cinq lieues et demie à l'heure.

Tout ce qui n'était jamais arrivé à Aramis arriva dans la Bastille à M. Fouquet. M. Fouquet eut beau se nommer, il eut beau se faire reconnaître, il ne put jamais être introduit.

À force de solliciter, de menacer, d'ordonner, il décida un factionnaire à prévenir un bas officier qui prévint le major. Quant au gouverneur, on n'eût pas même osé le déranger pour cela.

Fouquet, dans son carrosse, à la porte de la forteresse, rongeait son frein et attendait le retour de ce bas officier, qui reparut enfin d'un air assez maussade.

— Eh bien! dit Fouquet impatiemment, qu'a dit le major?

— Eh bien! *monsieur* répliqua le soldat, M. le major m'a ri au nez. Il m'a dit que M. Fouquet est à Vaux, et que, fût-il à Paris, M. Fouquet ne se lèverait pas à l'heure qu'il est.

— Mordieu! vous êtes un troupeau de drôles! s'écria le ministre en s'élançant hors du carrosse.

Et, avant que le bas officier eût le temps de fermer la porte, Fouquet s'introduisit par la fente, et courut en avant, malgré les cris du soldat qui appelait à l'aide.

Fouquet gagnait du terrain, peu soucieux des cris de cet homme, lequel, ayant enfin joint Fouquet, répéta à la sentinelle de la seconde porte:

— À vous, à vous, sentinelle!

Le factionnaire croisa la pique sur le ministre; mais celui-ci, robuste et agile, emporté d'ailleurs par la colère, arracha la pique des mains du soldat et lui en caressa rudement les épaules. Le bas officier, qui s'approchait trop, eut sa part de la distribution: tous deux poussèrent des cris furieux, au bruit desquels sortit tout le premier corps de garde de l'avancée.

Parmi ces gens, il y en eut un qui reconnut le surintendant et s'écria:

— Monseigneur!... Ah! monseigneur!... Arrêtez, vous autres!

Et il arrêta effectivement les gardes qui se préparaient à venger leurs compagnons.

Fouquet commanda qu'on lui ouvrît la grille; mais on lui objecta la consigne.

Il ordonna qu'on prévînt le gouverneur; mais celui-ci était déjà instruit de tout le bruit de la porte; à la tête d'un piquet de vingt hommes, il accourait, suivi de son major, dans la persuasion qu'une attaque avait lieu contre la Bastille.

Baisemeaux reconnut aussi Fouquet, et laissa tomber son épée qu'il tenait déjà toute brandie.

— Ah! monseigneur, balbutia-t-il, que d'excuses!...

— Monsieur, fit le surintendant rouge de chaleur et tout suant, je vous fais mon compliment: votre service se fait à merveille.

Baisemeaux pâlit, croyant que ces paroles n'étaient qu'une ironie, présage de quelque furieuse colère. Mais Fouquet avait repris haleine, appelant du geste la sentinelle et le bas officier, qui se frottaient les épaules.

— Il y a vingt pistoles pour le factionnaire, dit-il, cinquante pour l'officier. Mon compliment, messieurs! j'en parlerai au roi. À nous deux, monsieur de Baisemeaux.

Et, sur un murmure de satisfaction générale, il suivit le gouverneur au Gouvernement.

Baisemeaux tremblait déjà de honte et d'inquiétude. La visite matinale d'Aramis lui semblait avoir, dès à présent, des conséquences dont un fonctionnaire pouvait, à bon droit, s'épouvanter.

Ce fut bien autre chose encore quand Fouquet, d'une voix brève et avec un regard impérieux:

— Monsieur, dit-il, vous avez vu M. d'Herblay ce matin?

— Oui, monseigneur.

— Eh bien! monsieur, vous n'avez pas horreur du crime dont vous vous êtes rendu complice?

«Allons, bien!» pensa Baisemeaux.

Puis il ajouta tout haut:

— Mais quel crime, monseigneur?

— Il y a là de quoi vous faire écarteler, monsieur, songez-y! Mais ce n'est pas le moment de s'irriter. Conduisez-moi sur-le-champ auprès du prisonnier.

— Auprès de quel prisonnier? fit Baisemeaux frémissant.

— Vous faites l'ignorant, soit! C'est ce que vous pouvez faire de mieux. En effet, si vous avouiez une pareille complicité, ce serait fait de vous. Je veux donc bien paraître ajouter foi à votre ignorance.

— Je vous prie, monseigneur...

— C'est bien. Conduisez-moi auprès du prisonnier.

— Auprès de Marchiali?

— Qu'est-ce que c'est que Marchiali?

— C'est le détenu amené ce matin par M. d'Herblay.

— On l'appelle Marchiali? fit le surintendant, troublé dans ses convictions par la naïve assurance de Baisemeaux.

— Oui, monseigneur, c'est sous ce nom qu'on l'a inscrit ici.

Fouquet regarda jusqu'au fond du coeur de Baisemeaux. Il lut, avec cette habitude des hommes que donne l'usage du pouvoir, une sincérité absolue. D'ailleurs, en observant une minute cette physionomie, comment croire qu'Aramis eût pris un pareil confident?

— C'est, dit-il au gouverneur, le prisonnier que M. d'Herblay avait emmené avant-hier?

— Oui, monseigneur.

— Et qu'il a ramené ce matin? ajouta vivement Fouquet, qui comprit aussitôt le mécanisme du plan d'Aramis.

— C'est cela; oui, monseigneur.

— Et il s'appelle Marchiali?

— Marchiali. Si Monseigneur vient ici pour me l'enlever tant mieux; car j'allais écrire encore à son sujet.

— Que fait-il donc?

— Depuis ce matin, il me mécontente extrêmement; il a des accès de rage à faire croire que la Bastille s'écroulera par son fait.

— Je vais vous en débarrasser, en effet, dit Fouquet.

— Ah! tant mieux.

— Conduisez-moi à sa prison.

— Monseigneur me donnera bien l'ordre...

— Quel ordre?

— Un ordre du roi.

— Attendez que je vous en signe un.

— Cela ne suffirait pas, monseigneur; il me faut l'ordre du roi.

— Vous qui êtes si scrupuleux, dit-il pour faire sortir les prisonniers, montrez-moi donc l'ordre avec lequel on avait délivré celui-ci.

Baisemeaux montra l'ordre de délivrer Seldon.

— Eh bien! fit Fouquet, Seldon, ce n'est pas Marchiali.

— Mais Marchiali n'est pas libéré, monseigneur; il est ici.
— Puisque vous dites que M. d'Herblay l'a emmené et ramené.
— Je n'ai pas dit cela.
— Vous l'avez si bien dit, qu'il me semble encore l'entendre.
— La langue m'a fourché.
— Monsieur de Baisemeaux, prenez garde!
— Je n'ai rien à craindre, monseigneur, je suis en règle.
— Osez-vous le dire?
— Je le dirais devant un apôtre. M. d'Herblay m'a apporté un ordre de libérer Seldon, et Seldon est libéré.
— Je vous dis que Marchiali est sorti de la Bastille.
— Il faut me prouver cela, monseigneur.
— Laissez-le-moi voir?
— Monseigneur, qui gouverne en ce royaume, sait trop bien que nul n'entre auprès des prisonniers sans un ordre exprès du roi.
— M. d'Herblay est bien entré lui.
— C'est ce qu'il faudrait prouver, monseigneur.
— Monsieur de Baisemeaux, encore une fois, faites attention à vos paroles.
— Les actes sont là.
— M. d'Herblay est renversé.
— Renversé, M. d'Herblay? Impossible!
— Vous voyez qu'il vous a influencé.
— Ce qui m'influence, monseigneur, c'est le service du roi; je fais mon devoir; donnez-moi un ordre de lui, et vous entrerez.
— Tenez, monsieur le gouverneur, je vous engage ma parole que, si vous me laissez pénétrer près du prisonnier, je vous donne un ordre du roi à l'instant.
— Donnez-le tout de suite, monseigneur.
— Et que, si vous me refusez, je vous fais arrêter sur-le-champ avec tous vos officiers.
— Avant de commettre cette violence, monseigneur, vous réfléchirez, dit Baisemeaux fort pâle, que nous n'obéirons qu'à un ordre du roi, et qu'il sera aussitôt fait à vous d'en avoir un pour voir M. Marchiali, que d'en obtenir un pour me faire tant de mal, à moi innocent.
— C'est vrai! s'écria Fouquet furieux, c'est vrai! Eh bien! monsieur de Baisemeaux, ajouta-t-il d'une voix sonore, en attirant à lui le malheureux, savez-vous pourquoi je veux avec tant d'ardeur parler à ce prisonnier?
— Non, monseigneur, et daignez observer combien vous me causez de frayeur; j'en tremble, je vais tomber en défaillance.

— Vous tomberez encore mieux en défaillance tout à l'heure, monsieur Baisemeaux, quand je reviendrai ici avec dix-mille hommes et trente pièces de canon.

— Mon Dieu! voilà Monseigneur qui devient fou!

— Quand j'ameuterai contre vous et vos maudites tours tout le peuple de Paris, et que je forcerai vos portes et que je vous ferai pendre aux créneaux de la tour du coin!

— Monseigneur, monseigneur, par grâce!

— Je vous donne dix minutes pour vous résoudre, ajouta Fouquet d'une voix calme; je m'assieds ici, dans ce fauteuil, et vous attends. Si dans dix minutes vous persistez, je sors, et croyez- moi fou tant qu'il vous plaira; mais vous verrez!

Baisemeaux frappa du pied comme un homme au désespoir, mais ne répliqua rien.

Ce que voyant, Fouquet saisit une plume, de l'encre, et écrivit:

«Ordre à M. le prévôt des marchands de rassembler la garde bourgeoise et de marcher sur la Bastille, pour le service du roi.»

Baisemeaux haussa les épaules; Fouquet écrivit:

«Ordre à M. le duc de Bouillon et à M. le prince de Condé de prendre le commandement des suisses et des gardes, et de marcher sur la Bastille, pour le service de Sa Majesté...»

Baisemeaux réfléchit. Fouquet écrivit:

«Ordre à tout soldat, bourgeois ou gentilhomme, de saisir et d'appréhender au corps, partout où ils se trouveront, le chevalier d'Herblay, évêque de Vannes, et ses complices qui sont: 1° M. de Baisemeaux, gouverneur de la Bastille, suspect des crimes de trahison, rébellion et lèse-majesté...»

— Arrêtez, monseigneur, s'écria Baisemeaux; je n'y comprends absolument rien; mais tant de maux, fussent-ils déchaînés par la folie même, peuvent arriver d'ici à deux heures, que le roi, qui me jugera, verra si j'ai eu tort de faire fléchir la consigne devant tant de catastrophes imminentes. Allons au donjon, monseigneur; vous verrez Marchiali.

Fouquet s'élança hors de la chambre, et Baisemeaux le suivit, en essuyant la sueur froide qui ruisselait de son front.

— Quelle affreuse matinée! disait-il; quelle disgrâce!

— Marchez vite! répondait Fouquet.

Baisemeaux fit signe au porte-clefs de les précéder. Il avait peur de son compagnon. Celui-ci s'en aperçut.

— Trêve d'enfantillages! dit-il rudement. Laissez là cet homme; prenez les clefs vous-même et me montrez le chemin. Il ne faut pas que personne, comprenez-vous, puisse entendre ce qui va se passer ici.

— Ah! fit Baisemeaux indécis.

— Encore! s'écria Fouquet. Ah! dites tout de suite non et je vais sortir de la Bastille pour porter moi-même mes dépêches.

Baisemeaux baissa la tête, prit les clefs et gravit, seul avec le ministre, l'escalier de la tour.

À mesure qu'ils s'avançaient dans cette tourbillonnante spirale, certains murmures étouffés devenaient des cris distincts et d'affreuses imprécations.

— Qu'est-ce que cela? demanda Fouquet.

— C'est votre Marchiali, fit le gouverneur; voilà comment hurlent les fous!

Il accompagna cette réponse d'un coup d'oeil plus rempli d'allusions blessantes que de politesse pour Fouquet.

Celui-ci frissonna. Il venait, dans un cri plus terrible que les autres, de reconnaître la voix du roi.

Il s'arrêta au palier, prit le trousseau des mains de Baisemeaux. Celui-ci crut que le nouveau fou allait lui rompre le crâne avec l'une de ces clefs.

— Ah! cria-t-il, M. d'Herblay ne m'avait point parlé de cela.

— Ces clefs donc! dit Fouquet en les lui arrachant. Où est celle de la porte que je veux ouvrir?

— Celle-ci.

Un cri effrayant, suivi d'un coup terrible dans la porte, vint faire écho dans l'escalier.

— Retirez-vous! dit Fouquet à Baisemeaux d'une voix menaçante.

— Je ne demande pas mieux, murmura celui-ci. Voilà deux enragés qui vont se trouver face à face. L'un mangera l'autre, j'en suis assuré.

— Partez, répéta Fouquet. Si vous mettez le pied dans cet escalier avant que je vous appelle, souvenez-vous que vous prendrez la place du plus misérable des prisonniers de la Bastille.

— J'en mourrai, c'est sûr! grommela Baisemeaux en se retirant d'un pas chancelant.

Les cris du prisonnier retentissaient, de plus en plus formidables. Fouquet s'assura que Baisemeaux arrivait au bas des degrés. Il mit la clef dans la première serrure.

Ce fut alors qu'il entendit clairement la voix étranglée au roi qui criait avec rage:

— Au secours! je suis le roi! au secours!

La clef de la seconde porte n'était pas la même que celle de la première. Fouquet fut obligé de chercher dans le trousseau.

Cependant, le roi ivre, fou, forcené, criait à tue-tête:

— C'est M. Fouquet qui m'a fait conduire ici! Au secours contre M. Fouquet! je suis le roi! au secours pour le roi contre M. Fouquet!

Ces vociférations déchiraient le coeur du ministre. Elles étaient suivies de coups effrayants, frappés dans la porte avec cette chaise dont le roi se servait comme d'un bélier. Fouquet réussit à trouver la clef. Le roi était à bout de ses forces: il n'articulait plus, il rugissait.

— Mort à Fouquet! hurlait-il, mort au scélérat Fouquet!

La porte s'ouvrit.

CHAPITRE XXIII. La reconnaissance du roi

Les deux hommes qui allaient se précipiter l'un vers l'autre s'arrêtèrent soudain en s'apercevant, et poussèrent alors un cri d'horreur.

— Venez-vous pour m'assassiner, monsieur? dit le roi en reconnaissant Fouquet.

— Le roi dans cet état! murmura le ministre.

Rien de plus effrayant, en effet, que l'aspect du jeune prince au moment où le surprit Fouquet. Ses habits étaient en lambeaux; sa chemise, ouverte et déchirée, buvait à la fois la sueur et le sang qui s'échappaient de sa poitrine et de ses bras déchirés.

Hagard, pâle, écumant, les cheveux hérissés, Louis XIV offrait l'image la plus vraie du désespoir, de la faim et de la peur réunis en une seule statue. Fouquet fut si touché, si troublé, qu'il courut au roi les bras ouverts et les larmes aux yeux.

Louis leva sur Fouquet le tronçon de bois dont il avait fait un si furieux usage.

— Eh bien! dit Fouquet d'une voix tremblante, ne reconnaissez-vous pas le plus fidèle de vos amis?

— Un ami, vous? répéta Louis avec un grincement de dents où sonnaient la haine et la soif d'une prompte vengeance.

— Un serviteur respectueux, ajouta Fouquet en se précipitant à genoux.

Le roi laissa tomber son arme. Fouquet, s'approchant, lui baisa les genoux, et le prit tendrement entre ses bras.

— Mon roi, mon enfant, dit-il, avez-vous dû souffrir!

Louis, rappelé à lui-même par le changement de la situation, se regarda, et, honteux de son désordre, honteux de sa folie, honteux de la protection qu'il recevait, il recula.

Fouquet ne comprit point ce mouvement. Il ne sentit pas que l'orgueil du roi ne lui pardonnerait jamais d'avoir été témoin de tant de faiblesse.

— Venez, Sire, vous êtes libre, dit-il.

— Libre? répéta le roi. Oh! vous me rendez libre après avoir osé porter la main sur moi?

— Vous ne le croyez pas! s'écria Fouquet indigné; vous ne croyez pas que je sois coupable en cette circonstance!

Et, rapidement, chaleureusement même, il lui raconta toute l'intrigue dont on connaît les détails.

Tant que dura le récit, Louis supporta les plus horribles angoisses, et, le récit terminé, la grandeur du péril qu'il avait couru le frappa bien plus encore que l'importance du secret relatif à son frère jumeau.

— Monsieur, dit-il soudain à Fouquet, cette double naissance est un mensonge; il est impossible que vous en ayez été la dupe.

— Sire!

— Il est impossible, vous dis-je, que l'on soupçonne l'honneur, la vertu de ma mère. Et mon premier ministre n'a pas déjà fait justice des criminels?

— Réfléchissez bien, Sire, avant de vous emporter, répondit Fouquet. La naissance de votre frère...

— Je n'ai qu'un frère: c'est Monsieur. Vous le connaissez comme moi. Il y a complot, vous dis-je, à commencer par le gouverneur de la Bastille.

— Prenez garde, Sire; cet homme a été trompé, comme tout le monde, par la ressemblance du prince.

— La ressemblance? Allons donc!

— Il faut cependant que ce Marchiali soit bien semblable à Votre Majesté, pour que tous les yeux s'y laissent prendre, insista Fouquet.

— Folie!

— Ne dites pas cela, Sire; les gens qui s'apprêtent à affronter le regard de vos ministres, de votre mère, de vos officiers, de votre famille, ces gens-là doivent être bien sûrs de la ressemblance.

— En effet, murmura le roi; ces gens-là, où sont-ils?

— Mais à Vaux.

— À Vaux! Vous souffrez qu'ils y restent?

— Le plus pressé, ce me semble, était de délivrer Votre Majesté. J'ai accompli ce devoir. Maintenant, faisons ce qu'ordonnera le roi. J'attends.

Louis réfléchit un moment.

— Rassemblons des troupes à Paris, dit-il.

— Les ordres sont donnés à cet effet, répliqua Fouquet.

— Vous avez donné des ordres? s'écria le roi.

— Pour cela, oui, Sire. Votre Majesté sera à la tête de dix mille hommes dans une heure.

Pour toute réponse, le roi prit la main de Fouquet avec une telle effusion, qu'il était aisé de voir combien il avait jusqu'à cette parole, conservé de défiance contre son ministre, malgré l'intervention de ce dernier.

— Et avec ces troupes, poursuivit le roi, nous irons assiéger, dans votre maison, les rebelles, qui doivent déjà s'y être établis ou retranchés.

— Cela m'étonnerait, répliqua Fouquet.

— Pourquoi?

— Parce que leur chef, l'âme de l'entreprise, ayant été démasqué par moi, tout le plan me semble avorté.

— Vous avez démasqué ce faux prince, lui?

— Non, je ne l'ai pas vu.

— Qui donc, alors?

— Le chef de l'entreprise, ce n'est point ce malheureux. Celui-là n'est qu'un instrument destiné pour toute sa vie au malheur, je le vois bien.

— Absolument!

— C'est M. l'abbé d'Herblay, l'évêque de Vannes.

— Votre ami?

— Il était mon ami, Sire, répliqua noblement Fouquet.

— Voilà qui est malheureux pour vous, dit le roi d'un ton moins généreux.

— De pareilles amitiés n'avaient rien de déshonorant, tant que j'ignorais le crime, Sire.

— Il fallait le prévoir.

— Si je suis coupable, je me remets aux mains de Votre Majesté.

— Ah! monsieur Fouquet, ce n'est point là ce que je veux dire, repartit le roi, fâché d'avoir ainsi montré l'aigreur de sa pensée. Eh bien! je vous le déclare, malgré le masque dont ce misérable se couvrait la face, j'ai eu comme un vague soupçon que ce pouvait être lui. Mais, avec ce chef de l'entreprise, il y avait un homme de main. Celui qui me menaçait de sa force herculéenne, quel est-il?

— Ce doit être son ami, le baron du Vallon, l'ancien mousquetaire.

— L'ami de d'Artagnan? l'ami du comte de La Fère? Ah! s'écria le roi sur ce dernier nom, ne négligeons pas cette relation entre les conspirateurs et M. de Bragelonne.

— Sire, Sire, n'allez pas trop loin. M. de la Fère est le plus honnête homme de France. Contentez-vous de ce que je vous livre.

— De ce que vous me livrez? Bien! car vous me livrez les coupables, n'est-ce pas?

— Comment Votre Majesté l'entend-elle? demanda Fouquet.

— J'entends, répliqua le roi, que nous allons arriver à Vaux avec des forces, que nous ferons main basse sur ce nid de vipères, et qu'il n'échappera rien; rien, n'est-ce pas?

— Votre Majesté fera tuer ces hommes? s'écria Fouquet.

— Jusqu'au dernier!

— Oh! Sire!

— Entendons-nous bien, monsieur Fouquet, dit le roi avec hauteur. Je ne vis plus dans un temps où l'assassinat soit la seule, la dernière raison des rois. Non, Dieu merci! J'ai des parlements, moi, qui jugent en mon nom, et j'ai des échafauds où l'on exécute mes volontés suprêmes!

Fouquet pâlit.

— Je prendrai la liberté, dit-il de faire observer à Votre Majesté que tout procès sur ces matières est un scandale mortel pour la dignité du trône. Il ne faut pas que le nom auguste d'Anne d'Autriche passe par les lèvres du peuple, entrouvertes pour un sourire.

— Il faut que justice soit faite, monsieur.

— Bien, Sire; mais le sang royal ne peut couler sur l'échafaud!

— Le sang royal! vous croyez cela? s'écria le roi avec fureur en frappant du pied sur le carreau. Cette double naissance est une invention. Là, surtout, dans cette invention, je vois le crime de M. d'Herblay. C'est ce crime que je veux punir, bien plus que leur violence, leur insulte.

— Et punir de mort?

— De mort, oui, monsieur.

— Sire, dit avec fermeté le surintendant, dont le front, longtemps baissé, se releva superbe, Votre Majesté fera trancher la tête, si elle le veut, à Philippe de France, son frère; cela la regarde, et elle consultera là-dessus Anne d'Autriche, sa mère. Ce qu'elle ordonnera sera bien ordonné. Je ne m'en veux donc plus mêler, pas même pour l'honneur de votre couronne; mais j'ai une grâce à vous demander: je vous la demande.

— Parlez, dit le roi fort troublé par les dernières paroles du ministre. Que vous faut-il?

— La grâce de M. d'Herblay et celle de M. du Vallon.

— Mes assassins?

— Deux rebelles, Sire, voilà tout.

— Oh! je comprends que vous me demandiez grâce pour vos amis.

— Mes amis! fit Fouquet blessé profondément.

— Vos amis, oui; mais la sûreté de mon État exige une exemplaire punition des coupables.

— Je ne ferai pas observer à Votre Majesté que je viens de lui rendre la liberté, de lui sauver la vie.

— Monsieur!

— Je ne lui ferai pas observer que, si M. d'Herblay eût voulu faire son rôle d'assassin, il pouvait simplement assassiner Votre Majesté, ce matin, dans la forêt de Sénart et que tout était fini.

Le roi tressaillit.

— Un coup de pistolet dans la tête, poursuivit Fouquet, et le visage de Louis XIV, devenu méconnaissable, était à jamais l'absolution de M. d'Herblay.

Le roi pâlit d'épouvante à l'aspect du péril évité.

— M. d'Herblay, continua Fouquet, s'il eût été un assassin, n'avait pas besoin de me conter son plan pour réussir. Débarrassé du vrai roi, il rendait le faux roi impossible à deviner. L'usurpateur eût-il été reconnu par Anne d'Autriche, c'était toujours un fils pour elle. L'usurpateur, pour la conscience de M. d'Herblay, c'était toujours un roi du sang de Louis XIII. De plus, le conspirateur avait la sûreté, le secret, l'impunité. Un coup de pistolet lui donnait tout cela. Grâce, pour lui, au nom de votre salut, Sire!

Le roi, au lieu d'être touché par cette peinture si vraie de générosité d'Aramis, se sentait cruellement humilié. Son indomptable orgueil ne pouvait s'accoutumer à l'idée qu'un homme avait tenu, suspendu au bout de son doigt, le fil d'une vie royale. Chacune des paroles que Fouquet croyait efficaces pour obtenir la grâce de ses amis portait une nouvelle goutte de venin dans le coeur déjà ulcéré de Louis XIV. Rien ne put donc le fléchir, et, s'adressant impétueusement à Fouquet:

— Je ne sais vraiment pas, monsieur, dit-il, pourquoi vous me demandez grâce pour ces gens-là! À quoi bon demander ce qu'on peut avoir sans le solliciter?

— Je ne vous comprends pas, Sire.

— C'est aisé, pourtant. Où suis-je ici?

— À la Bastille, Sire.

— Oui, dans un cachot. Je passe pour un fou, n'est-ce pas?

— C'est vrai, Sire.

— Et nul ne connaît ici que Marchiali?

— Assurément.

— Eh bien! ne changez rien à la situation. Laissez le fou pourrir dans un cachot de la Bastille, et MM. d'Herblay et du Vallon n'ont pas besoin de ma grâce. Leur nouveau roi les absoudra.

— Votre Majesté me fait injure, Sire, et elle a tort, répliqua sèchement Fouquet. Je ne suis pas assez enfant, M. d'Herblay n'est pas assez inepte, pour avoir oublié de faire toutes ces réflexions, et, si j'eusse voulu faire un nouveau roi, comme vous dites, je n'avais aucun besoin de venir forcer les portes de la Bastille pour vous en tirer. Cela tombe sous le sens. Votre Majesté a l'esprit troublé par la colère. Autrement, elle n'offenserait pas sans raison, celui de ses serviteurs qui lui a rendu le plus important service.

Louis s'aperçut qu'il avait été trop loin, que les portes de la Bastille étaient encore fermées sur lui, tandis que s'ouvraient peu à peu les écluses derrière lesquelles ce généreux Fouquet contenait sa colère.

— Je n'ai pas dit cela pour vous humilier. À Dieu ne plaise! monsieur! répliqua-t-il. Seulement, vous vous adressez à moi pour obtenir une grâce, et je vous réponds selon ma conscience; or, suivant ma conscience, les coupables dont nous parlons ne sont pas dignes de grâce ni de pardon.

Fouquet ne répliqua rien.

— Ce que je fais là, ajouta le roi, est généreux comme ce que vous avez fait; car je suis en votre pouvoir. Je dirai même que c'est plus généreux, attendu que vous me placez en face de conditions d'où peuvent dépendre ma liberté, ma vie, et que refuser, c'est en faire le sacrifice.

— J'ai tort, en effet, répondit Fouquet. Oui, j'avais l'air d'extorquer une grâce; je me repens, je demande pardon à Votre Majesté.

— Et vous êtes pardonné, mon cher monsieur Fouquet, fit le roi avec un sourire qui acheva de ramener la sérénité sur son visage, que tant d'événements avaient altéré depuis la veille.

— J'ai ma grâce, reprit obstinément le ministre; mais MM. d'Herblay et du Vallon?

— N'obtiendront jamais la leur, tant que je vivrai, répliqua le roi inflexible. Rendez-moi le service de ne m'en plus parler.

— Votre Majesté sera obéie.

— Et vous ne m'en conserverez pas rancune?

— Oh! non, Sire; car j'avais prévu le cas.

— Vous aviez prévu que je refuserais la grâce de ces messieurs?

— Assurément, et toutes mes mesures étaient prises en conséquence.

— Qu'entendez-vous dire? s'écria le roi surpris.

— M. d'Herblay venait, pour ainsi dire, se livrer en mes mains. M. d'Herblay me laissait le bonheur de sauver mon roi et mon pays. Je ne pouvais condamner M. d'Herblay à la mort. Je ne pouvais non plus l'exposer au courroux très légitime de Votre Majesté. C'eût été la même chose que de le tuer moi-même.

— Eh bien! qu'avez-vous fait?

— Sire, j'ai donné à M. d'Herblay mes meilleurs chevaux, et ils ont quatre heures d'avance sur tous ceux que Votre Majesté pourra envoyer après lui.

— Soit! murmura le roi; mais le monde est assez grand pour que mes coureurs gagnent sur vos chevaux les quatre heures de gain que vous avez données à M. d'Herblay.

— En lui donnant ces quatre heures, Sire, je savais lui donner la vie. Il aura la vie.

— Comment cela?

— Après avoir bien couru, toujours en avant de quatre heures sur vos mousquetaires, il arrivera dans mon château de Belle-Île, où je lui ai donné asile.

— Soit! mais vous oubliez que vous m'avez donné Belle-Île.

— Pas pour faire arrêter mes amis.

— Vous me le reprenez, alors?

— Pour cela oui, Sire.

— Mes mousquetaires le reprendront, et tout sera dit.

— Ni vos mousquetaires ni même votre armée, Sire dit froidement
Fouquet. Belle-Île est imprenable.

Le roi devint livide, un éclair jaillit de ses yeux. Fouquet se sentit perdu; mais il n'était pas de ceux qui reculent devant la voix de l'honneur. Il soutint le regard envenimé du roi. Celui-ci dévora sa rage, et, après un silence:

— Allons-nous à Vaux? dit-il.

— Je suis aux ordres de Votre Majesté, répliqua Fouquet en s'inclinant profondément; mais je crois que Votre Majesté ne peut se dispenser de changer d'habits avant de paraître devant sa cour.

— Nous passerons par le Louvre, dit le roi. Allons.

Et ils sortirent devant Baisemeaux effaré, qui, une fois encore, regarda sortir Marchiali, et s'arracha le peu de cheveux qui lui restaient.

Il est vrai que Fouquet lui donna décharge du prisonnier et que le roi écrivit au-dessous: *Vu et approuvé: Louis*; folie que Baisemeaux, incapable d'assembler deux idées, accueillit par un héroïque coup de poing qu'il se bourra dans les mâchoires.

CHAPITRE XXIV. Le faux roi

Cependant, à Vaux, la royauté usurpatrice continuait bravement son rôle.

Philippe donna ordre qu'on introduisît pour son petit lever les grandes entrées, déjà prêtes à paraître devant le roi. Il se décida à donner cet ordre, malgré l'absence de M. d'Herblay, qui ne revenait pas, et nos lecteurs savent pour quelle raison. Mais le prince, ne croyant pas que cette absence pût se prolonger, voulait, comme tous les esprits téméraires, essayer sa valeur et sa fortune, loin de toute protection, de tout conseil.

Une autre raison l'y poussait. Anne d'Autriche allait paraître; la mère coupable allait se trouver en présence de son fils sacrifié. Philippe ne voulait pas, s'il avait une faiblesse, en rendre témoin l'homme envers lequel il était désormais tenu de déployer tant de force.

Philippe ouvrit les deux battants de la porte, et plusieurs personnes entrèrent silencieusement. Philippe ne bougea point tant que ses valets de chambre l'habillèrent. Il avait vu, la veille, les habitudes de son frère. Il fit le roi, de manière à n'éveiller aucun soupçon.

Ce fut donc tout habillé, avec l'habit de chasse, qu'il reçut les visiteurs. Sa mémoire et les notes d'Aramis lui annoncèrent tout d'abord Anne d'Autriche, à laquelle Monsieur donnait la main, puis Madame avec M. de Saint-Aignan.

Il sourit en voyant ces visages, et frissonna en reconnaissant sa mère.

Cette figure noble et imposante, ravagée par la douleur, vint plaider dans son coeur la cause de cette fameuse reine qui avait immolé un enfant à la raison d'État. Il trouva que sa mère était belle. Il savait que Louis XIV l'aimait, il se promit de l'aimer aussi, et de ne pas être pour sa vieillesse un châtiment cruel.

Il regarda son frère avec un attendrissement facile à comprendre. Celui-ci n'avait rien usurpé, rien gâté dans sa vie. Rameau écarté, il laissait monter la tige, sans souci de l'élévation et de la majesté de sa vie. Philippe se promit d'être bon frère, pour ce prince auquel suffisait l'or, qui donne les plaisirs.

Il salua d'un air affectueux Saint-Aignan, qui s'épuisait en sourires et révérences, et tendit la main en tremblant à Henriette, sa belle-soeur, dont la beauté le frappa. Mais il vit dans les yeux de cette princesse un reste de froideur qui lui plut pour la facilité de leurs relations futures.

«Combien me sera-t-il plus aisé, pensait-il, d'être le frère de cette femme que son galant, si elle me témoigne une froideur que mon frère ne pouvait avoir pour elle, et qui m'est imposée comme un devoir.»

La seule visite qu'il redoutât en ce moment était celle de la reine; son coeur, son esprit venaient d'être ébranlés par une épreuve si violente, que, malgré leur trempe solide, ils ne supporteraient peut-être pas un nouveau choc. Heureusement, la reine ne vint pas.

Alors commença, de la part d'Anne d'Autriche, une dissertation politique sur l'accueil que M. Fouquet avait fait à la maison de France. Elle entremêla ses hostilités de compliments à l'adresse du roi, de questions sur sa santé, de petites flatteries maternelles, et de ruses diplomatiques.

— Eh bien! mon fils, dit-elle, êtes-vous revenu sur le compte de M. Fouquet.

— Saint-Aignan, dit Philippe, veuillez aller savoir des nouvelles de la reine.

À ces mots, les premiers que Philippe eût prononcés tout haut, la légère différence qu'il y avait entre sa voix et celle de Louis XIV fut sensible aux oreilles maternelles; Anne d'Autriche regarda fixement son fils.

De Saint-Aignan sortit. Philippe continua.

— Madame, je n'aime pas qu'on me dise du mal de M. Fouquet, vous le savez, et vous m'en avez dit du bien vous-même.

— C'est vrai; aussi ne fais-je que vous questionner sur l'état de vos sentiments à son égard.

— Sire, dit Henriette, j'ai, moi, toujours aimé M. Fouquet. C'est un homme de bon goût, un brave homme.

— Un surintendant qui ne lésine jamais, ajouta Monsieur, et qui paie en or toutes les cédules que j'ai sur lui.

— On compte trop ici chacun pour soi, dit la vieille reine. Personne ne compte pour l'État: M. Fouquet, c'est un fait, M. Fouquet ruine l'État.

— Allons, ma mère, repartit Philippe d'un ton plus bas, est-ce que, vous aussi, vous vous faites le bouclier de M. Colbert?

— Comment cela? fit la vieille reine surprise.

— C'est que, en vérité, reprit Philippe, je vous entends parler là comme parlerait votre vieille amie, Mme de Chevreuse.

À ce nom, Anne d'Autriche pâlit et pinça ses lèvres. Philippe avait irrité la lionne.

— Que venez-vous me parler de Mme de Chevreuse, fit-elle, et quelle humeur avez-vous aujourd'hui contre moi?

Philippe continua:

— Est-ce que Mme de Chevreuse n'a pas toujours une ligue à faire contre quelqu'un? est-ce que Mme de Chevreuse n'a pas été vous rendre une visite, ma mère?

— Monsieur, vous me parlez ici d'une telle sorte, repartit la vieille reine, que je crois entendre le roi votre père.

— Mon père n'aimait pas Mme de Chevreuse, et il avait raison, dit le prince. Moi, je ne l'aime pas non plus, et, si elle s'avise de venir, comme elle y venait autrefois, semer les divisions et les haines sous prétexte de mendier de l'argent, eh bien!...

— Eh bien? dit fièrement Anne d'Autriche provoquant elle-même l'orage.

— Eh bien! repartit avec résolution le jeune homme, je chasserai du royaume Mme de Chevreuse, et avec elle tous les artisans de secrets et de mystères.

Il n'avait pas calculé la portée de ce mot terrible, ou peut-être avait-il voulu en juger l'effet, comme ceux qui, souffrant d'une douleur chronique et cherchant à rompre la monotonie de cette souffrance appuient sur leur plaie pour se procurer une douleur aiguë.

Anne d'Autriche faillit s'évanouir; ses yeux ouverts, mais atones, cessèrent de voir pendant un moment; elle tendit les bras à son autre fils, qui aussitôt l'embrassa sans crainte d'irriter le roi.

— Sire, murmura-t-elle, vous traitez cruellement votre mère.

— Mais en quoi, madame? répliqua-t-il. Je ne parle que de Mme de Chevreuse, et ma mère préfère-t-elle Mme de Chevreuse à la sûreté de mon État et à la sécurité de ma personne? Eh bien! je vous dis que Mme de Chevreuse est venue en France pour emprunter de l'argent, qu'elle s'est adressée à M. Fouquet pour lui vendre certain secret.

— Certain secret? s'écria Anne d'Autriche.

— Concernant de prétendus vols que M. le surintendant aurait commis; ce qui est faux, ajouta Philippe. M. Fouquet l'a fait chasser avec indignation, préférant l'estime du roi à toute complicité avec des intrigants. Alors, Mme de Chevreuse a vendu le secret à M. Colbert, et, comme elle est insatiable, et qu'il ne lui suffit pas d'avoir extorqué cent mille écus à ce commis, elle a cherché plus haut si elle ne trouverait pas des sources plus profondes... Est ce vrai, madame?

— Vous savez tout, Sire, dit la reine, plus inquiète qu'irritée.

— Or, poursuivit Philippe, j'ai bien le droit d'en vouloir à cette furie qui vient tramer à ma Cour le déshonneur des uns et la ruine des autres. Si Dieu a souffert que certains crimes fussent commis, et s'il les a cachés dans l'ombre de sa clémence, je n'admets pas que Mme de Chevreuse ait le pouvoir de contrecarrer les desseins de Dieu.

Cette dernière partie du discours de Philippe avait tellement agité la reine mère, que son fils en eut pitié. Il lui prit et lui baisa tendrement la main; elle ne sentit pas que, dans ce baiser donné malgré les révoltes et les rancunes du coeur, il y avait tout un pardon de huit années d'horribles souffrances.

Philippe laissa un instant de silence engloutir les émotions qui venaient de se produire; puis avec une sorte de gaieté:

— Nous ne partirons pas encore aujourd'hui, dit-il; j'ai un plan.

Et il se tourna vers la porte, où il espérait voir Aramis, dont l'absence commençait à lui peser.

La reine mère voulut prendre congé.

— Demeurez, ma mère, dit-il; je veux vous faire faire la paix avec M. Fouquet.

— Mais je n'en veux pas à M. Fouquet; je craignais seulement ses prodigalités.

— Nous y mettrons ordre, et ne prendrons du surintendant que les bonnes qualités.

— Que cherche donc Votre Majesté? dit Henriette voyant le roi regarder encore vers la porte, et désirant lui décocher un trait au coeur; car elle supposait qu'il attendait La Vallière ou une lettre d'elle.

— Ma soeur, dit le jeune homme, qui venait de la deviner, grâce à cette merveilleuse perspicacité dont la fortune lui allait désormais permettre l'exercice, ma soeur, j'attends un homme extrêmement distingué, un conseiller des plus habiles que je veux vous présenter à tous, en le recommandant à vos bonnes grâces. Ah! entrez donc, d'Artagnan.

D'Artagnan parut.

— Que veut Sa Majesté?

— Dites donc, où est M. l'évêque de Vannes, votre ami?

— Mais, Sire...

— Je l'attends et ne le vois pas venir. Qu'on me le cherche.

D'Artagnan demeura un instant stupéfait, mais bientôt, réfléchissant qu'Aramis avait quitté Vaux secrètement avec une mission du roi, il en conclut que le roi voulait garder le secret.

— Sire, répliqua-t-il, est-ce que Votre Majesté veut absolument qu'on lui amène M. d'Herblay?

— Absolument n'est pas le mot, répliqua Philippe; je n'en ai pas un tel besoin; mais si on me le trouvait...

«J'ai deviné», se dit d'Artagnan.

— Ce M. d'Herblay, dit Anne d'Autriche, c'est l'évêque de Vannes?

— Oui, madame.

— Un ami de M. Fouquet?

— Oui, madame, un ancien mousquetaire.

Anne d'Autriche rougit.

— Un de ces quatre braves qui, jadis, firent tant de merveilles.

La vieille reine se repentit d'avoir voulu mordre; elle rompit l'entretien pour y conserver le reste de ses dents.

— Quel que soit votre choix, Sire, dit-elle, je le tiens pour excellent.

Tous s'inclinèrent.

— Vous verrez, continua Philippe, la profondeur de M. de Richelieu, moins l'avarice de M. de Mazarin.

— Un premier ministre, Sire? demanda Monsieur effrayé...

— Je vous conterai cela, mon frère; mais c'est étrange que M. d'Herblay ne soit pas ici!

Il appela.

— Qu'on prévienne M. Fouquet, dit-il, j'ai à lui parler... Oh! devant vous, devant vous; ne vous retirez point.

M. de Saint-Aignan revint, apportant des nouvelles satisfaisantes de la reine, qui gardait le lit seulement par précaution, et pour avoir la force de suivre toutes les volontés du roi.

Tandis que l'on cherchait partout M. Fouquet et Aramis, le nouveau roi continuait paisiblement ses épreuves, et tout le monde, famille, officiers, valets, reconnaissait le roi à son geste, à sa voix, à ses habitudes.

De son côté, Philippe, appliquant sur tous les visages la note et le dessin fidèles fournis par son complice Aramis, se conduisait de façon à ne pas même soulever un soupçon dans l'esprit de ceux qui l'entouraient.

Rien désormais ne pouvait inquiéter l'usurpateur. Avec quelle étrange facilité la Providence ne venait-elle pas de renverser la plus haute fortune du monde, pour y substituer la plus humble!

Philippe admirait cette bonté de Dieu à son égard, et la secondait avec toutes les ressources de son admirable nature. Mais il sentait parfois comme une ombre se glisser sur les rayons de sa nouvelle gloire. Aramis ne paraissait pas.

La conversation avait langui dans la famille royale; Philippe, préoccupé, oubliait de congédier son frère et Madame Henriette. Ceux-ci s'étonnaient et perdaient peu à peu patience. Anne d'Autriche se pencha vers son fils et lui adressa quelques mots en espagnol.

Philippe ignorait complètement cette langue; il pâlit devant cet obstacle inattendu. Mais, comme si l'esprit de l'imperturbable Aramis l'eût couvert de son infaillibilité, au lieu de se déconcerter, Philippe se leva.

— Eh bien! quoi? Répondez, dit Anne d'Autriche.

— Quel est tout ce bruit? demanda Philippe en se tournant vers la porte de l'escalier dérobé.

Et l'on entendait une voix qui criait:

— Par ici, par ici! Encore quelques degrés, Sire!

— La voix de M. Fouquet? dit d'Artagnan placé près de la reine mère.

— M. d'Herblay ne saurait être loin, ajouta Philippe. Mais il vit ce qu'il était bien loin de s'attendre à voir si près de lui.

Tous les yeux s'étaient tournés vers la porte par laquelle allait entrer M. Fouquet; mais ce ne fut pas lui qui entra.

Un cri terrible partit de tous les coins de la chambre, cri douloureux poussé par le roi et les assistants.

Il n'est pas donné aux hommes, même à ceux dont la destinée renferme le plus d'éléments étranges et d'accidents merveilleux, de contempler un spectacle pareil à celui qu'offrait la chambre royale en ce moment.

Les volets, à demi clos, ne laissaient pénétrer qu'une lumière incertaine tamisée par de grands rideaux de velours doublés d'une épaisse soie.

Dans cette pénombre moelleuse s'étaient peu à peu dilatés les yeux, et chacun des assistants voyait les autres plutôt avec la confiance qu'avec la vue. Toutefois, on en arrive, dans ces circonstances, à ne laisser échapper aucun des détails environnants et le nouvel objet qui se présente apparaît lumineux comme s'il était éclairé par le soleil.

C'est ce qui arriva pour Louis XIV, lorsqu'il se montra pâle et le sourcil froncé sous la portière de l'escalier secret.

Fouquet laissa voir, derrière, son visage empreint de sévérité et de tristesse.

La reine mère, qui aperçut Louis XIV, et qui tenait la main de Philippe, poussa le cri dont nous avons parlé, comme elle eût fait en voyant un fantôme.

Monsieur eut un mouvement d'éblouissement et tourna la tête, de celui des deux rois qu'il apercevait en face, vers celui aux côtés duquel il se trouvait.

Madame fit un pas en avant, croyant voir se refléter, dans une glace, son beau-frère.

Et, de fait, l'illusion était possible.

Les deux princes, défaits l'un et l'autre, car nous renonçons à peindre l'épouvantable saisissement de Philippe, et tremblants tous deux, crispant l'un et l'autre une main convulsive, se mesuraient du regard et plongeaient leurs yeux comme des poignards dans l'âme l'un de l'autre. Muets, haletants, courbés, ils paraissaient prêts à fondre sur un ennemi.

Cette ressemblance inouïe du visage, du geste, de la taille, tout, jusqu'à une ressemblance de costume décidée par le hasard, car Louis XIV était allé prendre au Louvre un habit de velours violet, cette parfaite analogie des deux princes acheva de bouleverser le coeur d'Anne d'Autriche.

Elle ne devinait pourtant pas encore la vérité. Il y a de ces malheurs que nul ne veut accepter dans la vie. On aime mieux croire au surnaturel, à l'impossible.

Louis n'avait pas compté sur ces obstacles. Il s'attendait, en entrant seulement, à être reconnu. Soleil vivant, il ne souffrait pas le soupçon d'une parité avec qui que ce fût. Il n'admettait pas que tout flambeau ne devînt ténèbres à l'instant où il faisait luire son rayon vainqueur.

Aussi, à l'aspect de Philippe, fut-il plus terrifié peut-être qu'aucun autre autour de lui, et son silence son immobilité, furent ce temps de recueillement et de calme qui précède les violentes explosions de la colère.

Mais Fouquet, qui pourrait peindre son saisissement et sa stupeur, en présence de ce portrait vivant de son maître? Fouquet pensa qu'Aramis avait raison, que ce nouveau venu était un roi aussi pur dans sa race que l'autre, et que, pour avoir répudié toute participation à ce coup d'État si habilement fait par le général des jésuites, il fallait être un fol enthousiaste indigne à jamais de tremper ses mains dans une oeuvre politique.

Et puis c'était le sang de Louis XIII que Fouquet sacrifiait au sang de Louis XIII; c'était à une ambition égoïste qu'il sacrifiait une noble ambition; c'était au droit de garder qu'il sacrifiait le droit d'avoir. Toute l'étendue de sa faute lui fut révélée par le seul aspect du prétendant.

Tout ce qui se passa dans l'esprit de Fouquet fut perdu pour les assistants. Il eut cinq minutes pour concentrer ses méditations sur ce point du cas de conscience; cinq minutes, c'est-à-dire cinq siècles, pendant lesquels les deux rois et leur famille trouvèrent à peine le temps de respirer d'une si terrible secousse.

D'Artagnan, adossé au mur, en face de Fouquet, le poing sur son front, l'oeil fixe, se demandait la raison d'un si merveilleux prodige. Il n'eût pu dire sur-le-champ pourquoi il doutait; mais il savait, assurément, qu'il avait eu raison de douter, et que, dans cette rencontre des deux Louis XIV, gisait toute la difficulté qui, pendant ces derniers jours, avait rendu la conduite d'Aramis si suspecte au mousquetaire.

Toutefois, ces idées étaient enveloppées de voiles épais. Les acteurs de cette scène semblaient nager dans les vapeurs d'un lourd réveil.

Soudain Louis XIV, plus impatient et plus habitué à commander, courut à un des volets, qu'il ouvrit en déchirant les rideaux. Un flot de vive lumière entra dans la chambre et fit reculer Philippe jusqu'à l'alcôve.

Ce mouvement, Louis le saisit avec ardeur, et, s'adressant à la reine:

— Ma mère, dit-il, ne reconnaissez-vous pas votre fils, puisque chacun ici a méconnu son roi?

Anne d'Autriche tressaillit et leva les bras au ciel sans pouvoir articuler un mot.

— Ma mère, dit Philippe avec une voix calme, ne reconnaissez-vous pas votre fils?

Et, cette fois, Louis recula à son tour.

Quant à Anne d'Autriche, elle perdit l'équilibre, frappée à la tête et au coeur par le remords. Nul ne l'aidant, car tous étaient pétrifiés, elle tomba sur son fauteuil en poussant un faible soupir.

Louis ne put supporter ce spectacle et cet affront. Il bondit vers d'Artagnan, que le vertige commençait à gagner, et qui chancelait en frôlant la porte, son point d'appui.

— À moi, dit-il, mousquetaire! Regardez-nous au visage, et voyez lequel, de lui ou de moi, est plus pâle.

Ce cri réveilla d'Artagnan et vint remuer en son coeur la fibre de l'obéissance. Il secoua son front, et, sans hésiter désormais, il marcha vers Philippe, sur l'épaule duquel il appuya la main en disant: Monsieur, vous êtes mon prisonnier!

Philippe ne leva pas les yeux au ciel, ne bougea pas de la place où il se tenait comme cramponné au parquet, l'oeil profondément attaché sur le roi son frère. Il lui reprochait, dans un sublime silence, tous ses malheurs passés, toutes ses tortures de l'avenir. Contre ce langage de l'âme, le roi ne se sentit plus de force; il baissa les yeux, entraîna précipitamment son frère et sa belle-soeur, oubliant sa mère étendue sans mouvement à trois pas du fils qu'elle laissait une seconde fois condamner à la mort. Philippe s'approcha d'Anne d'Autriche, et lui dit d'une voix douce et noblement émue:

— Si je n'étais pas votre fils, je vous maudirais, ma mère, pour m'avoir rendu si malheureux.

D'Artagnan sentit un frisson passer dans la moelle de ses os. Il salua respectueusement le jeune prince, et lui dit à demi courbé:

— Excusez-moi, monseigneur, je ne suis qu'un soldat, et mes serments sont à celui qui sort de cette chambre.

— Merci, monsieur d'Artagnan. Mais qu'est devenu M. d'Herblay?

— M. d'Herblay est en sûreté, monseigneur, dit une voix derrière eux, et nul, moi vivant ou libre, ne fera tomber un cheveu de sa tête.

— Monsieur Fouquet! dit le prince en souriant tristement.

— Pardonnez-moi, monseigneur, dit Fouquet en s'agenouillant; mais celui qui vient de sortir d'ici était mon hôte.

— Voilà, murmura Philippe avec un soupir, de braves amis et de bons coeurs. Ils me font regretter ce monde. Marchez, monsieur d'Artagnan, je vous suis.

Au moment où le capitaine des mousquetaires allait sortir, Colbert apparut, remit à d'Artagnan un ordre du roi et se retira.

D'Artagnan le lut et froissa le papier avec rage.

— Qu'y a-t-il? demanda le prince.

— Lisez, monseigneur, repartit le mousquetaire.

Philippe lut ces mots tracés à la hâte de la main de Louis XIV:

«M. d'Artagnan conduira le prisonnier aux îles Sainte-Marguerite. Il lui couvrira le visage d'une visière de fer, que le prisonnier ne pourra lever sous peine de vie.»

— C'est juste, dit Philippe avec résignation. Je suis prêt.

— Aramis avait raison, dit Fouquet, bas, au mousquetaire; celui-ci est roi bien autant que l'autre.

— Plus! répliqua d'Artagnan. Il ne lui manque que moi et vous.

CHAPITRE XXV. Où Porthos croit courir après un duché

Aramis et Porthos, ayant profité du temps accordé par Fouquet, faisaient, par leur rapidité, honneur à la cavalerie française.

Porthos ne comprenait pas bien pour quel genre de mission on le forçait à déployer une vélocité pareille: mais comme il voyait Aramis piquant avec rage, lui, Porthos, piquait avec fureur.

Ils eurent ainsi bientôt mis douze lieues entre eux et Vaux; puis il fallut changer de chevaux et organiser une sorte de service de poste. C'est pendant un relais que Porthos se hasarda discrètement à interroger Aramis.

— Chut! répliqua celui-ci; sachez seulement que notre fortune dépend de notre rapidité.

Comme si Porthos eût été le mousquetaire sans sou ni maille de 1626, il poussa en avant. Ce mot magique de fortune signifie toujours quelque chose à l'oreille humaine. Il veut dire assez, pour ceux qui n'ont rien; il veut dire trop, pour ceux qui ont assez.

— On me fera duc, dit Porthos tout haut.

Il se parlait à lui-même.

— Cela est possible, répliqua en souriant à sa façon Aramis, dépassé par le cheval de Porthos.

Cependant la tête d'Aramis était en feu; l'activité du corps n'avait pas encore réussi à surmonter celle de l'esprit. Tout ce qu'il y a de colères rugissantes, de douleurs aux dents aiguës, de menaces mortelles, se tordait, et mordait, et grondait dans la pensée du prélat vaincu.

Sa physionomie offrait les traces bien visibles de ce rude combat. Libre, sur le grand chemin, de s'abandonner au moins aux impressions du moment, Aramis ne se privait pas de blasphémer à chaque écart du cheval, à chaque inégalité de la route. Pâle, parfois inondé de sueurs bouillantes, tantôt sec et glacé, il battait les chevaux et leur ensanglantait les flancs.

Porthos en gémissait, lui dont le défaut dominant n'était pas la sensibilité. Ainsi coururent-ils pendant huit grandes heures, et ils arrivèrent à Orléans.

Il était quatre heures de l'après-midi. Aramis, en interrogeant ses souvenirs, pensa que rien ne démontrait la poursuite possible.

Il eût été sans exemple qu'une troupe capable de prendre Porthos et lui fût fournie de relais suffisants pour faire quarante lieues en huit heures. Ainsi, en admettant la poursuite, ce qui n'était pas manifeste, les fuyards avaient cinq bonnes heures d'avance sur les poursuivants.

Aramis pensa que se reposer n'était pas imprudence, mais que continuer était un coup de partie. En effet, vingt lieues de plus fournies avec cette rapidité, vingt lieues dévorées, et nul, pas même d'Artagnan, ne pourrait rattraper les ennemis du roi.

Aramis fit donc à Porthos le chagrin de remonter à cheval. On courut jusqu'à sept heures du soir; on n'avait plus qu'une poste pour arriver à Blois.

Mais, là, un contretemps diabolique vint alarmer Aramis. Les chevaux manquaient à la poste.

Le prélat se demanda par quelle machination infernale ses ennemis étaient arrivés à lui ôter le moyen d'aller plus loin, lui qui ne reconnaissait pas le hasard pour un dieu, lui qui trouvait à tout résultat sa cause; il aimait mieux croire que le refus du maître de poste, à une pareille heure, dans un pareil pays, était la suite d'un ordre émané de haut; ordre donné en vue d'arrêter court le faiseur de majesté dans sa fuite.

Mais, au moment où il allait s'emporter pour avoir, soit une explication, soit un cheval, une idée lui vint. Il se rappela que le comte de La Fère logeait dans les environs.

— Je ne voyage pas, dit-il, et je ne fais pas poste entière. Donnez-moi deux chevaux pour aller rendre visite à un seigneur de mes amis qui habite près d'ici.

— Quel seigneur? demanda le maître de poste.

— M. le comte de La Fère.

— Oh! répondit cet homme en se découvrant avec respect, un digne seigneur. Mais, quel que soit mon désir de lui être agréable, je ne puis vous donner deux chevaux; tous ceux de ma poste sont retenus par M. le duc de Beaufort.

— Ah! fit Aramis désappointé.

— Seulement, continua le maître de poste, s'il vous plaît de monter dans un petit chariot que j'ai, j'y ferai mettre un vieux cheval aveugle qui n'a plus que des jambes, et qui vous conduira chez M. le comte de La Fère.

— Cela vaut un louis, dit Aramis.

— Non, monsieur, cela ne vaut jamais qu'un écu; c'est le prix que me paie M. Grimaud, l'intendant du comte, toutes les fois qu'il se sert de mon chariot, et je ne voudrais pas que M. le comte eût à me reprocher d'avoir fait payer trop cher un de ses amis.

— Ce sera comme il vous plaira, dit Aramis, et surtout comme il plaira au comte de La Fère, que je me garderai bien de désobliger. Vous aurez votre écu; seulement, j'ai bien le droit de vous donner un louis pour votre idée.

— Sans doute, répliqua le maître tout joyeux.

Et il attela lui-même son vieux cheval à la carriole criarde.

Pendant ce temps-là, Porthos était curieux à voir. Il se figurait avoir découvert le secret; il ne se sentait pas d'aise: d'abord, parce que la visite chez Athos lui était particulièrement agréable; ensuite, parce qu'il était dans l'espérance de trouver à la fois un bon lit et un bon souper.

Le maître, ayant fini d'atteler, proposa un de ses valets pour conduire les étrangers à La Fère.

Porthos s'assit dans le fond avec Aramis et lui dit à l'oreille:

— Je comprends.

— Ah! ah! répondit Aramis; et que comprenez-vous, cher ami?

— Nous allons, de la part du roi, faire quelque grande proposition à Athos.

— Peuh! fit Aramis.

— Ne me dites rien, ajouta le bon Porthos en essayant de contrepeser assez solidement pour éviter les cahots; ne me dites rien, je devinerai.

— Eh bien! c'est cela, mon ami, devinez, devinez.

On arriva vers neuf heures du soir chez Athos, par un clair de lune magnifique.

Cette admirable clarté réjouissait Porthos au-delà de toute expression; mais Aramis s'en montra incommodé à un degré presque égal. Il en témoigna quelque chose à Porthos, qui lui répondit:

— Bien! je devine encore. La mission est secrète.

Ce furent ses derniers mots en voiture.

Le conducteur les interrompit par ceux-ci:

— Messieurs, vous êtes arrivés.

Porthos et son compagnon descendirent devant la porte du petit château.

C'est là que nous allons retrouver Athos et Bragelonne, disparus tous deux depuis la découverte de l'infidélité de La Vallière.

S'il est un mot plein de vérité, c'est celui-ci: les grandes douleurs renferment en elles-mêmes le germe de leur consolation.

En effet, cette douloureuse blessure faite à Raoul avait rapproché de lui son père, et Dieu sait si elles étaient douces, les consolations qui coulaient de la bouche éloquente et du coeur généreux d'Athos.

La blessure ne s'était point cicatrisée; mais Athos, à force de converser avec son fils, à force de mêler un peu de sa vie à lui dans celle du jeune homme, avait fini par lui faire comprendre que cette douleur de la première infidélité est nécessaire à toute existence humaine, et que nul n'a aimé sans la connaître.

Raoul écoutait souvent, il n'entendait pas. Rien ne remplace, dans le coeur vivement épris, le souvenir et la pensée de l'objet aimé. Raoul répondait alors à son père:

— Monsieur, tout ce que vous me dites est vrai; je crois que nul n'a autant souffert que vous par le coeur; mais vous êtes un homme trop grand par l'intelligence, trop éprouvé par les malheurs, pour ne pas permettre la faiblesse au soldat qui souffre pour la première fois. Je paie un tribut que je ne paierai pas deux fois; permettez-moi de me plonger si avant dans ma douleur, que je m'y oublie moi-même, que j'y noie jusqu'à ma raison.

— Raoul! Raoul!

— Écoutez, monsieur; jamais je ne m'accoutumerai à cette idée que Louise, la plus chaste et la plus naïve des femmes, a pu tromper aussi lâchement un homme aussi honnête et aussi aimant que je le suis; jamais je ne pourrai me décider à voir ce masque doux et bon se changer en une figure hypocrite et lascive. Louise perdue! Louise infâme! Ah! monsieur, c'est bien plus cruel pour moi que Raoul abandonné, que Raoul malheureux!

Athos employait alors le remède héroïque. Il défendait Louise contre Raoul, et justifiait sa perfidie par son amour.

— Une femme qui eût cédé au roi parce qu'il est le roi, disait-il, mériterait le nom d'infâme; mais Louise aime Louis. Jeunes tous deux, ils ont oublié, lui son rang, elle ses serments. L'amour absout tout, Raoul. Les deux jeunes gens s'aiment avec franchise.

Et, quand il avait donné ce coup de poignard, Athos voyait en soupirant Raoul bondir sous la cruelle blessure, et s'enfuir au plus épais du bois ou se réfugier dans sa chambre d'où, une heure après, il sortait pâle, tremblant, mais dompté. Alors, revenant à Athos avec un sourire, il lui baisait la main, comme le chien qui vient d'être battu caresse un bon maître pour racheter sa faute. Raoul, lui, n'écoutait que sa faiblesse, et il n'avouait que sa douleur.

Ainsi se passèrent les jours qui suivirent cette scène dans laquelle Athos avait si violemment agité l'orgueil indomptable du roi. Jamais, en causant avec son fils, il ne fit allusion à cette scène; jamais il ne lui donna les détails de cette vigoureuse sortie qui eût peut-être consolé le jeune homme en lui montrant son rival abaissé. Athos ne voulait point que l'amant offensé oubliât le respect dû au roi.

Et quand Bragelonne, ardent, furieux, sombre, parlait avec mépris des paroles royales, de la foi équivoque que certains fous puisent dans la promesse tombée du trône; quand, passant deux siècles avec la rapidité d'un oiseau qui traverse un détroit pour aller d'un monde à l'autre, Raoul en venait à prédire le temps où les rois sembleraient plus petits que les hommes, Athos lui disait de sa voix sereine et persuasive:

— Vous avez raison, Raoul; tout ce que vous dites arrivera: les rois perdront leur prestige, comme perdent leurs clartés les étoiles qui ont fait leur temps. Mais, lorsque ce moment viendra, Raoul, nous serons morts; et rappelez-vous bien ce que je vous dis: en ce monde, il faut pour tous, hommes, femmes et rois, vivre au présent; nous ne devons vivre selon l'avenir que pour Dieu.

Voilà de quoi s'entretenaient, comme toujours, Athos et Raoul, en arpentant la longue allée de tilleuls dans le parc, lorsque retentit soudain la clochette qui servait à annoncer au comte soit l'heure du repas, soit une visite. Machinalement et sans y attacher d'importance, il rebroussa chemin avec son fils, et tous les deux se trouvèrent, au bout de l'allée, en présence de Porthos et d'Aramis.

CHAPITRE XXVI. *Les derniers adieux*

Raoul poussa un cri de joie et serra tendrement Porthos dans ses bras. Aramis et Athos s'embrassèrent en vieillards. Cet embrassement même était une question pour Aramis, qui, aussitôt:
— Ami, dit-il, nous ne sommes pas pour longtemps avec vous.
— Ah! fit le comte.
— Le temps, interrompit Porthos de vous conter mon bonheur.
— Ah! fit Raoul.
Athos regarda silencieusement Aramis, dont déjà l'air sombre lui avait paru bien peu en harmonie avec les bonnes nouvelles dont parlait Porthos.
— Quel est le bonheur qui vous arrive? Voyons, demanda Raoul en souriant.
— Le roi me fait duc, dit avec mystère le bon Porthos, se penchant à l'oreille du jeune homme; duc à brevet!
Mais les apartés de Porthos avaient toujours assez de vigueur pour être entendus de tout le monde; ses murmures étaient au diapason d'un rugissement ordinaire.
Athos entendit et poussa une exclamation qui fit tressaillir Aramis.
Celui-ci prit le bras d'Athos, et, après avoir demandé à Porthos la permission de causer quelques moments à l'écart:
— Mon cher Athos, dit-il au comte, vous me voyez navré de douleur.
— De douleur? s'écria le comte. Ah! cher ami!

— Voici, en deux mots: j'ai fait, contre le roi, une conspiration; cette conspiration a manqué, et, à l'heure qu'il est, on me cherche sans doute.

— On vous cherche!... une conspiration!... Eh! mon ami, que me dites vous là?

— Une triste vérité. Je suis tout bonnement perdu.

— Mais Porthos... ce titre de duc... qu'est-ce que tout cela?

— Voilà le sujet de ma plus vive peine; voilà le plus profond de ma blessure. J'ai, croyant à un succès infaillible, entraîné Porthos dans ma conjuration. Il y a donné, comme vous savez qu'il donne, de toutes ses forces, sans rien savoir, et, aujourd'hui, le voilà si bien compromis avec moi, qu'il est perdu comme moi.

— Mon Dieu!

Et Athos se retourna vers Porthos, qui leur sourit agréablement.

— Il faut vous faire tout comprendre. Écoutez-moi, continua Aramis.

Et il raconta l'histoire que nous connaissons.

Athos sentit plusieurs fois, durant le récit, son front se mouiller de sueur.

— C'est une grande idée, dit-il; mais c'était une grande faute.

— Dont je suis puni, Athos.

— Aussi ne vous dirai-je pas ma pensée entière.

— Dites.

— C'est un crime.

— Capital, je le sais. Lèse-majesté!

— Porthos! pauvre Porthos!

— Que voulez-vous que je fasse? Le succès, je vous l'ai dit, était certain.

— M. Fouquet est un honnête homme.

— Et moi, je suis un sot, de l'avoir si mal jugé, fit Aramis. Oh! la sagesse des hommes! oh! meule immense qui broie un monde, et qui, un jour, est arrêtée par le grain de sable qui tombe, on ne sait comment, dans ses rouages!

— Dites par un diamant, Aramis. Enfin, le mal est fait. Que comptez-vous devenir?

— J'emmène Porthos. Jamais le roi ne voudra croire que le digne homme ait agi naïvement; jamais il ne voudra croire que Porthos ait cru servir le roi en agissant comme il a fait. Sa tête paierait ma faute. Je ne le veux pas.

— Vous l'emmenez, où?

— À Belle-Île, d'abord. C'est un refuge imprenable. Puis j'ai la mer et un navire pour passer, soit en Angleterre, où j'ai beaucoup de relations...

— Vous? en Angleterre?

— Oui. Ou bien en Espagne, où j'en ai davantage encore...:

— En exilant Porthos, vous le ruinez, car le roi confisquera ses biens.

— Tout est prévu. Je saurai, une fois en Espagne, me réconcilier avec Louis XIV et faire rentrer Porthos en grâce.

— Vous avez du crédit, à ce que je vois, Aramis! dit Athos d'un air discret.

— Beaucoup, et au service de mes amis, ami Athos.

Ces mots furent accompagnés d'une sincère pression de main.

— Merci, répliqua le comte.

— Et, puisque nous en sommes là, dit Aramis, vous aussi vous êtes un mécontent; vous aussi, Raoul aussi, vous avez des griefs contre le roi. Imitez notre exemple. Passez à Belle-Île. Puis nous verrons... Je vous garantis sur l'honneur que, dans un mois, la guerre aura éclaté entre la France et l'Espagne, au sujet de ce fils de Louis XIII, qui est un infant aussi, et que la France détient inhumainement. Or, comme Louis XIV ne voudra pas d'une guerre faite pour ce motif, je vous garantis une transaction dont le résultat donnera la grandesse à Porthos et à moi, et un duché en France à vous, qui êtes déjà grand d'Espagne. Voulez-vous?

— Non; moi, j'aime mieux avoir quelque chose à reprocher au roi; c'est un orgueil naturel à ma race que de prétendre à la supériorité sur les races royales. Faisant ce que vous me proposez, je deviendrais l'obligé du roi; j'y gagnerais certainement sur cette terre, j'y perdrais dans ma conscience. Merci.

— Alors, donnez-moi deux choses, Athos: votre absolution...

— Oh! je vous la donne, si vous avez réellement voulu venger le faible et l'opprimé contre l'oppresseur.

— Cela me suffit, répondit Aramis avec une rougeur qui s'effaça dans la nuit. Et maintenant donnez-moi vos deux meilleurs chevaux pour gagner la seconde poste, attendu que l'on m'en a refusé sous prétexte d'un voyage que M. de Beaufort fait dans ces parages.

— Vous aurez mes deux meilleurs chevaux, Aramis, et je vous recommande Porthos.

— Oh! soyez sans crainte. Un mot encore: trouvez-vous que je manoeuvre pour lui comme il convient?

— Le mal étant fait, oui; car le roi ne lui pardonnerait pas, et puis vous avez toujours, quoi qu'il en dise, un appui dans M. Fouquet, lequel ne vous abandonnera pas, étant, lui aussi, fort compromis, malgré son trait héroïque.

— Vous avez raison. Voilà pourquoi, au lieu de gagner tout de suite la mer, ce qui déclarerait ma peur et m'avouerait coupable, voilà pourquoi je reste sur le sol français. Mais Belle-Île sera pour moi le sol que je voudrai: anglais, espagnol ou romain; le tout consiste pour moi dans le pavillon que j'arborerai.

— Comment cela?

— C'est moi qui ai fortifié Belle-Île, et nul ne prendra Belle-Île, moi la défendant. Et puis, comme vous l'avez dit tout à l'heure, M. Fouquet est là. On n'attaquera pas Belle-Île sans la signature de M. Fouquet.

— C'est juste. Néanmoins, soyez prudent. Le roi est rusé et il est fort.

Aramis sourit.

— Je vous recommande Porthos, répéta le comte avec une sorte de froide insistance.

— Ce que je deviendrai, comte, répliqua Aramis avec le même ton, notre frère Porthos le deviendra.

Athos s'inclina en serrant la main d'Aramis, et alla embrasser Porthos avec effusion.

— J'étais né heureux n'est-ce pas? murmura celui-ci, transporté, en s'enveloppant de son manteau.

— Venez, très cher, dit Aramis.

Raoul était allé devant pour donner des ordres et faire seller les deux chevaux.

Déjà le groupe s'était divisé. Athos voyait ses deux amis sur le point de partir; quelque chose comme un brouillard passa devant ses yeux et pesa sur son coeur.

«C'est étrange! pensa-t-il. D'où vient cette envie que j'ai d'embrasser Porthos encore une fois?»

Justement Porthos s'était retourné, et il venait à son vieil ami les bras ouverts.

Cette dernière étreinte fut tendre comme dans la jeunesse, comme dans les temps où le coeur était chaud, la vie heureuse.

Et puis Porthos monta sur son cheval. Aramis revint aussi pour entourer de ses bras le cou d'Athos.

Ce dernier les vit sur le grand chemin s'allonger dans l'ombre avec leurs manteaux blancs. Pareils à deux fantômes, ils grandissaient en s'éloignant de terre, et ce n'est pas dans la brume, dans la pente du sol qu'ils se perdirent: à bout de perspective, tous deux semblèrent avoir donné du pied un élan qui les faisait disparaître évaporés dans les nuages.

Alors Athos, le coeur serré, retourna vers la maison en disant à Bragelonne:

— Raoul, je ne sais quoi vient de me dire que j'avais vu ces deux hommes pour la dernière fois.

— Il ne m'étonne pas, monsieur, que vous ayez cette pensée, répondit le jeune homme, car je l'ai en ce moment même, et moi aussi, je pense que je ne verrai plus jamais MM. du Vallon et d'Herblay.

— Oh! vous, reprit le comte, vous me parlez en homme attristé par une autre cause, vous voyez tout en noir; mais vous êtes jeune; et s'il vous arrive de ne plus voir ces vieux amis, c'est qu'ils ne seront plus du monde où vous avez bien des années à passer. Mais, moi...

Raoul secoua doucement la tête, et s'appuya sur l'épaule du comte, sans que ni l'un ni l'autre trouvât un mot de plus en son coeur, plein à déborder.

Tout à coup, un bruit de chevaux et de voix, à l'extrémité de la route de Blois, attira leur attention de ce côté.

Des porte-flambeaux à cheval secouaient joyeusement leurs torches sur les arbres de la route, et se retournaient de temps en temps pour ne pas distancer les cavaliers qui les suivaient.

Ces flammes, ce bruit, cette poussière d'une douzaine de chevaux richement caparaçonnés, firent un contraste étrange au milieu de la nuit avec la disparition sourde et funèbre des deux ombres de Porthos et d'Aramis.

Athos rentra chez lui.

Mais il n'avait pas gagné son parterre, que la grille d'entrée parut s'enflammer; tous ces flambeaux s'arrêtèrent et embrasèrent la route. Un cri retentit:

— M. le duc de Beaufort!

Et Athos s'élança vers la porte de sa maison.

Déjà le duc était descendu de cheval et cherchait des yeux autour de lui.

— Me voici, monseigneur, fit Athos.

— Eh! bonsoir, cher comte, répliqua le prince avec cette franche cordialité qui lui gagnait tous les coeurs. Est-il trop tard pour un ami?

— Ah! mon prince, entrez, dit le comte.

Et, M. de Beaufort s'appuyant sur le bras d'Athos ils entrèrent dans la maison, suivis de Raoul, qui marchait respectueusement et modestement parmi les officiers du prince, au nombre desquels il comptait plusieurs amis.

CHAPITRE XXVII. M. de Beaufort

Le prince se retourna au moment où Raoul, pour le laisser seul avec Athos, fermait la porte et s'apprêtait à passer avec les officiers dans une salle voisine.
— C'est là ce jeune garçon que j'ai tant entendu vanter par M. le prince? demanda M. de Beaufort.
— C'est lui, oui, monseigneur.
— C'est un soldat! Il n'est pas de trop, gardez-le, comte.
— Restez, Raoul, puisque Monseigneur le permet, dit Athos.
— Le voilà grand et beau, sur ma foi! continua le duc. Me le donnerez vous, monsieur, si je vous le demande?
— Comment l'entendez-vous, monseigneur, dit Athos.
— Oui, je viens ici pour vous faire mes adieux.
— Vos adieux, monseigneur?
— Oui, en vérité. N'avez-vous aucune idée de ce que je vais devenir?
— Mais ce que vous avez toujours été, monseigneur, un vaillant prince et un excellent gentilhomme.
— Je vais devenir un prince d'Afrique, un gentilhomme bédouin. Le roi m'envoie pour faire des conquêtes chez les Arabes.
— Que dites-vous là, monseigneur?
— C'est étrange, n'est-ce pas? Moi, le Parisien par essence, moi qui ai régné sur les faubourgs et qu'on appelait le roi des Halles, je passe de la place Maubert aux minarets de Djidgelli; je me fais de frondeur aventurier!
— Oh! monseigneur, si vous ne me disiez pas cela...
— Ce ne serait pas croyable, n'est-il pas vrai? Croyez moi cependant, et disons-nous adieu. Voilà ce que c'est que de rentrer en faveur.
— En faveur?

— Oui. Vous souriez? Ah! Cher comte, savez-vous pourquoi j'aurais accepté? le savez-vous bien?

— Parce que Votre Altesse aime la gloire avant tout.

— Oh! non, ce n'est pas glorieux, voyez-vous, d'aller tirer le mousquet contre ces sauvages. La gloire, je ne la prends pas par là, moi, et il est plus probable que j'y trouverai autre chose... Mais j'ai voulu et je veux, entendez-vous bien, mon cher comte? que ma vie ait cette dernière facette après tous les bizarres miroitements que je me suis vu faire depuis cinquante ans. Car enfin, vous l'avouerez, c'est assez étrange d'être né fils de roi, d'avoir fait la guerre à des rois, d'avoir compté parmi les puissances dans le siège, d'avoir bien tenu son rang, de sentir son Henri IV, d'être grand amiral de France, et d'aller se faire tuer à Djidgelli, parmi tous ces Turcs, Sarrasins et Mauresques.

— Monseigneur, vous insistez étrangement sur ce sujet, dit Athos troublé. Comment supposez-vous qu'une si brillante destinée ira se perdre sous ce misérable éteignoir?

— Est-ce que vous croyez, homme juste et simple, que, si je vais en Afrique pour ce ridicule motif, je ne chercherai pas à en sortir sans ridicule? Est-ce que je ne ferai pas parler de moi? Est-ce que, pour faire parler de moi aujourd'hui quand il y a M. le prince, M. de Turenne et plusieurs autres, mes contemporains, moi, l'amiral de France, le fils de Henri IV, le roi de Paris, j'ai autre chose à faire que de me faire tuer? Cordieu! on en parlera, vous dis-je; je serais tué envers et contre tous. Si ce n'est pas là, ce sera ailleurs.

— Allons, monseigneur, répondit Athos, voilà de l'exagération, et vous n'en avez jamais montré qu'en bravoure.

— Peste! cher ami, c'est bravoure que s'en aller au scorbut, aux dysenteries, aux sauterelles, aux flèches empoisonnées, comme mon aïeul saint Louis. Savez-vous qu'ils ont encore des flèches empoisonnées, ces drôles-là? Et puis, vous me connaissez, j'y pense depuis longtemps et vous le savez, quand je veux une chose, je la veux bien.

— Vous avez voulu sortir de Vincennes, monseigneur.

— Oh! vous m'y avez aidé, mon maître; et, à propos, je me tourne et retourne sans apercevoir mon vieil ami, M. Vaugrimaud. Comment va-t-il?

— M. Vaugrimaud est toujours le très respectueux serviteur de Votre Altesse, dit en souriant Athos.

— J'ai là cent pistoles pour lui que j'apporte comme legs. Mon testament est fait, comte.

— Ah! monseigneur! monseigneur!

— Et vous comprenez que, si l'on voyait Grimaud sur mon testament...

Le duc se mit à rire; puis, s'adressant à Raoul qui, depuis le commencement de cette conversation, était tombé dans une rêverie profonde:

— Jeune homme, dit-il, je sais ici un certain vin de Vouvray, je crois...

Raoul sortit précipitamment pour faire servir le duc. Pendant ce temps, M. de Beaufort prenait la main d'Athos.

— Qu'en voulez-vous faire? demanda-t-il.

— Rien, quant à présent, monseigneur.

— Ah! oui, je sais; depuis la passion du roi pour... La Vallière.

— Oui, monseigneur.

— C'est donc vrai, tout cela?... Je l'ai connue, moi, je crois, cette petite La Vallière. Elle n'est pas belle, il me semble...

— Non, monseigneur, dit Athos.

— Savez-vous qui elle me rappelle?

— Elle rappelle quelqu'un à Votre Altesse?

— Elle me rappelle une jeune fille assez agréable, dont la mère habitait les Halles.

— Ah! ah! fit Athos en souriant.

— Le bon temps! ajouta M. de Beaufort. Oui La Vallière me rappelle cette fille.

— Qui eut un fils, n'est-ce pas?

— Je crois que oui, répondit le duc avec une naïveté insouciante, avec un oubli complaisant, dont rien ne saurait traduire le ton et la valeur vocale. Or, voilà le pauvre Raoul, qui est bien votre fils, hein?...

— C'est mon fils, oui, monseigneur.

— Voilà que ce pauvre garçon est débouté par le roi, et l'on boude?

— Mieux que cela, monseigneur, on s'abstient.

— Vous allez laisser croupir ce garçon-là? C'est un tort. Voyons, donnez le-moi.

— Je veux le garder, monseigneur. Je n'ai plus que lui au monde, et, tant qu'il voudra rester...

— Bien, bien, répondit le duc. Cependant, je vous l'eusse bientôt raccommodé. Je vous assure qu'il est d'une pâte dont on fait les maréchaux de France, et j'en ai vu sortir plus d'un d'une étoffe semblable.

— C'est possible, monseigneur, mais c'est le roi qui fait les maréchaux de France, et jamais Raoul n'acceptera rien du roi.

Raoul brisa cet entretien par son retour. Il précédait Grimaud, dont les mains, encore sûres, portaient le plateau chargé d'un verre et d'une bouteille du vin favori de M. le duc.

En voyant son vieux protégé, le duc poussa une exclamation de plaisir.

— Grimaud! Bonsoir, Grimaud, dit-il; comment va?

Le serviteur s'inclina profondément, aussi heureux que son noble interlocuteur.

— Deux amis! dit le duc en secouant d'une façon vigoureuse l'épaule de l'honnête Grimaud.

Autre salut plus profond et encore plus joyeux de Grimaud.

— Que vois-je là, comte? Un seul verre!

— Je ne bois avec Votre Altesse que si Votre Altesse m'invite, dit Athos avec une noble humilité.

— Cordieu! vous avez raison de n'avoir fait apporter qu'un verre, nous y boirons tous deux comme deux frères d'armes. À vous, d'abord, comte.

— Faites-moi la grâce tout entière, dit Athos en repoussant doucement le verre.

— Vous êtes un charmant ami, répliqua le duc de Beaufort, qui but et passa le gobelet d'or à son compagnon. Mais ce n'est pas tout, continua-t-il: j'ai encore soif et je veux faire honneur à ce beau garçon qui est là debout. Je porte bonheur, vicomte, dit-il à Raoul; souhaitez quelque chose en buvant dans mon verre, et la peste m'étouffe, si ce que vous souhaitez n'arrive pas.

Il tendit le gobelet à Raoul, qui y mouilla précipitamment ses lèvres, et dit avec la même promptitude:

— J'ai souhaité quelque chose, monseigneur.

Ses yeux brillaient d'un feu sombre, le sang avait monté à ses joues; il effraya Athos, rien que par son sourire.

— Et qu'avez-vous souhaité? reprit le duc en se laissant aller dans le fauteuil, tandis que d'une main il remettait la bouteille et une bourse à Grimaud.

— Monseigneur, voulez-vous me promettre de m'accorder ce que j'ai souhaité?

— Pardieu! puisque c'est dit.

— J'ai souhaité, monsieur le duc, d'aller avec vous à Djidgelli.

Athos pâlit et ne put réussir à cacher son trouble.

Le duc regarda son ami, comme pour l'aider à parer ce coup imprévu.

— C'est difficile, mon cher vicomte, bien difficile, ajouta-t-il un peu bas.

— Pardon, monseigneur, j'ai été indiscret, reprit Raoul d'une voix ferme; mais, comme vous m'aviez vous-même invité à souhaiter...

— À souhaiter de me quitter, dit Athos.

— Oh! monsieur... le pouvez-vous croire?

— Eh bien! mordieu! s'écria le duc, il a raison le petit vicomte; que fera-t il ici? Il pourrira de chagrin.

Raoul rougit; le prince, emporté, continua:

— La guerre, c'est une destruction; on y gagne tout, on n'y perd qu'une chose, la vie; alors, tant pis!

— C'est-à-dire la mémoire, fit vivement Raoul, c'est-à-dire tant mieux!

Il se repentit d'avoir parlé si vite, en voyant Athos se lever et ouvrir la fenêtre.

Ce geste cachait sans doute une émotion. Raoul se précipita vers le comte. Mais Athos avait déjà dévoré son regret, car il reparut aux lumières avec une physionomie sereine et impassible.

— Eh bien! fit le duc, voyons! part-il ou ne part-il pas? S'il part, comte, il sera mon aide de camp, mon fils.

— Monseigneur! s'écria Raoul en ployant le genou.

— Monseigneur, s'écria le comte en prenant la main du duc, Raoul fera ce qu'il voudra.

— Oh! non, monsieur, ce que vous voudrez, interrompit le jeune homme.

— Par la corbleu! fit le prince à son tour, ce n'est le comte ni le vicomte qui fera sa volonté, ce sera moi. Je l'emmène. La marine, c'est un avenir superbe, mon ami.

Raoul sourit encore si tristement, que, cette fois; Athos en eut le coeur navré, et lui répondit par un regard sévère.

Raoul comprenait tout; il reprit son calme et s'observa si bien, que plus un mot ne lui échappa.

Le duc se leva, voyant l'heure avancée, et dit très vite:

— Je suis pressé, moi; mais, si l'on me dit que j'ai perdu mon temps à causer avec un ami, je répondrai que j'ai fait une bonne recrue.

— Pardon, monsieur le duc, interrompit Raoul, ne dites pas cela au roi, car ce n'est pas le roi que je servirai.

— Eh! mon ami, qui donc serviras-tu? Ce n'est plus le temps où tu eusses pu dire: «Je suis à M. de Beaufort.» Non, aujourd'hui, nous sommes tous au roi, grands et petits. C'est pourquoi, si tu sers sur mes vaisseaux, pas d'équivoque mon cher vicomte, c'est bien le roi que tu serviras.

Athos attendait, avec une sorte de joie impatiente, la réponse qu'allait faire, à cette embarrassante question, Raoul, l'intraitable ennemi du roi, son rival. Le père espérait que l'obstacle renverserait le désir. Il remerciait presque M. de Beaufort, dont la légèreté ou la généreuse réflexion venait de remettre en doute le départ d'un fils, sa seule joie.

Mais Raoul, toujours ferme et tranquille:

— Monsieur le duc, répliqua-t-il, cette objection que vous me faites, je l'ai déjà résolue dans mon esprit. Je servirai sur vos vaisseaux, puisque vous me faites la grâce de m'emmener; mais j'y servirai un maître plus puissant que le roi, j'y servirai Dieu.

— Dieu! comment cela? firent à la fois Athos et le prince.

— Mon intention est de faire profession et de devenir chevalier de Malte, ajouta Bragelonne, qui laissa tomber une à une ces paroles, plus glacées que les gouttes descendues des arbres noirs après les tempêtes de l'hiver.

Sous ce dernier coup, Athos chancela et le prince fut ébranlé lui-même.

Grimaud poussa un sourd gémissement et laissa tomber la bouteille, qui se brisa sur le tapis sans que nul y fît attention.

M. de Beaufort regarda en face le jeune homme, et lut sur ses traits, bien qu'il eût les yeux baissés, le feu d'une résolution devant laquelle tout devait céder.

Quant à Athos, il connaissait cette âme tendre et inflexible; il ne comptait pas la faire dévier du fatal chemin qu'elle venait de se choisir. Il serra la main que lui tendait le duc.

— Comte, je pars dans deux jours pour Toulon, fit M. de Beaufort. Me viendrez-vous retrouver à Paris pour que je sache votre résolution?

— J'aurai l'honneur d'aller vous y remercier de toutes vos bontés, mon prince, répliqua le comte.

— Et amenez-moi toujours le vicomte, qu'il me suive ou ne me suive pas, ajouta le duc; il a ma parole, et je ne lui demande que la vôtre.

Ayant ainsi jeté un peu de baume sur la blessure de ce coeur paternel, le duc tira l'oreille au vieux Grimaud qui clignait des yeux plus qu'il n'est naturel, et il rejoignit son escorte dans le parterre.

Les chevaux, reposés et frais par cette belle nuit mirent l'espace entre le château et leur maître. Athos et Bragelonne se retrouvèrent seuls face à face.

Onze heures sonnaient.

Le père et le fils gardèrent l'un vis-à-vis de l'autre un silence que tout observateur intelligent eût deviné plein de cris et de sanglots.

Mais ces deux hommes étaient trempés de telle sorte, que toute émotion s'enfonçait, perdue à jamais, quand ils avaient résolu de la comprimer dans leur coeur.

Ils passèrent donc silencieux et presque haletants l'heure qui précède minuit. L'horloge, en sonnant, leur indiqua seule combien de minutes avait duré ce voyage douloureux fait par leurs âmes, dans l'immensité des souvenirs du passé et des craintes de l'avenir.

Athos se leva le premier en disant:

— Il est tard... À demain, Raoul!

Raoul se leva à son tour et vint embrasser son père.

Celui-ci le retint sur sa poitrine, et lui dit d'une voix altérée:

— Dans deux jours, vous m'aurez donc quitté, quitté à jamais, Raoul?

— Monsieur, répliqua le jeune homme, j'avais fait un projet, celui de me percer le coeur avec mon épée, mais vous m'eussiez trouvé lâche; j'ai renoncé à ce projet, et puis il fallait nous quitter.

— Vous me quittez en partant, Raoul.

— Écoutez-moi encore, monsieur, je vous en supplie. Si je ne pars pas, je mourrai ici de douleur et d'amour. Je sais combien j'ai encore de temps à vivre ici. Renvoyez-moi vite, monsieur, ou vous me verrez lâchement expirer sous vos yeux, dans votre maison; c'est plus fort que ma volonté, c'est plus fort que mes forces; vous voyez bien que, depuis un mois, j'ai vécu trente ans, et que je suis au bout de ma vie.

— Alors, dit Athos froidement, vous partez avec l'intention d'aller vous faire tuer en Afrique? oh! dites-le... ne mentez pas.

Raoul pâlit et se tut pendant deux secondes, qui furent pour son père deux heures d'agonie, puis tout à coup:

— Monsieur, dit-il, j'ai promis de me donner à Dieu. En échange de ce sacrifice que je fais de ma jeunesse et de ma liberté, je ne lui demanderai qu'une chose: c'est de me conserver pour vous, parce que vous êtes le seul lien qui m'attache encore à ce monde. Dieu seul peut me donner la force pour ne pas oublier que je vous dois tout, et que rien ne me doit être avant vous.

Athos embrassa tendrement son fils et lui dit:

— Vous venez de me répondre une parole d'honnête homme; dans deux jours, nous serons chez M. de Beaufort, à Paris: et c'est vous qui ferez alors ce qu'il vous conviendra de faire. Vous êtes libre, Raoul. Adieu!

Et il gagna lentement sa chambre à coucher.

Raoul descendit dans le jardin, où il passa la nuit dans l'allée des tilleuls.

CHAPITRE XXVIII. Préparatifs de départ

Athos ne perdit plus le temps à combattre cette immuable résolution. Il mit tous ses soins à faire préparer, pendant les deux jours que le duc lui avait accordés, tout l'équipage de Raoul. Ce travail regardait le bon Grimaud, lequel s'y appliqua sur-le-champ, avec le coeur et l'intelligence qu'on lui connaît.

Athos donna ordre à ce digne serviteur de prendre la route de Paris quand les équipages seraient prêts, et, pour ne pas s'exposer à faire attendre le duc ou, tout au moins, à mettre Raoul en retard si le duc s'apercevait de son absence, il prit, dès le lendemain de la visite de M. de Beaufort, le chemin de Paris avec son fils.

Ce fut pour le pauvre jeune homme une émotion bien facile à comprendre que celle d'un retour à Paris, au milieu de tous les gens qui l'avaient connu et qui l'avaient aimé.

Chaque visage rappelait, à celui qui avait tant souffert une souffrance, à celui qui avait tant aimé, une circonstance de son amour. Raoul, en se rapprochant de Paris, se sentait mourir. Une fois à Paris, il n'exista réellement plus. Lorsqu'il arriva chez M. de Guiche, on lui expliqua que M. de Guiche était chez Monsieur.

Raoul prit le chemin du Luxembourg, et, une fois arrivé, sans s'être douté qu'il allait dans un endroit où La Vallière avait vécu, il entendit tant de musique et respira tant de parfums, il entendit tant de rires joyeux et vit tant d'ombres dansantes, que, sans une charitable femme qui l'aperçut morne et pâle sous une portière, il fût demeuré là quelques moments, puis serait parti sans jamais revenir.

Mais comme nous l'avons dit, aux premières antichambres il avait arrêté ses pas uniquement pour ne point se mêler à toutes ces existences heureuses qu'il sentait s'agiter dans les salles voisines.

Et, comme un valet de Monsieur, le reconnaissant, lui avait demandé s'il comptait voir Monsieur ou Madame, Raoul lui avait à peine répondu et était tombé sur un banc près de la portière de velours, regardant une horloge qui venait de s'arrêter depuis une heure.

Le valet avait passé; un autre était arrivé alors plus instruit encore, et avait interrogé Raoul pour savoir s'il voulait qu'on prévînt M. de Guiche.

Ce nom n'avait pas éveillé l'attention du pauvre Raoul.

Le valet, insistant, s'était mis à raconter que de Guiche venait d'inventer un jeu de loterie nouveau, et qu'il l'apprenait à ces dames.

Raoul, ouvrant de grands yeux comme le distrait de Théophraste, n'avait plus répondu; mais sa tristesse en avait augmenté de deux nuances.

La tête renversée, les jambes molles, la bouche entrouverte pour laisser passer les soupirs, Raoul restait ainsi oublié dans cette antichambre, quand tout à coup une robe passa en frôlant les portes d'un salon latéral qui débouchait sur cette galerie.

Une femme jeune, jolie et rieuse, gourmandant un officier de service, arrivait par là et s'exprimait avec vivacité.

L'officier répondait par des phrases calmes mais fermes; c'était plutôt un débat d'amants qu'une contestation de gens de cour, qui finit par un baiser sur les doigts de la dame.

Soudain, en apercevant Raoul, la dame se tut, et, repoussant l'officier:

— Sauvez-vous, Malicorne, dit-elle; je ne croyais pas qu'il y eût quelqu'un ici. Je vous maudis si l'on nous a entendus ou vus!

Malicorne s'enfuit en effet; la jeune dame s'avança derrière Raoul, et, allongeant sa moue enjouée:

— Monsieur est galant homme, dit-elle, et, sans doute...

Elle s'interrompit pour proférer un cri.

— Raoul! dit-elle en rougissant.

— Mademoiselle de Montalais! fit Raoul plus pâle que la mort.

Il se leva en trébuchant et voulut prendre sa course sur la mosaïque glissante; mais elle comprit cette douleur sauvage et cruelle, elle sentit que, dans la fuite de Raoul, il y avait une accusation ou, tout au moins, un soupçon sur elle. Femme toujours vigilante, elle ne crut pas devoir laisser passer l'occasion d'une justification; mais Raoul, arrêté par elle au milieu de cette galerie, ne semblait pas vouloir se rendre sans combat.

Il le prit sur un ton tellement froid et embarrassé que, si l'un ou l'autre eût été surpris ainsi, toute la Cour n'eût plus eu de doutes sur la démarche de Mlle de Montalais.

— Ah! monsieur, dit-elle avec dédain, c'est peu digne d'un gentilhomme, ce que vous faites. Mon coeur m'entraîne à vous parler; vous me compromettez par un accueil presque incivil; vous avez tort, monsieur, et vous confondez vos amis avec vos ennemis. Adieu!

Raoul s'était juré de ne jamais parler de Louise, de ne jamais regarder ceux qui auraient pu voir Louise; il passait dans un autre monde pour n'y jamais rencontrer rien que Louise eût vu, rien qu'elle eût touché. Mais après le premier choc de son orgueil, après avoir entrevu Montalais, cette compagne de Louise, Montalais, qui lui rappelait la petite tourelle de Blois et les joies de sa jeunesse, toute sa raison s'évanouit.

— Pardonnez-moi, mademoiselle; il n'entre pas, il ne peut pas entrer dans ma pensée d'être incivil.

— Vous voulez me parler? dit-elle avec le sourire d'autrefois. Eh bien! venez autre part; car ici, nous pourrions être surpris.

— Où? fit-il.

Elle regarda l'horloge avec indécision; puis, s'étant consultée:

— Chez moi, continua-t-elle; nous avons une heure à nous.

Et prenant sa course, plus légère qu'une fée, elle monta dans sa chambre, et Raoul la suivit.

Là, fermant la porte, et remettant aux mains de sa cameriste la mante qu'elle avait tenue jusque-là sous son bras:

— Vous cherchez M. de Guiche? dit-elle à Raoul.

— Oui, mademoiselle.

— Je vais le prier de monter ici, tout à l'heure, quand je vous aurai parlé.

— Faites, mademoiselle.

— M'en voulez-vous?

Raoul la regarda un moment; puis, baissant les yeux:

— Oui, dit-il.

— Vous croyez que j'ai trempé dans ce complot de votre rupture?

— Rupture! dit-il avec amertume. Oh! mademoiselle il n'y a pas rupture là où jamais il n'y eut amour.

— Erreur, répliqua Montalais; Louise vous aimait.

Raoul tressaillit.

— Pas d'amour, je le sais; mais elle vous aimait, et vous eussiez dû l'épouser avant de partir pour Londres.

Raoul poussa un éclat de rire sinistre, qui donna le frisson à Montalais.

— Vous me dites cela bien à votre aise, mademoiselle!... Épouse-t-on celle que l'on veut? Vous oubliez donc que le roi gardait déjà pour lui sa maîtresse, dont nous parlons.

— Écoutez, reprit la jeune femme en serrant les mains froides de Raoul dans les siennes, vous avez eu tous les torts; un homme de votre âge ne doit pas laisser seule une femme du sien.

— Il n'y a plus de foi au monde, alors, dit Raoul.

— Non, vicomte, répliqua tranquillement Montalais. Cependant je dois vous dire que si, au lieu d'aimer froidement et philosophiquement Louise, vous l'eussiez éveillée à l'amour...

— Assez, je vous prie, mademoiselle, dit Raoul. Je sens que vous êtes toutes et tous d'un autre siècle que moi. Vous savez rire et vous raillez agréablement. Moi, j'aimais Mlle de...

Raoul ne put prononcer son nom.

— Je l'aimais; eh bien! je croyais en elle; aujourd'hui, j'en suis quitte pour ne plus l'aimer.

— Oh! vicomte! dit Montalais en lui montrant un miroir.

— Je sais ce que vous voulez dire, mademoiselle; je suis bien changé, n'est-ce pas? Eh bien! savez-vous pour quelle raison? C'est que mon visage à moi est le miroir de mon coeur: le dedans a changé comme le dehors.

— Vous êtes consolé? dit aigrement Montalais.

— Non, je ne me consolerai jamais.

— On ne vous comprendra point, monsieur de Bragelonne.

— Je m'en soucie peu. Je me comprends trop bien, moi.

— Vous n'avez même pas essayé de parler à Louise?

— Moi! s'écria le jeune homme avec des yeux étincelants, moi! En vérité, pourquoi ne me conseillez-vous pas de l'épouser? Peut-être le roi y consentirait-il aujourd'hui!

Et il se leva plein de colère.

— Je vois, dit Montalais, que vous n'êtes pas guéri, et que Louise a un ennemi de plus.

— Un ennemi de plus?

— Oui, les favorites sont mal chéries à la cour de France.

— Oh! tant qu'il lui reste son amant pour la défendre, n'est-ce pas assez? Elle l'a choisi de qualité telle, que les ennemis ne prévaudront pas contre lui.

Mais, s'arrêtant tout à coup:

— Et puis elle vous a pour amie, mademoiselle, ajouta-t-il avec une nuance d'ironie qui ne glissa point hors de la cuirasse.

— Moi? oh! non: je ne suis plus de celles que daigne regarder Mlle de La Vallière; mais...

Ce _mais, _si gros de menaces et d'orages, ce mais qui fit battre le coeur de Raoul, tant il présageait de douleurs à celle que jadis il aimait tant, ce terrible _mais, _significatif chez une femme comme Montalais, fut interrompu par un bruit assez fort que les deux interlocuteurs entendirent dans l'alcôve, derrière la boiserie.

Montalais dressa l'oreille et Raoul se levait déjà, quand une femme entra, toute tranquille, par cette porte secrète, qu'elle referma derrière elle.

— Madame! s'écria Raoul en reconnaissant la belle-soeur du roi.

— Oh! malheureuse! murmura Montalais en se jetant, mais trop tard, devant la princesse. Je me suis trompée d'une heure.

Elle eut cependant le temps de prévenir Madame, qui marchait sur Raoul.

— M. de Bragelonne, madame.

Et, sur ces mots, la princesse recula en poussant un cri à son tour.

— Votre Altesse Royale, dit Montalais avec volubilité est donc assez bonne pour penser à cette loterie, et...

La princesse commençait à perdre contenance.

Raoul pressa à la hâte sa sortie sans deviner tout encore, et il sentait cependant qu'il gênait.

Madame préparait un mot de transition pour se remettre, lorsqu'une armoire s'ouvrit en face de l'alcôve et que M. de Guiche sortit tout radieux aussi de cette armoire. Le plus pâle des quatre, il faut le dire, ce fut encore Raoul. Cependant, la princesse faillit s'évanouir et s'appuya sur le pied du lit.

Nul n'osa la soutenir. Cette scène occupa quelques minutes dans un terrible silence.

Raoul le rompit; il alla au comte, dont l'émotion inexprimable faisait trembler les genoux, et, lui prenant la main:

— Cher comte, dit-il, dites bien à Madame que je suis trop malheureux pour ne pas mériter mon pardon; dites-lui bien aussi que j'ai aimé dans ma vie, et que l'horreur de la trahison qu'on m'a faite me rend inexorable pour toute autre trahison qui se commettrait autour de moi. Voilà pourquoi, mademoiselle dit-il en souriant à Montalais, je ne divulguerai jamais le secret des visites de mon ami chez vous. Obtenez de Madame, Madame qui est si clémente et si généreuse, obtenez qu'elle vous les pardonne aussi, elle qui vous a surprise tout à l'heure. Vous êtes libres l'un et l'autre, aimez vous, soyez heureux!

La princesse eut un mouvement de désespoir qui ne se peut traduire; il lui répugnait, malgré l'exquise délicatesse dont venait de faire preuve Raoul, de se sentir à la merci d'une indiscrétion.

Il lui répugnait également d'accepter l'échappatoire offerte par cette délicate supercherie. Vive, nerveuse, elle se débattait contre la double morsure de ces deux chagrins.

Raoul la comprit et vint encore une fois à son aide. Fléchissant le genou devant elle:

— Madame, lui dit-il tout bas, dans deux jours, je serai loin de Paris, et, dans quinze jours, je serai loin de la France, et jamais plus on ne me reverra.

— Vous partez? pensa-t-elle joyeuse.

— Avec M. de Beaufort.

— En Afrique! s'écria de Guiche à son tour. Vous, Raoul? oh! mon ami, en Afrique où l'on meurt!

Et, oubliant tout, oubliant que son oubli même compromettait plus éloquemment la princesse que sa présence: Ingrat, dit-il, vous ne m'avez pas même consulté!

Et il l'embrassa.

Pendant ce temps, Montalais avait fait disparaître Madame, elle était disparue elle-même. Raoul passa une main sur son front et dit en souriant:

— J'ai rêvé!

Puis, vivement à de Guiche, qui l'absorbait peu à peu:

— Ami, dit-il, je ne me cache pas de vous, qui êtes l'élu de mon coeur: je vais mourir là-bas, votre secret ne passera pas l'année.

— Oh! Raoul! un homme!

— Savez-vous ma pensée, de Guiche? La voici: c'est que je vivrai plus, étant couché sous la terre, que je ne vis depuis un mois. On est chrétien, mon ami, et, si une pareille souffrance continuait, je ne répondrais plus de mon âme.

De Guiche voulut faire ses objections.

— Plus un mot sur moi, dit Raoul, un conseil à vous cher ami; c'est d'une bien autre importance, ce que je vais vous dire.

— Comment cela?

— Sans doute, vous risquez bien plus que moi, vous, puisqu'on vous aime.

— Oh!...

— Ce m'est une joie si douce que de pouvoir vous parler ainsi! Eh bien! de Guiche, défiez-vous de Montalais.

— C'est une bonne amie.

— Elle était amie de... celle que vous savez... elle l'a perdue par l'orgueil.

— Vous vous trompez.

— Et aujourd'hui qu'elle l'a perdue, elle veut lui ravir la seule chose qui rende cette femme excusable à mes yeux.

— Laquelle?

— Son amour.

— Que voulez-vous dire?

— Je veux dire qu'il y a un complot formé contre celle qui est la maîtresse du roi, complot formé dans la maison même de Madame.

— Le pouvez-vous croire?

— J'en suis certain.

— Par Montalais?

— Prenez-la comme la moins dangereuse des ennemies que je redoute pour... l'autre!

— Expliquez-vous bien, mon ami, et, si je puis vous comprendre...

— En deux mots: Madame a été jalouse du roi.

— Je le sais...

— Oh! ne craignez rien, on vous aime, on vous aime, de Guiche; sentez-vous tout le prix de ces deux mots? Ils signifient que vous pouvez lever le front, que vous pouvez dormir tranquille, que vous pouvez remercier Dieu à chaque minute de votre vie! on vous aime, cela signifie que vous pouvez tout entendre, même le conseil d'un ami qui veut vous ménager votre bonheur. On vous aime, de Guiche, on vous aime! Vous ne passerez point ces nuits atroces, ces nuits sans fin que traversent, l'oeil aride et le coeur dévoré, d'autres gens destinés à mourir. Vous vivrez longtemps, si vous faites comme l'avare qui, brin à brin, miette à miette, caresse et entasse diamants et or. On vous aime! permettez-moi de vous dire ce qu'il faut faire pour qu'on vous aime toujours.

De Guiche regarda quelque temps ce malheureux jeune homme à moitié fou de désespoir, et il lui passa dans l'âme comme un remords de son bonheur.

Raoul se remettait de son exaltation fiévreuse pour prendre la voix et la physionomie d'un homme impassible.

— On fera souffrir, dit-il, celle dont je voudrais encore pouvoir dire le nom. Jurez-moi, non seulement que vous n'y aiderez en rien, mais encore que vous la défendrez quand il se pourra, comme je l'eusse fait moi-même.

— Je le jure! répliqua de Guiche.

— Et, dit Raoul, un jour que vous lui aurez rendu quelque grand service, un jour qu'elle vous remerciera, promettez-moi de lui dire ces paroles: «Je vous ai fait ce bien, madame, sur la recommandation de M. de Bragelonne, à qui vous avez fait tant de mal.»

— Je le jure! murmura de Guiche attendri.

— Voilà tout. Adieu! Je pars demain ou après pour Toulon. Si vous avez quelques heures, donnez-les-moi.

— Tout! tout! s'écria le jeune homme.

— Merci!

— Et qu'allez-vous faire de ce pas?

— Je m'en vais retrouver M. le comte chez Planchet, où nous espérons trouver M. d'Artagnan.

— M. d'Artagnan?

— Je veux l'embrasser avant mon départ. C'est un brave homme qui m'aimait. Adieu, cher ami; on vous attend sans doute, vous me retrouverez, quand il vous plaira, au logis du comte. Adieu!

Les deux jeunes gens s'embrassèrent. Ceux qui les eussent vus ainsi l'un et l'autre n'eussent pas manqué de dire en montrant Raoul: «C'est celui-là qui est l'homme heureux.»

CHAPITRE XXIX. L'inventaire de Planchet

Athos, pendant la visite faite au Luxembourg par Raoul, était allé, en effet, chez Planchet pour avoir des nouvelles de d'Artagnan.

Le gentilhomme, en arrivant rue des Lombards, trouva la boutique de l'épicier fort encombrée; mais ce n'était pas l'encombrement d'une vente heureuse ou celui d'un arrivage de marchandises.

Planchet ne trônait pas comme d'habitude sur les sacs et les barils. Non. Un garçon, la plume à l'oreille, un autre, le carnet à la main, inscrivaient force chiffres, tandis qu'un troisième comptait et pesait.

Il s'agissait d'un inventaire. Athos, qui n'était pas commerçant, se sentit un peu embarrassé par les obstacles matériels et la majesté de ceux qui instrumentaient ainsi.

Il voyait renvoyer plusieurs pratiques et se demandait si lui, qui ne venait rien acheter, ne serait pas à plus forte raison importun.

Aussi demanda-t-il fort poliment aux garçons comment on pourrait parler à M. Planchet.

La réponse, assez négligente, fut que M. Planchet achevait ses malles.

Ces mots firent dresser l'oreille à Athos.

— Comment, ses malles? dit-il; M. Planchet part-il?

— Oui, monsieur, sur l'heure.

— Alors, messieurs, veuillez le faire prévenir que M. le comte de La Fère désire lui parler un moment.

Au nom du comte de La Fère, un des garçons, accoutumé sans doute à n'entendre prononcer ce nom qu'avec respect, se détacha pour aller prévenir Planchet.

Ce fut le moment où Raoul, libre enfin, après sa cruelle scène avec Montalais, arrivait chez l'épicier.

Planchet, sur le rapport de son garçon, quitta sa besogne et accourut.

— Ah! monsieur le comte, dit-il, que de joie! et quelle étoile vous amène?

— Mon cher Planchet, dit Athos en serrant les mains de son fils, dont il remarquait à la dérobée l'air attristé, nous venons savoir de vous... Mais dans quel embarras je vous trouve! vous êtes blanc comme un meunier, où vous êtes-vous fourré?

— Ah! diable! prenez garde, monsieur, et ne m'approchez pas que je ne me sois bien secoué.

— Pourquoi donc? farine ou poudre ne font que blanchir?

— Non pas, non pas! ce que vous voyez là, sur mes bras, c'est de l'arsenic.

— De l'arsenic?

— Oui. Je fais mes provisions pour les rats.

— Oh! dans un établissement comme celui-ci, les rats jouent un grand rôle.

— Ce n'est pas de cet établissement que je m'occupe, monsieur le comte: les rats m'y ont plus mangé qu'ils ne me mangeront.

— Que voulez-vous dire?

— Mais, vous avez pu le voir, monsieur le comte, on fait mon inventaire.

— Vous quittez le commerce?

— Eh! mon Dieu, oui; je cède mon fonds à un de mes garçons.

— Bah! vous êtes donc assez riche?

— Monsieur, j'ai pris la ville en dégoût; je ne sais si c'est parce que je vieillis, et que, comme le disait un jour M. d'Artagnan, quand on vieillit, on pense plus souvent aux choses de la jeunesse; mais, depuis quelque temps, je me sens entraîné vers la campagne et le jardinage: j'étais paysan, moi, autrefois.

Et Planchet ponctua cet aveu d'un petit rire un peu prétentieux pour un homme qui eût fait profession d'humilité.

Athos approuva du geste.

— Vous achetez des terres? dit-il ensuite.

— J'ai acheté, monsieur.

— Ah! tant mieux.

— Une petite maison à Fontainebleau et quelque vingt arpents aux alentours.

— Très bien, Planchet, mon compliment.

— Mais, monsieur, nous sommes bien mal ici; voilà que ma maudite poussière vous fait tousser. Corbleu! je ne me soucie pas d'empoisonner le plus digne gentilhomme de ce royaume.

Athos ne sourit pas à cette plaisanterie, que lui décochait Planchet pour s'essayer aux facéties mondaines.

— Oui, dit-il, causons à l'écart; chez vous, par exemple. Vous avez un chez-vous, n'est-ce pas?

— Certainement, monsieur le comte.

— Là-haut, peut-être?

Et Athos, voyant Planchet embarrassé, voulut le dégager en passant devant.

— C'est que... dit Planchet en hésitant.

Athos se méprit au sens de cette hésitation, et, l'attribuant à une crainte qu'aurait l'épicier d'offrir une hospitalité médiocre:

— N'importe, n'importe! dit-il en passant toujours, le logement d'un marchand, dans ce quartier, a le droit de ne pas être un palais. Allons toujours.

Raoul le précéda lestement et entra.

Deux cris se firent entendre simultanément; on pourrait dire trois.

L'un de ces cris domina les autres: il était poussé par une femme.

L'autre sortit de la bouche de Raoul. C'était une exclamation de surprise. Il ne l'eût pas plutôt poussée qu'il ferma vivement la porte.

Le troisième était de l'effroi. Planchet l'avait proféré.

— Pardon, ajouta-t-il, c'est que Madame s'habille.

Raoul avait vu sans doute que Planchet disait vrai, car il fit un pas pour redescendre.

— Madame?... dit Athos. Ah! pardon, mon cher, j'ignorais que vous eussiez là-haut...

— C'est Trüchen, ajouta Planchet un peu rouge.

— C'est ce qu'il vous plaira, mon bon Planchet; pardon de notre indiscrétion.

— Non, non; montez à présent, messieurs.

— Nous n'en ferons rien, dit Athos.

— Oh! Madame étant prévenue, elle aura eu le temps...

— Non, Planchet. Adieu!

— Eh! messieurs, vous ne voudriez pas me désobliger ainsi en demeurant sur l'escalier, ou en sortant de chez moi sans vous être assis?

— Si nous eussions su que vous aviez une dame là-haut, répondit Athos avec son sang-froid habituel, nous eussions demandé à la saluer.

Planchet fut si décontenancé par cette exquise impertinence, qu'il força le passage et ouvrit lui-même la porte pour faire entrer le comte et son fils.

Trüchen était tout à fait vêtue: costume de marchande riche et coquette; oeil d'Allemande aux prises avec des yeux français. Elle céda la place après deux révérences, et descendit à la boutique.

Mais ce ne fut pas sans avoir écouté aux portes pour savoir ce que diraient d'elle à Planchet les gentilshommes ses visiteurs.

Athos s'en doutait bien, et ne mit pas la conversation sur ce chapitre.

Planchet, lui, grillait de donner des explications devant lesquelles fuyait Athos.

Aussi, comme certaines ténacités sont plus fortes que toutes les autres, Athos fut-il forcé d'entendre Planchet raconter ses idylles de félicité, traduites en un langage plus chaste que celui de Longus.

Ainsi Planchet raconta-t-il que Trüchen avait charmé son âge mur et porté bonheur à ses affaires, comme Ruth à Booz.

— Il ne vous manque plus que des héritiers de votre prospérité, dit Athos.

— Si j'en avais un, celui-là aurait trois cent mille livres, répliqua Planchet.

— Il faut l'avoir, dit flegmatiquement Athos, ne fût-ce que pour ne pas laisser perdre votre petite fortune.

Ce mot: petite fortune, mit Planchet à son rang, comme autrefois la voix du sergent quand Planchet n'était que piqueur dans le régiment de Piémont, où l'avait placé Rochefort.

Athos comprit que l'épicier épouserait Trüchen, et que, bon gré mal gré, il ferait souche.

Cela lui apparut d'autant plus évidemment, qu'il apprit que le garçon auquel Planchet vendait son fonds était un cousin de Trüchen.

Athos se souvint que ce garçon était rouge de teint comme une giroflée, crépu de cheveux et carré d'épaules.

Il savait tout ce qu'on peut, tout ce qu'on doit savoir sur le sort d'un épicier. Les belles robes de Trüchen ne payaient pas seules l'ennui qu'elle éprouverait à s'occuper de nature champêtre et de jardinage en compagnie d'un mari grisonnant.

Athos comprit donc, comme nous l'avons dit, et, sans transition:
— Que fait M. d'Artagnan? dit-il. On ne l'a pas trouvé au Louvre.
— Ah! monsieur le comte, M. d'Artagnan a disparu.
— Disparu? fit Athos avec surprise.
— Oh! monsieur, nous savons ce que cela veut dire.
— Mais, moi, je ne le sais pas.
— Quand M. d'Artagnan disparaît, c'est toujours pour quelque mission ou quelque affaire.
— Il vous en aurait parlé?
— Jamais.
— Vous avez su autrefois cependant son départ pour l'Angleterre?
— À cause de la spéculation, fit étourdiment Planchet.
— La spéculation?
— Je veux dire... interrompit Planchet gêné.
— Bien, bien, vos affaires, non plus que celles de notre ami, ne sont en jeu; l'intérêt qu'il nous inspire m'a poussé seul à vous questionner. Puisque le capitaine des mousquetaires n'est pas ici, puisque l'on ne peut obtenir de vous aucun renseignement sur l'endroit où on pourrait rencontrer M. d'Artagnan, nous allons prendre congé de vous. Au revoir, Planchet! au revoir! Partons, Raoul.
— Monsieur le comte, je voudrais pouvoir vous dire...
— Nullement, nullement; ce n'est pas moi qui reproche à un serviteur la discrétion.

Ce mot: *serviteur*, frappa rudement le demi-millionnaire Planchet; mais le respect et la bonhomie naturels l'emportèrent sur l'orgueil.
— Il n'y a rien d'indiscret à vous dire, monsieur le comte, que M. d'Artagnan est venu ici l'autre jour.
— Ah! ah!
— Et qu'il y est resté plusieurs heures à consulter une carte géographique.
— Vous avez raison, mon ami, n'en dites pas davantage.
— Et cette carte, la voici comme preuve, ajouta Planchet, qui alla la chercher sur la muraille voisine, où elle était suspendue par une tresse formant triangle avec la traverse à laquelle était cloué le plan consulté par le capitaine lors de sa visite à Planchet.

Il apporta, en effet, au comte de La Fère, une carte de France, sur laquelle, l'oeil exercé de celui-ci découvrit un itinéraire pointé avec de petites épingles; là où l'épingle manquait, le trou faisait foi et jalon.

Athos, en suivant du regard les épingles et les trous vit que d'Artagnan avait dû prendre la direction du Midi et marcher jusqu'à la Méditerranée, du côté de Toulon. C'était auprès de Cannes que s'arrêtaient les marques et les endroits ponctués.

Le comte de La Fère se creusa pendant quelques instants la cervelle pour deviner ce que le mousquetaire allait faire à Cannes, et quel motif il pouvait avoir pour aller observer les rives du Var.

Les réflexions d'Athos ne lui suggérèrent rien. Sa perspicacité accoutumée resta en défaut. Raoul ne devina pas plus que son père.

— N'importe! dit le jeune homme au comte, qui, silencieusement et du doigt, lui avait fait comprendre la marche de d'Artagnan, on peut avouer qu'il y a une providence toujours occupée de rapprocher notre destinée de celle de M. d'Artagnan. Le voilà du côté de Cannes, et vous, monsieur, vous me conduisez au moins jusqu'à Toulon. Soyez sûr que nous le retrouverons bien plus aisément sur notre route que sur cette carte.

Puis, prenant congé de Planchet, qui gourmandait ses garçons, même le cousin de Trüchen, son successeur, les gentilshommes se mirent en chemin pour aller rendre visite à M. le duc de Beaufort.

À la sortie de la boutique de l'épicier, ils virent un coche, dépositaire futur des charmes de Mlle Trüchen et des sacs d'écus de M. Planchet.

— Chacun s'achemine au bonheur par la route qu'il choisit, dit tristement Raoul.

— Route de Fontainebleau! cria Planchet à son cocher.

CHAPITRE XXX. L'inventaire de M. de Beaufort

Avoir causé de d'Artagnan avec Planchet, avoir vu Planchet quitter Paris pour s'ensevelir dans la retraite, c'était pour Athos et son fils comme un dernier adieu à tout ce bruit de la capitale, à leur vie d'autrefois.

Que laissaient-ils, en effet, derrière eux, ces gens, dont l'un avait épuisé tout le siècle dernier avec la gloire, et l'autre tout l'âge nouveau avec le malheur? Évidemment ni l'un ni l'autre de ces deux hommes n'avaient rien à demander à leurs contemporains.

Il ne restait plus qu'à rendre une visite à M. de Beaufort et à régler les conditions de départ.

Le duc était logé magnifiquement à Paris. Il avait le train superbe des grandes fortunes que certains vieillards se rappelaient avoir vues fleurir du temps des libéralités de Henri III.

Alors, réellement, certains grands seigneurs étaient plus riches que le roi. Ils le savaient, en usaient, et ne se privaient pas du plaisir d'humilier un peu Sa Majesté Royale. C'était cette aristocratie égoïste que Richelieu avait contrainte à contribuer de son sang, de sa bourse et de ses révérences à ce qu'on appela dès lors le service du roi.

Depuis Louis XI, le terrible faucheur des grands, jusqu'à Richelieu, combien de familles avaient relevé la tête! Combien, depuis Richelieu jusqu'à Louis XIV l'avaient courbée, qui ne la relevèrent plus! Mais M. de Beaufort était né prince et d'un sang qui ne se répand point sur les échafauds, si ce n'est par sentence des peuples.

Ce prince avait donc conservé une grande habitude de vivre. Comment payait-il ses chevaux, ses gens et sa table? Nul ne le savait, lui moins que les autres. Seulement, il y avait alors le privilège pour les fils de roi, que nul ne refusait de devenir leur créancier, soit par respect, soit par dévouement, soit par la persuasion que l'on serait payé un jour.

Athos et Raoul trouvèrent donc la maison du prince encombrée à la façon de celle de Planchet.

Le duc aussi faisait son inventaire, c'est-à-dire qu'il distribuait à ses amis, tous ses créanciers, chaque valeur un peu considérable de sa maison.

Devant deux millions à peu près, ce qui était énorme alors, M. de Beaufort avait calculé qu'il ne pourrait partir pour l'Afrique sans une belle somme, et, pour trouver cette somme, il distribuait aux créanciers passés vaisselle, armes, joyaux et meubles, ce qui était plus magnifique que de vendre, et lui rapportait le double.

En effet, comment un homme auquel on doit dix mille livres refuse- t-il d'emporter un présent de six mille, rehaussé du mérite d'avoir appartenu au descendant de Henri IV, et comment, après avoir emporté ce présent, refuserait-il dix mille autres livres à ce généreux seigneur?

C'est donc ce qui était arrivé. Le prince n'avait plus de maison, ce qui devient inutile à un amiral dont l'appartement est son navire. Il n'avait plus d'armes superflues, depuis qu'il se plaçait au milieu de ses canons; plus de joyaux que la mer eût pu dévorer; mais il avait trois ou quatre cent mille écus dans ses coffres.

Et partout, dans la maison, il y avait un mouvement joyeux de gens qui croyaient piller Monseigneur.

Le prince possédait au suprême degré l'art de rendre heureux les créanciers les plus à plaindre. Tout homme pressé, toute bourse vide rencontraient chez lui patience et intelligence de sa position.

Aux uns il disait:

— Je voudrais bien avoir ce que vous avez; je vous le donnerais.

Et aux autres:

— Je n'ai que cette aiguière d'argent, elle vaut toujours bien cinq cents livres; prenez-la.

Ce qui fait, tant la bonne mine est un paiement courant, que le prince trouvait sans cesse à renouveler ses créanciers.

Cette fois, il n'y mettait plus de cérémonie, et l'on eût dit un pillage; il donnait tout.

La fable orientale de ce pauvre Arabe qui enlève du pillage d'un palais une marmite au fond de laquelle il a caché un sac d'or, et que tout le monde laisse passer librement et sans le jalouser, cette fable était devenue chez le prince une vérité. Bon nombre de fournisseurs se payaient sur les offices du duc.

Ainsi l'état de bouche, qui pillait les vestiaires et les selleries, trouvait peu de prix dans ces riens que prisaient bien fort les selliers ou les tailleurs.

Jaloux de rapporter chez leurs femmes des confitures données par Monseigneur, on les voyait bondir joyeux sous le poids des terrines et des bouteilles glorieusement estampillées aux armes du prince.

M. de Beaufort finit par donner ses chevaux et le foin des greniers. Il fit plus de trente heureux avec ses batteries de cuisine, et trois cents avec sa cave.

De plus, tous ces gens s'en allaient avec la conviction que M. de Beaufort n'agissait de la sorte qu'en prévision d'une nouvelle fortune cachée sous les tentes arabes.

On se répétait, tout en dévastant son hôtel, qu'il était envoyé à Djidgelli par le roi pour reconstituer sa richesse perdue; que les trésors d'Afrique seraient partagés par moitié entre l'amiral et le roi de France; que ces trésors consistaient en des mines de diamants ou d'autres pierres fabuleuses; les mines d'argent ou d'or de l'Atlas n'obtenaient pas même l'honneur d'une mention.

Outre les mines à exploiter, ce qui n'arriverait qu'après la campagne, il y aurait le butin fait par l'armée.

M. de Beaufort mettrait la main sur tout ce que les riches écumeurs de mer avaient volé à la chrétienté depuis la bataille de Lépante. Le nombre des millions ne se comptait plus.

Or, pourquoi aurait-il ménagé les pauvres ustensiles de sa vie passée, celui qui allait être en quête des plus rares trésors? Et, réciproquement, comment aurait-on ménagé le bien de celui qui se ménageait si peu lui-même?

Voilà quelle était la situation. Athos, avec son regard investigateur, s'en rendit compte du premier coup d'oeil.

Il trouva l'amiral de France un peu étourdi, car il sortait de table, d'une table de cinquante couverts, où l'on avait bu longtemps à la prospérité de l'expédition; où, au dessert, on avait abandonné les restes aux valets et les plats vides aux curieux.

Le prince s'était enivré de sa ruine et de sa popularité tout ensemble. Il avait bu son ancien vin à la santé de son vin futur.

Quand il vit Athos avec Raoul.

— Voilà, s'écria-t-il, mon aide de camp que l'on m'amène. Venez par ici, comte; venez par ici, Vicomte.

Athos cherchait un passage dans la jonchée de linge et de vaisselle.

— Ah! oui, enjambez, dit le duc.

Et il offrit un verre plein à Athos.

Celui-ci accepta; Raoul mouilla ses lèvres à peine.

— Voici votre commission, dit le prince à Raoul. Je l'avais préparée, comptant sur vous. Vous allez courir devant moi jusqu'à Antibes.

— Oui, monseigneur.

— Voici l'ordre.

Et M. de Beaufort donna l'ordre à Bragelonne.

— Connaissez-vous la mer? dit-il.

— Oui, monseigneur, j'ai voyagé avec M. le prince.

— Bien. Tous ces chalands, toutes ces allèges m'attendront pour me faire escorte et charrier mes provisions. Il faut que l'armée puisse s'embarquer dans quinze jours au plus tard.

— Ce sera fait, monseigneur.

— Le présent ordre vous donne le droit de visite et de recherche dans toutes les îles qui longent la côte; vous y ferez les enrôlements et les enlèvements que vous voudrez pour moi.

— Oui, monsieur le duc.

— Et, comme vous êtes un homme actif, comme vous travaillerez beaucoup, vous dépenserez beaucoup d'argent.

— J'espère que non, monseigneur.

— J'espère que si. Mon intendant a préparé des bons de mille livres payables sur les villes du Midi. On vous en donnera cent. Allez, cher vicomte.

Athos interrompit le prince:

— Gardez votre argent, monseigneur; la guerre se fait chez les Arabes avec de l'or autant qu'avec du plomb.

— Je veux essayer du contraire, repartit le duc, et puis vous savez mes idées sur mon expédition: beaucoup de bruit, beaucoup de feu, et je disparaîtrai, s'il le faut dans la fumée.

Ayant ainsi parlé, M. de Beaufort voulut se remettre à rire; mais il était mal tombé avec Athos et Raoul. Il s'en aperçut aussitôt.

— Ah! dit-il avec l'égoïsme courtois de son rang et de son âge, vous êtes des gens qu'il ne faut pas voir après le dîner, froids, roides et secs, quand je suis tout feu, tout souplesse et tout vin. Non, le diable m'emporte! je vous verrai toujours à jeun, vicomte; et vous, comte, si vous continuez, je ne vous verrai plus.

Il disait cela en serrant la main d'Athos, qui lui répondit en souriant:

— Monseigneur, ne faites pas cet éclat, parce que vous avez beaucoup d'argent. Je vous prédis que, avant un mois, vous serez sec, roide et froid, en présence de votre coffre, et qu'alors, ayant Raoul à vos côtés, vous serez surpris de le voir gai, bouillant et généreux, parce qu'il aura des écus neufs à vous offrir.

— Dieu vous entende! s'écria le duc enchanté. Je vous garde, comte.

— Non, je pars avec Raoul; la mission dont vous le chargez est pénible, difficile. Seul, il aurait trop de peine à la remplir. Vous ne faites pas attention, monseigneur, que vous venez de lui donner un commandement de premier ordre.

— Bah!

— Et dans la marine!

— C'est vrai. Mais ne fait-on pas tout ce qu'on veut, quand on lui ressemble?

— Monseigneur, vous ne trouverez nulle part autant de zèle et d'intelligence, autant de réelle bravoure que chez Raoul; mais, s'il vous manquait votre embarquement, vous n'auriez que ce que vous méritez.

— Le voilà qui me gronde!

— Monseigneur, pour approvisionner une flotte, pour rallier une flottille, pour enrôler votre service maritime, il faudrait un an à un amiral. Raoul est un capitaine de cavalerie, et vous lui donnez quinze jours.

— Je vous dis qu'il s'en tirera.

— Je le crois bien; mais je l'y aiderai.

— J'ai bien compté sur vous, et je compte bien même qu'une fois à Toulon, vous ne le laisserez pas partir seul.

— Oh! fit Athos en secouant la tête.

— Patience! patience!

— Monseigneur, laissez-nous prendre congé.

— Allez donc, et que ma fortune vous aide!

— Adieu, monseigneur, et que votre fortune vous aide aussi!

— Voilà une expédition bien commencée, dit Athos à son fils. Pas de vivres, pas de réserves, pas de flottille de charge; que fera-t-on ainsi?

— Bon! murmura Raoul, si tous y vont faire ce que j'y ferai, les vivres ne manqueront pas.

— Monsieur, répliqua sévèrement Athos, ne soyez pas injuste et fou dans votre égoïsme ou dans votre douleur, comme il vous plaira. Dès que vous partez pour cette guerre avec l'intention d'y mourir, vous n'avez besoin de personne, et ce n'était pas la peine de vous faire recommander à M. de Beaufort. Dès que vous approchez du prince commandant, dès que vous acceptez la responsabilité d'une charge dans l'armée, il ne s'agit plus de vous, il s'agit de tous ces pauvres soldats qui, comme vous, ont un coeur et un corps, qui pleureront la patrie et souffriront toutes les nécessités de la condition humaine. Sachez, Raoul, que l'officier est un ministre aussi utile qu'un prêtre, et qu'il doit avoir plus de charité qu'un prêtre.

— Monsieur, je le savais et je l'ai pratiqué, je l'eusse fait encore... mais...

— Vous oubliez aussi que vous êtes d'un pays fier de sa gloire militaire; allez mourir si vous voulez, mais ne mourez pas sans honneur et sans profit pour la France. Allons, Raoul, ne vous attristez pas de mes paroles; je vous aime et voudrais que vous fussiez parfait.

— J'aime vos reproches, monsieur, dit doucement le jeune homme; ils me guérissent, ils me prouvent que quelqu'un m'aime encore.

— Et maintenant, partons, Raoul; le temps est si beau, le ciel est si pur, ce ciel que nous trouverons toujours au-dessus de nos têtes, que vous reverrez plus pur encore à Djidgelli, et qui vous parlera de moi là-bas comme ici il me parle de Dieu.

Les deux gentilshommes, après s'être accordés sur ce point, s'entretinrent des folles façons du duc, convinrent que la France serait servie d'une manière incomplète dans l'esprit et la pratique de l'expédition, et, ayant résumé cette politique par le mot vanité, ils se mirent en marche pour obéir à leur volonté plus encore qu'au destin.

Le sacrifice était accompli.

CHAPITRE XXXI. Le plat d'argent

Le voyage fut doux. Athos et son fils traversèrent toute la France en faisant une quinzaine de lieues par jour, quelquefois davantage, selon que le chagrin de Raoul redoublait d'intensité.

Ils mirent quinze jours pour arriver à Toulon, et perdirent tout à fait les traces de d'Artagnan à Antibes.

Il faut croire que le capitaine des mousquetaires avait voulu garder l'incognito dans ces parages; car Athos recueillit de ses informations l'assurance qu'on avait vu le cavalier qu'il dépeignit changer ses chevaux contre une voiture bien fermée à partir d'Avignon.

Raoul se désespérait de ne point rencontrer d'Artagnan, il manquait à ce coeur tendre l'adieu et la consolation de ce coeur d'acier.

Athos savait par expérience que d'Artagnan devenait impénétrable lorsqu'il s'occupait d'une affaire sérieuse, soit pour son compte, soit pour le service du roi.

Il craignit même d'offenser son ami ou de lui nuire en prenant trop d'informations. Cependant, quand Raoul commença son travail de classement pour la flottille, et qu'il rassembla les chalands et allèges pour les envoyer à Toulon, l'un des pêcheurs apprit au comte que son bateau était en radoub depuis un voyage qu'il avait fait pour le compte d'un gentilhomme très pressé de s'embarquer.

Athos, croyant que cet homme mentait pour rester libre et gagner plus d'argent à pêcher quand tous ses compagnons seraient partis, insista pour avoir des détails.

Le pêcheur lui apprit que, environ six jours en deçà, un homme était venu louer son bateau pendant la nuit pour rendre une visite à l'île Saint-Honorat. Le prix fut convenu; mais le gentilhomme était arrivé avec une grande caisse de voiture qu'il avait voulu embarquer malgré les difficultés de toute nature que présentait cette opération. Le pêcheur avait voulu se dédire. Il avait menacé, et sa menace n'avait abouti qu'à lui procurer un grand nombre de coups de canne rudement appliqués par ce gentilhomme, qui frappait fort et longtemps. Tout maugréant, le pêcheur avait eu recours au syndic de ses confrères d'Antibes, lesquels entre eux font la justice et se protègent; mais le gentilhomme avait exhibé certain papier à la vue duquel le syndic, saluant jusqu'à terre avait enjoint au pêcheur d'obéir, en le gourmandant d'avoir été récalcitrant. Alors on était parti avec le chargement.

— Mais tout cela ne nous dit pas, reprit Athos, comment vous avez échoué.

— Le voici. J'allais sur Saint-Honorat, ainsi que me l'avait dit le gentilhomme; mais il changea d'avis et prétendit que je ne pourrais passer au sud de l'abbaye.

— Pourquoi pas?

— Parce que, monsieur, il y a, en face de la tour carrée des Bénédictins, vers la pointe du sud, le banc des *Moines*.

— Un écueil? fit Athos.

— À fleur d'eau et sous l'eau, passage dangereux, mais que j'ai franchi mille fois; le gentilhomme demanda que je le déposasse à Sainte Marguerite.

— Eh bien?

— Eh bien! monsieur, s'écria le pêcheur avec son accent provençal, on est marin ou on ne l'est pas, on connaît sa passe ou l'on n'est qu'une pluie d'eau douce. Je m'obstinais à vouloir passer. Le gentilhomme me prit au cou et m'annonça tranquillement qu'il allait m'étrangler. Mon second s'arma d'une hache, et moi aussi. Nous avions à venger l'affront de la nuit. Mais le gentilhomme mit l'épée à la main, avec des mouvements si vifs, que nous ne pûmes approcher ni l'un ni l'autre. J'allais lui lancer ma hache à la tête, et j'étais dans mon droit, n'est-ce pas monsieur? car un marin sur son bord est maître, comme un bourgeois dans sa chambre; j'allais donc, pour me défendre couper en deux le gentilhomme, lorsque tout à coup, vous me croirez si vous voulez, monsieur, ce coffre de carrosse s'ouvrit je ne sais comment, et il en sortit une manière de fantôme, coiffé d'un casque noir, avec un masque noir, quelque chose d'effrayant à voir qui nous menace du poing.

— C'était? dit Athos.

— C'était le diable, monsieur! car le gentilhomme, joyeux, s'écria en le voyant: «Ah! merci, monseigneur.»

— C'est étrange! murmura le comte en regardant Raoul.

— Que fîtes-vous? demanda celui-ci au pêcheur.

— Vous comprenez bien, monsieur, que deux pauvres hommes comme nous étaient déjà trop peu contre deux gentilshommes; mais contre le diable! ah bien! oui! Nous ne nous consultâmes pas, mon compagnon et moi, mais nous ne fîmes qu'un saut à la mer: nous étions à sept ou huit cents pieds de la côte.

— Et alors?

— Et alors, monsieur, comme il faisait un petit vent sud-ouest, la barque fila toujours et alla se jeter dans les sables de Sainte-Marguerite.

— Oh!... mais les deux voyageurs?

— Bah! n'ayez donc pas d'inquiétudes. Voilà bien la preuve que l'un était le diable et protégeait l'autre; car, lorsque nous regagnâmes le bateau à la nage, au lieu de trouver ces deux créatures brisées par le choc, nous ne trouvâmes plus rien, pas même le carrosse.

— Étrange! étrange! répéta le comte. Mais, depuis, mon ami, qu'avez-vous fait?

— Ma plainte au gouverneur de Sainte-Marguerite, qui m'a mis le doigt sous le nez en m'annonçant que, si je cherchais à lui conter des sornettes pareilles, il me les paierait en coups d'étrivières.

— Le gouverneur?

— Oui, monsieur; et cependant mon bateau était brisé, bien brisé, puisque la proue est restée sur la pointe de Sainte-Marguerite, et que le charpentier me demande cent vingt livres pour la réparation.

— C'est bon, répliqua Raoul, vous serez exempté de service. Allez.

— Nous irons à Sainte-Marguerite, voulez-vous? dit ensuite Athos à Bragelonne.

— Oui, monsieur; car il y a là quelque chose à éclaircir et cet homme ne me fait pas l'effet d'avoir dit la vérité.

— Ni à moi non plus, Raoul. Cette histoire du gentilhomme masqué et du carrosse disparu me fait l'effet d'une manière de cacher la violence que ce rustre aurait peut-être commise en pleine mer sur son passager, pour le punir de l'insistance qu'il avait mise à s'embarquer.

— J'en ai conçu le soupçon, et le carrosse aurait contenu des valeurs bien plutôt qu'un homme.

— Nous verrons cela, Raoul. Très certainement, ce gentilhomme ressemble à d'Artagnan; je reconnais ses façons. Hélas! nous ne sommes plus les jeunes invincibles d'autrefois. Qui sait si la hache ou la barre de ce mauvais caboteur n'a pas réussi à faire ce que les plus fines épées de l'Europe, les balles et les boulets n'ont pas fait depuis quarante ans.

Le jour même, ils partirent pour Sainte-Marguerite, à bord d'un chasse marée venu de Toulon sur ordre.

L'impression qu'ils ressentirent en abordant fut un bien-être singulier. L'île était pleine de fleurs et de fruits, elle servait de jardin au gouverneur dans sa partie cultivée. Les orangers, les grenadiers, les figuiers courbaient sous le poids de leurs fruits d'or et d'azur. Tout autour de ce jardin, dans sa partie inculte, les perdrix rouges couraient par bandes dans les ronces et dans les touffes de genévriers, et, à chaque pas que faisaient Raoul et le comte, un lapin effrayé quittait les marjolaines et les bruyères pour rentrer dans son terrier.

En effet, cette bienheureuse île était inhabitée. Plate, n'offrant qu'une anse pour l'arrivée des embarcations, et sous la protection du gouverneur, qui partageait avec eux, les contrebandiers s'en servaient comme d'un entrepôt provisoire, à la charge de ne point tuer le gibier ni dévaster le jardin. Moyennant ce compromis, le gouverneur se contentait d'une garnison de huit hommes pour garder sa forteresse, dans laquelle moisissaient douze canons. Ce gouverneur était donc un heureux métayer, récoltant vins, figues, huiles et oranges, faisant confire ses citrons et ses cédrats au soleil de ses casemates.

La forteresse, ceinte d'un fossé profond, son seul gardien, levait comme trois têtes ses trois tourelles, liées l'une à l'autre par des terrasses de mousse.

Athos et Raoul longèrent pendant quelque temps les clôtures du jardin sans trouver quelqu'un qui les introduisît chez le gouverneur. Ils finirent par entrer dans le jardin. C'était le moment le plus chaud de la journée.

Alors tout se cache sous l'herbe et sous la pierre. Le ciel étend ses voiles de feu comme pour étouffer tous les bruits, pour envelopper toutes les existences. Les perdrix sous les genêts, la mouche sous la feuille, s'endorment comme le flot sous le ciel.

Athos aperçut seulement sur la terrasse, entre la deuxième et la troisième cour, un soldat qui portait comme un panier de provisions sur sa tête. Cet homme revint presque aussitôt sans son panier, et disparut dans l'ombre de la guérite.

Athos comprit que cet homme portait à dîner à quelqu'un et que, après avoir fait son service, il revenait dîner lui-même.

Tout à coup il s'entendit appeler, et, levant la tête, aperçut dans l'encadrement des barreaux d'une fenêtre quelque chose de blanc, comme une main qui s'agitait, quelque chose d'éblouissant, comme une arme frappée des rayons du soleil.

Et, avant qu'il se fût rendu compte de ce qu'il venait de voir, une traînée lumineuse, accompagnée d'un sifflement dans l'air, appela son attention du donjon sur la terre.

Un second bruit mat se fit entendre dans le fossé, et Raoul courut ramasser un plat d'argent qui venait de rouler jusque dans les sables desséchés.

La main qui avait lancé ce plat fit un signe aux deux gentilshommes, puis elle disparut.

Alors Raoul et Athos, s'approchant l'un de l'autre, se mirent à considérer attentivement le plat souillé de poussière, et ils découvrirent, sur le fond, des caractères tracés avec la pointe d'un couteau:

«Je suis, disait l'inscription, le frère du roi de France, prisonnier aujourd'hui, fou demain. Gentilshommes français et chrétiens, priez Dieu pour l'âme et la raison du fils de vos maîtres!»

Le plat tomba des mains d'Athos, pendant que Raoul cherchait à pénétrer le sens mystérieux de ces mots lugubres.

Au même instant, un cri se fit entendre du haut du donjon. Raoul, prompt comme l'éclair, courba la tête et força son père à se courber aussi. Un canon de mousquet venait de reluire à la crête du mur. Une fumée blanche jaillit comme un panache à l'orifice du mousquet, et une balle vint s'aplatir sur une pierre, à six pouces des deux gentilshommes. Un autre mousquet parut encore et s'abaissa.

— Cordieu! s'écria Athos, assassine-t-on les gens, ici? Descendez, lâches que vous êtes!

— Oui, descendez! dit Raoul furieux en montrant le poing au château.

L'un des deux assaillants, celui qui allait tirer le coup de mousquet, répondit à ces cris par une exclamation de surprise, et, comme son compagnon voulait continuer l'attaque et ressaisissait le mousquet tout armé, celui qui venait de s'écrier releva l'arme, et le coup partit en l'air.

Athos et Raoul, voyant qu'on disparaissait de la plate-forme pensèrent qu'on allait venir à eux, et ils attendirent de pied ferme.

Cinq minutes ne s'étaient pas écoulées, qu'un coup de baguette sur le tambour appela les huit soldats de la garnison, lesquels se montrèrent sur l'autre bord du fossé avec leurs mousquets. À la tête de ces hommes se tenait un officier que le vicomte de Bragelonne reconnut pour celui qui avait tiré le premier coup de mousquet.

Cet homme ordonna aux soldats d'apprêter les armes.

— Nous allons être fusillés! s'écria Raoul. L'épée à la main, du moins, et sautons le fossé! Nous tuerons bien chacun un de ces coquins quand leurs mousquets seront vides.

Et déjà Raoul, joignant le mouvement au conseil s'élançait, suivi d'Athos, lorsqu'une voix bien connue retentit derrière eux.

— Athos! Raoul! criait cette voix.

— D'Artagnan! répondirent les deux gentilshommes.

— Armes bas, mordioux! s'écria le capitaine aux soldats. J'étais bien sûr de ce que je disais, moi!

Les soldats relevèrent leurs mousquets.

— Que nous arrive-t-il donc? demanda Athos. Quoi! on nous fusille sans nous avertir?

— C'est moi qui allais vous fusiller, répliqua d'Artagnan; et, si le gouverneur vous a manqués, je ne vous eusse pas manqués, moi, chers amis. Quel bonheur que j'aie pris l'habitude de viser longtemps, au lieu de tirer d'instinct en visant! J'ai cru vous reconnaître. Ah! mes chers amis, quel bonheur!

Et d'Artagnan s'essuyait le front, car il avait couru vite, et l'émotion chez lui n'était pas feinte.

— Comment! fit le comte, ce monsieur qui a tiré sur nous est le gouverneur de la forteresse?

— En personne.

— Et pourquoi tirait-il sur nous? que lui avons-nous fait?

— Pardieu! vous avez reçu ce que le prisonnier vous a jeté.

— C'est vrai!

— Ce plat... le prisonnier a écrit quelque chose dessus, n'est-ce pas?

— Oui.

— Je m'en étais douté. Ah! mon Dieu!

Et, d'Artagnan, avec toutes les marques d'une inquiétude mortelle, s'empara du plat pour en lire l'inscription. Quand il eut lu, la pâleur couvrit son visage.

— Oh! mon Dieu! répéta-t-il. Silence! Voici le gouverneur qui vient.

— Et que nous fera-t-il? Est-ce notre faute?...

— C'est donc vrai? dit Athos à demi-voix, c'est donc vrai?

— Silence! vous dis-je, silence! Si l'on croit que vous savez lire, si l'on suppose que vous avez compris, je vous aime bien, chers amis, je me ferais tuer pour vous... mais...

— Mais... dirent Athos et Raoul.

— Mais je ne vous sauverais pas d'une éternelle prison, si je vous sauvais de la mort. Silence, donc! silence encore!

Le gouverneur arrivait, ayant franchi le fossé sur une passerelle de planche.

— Eh bien! dit-il à d'Artagnan, qui vous arrête?

— Vous êtes des Espagnols, vous ne comprenez pas un mot de français, dit vivement le capitaine, bas, à ses amis. Eh bien! reprit-il en s'adressant au gouverneur, j'avais raison, ces messieurs sont deux capitaines espagnols que j'ai connus à Ypres, l'an passé... Ils ne savent pas un mot de français.

— Ah! fit le gouverneur avec attention.

Et il chercha à lire l'inscription du plat.

D'Artagnan le lui ôta des mains, en effaçant les caractères à coups de pointe d'épée.

— Comment! s'écria le gouverneur, que faites-vous? Je ne puis donc pas lire?

— C'est le secret de l'État, répliqua nettement d'Artagnan, et, puisque vous savez, d'après l'ordre du roi, qu'il y a peine de mort contre quiconque le pénétrera, je vais, si vous le voulez, vous laisser lire et vous faire fusiller aussitôt après.

Pendant cette apostrophe, moitié sérieuse moitié ironique, Athos et Raoul gardaient un silence plein de sang-froid.

— Mais il est impossible, dit le gouverneur, que ces messieurs ne comprennent pas au moins quelques mots.

— Laissez donc! quand bien même ils comprendraient ce qu'on parle, ils ne liraient pas ce que l'on écrit. Ils ne le liraient même pas en espagnol. Un noble espagnol, souvenez-vous-en, ne doit jamais savoir lire.

Il fallut que le gouverneur se contentât de ces explications, mais il était tenace.

— Invitez ces messieurs à venir au fort, dit-il.

— Je le veux bien, et j'allais vous le proposer, répliqua d'Artagnan.

Le fait est que le capitaine avait une tout autre idée, et qu'il eût voulu voir ses amis à cent lieues. Mais force lui fut de tenir bon.

Il adressa en espagnol aux deux gentilshommes une invitation que ceux-ci acceptèrent.

On se dirigea vers l'entrée du fort, et, l'incident étant vidé, les huit soldats retournèrent à leurs doux loisirs, un moment troublés par cette aventure inouïe.

CHAPITRE XXXII. *Captif et geôliers*

Une fois entrés dans le fort, et tandis que le gouverneur faisait quelques préparatifs pour recevoir ses hôtes:

— Voyons, dit Athos, un mot d'explication pendant que nous sommes seuls.

— Le voici simplement, répondit le mousquetaire. J'ai conduit à l'île un prisonnier que le roi défend qu'on voie; vous êtes arrivés, il vous a jeté quelque chose par son guichet de fenêtre; j'étais à dîner chez le gouverneur, j'ai vu jeter cet objet, j'ai vu Raoul le ramasser. Il ne me faut pas beaucoup de temps pour comprendre, j'ai compris, et je vous ai crus d'intelligence avec mon prisonnier. Alors...

— Alors vous avez commandé qu'on nous fusillât.

— Ma foi! je l'avoue; mais, si j'ai le premier sauté sur un mousquet, heureusement j'ai été le dernier à vous mettre en joue.

— Si vous m'eussiez tué, d'Artagnan, il m'arrivait ce bonheur de mourir pour la maison royale de France; et c'est un signe d'honneur de mourir par votre main, à vous, son plus noble et son plus loyal défenseur.

— Bon! Athos, que me contez-vous là de la maison royale? balbutia d'Artagnan. Comment! vous, comte, un homme sage et bien avisé, vous croyez à ces folies écrites par un insensé?

— Avec d'autant plus de raison, mon cher chevalier, que vous avez ordre de tuer ceux qui y croiraient, continua Raoul.

— Parce que, répliqua le capitaine de mousquetaires, parce que toute calomnie, si elle est bien absurde, a la chance presque certaine de devenir populaire.

— Non, d'Artagnan, reprit tout bas Athos, parce que le roi ne veut pas que le secret de sa famille transpire dans le peuple et couvre d'infamie les bourreaux du fils de Louis XIII.

— Allons, allons, ne dites pas de ces enfantillages-là, Athos, ou je vous renie pour un homme sensé. D'ailleurs, expliquez-moi comment Louis XIII aurait un fils aux îles Sainte-Marguerite?

— Un fils que vous auriez conduit ici, masqué, dans le bateau d'un pêcheur, fit Athos, pourquoi pas?

D'Artagnan s'arrêta.

— Ah! ah! dit-il, d'où savez-vous qu'un bateau pêcheur?...

— Vous a amené à Sainte-Marguerite avec le carrosse qui renfermait le prisonnier; avec le prisonnier que vous appelez monseigneur? oh! je le sais, reprit le comte.

D'Artagnan mordit ses moustaches.

— Fût-il vrai, dit-il, que j'aie amené ici dans un bateau et avec un carrosse un prisonnier masqué, rien ne prouve que ce prisonnier soit un prince... un prince de la maison de France.

— Oh! demandez cela à Aramis, répondit froidement Athos.

— À Aramis? s'écria le mousquetaire interdit. Vous avez vu Aramis?

— Après sa déconvenue à Vaux, oui; j'ai vu Aramis fugitif, poursuivi, perdu, et Aramis m'en a dit assez pour que je croie aux plaintes que cet infortuné a gravées sur le plat d'argent.

D'Artagnan laissa pencher sa tête avec accablement.

— Voilà, dit-il, comme Dieu se joue de ce que les hommes appellent leur sagesse! Beau secret que celui dont douze ou quinze personnes tiennent en ce moment les lambeaux!... Athos, maudit soit le hasard qui vous a mis en face de moi dans cette affaire! car maintenant...

— Eh bien! dit Athos avec sa douceur sévère, votre secret est-il perdu parce que je le sais? n'en ai-je pas porté d'aussi lourds en ma vie? Ayez donc de la mémoire, mon cher.

— Vous n'en avez jamais porté d'aussi périlleux, repartit d'Artagnan avec tristesse. J'ai comme une idée sinistre que tous ceux qui auront touché à ce secret mourront, et mourront mal.

— Que la volonté de Dieu soit faite, d'Artagnan! Mais voici votre gouverneur.

D'Artagnan et ses amis reprirent aussitôt leurs rôles.

Ce gouverneur, soupçonneux et dur, était pour d'Artagnan d'une politesse allant jusqu'à l'obséquiosité. Il se contenta de faire bonne chère aux voyageurs et de les bien regarder.

Athos et Raoul remarquèrent qu'il cherchait souvent à les embarrasser par de soudaines attaques, ou à les saisir au dépourvu d'attention; mais ni l'un ni l'autre ne se déconcerta. Ce qu'avait dit d'Artagnan put paraître vraisemblable, si le gouverneur ne le crut pas vrai.

On sortit de table pour aller se reposer.

— Comment s'appelle cet homme? Il a mauvaise mine, dit Athos en espagnol à d'Artagnan.

— De Saint-Mars, répliqua le capitaine.

— Ce sera donc le geôlier du jeune prince?

— Eh! le sais-je? Me voici peut-être à Sainte-Marguerite à perpétuité.

— Allons donc! vous?

— Mon ami, je suis dans la situation d'un homme qui trouve un trésor au milieu d'un désert. Il voudrait l'enlever, il ne peut; il voudrait le laisser, il n'ose. Le roi ne me fera pas revenir, craignant qu'un autre ne surveille moins bien que moi; il regrette de ne m'avoir plus, sentant bien que nul ne le servira de près comme moi. Au reste, il arrivera ce qu'il plaira à Dieu.

— Mais, fit observer Raoul, par cela même que vous n'avez rien de certain, c'est que votre état ici est provisoire, et vous retournerez à Paris.

— Demandez donc à ces messieurs, interrompit Saint-Mars, ce qu'ils venaient faire à Sainte-Marguerite.

— Ils venaient, sachant qu'il y avait un couvent de bénédictins à Saint Honorat, curieux à voir, et dans Sainte-Marguerite une belle chasse.

— À leur disposition, répliqua Saint-Mars, comme à la vôtre.

D'Artagnan remercia.

— Quand partent-ils? ajouta le gouverneur.

— Demain, répondit d'Artagnan.

M. de Saint-Mars alla faire sa ronde et laissa d'Artagnan seul avec les prétendus Espagnols.

— Oh! s'écria le mousquetaire, voilà une vie et une société qui me conviennent peu. Je commande à cet homme, et il me gêne, mordioux!... Tenez, voulez-vous que nous fassions un coup de mousquet sur les lapins? La promenade sera belle et peu fatigante. L'île n'a qu'une lieue et demie de longueur, sur une demi-lieue de large; un vrai parc. Amusons-nous.

— Allons où vous voudrez, d'Artagnan, non pour nous divertir, mais pour causer librement.

D'Artagnan fit un signe à un soldat qui comprit et apporta des fusils de chasse aux gentilshommes, et rentra au fort.

— Et maintenant, fit le mousquetaire, répondez un peu à la question que faisait ce noir Saint-Mars: Qu'êtes-vous venus faire aux îles Lerins?

— Vous dire adieu.

— Me dire adieu? Comment cela? Raoul part?

— Oui.

— Avec M. de Beaufort, je parie?

— Avec M. de Beaufort. Oh! vous devinez toujours cher ami.

— L'habitude...

Pendant que les deux amis commençaient leur entretien, Raoul, la tête lourde, le coeur chargé, s'était assis sur des roches moussues, son mousquet sur les genoux, et, regardant la mer, regardant le ciel, écoutant la voix de son âme, il laissait peu à peu s'éloigner de lui les chasseurs.

D'Artagnan remarqua son absence.

— Il est toujours frappé, n'est-ce pas? dit-il à Athos.

— À mort!

— Oh! vous exagérez, je pense. Raoul est bien trempé. Sur tous les coeurs si nobles, il y a une seconde enveloppe qui fait cuirasse. La première saigne, la seconde résiste.

— Non, répondit Athos, Raoul en mourra.

— Mordioux! fit d'Artagnan sombre.

Et il n'ajouta pas un mot à cette exclamation. Puis, un moment après:

— Pourquoi le laissez-vous partir?

— Parce qu'il le veut.

— Et pourquoi n'allez-vous pas avec lui?

— Parce que je ne veux pas le voir mourir.

D'Artagnan regarda son ami en face.

— Vous savez une chose, continua le comte en s'appuyant au bras du capitaine, vous savez que, dans ma vie, j'ai eu peur de bien peu de choses. Eh bien! j'ai une peur incessante, rongeuse, insurmontable; j'ai peur d'arriver au jour où je tiendrai le cadavre de cet enfant dans mes bras.

— Oh! répondit d'Artagnan, oh!

— Il mourra, je le sais, j'en ai la conviction; je ne veux pas le voir mourir.

— Comment! Athos, vous venez vous poser en présence de l'homme le plus brave que vous dites avoir connu, de votre d'Artagnan, de cet homme sans égal, comme vous l'appeliez autrefois, et vous venez lui dire, en croisant les bras, que vous avez peur de voir votre fils mort, vous qui avez vu tout ce que l'on peut voir en ce monde? Eh bien! pourquoi avez-vous peur de cela, Athos? L'homme, sur cette terre, doit s'attendre à tout, affronter tout.

— Écoutez, mon ami: après m'être usé sur cette terre dont vous parlez, je n'ai plus gardé que deux religions: celle de la vie, mes amitiés, mon devoir de père; celle de l'éternité, l'amour et le respect de Dieu. Maintenant, j'ai en moi la révélation que, si Dieu souffrait qu'en ma présence mon ami ou mon fils rendît le dernier soupir... oh! non, je ne veux même pas vous dire cela, d'Artagnan.

— Dites! dites!

— Je suis fort contre tout, hormis contre la mort de ceux que j'aime. À cela seulement il n'y a pas de remède. Qui meurt gagne, qui voit mourir perd. Non. Tenez: savoir que je ne rencontrerai plus jamais, jamais, sur la terre, celui que j'y voyais avec joie; savoir que nulle part ne sera plus d'Artagnan, ne sera plus Raoul, oh!... je suis vieux, voyez-vous, je n'ai plus de courage; je prie Dieu de m'épargner dans ma faiblesse; mais, s'il me frappait en face, et de cette façon, je le maudirais. Un gentilhomme chrétien ne doit pas maudire son Dieu, d'Artagnan; c'est bien assez d'avoir maudit un roi!

— Hum!... fit d'Artagnan, un peu bouleversé par cette violente tempête de douleurs.

— D'Artagnan, mon ami, vous qui aimez Raoul, voyez-le, ajouta-t-il en montrant son fils; voyez cette tristesse qui ne le quitte jamais. Connaissez-vous rien de plus affreux que d'assister, minute par minute, à l'agonie incessante de ce pauvre coeur?

— Laissez-moi lui parler, Athos. Qui sait?

— Essayez; mais, j'en ai la conviction, vous ne réussirez pas.

— Je ne lui donnerai pas de consolation, je le servirai.

— Vous?

— Sans doute. Est-ce la première fois qu'une femme serait revenue sur une infidélité? Je vais à lui, vous dis-je.

Athos secoua la tête et continua la promenade seul. D'Artagnan, coupant à travers les broussailles, revint à Raoul et lui tendit la main.

— Eh bien! dit d'Artagnan à Raoul, vous avez donc à me parler?

— J'ai à vous demander un service, répliqua Bragelonne.
— Demandez.
— Vous retournerez quelque jour en France?
— Je l'espère.
— Faut-il que j'écrive à Mlle de La Vallière?
— Non, il ne le faut pas.
— J'ai tant de choses à lui dire!
— Venez les lui dire, alors.
— Jamais!
— Eh bien! quelle vertu attribuez-vous à une lettre que votre parole n'ait point?
— Vous avez raison.
— Elle aime le roi, dit brutalement d'Artagnan; c'est une honnête fille.

Raoul tressaillit.

— Et vous, vous qu'elle abandonne, elle vous aime plus que le roi peut-être, mais d'une autre façon.
— D'Artagnan, croyez-vous bien qu'elle aime le roi?
— Elle l'aime à l'idolâtrie. C'est un coeur inaccessible à tout autre sentiment. Vous continueriez à vivre auprès d'elle, que vous seriez son meilleur ami.
— Ah! fit Raoul avec un élan passionné vers cette espérance douloureuse.
— Voulez-vous?
— Ce serait lâche.
— Voilà un mot absurde et qui me conduirait au mépris de votre esprit. Raoul, il n'est jamais lâche, entendez-vous, de faire ce qui est imposé par la violence majeure. Si votre coeur vous dit: «Va là, ou meurs»; allez-y donc, Raoul. A-t-elle été lâche ou brave, elle qui vous aimait, en vous préférant le roi, que son coeur lui commandait impérieusement de vous préférer? Non, elle a été la plus brave de toutes les femmes. Faites donc comme elle, obéissez à vous-même. Savez-vous une chose dont je suis sûr, Raoul?
— Laquelle?
— C'est qu'en la voyant de près avec les yeux d'un homme jaloux...
— Eh bien?
— Eh bien! vous cesserez de l'aimer.
— Vous me décidez, mon cher d'Artagnan.
— À partir pour la revoir?

— Non, à partir pour ne la revoir jamais. Je veux l'aimer toujours.

— Franchement, reprit le mousquetaire, voilà une conclusion à laquelle j'étais loin de m'attendre.

— Tenez, mon ami, vous irez la revoir, vous lui donnerez cette lettre, qui, si vous la jugez à propos, lui expliquera comme à vous ce qui se passe dans mon coeur. Lisez-la, je l'ai préparée cette nuit. Quelque chose me disait que je vous verrais aujourd'hui.

Il tendit cette lettre à d'Artagnan, qui la lut:

«Mademoiselle, vous n'avez pas tort à mes yeux en ne m'aimant pas. Vous n'êtes coupable que d'un tort, celui de m'avoir laissé croire que vous m'aimiez. Cette erreur me coûtera la vie. Je vous la pardonne, mais je ne me la pardonne pas. On dit que les amants heureux sont sourds aux plaintes des amants dédaignés. Il n'en sera point ainsi de vous, qui ne m'aimiez pas, sinon avec anxiété. Je suis sûr que, si j'eusse insisté près de vous pour changer cette amitié en amour, vous eussiez cédé par crainte de me faire mourir ou d'amoindrir l'estime que j'avais pour vous. Il m'est bien doux de mourir en vous sachant libre et satisfaite.

«Aussi, combien vous m'aimerez quand vous ne craindrez plus mon regard ou mon reproche! Vous m'aimerez, parce que, si charmant que vous paraisse un nouvel amour, Dieu ne m'a fait en rien l'inférieur de celui que vous avez choisi, et que mon dévouement, mon sacrifice, ma fin douloureuse m'assurent à vos yeux une supériorité certaine sur lui. J'ai laissé échapper, dans la crédulité naïve de mon coeur, le trésor que je tenais. Beaucoup de gens me disent que vous m'aviez aimé assez pour en venir à m'aimer beaucoup. Cette idée m'enlève toute amertume et me conduit à ne regarder comme ennemi que moi seul.

«Vous accepterez ce dernier adieu, et vous me bénirez de m'être réfugié dans l'asile inviolable où s'éteint toute haine, où dure tout amour.

«Adieu, mademoiselle. S'il fallait acheter de tout mon sang votre bonheur, je donnerais tout mon sang. J'en fais bien le sacrifice à ma misère!

«Raoul, vicomte de Bragelonne.»

— La lettre est bien, dit le capitaine. Je n'ai qu'une chose à lui reprocher.

— Dites-moi laquelle, s'écria Raoul.

— C'est qu'elle dit toute chose, hormis la chose qui s'exhale comme un poison mortel de vos yeux, de votre coeur; hormis l'amour insensé qui vous brûle encore.

Raoul pâlit et se tut.

— Pourquoi n'avez-vous pas écrit seulement ces mots:
«Mademoiselle,
«Au lieu de vous maudire, je vous aime et je meurs.»

— C'est vrai, dit Raoul avec une joie sinistre.

Et, déchirant sa lettre, qu'il venait de reprendre, il écrivit ces mots sur une feuille de ses tablettes:

«Pour avoir le bonheur de vous dire encore que je vous aime, je commets la lâcheté de vous écrire, et, pour me punir de cette lâcheté, je meurs.»

Et il signa.

— Vous lui remettrez ces tablettes, n'est-ce pas, capitaine? dit-il à d'Artagnan.

— Quand cela? répliqua celui-ci.

— Le jour, dit Bragelonne en montrant la dernière phrase, le jour où vous écrirez la date sous ces mots.

Et il s'échappa soudain et courut joindre Athos, qui revenait à pas lents.

Comme ils rentraient, la mer grossit, et, avec cette véhémence rapide des grains qui troublent la Méditerranée, la mauvaise humeur de l'élément devint une tempête.

Quelque chose d'informe et de tourmenté apparut à leurs regards sur le bord de la côte.

— Qu'est-ce cela? dit Athos. Une barque brisée?

— Ce n'est point une barque, dit d'Artagnan.

— Pardonnez-moi, fit Raoul, c'est une barque qui gagne rapidement le port.

— Il y a, en effet, une barque dans l'anse, une barque qui fait bien de s'abriter ici; mais ce que montre Athos dans le sable... échoué...

— Oui, oui, je vois.

— C'est le carrosse que je jetai à la mer en abordant avec le prisonnier.

— Eh bien! dit Athos, si vous m'en croyez, d'Artagnan, vous brûlerez le carrosse, afin qu'il n'en reste point de vestige; sans quoi, les pêcheurs d'Antibes, qui ont cru avoir affaire au diable, chercheront à prouver que votre prisonnier n'était qu'un homme.

— Je loue votre conseil, Athos, et je vais cette nuit le faire exécuter, ou plutôt l'exécuter moi-même. Mais rentrons, car la pluie va tomber et les éclairs sont effrayants.

Comme ils passaient sur le rempart dans une galerie dont d'Artagnan avait la clef, ils virent M. de Saint-Mars se diriger vers la chambre habitée par le prisonnier.

Ils se cachèrent dans l'angle de l'escalier sur un signe de d'Artagnan.

— Qu'y-a-t-il? dit Athos.

— Vous allez voir. Regardez. Le prisonnier revient de la chapelle.

Et l'on vit, à la lueur des rouges éclairs, dans la brume violette qu'estompait le vent sur le fond du ciel, on vit passer gravement, à six pas derrière le gouverneur, un homme vêtu de noir et masqué par une visière d'acier bruni, soudée à un casque de même nature, et qui lui enveloppait toute la tête. Le feu du ciel jetait de fauves reflets sur cette surface polie, et ces reflets, voltigeant capricieusement, semblaient être les regards courroucés que lançait ce malheureux à défaut d'imprécations.

Au milieu de la galerie, le prisonnier s'arrêta un moment à contempler l'horizon infini, à respirer les parfums sulfureux de la tempête à boire avidement la pluie chaude, et il poussa un soupir semblable à un rugissement.

— Venez, monsieur, dit de Saint-Mars brusquement au prisonnier, car il s'inquiétait déjà de le voir regarder longtemps au-delà des murailles. Monsieur, venez donc!

— Dites: «Monseigneur», cria de son coin Athos à Saint-Mars d'une voix tellement solennelle et terrible, que le gouverneur en frissonna des pieds à la tête.

Athos voulait toujours le respect pour la majesté tombée.

Le prisonnier se retourna.

— Qui a parlé? demanda de Saint-Mars.

— Moi, répliqua d'Artagnan, qui se montra aussitôt. Vous savez bien que c'est l'ordre.

— Ne m'appelez ni monsieur ni monseigneur, dit à son tour le prisonnier avec une voix qui remua Raoul jusqu'au fond des entrailles; appelez-moi_ Maudit!_

Et il passa.

La porte de fer cria derrière lui.

— Voilà un homme malheureux! murmura sourdement le mousquetaire, en montrant la chambre habitée par le prince.

CHAPITRE XXXIII. *Les promesses*

À peine d'Artagnan rentrait-il dans son appartement avec ses amis, qu'un des soldats du fort vint le prévenir que le gouverneur le cherchait.

La barque que Raoul avait aperçue à la mer, et qui semblait si pressée de gagner le port, venait à Sainte-Marguerite avec une dépêche importante pour le capitaine des mousquetaires.

En ouvrant le pli, d'Artagnan reconnut l'écriture du roi.

«Je pense, disait Louis XIV, que vous avez fini d'exécuter mes ordres, monsieur d'Artagnan; revenez donc sur-le-champ à Paris me trouver dans mon Louvre.»

— Voilà mon exil fini! s'écria le mousquetaire avec joie; Dieu soit loué, je cesse d'être geôlier!

Et il montra la lettre à Athos.

— Ainsi, vous nous quittez? répliqua celui-ci avec tristesse.

— Pour nous revoir, cher ami, attendu que Raoul est un grand garçon qui partira bien seul avec M. de Beaufort et qui aimera mieux laisser revenir son père en compagnie de M. d'Artagnan que de le forcer à faire seul deux cents lieues pour regagner La Fère, n'est-ce pas, Raoul?

— Certainement, balbutia celui-ci avec l'expression d'un tendre regret.

— Non, mon ami, interrompit Athos, je ne quitterai Raoul que le jour où son vaisseau aura disparu à l'horizon. Tant qu'il est en France, il n'est pas séparé de moi.

— À votre guise, cher ami; mais nous quitterons du moins Sainte Marguerite ensemble; profitez de la barque qui va me ramener à Antibes.

— De grand coeur; nous ne serons jamais assez tôt éloignés de ce fort et du spectacle qui nous a attristés tout à l'heure.

Les trois amis quittèrent donc la petite île, après les derniers adieux faits au gouverneur, et, dans les dernières lueurs de la tempête qui s'éloignait, ils virent pour la dernière fois blanchir les murailles du fort.

D'Artagnan prit congé de ses amis dans la nuit même, après avoir vu sur la côte de Sainte-Marguerite le feu du carrosse incendié par les ordres de M. de Saint-Mars, sur la recommandation que le capitaine lui avait faite.

Avant de monter à cheval, et comme il sortait des bras d'Athos:

— Amis, dit-il, vous ressemblez trop à deux soldats qui abandonnent leur poste. Quelque chose m'avertit que Raoul aurait besoin d'être maintenu par vous à son rang. Voulez-vous que je demande à passer en Afrique avec cent bons mousquets? Le roi ne me refusera pas, je vous emmènerai avec moi.

— Monsieur d'Artagnan, répliqua Raoul en lui serrant la main avec effusion, merci de cette offre, qui nous donnerait plus que nous ne voulons, M. le comte et moi. Moi qui suis jeune, j'ai besoin d'un travail d'esprit et d'une fatigue de corps; M. le comte a besoin du plus profond repos. Vous êtes son meilleur ami: je vous le recommande. En veillant sur lui, vous tiendrez nos deux âmes dans votre main.

— Il faut partir; voilà mon cheval qui s'impatiente, dit d'Artagnan, chez qui le signe le plus manifeste d'une vive émotion était le changement d'idées dans un entretien. Voyons, comte, combien de jours Raoul a-t-il encore à demeurer ici?

— Trois jours au plus.

— Et combien mettez-vous de temps pour rentrer chez vous?

— Oh! beaucoup de temps, répondit Athos. Je ne veux pas me séparer trop promptement de Raoul. Le temps le poussera bien assez vite de son côté, pour que je n'aide pas à la distance. Je ferai seulement des demi-étapes.

— Pourquoi cela, mon ami? on s'attriste à marcher lentement, et la vie des hôtelleries ne sied plus à un homme comme vous.

— Mon ami, je suis venu sur les chevaux de la poste, mais je veux acheter deux chevaux fins. Or, pour les ramener frais, il ne serait pas prudent de leur faire faire plus de sept à huit lieues par jour.

— Où est Grimaud?

— Il est arrivé avec les équipages de Raoul, hier au matin, et je l'ai laissé dormir.

— C'est à n'y plus revenir, laissa échapper d'Artagnan. Au revoir, donc, cher Athos, et, si vous faites diligence, eh bien! je vous embrasserai plus tôt.

Cela dit, il mit son pied à l'étrier, que Raoul vint lui tenir.

— Adieu! dit le jeune homme en l'embrassant.

— Adieu! fit d'Artagnan, qui se mit en selle.

Son cheval fit un mouvement qui écarta le cavalier de ses amis.

Cette scène avait lieu devant la maison choisie par Athos aux portes d'Antibes, et où d'Artagnan, après le souper, avait commandé qu'on lui amenât ses chevaux.

La route commençait là, et s'étendait blanche et onduleuse dans les vapeurs de la nuit. Le cheval respirait avec force l'âpre parfum salin qui s'exhale des marécages.

D'Artagnan prit le trot, et Athos commença à revenir tristement avec Raoul.

Tout à coup ils entendirent se rapprocher le bruit des pas du cheval, et d'abord ils crurent à une de ces répercussions singulières qui trompent l'oreille à chaque circonflexion des chemins.

Mais c'était bien le retour du cavalier. D'Artagnan revenait au galop vers ses amis. Ceux-ci poussèrent un cri de joyeuse surprise, et le capitaine, sautant à terre comme un jeune homme, vint prendre dans ses deux bras les deux têtes chéries d'Athos et de Raoul.

Il les tint longtemps embrassés sans dire un mot, sans laisser échapper un soupir qui brisait sa poitrine. Puis, aussi rapidement qu'il était venu, il repartit en appuyant les deux éperons aux flancs du cheval furieux.

— Hélas! dit le comte tout bas, hélas!

«Mauvais présage! se disait de son côté d'Artagnan en regagnant le temps perdu. Je n'ai pu leur sourire. Mauvais présage!»

Le lendemain, Grimaud était remis sur pied. Le service commandé par M. de Beaufort s'accomplissait heureusement. La flottille, dirigée sur Toulon par les soins de Raoul, était partie, traînant après elle, dans de petites nacelles presque invisibles, les femmes et les amis des pêcheurs et des contrebandiers, mis en réquisition pour le service de la flotte.

Le temps si court qui restait au père et au fils pour vivre ensemble semblait avoir doublé de rapidité, comme s'accroît la vitesse de tout ce qui penche à tomber dans le gouffre de l'éternité.

Athos et Raoul revinrent à Toulon, qui s'emplissait du bruit des chariots, du bruit des armures, du bruit des chevaux hennissants. Les trompettes sonnaient leurs marches, les tambours signalaient leur vigueur, les rues regorgeaient de soldats, de valets et de marchands.

Le duc de Beaufort était partout, activant l'embarquement avec le zèle et l'intérêt d'un bon capitaine. Il caressait ses compagnons jusqu'aux plus humbles; il gourmandait ses lieutenants; même les plus considérables.

Artillerie, provisions, bagages, il voulut tout voir par lui-même; il examina l'équipement de chaque soldat, s'assura de la santé de chaque cheval. On sentait que, léger, vantard, égoïste dans son hôtel, le gentilhomme redevenait soldat, le grand seigneur capitaine, vis-à-vis de la responsabilité qu'il avait acceptée.

Cependant, il faut bien le dire, quel que fût le soin qui présida aux apprêts du départ, on y reconnaissait la précipitation insouciante et l'absence de toute précaution qui font du soldat français le premier soldat du monde, parce qu'il en est le plus abandonné à ses seules ressources physiques et morales.

Toutes choses ayant satisfait ou paru satisfaire l'amiral, il fit à Raoul ses compliments et donna les derniers ordres pour l'appareillage, qui fut fixé au lendemain à la pointe du jour.

Il invita le comte et son fils à dîner avec lui. Ceux-ci prétextèrent quelques nécessités du service et se mirent à l'écart. Gagnant leur hôtellerie, située sous les arbres de la grande place, ils prirent leur repas à la hâte, et Athos conduisit Raoul sur les rochers qui dominent la ville, vastes montagnes grises d'où la vue est infinie, et embrasse un horizon liquide qui semble, tant il est loin, de niveau avec les rochers eux-mêmes.

La nuit était belle comme toujours en ces heureux climats. La lune, se levant derrière les rochers, déroulait comme une nappe argentée sur le tapis bleu de la mer. Dans la rade, manoeuvraient silencieusement les vaisseaux qui venaient prendre leur rang pour faciliter l'embarquement.

La mer, chargée de phosphore, s'ouvrait sous les carènes des barques qui transbordaient les bagages et les munitions; chaque secousse de la proue fouillait ce gouffre de flammes blanches, et de chaque aviron dégouttaient les diamants liquides.

On entendait les marins, joyeux des largesses de l'amiral, murmurer leurs chansons lentes et naïves. Parfois le grincement des chaînes se mêlait au bruit sourd des boulets tombant dans les cales. Ce spectacle et ces harmonies serraient le coeur comme la crainte, et le dilataient comme l'espérance. Toute cette vie sentait la mort.

Athos s'assit avec son fils sur les mousses et les bruyères du promontoire. Autour de leur tête passaient et repassaient les grandes chauves-souris, emportées dans l'effrayant tourbillon de leur chasse aveugle. Les pieds de Raoul dépassaient l'arête de la falaise et baignaient dans ce vide que peuple le vertige et qui provoque au néant.

Quand la lune fut levée en son entier, caressant de sa lumière les pitons voisins, quand le miroir de l'eau fut illuminé dans toute son étendue, et que les petits feux rouges eurent fait leur trouée dans les masses noires de chaque navire, Athos, rassemblant toutes ses idées, tout son courage, dit à son fils:

— Dieu a fait tout ce que nous voyons, Raoul; il nous a faits aussi, pauvres atomes mêlés à ce grand univers; nous brillons comme ces feux et ces étoiles, nous soupirons comme ces flots, nous souffrons comme ces grands navires qui s'usent à creuser la vague, en obéissant au vent qui les pousse vers un but, comme le souffle de Dieu nous pousse vers un port. Tout aime à vivre, Raoul, et tout est beau dans les choses vivantes.

— Monsieur, répliqua le jeune homme, nous avons là, en effet, un beau spectacle.

— Comme d'Artagnan est bon! interrompit tout de suite Athos, et comme c'est un rare bonheur que de s'être appuyé toute une vie sur un ami comme celui-là! Voilà ce qui vous a manqué, Raoul.

— Un ami? s'écria le jeune homme; j'ai manqué d'un ami, moi!

— M. de Guiche est un charmant compagnon, reprit le comte froidement; mais je crois qu'au temps où vous vivez, les hommes se préoccupent plus de leurs affaires et de leurs plaisirs que de notre temps. Vous avez cherché la vie isolée; c'est un bonheur; mais vous y avez perdu la force. Nous autres quatre, un peu sevrés de ces délicatesses qui font votre joie, nous avons trouvé bien plus de résistance quand paraissait le malheur.

— Je ne vous ai point arrêté, monsieur, pour dire que j'avais un ami, et que cet ami est M. de Guiche. Certes, il est bon et généreux, pourtant, et il m'aime. J'ai vécu sous la tutelle d'une autre amitié, aussi précieuse, aussi forte que celle dont vous parlez, puisque c'est la vôtre.

— Je n'étais pas un ami pour vous, Raoul, dit Athos.

— Eh! monsieur, pourquoi?

— Parce que je vous ai donné lieu de croire que la vie n'a qu'une face, parce que, triste et sévère, hélas! j'ai toujours coupé pour vous, sans le vouloir, mon Dieu! les bourgeons joyeux qui jaillissent incessamment de l'arbre de la jeunesse; en un mot, parce que, dans le moment où nous sommes, je me repens de ne pas avoir fait de vous un homme très expansif, très dissipé, très bruyant.

— Je sais pourquoi vous me dites cela, monsieur. Non, vous avez tort, ce n'est pas vous qui m'avez fait ce que je suis; c'est cet amour qui m'a pris au moment où les enfants n'ont que des inclinations; c'est la constance naturelle à mon caractère, qui, chez les autres créatures, n'est qu'une habitude. J'ai cru que je serais toujours comme j'étais; j'ai cru que Dieu m'avait jeté sur une route toute défrichée, toute droite, bordée de fruits et de fleurs. J'avais au-dessus de moi votre vigilance, votre force. Je me suis cru vigilant et fort. Rien ne m'a préparé: je suis tombé une fois, et cette fois m'a ôté le courage pour toute ma vie. Il est vrai de dire que je m'y suis brisé. Oh! non, monsieur, vous n'êtes dans mon passé que pour mon bonheur: vous n'êtes dans mon avenir que comme un espoir. Non, je n'ai rien à reprocher à la vie telle que vous me l'avez faite; je vous bénis et je vous aime ardemment.

— Mon cher Raoul, vos paroles me font du bien. Elles me prouvent que vous agirez un peu pour moi, dans le temps qui va suivre.

— Je n'agirai que pour vous, monsieur.

— Raoul, ce que je n'ai jamais fait à votre égard, je le ferai désormais. Je serai votre ami, non plus votre père. Nous vivrons en nous répandant, au lieu de vivre en nous tenant prisonniers, lorsque vous serez revenu. Ce sera bientôt, n'est-ce pas?

— Certes, Monsieur, car une expédition pareille ne saurait être longue...

— Bientôt alors, Raoul, bientôt, au lieu de vivre modiquement sur mon revenu, je vous donnerai le capital mes terres. Il vous suffira pour vous lancer dans le monde jusqu'à ma mort, et vous me donnerez, je l'espère, avant ce temps, la consolation de ne pas laisser s'éteindre ma race.

— Je ferai tout ce que vous me commanderez, reprit Raoul fort agité.

— Il ne faudrait pas, Raoul, que votre service d'aide de camp vous conduisît à des tentatives trop hasardeuses. Vous avez fait vos preuves, on vous sait bon au feu. Rappelez-vous que la guerre des Arabes est une guerre de pièges, d'embuscades et d'assassinats.

— On le dit, oui, monsieur.

— Il y a toujours peu de gloire à tomber dans un guet-apens. C'est une mort qui accuse toujours un peu: témérité ou d'imprévoyance. Souvent même on ne plaint pas celui qui a succombé. Ceux qu'on ne plaint pas, Raoul, sont morts inutiles. De plus, le vainqueur rit, et, nous autres, nous ne devons pas souffrir que ces infidèles stupides triomphent de nos fautes. Vous comprenez bien ce que je veux vous dire, Raoul? À Dieu ne plaise que je vous exhorte à demeurer loin des rencontres!

— Je suis prudent naturellement, monsieur, et j'ai beaucoup de bonheur, dit Raoul avec un sourire qui glaça le coeur du pauvre père; car, se hâta d'ajouter le jeune homme, pour vingt combats où je me suis trouvé, n'ai encore compté qu'une égratignure.

— Il y a, en outre, dit Athos, le climat qu'il faut craindre: c'est une laide fin que la fièvre. Le roi saint Louis priait Dieu de lui envoyer une flèche ou la peste avant la fièvre.

— Oh! monsieur, avec de la sobriété, avec un exercice raisonnable...

— J'ai déjà obtenu de M. de Beaufort, interrompit Athos, que ses dépêches partiraient tous les quinze jours pour la France. Vous, son aide de camp, vous serez chargé de les expédier; vous ne m'oublierez sans doute pas?

— Non, monsieur, dit Raoul d'une voix étranglée.

— Enfin, Raoul, comme vous êtes bon chrétien, et que je le suis aussi, nous devons compter sur une protection plus spéciale de Dieu ou de nos anges gardiens. Promettez-moi que, s'il vous arrivait malheur en une occasion, vous penseriez à moi tout d'abord.

— Tout d'abord, oh! oui.

— Et que vous m'appelleriez.

— Oh! sur-le-champ.

— Vous rêvez à moi quelquefois, Raoul?

— Toutes les nuits, monsieur. Pendant ma première jeunesse, je vous voyais en songe, calme et doux, une main étendue sur ma tête, et voilà pourquoi j'ai toujours si bien dormi... *autrefois!*

— Nous nous aimons trop, dit le comte, pour que, à partir de ce moment où nous nous séparons, une part de nos deux âmes ne voyage pas avec l'un et l'autre de nous et n'habite pas où nous habiterons. Quand vous serez triste, Raoul, je sens que mon coeur se noiera de tristesse, et, quand vous voudrez sourire en pensant à moi, songez bien que vous m'enverrez de là-bas un rayon de votre joie.

— Je ne vous promets pas d'être joyeux, répondit le jeune homme; mais soyez certain que je ne passerai pas une heure sans songer à vous; pas une heure, je vous le jure, à moins que je ne sois mort.

Athos ne put se contenir plus longtemps; il entoura de son bras le cou de son fils, et le tint embrassé de toutes les forces de son coeur.

La lune avait fait place au crépuscule; une bande dorée montait à l'horizon, annonçant l'approche du jour.

Athos jeta son manteau sur les épaules de Raoul et l'emmena vers la ville, où fardeaux et porteurs, tout remuait déjà comme une vaste fourmilière.

À l'extrémité du plateau que quittaient Athos et Bragelonne, ils virent une ombre noire se balançant avec indécision et comme honteuse d'être vue. C'était Grimaud qui, inquiet, avait suivi son maître à la piste et qui les attendait.

— Oh! bon Grimaud, s'écria Raoul, que veux-tu? Tu viens nous dire qu'il faut partir, n'est-ce pas?

— Seul? fit Grimaud en montrant Raoul à Athos d'un ton de reproche qui montrait à quel point le vieillard était bouleversé.

— Oh! tu as raison! s'écria le comte. Non, Raoul ne partira pas seul; non, il ne restera pas sur une terre étrangère sans quelqu'un d'ami qui le console et lui rappelle tout ce qu'il aimait.

— Moi? dit Grimaud.

— Toi? oui! oui! s'écria Raoul touché jusqu'au fond du coeur.

— Hélas! dit Athos, tu es bien vieux, mon bon Grimaud!

— Tant mieux, répliqua celui-ci avec une profondeur de sentiment et d'intelligence inexprimable.

— Mais voilà que l'embarquement se fait, dit Raoul, et tu n'es point préparé.

— Si! dit Grimaud en montrant les clefs de ses coffres mêlées à celles de son jeune maître.

— Mais, objecta encore Raoul, tu ne peux laisser M. le comte ainsi seul: M. le comte que tu n'as jamais quitté?

Grimaud tourna son regard obscurci vers Athos, comme pour mesurer la force de l'un et de l'autre.

Le comte ne répondait rien.

— M. le comte aimera mieux cela, dit Grimaud.

— Oui, fit Athos avec sa tête.

En ce moment, les tambours roulèrent tous à la fois et les clairons emplirent l'air de chants joyeux.

On vit déboucher de la ville les régiments qui devaient prendre part à l'expédition.

Ils s'avançaient au nombre de cinq, composés chacun de quarante compagnies. Royal marchait le premier, reconnaissable à son uniforme blanc à parements bleus. Les drapeaux d'ordonnance écartelés en croix, violet et feuille morte, avec un semis de fleurs de lis d'or, laissaient dominer le drapeau colonel blanc avec la croix fleurdelisée.

Mousquetaires aux ailes, avec leurs bâtons fourchus à la main et les mousquets sur l'épaule; piquiers au centre avec leurs lances de quatorze pieds, marchaient gaiement vers les barques de transport qui les portaient en détail vers les navires.

Les régiments de Picardie, Navarre, Normandie et Royal-Vaisseau venaient ensuite.

M. de Beaufort avait su choisir. On le voyait lui-même au loin fermant la marche avec son état-major.

Avant qu'il pût atteindre la mer, une bonne heure devait s'écouler.

Raoul se dirigea lentement avec Athos vers le rivage, afin de prendre sa place au moment du passage du prince.

Grimaud, bouillonnant d'une ardeur de jeune homme, faisait porter au vaisseau amiral les bagages de Raoul.

Athos, son bras passé sous celui du fils qu'il allait perdre, s'absorbait dans la plus douloureuse méditation, s'étourdissant du bruit et du mouvement.

Tout à coup un officier de M. de Beaufort vint à eux pour leur apprendre que le duc manifestait le désir de voir Raoul à ses côtés.

— Veuillez dire au prince, monsieur, s'écria le jeune homme, que je lui demande encore cette heure pour jouir de la présence de M. le comte.

— Non, non, interrompit Athos, un aide de camp ne peut ainsi quitter son général. Veuillez dire au prince, monsieur, que le vicomte va se rendre auprès de lui.

L'officier partit au galop.

— Nous quitter ici, nous quitter là-bas, ajouta le comte, c'est toujours une séparation.

Il épousseta soigneusement l'habit de son fils, et lui passa la main sur les cheveux tout en marchant.

— Tenez, Raoul, dit-il, vous avez besoin d'argent; M. de Beaufort mène grand train, et je suis certain que vous vous plairez, là- bas, à acheter des chevaux et des armes, qui sont choses précieuses en ce pays. Or, comme vous ne servez pas le roi ni M. de Beaufort, et que vous ne relevez que de votre libre arbitre, vous ne devez compter ni sur solde ni sur largesses. Je veux donc que vous ne manquiez de rien à Djidgelli. Voici deux cents pistoles. Dépensez-les, Raoul, si vous tenez à me faire plaisir.

Raoul serra la main de son père, et, au détour d'une rue, ils virent M. de Beaufort monté sur un magnifique genet blanc, qui répondait par de gracieuses courbettes aux applaudissements des femmes de la ville.

Le duc appela Raoul et tendit la main au comte. Il lui parla longtemps, avec de si douces expressions, que le coeur du pauvre père s'en trouva un peu réconforté.

Il semblait pourtant à tous deux, au père et au fils, que leur marche aboutissait au supplice. Il y eut un moment terrible, celui où, pour quitter le sable de la plage, les soldats et les marins échangèrent, avec leurs familles et leur amis, les derniers baisers: moment suprême où, malgré la pureté du ciel, la chaleur du soleil, malgré les parfums de l'air et la douce vie qui circule dans les veines, tout paraît noir, tout paraît amer, tout fait douter de Dieu, en parlant par la bouche même de Dieu.

Il était d'usage que l'amiral s'embarquât le dernier avec sa suite; le canon attendait, pour lancer sa formidable voix, que le chef eût mis un pied sur le plancher de son navire.

Athos, oubliant et l'amiral, et la flotte, et sa propre dignité d'homme fort, ouvrit les bras à son fils et l'étreignit convulsivement sur sa poitrine.

— Accompagnez-nous à bord, dit le duc ému; vous gagnerez une bonne demi-heure.

— Non, fit Athos, non, mon adieu est dit. Je ne veux pas en dire un second.

— Alors, vicomte, embarquez, embarquez vite! ajouta le prince voulant épargner les larmes à ces deux hommes dont le coeur se gonflait.

Et, paternellement, tendrement, fort comme l'eût été Porthos, il enleva Raoul dans ses bras et le plaça sur la chaloupe dont les avirons commencèrent à nager aussitôt sur un signe.

Lui-même, oubliant le cérémonial, sauta sur le plat bord de ce canot, et le poussa, d'un pied vigoureux, en mer.

— Adieu! cria Raoul.

Athos ne répliqua que par un signe; mais il sentit quelque chose de brûlant sur sa main: c'était le baiser respectueux de Grimaud, le dernier adieu du chien fidèle.

Ce baiser donné, Grimaud sauta de la marche du môle sur l'avant d'une yole à deux avirons, qui vint se faire remorquer par un chaland servi de douze rames de galères.

Athos s'assit sur le môle, éperdu, sourd, abandonné.

Chaque seconde lui enleva un des traits, une des nuances du teint pâle de son fils. Les bras pendants, l'oeil fixe, la bouche ouverte, il resta confondu avec Raoul dans un même regard, dans une même pensée, dans une même stupeur.

La mer emporta, peu à peu, chaloupes et figures jusqu'à cette distance où les hommes ne sont plus que des points, les amours des souvenirs.

Athos vit son fils monter l'échelle du vaisseau amiral, il le vit s'accouder au bastingage et se placer de manière à être toujours un point de mire pour l'oeil de son père. En vain le canon tonna, en vain des navires s'élança une longue rumeur répondue sur terre par d'immenses acclamations, en vain le bruit voulut-il étourdir l'oreille du père, et la fumée noyer le but chéri de toutes ses aspirations: Raoul lui apparut jusqu'au dernier moment, et l'imperceptible atome, passant du noir au pâle, du pâle au blanc, du blanc à rien, disparut pour Athos, disparut bien longtemps après que, pour tous les yeux des assistants, avaient disparu puissants navires et voiles enflées.

Vers midi, quand déjà le soleil dévorait l'espace et qu'à peine l'extrémité des mâts dominait la ligne incandescente de la mer, Athos vit s'élever une ombre douce, aérienne, aussitôt évanouie que vue: c'était la fumée d'un coup de canon que M. de Beaufort venait de faire tirer pour saluer une dernière fois la côte de France.

La pointe s'enfonça à son tour sous le ciel, et Athos rentra péniblement à son hôtellerie.

CHAPITRE XXXIV. Entre femmes

D'Artagnan n'avait pu se cacher à ses amis aussi bien qu'il l'eût désiré. Le soldat stoïque, l'impassible homme d'armes, vaincu par la crainte et les pressentiments, avait donné quelques minutes à la faiblesse humaine.

Aussi, quand il eut fait taire son coeur et calmé le tressaillement de ses muscles, se tournant vers son laquais, silencieux serviteur toujours aux écoutes pour obéir plus vite:

— Rabaud, dit-il, tu sauras que je dois faire trente lieues par jour.

— Bien, mon capitaine, répondit Rabaud.

Et, à partir de ce moment, d'Artagnan, fait à l'allure du cheval, comme un véritable centaure, ne s'occupa plus de rien, c'est-à-dire qu'il s'occupa de tout.

Il se demanda pourquoi le roi le rappelait; pourquoi le Masque-de-Fer avait jeté un plat d'argent aux pieds.

Quant au premier sujet, la réponse fut négative: il savait trop que, le roi l'appelant, c'était par nécessité; il savait encore que Louis XIV devait éprouver l'impérieux besoin d'un entretien particulier avec celui qu'un si grand secret, mettait au niveau des plus hautes puissances du royaume. Mais, quant à préciser le désir du roi, d'Artagnan ne s'en trouvait pas capable.

Le mousquetaire n'avait plus de doutes non plus sur la raison qui avait poussé l'infortuné Philippe à dévoiler son caractère et sa naissance. Philippe, enseveli à jamais sous son masque de fer, exilé dans un pays où les hommes semblaient servir les éléments; Philippe, privé même de la société de d'Artagnan, qui l'avait comblé d'honneurs et de délicatesses n'avait plus à voir que des spectres et des douleurs en ce monde, et le désespoir commençant à le mordre, il se répandait en plaintes, croyant que les révélations lui susciteraient un vengeur.

La façon dont le mousquetaire avait failli tuer ses deux meilleurs amis, la destinée qui avait si étrangement amené Athos en participation du secret d'État, les adieux de Raoul, l'obscurité de cet avenir qui allait aboutir à une triste mort; tout cela renvoyait incessamment d'Artagnan à de lamentables prévisions, que la rapidité de la marche ne dissipait pas comme jadis.

D'Artagnan passait de ces considérations au souvenir de Porthos et d'Aramis proscrits. Il les voyait fugitifs, traqués, ruinés l'un et l'autre, laborieux architectes d'une fortune qu'il leur faudrait perdre; et, comme le roi appelait son homme d'exécution en un moment de vengeance et de rancune, d'Artagnan tremblait de recevoir quelque commission dont son coeur eût saigné.

Parfois, montant les côtes, quand le cheval essoufflé enflait ses naseaux et développait ses flancs, le capitaine, plus libre de penser, songeait à ce prodigieux génie d'Aramis, génie d'astuce et d'intrigue, comme en avaient produit deux la Fronde et la guerre civile. Soldat, prêtre et diplomate, galant, avide et rusé, Aramis n'avait jamais pris les bonnes choses de la vie que comme marchepied pour s'élever aux mauvaises. Généreux esprit, sinon coeur d'élite, il n'avait jamais fait le mal que pour briller un peu plus. Vers la fin de sa carrière, au moment de saisir le but, il avait fait comme le patricien Fiesque, un faux pas sur une planche, et était tombé dans la mer.

Mais Porthos, ce bon et naïf Porthos! Voir Porthos affamé, voir Mousqueton sans dorures, emprisonné peut-être; voir Pierrefonds,

Bracieux, rasés quant aux pierres, déshonorés quant aux futaies, c'étaient là autant de douleurs poignantes pour d'Artagnan, et, chaque fois qu'une de ces douleurs le frappait, il bondissait comme son cheval à la piqûre du taon sous les voûtes de feuillage.

Jamais l'homme d'esprit ne s'est ennuyé s'il a le corps occupé par la fatigue; jamais l'homme sain de corps n'a manqué de trouver la vie légère si quelque chose a captivé son esprit. D'Artagnan, toujours courant, toujours rêvant, descendit à Paris, frais et tendre de muscles, comme l'athlète qui s'est préparé pour le gymnase.

Le roi ne l'attendait pas si tôt et venait de partir pour chasser du côté de Meudon. D'Artagnan, au lieu de courir après le roi comme il eût fait au temps jadis, se débotta, se mit au bain et attendit que Sa Majesté fût revenue bien poudreuse et bien lasse. Il occupa les cinq heures d'intervalle à prendre, comme on dit, l'air de la maison, et à se cuirasser contre toutes les mauvaises chances.

Il apprit que le roi, depuis quinze jours, était sombre; que la reine mère était malade et fort accablée; que Monsieur, frère du roi, tournait à la dévotion; que Madame avait des vapeurs, et que M. de Guiche était parti pour une de ses terres.

Il apprit que M. Colbert était rayonnant que M. Fouquet consultait tous les jours un nouveau médecin, qui ne le guérissait point, et que sa principale maladie n'était pas de celles que les médecins guérissent, sinon les médecins politiques.

Le roi, dit-on à d'Artagnan, faisait à M. Fouquet la plus tendre mine, et ne le quittait plus d'une semelle; mais le surintendant, touché au coeur comme ces beaux arbres qu'un ver a piqués, dépérissait malgré le sourire royal, ce soleil des arbres de cour.

D'Artagnan apprit que Mlle de La Vallière était devenue indispensable au roi; que le prince, durant ses chasses, s'il ne l'emmenait point, lui écrivait plusieurs fois, non plus des vers, mais, ce qui était bien pis, de la prose, et par pages.

Aussi voyait-on le *premier roi du monde*, comme disait la pléiade poétique d'alors, descendre de cheval *d'une ardeur sans seconde*, et, sur la forme de son chapeau, crayonner des phrases en phébus, que M. de Saint-Aignan, aide de camp à perpétuité, portait à La Vallière, au risque de crever ses chevaux.

Pendant ce temps les daims et les faisans prenaient leurs ébats, chassés si mollement, que, disait-on, l'art de la vénerie courait risque de dégénérer à la Cour de France.

D'Artagnan alors pensa aux recommandations du pauvre Raoul, à cette lettre de désespoir destinée à une femme qui passait sa vie à espérer, et, comme d'Artagnan aimait à philosopher, il résolut de profiter de l'absence du roi pour entretenir un moment Mlle de La Vallière.

C'était chose aisée: Louise, pendant la chasse royale, se promenait avec quelques dames dans une galerie du Palais-Royal, où précisément le capitaine des mousquetaires avait quelques gardes à inspecter.

D'Artagnan ne doutait pas que, s'il pouvait entamer la conversation sur Raoul, Louise ne lui donnât quelque sujet d'écrire une bonne lettre au pauvre exilé; or, l'espoir, ou du moins la consolation pour Raoul, en une disposition du coeur comme celle où nous l'avons vu, c'était le soleil, c'était la vie de deux hommes qui étaient bien chers à notre capitaine.

Il s'achemina donc vers l'endroit où il savait trouver Mlle de La Vallière.

D'Artagnan trouva La Vallière fort entourée. Dans son apparente solitude, la favorite du roi recevait, comme une reine, plus que la reine peut-être, un hommage dont Madame avait été si fière, alors que tous les regards du roi étaient pour elle et commandaient tous les regards des courtisans.

D'Artagnan, qui n'était pas un muguet, ne recevait pourtant que caresses et gentillesses des dames; il était poli comme un brave, et sa réputation terrible lui avait concilié autant d'amitié chez les hommes que d'admiration chez les femmes.

Aussi, en le voyant entrer, les filles d'honneur lui adressèrent-elles la parole. Elles débutèrent par des questions.

Où avait-il été? Qu'était-il devenu? Pourquoi ne l'avait-on pas vu faire, avec son beau cheval, toutes ces belles voltes qui émerveillaient les curieux au balcon du roi?

Il répliqua qu'il arrivait du pays des oranges.

Ces demoiselles se mirent à rire. On était au temps où tout le monde voyageait, et où, pourtant, un voyage de cent lieues était un problème résolu souvent par la mort.

— Du pays des oranges? s'écria Mlle de Tonnay-Charente; de l'Espagne?

— Eh! eh! fit le mousquetaire.

— De Malte? dit Montalais.

— Ma foi! vous approchez, mesdemoiselles.

— C'est d'une île? demanda La Vallière.

— Mademoiselle, dit d'Artagnan, je ne veux pas vous faire chercher: c'est du pays où M. de Beaufort s'embarque à l'heure qu'il est pour passer en Alger.

— Avez-vous vu l'armée? demandèrent plusieurs belliqueuses.

— Comme je vous vois, répliqua d'Artagnan.
— Et la flotte?
— J'ai tout vu.
— Avons-nous des amis par-là? fit Mlle de Tonnay-Charente froidement, mais de manière à attirer l'attention sur ce mot, d'une portée calculée.
— Mais, répliqua d'Artagnan, nous avons M. de La Guillotière, M. de Mouchy, M. de Bragelonne.
La Vallière pâlit.
— M. de Bragelonne? s'écria la perfide Athénaïs. Eh quoi! il est parti en guerre... lui? Montalais lui marcha sur le pied, mais vainement.
— Savez-vous mon idée? continua-t-elle sans pitié en s'adressant à d'Artagnan.
— Non, mademoiselle, et je voudrais bien la savoir.
— Mon idée, c'est que tous les hommes qui vont faire cette guerre sont des désespérés que l'amour a traités mal, et qui vont chercher des Noires moins cruelles que ne l'étaient les Blanches.
Quelques dames se mirent à rire; La Vallière perdait son maintien;
Montalais toussait à réveiller un mort.
— Mademoiselle, interrompit d'Artagnan, vous faites erreur quand vous parlez des femmes noires de Djidgelli; les femmes, là-bas, ne sont pas noires; il est vrai qu'elles ne sont pas blanches: elles sont jaunes.
— Jaunes!
— Eh! n'en dites pas de mal; je n'ai jamais vu de plus belle couleur à marier avec des yeux noirs et une bouche de corail.
— Tant mieux pour M. de Bragelonne! fit Mlle de Tonnay-Charente avec insistance, il se dédommagera, le pauvre garçon.
Il se fit un profond silence sur ces paroles.
D'Artagnan eut le temps de réfléchir que les femmes, ces douces colombes, se traitent entre elles beaucoup plus cruellement que les tigres et les ours.
Ce n'était pas assez pour Athénaïs d'avoir fait pâlir La Vallière; elle voulut la faire rougir.
Reprenant la conversation sans mesure:
— Savez-vous, Louise, dit-elle, que vous voilà un gros péché sur la conscience!
— Quel péché, mademoiselle? balbutia l'infortunée en cherchant un appui autour d'elle sans le trouver.

— Eh! mais, poursuivit Athénaïs, ce garçon vous était fiancé. Il vous aimait. Vous l'avez repoussé.

— C'est un droit qu'on a quand on est honnête femme, reprit Montalais d'un air précieux. Lorsqu'on sait ne devoir pas faire le bonheur d'un homme, mieux vaut le repousser.

Louise ne put pas comprendre si elle devait un blâme ou un remerciement à celle qui la défendait ainsi.

— Repousser! repousser! c'est fort bon, dit Athénaïs, mais là n'est pas le péché que Mlle de La Vallière aurait à se reprocher. Le vrai péché, c'est d'envoyer ce pauvre Bragelonne à la guerre; à la guerre, où l'on trouve la mort.

Louise passa une main sur son front glacé.

— Et s'il meurt, continua l'impitoyable, vous l'aurez tué: voilà le péché.

Louise, à demi morte elle-même, vint en chancelant prendre le bras du capitaine des mousquetaires, dont le visage trahissait une émotion inaccoutumée.

— Vous aviez à me parler, monsieur d'Artagnan, dit-elle d'une voix altérée par la colère et la douleur. Qu'aviez-vous à me dire?

D'Artagnan fit plusieurs pas dans la galerie, tenant Louise sous son bras; puis, lorsqu'ils furent assez loin des autres:

— Ce que j'avais à vous dire, mademoiselle, répliqua-t-il, Mlle de Tonnay Charente vient de vous l'exprimer brutalement, mais en entier.

Elle poussa un petit cri, et, navrée par cette nouvelle blessure, prit sa course comme ces pauvres oiseaux frappés à mort, qui cherchent l'ombre du hallier pour mourir.

Elle disparut par une porte, au moment où le roi entrait par une autre.

Le premier regard du prince fut pour le siège vide de sa maîtresse; n'apercevant pas La Vallière, il fronça le sourcil; mais aussitôt il vit d'Artagnan qui le saluait.

— Ah! monsieur, dit-il, vous avez fait bonne diligence et je suis content de vous.

C'était l'expression superlative de la satisfaction royale. Bien des hommes devaient se faire tuer pour obtenir ce mot-là du roi.

Les filles d'honneur et les courtisans, qui avaient fait un cercle respectueux autour du roi à son entrée, s'écartèrent en le voyant chercher le secret avec son capitaine de mousquetaires.

Le roi prit les devants et emmena d'Artagnan hors de la salle, après avoir encore une fois cherché des yeux La Vallière, dont il ne comprenait point l'absence.

Une fois hors de la portée des oreilles curieuses:

— Eh bien! dit-il, monsieur d'Artagnan, le prisonnier?
— Dans sa prison, Sire.
— Qu'a-t-il dit en chemin?
— Rien, Sire.
— Qu'a-t-il fait?
— Il y a eu un moment où le pêcheur à bord duquel je passais à Sainte-Marguerite s'est révolté, et m'a voulu tuer. Le... le prisonnier m'a défendu au lieu d'essayer à s'enfuir.
Le roi pâlit.
— Assez, dit-il.
D'Artagnan s'inclina.
Louis se promena de long en large dans son cabinet.
— Vous étiez à Antibes, dit-il, quand M. de Beaufort y est venu?
— Non, Sire, je partais quand le duc est arrivé.
— Ah!
Nouveau silence.
— Qu'avez-vous vu là-bas?
— Beaucoup de gens, répliqua d'Artagnan avec froideur.
Le roi vit que d'Artagnan ne voulait pas parler.
— Je vous ai fait venir, monsieur le capitaine, pour vous dire d'aller préparer mes logements à Nantes.
— À Nantes? s'écria d'Artagnan.
— En Bretagne.
— Oui, Sire, en Bretagne. Votre Majesté fait ce long voyage de Nantes?
— Les États s'y assemblent, répondit le roi. J'ai deux demandes à leur faire: j'y veux être.
— Quand partirai-je? dit le capitaine.
— Ce soir... demain... demain au soir, car vous avez besoin de repos.
— Je suis reposé, Sire.
— À merveille... Alors, entre ce soir et demain, à votre gré.
D'Artagnan salua comme pour prendre congé; puis, voyant le roi très embarrassé:
— Le roi, dit-il, et il fit deux pas en avant, le roi emmène-t-il la Cour?
— Mais oui.
— Alors le roi aura besoin des mousquetaires, sans doute?
Et l'oeil pénétrant du capitaine fit baisser le regard du roi.
— Prenez-en une brigade, répliqua Louis.
— Voilà tout?... Le roi n'a pas d'autres ordres à me donner?
— Non... Ah!... Si fait!...

— J'écoute.

— Au château de Nantes, qui est fort mal distribué, dit-on, vous prendrez l'habitude de mettre des mousquetaires à la porte de chacun des principaux dignitaires que j'emmènerai.

— Des principaux?

— Oui.

— Comme, par exemple, à la porte de M. de Lyonne?

— Oui.

— De M. Le Tellier?

— Oui.

— De M. de Brienne?

— Oui.

— Et de M. le surintendant?

— Sans doute.

— Fort bien, Sire. Je serai parti demain.

— Oh! encore un mot, monsieur d'Artagnan. Vous rencontrerez à Nantes M. le duc de Gesvres, capitaine des gardes. Ayez soin que vos mousquetaires soient placés avant que ses gardes n'arrivent.

— Oui, Sire.

— Et si M. de Gesvres vous questionnait?

— Allons donc, Sire! est-ce que M. de Gesvres me questionnera?

Et cavalièrement, le mousquetaire tourna sur ses talons et disparut.

«À Nantes! se dit-il en descendant les degrés. Pourquoi n'a-t-il pas osé dire tout de suite à Belle-Île?»

Comme il touchait à la grande porte, un commis de M. de Brienne courut après lui.

— Monsieur d'Artagnan! dit-il, pardon...

— Qu'y a-t-il, monsieur Ariste?

— C'est un bon que le roi m'a chargé de vous remettre.

— Sur votre caisse? demanda le mousquetaire.

— Non, monsieur, sur la caisse de M. Fouquet.

D'Artagnan, surpris, lut le bon, qui était de la main du roi, et pour deux cents pistoles.

«Quoi! pensa-t-il après avoir remercié gracieusement le commis de M. Brienne, c'est par M. Fouquet qu'on fera payer ce voyage-là! Mordioux! voilà du pur Louis XI. Pourquoi n'avoir pas fait ce bon sur la caisse de M. Colbert? Il eût payé avec tant de joie!»

Et d'Artagnan, fidèle à son principe de ne laisser jamais refroidir un bon à vue, s'en alla chez M. Fouquet pour toucher ses deux cents pistoles.

CHAPITRE XXXV. La cène

Le surintendant avait sans doute reçu avis du prochain départ pour Nantes, car il donnait un dîner d'adieu à ses amis.

Du bas de la maison jusqu'en haut, l'empressement des valets portant des plats, et l'activité des registres, témoignaient d'un bouleversement prochain dans la caisse et dans la cuisine.

D'Artagnan, son bon à la main, se présenta dans les bureaux, où cette réponse lui fut faite qu'il était trop tard pour toucher, que la caisse était fermée.

Il répondit par ce seul mot:

— Service du roi.

Le commis, un peu troublé, tant la mine du capitaine était grave, répliqua que c'était une raison respectable, mais que les habitudes de la maison étaient respectables aussi; qu'en conséquence, il priait le porteur de repasser le lendemain.

D'Artagnan demanda qu'on lui fît voir M. Fouquet.

Le commis riposta que M. le surintendant ne se mêlait point de ces sortes de détails, et, brusquement, il ferma sa dernière porte au nez de d'Artagnan.

Celui-ci avait prévu le coup, et mis sa botte entre la porte et le chambranle, de sorte que la serrure ne joua point, et que le commis se rencontra encore nez à nez avec son interlocuteur. Aussi changea-t-il de thème pour dire à d'Artagnan, avec une politesse effrayée:

— Si Monsieur veut parler à M. le surintendant, qu'il aille aux antichambres; ici sont les bureaux, où Monseigneur ne vient jamais.

— À la bonne heure! dites donc cela! répliqua d'Artagnan.

— De l'autre côté de la cour, fit le commis, enchanté d'être libre.

D'Artagnan traversa la cour, et tomba au milieu des valets.

— Monseigneur ne reçoit pas à cette heure, lui fut-il répondu par un drôle qui portait sur un plat de vermeil trois faisans et douze cailles.

— Dites-lui, fit le capitaine en arrêtant le valet par le bout de son plat, que je suis M. d'Artagnan, capitaine-lieutenant des mousquetaires de Sa Majesté.

Le valet poussa un cri de surprise et disparut.

D'Artagnan l'avait suivi à pas lents. Il arriva juste à temps pour trouver dans l'antichambre M. Pélisson, qui, un peu pâle, venait de la salle à manger et accourait aux renseignements.

D'Artagnan sourit.

— Ce n'est rien de fâcheux, monsieur Pélisson, rien qu'un petit bon à toucher.

— Ah! fit en respirant l'ami de Fouquet.

Et il prit le capitaine par la main, l'attira derrière lui, et le fit entrer dans la salle, où bon nombre d'amis intimes entouraient le surintendant, placé au centre et enseveli dans un fauteuil à coussins.

Là se trouvaient réunis tous les épicuriens, qui, naguère, à Vaux, faisaient les honneurs de la maison, de l'esprit et de l'argent de M. Fouquet.

Amis joyeux, tendres pour la plupart, ils n'avaient pas fui leur protecteur à l'approche de l'orage, et, malgré les menaces du ciel, malgré le tremblement de terre, ils se tenaient là, souriants, prévenants, dévoués à l'infortune comme ils l'avaient été à la prospérité.

À la gauche du surintendant, Mme de Bellière; à sa droite, Mme Fouquet: comme si, bravant la loi du monde et faisant taire toute raison des convenances vulgaires, les deux anges protecteurs de cet homme se réunissaient pour lui prêter, à un moment de crise, l'appui de leurs bras entrelacés.

Mme de Bellière était pâle, tremblante et pleine de respectueuses intentions pour Mme la surintendante, qui, une main sur la main de son mari, regardait anxieusement la porte par laquelle Pélisson allait amener d'Artagnan.

Le capitaine entra plein de courtoisie d'abord, et d'admiration ensuite, quand, de son regard infaillible, il eut deviné en même temps qu'embrassé la signification de toutes les physionomies.

Fouquet, se soulevant sur son fauteuil:

— Pardonnez-moi, dit-il, monsieur d'Artagnan, si je n'ai pas été vous recevoir comme venant au nom du roi.

Et il accentua ces derniers mots avec une sorte de fermeté triste qui pénétra d'effroi le coeur de ses amis.

— Monseigneur, répliqua d'Artagnan, je ne viens pas chez vous au nom du roi, si ce n'est pour réclamer le paiement d'un bon de deux cents pistoles.

Tous les fronts se déridèrent; celui de Fouquet resta seul obscurci.

— Ah! dit-il, monsieur, vous partez aussi pour Nantes, peut-être?

— Je ne sais pas où je pars, monseigneur.

— Mais, dit Mme Fouquet rassérénée, vous ne partez pas si vite, monsieur le capitaine, que vous ne nous fassiez l'honneur de vous asseoir avec nous.

— Madame, ce serait un bien grand honneur pour moi; mais je suis tellement pressé, que, vous le voyez, j'ai dû me permettre d'interrompre votre repas pour faire payer ma cédule.

— À laquelle il sera fait réponse par de l'or, dit Fouquet en faisant un signe à son intendant, qui aussitôt partit avec le bon que lui tendait d'Artagnan.

— Oh! fit celui-ci, je n'étais pas inquiet du paiement: la maison est bonne.

Un douloureux sourire se dessina sur les traits pâlis de Fouquet.

— Vous souffrez? demanda Mme de Bellière.

— Votre accès? demanda Mme Fouquet.

— Rien, merci! répliqua le surintendant.

— Votre accès? fit à son tour d'Artagnan. Est-ce que vous êtes malade, monseigneur?

— J'ai une fièvre tierce qui m'a pris après la fête de Vaux.

— Quelque fraîcheur dans les grottes, la nuit?

— Non, non; une émotion, voilà tout.

— Le trop de coeur que vous avez mis à recevoir le roi, dit La Fontaine tranquillement, sans se douter qu'il lançait un sacrilège.

— On ne saurait mettre trop de coeur à recevoir le roi, dit doucement Fouquet à son poète.

— Monsieur a voulu dire le trop d'ardeur, interrompit d'Artagnan avec une franchise parfaite et beaucoup d'aménité. Le fait est, monseigneur, que jamais l'hospitalité ne fut pratiquée comme à Vaux.

Mme Fouquet laissa son visage exprimer clairement que, si Fouquet s'était bien conduit envers le roi, le roi ne rendait pas la pareille au ministre.

Mais d'Artagnan savait le terrible secret. Il le savait seul avec Fouquet; ces deux hommes n'avaient pas, l'un le courage de plaindre l'autre, l'autre le droit d'accuser.

Le capitaine, à qui l'on apporta les deux cents pistoles, allait prendre congé, quand Fouquet, se levant, prit un verre et en fit donner un à d'Artagnan.

— Monsieur, dit-il, à la santé du roi, *quoi qu'il arrive!*

— Et à votre santé, monseigneur, *quoi qu'il arrive!* dit d'Artagnan en buvant.

Il salua, sur ces paroles de mauvais augure, toute la compagnie, qui se leva dès qu'il eut fait son salut, et on entendit ses éperons et ses bottes jusque dans les profondeurs de l'escalier.

— J'ai cru un moment que c'était à moi et non à mon argent qu'il en voulait, dit Fouquet en essayant de rire.

— À vous! s'écrièrent ses amis, et pourquoi, mon Dieu?

— Oh! fit le surintendant, ne nous abusons pas, mes chers frères en Épicure; je ne veux pas faire de comparaison entre le plus humble pêcheur de la terre et le Dieu que nous adorons, mais, voyez-vous, il donna un jour à ses amis un repas qu'on appelle la Cène, et qui n'était qu'un dîner d'adieu comme celui que nous faisons en ce moment.

Un cri, douloureuse dénégation, partit de tous les coins de la table.

— Fermez les portes, dit Fouquet.

Et les valets disparurent.

— Mes amis, continua Fouquet en baissant la voix, qu'étais-je autrefois? que suis-je aujourd'hui? Consultez-vous et répondez. Un homme comme moi baisse, par cela même qu'il ne s'élève plus; que dira-t-on, quand il s'abaisse réellement? Je n'ai plus d'argent, je n'ai plus de crédit, je n'ai plus que des ennemis puissants et des amis sans puissance.

— Vite! s'écria Pélisson en se levant, puisque vous vous expliquez avec cette franchise, c'est à nous d'être francs aussi. Oui, vous êtes perdu; oui, vous courez à votre ruine, arrêtez-vous. Et, tout d'abord, que nous reste-t-il en argent?

— Sept cent mille livres, dit l'intendant.

— Du pain, murmura Mme Fouquet.

— Des relais, dit Pélisson, des relais, et fuyez.

— Où cela?

— En Suisse, en Savoie, mais fuyez.

— Si Monseigneur fuit, dit Mme de Bellière, on dira qu'il était coupable et qu'il a eu peur.

— On dira plus, on dira que j'ai emporté vingt millions avec moi.

— Nous ferons des mémoires pour vous justifier, dit La Fontaine; fuyez.

— Je resterai dit Fouquet, et, d'ailleurs, tout ne me sert-il pas?

— Vous avez Belle-Île! cria l'abbé Fouquet.

— Et j'y vais naturellement, en allant à Nantes, répondit le surintendant; patience, donc, patience!

— Avant Nantes, que de chemin! dit Mme Fouquet.

— Oui, je le sais bien, répliqua Fouquet; mais qu'y faire? Le roi m'appelle aux États. Je sais bien que c'est pour me perdre; mais refuser de partir, c'est montrer de l'inquiétude.

— Eh bien! j'ai trouvé le moyen de tout concilier, s'écria Pélisson. Vous allez partir pour Nantes.

Fouquet le regarda d'un air surpris.

— Mais avec des amis, mais dans votre carrosse jusqu'à Orléans, dans votre gabare jusqu'à Nantes; toujours prêt à vous défendre si l'on vous attaque, à échapper si l'on vous menace; en un mot, vous emporterez votre argent pour toute chance, et, tout en fuyant, vous n'aurez fait qu'obéir au roi; puis, touchant la mer quand vous voudrez, vous embarquerez pour Belle-Île, et, de Belle-Île, vous vous élancerez où vous voudrez, pareil à l'aigle qui sort et prend l'espace quand on l'a débusqué de son aire.

Un assentiment unanime accueillit les paroles de Pélisson.

— Oui, faites cela, dit Mme Fouquet à son mari.

— Faites cela, dit Mme de Bellière.

— Faites! faites! s'écrièrent tous les amis.

— Je le ferai, répliqua Fouquet.

— Dès ce soir.

— Dans une heure.

— Sur-le-champ.

— Avec sept cent mille livres, vous recommencerez une fortune, dit l'abbé Fouquet. Qui nous empêchera d'armer des corsaires à Belle-Île?

— Et, s'il le faut, nous irons découvrir un nouveau monde, ajouta La Fontaine, ivre de projets et d'enthousiasme.

Un coup frappé à la porte interrompit ce concours de joie et d'espérance.

— Un courrier du roi! cria le maître des cérémonies. Alors il se fit un profond silence, comme si le message qu'apportait ce courrier n'était qu'une réponse à tous les projets enfantés l'instant d'avant.

Chacun attendit ce que ferait le maître, dont le front ruisselait de sueur, et qui, véritablement, souffrait de sa fièvre.

Fouquet passa dans son cabinet pour recevoir le message de Sa Majesté.

Il y avait, nous l'avons dit, un tel silence dans les chambres et dans tout le service, que l'on entendait la voix de Fouquet qui répondait:

— C'est bien, monsieur.

Cette voix était pourtant brisée par la fatigue, altérée par l'émotion.

Un instant après, Fouquet appela Gourville, qui traversa la galerie au milieu de l'attente universelle.

Enfin il reparut lui-même parmi ses convives, mais ce n'était plus le même visage, pâle et défait, qu'on lui avait vu au départ; de pâle, il s'était fait livide, et, de défait, décomposé. Spectre vivant, il s'avançait les bras étendus, la bouche desséchée, comme l'ombre qui vient de saluer des amis d'autrefois.

À cette vue chacun se leva, chacun s'écria, chacun courut à Fouquet.

Celui-ci, regardant Pélisson, s'appuya sur la surintendante, et serra la main glacée de la marquise de Bellière.

— Eh bien! fit-il d'une voix qui n'avait plus rien d'humain.

— Qu'arrive-t-il, mon Dieu? lui dit-on.

Fouquet ouvrit sa main droite, qui était crispée, humide; on y vit un papier sur lequel Pélisson se jeta épouvanté.

Il y lut les lignes suivantes de la main du roi:

«Cher et aimé Monsieur Fouquet, donnez-nous, sur ce qui vous reste à nous, une somme de sept cent mille livres dont nous avons besoin ce jourd'hui pour notre départ.

«Et, comme nous savons que votre santé n'est pas bonne, nous prions Dieu qu'il vous remette en santé et vous ait en sa sainte et digne garde.

«Louis.

«La présente lettre est pour reçu.»

Un murmure d'effroi circula dans la salle.

— Eh bien! s'écria Pélisson à son tour, vous avez cette lettre?

— J'ai le reçu, oui.

— Que ferez-vous, alors?

— Rien, puisque j'ai le reçu.

— Mais...

— Si j'ai le reçu, Pélisson, c'est que j'ai payé, fit le surintendant avec une simplicité qui arracha le coeur aux assistants.

— Vous avez payé? s'écria Mme Fouquet au désespoir. Alors nous sommes perdus!

— Allons, allons, plus de mots inutiles, interrompit Pélisson. Après l'argent, la vie. Monseigneur, à cheval, à cheval!

— Nous quitter! crièrent à la fois les deux femmes, ivres de douleur.

— Eh! monseigneur, en vous sauvant, vous nous sauvez tous. À cheval!

— Mais il ne peut se tenir! Voyez.

— Oh! si l'on réfléchit... dit l'intrépide Pélisson.

— Il a raison, murmura Fouquet.

— Monseigneur! monseigneur! cria Gourville en montant l'escalier par quatre degrés à la fois; Monseigneur!
— Eh bien! quoi?
— J'escortais, comme vous savez, le courrier du roi avec l'argent.
— Oui.
— Eh bien! arrivé au Palais-Royal, j'ai vu...
— Respire un peu, mon pauvre ami, tu suffoques.
— Qu'avez-vous vu? crièrent les amis impatients.
— J'ai vu les mousquetaires monter à cheval, dit Gourville.
— Voyez-vous! s'écria-t-on, voyez-vous! Y a-t-il un instant à perdre?

Mme Fouquet se précipita par les montées en demandant ses chevaux.

Mme de Bellière s'élança pour la prendre dans ses bras et lui dit:

— Madame, au nom de son salut, ne témoignez rien, ne manifestez aucune alarme.

Pélisson courut pour faire atteler les carrosses.

Et, pendant ce temps, Gourville recueillit dans son chapeau ce que les amis pleurants et effarés purent y jeter d'or et d'argent, dernière offrande, pieuse aumône faite au malheur par la pauvreté.

Le surintendant, entraîné par les uns, porté par les autres, fut enfermé dans son carrosse. Gourville monta sur le siège et prit les rênes; Pélisson contint Mme Fouquet évanouie.

Mme de Bellière eut plus de force; elle en fut bien payée: elle recueillit le dernier baiser de Fouquet.

Pélisson expliqua facilement ce départ précipité par un ordre du roi qui appelait les ministres à Nantes.

CHAPITRE XXXVI. Dans le carrosse de M. Colbert

Ainsi que l'avait vu Gourville, les mousquetaires du roi montaient à cheval et suivaient leur capitaine.

Celui-ci, qui ne voulait pas avoir de gêne dans ses allures, laissa sa brigade aux ordres d'un lieutenant, et partit de son côté, sur des chevaux de poste, en recommandant à ses hommes le plus grande diligence.

Si rapidement qu'ils allassent, ils ne pouvaient arriver avant lui.

Il eut le temps, en passant devant la rue Croix-des-Petits-Champs, de voir une chose qui lui donna beaucoup à penser. Il vit M. Colbert sortant de sa maison pour entrer dans un carrosse qui stationnait devant la porte.

Dans ce carrosse, d'Artagnan aperçut des coiffes de femme, et, comme il était curieux, il voulut savoir le nom des femmes cachées par les coiffes.

Pour parvenir à les voir, car elles faisaient gros dos et fine oreille, il poussa son cheval si près du carrosse, que sa botte à entonnoir frotta le mantelet et ébranla tout, contenant et contenu.

Les dames, effarouchées, poussèrent, l'une un petit cri, auquel d'Artagnan reconnut une jeune femme, l'autre une imprécation à laquelle il reconnut la vigueur et l'aplomb que donne un demi-siècle.

Les coiffes s'écartèrent: l'une des femmes était Mme Vanel, l'autre était la duchesse de Chevreuse.

D'Artagnan eut plus vite vu que les dames. Il les reconnut et elles ne le reconnurent pas; et, comme elles riaient de leur frayeur en se pressant affectueusement les mains:

«Bien! se dit d'Artagnan, la vieille duchesse n'est plus aussi difficile qu'autrefois en amitiés; elle fait la cour à la maîtresse de M. Colbert! Pauvre M. Fouquet! cela ne lui présage rien de bon.»

Et il s'éloigna. M. Colbert prit place dans le carrosse, et ce noble trio commença un pèlerinage assez lent vers le bois de Vincennes.

En chemin, Mme de Chevreuse déposa Mme Vanel chez M. son mari, et, restée seule avec Colbert, elle poursuivit sa promenade en causant d'affaires. Elle avait un fonds de conversation inépuisable, cette chère duchesse, et, comme elle parlait toujours pour le mal d'autrui, toujours pour son bien à elle, sa conversation amusait l'interlocuteur et ne laissait pas d'être pour elle d'un bon rapport.

Elle apprit à Colbert, qui l'ignorait, combien il était un grand ministre, et combien Fouquet allait devenir peu de chose.

Elle lui promit de rallier à lui, quand il serait surintendant toute la vieille noblesse du royaume, et lui demanda son avis sur la prépondérance qu'il faudrait laisser prendre à La Vallière.

Elle le loua, elle le blâma, elle l'étourdit. Elle lui montra le secret de tant de secrets, que Colbert craignit un moment d'avoir affaire au diable.

Elle lui prouva qu'elle tenait dans sa main le Colbert d'aujourd'hui, comme elle avait tenu le Fouquet d'hier.

Et, comme, naïvement, il lui demandait la raison de cette haine qu'elle portait au surintendant:

— Pourquoi le haïssez-vous vous-même? dit-elle.

— Madame, en politique, répliqua-t-il, les différences de systèmes peuvent amener des dissidences entre les hommes. M. Fouquet m'a paru pratiquer un système opposé aux vrais intérêts du roi.

Elle l'interrompit.

— Je ne vous parle plus de M. Fouquet. Le voyage que le roi fait à Nantes nous en rendra raison. M. Fouquet, pour moi, c'est un homme passé. Pour vous aussi.

Colbert ne répondit rien.

— Au retour de Nantes, continua la duchesse, le roi, qui ne cherche qu'un prétexte, trouvera que les États se sont mal comportés, qu'ils ont fait trop peu de sacrifices. Les États diront que les impôts sont trop lourds et que la surintendance les a ruinés. Le roi s'en prendra à M. Fouquet, et alors...

— Et alors? dit Colbert.

— Oh! on le disgraciera. N'est-ce pas votre sentiment?

Colbert lança vers la duchesse un regard qui voulait dire: «Si on ne fait que disgracier M. Fouquet, vous n'en serez pas la cause.»

— Il faut, se hâta de dire Mme de Chevreuse, il faut que votre place soit toute marquée, monsieur Colbert. Voyez-vous quelqu'un entre le roi et vous, après la chute de M. Fouquet?

— Je ne comprends pas, dit-il.

— Vous allez comprendre. Où vont vos ambitions?

— Je n'en ai pas.

— Il était inutile alors de renverser le surintendant, monsieur Colbert. C'est oiseux.

— J'ai eu l'honneur de vous dire, madame...

— Oh! oui, l'intérêt du roi, je sais; mais, enfin, parlons du vôtre.

— Le mien, c'est de faire les affaires de Sa Majesté.

— Enfin, perdez-vous ou ne perdez-vous pas M. Fouquet? Répondez sans détour.

— Madame, je ne perds personne.

— Je ne comprends pas alors pourquoi vous m'avez acheté si cher les lettres de M. Mazarin concernant M. Fouquet. Je ne conçois pas non plus pourquoi vous avez mis ces lettres sous les yeux du roi.

Colbert, stupéfait, regarda la duchesse, et, d'un air contraint:

— Madame, dit-il, je conçois encore moins comment, vous qui avez touché l'argent, vous me le reprochez.

— C'est que, fit la vieille duchesse, il faut vouloir ce qu'on veut, à moins qu'on ne puisse ce qu'on veut.

— Voilà, dit Colbert, démonté par cette logique brutale.

— Vous ne pouvez? hein? Dites.

— Je ne puis, je l'avoue, détruire auprès du roi certaines influences.

— Qui combattent pour M. Fouquet? Lesquelles? Attendez, que je vous aide.

— Faites, madame.

— La Vallière?

— Oh! peu d'influence, aucune connaissance des affaires et pas de ressort. M. Fouquet lui a fait la cour.

— Le défendre, ce serait l'accuser elle-même, n'est-ce pas?

— Je crois que oui.

— Il y a encore une autre influence, qu'en dites-vous?

— Considérable.

— La reine mère, peut-être?

— Sa Majesté la reine mère a pour M. Fouquet une faiblesse bien préjudiciable à son fils.

— Ne croyez pas cela, fit la vieille en souriant.

— Oh! fit Colbert avec incrédulité, je l'ai si souvent éprouvé!

— Autrefois?

— Récemment encore, madame, à Vaux. C'est elle qui a empêché le roi de faire arrêter M. Fouquet.

— On n'a pas tous les jours le même avis, cher monsieur. Ce que la reine a pu vouloir récemment, elle ne le voudrait peut-être plus aujourd'hui.

— Pourquoi? fit Colbert étonné.

— Peu importe la raison.

— Il importe beaucoup, au contraire; car, si j'étais certain de ne pas déplaire à Sa Majesté la reine mère, tous mes scrupules seraient levés.

— Eh bien! vous n'êtes pas sans avoir entendu parler de certain secret?

— Un secret?

— Appelez cela comme vous voudrez. Bref, la reine mère a pris en horreur tous ceux qui ont participé, d'une façon ou d'une autre, à la découverte de ce secret, et M. Fouquet, je crois, est un de ceux-là.

— Alors, fit Colbert, on pourrait être sûr de l'assentiment de la reine mère?

— Je quitte à l'instant Sa Majesté, qui me l'a assuré.

— Soit, madame.

— Il y a plus: vous connaissez peut-être un homme qui était l'ami intime de M. Fouquet, M. d'Herblay, un évêque, je crois?

— Évêque de Vannes.

— Eh bien! ce M. d'Herblay, qui connaissait aussi ce secret, la reine mère le fait poursuivre avec acharnement.

— En vérité!

— Si bien poursuivre, que, fût-il mort, on voudrait avoir sa tête pour être assuré qu'elle ne parlera plus.

— C'est le désir de la reine mère?

— Un ordre.

— On cherchera ce M. d'Herblay, madame.

— Oh! nous savons bien où il est.

Colbert regarda la duchesse.

— Dites, madame.

— Il est à Belle-Île-en-Mer.

— Chez M. Fouquet?

— Chez M. Fouquet.

— On l'aura!

Ce fut au tour de la duchesse à sourire.

— Ne croyez pas cela si facilement, dit-elle, et ne le promettez pas si légèrement.

— Pourquoi donc, madame?

— Parce que M. d'Herblay n'est pas de ces gens qu'on prend quand on veut.

— Un rebelle, alors?

— Oh! nous autres, monsieur Colbert, nous avons passé toute notre vie à faire les rebelles, et, pourtant, vous le voyez bien, loin d'être pris, nous prenons les autres.

Colbert attacha sur la vieille duchesse un de ces regards farouches dont rien ne traduisait l'expression, et, avec une fermeté qui ne manquait point de grandeur:

— Le temps n'est plus, dit-il, où les sujets gagnaient des duchés à faire la guerre au roi de France. M. d'Herblay, s'il conspire, mourra sur un échafaud. Cela fera ou ne fera pas plaisir à ses ennemis, peu nous importe.

Et ce nous, étrange dans la bouche de Colbert, fit un instant rêver la duchesse. Elle se surprit à compter intérieurement avec cet homme.

Colbert avait ressaisi la supériorité dans l'entretien; il voulut la garder.

— Vous me demandez, dit-il, madame, de faire arrêter ce M. d'Herblay?

— Moi? Je ne vous demande rien.

— Je croyais, madame; mais, puisque je me suis trompé, laissons faire. Le roi n'a encore rien dit.

La duchesse se mordit les ongles.

— D'ailleurs, continua Colbert, quelle pauvre prise que celle de cet évêque! Gibier de roi, un évêque! oh! non, non, je ne m'en occuperai même point.

La haine de la duchesse se découvrit.

— Gibier de femme, dit-elle, et la reine est une femme. Si elle veut qu'on arrête M. d'Herblay, c'est qu'elle a ses raisons. D'ailleurs, M. d'Herblay n'est-il pas ami de celui qui va tomber en disgrâce?

— Oh! qu'à cela ne tienne! dit Colbert. On ménagera cet homme, s'il n'est pas l'ennemi du roi. Cela vous déplaît?

— Je ne dis rien.

— Oui... vous le voulez voir en prison, à la Bastille, par exemple?

— Je crois un secret mieux caché derrière les murs de la Bastille que derrière ceux de Belle-Île.

— J'en parlerai au roi, qui éclaircira le point.

— En attendant l'éclaircissement, monsieur, l'évêque de Vannes se sera enfui. J'en ferais autant.

— Enfui! lui! et où s'enfuirait-il? L'Europe est à nous, de volonté, sinon de fait.

— Il trouvera toujours un asile, monsieur. On voit bien que vous ignorez à qui vous avez affaire. Vous ne connaissez pas M. d'Herblay, vous n'avez pas connu Aramis. C'était un de ces quatre mousquetaires qui, sous le feu roi, ont fait trembler le cardinal de Richelieu, et qui, pendant la Régence, ont donné tant de souci à M. de Mazarin.

— Mais, madame, comment fera-t-il, à moins qu'il n'ait un royaume à lui?

— Il l'a, monsieur.

— Un royaume à lui, M. d'Herblay?

— Je vous répète, monsieur, que, s'il lui faut un royaume, il l'a ou il l'aura.

— Enfin, du moment que vous prenez un intérêt si grand à ce qu'il n'échappe pas, madame, ce rebelle, je vous assure, n'échappera pas.

— Belle-Île est fortifiée, monsieur Colbert, et fortifiée par lui.

— Belle-Île fût-elle aussi défendue par lui, Belle-Île n'est pas imprenable, et, si M. l'évêque de Vannes est enfermé dans Belle-Île, eh bien! madame, on fera le siège de la place et on le prendra.

— Vous pouvez être bien certain, monsieur, que le zèle que vous déployez pour les intérêts de la reine mère touchera vivement Sa Majesté, et que vous en aurez une magnifique récompense; mais que lui dirai-je de vos projets sur cet homme?

— Qu'une fois pris il sera enfoui dans une forteresse d'où jamais son secret ne sortira.

— Très bien, monsieur Colbert, et nous pouvons dire qu'à dater de cet instant nous avons fait tous deux une alliance solide, vous et moi, et que je suis bien à votre service.

— C'est moi, madame, qui me mets au vôtre. Ce chevalier d'Herblay, c'est un espion de l'Espagne, n'est-ce pas?

— Mieux que cela.

— Un ambassadeur secret?

— Montez toujours.

— Attendez... le roi Philippe III est dévot. C'est... le confesseur de Philippe III?

— Plus haut encore.

— Mordieu! s'écria Colbert, qui s'oublia jusqu'à jurer en présence de cette grande dame, de cette vieille amie de la reine mère, de la duchesse de Chevreuse enfin. C'est donc le général des jésuites?

— Je crois que vous avez deviné, répondit la duchesse.

— Ah! madame, alors cet homme nous perdra tous si nous ne le perdons, et encore faut-il se hâter!

— C'est mon avis, monsieur; mais je n'osais vous le dire.

— Et nous avons eu du bonheur qu'il se soit attaqué au trône, au lieu de s'attaquer à nous.

— Mais notez bien ceci, monsieur Colbert: jamais M. d'Herblay ne se décourage, et, s'il a manqué son coup, il recommencera. S'il a laissé échapper l'occasion de se faire un roi pour lui, il en fera tôt ou tard un autre, dont, à coup sûr, vous ne serez pas le premier ministre.

Colbert fronça le sourcil avec une expression menaçante.

— Je compte bien que la prison nous réglera cette affaire-là d'une manière satisfaisante pour tous deux, madame.

La duchesse sourit.

— Si vous saviez, dit-elle, combien de fois Aramis est sorti de prison!

— Oh! reprit Colbert, nous aviserons à ce qu'il n'en sorte pas cette fois-ci.

— Mais vous n'avez donc pas entendu ce que je vous ai dit tout à l'heure? Vous ne vous rappelez donc pas qu'Aramis était un des quatre invincibles que redoutait Richelieu? Et, à cette époque, les quatre mousquetaires n'avaient point ce qu'ils ont aujourd'hui: l'argent et l'expérience.

Colbert se mordit les lèvres.

— Nous renoncerons à la prison, dit-il d'un ton plus bas. Nous trouverons une retraite dont l'invincible ne puisse pas sortir.

— À la bonne heure, notre allié! répondit la duchesse. Mais voici qu'il se fait tard; est-ce que nous ne rentrons pas?

— D'autant plus volontiers, madame, que j'ai mes préparatifs à faire pour partir avec le roi.

— À Paris! cria la duchesse au cocher.

Et le carrosse retourna vers le faubourg Saint-Antoine après la conclusion de ce traité qui livrait à la mort le dernier ami de Fouquet, le dernier défenseur de Belle-Île, l'ancien ami de Marie Michon, le nouvel ennemi de la duchesse.

CHAPITRE XXXVII. Les deux gabares

D'Artagnan était parti: Fouquet aussi était parti, et lui avec une rapidité que doublait le tendre intérêt de ses amis.

Les premiers moments de ce voyage, ou, pour mieux dire, de cette fuite, furent troublés par la crainte incessante de tous les chevaux, de tous les carrosses qu'on apercevait derrière le fugitif.

Il n'était pas naturel, en effet, que Louis XIV, s'il en voulait à cette proie, la laissât échapper; le jeune lion savait déjà la chasse, et il avait des limiers assez ardents pour s'en reposer sur eux.

Mais, insensiblement, toutes les craintes s'évanouirent; le surintendant, à force de courir, mit une telle distance entre lui et les persécuteurs, que, raisonnablement, nul ne le pouvait atteindre. Quant à la contenance, ses amis la lui avaient faite excellente. Ne voyageait-il pas pour aller joindre le roi à Nantes, et la rapidité même ne témoignait-elle pas de son zèle.

Il arriva fatigué mais rassuré, à Orléans, où il trouva, grâce aux soins d'un courrier qui l'avait précédé, une belle gabare à huit rameurs.

Ces gabares, en forme de gondoles, un peu larges, un peu lourdes, contenant une petite chambre couverte en forme de tillac et une chambre de poupe formée par une tente, faisaient alors le service d'Orléans à Nantes par la Loire; et ce trajet, long de nos jours, paraissait alors plus doux et plus commode que la grande route avec ses bidets de poste ou ses mauvais carrosses à peine suspendus. Fouquet monta dans cette gabare, qui partit aussitôt. Les rameurs, sachant qu'ils avaient l'honneur de mener le surintendant des finances, s'escrimaient de leur mieux, et ce mot magique, les *finances*, leur promettait quelque bonne gratification dont ils voulaient se rendre dignes.

La gabare vola sur les flots de la Loire. Un temps magnifique, un de ces soleils levants qui empourprent les paysages, laissait au fleuve toute sa sérénité limpide. Le courant et les rameurs portèrent Fouquet comme les ailes portent l'oiseau; il arriva devant Beaugency sans qu'aucun accident eût signalé le voyage.

Fouquet espérait arriver le premier de tous à Nantes; là, il verrait les notables et se donnerait un appui parmi les principaux membres des États; il se rendrait nécessaire, chose facile à un homme de son mérite, et retarderait la catastrophe, s'il ne réussissait pas à l'éviter entièrement.

— D'ailleurs, lui disait Gourville, à Nantes vous devinerez ou nous devinerons les intentions de vos ennemis; nous aurons les chevaux prêts pour gagner l'inextricable Poitou, une barque pour gagner la mer, et, une fois en mer, Belle-Île est le port inviolable. Vous voyez, en outre, que nul ne vous guette et que nul ne nous suit.

Il achevait à peine, que l'on découvrit de loin, derrière un coude formé par le fleuve, la mâture d'une gabare importante qui descendait.

Les rameurs du bateau de Fouquet poussèrent un cri de surprise en voyant cette gabare.

— Qu'y a-t-il? demanda Fouquet.

— Il y a, monseigneur, répondit le patron de la barque, que c'est une chose vraiment extraordinaire, et que cette gabare marche comme un ouragan.

Gourville tressaillit et monta sur le tillac pour mieux voir.

Fouquet ne monta pas, lui; mais il dit à Gourville avec une défiance contenue:

— Voyez donc ce que c'est, mon cher.

La gabare venait de dépasser le coude. Elle nageait si vite, que, derrière elle, on voyait frémir la blanche traînée de son sillage, illuminé des feux du jour.

— Comme ils vont! répéta le patron, comme ils vont! il paraît que la paie est bonne. Je ne croyais pas, ajouta le patron, que des avirons de bois pussent se comporter mieux que les nôtres; mais, en voici là-bas qui me prouvent le contraire.

— Je crois bien! s'écria un des rameurs; ils sont douze et nous ne sommes que huit.

— Douze! fit Gourville, douze rameurs? Impossible!

Le chiffre de huit rameurs, pour une gabare, n'avait jamais été dépassé, même pour le roi.

On avait fait cet honneur à M. le surintendant bien plus encore par hâte que par respect.

— Que signifie cela? dit Gourville en cherchant à distinguer, sous la tente, qu'on apercevait déjà, les voyageurs, que l'oeil le plus subtil n'eût pas encore réussi à reconnaître.

— Faut-il qu'ils soient pressés! Car ce n'est pas le roi, dit le patron.

Fouquet frissonna.

— À quoi voyez-vous que ce n'est pas le roi? dit Gourville.

— D'abord, parce qu'il n'y a pas de pavillon blanc aux fleurs de lis, que la gabare royale porte toujours.

— Et ensuite, dit M. Fouquet, parce qu'il est impossible que ce soit le roi, Gourville, attendu que le roi était encore hier à Paris.

Gourville répondit au surintendant par un regard qui signifiait: «Vous y étiez bien vous-même.»

— Et à quoi voit-on qu'ils sont pressés? ajouta-t-il pour gagner du temps.

— À ce que, monsieur, dit le patron, ces gens-là ont dû partir longtemps après nous, et qu'ils nous ont rejoints, ou à peu près.

— Bah! fit Gourville, qui vous dit qu'ils ne sont point partis de Beaugency ou de Niort même?

— Nous n'avons vu aucune gabare de cette force, si ce n'est à Orléans. Elle vient d'Orléans, monsieur, et se dépêche.

M. Fouquet et Gourville échangèrent un coup d'oeil.

Le patron remarqua cette inquiétude. Gourville aussitôt pour lui donner le change:

— Quelque ami, dit-il qui aura gagé de nous rattraper; gagnons le pari, et ne nous laissons pas atteindre.

Le patron ouvrait la bouche pour répondre que c'était impossible, lorsque M. Fouquet, avec hauteur:

— Si c'est quelqu'un qui veut nous joindre, dit-il, laissons-le venir.

— On peut essayer, monseigneur, dit le patron timidement. Allons, vous autres, du nerf! nagez!

— Non, dit M. Fouquet, arrêtez tout court, au contraire.

— Monseigneur, quelle folie! interrompit Gourville en se penchant à son oreille.

— Tout court! répéta M. Fouquet. Les huit avirons s'arrêtèrent, et, résistant à l'eau, imprimèrent un mouvement rétrograde à la gabare. Elle était arrêtée.

Les douze rameurs de l'autre ne distinguèrent pas d'abord cette manoeuvre, car ils continuèrent à lancer l'esquif si vigoureusement, qu'il arriva tout au plus à portée de mousquet. M. Fouquet avait la vue mauvaise; Gourville était gêné par le soleil, qui frappait ses yeux; le patron seul, avec cette habitude et cette netteté que donne la lutte contre les éléments, aperçut distinctement les voyageurs de la gabare voisine.

— Je les vois! s'écria-t-il, ils sont deux.

— Je ne vois rien, dit Gourville.

— Vous n'allez pas tarder à les distinguer; en quelques coups d'aviron, ils seront à vingt pas de nous.

Mais ce qu'annonçait le patron ne se réalisa pas; la gabare imita le mouvement commandé par M. Fouquet, et, au lieu de venir joindre ses prétendus amis, elle s'arrêta tout net sur le milieu du fleuve.

— Je n'y comprends plus rien, dit le patron.

— Ni moi, dit Gourville.

— Vous qui voyez si bien les gens qui mènent cette gabare, reprit M. Fouquet, tâchez de nous les peindre, patron, avant que nous en soyons trop loin.

— Je croyais en voir deux, répondit le batelier, je n'en vois plus qu'un sous la tente.

— Comment est-il?

— C'est un homme brun, large d'épaules, court de cou.

Un petit nuage passa dans l'azur du ciel, et vint, à ce moment, masquer le soleil.

Gourville, qui regardait toujours, une main sur les yeux, put voir ce qu'il cherchait, et, tout à coup, sautant du tillac dans la chambre où l'attendait Fouquet:

— Colbert! lui dit-il d'une voix altérée par l'émotion.

— Colbert? répéta Fouquet. Oh! voilà qui est étrange; mais non, c'est impossible!

— Je le reconnais, vous dis-je, et lui-même m'a si bien reconnu, qu'il vient de passer dans la chambre de poupe. Peut-être le roi l'envoie-t-il pour nous faire revenir.

— En ce cas, il nous joindrait au lieu de rester en panne. Que fait-il là?

— Il nous surveille sans doute, monseigneur?

— Je n'aime pas les incertitudes, s'écria Fouquet; marchons droit à lui.

— Oh! monseigneur, ne faites pas cela! la gabare est pleine de gens armés.

— Il m'arrêterait donc, Gourville? Pourquoi ne vient-il pas, alors?

— Monseigneur, il n'est pas de votre dignité d'aller au devant même de votre perte.

— Mais souffrir que l'on me guette comme un malfaiteur?

— Rien ne dit qu'on vous guette, monseigneur; soyez patient.

— Que faire, alors?

— Ne vous arrêtez pas; vous n'alliez aussi vite que pour paraître obéir avec zèle aux ordres du roi. Redoublez de vitesse. Qui vivra, verra!

— C'est juste. Allons! s'écria Fouquet, puisque l'on demeure coi là-bas, marchons nous autres.

Le patron donna le signal, et les rameurs de Fouquet reprirent leur exercice avec tout le succès qu'on pouvait attendre de gens reposés.

À peine la gabare eut-elle fait cent brasses, que l'autre, celle aux douze rameurs, se remit en marche également.

Cette course dura tout le jour, sans que la distance grandît ou diminuât entre les deux équipages.

Vers le soir, Fouquet voulut essayer les intentions de son persécuteur. Il ordonna aux rameurs de tirer vers la terre comme pour opérer une descente.

La gabare de Colbert imita cette manoeuvre et cingla vers la terre en biaisant.

Par le plus grand des hasards, à l'endroit où Fouquet fit mine de débarquer, un valet d'écurie du château de Langeais suivait la berge fleurie en menant trois chevaux à la longe. Sans doute les gens de la gabare à douze rameurs crurent-ils que Fouquet se dirigeait vers des chevaux préparés pour sa fuite; car on vit quatre ou cinq hommes, armés de mousquets, sauter de cette gabare à terre et marcher sur la berge, comme pour gagner du terrain sur les chevaux et le cavalier.

Fouquet, satisfait d'avoir forcé l'ennemi à une démonstration, se le tint pour dit, et recommença de faire marcher son bateau.

Les gens de Colbert remontèrent aussitôt dans le leur, et la course entre les deux équipages reprit avec une nouvelle persévérance.

Ce que voyant, Fouquet se sentit menacé de près, et, d'une voix prophétique:

— Eh bien! Gourville dit-il très bas, que disais-je à notre dernier repas, chez moi? vais-je ou non à ma ruine?

— Oh! monseigneur.

— Ces deux bateaux qui se suivent avec autant d'émulation que si nous nous disputions, M. Colbert et moi, un prix de vitesse sur la Loire, ne représentent-ils pas bien nos deux fortunes, et ne crois-tu pas, Gourville que l'un des deux fera naufrage à Nantes?

— Au moins, objecta Gourville, il y a encore incertitude; vous allez paraître aux États, vous allez montrer quel homme vous êtes; votre éloquence et votre génie dans les affaires sont le bouclier et l'épée qui vous serviront à vous défendre, sinon à vaincre. Les Bretons ne vous connaissent point, et, quand ils vous connaîtront, votre cause est gagnée. Oh! que M. Colbert se tienne bien, car sa gabare est aussi exposée que la vôtre à chavirer. Les deux vont vite, la sienne plus que la vôtre, c'est vrai; on verra laquelle arrivera la première au naufrage.

Fouquet, prenant la main de Gourville:

— Ami, dit-il, c'est tout jugé; rappelle-toi le proverbe: *Les premiers vont devant*. Eh bien! Colbert n'a garde de me passer! C'est un prudent, Colbert.

Il avait raison; les deux gabares voguèrent jusqu'à Nantes, se surveillant l'une l'autre; quand le surintendant aborda, Gourville espéra qu'il pourrait chercher tout de suite son refuge et faire préparer des relais.

Mais, au débarquer, la seconde gabare rejoignit la première, et Colbert, s'approchant de Fouquet, le salua sur le quai avec les marques du plus profond respect.

Marques tellement significatives, tellement bruyantes, qu'elles eurent pour résultat de faire accourir toute une population sur la Fosse.

Fouquet se possédait complètement; il sentait qu'en ses derniers moments de grandeur il avait des obligations envers lui-même.

Il voulait tomber de si haut, que sa chute écrasât quelqu'un de ses ennemis.

Colbert se trouvait là, tant pis pour Colbert.

Aussi le surintendant, se rapprochant de lui, répondit-il avec ce clignement d'yeux arrogant qui lui était particulier:

— Quoi! c'est vous, monsieur Colbert?

— Pour vous rendre mes hommages, monseigneur, dit celui-ci.

— Vous étiez dans cette gabare?

Il désigna la fameuse barque à douze rameurs.

— Oui, monseigneur.

— À douze rameurs? dit Fouquet. Quel luxe, monsieur Colbert! Un moment, j'ai cru que c'était la reine mère ou le roi.

— Monseigneur...

Et Colbert rougit.

— Voilà un voyage qui coûtera cher à ceux qui le paient, monsieur l'intendant, dit Fouquet. Mais, enfin, vous êtes arrivé. Vous voyez bien, ajouta-t-il un moment après, que, moi qui n'avais pas plus de huit rameurs, je suis arrivé avant vous.

Et il lui tourna le dos, le laissant indécis de savoir réellement si toutes les tergiversations de la seconde gabare avaient échappé à la première.

Au moins ne lui donnait-il pas la satisfaction de montrer qu'il avait eu peur.

Colbert, si fâcheusement secoué, ne se rebuta pas; il répondit:

— Je n'ai pas été vite, monseigneur, parce que je m'arrêtais chaque fois que vous vous arrêtiez.

— Et pourquoi cela, monsieur Colbert? s'écria Fouquet irrité de cette basse audace; pourquoi puisque vous aviez un équipage supérieur au mien, ne me joigniez-vous ou ne me dépassiez-vous pas?

— Par respect, fit l'intendant, qui salua jusqu'à terre.

Fouquet monta dans un carrosse que la ville lui envoyait, on ne sait pourquoi ni comment, et il se rendit à la Maison de Nantes, escorté d'une grande foule qui, depuis plusieurs jours, bouillonnait dans l'attente d'une convocation des États.

À peine fut-il installé, que Gourville sortit pour aller faire préparer les chevaux sur la route de Poitiers et de Vannes et un bateau à Paimboeuf.

Il fit avec tant de mystère, d'activité, de générosité ces différentes opérations, que jamais Fouquet, alors travaillé par son accès de fièvre, ne fut plus près du salut, sauf la coopération de cet agitateur immense des projets humains: le hasard.

Le bruit se répandit en ville, cette nuit, que le roi venait en grande hâte sur des chevaux de poste, et qu'il arriverait dans dix ou douze heures.

Le peuple, en attendant le roi, se réjouissait fort de voir les mousquetaires, fraîchement arrivés avec M. d'Artagnan, leur capitaine, et casernés dans le château, dont ils occupaient tous les postes en qualité de garde d'honneur.

M. d'Artagnan, qui était fort poli, se présenta vers dix heures chez le surintendant, pour lui offrir ses respectueux hommages, et, bien, que le ministre eût la fièvre bien qu'il fût souffrant et trempé de sueur, il voulut recevoir M. d'Artagnan, lequel fut charmé de cet honneur, comme on le verra par l'entretien qu'ils eurent ensemble.

CHAPITRE XXXVIII. Conseils d'ami

Fouquet s'était couché, en homme qui tient à la vie et qui économise le plus possible ce mince tissu de l'existence, dont les chocs et les angles de ce monde usent si vite l'irréparable ténuité.

D'Artagnan parut sur le seuil de la chambre et fut salué par le surintendant d'un bonjour très affable.

— Bonjour, monseigneur, répondit le mousquetaire; comment vous trouvez-vous de ce voyage?

— Assez bien. Merci.

— Et de la fièvre?

— Assez mal. Je bois, comme vous voyez. À peine arrivé, j'ai frappé sur Nantes une contribution de tisane.

— Il faut dormir d'abord, monseigneur.

— Eh! corbleu! cher monsieur d'Artagnan, je dormirais bien volontiers...

— Qui vous en empêche?

— Mais vous, d'abord.

— Moi? Ah! Monseigneur!...

— Sans doute. Est-ce que, à Nantes comme à Paris, vous ne venez pas au nom du roi?

— Pour Dieu! monseigneur, répliqua le capitaine, laissez donc le roi en repos! Le jour où je viendrai de la part du roi pour ce que vous voulez me dire, je vous promets de ne pas vous faire languir. Vous me verrez mettre la main à l'épée, selon l'ordonnance, et vous m'entendrez dire du premier coup, de ma voix de cérémonie: «Monseigneur, au nom du roi, je vous arrête»

Fouquet tressaillit malgré lui, tant l'accent du Gascon spirituel avait été naturel et vigoureux. La représentation du fait était presque aussi effrayante que le fait lui-même.

— Vous me promettez cette franchise? dit le surintendant.

— Sur l'honneur! Mais nous n'en sommes pas là, croyez-moi.

— Qui vous fait penser cela, monsieur d'Artagnan? Moi, je crois tout le contraire.

— Je n'ai entendu parler de quoi que ce soit, répliqua d'Artagnan.

— Eh! eh! fit Fouquet.

— Mais non, vous êtes un agréable homme, malgré votre fièvre. Le roi ne peut, ne doit s'empêcher de vous aimer au fond du coeur.

Fouquet fit la grimace.

— Mais M. Colbert? dit-il. M. Colbert m'aime-t-il aussi autant que vous le dites?

— Je ne parle point de M. Colbert, reprit d'Artagnan. C'est un homme exceptionnel, celui-là! Il ne vous aime pas, c'est possible; mais mordioux! l'écureuil peut se garer de la couleuvre, pour peu qu'il le veuille.

— Savez-vous que vous me parlez en ami, répliqua Fouquet, et que, sur ma vie! je n'ai jamais trouvé un homme de votre esprit et de votre coeur?

— Cela vous plaît à dire, fit d'Artagnan. Vous attendez à aujourd'hui pour me faire un compliment pareil?

— Aveugles que nous sommes! murmura Fouquet.

— Voilà votre voix qui s'enroue, dit d'Artagnan. Buvez, monseigneur, buvez.

Et il lui offrit une tasse de tisane avec la plus cordiale amitié; Fouquet la prit et le remercia par un bon sourire.

— Ces choses-là n'arrivent qu'à moi, dit le mousquetaire. J'ai passé dix ans sous votre barbe quand vous remuiez des tonnes d'or; vous faisiez quatre millions de pension par an, vous ne m'avez jamais remarqué; et voilà que vous vous apercevez que je suis au monde, précisément au moment...

— Où je vais tomber, interrompit Fouquet. C'est vrai cher monsieur d'Artagnan.

— Je ne dis pas cela.

— Vous le pensez, c'est tout. Eh bien! si je tombe, prenez ma parole pour vraie, je ne passerai pas un jour sans me dire, en me frappant la tête: «Fou! fou! stupide mortel! Tu avais M. d'Artagnan sous la main, et tu ne t'es pas servi de lui! et tu ne l'as pas enrichi!»

— Vous me comblez! dit le capitaine; je raffole de vous.

— Encore un homme qui ne pense pas comme M. Colbert, fit le surintendant.

— Que ce Colbert vous tient aux côtes! C'est pis que votre fièvre.

— Ah! j'ai mes raisons, dit Fouquet. Jugez-les.

Et il lui raconta les détails de la course des gabares et l'hypocrite persécution de Colbert.

— N'est-ce pas le meilleur signe de ma ruine?

D'Artagnan devint sérieux.

— C'est juste, dit-il. Oui, cela sent mauvais, comme disait M. de Tréville.

Et il attacha sur Fouquet son regard intelligent et significatif.

— N'est-ce pas, capitaine, que je suis bien désigné? N'est-ce pas que le roi m'amène bien à Nantes pour m'isoler de Paris, où j'ai tant de créatures, et pour s'emparer de Belle-Île?

— Où est M. d'Herblay, ajouta d'Artagnan.

Fouquet leva la tête.

— Quant à moi, monseigneur, poursuivit d'Artagnan, je puis vous assurer que le roi ne m'a rien dit contre vous.

— Vraiment?

— Le roi m'a commandé de partir pour Nantes, c'est vrai; de n'en rien dire à M. de Gesvres.

— Mon ami.

— À M. de Gesvres, oui, monseigneur, continua le mousquetaire, dont les yeux ne cessaient de parler un langage opposé au langage des lèvres. Le roi m'a commandé encore de prendre une brigade des mousquetaires, ce qui est superflu en apparence, puisque le pays est calme.

— Une brigade? dit Fouquet en se levant sur un coude.

— Quatre-vingt-seize cavaliers, oui, monseigneur, le même nombre qu'on avait pris pour arrêter MM. de Chalais, de Cinq-Mars et Montmorency.

Fouquet dressa l'oreille à ces mots, prononcés sans valeur apparente.

— Et puis? dit-il.

— Et puis d'autres ordres insignifiants, tels que ceux-ci: «Garder le château; garder chaque logis; ne laisser aucun garde de M. de Gesvres prendre faction.» De M. de Gesvres, votre ami.

— Et pour moi, s'écria Fouquet, quels ordres?

— Pour vous, monseigneur, pas le plus petit mot.

— Monsieur d'Artagnan, il s'agit de me sauver l'honneur et la vie, peut être! Vous ne me tromperiez pas?

— Moi!... et dans quel but? Est-ce que vous êtes menacé? Seulement, il y a bien, touchant les carrosses et les bateaux, un ordre...

— Un ordre?

— Oui; mais qui ne saurait vous concerner. Simple mesure de police.

— Laquelle, capitaine? laquelle?

— C'est d'empêcher tous chevaux ou bateaux de sortir de Nantes sans un sauf-conduit signé du roi.

— Grand-Dieu! mais...

D'Artagnan se mit à rire.

— Cela n'aura d'exécution qu'après l'arrivée du roi à Nantes; ainsi, vous voyez bien, monseigneur, que l'ordre ne vous concerne en rien.

Fouquet devint rêveur, et d'Artagnan feignit de ne pas remarquer sa préoccupation.

— Pour que je vous confie la teneur des ordres qu'on m'a donnés, il faut que je vous aime et que je tienne à vous prouver qu'aucun n'est dirigé contre vous.

— Sans doute, dit Fouquet distrait.

— Récapitulons, dit le capitaine avec son coup d'oeil chargé d'insistance: Garde spéciale et sévère du château dans lequel vous aurez votre logis n'est-ce pas? Connaissez-vous ce château?... Ah! monseigneur, une vraie prison! Absence totale de M. de Gesvres, qui a l'honneur d'être de vos amis... Clôture des portes de la ville et de la rivière, sauf une passe, mais seulement quand le roi sera venu... Savez-vous bien, monsieur Fouquet, que si, au lieu de parler à un homme comme vous, qui êtes un des premiers du royaume, je parlais à une conscience troublée, inquiète, je me compromettrais à jamais? La belle occasion pour quelqu'un qui voudrait prendre le large! Pas de police, pas de gardes, pas d'ordres; l'eau libre, la route franche, M. d'Artagnan obligé de prêter ses chevaux si on les lui demandait! Tout cela doit vous rassurer, monsieur Fouquet; car le roi ne m'eût pas laissé ainsi indépendant, s'il eût eu de mauvais desseins. En vérité, monsieur Fouquet, demandez-moi tout ce qui pourra vous être agréable: je suis à votre disposition; et seulement, si vous y consentez, vous me rendrez un service; celui de souhaiter le bonjour à Aramis et à Porthos, au cas où vous embarqueriez pour Belle-Île, ainsi que vous avez le droit de le faire, sans désemparer, tout de suite, en robe de chambre, comme vous voilà.

Sur ces mots, et avec une profonde révérence, le mousquetaire, dont les regards n'avaient rien perdu de leur intelligente bienveillance, sortit de l'appartement et disparut.

Il n'était pas aux degrés du vestibule, que Fouquet, hors de lui, se pendit à la sonnette et cria:

— Mes chevaux! ma gabare!

Personne ne répondit.

Le surintendant s'habilla lui-même de tout ce qu'il trouva sous sa main.

— Gourville!... Gourville!... cria-t-il tout en glissant sa montre dans sa poche.

Et la sonnette joua encore, tandis que Fouquet répétait:

— Gourville!... Gourville!...

Gourville parut, haletant, pâle.

— Partons! partons! cria le surintendant dès qu'il le vit.

— Il est trop tard! fit l'ami du pauvre Fouquet.

— Trop tard! pourquoi?

— Écoutez!

On entendit des trompettes et un bruit de tambour devant le château.

— Quoi donc, Gourville?

— Le roi qui arrive, monseigneur.

— Le roi?

— Le roi, qui a brûlé étapes sur étapes; le roi, qui a crevé des chevaux et qui avance de huit heures sur votre calcul.

— Nous sommes perdus! murmura Fouquet. Brave d'Artagnan, va! tu m'as parlé trop tard!

Le roi arrivait, en effet, dans la ville; on entendit bientôt le canon du rempart et celui d'un vaisseau qui répondait du bas de la rivière.

Fouquet fronça le sourcil, appela ses valets de chambre et se fit habiller en cérémonie.

De sa fenêtre, derrière les rideaux, il voyait l'empressement du peuple et le mouvement d'une grande troupe qui avait suivi le prince sans que l'on pût deviner comment.

Le roi fut conduit au château en grande pompe, et Fouquet le vit mettre pied à terre sous la herse et parler bas à l'oreille de d'Artagnan, qui tenait l'étrier.

D'Artagnan, le roi étant passé sous la voûte, se dirigea vers la maison de Fouquet, mais si lentement, si lentement, en s'arrêtant tant de fois pour parler à ses mousquetaires, échelonnés en haie, que l'on eût dit qu'il comptait les secondes ou les pas avant d'accomplir son message.

Fouquet ouvrit la fenêtre pour lui parler dans la cour.

— Ah! s'écria d'Artagnan en l'apercevant, vous êtes encore chez vous, monseigneur.

Et ce *encore* suffit pour prouver à M. Fouquet combien d'enseignements et de conseils utiles renfermait la première visite du mousquetaire.

Le surintendant se contenta de soupirer.

— Mon Dieu, oui, monsieur, répondit-il; l'arrivée du roi m'a interrompu dans les projets que j'avais.

— Ah! vous savez que le roi vient d'arriver?

— Je l'ai vu, oui, monsieur; et, cette fois, vous venez de sa part?...

— Savoir de vos nouvelles, monseigneur, et, si votre santé n'est pas trop mauvaise, vous prier de vouloir bien vous rendre au château.

— De ce pas, monsieur d'Artagnan, de ce pas.

— Ah! dame! fit le capitaine, à présent que le roi est là, il n'y a plus de promenade pour personne, plus de libre arbitre; la consigne gouverne à présent, vous comme moi, moi comme vous.

Fouquet soupira une dernière fois, monta en carrosse, tant sa faiblesse était grande, et se rendit au château, escorté par d'Artagnan, dont la politesse n'était pas moins effrayante cette fois qu'elle n'avait été naguère consolante et gaie.

CHAPITRE XXXIX. *Comment le roi Louis XIV joua son petit rôle*

Comme Fouquet descendait de carrosse pour entrer dans le château de Nantes, un homme du peuple s'approcha de lui avec tous les signes du plus grand respect et lui remit une lettre.

D'Artagnan voulut empêcher cet homme d'entretenir Fouquet, et l'éloigna, mais le message avait été remis au surintendant. Fouquet décacheta la lettre et la lut; en ce moment, un vague effroi que d'Artagnan pénétra facilement se peignit sur les traits du premier ministre.

M. Fouquet mit le papier dans le portefeuille qu'il avait sous son bras, et continua son chemin vers les appartements du roi.

D'Artagnan, par les petites fenêtres pratiquées à chaque étage du donjon, vit, en montant derrière Fouquet, l'homme au billet regarder autour de lui sur la place et faire des signes à plusieurs personnes qui disparurent dans les rues adjacentes, après avoir elles-mêmes répété ces signes faits par le personnage que nous avons indiqué.

On fit attendre Fouquet un moment sur cette terrasse dont nous avons parlé, terrasse qui aboutissait au petit corridor après lequel on avait établi le cabinet du roi.

D'Artagnan alors passa devant le surintendant, que, jusque-là, il avait accompagné respectueusement, et entra dans le cabinet royal.

— Eh bien? lui demanda Louis XIV, qui, en l'apercevant, jeta sur la table couverte de papiers une grande toile verte.

— L'ordre est exécuté, Sire.

— Et Fouquet?

— M. le surintendant me suit, répliqua d'Artagnan.

— Dans dix minutes, on l'introduira près de moi, dit le roi en congédiant d'Artagnan d'un geste.

Celui-ci sortit, et, à peine arrivé dans le corridor à l'extrémité duquel Fouquet l'attendait, fut rappelé par la clochette du roi.

— Il n'a pas paru étonné? demanda le roi.

— Qui, Sire?

— *Fouquet*, répéta le roi sans dire monsieur, particularité qui confirma le capitaine des mousquetaires dans ses soupçons.

— Non, Sire, répliqua-t-il.

— Bien.

Et, pour la seconde fois, Louis renvoya d'Artagnan.

Fouquet n'avait pas quitté la terrasse où il avait été laissé par son guide; il relisait son billet ainsi conçu:

«Quelque chose se trame contre vous. Peut-être n'osera-t-on au château; ce serait à votre retour chez vous. Le logis est déjà cerné par les mousquetaires. N'y entrez pas; un cheval blanc vous attend derrière l'esplanade.»

M. Fouquet avait reconnu l'écriture et le zèle de Gourville. Ne voulant point que, s'il lui arrivait malheur ce papier pût compromettre un fidèle ami, le surintendant s'occupait à déchirer ce billet en des milliers de morceaux éparpillés au vent hors du balustre de la terrasse.

D'Artagnan le surprit, regardant voltiger les dernières miettes dans l'espace.

— Monsieur, dit-il, le roi vous attend.

Fouquet marcha d'un pas délibéré dans le petit corridor où travaillaient MM. de Brienne et Rose, tandis que le duc de Saint-Aignan, assis sur une petite chaise, aussi dans le corridor, semblait attendre des ordres et bâillait d'une impatience fiévreuse, son épée entre les jambes.

Il sembla étrange à Fouquet que MM. de Brienne, Rose et de Saint- Aignan, d'ordinaire si attentifs, si obséquieux, se dérangeassent à peine lorsque lui, le surintendant, passa. Mais comment eût-il trouvé autre chose chez des courtisans, celui que le roi n'appelait plus que Fouquet?

Il releva la tête, et, bien décidé à tout braver en face, entra chez le roi après qu'une clochette qu'on connaît déjà l'eut annoncé à Sa Majesté.

Le roi, sans se lever, lui fit un signe de tête, et, avec intérêt:

— Eh! comment allez-vous, monsieur Fouquet? dit-il.

— Je suis dans mon accès de fièvre, répliqua le surintendant mais tout au service du roi.

— Bien; les États s'assemblent demain: avez-vous un discours prêt?

Fouquet regarda le roi avec étonnement.

— Je n'en ai pas, Sire, dit-il; mais j'en improviserai un. Je sais assez à fond les affaires pour ne pas demeurer embarrassé. Je n'ai qu'une question à faire: Votre Majesté me le permettra-t- elle?

— Faites.

— Pourquoi Sa Majesté n'a-t-elle pas fait l'honneur à son premier ministre de l'avertir à Paris?

— Vous étiez malade; je ne veux pas vous fatiguer.

— Jamais un travail, jamais une explication ne me fatigue, Sire, et, puisque le moment est venu pour moi de demander une explication à mon roi...

— Oh! monsieur Fouquet! et sur quoi une explication?

— Sur les intentions de Sa Majesté à mon égard.

Le roi rougit.

— J'ai été calomnié, repartit vivement Fouquet, et je dois provoquer la justice du roi à des enquêtes.

— Vous me dites cela bien inutilement, monsieur Fouquet; je sais ce que je sais.

— Sa Majesté ne peut savoir les choses que si on les lui a dites, et je ne lui ai rien dit, moi, tandis que d'autres ont parlé maintes et maintes fois à...

— Que voulez-vous dire? fit le roi, impatient de clore cette conversation embarrassante.

— Je vais droit au fait, Sire, et j'accuse un homme de me nuire auprès de Votre Majesté.

— Personne ne vous nuit, monsieur Fouquet.

— Cette réponse, Sire, me prouve que j'avais raison.

— Monsieur Fouquet, je n'aime pas qu'on accuse.

— Quand on est accusé!

— Nous avons déjà trop parlé de cette affaire.

— Votre Majesté ne veut pas que je me justifie?

— Je vous répète que je ne vous accuse pas.

Fouquet fit un pas en arrière en faisant un demi-salut.

«Il est certain, pensa-t-il, qu'il a pris un parti. Celui qui ne peut reculer a seul une pareille obstination. Ne pas voir le danger dans ce moment, ce serait être aveugle; ne pas l'éviter, ce serait être stupide.»

Il reprit tout haut:

— Votre Majesté m'a demandé pour un travail?

— Non, monsieur Fouquet, pour un conseil que j'ai à vous donner.

— J'attends respectueusement, Sire.

— Reposez-vous, monsieur Fouquet; ne prodiguez plus vos forces: la session des États sera courte, et, quand mes secrétaires l'auront close, je ne veux plus que l'on parle affaires de quinze jours en France.

— Le roi n'a rien à me dire au sujet de cette assemblée des États?

— Non, monsieur Fouquet.

— À moi, surintendant des finances?

— Reposez-vous, je vous prie; voilà tout ce que j'ai à vous dire.

Fouquet se mordit les lèvres et baissa la tête. Il couvait évidemment quelque pensée inquiète.

Cette inquiétude gagna le roi.

— Est-ce que vous êtes fâché d'avoir à vous reposer, monsieur Fouquet? dit-il.

— Oui, Sire, je ne suis pas habitué au repos.

— Mais vous êtes malade; il faut vous soigner.

— Votre Majesté me parlait d'un discours à prononcer demain?

Le roi ne répondit pas; cette question brusque venait de l'embarrasser.

Fouquet sentit le poids de cette hésitation. Il crut lire dans les yeux du jeune prince un danger qui précipiterait sa défiance.

«Si je parais avoir peur, pensa-t-il, je suis perdu.»

Le roi, de son côté, n'était inquiet que de cette défiance de Fouquet.

— A-t-il éventé quelque chose? murmurait-il.

«Si son premier mot est dur, pensa encore Fouquet, s'il s'irrite ou feint de s'irriter pour prendre un prétexte, comment me tirerai-je de là? Adoucissons la pente. Gourville avait raison»

— Sire, dit-il tout à coup, puisque la bonté du roi veille à ma santé à ce point qu'elle me dispense de tout travail, est-ce que je ne serai pas libre du conseil pour demain? J'emploierais ce jour à garder le lit, et je demanderais au roi de me céder son médecin pour essayer un remède contre ces maudites fièvres.

— Soit fait comme vous désirez, monsieur Fouquet. Vous aurez le congé pour demain, vous aurez le médecin, vous aurez la santé.

— Merci, dit Fouquet en s'inclinant.

Puis, prenant son parti:

— Est-ce que je n'aurai pas, dit-il, le bonheur de mener le roi à Belle-Île, chez moi?

Et il regardait Louis en face pour juger de l'effet d'une pareille proposition.

Le roi rougit encore.

— Vous savez, répliqua-t-il en essayant de sourire, que vous venez de dire: *À Belle-Île, chez moi?*

— C'est vrai, Sire.

— Eh bien! ne vous souvient-il plus, continua le roi du même ton enjoué, que vous me donnâtes Belle-Île?

— C'est encore vrai, Sire. Seulement, comme vous ne l'avez pas prise, vous en viendrez prendre possession.

— Je le veux bien.

— C'était, d'ailleurs, l'intention de Votre Majesté autant que la mienne, et je ne saurais dire à Votre Majesté combien j'ai été heureux et fier en voyant toute la maison militaire du roi venir de Paris pour cette prise de possession.

Le roi balbutia qu'il n'avait pas amené ses mousquetaires pour cela seulement.

— Oh! je le pense bien, dit vivement Fouquet; Votre Majesté sait trop bien qu'il lui suffit de venir seule une badine à la main, pour faire tomber toutes les fortifications de Belle-Île.

— Peste! s'écria le roi, je ne veux pas qu'elles tombent, ces belles fortifications qui ont coûté si cher à élever. Non! qu'elles demeurent contre les Hollandais et les Anglais. Ce que je veux voir à Belle-Île, vous ne le devineriez pas, monsieur Fouquet: ce sont les belles paysannes, filles et femmes, des terres ou des grèves, qui dansent si bien et sont si séduisantes avec leurs jupes d'écarlate! on m'a fort vanté vos vassales, monsieur le surintendant. Tenez, faites-les-moi voir.

— Quand Votre Majesté voudra.

— Avez-vous quelque moyen de transport? Ce serait demain si vous vouliez.

Le surintendant sentit le coup, qui n'était pas adroit, et il répondit:

— Non, Sire: j'ignorais le désir de Votre Majesté, j'ignorais surtout sa hâte de voir Belle-Île, et je ne me suis précautionné en rien.

— Vous avez un bateau à vous, cependant?

— J'en ai cinq; mais ils sont tous, soit au Port, soit à Paimboeuf, et, pour les rejoindre ou les faire arriver, il faut au moins vingt-quatre heures. Ai-je besoin d'envoyer un courrier? faut-il que je le fasse?

— Attendez encore; laissez finir la fièvre; attendez à demain.

— C'est vrai... Qui sait si demain nous n'aurons pas mille autres idées? répliqua Fouquet, désormais hors de doute et fort pâle.

Le roi tressaillit et allongea la main vers sa clochette; mais Fouquet le prévint.

— Sire, dit-il, j'ai la fièvre; je tremble de froid. Si je demeure un moment de plus, je suis capable de m'évanouir. Je demande à Votre Majesté la permission de m'aller cacher sous les couvertures.

— En effet, vous grelottez; c'est affligeant à voir. Allez, monsieur Fouquet, allez. J'enverrai savoir de vos nouvelles.

— Votre Majesté me comble. Dans une heure, je me trouverai beaucoup mieux.

— Je veux que quelqu'un vous reconduise, dit le roi.

— Comme il vous plaira; je prendrais volontiers le bras de quelqu'un.

— Monsieur d'Artagnan! cria le roi en sonnant de sa clochette.

— Oh! Sire, interrompit Fouquet en riant d'un air qui fit froid au prince, vous me donnez un capitaine de mousquetaires pour me conduire à mon logis? Honneur bien équivoque, Sire! Un simple valet de pied, je vous prie.

— Et pourquoi, monsieur Fouquet? M. d'Artagnan me reconduit bien, moi!

— Oui; mais, quand il vous reconduit, Sire, c'est pour vous obéir, tandis que moi...

— Eh bien?

— Moi, s'il me faut rentrer chez moi avec votre chef des mousquetaires, on dira que vous me faites arrêter.

— Arrêter? répéta le roi, qui pâlit plus que Fouquet lui-même, arrêter? oh!...

— Eh? que ne dit-on pas! poursuivit Fouquet toujours riant; et je gage qu'il se trouverait des gens assez méchants pour en rire?

Cette saillie déconcerta le monarque. Fouquet fut assez habile ou assez heureux pour que Louis XIV reculât devant l'apparence du fait qu'il méditait.

M. d'Artagnan, lorsqu'il parut, reçut l'ordre de désigner un mousquetaire pour accompagner le surintendant.

— Inutile, dit alors celui-ci: épée pour épée, j'aime autant Gourville, qui m'attend en bas. Mais cela ne m'empêchera pas de jouir de la société de M. d'Artagnan. Je suis bien aise qu'il voie Belle-Île, lui qui se connaît si bien en fortifications.

D'Artagnan s'inclina, ne comprenant plus rien à la scène.

Fouquet salua encore, et sortit affectant toute la lenteur d'un homme qui se promène.

Une fois hors du château:

— Je suis sauvé! dit-il. Oh! oui, tu verras Belle-Île, roi déloyal, mais quand je n'y serai plus.

Et il disparut.

D'Artagnan était demeuré avec le roi.

— Capitaine, lui dit Sa Majesté, vous allez suivre M. Fouquet à cent pas.

— Oui, Sire.

— Il rentre chez lui. Vous irez chez lui.

— Oui, Sire.

— Vous l'arrêterez en mon nom, et vous l'enfermerez dans un carrosse.

— Dans un carrosse? Bien.

— De telle façon qu'il ne puisse, en route, ni converser avec quelqu'un, ni jeter des billets aux gens qu'il rencontrera.

— Oh! voilà qui est difficile, Sire.

— Non.

— Pardon, Sire; je ne puis étouffer M. Fouquet, et, s'il demande à respirer, je n'irai pas l'en empêcher en fermant glaces et mantelets. Il jettera par les portières tous les cris et les billets possibles.

— Le cas est prévu, monsieur d'Artagnan; un carrosse avec un treillis obviera aux deux inconvénients que vous signalez.

— Un carrosse à treillis de fer? s'écria d'Artagnan. Mais on ne fait pas un treillis de fer pour carrosse en une demi-heure, et Votre Majesté me recommande d'aller tout de suite chez M. Fouquet.

— Aussi le carrosse en question est-il tout fait.

— Ah! c'est différent, dit le capitaine. Si le carrosse est tout fait, très bien, on n'a qu'à le faire aller.

— Il est tout attelé.

— Ah!

— Et le cocher, avec les piqueurs, attend dans la cour basse du château.

D'Artagnan s'inclina.

— Il ne me reste, ajouta-t-il, qu'à demander au roi en quel endroit on conduira M. Fouquet.

— Au château d'Angers, d'abord.

— Très bien.

— Nous verrons ensuite.

— Oui, Sire.

— Monsieur d'Artagnan, un dernier mot: vous avez remarqué que, pour faire cette prise de Fouquet, je n'emploie pas mes gardes, ce dont M. de Gesvres sera furieux.

— Votre Majesté n'emploie pas ses gardes, dit le capitaine un peu humilié, parce qu'elle se défie de M. de Gesvres. Voilà!

— C'est vous dire, monsieur, que j'ai confiance en vous.

— Je le sais bien, Sire! et il est inutile de le faire valoir.

— C'est seulement pour arriver à ceci, monsieur, qu'à partir de ce moment, s'il arrivait que, par hasard, un hasard quelconque, M. Fouquet s'évadât... on a vu de ces hasards-là, monsieur...

— Oh! Sire, très souvent, mais pour les autres, pas pour moi.

— Pourquoi pas pour vous?

— Parce que moi, Sire, j'ai un instant voulu sauver M. Fouquet.

Le roi frémit.

— Parce que, continua le capitaine j'en avais le droit ayant deviné le plan de Votre Majesté sans qu'elle m'en eût parlé, et que je trouvais M. Fouquet intéressant. Or j'étais libre de lui témoigner mon intérêt, à cet homme.

— En vérité, monsieur, vous ne me rassurez point sur vos services!

— Si je l'eusse sauvé alors, j'étais parfaitement innocent: je dis plus, j'eusse bien fait, car M. Fouquet n'est pas un méchant homme. Mais il n'a pas voulu; sa destinée l'a entraîné; il a laissé fuir l'heure de la liberté. Tant pis! Maintenant, j'ai des ordres, j'obéirai à ces ordres, et M. Fouquet, vous pouvez le considérer comme un homme arrêté. Il est au château d'Angers, M. Fouquet.

— Oh! vous ne le tenez pas encore, capitaine!

— Cela me regarde; à chacun son métier, Sire; seulement, encore une fois, réfléchissez. Donnez-vous sérieusement l'ordre d'arrêter M. Fouquet, Sire?

— Oui, mille fois oui!

— Écrivez alors.

— Voici la lettre.

D'Artagnan la lut, salua le roi et sortit.

Du haut de la terrasse, il aperçut Gourville qui passait l'air joyeux, et se dirigeait vers la maison de M. Fouquet.

CHAPITRE XL. *Le cheval blanc et le cheval noir*

Voilà qui est surprenant, se dit le capitaine: Gourville très joyeux et courant les rues, quand il est à peu près certain que M. Fouquet est en danger; quand il est à peu près certain que c'est

Gourville qui a prévenu M. Fouquet par le billet de tout à l'heure, ce billet qui a été déchiré en mille morceaux sur la terrasse, et livré aux vents par M. le surintendant.

«Gourville se frotte les mains, c'est qu'il vient de faire quelque habileté. D'où vient Gourville?

«Gourville vient de la rue aux Herbes. Où va la rue aux Herbes?»

Et d'Artagnan suivit, sur le faîte des maisons de Nantes dominées par le château, la ligne tracée par les rues, comme il eût fait sur un plan topographique; seulement au lieu de papier mort et plat, vide et désert, la carte vivante se dressait en relief avec des mouvements, les cris et les ombres des hommes et des choses.

Au-delà de l'enceinte de la ville, les grandes plaines verdoyantes s'étendaient bordant la Loire, et semblaient courir vers l'horizon empourpré, que sillonnaient l'azur des eaux et le vert noirâtre des marécages.

Immédiatement après les portes de Nantes, deux chemins blancs montaient en divergeant comme les doigts écartés d'une main gigantesque.

D'Artagnan, qui avait embrassé tout le panorama d'un coup d'oeil en traversant la terrasse, fut conduit par la ligne de la rue aux Herbes à l'aboutissement d'un de ces chemins qui prenait naissance sous la porte de Nantes.

Encore un pas, et il allait descendre l'escalier de la terrasse pour rentrer dans le donjon, prendre son carrosse à treillis, et marcher vers la maison de Fouquet.

Mais le hasard voulut que, au moment de se replonger dans l'escalier, il fût attiré par un point mouvant qui gagnait du terrain sur cette route.

«Qu'est cela? se demanda le mousquetaire. Un cheval qui court, un cheval échappé sans doute; comme il détale!»

Le point mouvant se détacha de la route, et entra dans les pièces de luzerne.

«Un cheval blanc, continua le capitaine, qui venait de voir la couleur ressortir lumineuse sur le fond sombre, et il est monté; c'est quelque enfant dont le cheval a soif, et l'emporte vers l'abreuvoir en diagonale.»

Ces réflexions, rapides comme l'éclair, simultanées avec la perception visuelle, d'Artagnan les avait déjà oubliées quand il descendit les premières marches de l'escalier.

Quelques parcelles de papier jonchaient les marches et étincelaient sur la pierre noircie des degrés.

«Eh! eh! se dit le capitaine, voici quelques-uns des fragments du billet déchiré par M. Fouquet. Pauvre homme! il avait donné son secret au vent; le vent n'en veut plus et le rapporte au roi. Décidément, pauvre Fouquet, tu joues de malheur! la partie n'est pas égale; la fortune est contre toi. L'étoile de Louis XIV obscurcit la tienne; la couleuvre est plus forte ou plus habile que l'écureuil.»

D'Artagnan ramassa un de ces morceaux de papier toujours en descendant.

— Petite écriture de Gourville!! s'écria-t-il en examinant un des fragments du billet, je ne m'étais pas trompé.

Et il lut le mot *cheval*.

— Tiens! fit-il.

Et il en examina un autre, sur lequel pas une lettre n'était tracée.

Sur un troisième, il lut le mot *blanc*.

— *Cheval blanc*, répéta-t-il, comme l'enfant qui épelle. Ah! mon Dieu! s'écria le défiant esprit, cheval blanc!

Et, semblable à ce grain de poudre qui, brûlant, se dilate en un volume centuple, d'Artagnan, gonflé d'idées et de soupçons, remonta rapidement vers la terrasse.

Le cheval blanc courait, courait toujours dans la direction de la Loire, à l'extrémité de laquelle, fondue dans les vapeurs de l'eau, une petite voile apparaissait, balancée comme un atome.

— Oh! oh! cria le mousquetaire, il n'y a qu'un homme qui fuit pour courir aussi vite dans les terres labourées. Il n'y a qu'un Fouquet, un financier, pour courir ainsi en plein jour sur un cheval blanc... Il n'y a que le seigneur de Belle-Île pour se sauver du côté de la mer, quand il y a des forêts si épaisses dans les terres... Et il n'y a qu'un d'Artagnan au monde pour rattraper M. Fouquet, qui a une demi-heure d'avance, et qui aura joint son bateau avant une heure.

Cela dit, le mousquetaire donna ordre que l'on menât grand train le carrosse aux treillis de fer dans un bouquet de bois situé hors de la ville. Il choisit son meilleur cheval, lui sauta sur le dos, et courut par la rue aux Herbes, en prenant, non pas le chemin qu'avait pris Fouquet, mais le bord même de la Loire, certain qu'il était de gagner dix minutes sur le total du parcours, et de joindre, à l'intersection des deux lignes, le fugitif qui ne soupçonnerait pas d'être poursuivi de ce côté.

Dans la rapidité de la course, et avec l'impatience du persécuteur, s'animant comme à la chasse, comme à la guerre, d'Artagnan, si doux, si bon pour Fouquet, se surprit à devenir féroce et presque sanguinaire.

Pendant longtemps, il courut sans apercevoir le cheval blanc; sa fureur prenait les teintes de la rage, il doutait de lui, il supposait que Fouquet s'était abîmé dans un chemin souterrain, ou qu'il avait relayé le cheval blanc par un de ces fameux chevaux noirs, rapides comme le vent, dont d'Artagnan, à Saint-Mandé, avait tant de fois admiré, envié la légèreté vigoureuse.

À ces moments-là, quand le vent lui coupait les yeux et en faisait jaillir des larmes, quand la selle brûlait, quand le cheval, entamé dans sa chair vive, rugissait de douleur et faisait voler sous ses pieds de derrière une pluie de sable fin et de cailloux, d'Artagnan, se haussant sur l'étrier, et ne voyant rien sur l'eau, rien sous les arbres, cherchait en l'air, comme un insensé. Il devenait fou. Dans le paroxysme de sa convoitise, il rêvait chemins aériens, découverte du siècle suivant; il se rappelait Dédale et ses vastes ailes, qui l'avaient sauvé des prisons de la Crète.

Un rauque soupir s'exhalait de ses lèvres. Il répétait, dévoré par la crainte du ridicule:

— Moi! moi! dupé par un Gourville, moi!... on dira que je vieillis, on dira que j'ai reçu un million pour laisser fuir Fouquet!

Et il enfonçait ses deux éperons dans le ventre du cheval; il venait de faire une lieue en deux minutes. Soudain, à l'extrémité d'un pacage, derrière des haies, il vit une forme blanche qui se montra, disparut, et demeura enfin visible sur un terrain plus élevé.

D'Artagnan tressaillit de joie; son esprit se rasséréna aussitôt. Il essuya la sueur qui ruisselait de son front, desserra ses genoux, libre desquels le cheval respira plus largement, et, ramenant la bride, modéra l'allure du vigoureux animal, son complice dans cette chasse à l'homme. Il put alors étudier la forme de la route, et sa position quant à Fouquet.

Le surintendant avait mis son cheval blanc hors d'haleine, en traversant les terres molles. Il sentait le besoin de gagner un sol plus dur, et tendait vers la route par la sécante la plus courte.

D'Artagnan, lui, n'avait qu'à marcher droit sous la rampe d'une falaise qui le dérobait aux yeux de son ennemi; de sorte qu'il le couperait à son arrivée sur la route. Là s'entamerait la course réelle; là s'établirait la lutte.

D'Artagnan fit respirer son cheval à pleins poumons.

Il remarqua que le surintendant prenait le trot, c'est-à-dire qu'il faisait aussi souffler sa monture.

Mais on était trop pressé, de part et d'autre, pour demeurer longtemps à cette allure. Le cheval blanc partit comme une flèche quand il toucha un terrain plus résistant.

D'Artagnan baissa la main, et son cheval noir prit le galop. Tous deux suivaient la même route; les quadruples échos de la course se confondaient; M. Fouquet n'avait pas encore aperçu d'Artagnan.

Mais, à la sortie de la rampe, un seul écho frappa l'air, c'était celui des pas de d'Artagnan, qui roulait comme un tonnerre.

Fouquet se retourna; il vit à cent pas derrière lui, en arrière, son ennemi, penché sur le cou de son coursier. Plus de doute; le baudrier reluisant, la casaque rouge, c'était un mousquetaire; Fouquet baissa la tête aussi, et son cheval blanc mit vingt pieds de plus entre son adversaire et lui.

«Oh! mais, pensa d'Artagnan inquiet, ce n'est pas un cheval ordinaire que monte là Fouquet, attention!» Et, attentif, il examina, de son oeil infaillible, l'allure et les moyens de ce coursier.

Croupe ronde, queue maigre et tendue, jambes maigres et sèches comme des fils d'acier, sabots plus durs que du marbre.

Il éperonna le sien, mais la distance entre les deux resta la même.

D'Artagnan écouta profondément: pas un souffle du cheval ne lui parvenait, et, pourtant, il fendait le vent.

Le cheval noir, au contraire, commençait à râler comme un accès de toux.

«Il faut crever mon cheval, mais arriver», pensa le mousquetaire.

Et il se mit à scier la bouche du pauvre animal, tandis qu'avec ses éperons il fouillait sa peau sanglante.

Le cheval, désespéré, gagna vingt toises, et arriva sur Fouquet à la portée du pistolet.

«Courage! se dit le mousquetaire, courage! le blanc s'affaiblira peut-être; et, si le cheval ne tombe pas, le maître finira par tomber.»

Mais cheval et homme restèrent droits, unis, prenant peu à peu l'avantage.

D'Artagnan poussa un cri sauvage qui fit retourner Fouquet, dont la monture s'animait encore.

— Fameux cheval! enragé cavalier, gronda le capitaine, Holà! mordioux, monsieur Fouquet, holà! de par le roi!

Fouquet ne répondit pas.

— M'entendez-vous? hurla d'Artagnan.

Le cheval venait de faire un faux pas.

— Pardieu! répliqua laconiquement Fouquet.

Et de courir.

D'Artagnan faillit devenir fou; le sang afflua bouillant à ses tempes, à ses yeux.

— De par le roi! s'écria-t-il encore, arrêtez, ou je vous abats d'un coup de pistolet.

— Faites, répondit M. Fouquet volant toujours.

D'Artagnan saisit un de ses pistolets et l'arma, espérant que le bruit de la platine arrêterait son ennemi.

— Vous avez des pistolets aussi, dit-il, défendez-vous.

Fouquet se retourna effectivement au bruit, et, regardant d'Artagnan bien en face, ouvrit, de sa main droite, l'habit qui lui serrait le corps; il ne toucha pas à ses fontes.

Il y avait vingt pas entre eux deux.

— Mordioux! dit d'Artagnan, je ne vous assassinerai pas; si vous ne voulez pas tirer sur moi, rendez-vous! Qu'est-ce que la prison?

— J'aime mieux mourir, répondit Fouquet; je souffrirai moins.

D'Artagnan, ivre de désespoir, jeta son pistolet sur la route.

— Je vous prendrai vif, dit-il.

Et, par un prodige dont cet incomparable cavalier était seul capable, il mena son cheval à dix pas du cheval blanc; déjà il étendait la main pour saisir sa proie.

— Voyons, tuez-moi c'est plus humain, dit Fouquet.

— Non! vivant, vivant! murmura le capitaine.

Son cheval fit un faux pas pour la seconde fois; celui de Fouquet prit l'avance.

C'était un spectacle inouï, que cette course entre deux chevaux qui ne vivaient que par la volonté de leurs cavaliers.

Au galop furieux avaient succédé le grand trot, puis le trot simple.

Et la course paraissait aussi vive à ces deux athlètes harassés. D'Artagnan, poussé à bout, saisit le second pistolet et ajusta le cheval blanc.

— À votre cheval! pas à vous! cria-t-il à Fouquet.

Et il tira. L'animal fut atteint dans la croupe; il fit un bond furieux et se cabra.

Le cheval de d'Artagnan tomba mort.

«Je suis déshonoré, pensa le mousquetaire, je suis un misérable; par pitié, monsieur Fouquet, jetez-moi un de vos pistolets, que je me brûle la cervelle!»

Fouquet se remit à courir.

— Par grâce! par grâce! s'écria d'Artagnan, ce que vous ne voulez pas en ce moment, je le ferai dans une heure; mais ici, sur cette route, je meurs bravement, je meurs estimé; rendez-moi ce service, monsieur Fouquet.

Fouquet ne répondit pas et continua de trotter.

D'Artagnan se mit à courir après son ennemi.

Successivement il jeta par terre son chapeau, son habit, qui l'embarrassaient, puis son fourreau d'épée, qui battait entre ses jambes.

L'épée à la main lui devint trop lourde, il la jeta comme le fourreau.

Le cheval blanc râlait; d'Artagnan gagnait sur lui.

Du trot, l'animal, épuisé, passa au petit pas avec des vertiges qui secouaient sa tête; le sang venait à sa bouche avec l'écume.

D'Artagnan fit un effort désespéré, sauta sur Fouquet, et le prit par la jambe en disant d'une voix entrecoupée, haletante:

— Je vous arrête au nom du roi: cassez-moi la tête, nous aurons tous deux fait notre devoir.

Fouquet lança loin de lui, dans la rivière, les deux pistolets dont d'Artagnan eût pu se saisir, et, mettant pied à terre:

— Je suis votre prisonnier, monsieur, dit-il; voulez-vous prendre mon bras, car vous allez vous évanouir?

— Merci, murmura d'Artagnan, qui effectivement, sentit la terre manquer sous lui et le ciel fondre sur sa tête.

Et il roula sur le sable, à bout d'haleine et de forces.

Fouquet descendit le talus de la rivière, puisa de l'eau dans son chapeau, vint rafraîchir les tempes du mousquetaire, et lui glissa quelques gouttes fraîches entre les lèvres.

D'Artagnan se releva, cherchant autour de lui d'un oeil égaré.

Il vit Fouquet agenouillé, son chapeau humide à la main et souriant avec une ineffable douceur.

— Vous ne vous êtes pas enfui! cria-t-il. Oh! monsieur, le vrai roi par la loyauté, par le coeur, par l'âme, ce n'est pas Louis du Louvre, ni Philippe de Sainte-Marguerite, c'est vous, le proscrit, le condamné!

— Moi qui ne suis perdu aujourd'hui que par une seule faute, monsieur d'Artagnan.

— Laquelle, mon Dieu?

— J'aurais dû vous avoir pour ami. Mais comment allons-nous faire pour retourner à Nantes? Nous en sommes bien loin.

— C'est vrai, fit d'Artagnan pensif et sombre.

— Le cheval blanc reviendra peut-être; c'était un si bon cheval! Montez dessus, monsieur d'Artagnan; moi, j'irai à pied jusqu'à ce que vous soyez reposé.

— Pauvre bête! blessée! dit le mousquetaire.

— Il ira, vous dis-je, je le connais; faisons mieux, montons dessus tous deux.

— Essayons, dit le capitaine.

Mais ils n'eurent pas plutôt chargé l'animal de ce poids double, qu'il vacilla, puis se remit et marcha quelques minutes, puis chancela encore et s'abattit à côté du cheval noir, qu'il venait de joindre.

— Nous irons à pied, le destin le veut; la promenade sera superbe, reprit Fouquet en passant son bras sous celui de d'Artagnan.

— Mordioux! s'écria celui-ci, l'oeil fixe, le sourcil froncé, le coeur gros. Vilaine journée!

Ils firent lentement les quatre lieues qui les séparaient du bois, derrière lequel les attendait le carrosse avec une escorte.

Lorsque Fouquet aperçut cette sinistre machine, il dit à d'Artagnan, qui baissait les yeux, comme honteux pour Louis XIV:

— Voilà une idée qui n'est pas d'un brave homme, capitaine d'Artagnan, elle n'est pas de vous. Pourquoi ces grillages? dit- il.

— Pour vous empêcher de jeter des billets au-dehors.

— Ingénieux!

— Mais vous pouvez parler si vous ne pouvez pas écrire, dit d'Artagnan.

— Parler à vous!

— Mais... si vous voulez.

Fouquet rêva un moment; puis, regardant le capitaine en face:

— Un seul mot, dit-il, le retiendrez-vous?...

— Je le retiendrai.

— Le direz-vous à qui je veux?

— Je le dirai.

— Saint-Mandé! articula tout bas Fouquet.

— Bien. Pour qui?

— Pour Mme de Bellière ou Pélisson.

— C'est fait.

Le carrosse traversa Nantes et prit la route d'Angers.

CHAPITRE XLI. Où l'écureuil tombe, où la couleuvre vole

Il était deux heures de l'après-midi. Le roi, plein d'impatience, allait de son cabinet à la terrasse et quelquefois ouvrait la porte du corridor pour voir ce que faisaient ses secrétaires.

M. Colbert, assis à la place même où M. de Saint-Aignan était resté si longtemps le matin, causait à voix basse avec M. de Brienne.

Le roi ouvrit brusquement la porte, et, s'adressant à eux:

— Que dites-vous? demanda-t-il.

— Nous parlons de la première séance des États, dit M. de Brienne en se levant.

— Très bien! repartit le roi.

Et il rentra.

Cinq minutes après, le bruit de la clochette rappela Rose, dont c'était l'heure.

— Avez-vous fini vos copies? demanda le roi.

— Pas encore, Sire.

— Voyez donc si M. d'Artagnan est revenu.

— Pas encore, Sire.

— C'est étrange! murmura le roi. Appelez M. Colbert.

Colbert entra; il attendait ce moment depuis le matin.

— Monsieur Colbert, dit le roi très vivement, il faudrait pourtant savoir ce que M. d'Artagnan est devenu.

Colbert, de sa voix calme:

— Où le roi veut-il que je le fasse chercher? dit-il.

— Eh! monsieur, ne savez-vous à quel endroit je l'avais envoyé? répondit aigrement Louis.

— Votre Majesté ne me l'a pas dit.

— Monsieur, il est de ces choses que l'on devine, et vous surtout, vous les devinez.

— J'ai pu supposer, Sire; mais je ne me serais pas permis de deviner tout à fait.

Colbert finissait à peine ces mots, qu'une voix bien plus rude que celle du roi interrompit la conversation commencée entre le monarque et le commis.

— D'Artagnan! cria le roi tout joyeux.

D'Artagnan, pâle et de furieuse humeur, dit au roi:

— Sire, est-ce que c'est Votre Majesté qui a donné des ordres à mes mousquetaires?

— Quels ordres? fit le roi.

— Au sujet de la maison de M. Fouquet?

— Aucun! répliqua Louis.

— Ah! ah! dit d'Artagnan en mordant sa moustache. Je ne m'étais pas trompé; c'est Monsieur.

Et il désignait Colbert.

— Quel ordre? Voyons! dit le roi.

— Ordre de bouleverser toute une maison, de battre les domestiques et officiers de M. Fouquet, de forcer les tiroirs, de mettre à sac un logis paisible; mordioux! ordre de sauvage!

— Monsieur! fit Colbert très pâle.

— Monsieur, interrompit d'Artagnan, le roi seul, entendez-vous, le roi seul a le droit de commander à mes mousquetaires; mais, quant à vous, je vous le défends, et je vous le dis devant Sa Majesté; des gentilshommes qui portent l'épée ne sont pas des bélîtres qui ont la plume à l'oreille.

— D'Artagnan! d'Artagnan! murmura le roi.

— C'est humiliant, poursuivit le mousquetaire; mes soldats sont déshonorés. Je ne commande pas à des reîtres, moi, ou à des commis de l'intendance, mordioux!

— Mais qu'y a-t-il? Voyons! dit le roi avec autorité.

— Il y a, Sire, que Monsieur, Monsieur, qui n'a pu deviner les ordres de Votre Majesté, et qui, par conséquent, n'a pas su que j'arrêtais M. Fouquet, Monsieur, qui a fait faire la cage de fer à son patron d'hier, a expédié M. de Roncherat dans le logis de M. Fouquet, et que, pour enlever les papiers du surintendant, on a enlevé tous les meubles. Mes mousquetaires étaient autour de la maison depuis le matin. Voilà mes ordres. Pourquoi s'est-on permis de les faire entrer dedans? Pourquoi, en les forçant d'assister à ce pillage, les en a-t-on rendus complices? Mordioux! nous servons le roi, nous autres, mais nous ne servons pas M. Colbert!

— Monsieur d'Artagnan, dit le roi sévèrement, prenez garde, ce n'est pas en ma présence que de pareilles explications, faites sur ce ton, doivent avoir lieu.

— J'ai agi pour le bien du roi, dit Colbert d'une voix altérée; il m'est dur d'être traité de la sorte par un officier de Sa Majesté, et cela sans vengeance, à cause du respect que je dois au roi.

— Le respect que vous devez au roi! s'écria d'Artagnan, dont les yeux flamboyèrent, consiste d'abord à faire respecter son autorité, à faire chérir sa personne. Tout agent d'un pouvoir sans contrôle représente ce pouvoir, et, quand les peuples maudissent la main qui les frappe, c'est à la main royale que Dieu fait reproche, entendez-vous? Faut-il qu'un soldat endurci depuis quarante années aux plaies et au sang vous donne cette leçon, monsieur? faut-il que la miséricorde soit de mon côté, la férocité du vôtre? Vous avez fait arrêter, lier, emprisonner des innocents!

— Les complices peut-être de M. Fouquet, dit Colbert.

— Qui vous dit que M. Fouquet ait des complices, et même qu'il soit coupable? Le roi seul le sait, sa justice n'est pas aveugle. Quand il dira: «Arrêtez, emprisonnez telles gens», alors on obéira. Ne me parlez donc plus du respect que vous portez au roi, et prenez garde à vos paroles, si par hasard elles semblent renfermer quelques menaces, car le roi ne laisse pas menacer ceux qui le servent bien par ceux qui le desservent, et, au cas où j'aurais, ce qu'à Dieu ne plaise! un maître aussi ingrat, je me ferais respecter moi-même.

Cela dit, d'Artagnan se campa fièrement dans le cabinet du roi, l'oeil allumé, la main sur l'épée, la lèvre frémissante, affectant bien plus de colère encore qu'il n'en ressentait.

Colbert, humilié, dévoré de rage, salua le roi, comme pour lui demander la permission de se retirer.

Le roi, contrarié dans son orgueil et dans sa curiosité, ne savait encore quel parti prendre. D'Artagnan le vit hésiter. Rester plus longtemps eût été une faute; il fallait obtenir un triomphe sur Colbert, et le seul moyen était de piquer si bien et si fort au vif le roi, qu'il ne restât plus à Sa Majesté d'autre sortie que de choisir entre l'un ou l'autre antagoniste.

D'Artagnan, donc, s'inclina comme Colbert; mais le roi qui tenait, avant toute chose, à savoir des nouvelles bien exactes, bien détaillées, de l'arrestation du surintendant des finances, de celui qui l'avait fait trembler un moment, le roi, comprenant que la bouderie de d'Artagnan allait l'obliger à remettre à un quart d'heure au moins les détails qu'il brûlait de connaître; Louis, disons-nous, oublia Colbert, qui n'avait rien à dire de bien neuf, et rappela son capitaine des mousquetaires.

— Voyons, monsieur, dit-il, faites d'abord votre commission, vous vous reposerez après.

D'Artagnan, qui allait franchir la porte, s'arrêta à la voix du roi, revint sur ses pas, et Colbert fut contraint de partir. Son visage prit une teinte de pourpre; ses yeux noirs et méchants brillèrent d'un feu sombre sous leurs épais sourcils; il allongea le pas, s'inclina devant le roi, se redressa à demi en passant devant d'Artagnan, et partit la mort dans le coeur.

D'Artagnan, demeuré seul avec le roi, s'adoucit à l'instant même, et, composant son visage:

— Sire, dit-il, vous êtes un jeune roi. C'est à l'aurore que l'homme devine si la journée sera belle ou triste. Comment, Sire, les peuples que la main de Dieu a rangés sous votre loi augureront-ils de votre règne, si, entre vous et eux, vous laissez agir des ministres de colère et de violence? Mais, parlons de moi, Sire; laissons une discussion qui vous paraît oiseuse, inconvenante, peut-être. Parlons de moi. J'ai arrêté M. Fouquet.

— Vous y avez mis le temps, fit le roi avec aigreur.

D'Artagnan regarda le roi.

— Je vois que je me suis mal exprimé, dit-il. J'ai annoncé à Votre Majesté que j'avais arrêté M. Fouquet?

— Oui; eh bien?

— Eh bien! j'aurais dû dire à Votre Majesté que M. Fouquet m'avait arrêté, ç'aurait été plus juste. Je rétablis donc la vérité: j'ai été arrêté par M. Fouquet.

Ce fut le tour de Louis XIV d'être surpris. D'Artagnan, de son coup d'oeil si prompt, apprécia ce qui se passait dans l'esprit du maître. Il ne lui donna pas le temps de questionner. Il raconta avec cette poésie, avec ce pittoresque que lui seul possédait peut-être à cette époque, l'évasion de M. Fouquet, la poursuite, la course acharnée, enfin cette générosité inimitable du surintendant, qui pouvait fuir dix fois, qui pouvait tuer vingt fois l'adversaire attaché à sa poursuite, et qui avait préféré la prison, et pis encore, peut-être, à l'humiliation de celui qui voulait lui ravir sa liberté.

À mesure que le capitaine des mousquetaires parlait, le roi s'agitait, dévorant ses paroles et faisant claquer l'extrémité de ses ongles les uns contre les autres.

— Il en résulte donc, Sire, à mes yeux du moins, qu'un homme qui se conduit ainsi est un galant homme et ne peut être un ennemi du roi. Voilà mon opinion, je le répète à Votre Majesté. Je sais que le roi va me dire, et je m'incline: «La raison d'État.» Soit! c'est à mes yeux bien respectable. Mais je suis un soldat, j'ai reçu ma consigne; la consigne est exécutée, bien malgré moi, c'est vrai; mais elle l'est. Je me tais.

— Où est M. Fouquet en ce moment? demanda Louis après un moment de silence.

— M. Fouquet, Sire, répondit d'Artagnan, est dans la cage de fer que M. Colbert lui a fait préparer, et roule au galop de quatre vigoureux chevaux sur la route d'Angers.

— Pourquoi l'avez-vous quitté en route?

— Parce que Sa Majesté ne m'avait pas dit d'aller à Angers. La preuve, la meilleure preuve de ce que j'avance, c'est que le roi me cherchait tout à l'heure... Et puis j'avais une autre raison.

— Laquelle?

— Moi étant là, ce pauvre M. Fouquet n'eût jamais tenté de s'évader.

— Eh bien? s'écria le roi avec stupéfaction.

— Votre Majesté doit comprendre, et comprend certainement, que mon plus vif désir est de savoir M. Fouquet en liberté. Je l'ai donné à un de mes brigadiers, le plus maladroit que j'aie pu trouver parmi mes mousquetaires, afin que le prisonnier se sauve.

— Êtes-vous fou, monsieur d'Artagnan? s'écria le roi en croisant les bras sur sa poitrine; dit-on de pareilles énormités quand on a le malheur de les penser?

— Ah! Sire, vous n'attendez pas sans doute de moi que je sois l'ennemi de M. Fouquet, après ce qu'il vient de faire pour moi et pour vous? Non, ne me le donnez jamais à garder si vous tenez à ce qu'il reste sous les verrous; si bien grillée que soit la cage, l'oiseau finirait par s'envoler.

— Je suis surpris, dit le roi d'une voix sombre, que vous n'ayez pas tout de suite suivi la fortune de celui que M. Fouquet voulait mettre sur mon trône. Vous aviez là tout ce qu'il vous faut: affection et reconnaissance. À mon service, monsieur, on trouve un maître.

— Si M. Fouquet ne vous fût pas allé chercher à la Bastille, Sire, répliqua d'Artagnan d'une voix fortement accentuée, un seul homme y fût allé, et, cet homme, c'est moi; vous le savez bien, Sire.

Le roi s'arrêta. Devant cette parole si franche, si vraie, de son capitaine des mousquetaires, il n'y avait rien à objecter. Le roi, en entendant d'Artagnan, se rappela le d'Artagnan d'autrefois, celui qui, au Palais-Royal, se tenait caché derrière les rideaux de son lit, quand le peuple de Paris, conduit par le cardinal de Retz, venait s'assurer de la présence du roi; d'Artagnan qu'il saluait de la main à la portière de son carrosse, lorsqu'il se rendait à Notre-Dame en rentrant à Paris; le soldat qui l'avait quitté à Blois; le lieutenant qu'il avait appelé près de lui, quand la mort de Mazarin lui rendait le pouvoir; l'homme qu'il avait toujours trouvé loyal, courageux et dévoué.

Louis s'avança vers la porte, et appela Colbert.

Colbert n'avait pas quitté le corridor où travaillaient les secrétaires. Colbert parut.

— Colbert, vous avez fait faire une perquisition chez M. Fouquet?

— Oui, Sire.

— Qu'a-t-elle produit?

— M. de Roncherat, envoyé avec les mousquetaires de Votre Majesté, m'a remis des papiers, répliqua Colbert.

— Je les verrai... Vous allez me donner votre main.

— Ma main, Sire!

— Oui, pour que je la mette dans celle de M. d'Artagnan. En effet, d'Artagnan, ajouta-t-il avec un sourire en se tournant vers le soldat, qui, à la vue du commis avait repris son attitude hautaine, vous ne connaissez pas l'homme que voici; faites connaissance.

Et il lui montrait Colbert.

— C'est un médiocre serviteur dans les positions subalternes, mais ce sera un grand homme si je l'élève au premier rang.

— Sire! balbutia Colbert, éperdu de plaisir et de crainte.

— J'ai compris pourquoi, murmura d'Artagnan à l'oreille du roi: il était jaloux?

— Précisément, et sa jalousie lui liait les ailes.

— Ce sera désormais un serpent ailé, grommela le mousquetaire avec un reste de haine contre son adversaire de tout à l'heure.

Mais Colbert, s'approchant de lui, offrit à ses yeux une physionomie si différente de celle qu'il avait l'habitude de lui voir; il apparut si bon, si doux, si facile, ses yeux prirent l'expression d'une si noble intelligence, que d'Artagnan, connaisseur en physionomies, fut ému, presque changé dans ses convictions.

Colbert lui serrait la main.

— Ce que le roi vous a dit, monsieur, prouve combien Sa Majesté connaît les hommes. L'opposition acharnée que j'ai déployée, jusqu'à ce jour, contre des abus, non contre des hommes, prouve que j'avais en vue de préparer à mon roi un grand règne; à mon pays, un grand bien-être. J'ai beaucoup d'idées, monsieur d'Artagnan; vous les verrez éclore au soleil de la paix publique; et, si je n'ai pas la certitude et le bonheur de conquérir l'amitié des hommes honnêtes, je suis au moins certain, monsieur, que j'obtiendrai leur estime. Pour leur admiration, monsieur, je donnerais ma vie.

Ce changement, cette élévation subite, cette approbation muette du roi, donnèrent beaucoup à penser au mousquetaire. Il salua fort civilement Colbert, qui ne le perdait pas de vue.

Le roi, les voyant réconciliés, les congédia, ils sortirent ensemble.

Une fois hors du cabinet, le nouveau ministre arrêtant le capitaine, lui dit:

— Est-il possible, monsieur d'Artagnan, qu'avec un oeil comme le vôtre, vous n'ayez pas, du premier coup, à la première inspection, reconnu qui je suis?

— Monsieur Colbert, reprit le mousquetaire, le rayon de soleil qu'on a dans l'oeil empêche de voir les plus ardents brasiers. L'homme au pouvoir rayonne, vous le savez, et, puisque vous en êtes là, pourquoi continueriez-vous à persécuter celui qui vient de tomber en disgrâce et tomber de si haut?

— Moi, monsieur? dit Colbert. Oh! monsieur, je ne le persécuterai jamais. Je voulais administrer les finances, et les administrer seul, parce que je suis ambitieux, et que surtout j'ai la confiance la plus entière dans mon mérite; parce que je sais que tout l'or de ce pays va me tomber sous la vue, et que j'aime à voir l'or du roi; parce que, si je vis trente ans, en trente ans, pas un denier ne me restera dans la main; parce qu'avec cet or, moi, je bâtirai des greniers, des édifices, des villes, je creuserai des ports; parce que je créerai une marine, j'équiperai des navires qui iront porter le nom de la France aux peuples les plus éloignés; parce que je créerai des bibliothèques, des académies; parce que je ferai de la France le premier pays du monde et le plus riche. Voilà les motifs de mon animosité contre M. Fouquet, qui m'empêchait d'agir. Et puis, quand je serai grand et fort, quand la France sera grande et forte, à mon tour, je crierai: «Miséricorde!»

— Miséricorde! avez-vous dit? Alors demandons au roi sa liberté. Le roi ne l'accable aujourd'hui qu'à cause de vous.

Colbert releva encore une fois la tête.

— Monsieur, dit-il, vous savez bien qu'il n'en est rien, et que le roi a des inimitiés personnelles contre M. Fouquet; ce n'est pas à moi de vous l'apprendre.

— Le roi se lassera, il oubliera.

— Le roi n'oublie jamais, monsieur d'Artagnan... Tenez, le roi appelle et va donner un ordre; je ne l'ai pas influencé, n'est-ce pas? Écoutez.

Le roi appelait en effet ses secrétaires.

— Monsieur d'Artagnan? dit-il.

— Me voilà, Sire.

— Donnez vingt de vos mousquetaires à M. de Saint-Aignan, pour qu'ils fassent garde à M. Fouquet.

D'Artagnan et Colbert échangèrent un regard.

— Et d'Angers, continua le roi, on conduira le prisonnier à la Bastille de Paris.

— Vous aviez raison, dit le mousquetaire au ministre.

— Saint-Aignan, continua le roi, vous ferez passer par les armes quiconque parlera bas, chemin faisant, à M. Fouquet.

— Mais moi, Sire? dit le duc.

— Vous, monsieur, vous ne parlerez qu'en présence des mousquetaires.

Le duc s'inclina et sortit pour faire exécuter l'ordre.

D'Artagnan allait se retirer aussi; le roi l'arrêta.

— Monsieur, dit-il, vous irez sur-le-champ prendre possession de l'île et du fief de Belle-Île-en-Mer.

— Oui, Sire. Moi seul?

— Vous prendrez autant de troupes qu'il en faut pour ne pas rester en échec, si la place tenait.

Un murmure d'incrédulité adulatrice se fit entendre dans le groupe des courtisans.

— Cela s'est vu, dit d'Artagnan.

— Je l'ai vu dans mon enfance, reprit le roi, et je ne veux plus le voir. Vous m'avez entendu? Allez, monsieur et ne revenez ici qu'avec les clefs de la place.

Colbert s'approcha de d'Artagnan.

— Une commission qui, si vous la faites bien, dit-il, vous dégrossit le bâton de maréchal.

— Pourquoi dites-vous ces mots: *Si vous la faites bien?*

— Parce qu'elle est difficile.

— Ah! en quoi?

— Vous avez des amis dans Belle-Île, monsieur d'Artagnan, et ce n'est pas facile, aux gens comme vous, de marcher sur le corps d'un ami pour parvenir.

D'Artagnan baissa la tête, tandis que Colbert retournait auprès du roi.

Un quart d'heure après, le capitaine reçut l'ordre écrit de faire sauter Belle-Île en cas de résistance, et le droit de justice haute et basse sur tous les habitants ou *réfugiés*, avec injonction de n'en pas laisser échapper un seul.

«Colbert avait raison, pensa d'Artagnan; mon bâton de maréchal de France coûterait la vie à mes deux amis. Seulement, on oublie que mes amis ne sont pas plus stupides que les oiseaux, et qu'ils n'attendent pas la main de l'oiseleur pour déployer leurs ailes. Cette main, je la leur montrerai si bien, qu'ils auront le temps de la voir. Pauvre Porthos! pauvre Aramis! Non, ma fortune ne vous coûtera pas une plume de l'aile.»

Ayant ainsi conclu, d'Artagnan rassembla l'armée royale, la fit embarquer à Paimboeuf, et mit à la voile sans perdre un moment.

CHAPITRE XLII. Belle-Île-en-Mer

À l'extrémité du môle, sur la promenade que bat la mer furieuse au flux du soir, deux hommes, se tenant par le bras, causaient d'un ton animé et expansif, sans que nul être humain pût entendre leurs paroles, enlevées qu'elles étaient une à une par les rafales du vent, avec la blanche écume arrachée aux crêtes des flots.

Le soleil venait de se coucher dans la grande nappe de l'océan, rougi comme un creuset gigantesque.

Parfois, l'un des hommes se tournait vers l'est, interrogeant la mer avec une sombre inquiétude.

L'autre, interrogeant les traits de son compagnon, semblait chercher à deviner dans ses regards. Puis, tous deux muets, tous deux agitant de sombres pensées, ils reprenaient leur promenade.

Ces deux hommes, tout le monde les a déjà reconnus, étaient nos proscrits, Porthos et Aramis, réfugiés à Belle-Île depuis la ruine des espérances, depuis la déconfiture du vaste plan de M. d'Herblay.

— Vous avez beau dire, mon cher Aramis, répétait Porthos en aspirant vigoureusement l'air salin dont il gonflait sa puissante poitrine; vous avez beau dire, Aramis, ce n'est pas une chose ordinaire que cette disparition, depuis deux jours, de tous les bateaux de pêche qui étaient partis. Il n'y a pas d'orage en mer. Le temps est resté constamment calme, pas la plus légère tourmente, et, eussions-nous essuyé une tempête, toutes nos barques n'auraient pas sombré. Je vous le répète, c'est étrange, et cette disparition complète m'étonne, vous dis-je.

— C'est vrai, murmura Aramis; vous avez raison, ami Porthos. C'est vrai, il y a quelque chose d'étrange là-dessous.

— Et, de plus, ajouta Porthos, auquel l'assentiment de l'évêque de Vannes semblait élargir les idées, de plus, avez-vous remarqué que, si les barques avaient péri, il n'est revenu aucune épave au rivage?

— Je l'ai remarqué comme vous.

— Remarquez-vous, en outre, que les deux seules barques qui restaient dans toute l'île et que j'ai envoyées à la recherche des autres...

Aramis interrompit ici son compagnon par un cri et par un mouvement si brusque, que Porthos s'arrêta comme stupéfait.

— Que dites-vous là, Porthos! Quoi! vous avez envoyé les deux barques...

— À la recherche des autres; mais oui, répondit tout simplement Porthos.

— Malheureux! qu'avez-vous fait? Alors, nous sommes perdus! s'écria l'évêque.

— Perdus!... Plaît-il? fit Porthos effaré. Pourquoi perdus, Aramis? pourquoi sommes-nous perdus?

Aramis se mordit les lèvres.

— Rien, rien. Pardon, je voulais dire...

— Quoi?

— Que, si nous voulions, s'il nous prenait fantaisie de faire une promenade en mer, nous ne le pourrions pas.

— Bon! Voilà qui vous tourmente? Beau plaisir, ma foi! Quant à moi, je ne le regrette pas. Ce que je regrette ce n'est pas, certes, le plus ou moins d'agrément que l'on peut prendre à Belle-Île; ce que je regrette, Aramis, c'est Pierrefonds, c'est Bracieux, c'est le Vallon, c'est ma belle France: ici, l'on n'est pas en France, mon cher ami; on est je ne sais où. Oh! je puis vous le dire dans toute la sincérité de mon âme, et votre affection excusera ma franchise; mais je vous déclare que je ne suis pas heureux à Belle-Île; non, vraiment, je ne suis pas heureux, moi!

Aramis soupira tout bas.

— Cher ami, répondit-il, voilà pourquoi il est bien triste que vous ayez envoyé les deux barques qui nous restaient à la recherche des bateaux disparus depuis deux jours. Si vous ne les eussiez pas expédiées pour faire cette découverte, nous fussions partis.

— Partis! Et la consigne, Aramis?

— Quelle consigne?

— Parbleu! la consigne que vous me répétiez toujours et à tout propos: que nous gardions Belle-Île contre l'usurpateur; vous savez bien.

— C'est vrai, murmura encore Aramis.

— Vous voyez donc bien, mon cher, que nous ne pouvons pas partir, et que l'envoi des barques à la recherche des bateaux ne nous préjudice en rien.

Aramis se tut, et son vague regard, lumineux comme celui d'un goéland, plana longtemps sur la mer, interrogeant l'espace et cherchant à percer l'horizon.

— Avec tout cela, Aramis, continua Porthos, qui tenait à son idée, et qui y tenait d'autant plus que l'évêque l'avait trouvée exacte, avec tout cela, vous ne me donnez aucune explication sur ce qui peut être arrivé aux malheureux bateaux. Je suis assailli de cris et de plaintes partout où je passe; les enfants pleurent en voyant les femmes se désoler, comme si je pouvais rendre les pères, les époux absents. Que supposez-vous, mon ami, et que dois-je leur répondre?

— Supposons tout, mon bon Porthos, et ne disons rien.

Cette réponse ne satisfit point Porthos. Il se retourna en grommelant quelques mots de mauvaise humeur.

Aramis arrêta le vaillant soldat.

— Vous souvenez-vous, dit-il avec mélancolie, en serrant les deux mains du géant dans les siennes avec une affectueuse cordialité; vous souvenez-vous, ami, qu'aux beaux jours de notre jeunesse, alors que nous étions forts et vaillants, les deux autres et nous, vous souvenez-vous, Porthos, que, si nous eussions eu bonne envie de retourner en France, cette nappe d'eau salée ne nous eût pas arrêtés?

— Oh! fit Porthos, six lieues!

— Si vous m'eussiez vu monter sur une planche, fussiez-vous resté à terre, Porthos?

— Non, par Dieu point, Aramis! Mais aujourd'hui, quelle planche nous faudrait, cher ami, à moi surtout!

Et le seigneur de Bracieux jeta, en riant d'orgueil, un coup d'oeil sur sa colossale rotondité.

— Est-ce que, sérieusement, vous ne vous ennuyez pas aussi un peu à Belle-Île? et ne préféreriez-vous pas les douceurs de votre demeure, de votre palais épiscopal de Vannes? Allons, avouez-le.

— Non, répondit Aramis, sans oser regarder Porthos.

— Restons, alors, dit son ami avec un soupir qui, malgré les efforts qu'il fit pour le contenir, s'échappa bruyamment de sa poitrine. Restons, restons! Et cependant, ajouta-t-il, et cependant, si on voulait bien, mais, là, bien nettement, si l'on avait une idée bien fixe, bien arrêtée de retourner en France, et que l'on n'eût pas de bateaux...

— Avez-vous remarqué une autre chose, mon ami? c'est que, depuis la disparition de nos barques, depuis ces deux jours que nos pêcheurs ne sont pas revenus, il n'est pas abordé un seul canot sur les rivages de l'île?

— Oui, certes, vous avez raison. Je l'ai remarqué aussi, moi, et l'observation était facile à faire; car, avant ces deux jours funestes, nous voyions arriver ici barques et chaloupes par douzaines.

— Il faudra s'informer, fit tout à coup Aramis avec attention. Quand je devrais faire construire un radeau...

— Mais il y a des canots, cher ami; voulez-vous que j'en monte un?

— Un canot... un canot!... Y pensez-vous, Porthos? Un canot pour chavirer? Non, non, répliqua l'évêque de Vannes, ce n'est pas notre métier, à nous, de passer sur les lames. Attendons, attendons.

Et Aramis continuait de se promener avec tous les signes d'une agitation toujours croissante.

Porthos, qui se fatiguait à suivre chacun des mouvements fiévreux de son ami, Porthos, qui, dans son calme et sa croyance, ne comprenait rien à cette sorte d'exaspération qui se trahissait par des soubresauts continuels, Porthos l'arrêta.

— Asseyons-nous sur cette roche, lui dit-il; placez-vous là, près de moi, Aramis, et, je vous en conjure une dernière fois, expliquez-moi, de manière à me le faire bien comprendre, expliquez-moi ce que nous faisons ici.

— Porthos... dit Aramis embarrassé.

— Je sais que le faux roi a voulu détrôner le vrai roi. C'est dit, c'est compris. Eh bien?...

— Oui, fit Aramis.

— Je sais que le faux roi a projeté de vendre Belle-Île aux Anglais. C'est encore compris.

— Oui.

— Je sais que, nous autres ingénieurs et capitaines, nous sommes venus nous jeter dans Belle-Île, prendre la direction des travaux et le commandement des dix compagnies levées, soldées et obéissant à M. Fouquet, ou plutôt des dix compagnies de son gendre. Tout cela est encore compris.

Aramis se leva impatienté. On eût dit un lion importuné par un moucheron.

Porthos le retint par le bras.

— Mais je ne comprends pas, ce que, malgré tous mes efforts d'esprit, toutes mes réflexions, je ne puis comprendre, et ce que je ne comprendrai jamais, c'est que, au lieu de nous envoyer des troupes, au lieu de nous envoyer des renforts en hommes, en munitions et en vivres, on nous laisse sans bateaux, on laisse Belle-Île, sans arrivages, sans secours; c'est qu'au lieu d'établir avec nous une correspondance, soit par des signaux, soit par des communications écrites ou verbales, on intercepte toutes relations avec nous. Voyons, Aramis, répondez-moi, ou plutôt, avant de me répondre, voulez-vous que je vous dise ce que j'ai pensé moi? Voulez-vous savoir quelle a été mon idée, quelle imagination m'est venue?

L'évêque leva la tête.

— Eh bien! Aramis, continua Porthos, j'ai pensé, j'ai eu l'idée, je me suis imaginé qu'il s'était passé en France un événement. J'ai rêvé de M. Fouquet toute la nuit, j'ai rêvé de poissons morts, d'oeufs cassés, de chambres mal établies, pauvrement installées. Mauvais rêves, mon cher d'Herblay! malencontres que ces songes!

— Porthos, qu'y a-t-il là-bas? interrompit Aramis en se levant brusquement et montrant à son ami un point noir sur la ligne empourprée de l'eau.

— Une barque! dit Porthos; oui, c'est bien une barque. Ah! nous allons enfin avoir des nouvelles.

— Deux! s'écria l'évêque en découvrant une autre mâture, deux! trois! quatre!

— Cinq! fit Porthos à son tour. Six! Sept! Ah! mon Dieu! c'est une flotte! mon Dieu! mon Dieu!

— Nos bateaux qui rentrent probablement, dit Aramis inquiet malgré l'assurance qu'il affectait.

— Il sont bien gros pour des bateaux de pêcheurs, fit observer Porthos; et puis ne remarquez-vous pas, cher ami, qu'ils viennent de la Loire?

— Ils viennent de la Loire... oui.

— Et, tenez, tout le monde ici les a vus comme moi; voici que les femmes et les enfants commencent à monter sur les jetées.

Un vieux pêcheur passait.

— Sont-ce nos barques? lui demanda Aramis.

Le vieillard interrogea les profondeurs de l'horizon.

— Non, monseigneur, répondit-il; ce sont des bateaux-chalands du service royal.

— Des bateaux du service royal! répondit Aramis en tressaillant. À quoi reconnaissez-vous cela?

— Au pavillon.

— Mais, dit Porthos, le bateau est à peine visible; comment, diable, mon cher, pouvez-vous distinguer le pavillon?

— Je vois qu'il y en a un, répliqua le vieillard; nos bateaux à nous, et les chalands du commerce n'en ont pas. Ces sortes de péniches qui viennent là, monsieur, servent ordinairement au transport des troupes.

— Ah! fit Aramis.

— Vivat! s'écria Porthos, on nous envoie du renfort, n'est-ce pas, Aramis?

— C'est probable.

— À moins que les Anglais n'arrivent.

— Par la Loire? Ce serait avoir du malheur, Porthos; ils auraient donc passé par Paris?

— Vous avez raison, ce sont des renforts, décidément, ou des vivres.

Aramis appuya sa tête dans ses mains et ne répondit pas.

Puis, tout à coup:

— Porthos, dit-il, faites sonner l'alarme.

— L'alarme?... y pensez-vous?

— Oui, et que les canonniers montent à leurs batteries; que les servants soient à leurs pièces; qu'on veille surtout aux batteries de côte.

Porthos ouvrit de grands yeux. Il regarda attentivement son ami, comme pour se convaincre qu'il était dans son bon sens.

— Je vais y aller, mon bon Porthos, continua Aramis de sa voix la plus douce; je vais faire exécuter ces ordres, si vous n'y allez pas, mon cher ami.

— Mais j'y vais à l'instant même! dit Porthos, qui alla faire exécuter l'ordre, tout en jetant des regards en arrière pour voir si l'évêque de Vannes ne se trompait point, et si, revenant à des idées plus saines, il ne le rappellerait pas.

L'alarme fut sonnée; les clairons, les tambours retentirent, la grosse cloche du beffroi s'ébranla.

Aussitôt les digues, les moles se remplirent de curieux, de soldats; les mèches brillèrent entre les mains des artilleurs, placés derrière les gros canons couchés sur leurs affûts de pierre. Quand chacun fut à son poste, quand les préparatifs de défense furent faits:

— Permettez-moi, Aramis, de chercher à comprendre, murmura timidement Porthos à l'oreille de l'évêque.

— Allez, mon cher, vous ne comprendrez que trop tôt, murmura d'Herblay à cette question de son lieutenant.

— La flotte qui vient là-bas, la flotte qui, voiles déployées, a le cap sur le port de Belle-Île, est une flotte royale, n'est-il pas vrai? Mais, puisqu'il y a deux rois en France, Porthos, auquel des deux rois cette flotte appartient-elle?

— Oh! vous m'ouvrez les yeux, repartit le géant, arrêté par cet argument.

Et Porthos, auquel cette réponse de son ami venait d'ouvrir les yeux, ou plutôt d'épaissir le bandeau qui lui couvrait la vue, se rendit au plus vite dans les batteries pour surveiller son monde et exhorter chacun à faire son devoir.

Cependant Aramis, l'oeil toujours fixé à l'horizon, voyait les navires s'approcher. La foule et les soldats, montés sur toutes les sommités et les anfractuosités des rochers, pouvaient distinguer la mâture, puis les basses voiles, puis enfin le corps des chalands, portant à la corne le pavillon royal de France.

Il était nuit close lorsqu'une de ces péniches, dont la présence avait mis si fort en émoi toute la population de Belle-Île, vint s'embosser à portée de canon de la place.

On vit bientôt, malgré l'obscurité, une sorte d'agitation régner à bord de ce navire, du flanc duquel se détacha un canot, dont trois rameurs, courbés sur les avirons, prirent la direction du port, et, en quelques instants, vinrent atterrir aux pieds du fort.

Le patron de cette yole sauta sur le môle. Il tenait une lettre à la main, l'agitait en l'air et semblait demander à communiquer avec quelqu'un.

Cet homme fut bientôt reconnu par plusieurs soldats pour un des pilotes de l'Île. C'était le patron d'une des deux barques conservées par Aramis, et que Porthos, dans son inquiétude sur le sort des pêcheurs disparus depuis deux jours, avait envoyées à la découverte des bateaux perdus.

Il demanda à être conduit à M. d'Herblay.

Deux soldats, sur le signe d'un sergent, le placèrent entre eux et l'escortèrent.

Aramis était sur le quai. L'envoyé se présenta devant l'évêque de Vannes. L'obscurité était presque complète, malgré les flambeaux que portaient à une certaine distance les soldats qui suivaient Aramis dans sa ronde.

— Eh quoi! Jonathas, de quelle part viens-tu?
— Monseigneur, de la part de ceux qui m'ont pris.
— Qui t'a pris?
— Vous savez, monseigneur, que nous étions partis à la recherche de nos camarades?
— Oui. Après?
— Eh bien! monseigneur, à une petite lieue, nous avons été capturés par un chasse-marée du roi.
— De quel roi? fit Porthos.

Jonathas ouvrit de grands yeux.

— Parle, continua l'évêque.

— Nous fûmes donc capturés, monseigneur, et réunis à ceux qui avaient été pris hier au matin.

— Qu'est-ce que cette manie de vous prendre tous? Interrompit Porthos.

— Monsieur, pour nous empêcher de vous le dire, répliqua Jonathas.

Porthos à son tour ne comprit pas.

— Et on vous relâche aujourd'hui? demanda-t-il.

— Pour que je vous dise, monsieur, qu'on nous avait pris.

«De plus en plus trouble», pensa l'honnête Porthos.

Aramis pendant ce temps, réfléchissait.

— Voyons, dit-il, une flotte royale bloque donc les côtes?

— Oui, monseigneur.

— Qui la commande?

— Le capitaine des mousquetaires du roi.

— D'Artagnan?

— D'Artagnan! dit Porthos.

— Je crois que c'est ce nom-là.

— Et c'est lui qui t'a remis cette lettre?

— Oui, monseigneur.

— Approchez les flambeaux.

— C'est son écriture, dit Porthos. Aramis lut vivement les lignes suivantes:

«Ordre du roi de prendre Belle-Île; «Ordre de passer au fil de l'épée la garnison, si elle résiste; «Ordre de faire prisonniers tous les hommes de la garnison;

«Signé: D'Artagnan, qui, avant-hier, a arrêté M. Fouquet pour l'envoyer à la Bastille.»

Aramis pâlit et froissa le papier en ses mains.

— Quoi donc? demanda Porthos.

— Rien, mon ami! rien! Dis-moi, Jonathas?

— Monseigneur!

— As-tu parlé à M. d'Artagnan?

— Oui, monseigneur.

— Que t'a-t-il dit?

— Que, pour des informations plus amples, il causerait avec Monseigneur.

— Où cela?

— À son bord.

— À son bord?

Porthos répéta:

— À son bord?

— M. le mousquetaire, continua Jonathas, m'a dit de vous prendre tous deux, vous et monsieur l'ingénieur, dans mon canot, et de vous mener à lui.

— Allons-y, dit Porthos. Ce cher d'Artagnan!

Aramis l'arrêta.

— Êtes-vous fou? s'écria-t-il. Qui vous dit que ce n'est pas un piège?

— De l'autre roi? riposta Porthos avec mystère.

— Un piège enfin! C'est tout dire, mon ami.

— C'est possible; alors, que faire? Si d'Artagnan nous appelle, cependant...

— Qui vous dit que c'est d'Artagnan?

— Ah! alors... Mais son écriture...

— On contrefait une écriture. Celle-ci est contrefaite, tremblée.

— Vous avez toujours raison; mais, en attendant, nous ne savons rien.

Aramis se tut.

— Il est vrai, dit le bon Porthos, que nous n'avons besoin de rien savoir.

— Que ferai-je, moi? demanda Jonathas.

— Tu retourneras près de ce capitaine.

— Oui, monseigneur.

— Et tu lui diras que nous le prions de venir lui-même dans l'île.

— Je comprends, dit Porthos.

— Oui, monseigneur, répondit Jonathas; mais, si ce capitaine refuse de venir à Belle-Île?...

— S'il refuse, comme nous avons des canons, nous en ferons usage.

— Contre d'Artagnan?

— Si c'est d'Artagnan, Porthos, il viendra. Pars, Jonathas, pars.

— Ma foi! je ne comprends plus rien du tout, murmura Porthos.

— Je vais tout vous faire comprendre, cher ami, le moment en est venu. Asseyez-vous sur cet affût ouvrez vos oreilles et écoutez-moi bien.

— Oh! j'écoute pardieu! n'en doutez pas.

— Puis-je partir, monseigneur? cria Jonathas.

— Pars, et reviens avec une réponse. Laissez passer le canot vous autres!

Le canot partit pour aller rejoindre le navire.

Aramis prit la main de Porthos et commença les explications.

CHAPITRE XLIII. Les explications d'Aramis

Ce que j'ai à vous dire, ami Porthos, va probablement vous surprendre, mais vous instruire aussi.
— J'aime à être surpris, dit Porthos avec bienveillance; ne me ménagez donc pas, je vous prie. Je suis dur aux émotions; ne craignez donc rien, parlez.
— C'est difficile, Porthos, c'est... difficile; car, en vérité, je vous en préviens une seconde fois, j'ai des choses bien étranges, bien extraordinaires à vous dire.
— Oh! vous parlez si bien, cher ami, que je vous écouterais pendant des journées entières. Parlez donc, je vous en prie, et, tenez, il me vient une idée: je vais, pour vous faciliter la besogne, je vais, pour vous aider à me dire ces choses étranges, vous questionner.
— Je le veux bien.
— Pourquoi allons-nous combattre, cher Aramis?
— Si vous me faites beaucoup de questions semblables à celle-là, si c'est ainsi que vous voulez faciliter ma besogne, mon besoin de révélation, en m'interrogeant ainsi, Porthos, vous ne me faciliterez en rien. Bien au contraire, c'est précisément là le noeud gordien. Tenez, ami, avec un homme bon, généreux et dévoué comme vous l'êtes, il faut, pour lui et pour soi-même, commencer la confession avec bravoure. Je vous ai trompé, mon digne ami.
— Vous m'avez trompé?
— Mon Dieu, oui.
— Était-ce pour mon bien, Aramis?
— Je l'ai cru, Porthos; je l'ai cru sincèrement, mon ami.
— Alors, fit l'honnête seigneur de Bracieux, vous m'avez rendu service, et je vous en remercie; car, si vous ne m'aviez pas trompé, j'aurais pu me tromper moi-même. En quoi donc m'avez-vous trompé? Dites.
— C'est que je servais l'usurpateur, contre lequel Louis XIV dirige en ce moment tous ses efforts.
— L'usurpateur, dit Porthos en se grattant le front, c'est... Je ne comprends pas trop bien.

— C'est l'un des deux rois qui se disputent la couronne de France.

— Fort bien!... Alors, vous serviez celui qui n'est pas Louis XIV?

— Vous venez de dire le vrai mot, du premier coup.

— Il en résulte que...

— Il en résulte que nous sommes des rebelles, mon pauvre ami.

— Diable! diable!... s'écria Porthos désappointé.

— Oh! mais, cher Porthos, soyez calme, nous trouverons encore bien moyen de nous sauver, croyez-moi.

— Ce n'est pas cela qui m'inquiète, répondit Porthos; ce qui me touche seulement, c'est ce vilain mot de rebelles.

— Ah! voilà!...

— Et, de cette façon, le duché qu'on m'a promis...

— C'est l'usurpateur qui le donnait.

— Ce n'est pas la même chose, Aramis, fit majestueusement Porthos.

— Ami, s'il n'eût tenu qu'à moi, vous fussiez devenu prince.

Porthos se mit à mordre ses ongles avec mélancolie.

— Voilà, continua-t-il, en quoi vous avez eu tort de me tromper; car ce duché promis, j'y comptais. Oh! j'y comptais sérieusement, vous sachant homme de parole, mon cher Aramis.

— Pauvre Porthos! Pardonnez-moi, je vous en supplie.

— Ainsi donc, insista Porthos sans répondre à la prière de l'évêque de Vannes, ainsi donc, je suis bien brouillé avec le roi Louis XIV?

— J'arrangerai cela, mon bien bon ami, j'arrangerai cela. Je prendrai tout sur moi seul.

— Aramis!

— Non, non, Porthos, je vous en conjure, laissez-moi faire. Pas de fausse générosité! pas de dévouement inopportun! Vous ne saviez rien de mes projets. Vous n'avez rien fait par vous-même. Moi, c'est différent. Je suis seul l'auteur du complot. J'avais besoin de mon inséparable compagnon; je vous ai appelé et vous êtes venu à moi, en vous souvenant de notre ancienne devise: «Tous pour un, un pour tous». Mon crime, cher Porthos, est d'avoir été égoïste.

— Voilà une parole que j'aime, dit Porthos, et dès que vous avez agi uniquement pour vous, il me serait impossible de vous en vouloir. C'est si naturel!

Et, sur ce mot sublime, Porthos serra cordialement la main de son ami.

Aramis, en présence de cette naïve grandeur d'âme, se trouva petit. C'était la deuxième fois qu'il se voyait contraint de plier devant la réelle supériorité du coeur bien plus puissante que la splendeur de l'esprit.

Il répondit par une muette et énergique pression à la généreuse caresse de son ami.

— Maintenant, dit Porthos, que nous nous sommes parfaitement expliqués, maintenant que je me suis parfaitement rendu compte de notre situation vis-à-vis du roi Louis, je crois, cher ami, qu'il est temps de me faire comprendre l'intrigue politique dont nous sommes les victimes; car je vois bien qu'il y a une intrigue politique là-dessous.

— D'Artagnan, mon bon Porthos, d'Artagnan va venir, et vous la détaillera dans toutes ses circonstances: mais, excusez-moi: je suis navré de douleur, accablé par la peine, et j'ai besoin de toute ma présence d'esprit, de toute ma réflexion, pour vous sortir du mauvais pas où je vous ai si imprudemment engagé; mais rien de plus clair désormais, rien de plus net que la position. Le roi Louis XIV n'a plus maintenant qu'un seul ennemi: cet ennemi, c'est moi, moi seul. Je vous ai fait prisonnier, vous m'avez suivi, je vous libère aujourd'hui, vous revolez vers votre prince, Vous le voyez, Porthos, il n'y a pas une seule difficulté dans tout ceci.

— Croyez-vous? fit Porthos.

— J'en suis bien sûr.

— Alors pourquoi, dit l'admirable bon sens de Porthos, alors pourquoi, si nous sommes dans une aussi facile position, pourquoi, mon bon ami, préparons-nous des canons, des mousquets et des engins de toute sorte? Plus simple, il me semble, est de dire au capitaine d'Artagnan: «Cher ami, nous nous sommes trompés, c'est à refaire; ouvrez-nous la porte, laissez nous passer, et bonjour!»

— Ah! voilà! dit Aramis en secouant la tête.

— Comment, voilà? Est-ce que vous n'approuvez pas ce plan cher ami?

— J'y vois une difficulté.

— Laquelle?

— L'hypothèse où d'Artagnan viendrait avec de tels ordres, que nous soyons obligés de nous défendre.

— Allons donc! nous défendre contre d'Artagnan? Folie! Ce bon d'Artagnan!...

Aramis secoua encore une fois la tête.

— Porthos, dit-il, si j'ai fait allumer les mèches et pointer les canons, si j'ai fait retentir le signal d'alarme, si j'ai appelé tout le monde à son poste sur les remparts, ces bons remparts de Belle-Île que vous avez si bien fortifiés, c'est pour quelque chose. Attendez pour juger, ou plutôt, non, n'attendez pas...

— Que faire?

— Si je le savais, ami, je l'eusse dit.

— Mais il y a une chose bien plus simple que de se défendre: un bateau, et en route pour la France, où...

— Cher ami, dit Aramis en souriant avec une sorte de tristesse, ne raisonnons pas comme des enfants; soyons hommes pour le conseil et pour l'exécution. Tenez, voici qu'on hèle du port une embarcation quelconque. Attention, Porthos, sérieuse attention!

— C'est d'Artagnan, sans doute, dit Porthos d'une voix de tonnerre en s'approchant du parapet.

— Oui, c'est moi; répondit le capitaine des mousquetaires en sautant légèrement les degrés du môle.

Et il monta rapidement jusqu'à la petite esplanade où l'attendaient ses deux amis.

Une fois en chemin Porthos et Aramis distinguèrent un officier qui suivait d'Artagnan, emboîtant le pas dans chacun des pas du capitaine.

Le capitaine s'arrêta sur les degrés du môle, à moitié route. Son compagnon l'imita.

— Faites retirer vos gens, cria d'Artagnan à Porthos et à Aramis; faites-les retirer hors de la portée de la voix.

L'ordre, donné par Porthos, fut exécuté à l'instant même.

Alors d'Artagnan, se tournant vers celui qui le suivait:

— Monsieur, lui dit-il, nous ne sommes plus ici sur la flotte du roi, où, en vertu de vos ordres, vous me parliez si arrogamment tout à l'heure.

— Monsieur, répondit l'officier, je ne vous parlais pas arrogamment; j'obéissais simplement, mais rigoureusement, à ce qui m'a été commandé. On m'a dit de vous suivre, je vous suis. On m'a dit de ne pas vous laisser communiquer avec qui que ce soit sans prendre connaissance de ce que vous feriez: je me mêle à vos communications.

D'Artagnan frémit de colère, et Porthos et Aramis qui entendaient ce dialogue, frémirent aussi, mais d'inquiétude et de crainte.

D'Artagnan, mâchant sa moustache avec cette vivacité qui décelait en lui l'état d'une exaspération la plus voisine d'un éclat terrible, se rapprocha de l'officier.

— Monsieur, dit-il d'une voix plus basse et d'autant plus accentuée, qu'elle affectait un calme profond et se gonflait de tempête, monsieur, quand j'ai envoyé un canot ici, vous avez voulu savoir ce que j'écrivais aux défenseurs de Belle-Île. Vous m'avez montré un ordre; à l'instant même, à mon tour, je vous ai montré le billet que j'écrivais. Quand le patron de la barque envoyée par moi fut de retour, quand j'ai reçu la réponse de ces deux messieurs et il désignait de la main à l'officier Aramis et Porthos, vous avez entendu jusqu'au bout le discours du messager. Tout cela était bien dans vos ordres; tout cela est bien suivi, bien exécuté, bien ponctuel, n'est-ce pas?

— Oui, monsieur, balbutia l'officier; oui, sans doute, monsieur... mais...

— Monsieur, continua d'Artagnan en s'échauffant, monsieur, quand j'ai manifesté l'intention de quitter mon bord pour passer à Belle-Île, vous avez exigé de m'accompagner; je n'ai point hésité: je vous ai emmené. Vous êtes bien à Belle-Île, n'est-ce pas?

— Oui, monsieur; mais...

— Mais... il ne s'agit plus de M. Colbert, qui vous a fait tenir cet ordre, ou de qui que ce soit au monde, dont vous suivez les instructions: il s'agit ici d'un homme qui gêne M. d'Artagnan, et qui se trouve avec M. d'Artagnan seul, sur les marches d'un escalier, que baignent trente pieds d'eau salée; mauvaise position pour cet homme, mauvaise position, monsieur! je vous en avertis.

— Mais, monsieur, si je vous gêne, dit timidement et presque craintivement l'officier, c'est mon service qui...

— Monsieur vous avez eu le malheur, vous ou ceux qui vous envoient, de me faire une insulte. Elle est faite. Je ne peux m'en prendre à ceux qui vous cautionnent; ils me sont inconnus, ou sont trop loin. Mais vous vous trouvez sous ma main, et je jure Dieu que, si vous faites un pas derrière moi, quand je vais lever le pied pour monter auprès de ces messieurs... je jure mon nom que je vous fends la tête d'un coup d'épée, et que je vous jette à l'eau. Oh! il arrivera ce qu'il arrivera. Je ne me suis jamais mis que six fois en colère dans ma vie, monsieur, et les cinq fois qui ont précédé celle-ci, j'ai tué mon homme.

L'officier ne bougea pas; il pâlit sous cette terrible menace, et répondit avec simplicité:

— Monsieur, vous avez tort d'aller contre ma consigne.

Porthos et Aramis, muets et frissonnants en haut du parapet, crièrent au mousquetaire:

— Cher d'Artagnan, prenez garde!

D'Artagnan les fit taire du geste, leva son pied avec un calme effrayant pour gravir une marche, et se retourna l'épée à la main, pour voir si l'officier le suivrait.

L'officier fit un signe de croix et marcha.

Porthos et Aramis, qui connaissaient leur d'Artagnan, poussèrent un cri et se précipitèrent pour arrêter le coup qu'ils croyaient déjà entendre.

Mais d'Artagnan, passant l'épée dans la main gauche:

— Monsieur, dit-il à l'officier d'une voix émue, vous êtes un brave homme. Vous devez mieux comprendre ce que je vais vous dire maintenant, que ce que je vous ai dit tout à l'heure.

— Parlez, monsieur d'Artagnan, parlez, répondit le brave officier.

— Ces messieurs que nous venons voir, et contre lesquels vous avez des ordres, sont mes amis.

— Je le sais, monsieur.

— Vous comprenez si je dois agir avec eux comme vos instructions vous le prescrivent.

— Je comprends vos réserves.

— Eh bien! permettez-moi de causer avec eux sans témoin.

— Monsieur d'Artagnan, si je cédais à votre demande, si je faisais ce dont vous me priez, je manquerais à ma parole; mais, si je ne le fais pas, je vous désobligerai. J'aime mieux l'un que l'autre. Causez avec vos amis, et ne me méprisez pas, monsieur, de faire par amour pour vous, que j'estime et que j'honore, ne me méprisez pas de faire pour vous, pour vous seul, une vilaine action.

D'Artagnan, ému, passa rapidement ses bras au cou de ce jeune homme, et monta près de ses amis.

L'officier, enveloppé dans son manteau, s'assit sur les marches, couvertes d'algues humides.

— Eh bien! dit d'Artagnan à ses amis, voilà la position; jugez.

Ils s'embrassèrent tous trois. Tous trois se tinrent serrés dans les bras l'un de l'autre, comme aux beaux jours de la jeunesse.

— Que signifient toutes ces rigueurs? demanda Porthos.

— Vous devez en soupçonner quelque chose, cher ami, répliqua d'Artagnan.

— Pas trop, je vous l'assure, mon cher capitaine; car, enfin, je n'ai rien fait, ni Aramis non plus, se hâta d'ajouter l'excellent homme.

D'Artagnan lança au prélat un regard de reproche, qui pénétra ce coeur endurci.

— Cher Porthos! s'écria l'évêque de Vannes.

— Vous voyez ce qu'on a fait, dit d'Artagnan: interception de tout ce qui vient de Belle-Île, de tout ce qui s'y rend. Vos bateaux sont tous saisis. Si vous aviez essayé de fuir, vous tombiez entre les mains des croiseurs qui sillonnent la mer et qui vous guettent. Le roi vous veut et vous prendra.

Et d'Artagnan s'arracha furieusement quelques poils de sa moustache grise.

— Mon idée était celle-ci, continua d'Artagnan: vous faire venir à mon bord tous deux, vous avoir près de moi, et puis vous rendre libres. Mais, à présent, qui me dit qu'en retournant sur mon navire je ne rencontrerai pas un supérieur, que je ne trouverai pas des ordres secrets qui m'enlèvent mon commandement pour le donner à quelque autre que moi, et qui disposeront de moi et de vous sans nul espoir de secours?

— Il faut demeurer à Belle-Île, dit résolument Aramis, et je vous réponds, moi, que je ne me rendrai qu'à bon escient.

Porthos ne dit rien. D'Artagnan remarqua le silence de son ami.

— J'ai à essayer encore de cet officier, de ce brave qui m'accompagne, et dont la courageuse résistance me rend bien heureux; car elle accuse un honnête homme, lequel, encore que notre ennemi, vaut mille fois mieux qu'un lâche complaisant. Essayons, et sachons de lui ce qu'il a le droit de faire, ce que sa consigne lui permet ou lui défend.

— Essayons, dit Aramis.

D'Artagnan vint au parapet, se pencha vers les degrés du môle, et appela l'officier, qui monta aussitôt.

— Monsieur, lui dit d'Artagnan, après l'échange des courtoisies les plus cordiales, naturelles entre gentilshommes qui se connaissent et s'apprécient dignement; monsieur, si je voulais emmener ces messieurs d'ici, que feriez vous?

— Je ne m'y opposerais pas, monsieur; mais, ayant ordre direct, ordre formel, de les prendre sous ma garde, je les garderais.

— Ah! fit d'Artagnan.

— C'est fini! dit Aramis sourdement.

Porthos ne bougea pas.

— Emmenez toujours Porthos, dit l'évêque de Vannes; il saura prouver au roi, je l'y aiderai, et vous aussi, monsieur d'Artagnan, qu'il n'est pour rien dans cette affaire.

— Hum! fit d'Artagnan. Voulez-vous venir? voulez-vous me suivre, Porthos? le roi est clément.

— Je demande à réfléchir, dit Porthos noblement.

— Vous restez ici, alors?

— Jusqu'à nouvel ordre! s'écria Aramis avec vivacité.

— Jusqu'à ce que nous ayons eu une idée, reprit d'Artagnan, et je crois maintenant que ce ne sera pas long, car j'en ai déjà une.

— Disons-nous adieu, alors, reprit Aramis; mais, en vérité, cher Porthos, vous devriez partir.

— Non! dit laconiquement celui-ci.

— Comme il vous plaira, reprit Aramis, un peu blessé dans sa susceptibilité nerveuse, du ton morose de son compagnon. Seulement, je suis rassuré par la promesse d'une idée de d'Artagnan; idée que j'ai devinée, je crois.

— Voyons, fit le mousquetaire en approchant son oreille de la bouche d'Aramis.

Celui-ci dit au capitaine plusieurs mots rapides, auxquels d'Artagnan répondit:

— Précisément cela.

— Immanquable, alors, s'écria Aramis joyeux.

— Pendant la première émotion que causera ce parti pris, arrangez-vous, Aramis.

— Oh! n'ayez pas peur.

— Maintenant, monsieur, dit d'Artagnan à l'officier, merci mille fois! Vous venez de vous faire trois amis à la vie, à la mort.

— Oui, répliqua Aramis.

Porthos seul ne dit rien et acquiesça de la tête.

D'Artagnan, ayant tendrement embrassé ses deux vieux amis, quitta Belle-Île, avec l'inséparable compagnon que M. Colbert lui avait donné.

Ainsi, à part l'espèce d'explication dont le digne Porthos avait bien voulu se contenter, rien n'était changé en apparence au sort des uns et des autres.

— Seulement, dit Aramis, il y a l'idée de d'Artagnan.

D'Artagnan ne retourna point à son bord sans creuser profondément l'idée qu'il venait de découvrir.

Or, on sait que, lorsque d'Artagnan creusait, d'habitude il perçait à jour.

Quant à l'officier, redevenu muet, il lui laissa respectueusement le loisir de méditer.

Aussi, en mettant le pied sur son navire, embossé à une portée de canon de Belle-Île, le capitaine des mousquetaires avait-il déjà réuni tous ses moyens offensifs et défensifs.

Il assembla immédiatement son conseil.

Ce conseil se composait des officiers qui servaient sous ses ordres.

Ces officiers étaient au nombre de huit:
Un chef des forces maritimes,
Un major dirigeant l'artillerie,
Un ingénieur,
L'officier que nous connaissons,
Et quatre lieutenants.

Les ayant donc réunis dans la chambre de poupe, d'Artagnan se leva, ôta son feutre, et commença en ces termes:

— Messieurs, je suis allé reconnaître Belle-Île-en-Mer et j'y ai trouvé bonne et solide garnison; de plus, les préparatifs tout faits pour une défense qui peut devenir gênante. J'ai donc l'intention d'envoyer chercher deux des principaux officiers de la place pour que nous causions avec eux. Les ayant séparés de leurs troupes et de leurs canons, nous en aurons meilleur marché, surtout avec de bons raisonnements. Est-ce votre avis, messieurs?

Le major de l'artillerie se leva.

— Monsieur, dit-il avec respect, mais avec fermeté je viens de vous entendre dire que la place prépare une défense gênante. La place est donc, que vous sachiez, déterminée à la rébellion?

D'Artagnan fut visiblement dépité par cette réponse, mais il n'était pas homme à se laisser abattre pour si peu, et reprit la parole:

— Monsieur, dit-il, votre réponse est juste. Mais vous n'ignorez pas que Belle-Île-en-Mer est un fief de M. Fouquet, et les anciens rois ont donné aux seigneurs de Belle-Île le droit de s'armer chez eux.

La major fit un mouvement.

— Oh! ne m'interrompez point, continua d'Artagnan. Vous allez me dire que ce droit de s'armer contre les Anglais n'est pas le droit de s'armer contre son roi. Mais ce n'est pas M. Fouquet, je suppose, qui tient en ce moment Belle-Île, puisque, avant-hier, j'ai arrêté M. Fouquet. Or, les habitants et défenseurs de Belle- Île ne savent rien de cette arrestation. Vous la leur annonceriez vainement. C'est une chose si inouïe, si extraordinaire, si inattendue, qu'ils ne vous croiraient pas. Un Breton sert son maître et non pas ses maîtres; il sert son maître jusqu'à ce qu'il l'ait vu mort. Or, les Bretons, que je sache, n'ont pas vu le cadavre de M. Fouquet. Il n'est donc pas surprenant qu'ils tiennent contre tout ce qui n'est pas M. Fouquet ou sa signature.

Le major s'inclina en signe d'assentiment.

— Voilà pourquoi, continua d'Artagnan, voilà pourquoi je me propose de faire venir ici, à mon bord, deux des principaux officiers de la garnison. Ils vous verront, messieurs; ils verront les forces dont nous disposons; ils sauront, par conséquent, à quoi s'en tenir sur le sort qui les attend en cas de rébellion. Nous leur affirmerons sur l'honneur que M. Fouquet est prisonnier, et que toute résistance ne lui saurait être que préjudiciable. Nous leur dirons que, le premier coup de canon tiré, il n'y a aucune miséricorde à attendre du roi. Alors, je l'espère du moins, ils ne résisteront plus. Ils se livreront sans combat, et nous aurons à l'amiable une place qui pourrait bien nous coûter cher à conquérir.

L'officier qui avait suivi d'Artagnan à Belle-Île s'apprêtait à parler, mais d'Artagnan l'interrompit.

— Oui, je sais ce que vous allez me dire, monsieur; je sais qu'il y a ordre du roi d'empêcher toute communication secrète avec les défenseurs de Belle-Île, et voilà justement pourquoi j'offre de ne communiquer qu'en présence de tout mon état-major.

Et d'Artagnan fit à ses officiers un signe de tête qui avait pour but de faire valoir cette condescendance.

Les officiers se regardèrent comme pour lire leur opinion dans les yeux des uns des autres, avec intention de faire évidemment, après qu'ils se seraient mis d'accord, selon le désir de d'Artagnan. Et déjà celui-ci voyait avec joie que le résultat de leur consentement serait l'envoi d'une barque à Porthos et à Aramis, lorsque l'officier du roi tira de sa poitrine un pli cacheté qu'il remit à d'Artagnan.

Ce pli portait sur sa suscription le n° 1.

— Qu'est-ce encore? murmura le capitaine surpris.

— Lisez, monsieur, dit l'officier avec une courtoisie qui n'était pas exempte de tristesse.

D'Artagnan, plein de défiance, déplia le papier et lut:

«Défense à M. d'Artagnan d'assembler quelque conseil que ce soit, ou de délibérer d'aucune façon avant que Belle-Île soit rendue, et que les prisonniers soient passés par les armes.

Signé: Louis.»

D'Artagnan réprima le mouvement d'impatience qui courait par tout son corps; et avec un gracieux sourire.

— C'est bien, monsieur, dit-il, on se conformera aux ordres du roi.

CHAPITRE XLIV. Suite des idées du roi et des idées de M. d'Artagnan

Le coup était direct, il était rude, mortel. D'Artagnan furieux d'avoir été prévenu par une idée du roi, ne désespéra cependant pas, et, songeant à cette idée que lui aussi avait rapportée de Belle-Île, il en augura un nouveau moyen de salut pour ses amis.

— Messieurs, dit-il subitement, puisque le roi a chargé un autre que moi de ses ordres secrets, c'est que je n'ai plus sa confiance, et j'en serais réellement indigne si j'avais le courage de garder un commandement sujet à tant de soupçons injurieux. Je m'en vais donc sur-le-champ porter ma démission au roi. Je la donne devant vous tous, en vous enjoignant de vous replier avec moi sur la côte de France, de façon à ne rien compromettre des forces que Sa Majesté m'a confiées. C'est pourquoi, retournez tous à vos postes, et commandez le retour; d'ici à une heure, nous avons le flux. À vos postes, messieurs! Je suppose, ajouta-t-il en voyant que tous obéissaient, excepté l'officier surveillant, que vous n'aurez pas d'ordres à objecter cette fois-ci?

Et d'Artagnan triomphait presque en disant ces mots-là. Ce plan était le salut de ses amis. Le blocus levé, ils pouvaient s'embarquer tout de suite et faire voile pour l'Angleterre ou pour l'Espagne, sans crainte d'être inquiétés. Tandis qu'ils fuyaient, d'Artagnan arrivait auprès du roi, justifiait son retour par l'indignation que les défiances de Colbert avaient soulevée contre lui; on le renvoyait en pleins pouvoirs, et il prenait Belle-Île, c'est-à-dire la cage, sans prendre les oiseaux envolés.

Mais, à ce plan, l'officier opposa un deuxième ordre du roi. Il était ainsi conçu:

«Du moment où M. d'Artagnan aura manifesté le désir de donner sa démission, il ne comptera plus comme chef de l'expédition, et tout officier placé sous ses ordres sera tenu de ne lui plus obéir. De plus, M. d'Artagnan, ayant perdu cette qualité de chef de l'armée envoyée contre Belle-Île, devra partir immédiatement pour la France, en compagnie de l'officier qui lui aura remis le message, et qui le regardera comme un prisonnier dont il répond.»

D'Artagnan pâlit, lui si brave et si insouciant. Tout avait été calculé avec une profondeur qui, pour la première fois depuis trente ans, lui rappela la solide prévoyance et la logique inflexible du grand cardinal.

Il appuya sa tête sur sa main, rêvant, respirant à peine.

«Si je mettais cet ordre dans ma poche, pensa-t-il, qui le saurait ou qui m'en empêcherait? Avant que le roi en eût été informé, j'aurais sauvé ces pauvres gens là-bas. De l'audace, allons! Ma tête n'est pas de celles qu'un bourreau fait tomber par désobéissance. Désobéissons!»

Mais, au moment où il allait prendre ce parti, il vit les officiers autour de lui lire des ordres pareils, que venaient de leur distribuer cet infernal agent de la pensée de Colbert.

Le cas de désobéissance était prévu comme les autres.

— Monsieur, lui vint dire l'officier, j'attends votre bon plaisir pour partir.

— Je suis prêt, monsieur, répliqua le capitaine en grinçant des dents.

L'officier commanda sur-le-champ un canot qui vint recevoir d'Artagnan.

Il faillit devenir fou de rage à cette vue.

— Comment, balbutia-t-il, fera-t-on ici pour diriger les différents corps?

— Vous parti, monsieur, répliqua le commandant des navires, c'est à moi que le roi confie sa flotte.

— Alors, monsieur, riposta l'homme de Colbert en s'adressant au nouveau chef, c'est pour vous ce dernier ordre qui m'avait été remis. Voyons vos pouvoirs?

— Les voici, dit le marin en exhibant une signature royale.

— Voici vos instructions, répliqua l'officier en lui remettant le pli.

Et, se tournant vers d'Artagnan:

— Allons, monsieur, dit-il d'une voix émue, tant il voyait de désespoir chez cet homme de fer, faites-moi la grâce de partir.

— Tout de suite, articula faiblement d'Artagnan, vaincu, terrassé par l'implacable impossibilité.

Et il se laissa glisser dans la petite embarcation, qui cingla vers la France avec un vent favorable, et menée par la marée montante. Les gardes du roi s'étaient embarqués avec lui.

Cependant, le mousquetaire conservait encore l'espoir d'arriver à Nantes assez vite, et de plaider assez éloquemment la cause de ses amis pour fléchir le roi.

La barque volait comme une hirondelle. D'Artagnan voyait distinctement la terre de France se profiler en noir sur les nuages blancs de la nuit.

— Ah! monsieur, dit-il bas à l'officier, auquel, depuis une heure, il ne parlait plus, combien je donnerais pour connaître les instructions du nouveau commandant! Elles sont toutes pacifiques, n'est-ce pas?... et...

Il n'acheva pas; un coup de canon lointain gronda sur la surface des flots, puis un autre, et deux ou trois plus forts.

— Le feu est ouvert sur Belle-Île, répondit l'officier.

Le canot venait de toucher la terre de France.

CHAPITRE XLV. *Les aïeux de Porthos*

Lorsque d'Artagnan eut quitté Aramis et Porthos, ceux-ci rentrèrent au fort principal pour s'entretenir avec plus de liberté.

Porthos, toujours soucieux, gênait Aramis, dont l'esprit ne s'était jamais trouvé plus libre.

— Cher Porthos, dit celui-ci tout à coup, je vais vous expliquer l'idée de d'Artagnan.

— Quelle idée, Aramis?

— Une idée à laquelle nous devrons la liberté avant douze heures.

— Ah! vraiment, fit Porthos étonné. Voyons!

— Vous avez remarqué, par la scène que notre ami a eue avec l'officier, que certains ordres le gênent relativement à nous?

— Je l'ai remarqué.

— Eh bien! d'Artagnan va donner sa démission au roi, et pendant la confusion qui résultera de son absence, nous gagnerons au large, ou plutôt vous gagnerez au large, vous, Porthos, s'il n'y a possibilité de fuite que pour un.

Ici, Porthos secoua la tête, et répondit:

— Nous nous sauverons ensemble, Aramis, ou nous resterons ici ensemble.

— Vous êtes un généreux coeur, dit Aramis, seulement votre sombre inquiétude m'afflige...

— Je ne suis pas inquiet, dit Porthos.

— Alors, vous m'en voulez?

— Je ne vous en veux pas.

— Eh bien! cher ami, pourquoi cette mine lugubre?

— Je m'en vais vous le dire: je fais mon testament. Et, en disant ces mots, le bon Porthos regarda tristement Aramis.

— Votre testament? s'écria l'évêque. Allons donc! vous croyez-vous perdu?

— Je me sens fatigué. C'est la première fois, et il y a une habitude dans ma famille.

— Laquelle, mon ami?

— Mon grand-père était un homme deux fois fort comme moi.

— Oh! oh! dit Aramis. C'était donc Samson, votre grand-père?

— Non. Il s'appelait Antoine. Eh bien! il avait mon âge, lorsque, partant pour la chasse un jour, il se sentit les jambes faibles, lui qui n'avait jamais connu ce mal.

— Que signifiait cette fatigue, mon ami?

— Rien de bon, comme vous l'allez voir; car, étant parti se plaignant toujours de ses jambes molles, il trouva un sanglier qui lui fit tête, le manqua de son coup d'arquebuse, et fut décousu par la bête. Il en est mort sur le coup.

— Ce n'est pas une raison pour que vous vous alarmiez, cher Porthos.

— Oh! vous allez voir. Mon père était une fois fort comme moi. C'était un rude soldat de Henri III et de Henri IV, il ne s'appelait pas Antoine, mais Gaspard, comme M. de Coligny. Toujours à cheval, il n'avait jamais su ce que c'est que la lassitude. Un soir qu'il se levait de table, ses jambes lui manquèrent.

— Il avait bien soupé, peut-être? dit Aramis; et voilà pourquoi il chancelait.

— Bah! un ami de M. de Bassompierre? Allons, donc! Non, vous dis-je. Il s'étonna de cette lassitude, et dit à ma mère, qui le raillait: «Ne croirait-on pas que je vais voir un sanglier, comme défunt M. du Vallon, mon père?»

— Eh bien? fit Aramis.

— Eh bien! bravant cette faiblesse, mon père voulut descendre au jardin au lieu de se mettre au lit; le pied lui manqua dès la première marche; l'escalier était roide; mon père alla tomber sur un angle de pierre dans lequel un gond de fer était scellé. Le gond lui ouvrit la tempe: il resta mort sur la place.

Aramis, levant les yeux sur son ami:

— Voilà deux circonstances extraordinaires, dit-il; n'en inférons pas qu'il puisse s'en présenter une troisième. Il ne convient pas à un homme de votre force d'être superstitieux, mon brave Porthos; d'ailleurs, où est-ce qu'on voit vos jambes fléchir? Jamais vous n'avez été si roide et si superbe; vous porteriez une maison sur vos épaules.

— En ce moment, dit Porthos, je me sens bien dispos; mais, il y a un moment, je vacillais, je m'affaissais, et, depuis tantôt, ce phénomène, comme vous dites, s'est présenté quatre fois. Je ne vous dirai pas que cela me fit peur; mais cela me contrariait; la vie est une agréable chose. J'ai de l'argent; j'ai de belles terres; j'ai des chevaux que j'aime; j'ai aussi des amis que j'aime: d'Artagnan, Athos, Raoul et vous.

L'admirable Porthos ne prenait pas même la peine de dissimuler à Aramis le rang qu'il lui donnait dans ses amitiés.

Aramis lui serra la main.

— Nous vivrons encore de nombreuses années, dit-il, pour conserver au monde des échantillons d'hommes rares. Fiez-vous à moi, cher ami: nous n'avons aucune réponse de d'Artagnan, c'est bon signe; il doit avoir donné des ordres pour masser la flotte et dégarnir la mer. J'ai ordonné, moi, tout à l'heure, qu'on roulât une barque sur des rouleaux jusqu'à l'issue du grand souterrain de Locmaria, vous savez, où nous avons tant de fois fait l'affût pour les renards.

— Oui, et qui aboutit à la petite anse par un boyau que nous avons découvert le jour où ce superbe renard s'échappa par là.

— Précisément. En cas de malheur, on nous cachera une barque dans ce souterrain; elle doit y être déjà. Nous attendrons le moment favorable, et, pendant la nuit, en mer!

— Voilà une bonne idée, nous y gagnons quoi?

— Nous y gagnons que nul ne connaît cette grotte, ou plutôt son issue, à part nous et deux ou trois chasseurs de l'île; nous y gagnons que, si l'île est occupée, les éclaireurs, ne voyant pas de barque au rivage, ne soupçonneront pas qu'on puisse s'échapper et cesseront de surveiller.

— Je comprends.

— Eh bien! les jambes?

— Oh! excellentes en ce moment.

— Vous voyez donc bien, tout conspire à nous donner le repos et l'espoir. D'Artagnan débarrasse la mer et nous fait libres. Plus de flotte royale ni de descente à craindre. Vive Dieu! Porthos, nous avons encore un demi-siècle de bonnes aventures, et, si je touche la terre d'Espagne, je vous jure, ajouta l'évêque avec une énergie terrible, que votre brevet de duc n'est pas aussi aventuré qu'on veut bien le dire.

— Espérons, fit Porthos un peu ragaillardi par cette nouvelle chaleur de son compagnon.

Tout à coup, un cri se fit entendre:

— Aux armes!

Ce cri, répété par cent voix, vint, dans la chambre où les deux amis se tenaient, porter la surprise chez l'un et l'inquiétude chez l'autre.

Aramis ouvrit la fenêtre; il vit courir une foule de gens avec des flambeaux. Les femmes se sauvaient, les gens armés prenaient leurs postes.

— La flotte! la flotte! cria un soldat qui reconnut Aramis.

— La flotte? répéta celui-ci.

— À demi-portée de canon, continua le soldat.

— Aux armes! cria Aramis.

— Aux armes! répéta formidablement Porthos.

Et tous deux s'élancèrent vers le môle, pour se mettre à l'abri derrière les batteries.

On vit s'approcher des chaloupes chargées de soldats; elles prirent trois directions pour descendre sur trois points à la fois.

— Que faut-il faire? demanda un officier de garde.

— Arrêtez-les; et, si elles poursuivent, feu! dit Aramis.

Cinq minutes après, la canonnade commença.

C'étaient les coups de feu que d'Artagnan avait entendus en abordant en France.

Mais les chaloupes étaient trop près du môle pour que les canons tirassent juste; elles abordèrent; le combat commença presque corps à corps.

— Qu'avez-vous, Porthos? dit Aramis à son ami.

— Rien... les jambes... c'est vraiment incompréhensible... elles se remettront en chargeant.

En effet, Porthos et Aramis se mirent à charger avec une telle vigueur, ils animèrent si bien leurs hommes, que les royaux se rembarquèrent précipitamment sans avoir eu autre chose que des blessés qu'ils emportèrent.

— Eh! mais Porthos, cria Aramis, il nous faut un prisonnier, vite, vite.

Porthos s'abaissa sur l'escalier du môle, saisit par la nuque un des officiers de l'armée royale qui attendait, pour s'embarquer, que tout son monde fût dans la chaloupe. Le bras du géant enleva cette proie, qui lui servit de bouclier pour remonter sans qu'un coup de feu fût tiré sur lui.

— Voici un prisonnier, dit Porthos à Aramis.

— Eh bien! s'écria celui-ci en riant, calomniez donc vos jambes!

— Ce n'est pas avec mes jambes que je l'ai pris, répliqua Porthos tristement, c'est avec mon bras.

CHAPITRE XLVI. *Le fils de Biscarrat*

Les Bretons de l'île étaient tout fiers de cette victoire; Aramis ne les encouragea pas.

— Ce qui arrivera, dit-il à Porthos, quand tout le monde fut rentré, c'est que la colère du roi s'éveillera avec le récit de la résistance, et que ces braves gens seront décimés ou brûlés quand l'île sera prise; ce qui ne peut manquer d'advenir.

— Il en résulte, dit Porthos, que nous n'avons rien fait d'utile?

— Pour le moment, si fait, répliqua l'évêque; car nous avons un prisonnier duquel nous saurons ce que nos ennemis préparent.

— Oui, interrogeons ce prisonnier, fit Porthos, et le moyen de le faire parler est simple: nous allons souper, nous l'inviterons; en buvant, il parlera.

Ce qui fut fait. L'officier, un peu inquiet d'abord, se rassura en voyant les gens auxquels il avait affaire.

Il donna, n'ayant pas peur de se compromettre, tous les détails imaginables sur la démission et le départ de d'Artagnan.

Il expliqua comment, après ce départ, le nouveau chef de l'expédition avait ordonné une surprise sur Belle-Île. Là s'arrêtèrent ses explications.

Aramis et Porthos échangèrent un coup d'oeil qui témoignait de leur désespoir.

Plus de fonds à faire sur cette brave imagination de d'Artagnan, plus de ressource, par conséquent, en cas de défaite.

Aramis, continuant son interrogatoire, demanda au prisonnier ce que les royaux comptaient faire des chefs de Belle-Île.

— Ordre, répliqua celui-ci, de tuer pendant le combat et de pendre après.

Aramis et Porthos se regardèrent encore.

Le rouge monta au visage de tous deux.

— Je suis bien léger pour la potence, répondit Aramis; les gens comme moi ne se pendent pas.

— Et moi, je suis bien lourd, dit Porthos; les gens comme moi cassent la corde.

— Je suis sûr, fit galamment le prisonnier, que nous vous eussions procuré la faveur d'une mort à votre choix.

— Mille remerciements, dit sérieusement Aramis.

Porthos s'inclina.

— Encore ce coup de vin à votre santé, fit-il en buvant lui-même.

De propos en propos, le souper se prolongea; l'officier, qui était un spirituel gentilhomme, se laissa doucement aller au charme de l'esprit d'Aramis et de la cordiale bonhomie de Porthos.

— Pardonnez-moi, dit-il si je vous adresse une question; mais des gens qui en sont à leur sixième bouteille ont bien le droit de s'oublier un peu.

— Adressez, dit Porthos, adressez.

— Parlez, fit Aramis.

— N'étiez-vous pas, messieurs, vous deux, dans les mousquetaires du feu roi?

— Oui, monsieur, et des meilleurs, s'il vous plaît, répliqua Porthos.

— C'est vrai: je dirais même les meilleurs de tous les soldats, messieurs, si je ne craignais d'offenser la mémoire de mon père.

— De votre père? s'écria Aramis.

— Savez-vous comment je me nomme?

— Ma foi! non, monsieur; mais vous me le direz, et...

— Je m'appelle Georges de Biscarrat.

— Oh! s'écria Porthos à son tour, Biscarrat! vous rappelez-vous ce nom, Aramis?

— Biscarrat?... rêva l'évêque. Il me semble...

— Cherchez bien, monsieur, dit l'officier.

— Pardieu! ce ne sera pas long, fit Porthos. Biscarrat, dit Cardinal... un des quatre qui vinrent nous interrompre le jour où nous entrâmes dans l'amitié de d'Artagnan, l'épée à la main.

— Précisément, messieurs.

— Le seul, dit Aramis vivement, que nous ne blessâmes pas.

— Une rude lame, par conséquent, fit le prisonnier.

— C'est vrai, oh! bien vrai, dirent les deux amis ensemble. Ma foi! monsieur de Biscarrat, enchanté de faire la connaissance d'un aussi brave homme.

Biscarrat serra les deux mains que lui tendaient les deux anciens mousquetaires.

Aramis regarda Porthos, comme pour lui dire: «Voilà un homme qui nous aidera.» Et, sur-le-champ:

— Avouez, dit-il, monsieur, qu'il fait bon d'avoir été honnête homme.

— Mon père me l'a toujours dit, monsieur.

— Avouez, de plus, que c'est une triste circonstance que celle où vous vous trouvez de rencontrer des gens destinés à être arquebusés ou pendus, et de s'apercevoir que ces gens-là sont d'anciennes connaissances, de vieilles connaissances héréditaires.

— Oh! vous n'êtes pas réservés à ce sort affreux, messieurs et amis, dit vivement le jeune homme.

— Bah! vous l'avez dit.

— Je l'ai dit tout à l'heure, quand je ne vous connaissais pas; mais, maintenant que je vous connais, je dis: Vous éviterez ce destin funeste, si vous le voulez.

— Comment, si nous le voulons? s'écria Aramis, dont les yeux brillèrent d'intelligence en regardant alternativement son prisonnier et Porthos.

— Pourvu, continua Porthos en regardant à son tour, avec une noble intrépidité, M. de Biscarrat et l'évêque, pourvu qu'on ne nous demande pas de lâchetés.

— On ne vous demandera rien du tout, messieurs reprit le gentilhomme de l'armée royale; que voulez-vous qu'on vous demande? Si l'on vous trouve, on vous tue, c'est chose arrêtée; tâchez donc, messieurs, qu'on ne vous trouve pas.

— Je crois ne pas me tromper, fit Porthos avec dignité, mais il me semble bien que, pour nous trouver, il faut que l'on vienne nous quérir ici.

— En cela vous avez parfaitement raison, mon digne ami, reprit Aramis en interrogeant toujours du regard la physionomie de Biscarrat, silencieux et contraint. Vous voulez, monsieur de Biscarrat, nous dire quelque chose, nous faire quelque ouverture et vous n'osez pas, n'est-il pas vrai?

— Ah! messieurs et amis, c'est qu'en parlant je trahis la consigne; mais, tenez, j'entends une voix qui dégage la mienne en la dominant.

— Le canon! fit Porthos.

— Le canon et la mousqueterie s'écria l'évêque.

On entendait gronder au loin, dans les roches, ces bruits sinistres d'un combat qui ne dura point.

— Qu'est-ce que cela? demanda Porthos.

— Eh! pardieu! s'écria Aramis, c'est ce dont je me doutais.

— Quoi donc?

— L'attaque faite par vous n'était qu'une feinte, n'est-il pas vrai, monsieur? et, pendant que vos compagnies se laissaient repousser, vous aviez la certitude d'opérer un débarquement de l'autre côté de l'île.

— Oh! plusieurs, monsieur.

— Nous sommes perdus, alors, fit paisiblement l'évêque de Vannes.

— Perdus! cela est possible, répondit le seigneur de Pierrefonds; mais nous ne sommes pas pris ni pendus.

Et, en disant ces mots, il se leva de la table, s'approcha du mur et en détacha froidement son épée et ses pistolets, qu'il visita avec ce soin du vieux soldat qui s'apprête à combattre, et qui sent que sa vie repose en grande partie sur l'excellence et la bonne tenue de ses armes.

Au bruit du canon, à la nouvelle de la surprise qui pouvait livrer l'île aux troupes royales, la foule éperdue se précipita dans le fort. Elle venait demander assistance et conseil à ses chefs.

Aramis, pâle et vaincu, se montra entre deux flambeaux à la fenêtre qui donnait sur la grande cour, pleine de soldats qui attendaient des ordres, et d'habitants éperdus qui imploraient secours.

— Mes amis, dit d'Herblay d'une voix grave et sonore, M. Fouquet, votre protecteur, votre ami, votre père, a été arrêté par ordre du roi et jeté à la Bastille.

Un long cri de fureur et de menace monta jusqu'à la fenêtre où se tenait l'évêque, et l'enveloppa d'un fluide vibrant.

— Vengeons M. Fouquet! crièrent les plus exaltés. À mort les royaux!

— Non, mes amis, répliqua solennellement Aramis, non, mes amis, pas de résistance Le roi est maître dans son royaume. Le roi est le mandataire de Dieu. Le roi et Dieu ont frappé M. Fouquet. Humiliez-vous devant la main de Dieu. Aimez Dieu et le roi, qui ont frappé M. Fouquet. Mais ne vengez pas votre seigneur, ne cherchez pas à Je venger. Vous vous sacrifieriez en vain, vous, vos femmes et vos enfants, vos biens et votre liberté. Bas les armes, mes amis! bas les armes! puisque le roi vous le commande, et retirez-vous paisiblement dans vos demeures. C'est moi qui vous le demande, c'est moi qui vous en prie, c'est moi qui, au besoin, vous le commande au nom de M. Fouquet.

La foule, amassée sous la fenêtre, fit entendre un long frémissement de colère et d'effroi.

— Les soldats de Louis XIV sont entrés dans l'île, continua Aramis. Désormais, ce ne serait plus entre eux et vous un combat, ce serait un massacre. Allez, allez et oubliez; cette fois, je vous le commande au nom du Seigneur.

Les mutins se retirèrent lentement, soumis et muets.

— Ah çà! mais que venez-vous donc de dire là, mon ami? Dit Porthos.

— Monsieur, dit Biscarrat à l'évêque, vous sauvez tous ces habitants, mais vous ne sauvez ni votre ami ni vous.

— Monsieur de Biscarrat, dit avec un accent singulier de noblesse et de courtoisie l'évêque de Vannes, monsieur de Biscarrat, soyez assez bon pour reprendre votre liberté.

— Je le veux bien, monsieur; mais...

— Mais cela nous rendra service; car, en annonçant au lieutenant du roi la soumission des insulaires, vous obtiendrez peut-être quelque grâce pour nous, en l'instruisant de la manière dont cette soumission s'est opérée.

— Grâce! répliqua Porthos avec des yeux flamboyants, grâce! qu'est-ce que ce mot-là!

Aramis toucha rudement le coude de son ami, comme il faisait aux beaux jours de leur jeunesse, alors qu'il voulait avertir Porthos qu'il avait fait ou qu'il allait faire quelque bévue. Porthos comprit et se tut soudain.

— J'irai, messieurs, répondit Biscarrat, un peu surpris aussi de ce mot de *grâce* prononcé par le fier mousquetaire dont, quelques instants auparavant, il racontait et vantait avec tant d'enthousiasme les exploits héroïques.

— Allez donc, monsieur de Biscarrat, dit Aramis en le saluant, et, en partant, recevez l'expression de toute notre reconnaissance.

— Mais vous, messieurs, vous que je m'honore d'appeler mes amis, puisque vous avez bien voulu recevoir ce titre, que devenez-vous pendant ce temps? reprit l'officier tout ému, en prenant congé des deux anciens adversaires de son père.

— Nous, nous attendons ici.

— Mais, mon Dieu!... l'ordre est formel!

— Je suis évêque de Vannes, monsieur de Biscarrat, et l'on ne passe pas plus par les armes un évêque que l'on ne pend un gentilhomme.

— Ah! oui, monsieur, oui, monseigneur, reprit Biscarrat; oui, c'est vrai, vous avez raison, il y a encore pour vous cette chance. Donc, je pars, je me rends auprès du commandant de l'expédition, du lieutenant du roi. Adieu donc, messieurs; ou plutôt, au revoir!

En effet, le digne officier, sautant sur un cheval que lui fit donner Aramis, courut dans la direction des coups de feu qu'on avait entendus et qui, en amenant la foule dans le fort, avait interrompu la conversation des deux amis avec leur prisonnier.

Aramis le regarda partir, et demeura seul avec Porthos:

— Eh bien! comprenez-vous? dit-il.

— Ma foi, non.

— Est-ce que Biscarrat ne vous gênait pas ici?

— Non, c'est un brave garçon.

— Oui; mais la grotte de Locmaria, est-il nécessaire que tout le monde la connaisse?

— Ah! c'est vrai, c'est vrai, je comprends. Nous nous sauvons par le souterrain.

— S'il vous plaît, répliqua joyeusement Aramis. En route, ami Porthos! Notre bateau nous attend, et le roi ne nous tient pas encore.

CHAPITRE XLVII. La grotte de Locmaria

Le souterrain de Locmaria était assez éloigné du môle pour que les deux amis dussent ménager leurs forces avant d'y arriver.

D'ailleurs, la nuit s'avançait; minuit avait sonné au fort; Porthos et Aramis étaient chargés d'argent et d'armes.

Ils cheminaient donc dans la lande qui sépare le môle de ce souterrain, écoutant tous les bruits et tâchant d'éviter toutes les embûches.

De temps en temps, sur la route qu'ils avaient soigneusement laissée à leur gauche, passaient des fuyards venant de l'intérieur des terres, à la nouvelle du débarquement des troupes royales.

Aramis et Porthos, cachés derrière quelque anfractuosité de rocher, recueillaient les mots échappés aux pauvres gens qui fuyaient tout tremblants, portant avec eux leurs effets les plus précieux, et tâchaient, en entendant leurs plaintes, d'en conclure quelque chose pour leur intérêt.

Enfin, après une course rapide, mais fréquemment interrompue par des stations prudentes, ils atteignirent ces grottes profondes dans lesquelles le prévoyant évêque de Vannes avait eu soin de faire rouler sur des cylindres une bonne barque capable de tenir la mer dans cette belle saison.

— Mon bon ami, dit Porthos après avoir respiré bruyamment, nous sommes arrivés, à ce qu'il me paraît; mais je crois que vous m'avez parlé de trois hommes, de trois serviteurs qui devaient nous accompagner. Je ne les vois pas; où sont-ils donc?

— Pourquoi les verriez-vous, cher Porthos? répondit Aramis. Ils nous attendent certainement dans la caverne, et sans nul doute, ils se reposent un moment après avoir accompli ce rude et difficile travail.

Aramis arrêta Porthos, qui se préparait à entrer dans le souterrain.

— Voulez-vous, mon bon ami, dit-il au géant, me permettre de passer le premier? Je connais le signal que j'ai donné à nos hommes, et nos gens, ne l'entendant pas, seraient dans le cas de faire feu sur vous ou de vous lancer leur couteau dans l'ombre.

— Allez, cher Aramis, allez le premier, vous êtes tout sagesse et tout prudence, allez. Aussi bien, voilà cette fatigue dont je vous ai parlé qui me reprend encore une fois.

Aramis laissa Porthos s'asseoir à l'entrée de la grotte, et, courbant la tête, il pénétra dans l'intérieur de la caverne en imitant le cri de la chouette.

Un petit roucoulement plaintif, un cri à peine distinct, répondit dans la profondeur du souterrain.

Aramis continua sa marche prudente, et bientôt il fut arrêté par le même cri qu'il avait le premier fait entendre, et ce cri était lancé à dix pas de lui.

— Êtes-vous là, Yves? fit l'évêque.

— Oui, monseigneur. Goennec est là aussi. Son fils nous accompagne.

— Bien. Toutes choses sont-elles prêtes?

— Oui, monseigneur.

— Allez un peu à l'entrée des grottes, mon bon Yves, et vous y trouverez le seigneur de Pierrefonds, qui se repose, fatigué qu'il est de sa course. Et si, par hasard, il ne peut pas marcher, enlevez-le et l'apportez ici près de moi.

Les trois Bretons obéirent. Mais la recommandation d'Aramis à ses serviteurs était inutile. Porthos, rafraîchi, avait déjà lui-même commencé la descente, et son pas pesant résonnait au milieu des cavités formées et soutenues par les colonnes de silex et de granit.

Dès que le seigneur de Bracieux eut rejoint l'évêque, les Bretons allumèrent une lanterne dont ils s'étaient munis, et Porthos assura son ami qu'il se sentait désormais fort comme à l'ordinaire.

— Visitons le canot, dit Aramis, et assurons-nous d'abord de ce qu'il renferme.

— N'approchez pas trop la lumière, dit le patron Yves; car, ainsi que vous avez bien voulu me le recommander, monseigneur, j'ai mis sous le banc de poupe, dans le coffre, vous savez, le baril de poudre et les charges de mousquet que vous m'aviez envoyés du fort.

— Bien, fit Aramis.

Et, prenant lui-même la lanterne, il visita minutieusement toutes les parties du canot avec les précautions d'un homme qui n'est ni timide ni ignorant en face du danger.

Le canot était long, léger, tirant peu d'eau, mince de quille, enfin de ceux que l'on a toujours si bien construits à Belle-Île, un peu haut de bord, solide sur l'eau, très maniable, muni de planches qui, dans les temps incertains, forment une sorte de pont sur lequel glissent les lames, et qui peuvent protéger les rameurs.

Dans deux coffres bien clos, placés sous les bancs de proue et de poupe, Aramis trouva du pain, du biscuit, des fruits secs, un quartier de lard, une bonne provision d'eau dans des outres; le tout formant des rations suffisantes pour des gens qui ne devaient jamais quitter la côte, et se trouvaient à même de se ravitailler si le besoin le commandait.

Les armes, huit mousquets et autant de pistolets de cavalier, étaient en bon état et toutes chargées. Il avait des avirons de rechange en cas d'accident et cette petite voile appelée trinquette, qui aide la marche du canot en même temps que les rameurs nagent, qui est si utile lorsque la brise se fait sentir, et qui ne charge pas l'embarcation.

Lorsque Aramis eut reconnu toutes ces choses, et qu'il se fut montré content du résultat de son inspection:

— Consultons-nous, dit-il, cher Porthos, pour savoir s'il faut essayer de faire sortir la barque par l'extrémité inconnue de la grotte, en suivant la pente et l'ombre du souterrain, ou s'il vaut mieux, à ciel découvert, la faire glisser sur les rouleaux, par les bruyères, en aplanissant le chemin de la petite falaise, qui n'a pas vingt pieds de haut, et donne à son pied, dans la marée, trois ou quatre brasses de bonne eau sur un bon fond.

— Qu'à cela ne tienne, monseigneur répliqua le patron Yves respectueusement; mais je ne crois pas que par la pente du souterrain et dans l'obscurité où nous serons obligés de manoeuvrer notre embarcation, le chemin soit aussi commode qu'en plein air. Je connais bien la falaise, et je puis vous certifier qu'elle est unie comme un gazon de jardin; l'intérieur de la grotte, au contraire, est raboteux; sans compter encore, monseigneur, que, à l'extrémité, nous trouverons le boyau qui mène à la mer, et peut-être le canot n'y passera pas.

— J'ai fait mes calculs, répondit l'évêque, et j'ai la certitude qu'il passerait.

— Soit; je le veux bien, monseigneur, insista le patron; mais Votre Grandeur sait bien que, pour le faire atteindre à l'extrémité du boyau, il faut lever une énorme pierre, celle sous laquelle passe toujours le renard, et qui ferme le boyau comme une porte.

— On la lèvera, dit Porthos; ce n'est rien.

— Oh! je sais que Monseigneur a la force de dix hommes, répliqua Yves; seulement, c'est bien du mal pour Monseigneur.

— Je crois que le patron pourrait avoir raison, dit Aramis. Essayons du ciel ouvert.

— D'autant plus, monseigneur, continua le pêcheur, que nous ne saurions nous embarquer avant le jour, tant il y a de travail, et que, aussitôt que le jour paraîtra, une bonne vedette, placée sur la partie supérieure de la grotte, nous sera nécessaire, indispensable même, pour surveiller les manoeuvres des chalands ou des croiseurs qui nous guetteraient.

— Oui, Yves, oui, votre raison est bonne; on va passer sur la falaise.

Et les trois robustes Bretons allaient, plaçant leurs rouleaux sous la barque, la mettre en mouvement, lorsque des aboiements lointains de chiens se firent entendre dans la campagne. Aramis s'élança hors de la grotte; Porthos le suivit.

L'aube teignait de pourpre et de nacre les flots et la plaine; dans le demi-jour, on voyait les petits sapins mélancoliques se tordre sur les pierres, et de longues volées de corbeaux rasaient de leurs ailes noires les maigres champs de sarrasin.

Un quart d'heure encore et le jour serait plein; les oiseaux, réveillés, l'annonçaient joyeusement par leurs chants à toute la nature.

Les aboiements qu'on avait entendus, et qui avaient arrêté les trois pêcheurs prêts à remuer la barque, et fait sortir Aramis et Porthos, se prolongeaient dans une gorge profonde, à une lieue environ de la grotte.

— C'est une meute, dit Porthos; les chiens sont lancés sur une piste.

— Qu'est cela? qui chasse en un pareil moment? pensa Aramis.

— Et par ici, surtout, continua Porthos, par ici où l'on craint l'arrivée des royaux!

— Le bruit se rapproche. Oui, vous avez raison Porthos, les chiens sont sur une trace.

— Eh! mais! s'écria tout à coup Aramis, Yves, Yves, venez donc!

Yves accourut, laissant là le cylindre qu'il tenait encore et qu'il allait placer sous la barque quand cette exclamation de l'évêque interrompit sa besogne.

— Qu'est-ce que cette chasse, patron? dit Porthos.

— Eh! monseigneur, répliqua le Breton, je n'y comprends rien. Ce n'est pas en un pareil moment que le seigneur de Locmaria chasserait. Non; et, pourtant, les chiens...

— À moins qu'ils ne se soient échappés du chenil.

— Non, dit Goennec, ce ne sont pas là les chiens du seigneur de Locmaria.

— Par prudence, reprit Aramis, rentrons dans la grotte; évidemment les voix approchent, et, tout à l'heure, nous saurons à quoi nous en tenir.

Ils rentrèrent; mais ils n'avaient pas fait cent pas dans l'ombre qu'un bruit, semblable au rauque soupir d'une créature effrayée, retentit dans la caverne; et, haletant, rapide, effrayé, un renard passa comme un éclair devant les fugitifs, sauta par-dessus la barque et disparut laissant après lui son fumet âcre, conservé quelques secondes sous les voûtes basses du souterrain.

— Le renard! crièrent les Bretons avec la joyeuse surprise du chasseur.

— Maudits soyons-nous! cria l'évêque, notre retraite est découverte.

— Comment cela? dit Porthos; avons-nous peur d'un renard?

— Eh! mon ami, que dites-vous donc, et que vous inquiétez-vous du renard? Ce n'est pas de lui qu'il s'agit, pardieu! Mais ne savez-vous pas, Porthos, qu'après le renard viennent les chiens, et qu'après les chiens viennent les hommes?

Porthos baissa la tête.

On entendit, comme pour confirmer les paroles d'Aramis, la meute grondeuse arriver avec une effrayante vitesse sur la piste de l'animal.

Six chiens courants débouchèrent au même instant dans la petite lande, avec un bruit de voix qui ressemblait à la fanfare d'un triomphe.

— Voilà bien les chiens, dit Aramis, posté à l'affût derrière une lucarne pratiquée entre deux rochers; quels sont les chasseurs, maintenant?

— Si c'est le seigneur de Locmaria, répondit le patron, il laissera les chiens fouiller la grotte; car il les connaît, et il n'y pénétrera pas lui-même, assuré qu'il sera que le renard sortira de l'autre côté; c'est là qu'il ira l'attendre.

— Ce n'est pas le seigneur de Locmaria qui chasse, répondit l'évêque en pâlissant malgré lui.

— Qui donc, alors? dit Porthos.

— Regardez.

Porthos appliqua son oeil à la lucarne et vit, au sommet du monticule, une douzaine de cavaliers qui poussaient leurs chevaux sur la trace des chiens, en criant: «Taïaut!»

— Les gardes! dit-il.

— Oui, mon ami, les gardes du roi.

— Les gardes du roi, dites-vous, monseigneur? s'écrièrent les Bretons en pâlissant à leur tour.

— Et Biscarrat à leur tête, monté sur mon cheval gris, continua Aramis.

Les chiens, au même moment, se précipitèrent dans la grotte comme une avalanche, et les profondeurs de la caverne s'emplirent de leurs cris assourdissants.

— Ah! diable! fit Aramis reprenant tout son sang-froid à la vue de ce danger, certain, inévitable. Je sais bien que nous sommes perdus; mais, au moins, il nous reste une chance: si les gardes qui vont suivre leurs chiens, viennent à s'apercevoir qu'il y a une issue aux grottes, plus d'espoir; car, en entrant ici, ils découvriront la barque et nous-mêmes. Il ne faut pas que les chiens sortent du souterrain. Il ne faut pas que les maîtres y entrent.

— C'est juste, dit Porthos.

— Vous comprenez, ajouta l'évêque avec la rapide précision du commandement: il y a là six chiens, qui seront forcés de s'arrêter à la grosse pierre sous laquelle le renard s'est glissé, mais à l'ouverture trop étroite de laquelle ils seront, eux, arrêtés et tués.

Les Bretons s'élancèrent, le couteau à la main.

Quelques minutes après, un lamentable concert de gémissements, de hurlements mortels; puis, plus rien.

— Bien, dit Aramis froidement. Aux maîtres, maintenant!
— Que faire? dit Porthos.
— Attendre l'arrivée, se cacher et tuer.
— Tuer? répéta Porthos.
— Ils sont seize, dit Aramis, du moins pour le moment.
— Et bien armés, ajouta Porthos avec un sourire de consolation.
— Cela durera dix minutes, dit Aramis. Allons!

Et, d'un air résolu, il prit un mousquet et mit son couteau de chasse entre ses dents.

— Yves, Goennec et son fils, continua Aramis, vont nous passer les mousquets. Vous Porthos, vous ferez feu à bout portant. Nous en aurons abattu huit avant que les autres s'en doutent, c'est certain; puis tous, nous sommes cinq, nous dépêcherons les huit derniers le couteau à la main.

— Et ce pauvre Biscarrat? dit Porthos.

Aramis réfléchit un moment.

— Biscarrat le premier, répliqua-t-il froidement. Il nous connaît.

CHAPITRE XLVIII. La grotte

Malgré l'espèce de divination qui était le côté remarquable du caractère d'Aramis, l'événement, subissant les chances des choses soumises au hasard, ne s'accomplit pas tout à fait comme l'avait prévu l'évêque de Vannes.

Biscarrat, mieux monté que ses compagnons, arriva le premier à l'ouverture de la grotte, et comprit que, renard et chiens, tout s'était engouffré là. Seulement, frappé de cette terreur superstitieuse qu'imprime naturellement à l'esprit de l'homme toute voie souterraine et sombre, il s'arrêta à l'extérieur de la grotte, et attendit que ses compagnons fussent réunis autour de lui.

— Eh bien? lui demandèrent les jeunes gens tout essoufflés, et ne comprenant rien à son inaction.

— Eh bien! on n'entend plus les chiens; il faut que renard et meute soient engloutis dans ce souterrain.

— Ils ont trop bien mené, dit un des gardes, pour avoir perdu tout à coup la voie. D'ailleurs, on les entendrait rabâcher d'un côté ou de l'autre. Il faut, comme le dit Biscarrat, qu'ils soient dans cette grotte.

— Mais alors, dit un des jeunes gens, pourquoi ne donnent-ils plus de voix?

— C'est étrange, dit un autre.

— Eh bien! mais, fit un quatrième, entrons dans cette grotte. Est-ce qu'il est défendu d'y entrer, par hasard?

— Non, répliqua Biscarrat. Seulement, il y fait noir comme dans un four, et l'on peut s'y rompre le cou.

— Témoins nos chiens, dit un garde, qui se le sont rompu, à ce qu'il paraît.

— Que diable sont-ils devenus? se demandèrent en chœur les jeunes gens.

Et chaque maître appela son chien par son nom, le siffla de sa fanfare favorite, sans qu'un seul répondît, ni à l'appel, ni au sifflet.

— C'est peut-être une grotte enchantée, dit Biscarrat. Voyons.

Et mettant pied à terre, il fit un pas dans la grotte.

— Attends, attends, je t'accompagne, dit un des gardes voyant Biscarrat prêt à disparaître dans la pénombre.

— Non, répondit Biscarrat, il faut qu'il y ait quelque chose d'extraordinaire; ne nous risquons donc pas tous à la fois. Si, dans dix minutes, vous n'avez point de mes nouvelles, vous entrerez, mais tous ensemble, alors.

— Soit, dirent les jeunes gens, qui ne voyaient point, d'ailleurs, pour Biscarrat grand danger à tenter l'entreprise; nous l'attendons.

Et, sans descendre de cheval, ils firent un cercle autour de la grotte.

Biscarrat entra donc seul, et avança dans les ténèbres jusque sous le mousquet de Porthos.

Cette résistance que rencontrait sa poitrine l'étonna; il allongea la main et saisit le canon glacé.

Au même instant, Yves levait sur le jeune homme un couteau, qui allait retomber sur lui de toute la force d'un bras breton, lorsque le poignet de fer de Porthos l'arrêta à moitié chemin.

Puis, comme un grondement sourd, cette voix se fit entendre dans l'obscurité:

— Je ne veux pas qu'on le tue, moi.

Biscarrat se trouvait pris entre une protection et une menace, presque aussi terribles l'une que l'autre.

Si brave que fût le jeune homme, il laissa échapper un cri, qu'Aramis comprima aussitôt, en lui menant un mouchoir sur la bouche.

— Monsieur de Biscarrat, lui dit-il à voix basse, nous ne vous voulons pas de mal, et vous devez le savoir si vous nous avez reconnus; mais, au premier mot, au premier soupir, au premier souffle, nous serons forcés de vous tuer comme nous avons tué vos chiens.

— Oui, je vous reconnais, messieurs, dit tout bas le jeune homme. Mais pourquoi êtes-vous ici? qu'y faites-vous? Malheureux! malheureux! je vous croyais dans le fort.

— Et vous, monsieur, vous deviez nous obtenir des conditions, ce me semble?

— J'ai fait ce que j'ai pu, messieurs; mais...

— Mais?...

— Mais il y a des ordres formels.

— De nous tuer?

Biscarrat ne répondit rien. Il lui en coûtait de parler de corde à des gentilshommes.

Aramis comprit le silence de son prisonnier.

Monsieur Biscarrat, dit-il, vous seriez déjà mort si nous n'avions eu égard à votre jeunesse et à notre ancienne liaison avec votre père; mais vous pouvez encore échapper d'ici en nous jurant que vous ne parlerez pas à vos compagnons de ce que vous avez vu.

— Non seulement je jure que je n'en parlerai point, dit Biscarrat, mais je jure encore que je ferai tout au monde pour empêcher mes compagnons de mettre le pied dans cette grotte.

— Biscarrat! Biscarrat! crièrent du dehors plusieurs voix qui vinrent s'engouffrer comme un tourbillon dans le souterrain.

— Répondez, dit Aramis.

— Me voici! cria Biscarrat.

— Allez, nous nous reposons sur votre loyauté.

Et il lâcha le jeune homme.

Biscarrat remonta vers la lumière.

— Biscarrat! Biscarrat! crièrent les voix plus rapprochées.

Et l'on vit se projeter à l'intérieur de la grotte les ombres de plusieurs formes humaines.

Biscarrat s'élança au-devant de ses amis pour les arrêter, et les rejoignit comme ils commençaient à s'aventurer dans le souterrain.

Aramis et Porthos prêtèrent l'oreille avec l'attention de gens qui jouent leur vie sur un souffle de l'air.

Biscarrat avait regagné l'entrée de la grotte, suivi de ses amis.

— Oh! oh! dit l'un d'eux en arrivant au jour, comme tu es pâle!

— Pâle! s'écria un autre; tu veux dire livide?

— Moi? fit le jeune homme essayant de rappeler toute sa puissance sur lui même.

— Mais, au nom du Ciel, que t'est-il donc arrivé? demandèrent toutes les voix.

— Tu n'as pas une goutte de sang dans les veines, mon pauvre ami, fit un autre en riant.

— Messieurs, c'est sérieux, dit un autre; il va se trouver mal; avez-vous des sels?

Et tous éclatèrent de rire. Toutes ces interpellations, toutes ces railleries se croisaient autour de Biscarrat, comme se croisent au milieu du feu les balles dans une mêlée.

Il reprit ses forces sous ce déluge d'interrogations.

— Que voulez-vous que j'aie vu? demanda-t-il. J'avais très chaud quand je suis entré dans cette grotte, j'y ai été saisi par le froid; voilà tout.

— Mais les chiens, les chiens, les as-tu revus? en as-tu entendu parler? en as-tu eu des nouvelles?

— Il faut croire qu'ils ont pris une autre voie, dit Biscarrat.

— Messieurs, dit un des jeunes gens, il y a, dans ce qui se passe, dans la pâleur et dans le silence de notre ami, un mystère que Biscarrat ne veut pas, ou ne peut sans doute pas révéler. Seulement, et c'est chose sûre, Biscarrat a vu quelque chose dans la grotte. Eh bien! moi, je suis curieux de voir ce qu'il a vu, fût-ce le diable. À la grotte, messieurs! à la grotte!

— À la grotte! répétèrent toutes les voix.

Et l'écho du souterrain alla porter comme une menace à Porthos et à Aramis ces mots: «À la grotte! à la grotte!»

Biscarrat se jeta au-devant de ses compagnons.

— Messieurs! messieurs! s'écria-t-il, au nom du Ciel n'entrez pas!

— Mais qu'y a-t-il donc de si effrayant dans ce souterrain? demandèrent plusieurs voix.

— Voyons, parle, Biscarrat.

— Décidément, c'est le diable qu'il a vu, répéta celui qui avait déjà avancé cette hypothèse.

— Eh bien! mais, s'il l'a vu, s'écria un autre, qu'il ne soit pas égoïste, et qu'il nous le laisse voir à notre tour.

— Messieurs! messieurs! de grâce! insista Biscarrat.
— Voyons, laisse-nous passer.
— Messieurs, je vous en supplie, n'entrez pas!
— Mais tu es bien entré, toi?

Alors, un des officiers qui, d'un âge plus mûr que les autres, était resté en arrière jusque-là et n'avait rien dit, s'avança:

— Messieurs, dit-il d'un ton calme qui contrastait avec l'animation des jeunes gens, il y a là-dedans quelqu'un ou quelque chose qui n'est pas le diable, mais qui, quel qu'il soit, a eu assez de pouvoir pour faire taire nos chiens. Il faut savoir quel est ce quelqu'un ou ce quelque chose.

Biscarrat tenta un dernier effort pour arrêter ses amis; mais ce fut un effort inutile. Vainement il se jeta au-devant des plus téméraires; vainement il se cramponna aux roches pour barrer le passage, la foule des jeunes gens fit irruption dans la caverne, sur les pas de l'officier qui avait parlé le dernier, mais qui, le premier, s'était élancé l'épée à la main pour affronter le danger inconnu.

Biscarrat, repoussé par ses amis, ne pouvant les accompagner, sous peine de passer aux yeux de Porthos et d'Aramis pour un traître et un parjure, alla, l'oreille tendue et les mains encore suppliantes, s'appuyer contre les parois rugueuses d'un rocher, qu'il jugeait devoir être exposé au feu des mousquetaires.

Quant aux gardes, ils pénétraient de plus en plus avec des cris qui s'affaiblissaient à mesure qu'ils s'enfonçaient dans le souterrain.

Tout à coup, une décharge de mousqueterie, grondant comme un tonnerre, éclata sous les voûtes.

Deux ou trois balles vinrent s'aplatir sur le rocher auquel s'appuyait Biscarrat.

Au même instant, des soupirs, des hurlements et des imprécations s'élevèrent, et cette petite troupe de gentilshommes reparut, quelques-uns pâles, quelques-uns sanglants, tous enveloppés d'un nuage de fumée que l'air extérieur semblait aspirer du fond de la caverne.

— Biscarrat! Biscarrat! criaient les fuyards, tu savais qu'il y avait une embuscade dans cette caverne, et tu ne nous as pas prévenus!

— Biscarrat! tu es cause que quatre de nous sont tués; malheur à toi, Biscarrat!

— Tu es cause que je suis blessé à mort, dit un des jeunes gens en recueillant son sang dans sa main, et en le jetant au visage de Biscarrat; que mon sang retombe sur toi!

Et il roula agonisant aux pieds du jeune homme.

— Mais, au moins, dis-nous qui est là! s'écrièrent plusieurs voix furieuses.

Biscarrat se tut.

— Dis-le ou meurs! s'écria le blessé en se relevant sur un genou, et en levant sur son compagnon un bras armé d'un fer inutile.

Biscarrat se précipita vers lui, ouvrant sa poitrine au coup; mais le blessé retomba pour ne plus se relever, en poussant un soupir, le dernier.

Biscarrat, les cheveux hérissés, les yeux hagards, la tête perdue, s'avança vers l'intérieur de la caverne, en disant:

— Vous avez raison, mort à moi qui ai laissé assassiner mes compagnons! je suis un lâche!

Et, jetant loin de lui son épée, car il voulait mourir sans se défendre, il se précipita, tête baissée, dans le souterrain.

Les autres jeunes gens l'imitèrent.

Onze, qui restaient de seize, plongèrent avec lui dans le gouffre.

Mais ils n'allèrent pas plus loin que les premiers: une seconde décharge en coucha cinq sur le sable glacé, et comme il était impossible de voir d'où partait cette foudre mortelle, les autres reculèrent avec une épouvante qui peut mieux se peindre que s'exprimer.

Mais, loin de fuir comme les autres, Biscarrat, demeuré sain et sauf, s'assit sur un quartier de roc et attendit.

Il ne restait plus que six gentilshommes.

— Sérieusement, dit un des survivants, est-ce le diable?

— Ma foi! c'est bien pis, dit un autre.

— Demandons à Biscarrat; il le sait, lui.

— Où est Biscarrat?

Les jeunes gens regardèrent autour d'eux, et virent que Biscarrat manquait à l'appel.

— Il est mort! dirent deux ou trois voix.

— Non pas, répondit un autre, je l'ai vu, moi, au milieu de la fumée, s'asseoir tranquillement sur un rocher; il est dans la caverne, il nous attend.

— Il faut qu'il connaisse ceux qui y sont.

— Et comment les connaîtrait-il?

— Il a été prisonnier des rebelles.

— C'est vrai. Eh bien! appelons-le, et sachons par lui à qui nous avons affaire.

Et toutes les voix crièrent:

— Biscarrat! Biscarrat!

Mais Biscarrat ne répondit point.

— Bon! dit l'officier qui avait montré tant de sang-froid dans cette affaire, nous n'avons plus besoin de lui, voilà des renforts qui nous arrivent.

En effet, une compagnie des gardes, laissée en arrière par leurs officiers, que l'ardeur de la chasse avait emportés, soixante- quinze à quatre-vingts hommes à peu près, arrivait en bel ordre, guidée par le capitaine et le premier lieutenant. Les cinq officiers coururent au-devant de leurs soldats et, dans un langage dont l'éloquence est facile à concevoir, ils expliquèrent l'aventure et demandèrent secours.

Le capitaine les interrompit.

— Où sont vos compagnons? demanda-t-il.

— Morts!

— Mais vous étiez seize!

— Dix sont morts, Biscarrat est dans la caverne, et nous voilà cinq.

— Biscarrat est donc prisonnier?

— Probablement.

— Non, car le voici; voyez.

En effet, Biscarrat apparaissait à l'ouverture de la grotte.

— Il nous fait signe de venir, dirent les officiers. Allons!

— Allons! répéta toute la troupe.

— Monsieur, dit le capitaine s'adressant à Biscarrat, on m'assure que vous savez quels sont les hommes qui sont dans cette grotte et qui font cette défense désespérée. Au nom du roi, je vous somme de déclarer ce que vous savez.

— Mon capitaine, dit Biscarrat, vous n'avez plus besoin de me sommer, ma parole m'a été rendue à l'instant même, et je viens au nom de ces hommes.

— Me dire qu'ils se rendent?

— Vous dire qu'ils sont décidés à se défendre jusqu'à la mort, si on ne leur accorde pas bonne composition.

— Combien sont-ils donc?

— Ils sont deux, dit Biscarrat.

— Ils sont deux, et veulent nous imposer des conditions?

— Ils sont deux, et nous ont déjà tué dix hommes, dit Biscarrat.

— Quels gens est-ce donc? des géants?

— Mieux que cela. Vous rappelez-vous l'histoire du bastion Saint-Gervais, mon capitaine?

— Oui, où quatre mousquetaires du roi ont tenu contre toute une armée?

— Eh bien! ces deux hommes étaient de ces mousquetaires.

— Vous les appelez?...

— À cette époque, on les appelait Porthos et Aramis. Aujourd'hui, on les appelle M. d'Herblay et M. du Vallon.

— Et quel intérêt ont-ils dans tout ceci?

— Ce sont eux qui tenaient Belle-Île pour M. Fouquet.

Un murmure courut parmi les soldats à ces deux mots. «Porthos et Aramis.»

— Les mousquetaires! les mousquetaires! répétaient-ils.

Et, chez tous ces braves jeunes gens, l'idée qu'ils allaient avoir à lutter contre deux des plus vieilles gloires de l'armée faisait courir un frisson, moitié d'enthousiasme, moitié de terreur.

C'est qu'en effet ces quatre noms, d'Artagnan, Athos, Porthos et Aramis, étaient vénérés par tout ce qui portait une épée, comme dans l'Antiquité étaient vénérés les noms d'Hercule, de Thésée, de Castor et de Pollux.

— Deux hommes! s'écria le capitaine, et ils nous ont tué dix officiers en deux décharges. C'est impossible, monsieur Biscarrat.

— Eh! mon capitaine, répondit celui-ci, je ne vous dis point qu'ils n'ont pas avec eux deux ou trois hommes comme les mousquetaires du bastion Saint-Gervais avaient avec eux trois ou quatre domestiques; mais croyez-moi, capitaine, j'ai vu ces gens-là, j'ai été pris par eux, je les connais; ils suffiraient à eux seuls pour détruire tout un corps d'armée.

— C'est ce que nous allons voir, dit le capitaine, et cela dans un moment. Attention, messieurs!

Sur cette réponse, personne ne bougea plus, et chacun s'apprêta à obéir.

Biscarrat seul risqua une dernière tentative.

— Monsieur, dit-il à voix basse, croyez-moi, passons notre chemin; ces deux hommes, ces deux lions que l'on va attaquer se défendront jusqu'à la mort. Ils nous ont déjà tué dix hommes; ils en tueront encore le double, et finiront par se tuer eux-mêmes plutôt que de se rendre. Que gagnerons-nous à les combattre?

— Nous y gagnerons, monsieur, la conscience de n'avoir pas fait reculer quatre-vingts gardes du roi devant deux rebelles. Si j'écoutais votre conseil, monsieur, je serais un homme déshonoré, et, en me déshonorant, je déshonorerais l'armée. En avant, vous autres!

Et il marcha le premier jusqu'à l'ouverture de la grotte.

Arrivé là, il fit halte.

Cette halte avait pour but de donner à Biscarrat et à ses compagnons le temps de lui dépeindre l'intérieur de la grotte. Puis, quand il crut avoir une connaissance suffisante des lieux, il divisa la compagnie en trois corps, qui devaient entrer successivement en faisant un feu nourri dans toutes les directions. Sans doute, à cette attaque, on perdrait cinq hommes encore, dix peut-être; mais certes, on finirait par prendre les rebelles, puisqu'il n'y avait pas d'issue, et que, à tout prendre, deux hommes n'en pouvaient pas tuer quatre-vingts.

— Mon capitaine, demanda Biscarrat, je demande à marcher à la tête du premier peloton.

— Soit! répondit le capitaine. Vous en avez tout l'honneur. C'est un cadeau que je vous fais.

— Merci! répondit le jeune homme avec toute la fermeté de sa race.

— Prenez votre épée, alors.

— J'irai ainsi que je suis, mon capitaine, dit Biscarrat; car je ne vais pas pour tuer, mais pour être tué.

Et, se plaçant à la tête du premier peloton, le front découvert et les bras croisés:

— Marchons, messieurs! dit-il.

CHAPITRE XLIX. Un chant d'Homère

Il est temps de passer dans l'autre camp et de décrire à la fois les combattants et le champ de bataille.

Aramis et Porthos s'étaient engagés dans la grotte de Locmaria pour y trouver le canot tout amarré, ainsi que les trois Bretons leurs aides, et ils espéraient d'abord faire passer la barque par la petite issue du souterrain, en dérobant de cette façon leurs travaux et leur fuite. L'arrivée du renard et des chiens les avait contraints de rester cachés.

La grotte s'étendait l'espace d'à peu près cent toises, jusqu'à un petit talus dominant une crique. Jadis temple des divinités païennes, alors que Belle-Île s'appelait encore Calonèse, cette grotte avait vu s'accomplir plus d'un sacrifice humain dans ses mystérieuses profondeurs.

On pénétrait dans le premier entonnoir de cette caverne par une pente douce, au-dessus de laquelle des roches entassées formaient une arcade basse; l'intérieur mal uni quant au sol, dangereux par les inégalités rocailleuses de la voûte, se subdivisait en plusieurs compartiments, qui se commandaient l'un l'autre et se dominaient moyennant quelques degrés raboteux, rompus, soudés de droite et de gauche dans d'énormes piliers naturels.

Au troisième compartiment, la voûte était si basse, le couloir si étroit, que la barque eût à peine passé en touchant les deux murs; néanmoins, dans un moment de désespoir, le bois s'assouplit, la pierre devient complaisante sous le souffle de la volonté humaine.

Telle était la pensée d'Aramis, lorsque, après avoir engagé le combat, il se décidait à la fuite, fuite assurément dangereuse, puisque tous les assaillants n'étaient pas morts, et que, en admettant la possibilité de mettre la barque en mer on se fût enfui au grand jour, devant les vaincus, si intéressés, en reconnaissant leur petit nombre, à faire poursuivre leurs vainqueurs.

Quand les deux décharges eurent tué dix hommes, Aramis, habitué aux détours du souterrain, les alla reconnaître un à un, les compta, car la fumée l'empêchait de voir au-dehors, et sur-le-champ il commanda que le canot fût roulé jusqu'à la grosse pierre, clôture de l'issue libératrice.

Porthos rassembla ses forces, prit le canot dans ses deux bras et le souleva, tandis que les Bretons faisaient courir les rouleaux avec rapidité.

On était descendu dans le troisième compartiment, on était arrivé à la pierre qui murait l'issue.

Porthos saisit cette pierre gigantesque à sa base, appuya dessus sa robuste épaule, et donna un coup qui fit craquer cette muraille. Une nuée de poussière tomba de la voûte avec les cendres de dix mille générations d'oiseaux de mer, dont les nids s'accrochaient comme un ciment à ce rocher.

Au troisième choc, la pierre céda, elle oscilla une minute. Porthos, s'adossant aux roches voisines, fit de son pied un arc-boutant qui chassa le bloc hors des entassements calcaires qui lui servaient de gonds et de scellements.

La pierre tombée, on aperçut le jour, radieux, qui se précipita dans ce souterrain par l'encadrement de la sortie, et la mer bleue apparut aux Bretons enchantés.

On commença dès lors à monter la barque sur cette barricade. Vingt toises encore et elle pouvait glisser dans l'océan.

C'est pendant ce temps que la compagnie arriva, fut rangée par le capitaine et disposée pour l'escalade ou pour l'assaut.

Aramis surveillait tout pour favoriser les travaux de ses amis.

Il vit ce renfort, il compta les hommes, il se convainquit avec un seul coup d'oeil de l'infranchissable péril où un nouveau combat les allait engager.

S'enfuir sur la mer au moment où le souterrain allait être envahi, impossible!

En effet, le jour, qui venait d'éclairer les deux derniers compartiments, eût montré aux soldats la barque roulant vers la mer, les deux rebelles à portée de mousquet et une de leurs décharges criblait le bateau, si elle ne tuait pas les cinq navigateurs.

En outre, en supposant tout, si la barque échappait avec les hommes qui la montaient, comment l'alarme ne serait-elle pas donnée? comment un avis ne serait-il pas envoyé aux chalands royaux? comment le pauvre canot, traqué sur mer et guetté sur terre, ne succomberait-il pas avant la fin du jour? Aramis, fouillant avec rage ses cheveux grisonnants, invoqua l'assistance de Dieu et l'assistance du démon.

Appelant Porthos, qui travaillait à lui seul plus que rouleaux et rouleurs:

— Ami, dit-il tout bas, il vient d'arriver un renfort à nos adversaires.

— Ah! fit tranquillement Porthos; que faire alors?

— Recommencer le combat, fit Aramis, c'est encore chanceux.

— Oui, dit Porthos, car il est difficile que, sur deux, on ne tue pas l'un de nous, et certainement, si l'un de nous était tué, l'autre se ferait tuer aussi.

Porthos dit ces mots avec ce naturel héroïque qui, chez lui, grandissait de toutes les forces de la matière.

Aramis sentit comme un coup d'éperon à son coeur.

— Nous ne serons tués ni l'un ni l'autre si vous faites ce que je vais vous dire, ami Porthos.

— Dites.

— Ces gens vont descendre dans la grotte.

— Oui.

— Nous en tuerons une quinzaine, mais pas davantage.

— Combien sont-ils en tout? demanda Porthos.

— Il leur est arrivé un renfort de soixante-quinze hommes.

— Soixante-quinze et cinq, quatre-vingts... Ah! ah! fit Porthos.

— S'ils font feu ensemble, ils nous cribleront de balles.

— Assurément.

— Sans compter, ajouta Aramis, que les détonations peuvent occasionner des éboulements dans la caverne.

— Tout à l'heure, en effet, dit Porthos, un éclat de roche m'a un peu déchiré l'épaule.

— Voyez-vous!

— Mais ce n'est rien.

— Prenons vite un parti. Nos Bretons vont continuer de rouler le canot vers la mer.

— Très bien.

— Nous deux, nous garderons ici la poudre, les balles et les mousquets.

— Mais à deux, mon cher Aramis, nous ne tirerons jamais trois coups de mousqueterie ensemble, dit naïvement Porthos; le moyen de la mousqueterie est mauvais.

— Trouvez-en donc un autre.

— Je l'ai trouvé! fit tout à coup le géant. Je vais me mettre en embuscade derrière le pilier avec cette barre de fer, et, invisible, inattaquable, lorsqu'ils seront entrés par flots, je laisse tomber ma barre sur les crânes trente fois par minute! Hein! qu'en dites-vous, du projet? vous sourit-il?

— Excellent, cher ami, parfait! j'approuve fort; seulement, vous les effraierez, et la moitié restera dehors pour nous prendre par la famine. Ce qu'il nous faut, mon bon ami, c'est la destruction entière de la troupe; un seul homme resté debout nous perd.

— Vous avez raison, mon ami; mais comment les attirer, je vous prie?

— En ne bougeant pas, mon bon Porthos.

— Ne bougeons pas; mais, quand il seront tous bien réunis?...

— Alors, laissez-moi faire, j'ai une idée.

— S'il en est ainsi, et que votre idée soit bonne... et elle doit être bonne, votre idée... je suis tranquille.

— En embuscade, Porthos, et comptez tous ceux qui entreront.

— Mais vous, que ferez-vous?

— Ne vous inquiétez pas de moi; j'ai ma besogne.

— J'entends des voix, ce me semble.

— Ce sont eux. À votre poste!... Tenez-vous à la portée de ma voix et de ma main.

Porthos se réfugia dans le second compartiment qui était absolument noir.

Aramis se glissa dans le troisième; le géant tenait en main une barre de fer du poids de cinquante livres. Porthos maniait avec une facilité merveilleuse ce levier qui avait servi à faire rouler la barque.

Pendant ce temps, les Bretons poussaient le canot jusqu'à la falaise.

Dans le compartiment éclairé, Aramis, baissé, caché, s'occupait à une manoeuvre mystérieuse.

On entendit un commandement proféré à voix haute. C'était le dernier ordre du capitaine commandant. Vingt-cinq hommes sautèrent des roches supérieures dans le premier compartiment de la grotte, et, ayant pris terre, ils se mirent à faire feu.

Les échos grondèrent, des sifflements sillonnèrent la voûte, une fumée opaque emplit l'espace.

— À gauche! à gauche! cria Biscarrat, qui, dans son premier assaut, avait vu le passage de la seconde chambre, et qui, animé par l'odeur de la poudre, voulait guider ses soldats de ce côté.

La troupe se précipita effectivement à gauche; le couloir allait se rétrécissant; Biscarrat, les mains étendues, dévoué à la mort, marchait en avant des mousquets.

— Venez! venez! cria-t-il, je vois du jour!

— Frappez, Porthos! cria la voix sépulcrale d'Aramis.

Porthos poussa un soupir, mais il obéit.

La barre de fer tomba d'aplomb sur la tête de Biscarrat, qui fut tué sans avoir achevé son cri. Puis le levier formidable se leva et s'abaissa dix fois en dix secondes et fit dix cadavres.

Les soldats ne voyaient rien; ils entendaient des cris, des soupirs; ils foulaient des corps, mais n'avaient pas encore compris, et montaient en trébuchant les uns sur les autres.

L'implacable barre, tombant toujours, anéantit le premier peloton sans qu'un seul bruit eût averti le deuxième, qui s'avançait tranquillement.

Seulement, ce second peloton, commandé par le capitaine, avait brisé un maigre sapin qui poussait sur la falaise, et de ses branches résineuses, tordues ensemble, le capitaine s'était fait un flambeau.

En arrivant à ce compartiment où Porthos, pareil à l'ange exterminateur, avait détruit tout ce qu'il avait touché, le premier rang recula d'épouvante. Nulle fusillade n'avait répondu à la fusillade des gardes, et cependant on heurtait un monceau de cadavres, on marchait littéralement dans le sang.

Porthos était toujours derrière son pilier.

Le capitaine, en éclairant, avec la lumière tremblante du sapin enflammé, cet effroyable carnage dont il cherchait vainement la cause, recula jusqu'au pilier derrière lequel était caché Porthos.

Alors une main gigantesque sortit de l'ombre, se colla à la gorge du capitaine, qui poussa un sourd râlement; ses bras s'étendirent battant l'air, la torche tomba et s'éteignit dans le sang.

Une seconde après, le corps du capitaine tombait près de la torche éteinte, et ajoutait un cadavre de plus au monceau de cadavres qui barrait le chemin.

Tout cela s'était fait mystérieusement comme une chose magique. Au râlement du capitaine, les hommes qui l'accompagnaient s'étaient retournés; ils avaient vu ses bras ouverts, ses yeux sortant de leur orbite; puis, la torche tombée, ils étaient restés dans l'obscurité.

Par un mouvement irréfléchi, instinctif, machinal, le lieutenant cria:

— Feu!

Aussitôt une volée de coups de mousquet crépita, tonna, hurla dans la caverne en arrachant d'énormes morceaux aux voûtes.

La caverne s'éclaira un instant à cette fusillade, puis rentra immédiatement dans une obscurité rendue plus profonde encore par la fumée.

Il se fit alors un grand silence, troublé seulement par les pas de la troisième brigade, qui entrait dans le souterrain.

CHAPITRE L. *La mort d'un titan*

Au moment où Porthos, plus habitué à l'obscurité que tous ces hommes venant du jour, regardait autour de lui pour voir si, dans cette nuit, Aramis ne lui ferait pas quelque signal, il se sentit doucement toucher le bras, et une voix faible comme un souffle murmura tout bas à son oreille:

— Venez.

— Oh! fit Porthos.

— Chut! dit Aramis encore plus bas.

Et, au milieu du bruit de la troisième brigade qui continuait d'avancer, au milieu des imprécations des gardes restés debout, des moribonds râlant leur dernier soupir, Aramis et Porthos glissèrent inaperçus le long des murailles granitiques de la caverne.

Aramis conduisit Porthos dans l'avant-dernier compartiment, et lui montra, dans un enfoncement de la muraille, un baril de poudre pesant soixante à quatre-vingts livres, auquel il venait d'attacher une mèche.

— Ami, dit-il à Porthos, vous allez prendre ce baril, dont je vais, moi allumer la mèche, et vous le jetterez au milieu de nos ennemis: le pouvez vous?

— Parbleu! répliqua Porthos.

Et il souleva le petit tonneau d'une seule main.

— Allumez.

— Attendez, dit Aramis, qu'ils soient bien tous massés, et puis, mon Jupiter, lancez votre foudre au milieu d'eux.

— Allumez, répéta Porthos.

— Moi, continua Aramis, je vais joindre nos Bretons et les aider à mettre le canot à la mer. Je vous attendrai au rivage; lancez ferme et accourez à nous.

— Allumez, dit une dernière fois Porthos.

— Vous avez compris? dit Aramis.

— Parbleu! dit encore Porthos, en riant d'un rire qu'il n'essayait pas même d'éteindre; quand on m'explique, je comprends; allez, et donnez-moi le feu.

Aramis donna l'amadou brûlant à Porthos, qui lui tendit son bras à serrer à défaut de la main.

Aramis serra de ses deux mains le bras de Porthos et se replia jusqu'à l'issue de la caverne, où les trois rameurs attendaient.

Porthos, demeuré seul, approcha bravement l'amadou de la mèche.

L'amadou, faible étincelle, principe premier d'un immense incendie, brilla dans l'obscurité comme une luciole volante, puis vint se souder à la mèche qu'il enflamma, et dont Porthos activa la flamme avec son souffle.

La fumée s'était un peu dissipée, et, à la lueur de cette mèche pétillante, on put, pendant une ou deux secondes, distinguer les objets.

Ce fut un court mais splendide spectacle, que celui de ce géant, pâle, sanglant et le visage éclairé par le feu de la mèche qui brûlait dans l'ombre.

Les soldats le virent. Ils virent ce baril qu'il tenait dans sa main. Ils comprirent ce qui allait se passer.

Alors, ces hommes, déjà pleins d'effroi à la vue de ce qui s'était accompli, pleins de terreur en songeant à ce qui allait s'accomplir, poussèrent tous à la fois, un hurlement d'agonie.

Les uns essayèrent de s'enfuir, mais ils rencontrèrent la troisième brigade qui leur barrait le chemin; les autres, machinalement, mirent en joue et firent feu avec leurs mousquets déchargés; d'autres enfin tombèrent à genoux.

Deux ou trois officiers crièrent à Porthos pour lui promettre la liberté s'il leur donnait la vie.

Le lieutenant de la troisième brigade criait de faire feu; mais les gardes avaient devant eux leurs compagnons effarés qui servaient de rempart vivant à Porthos.

Nous l'avons dit, cette lumière produite par le souffle de Porthos sur l'amadou et la mèche ne dura que deux secondes; mais, pendant ces deux secondes, voici ce qu'elle éclaira: d'abord le géant grandissant dans l'obscurité; puis, à dix pas de lui, un amas de corps sanglants, écrasés, broyés, au milieu desquels vivait encore un dernier frémissement d'agonie, qui soulevait la masse, comme une dernière respiration soulève les flancs d'un monstre informe expirant dans la nuit. Chaque souffle de Porthos, en ravivant la mèche, envoyait sur cet amas de cadavres un ton sulfureux, coupé de larges tranches de pourpre.

Outre ce groupe principal, semé dans la grotte, selon que le hasard de la mort ou la surprise du coup les avait étendus, quelques cadavres isolés semblaient menacer par leurs blessures béantes.

Au-dessus de ce sol pétri d'une fange de sang, montaient, mornes et scintillants, les piliers trapus de la caverne, dont les nuances, chaudement accentuées, poussaient en avant les parties lumineuses.

Et tout cela était vu au feu tremblotant d'une mèche correspondant à un baril de poudre, c'est-à-dire à une torche, qui, en éclairant la mort passée, montrait la mort à venir.

Comme je l'ai dit, ce spectacle ne dura qu'une ou deux secondes. Pendant ce court espace de temps, un officier de la troisième brigade réunit huit gardes armés de mousquets, et, par une trouée, leur ordonna de faire feu sur Porthos.

Mais ceux qui recevaient l'ordre de tirer tremblaient tellement qu'à cette décharge trois hommes tombèrent, et que les cinq autres balles allèrent en sifflant rayer la voûte, sillonner la terre ou creuser les parois de la caverne.

Un éclat de rire répondit à ce tonnerre; puis le bras du géant se balança, puis on vit passer dans l'air, pareille à une étoile filante, la traînée de feu.

Le baril, lancé à trente pas, franchit la barricade de cadavres, et alla tomber dans un groupe hurlant de soldats qui se jetèrent à plat ventre.

L'officier avait suivi en l'air la brillante traînée; il voulut se précipiter sur le baril pour en arracher la mèche avant qu'elle n'atteignit la poudre qu'il recélait.

Dévouement inutile: l'air avait activé la flamme attachée au conducteur; la mèche, qui, en repos, eût brûlé cinq minutes, se trouva dévorée en trente secondes, et l'oeuvre infernale éclata.

Tourbillons furieux, sifflements du soufre et du nitre, ravages dévorants du feu qui creuse, tonnerre épouvantable de l'explosion, voilà ce que cette seconde, qui suivit les deux secondes que nous avons décrites, vit éclore dans cette caverne, égale en horreurs à une caverne de démons.

Les rochers se fendaient comme des planches de sapin sous la cognée. Un jet de feu, de fumée, de débris, s'élança du milieu de la grotte, s'élargissant à mesure qu'il montait. Les grands murs de silex s'inclinèrent pour se coucher dans le sable, et le sable lui-même, instrument de douleur lancé hors de ses couches durcies, alla cribler les visages avec ses myriades d'atomes blessants.

Les cris, les hurlements, les imprécations et les existences, tout s'éteignit dans un immense fracas; les trois premiers compartiments devinrent un gouffre dans lequel retomba un à un, suivant sa pesanteur, chaque débris végétal, minéral ou humain.

Puis le sable et la cendre, plus légers, tombèrent à leur tour, s'étendant comme un linceul grisâtre et fumant sur ces lugubres funérailles.

Et maintenant, cherchez dans ce brûlant tombeau, dans ce volcan souterrain, cherchez les gardes du roi aux habits bleus galonnés d'argent.

Cherchez les officiers brillants d'or, cherchez les armes sur lesquelles ils avaient compté pour se défendre, cherchez les pierres qui les ont tués; cherchez le sol qui les portait.

Un seul homme a fait de tout cela un chaos plus confus, plus informe, plus terrible que le chaos qui existait une heure avant que Dieu eût eu l'idée de créer le monde.

Il ne resta rien des trois premiers compartiments, rien que Dieu lui-même pût reconnaître pour son ouvrage.

Quant à Porthos, après avoir lancé le baril de poudre au milieu des ennemis, il avait fui, selon le conseil d'Aramis, et gagné le dernier compartiment, dans lequel pénétraient, par l'ouverture, l'air, le jour et le soleil.

Aussi, à peine eut-il tourné l'angle qui séparait le troisième compartiment du quatrième, qu'il aperçut à cent pas de lui la barque balancée par les flots; là étaient ses amis; là était la liberté; là était la vie après la victoire.

Encore six de ses formidables enjambées, et il était hors de la voûte; hors de la voûte, deux ou trois vigoureux élans, et il touchait au canot.

Soudain, il sentit ses genoux fléchir: ses genoux semblaient vides, ses jambes mollissaient sous lui.

— Oh! oh! murmura-t-il étonné, voilà que ma fatigue me reprend; voilà que je ne peux plus marcher. Qu'est-ce à dire?

À travers l'ouverture, Aramis l'apercevait et ne comprenait pas pourquoi il s'arrêtait ainsi.

— Venez, Porthos! criait Aramis, venez! venez vite!

— Oh! répondit le géant en faisant un effort qui tendit inutilement tous les muscles de son corps, je ne puis.

En disant ces mots, il tomba sur ses genoux; mais, de ses mains robustes, il se cramponna aux roches et se releva.

— Vite! vite! répéta Aramis en se courbant vers le rivage, comme pour attirer Porthos avec ses bras.

— Me voici, balbutia Porthos en réunissant toutes ses forces pour faire un pas de plus.

— Au nom du Ciel! Porthos, arrivez! arrivez! le baril va sauter!

— Arrivez, monseigneur, crièrent les Bretons à Porthos, qui se débattait comme dans un rêve.

Mais il n'était plus temps: l'explosion retentit, la terre se crevassa, la fumée, qui s'élança par les larges fissures, obscurcit le ciel, la mer reflua comme chassée par le souffle du feu qui jaillit de la grotte comme de la gueule d'une gigantesque chimère; le reflux emporta la barque à vingt toises, toutes les roches craquèrent à leur base, et se séparèrent comme des quartiers sous l'effort des coins; on vit s'élancer une portion de la voûte enlevée au ciel comme par des fils rapides; le feu rose et vert du soufre, la noire lave des liquéfactions argileuses, se heurtèrent et se combattirent un instant sous un dôme majestueux de fumée; puis on vit osciller d'abord, puis se pencher, puis tomber successivement les longues arêtes de rocher que la violence de l'explosion n'avait pu déraciner de leurs socles séculaires; ils se saluaient les uns les autres comme des vieillards graves et lents, puis se prosternaient couchés à jamais dans leur poudreuse tombe.

Cet effroyable choc parut rendre à Porthos les forces qu'il avait perdues; il se releva, géant lui-même entre ces géants. Mais, au moment où il fuyait entre la double haie de fantômes granitiques, ces derniers, qui n'étaient plus soutenus par les chaînons correspondants, commencèrent à rouler avec fracas autour de ce Titan qui semblait précipité du ciel au milieu des rochers qu'il venait de lancer contre lui.

Porthos sentit trembler sous ses pieds le sol ébranlé par ce long déchirement. Il étendit à droite et à gauche ses vastes mains pour repousser les rochers croulants. Un bloc gigantesque vint s'appuyer à chacune de ses paumes étendues; il courba la tête, et une troisième masse granitique vint s'appesantir entre ses deux épaules.

Un instant, les bras de Porthos avaient plié; mais l'hercule réunit toutes ses forces, et l'on vit les deux parois de cette prison dans laquelle il était enseveli s'écarter lentement et lui faire place. Un instant, il apparut dans cet encadrement de granit comme l'ange antique du chaos; mais, en écartant les roches latérales, il ôta son point d'appui au monolithe qui pesait sur ses fortes épaules, et le monolithe, s'appuyant de tout son poids précipita le géant sur ses genoux. Les roches latérales, un instant écartées, se rapprochèrent et vinrent ajouter leur poids au poids primitif, qui eût suffi pour écraser dix hommes.

Le géant tomba sans crier à l'aide; il tomba en répondant à Aramis par des mots d'encouragement et d'espoir, car un instant, grâce au puissant arc-boutant de ses mains, il put croire que, comme Encelade, il secouerait ce triple poids. Mais, peu à peu, Aramis vit le bloc s'affaisser; les mains crispées un instant, les bras roidis par un dernier effort, plièrent, les épaules tendues s'affaissèrent déchirées, et la roche continua de s'abaisser graduellement.

— Porthos! Porthos! criait Aramis en s'arrachant les cheveux, Porthos, où es-tu? Parle!

— Là! là! murmurait Porthos d'une voix qui s'éteignait; patience! patience!

À peine acheva-t-il ce dernier mot l'impulsion de la chute augmenta la pesanteur; l'énorme roche s'abattit, pressée par les deux autres qui s'abattirent sur elle et engloutit Porthos dans un sépulcre de pierres brisées.

En entendant la voix expirante de son ami, Aramis avait sauté à terre. Deux des Bretons le suivirent un levier à la main, un seul suffisant pour garder la barque. Les derniers râles du vaillant lutteur les guidèrent dans les décombres.

Aramis, étincelant, superbe, jeune comme à vingt ans, s'élança vers la triple masse, et de ses mains délicates, comme des mains de femme, leva par un miracle de vigueur un coin de l'immense sépulcre de granit. Alors, il entrevit dans les ténèbres de cette fosse l'oeil brillant de son ami, à qui la masse soulevée un instant venait de rendre la respiration. Aussitôt les deux hommes se précipitèrent, se cramponnèrent au levier de fer, réunissant leur triple effort, non pas pour le soulever, mais pour le maintenir. Tout fut inutile: les trois hommes plièrent lentement avec des cris de douleur, et la rude voix de Porthos, les voyant s'épuiser dans une lutte inutile, murmura d'un ton railleur ces mots suprêmes venus jusqu'aux lèvres avec la suprême respiration:
— Trop lourd!
Après quoi, l'oeil s'obscurcit et se ferma, le visage devint pâle, la main blanchit, et le Titan se coucha, poussant un dernier soupir.
Avec lui s'affaissa la roche, que, même dans son agonie, il avait soutenue encore!
Les trois hommes laissèrent échapper le levier qui roula sur la pierre tumulaire.
Puis, haletant, pâle, la sueur au front, Aramis écouta, la poitrine serrée, le coeur à se rompre.
Plus rien! Le géant dormait de l'éternel sommeil, dans le sépulcre que Dieu lui avait fait à sa taille.

CHAPITRE LI. *L'épitaphe de Porthos*

Aramis, silencieux, glacé, tremblant comme un enfant craintif se releva en frissonnant de dessus cette pierre.
Un chrétien ne marche pas sur des tombes.
Mais, capable de se tenir debout, il était incapable de marcher. On eût dit que quelque chose de Porthos mort venait de mourir en lui.
Ses Bretons l'entourèrent; Aramis se laissa aller à leurs étreintes, et les trois marins, le soulevant, l'emportèrent dans le canot.

Puis, l'ayant déposé sur le banc, près du gouvernail ils forcèrent de rames, préférant s'éloigner en nageant à hisser la voile, qui pouvait les dénoncer.

Sur toute cette surface rasée de l'ancienne grotte de Locmaria, sur cette plage aplatie, un seul monticule attirait le regard. Aramis n'en put détacher ses yeux, et, de loin, en mer, à mesure qu'il gagnait le large, la roche menaçante et fière lui semblait se dresser, comme naguère se dressait Porthos, et lever au ciel une tête souriante et invincible comme celle de l'honnête et vaillant ami, le plus fort des quatre et cependant le premier mort.

Étrange destinée de ces hommes d'airain! Le plus simple du coeur, allié au plus astucieux; la force du corps guidée par la subtilité de l'esprit; et, dans le moment décisif, lorsque la vigueur seule pouvait sauver esprit et corps, une pierre, un rocher, un poids vil et matériel, triomphait de la vigueur, et, s'écroulant sur le corps, en chassait l'esprit.

Digne Porthos! né pour aider les autres hommes, toujours prêt à se sacrifier au salut des faibles, comme si Dieu ne lui eût donné la force que pour cet usage; en mourant, il avait cru seulement remplir les conditions de son pacte avec Aramis, pacte qu'Aramis cependant avait rédigé seul, et que Porthos n'avait connu que pour en réclamer la terrible solidarité.

Noble Porthos! À quoi bon les châteaux regorgeant de meubles, les forêts regorgeant de gibier, les lacs regorgeant de poissons, et les caves regorgeant de richesses? à quoi bon les laquais aux brillantes livrées, et, au milieu d'eux, Mousqueton, fier du pouvoir délégué par toi? Ô noble Porthos! soucieux entasseur de trésors, fallait-il tant travailler à adoucir et dorer ta vie pour venir, sur une plage déserte, aux cris des oiseaux de l'océan, t'étendre, les os écrasés sous une froide pierre! fallait-il, enfin, noble Porthos, amasser tant d'or pour n'avoir pas même le distique d'un pauvre poète sur ton monument!

Vaillant Porthos! Il dort sans doute encore, oublié, perdu, sous la roche que les pâtres de la lande prennent pour la toiture gigantesque d'un dolmen.

Et tant de bruyères frileuses, tant de mousse, caressées par le vent amer de l'océan, tant de lichens vivaces ont soudé le sépulcre à la terre, que jamais le passant ne saurait imaginer qu'un pareil bloc de granit ait pu être soulevé par l'épaule d'un mortel.

Aramis, toujours pâle, toujours glacé, le coeur aux lèvres, Aramis regarda, jusqu'au dernier rayon du jour, la plage s'effaçant à l'horizon.

Pas un mot ne s'exhala de sa bouche, pas un soupir ne souleva sa poitrine profonde.

Les Bretons, superstitieux, le regardaient en tremblant. Ce silence n'était pas d'un homme, mais d'une statue.

Cependant, aux premières lignes grises qui descendirent du ciel, le canot avait hissé sa petite voile, qui, s'arrondissant au baiser de la brise et s'éloignant rapidement de la côte, s'élança bravement, le cap sur l'Espagne, à travers ce terrible golfe de Gascogne si fécond en tempêtes.

Mais, une demi-heure à peine après que la voile eut été hissée, les rameurs, devenus inactifs, se courbèrent sur leurs bancs, et, se faisant un garde-vue de leur main, se montrèrent les uns aux autres, un point blanc qui apparaissait à l'horizon, aussi immobile que l'est en apparence une mouette bercée par l'insensible respiration des flots.

Mais ce qui eût semblé immobile à des yeux ordinaires marchait d'un pas rapide pour l'oeil exercé du marin; ce qui semblait stationnaire sur la vague rasait les flots.

Pendant quelque temps, voyant la profonde torpeur dans laquelle était plongé le maître, ils n'osèrent le réveiller, et se contentèrent d'échanger leurs conjectures d'une voix basse et inquiète. Aramis, en effet, si vigilant si actif, Aramis, dont l'oeil, comme celui du lynx, veillait sans cesse et voyait mieux la nuit que le jour, Aramis s'endormait dans le désespoir de son âme.

Une heure se passa ainsi, pendant laquelle le jour baissa graduellement, mais pendant laquelle aussi le navire en vue gagna tellement sur la barque, que Goennec, un des trois marins, se hasarda de dire assez haut:

— Monseigneur, on nous chasse!

Aramis ne répondit rien, le navire gagnait toujours.

Alors, d'eux-mêmes, les deux marins, sur l'ordre du patron Yves, abattirent la voile, afin que ce seul point, qui apparaissait sur la surface des flots, cessât de guider l'oeil ennemi qui les poursuivait.

De la part du navire en vue, au contraire, la poursuite s'accéléra de deux nouvelles petites voiles que l'on vit monter à l'extrémité des mâts.

Malheureusement, on était aux plus beaux et aux plus longs jours de l'année, et la lune, dans toute sa clarté succédait à ce jour néfaste. La balancelle qui poursuivait la petite barque, vent arrière, avait donc une demi-heure encore de crépuscule, et toute une nuit de demi-clarté.

— Monseigneur! monseigneur! nous sommes perdus! dit le patron; regardez, ils nous voient quoique nous ayons cargué nos voiles.

— Ce n'est pas étonnant, murmura un des matelots, puisqu'on dit que avec l'aide du diable, les gens des villes ont fabriqué des instruments avec lesquels ils voient aussi bien de loin que de près, la nuit que le jour.

Aramis prit au fond de la barque une lunette d'approche, la mit silencieusement au point, et, la passant au matelot:

— Tenez, dit-il, regardez!

Le matelot hésita.

— Tranquillisez-vous, dit l'évêque, il n'y a point péché et, s'il y a péché, je le prends sur moi.

Le matelot porta la lunette à son oeil, et jeta un cri.

Il avait cru que, par un miracle, le navire, qui lui apparaissait à une portée de canon à peine, avait subitement et d'un seul bond franchi la distance.

Mais en retirant l'instrument de son oeil, il vit que, sauf le chemin que la balancelle avait pu faire pendant ce court instant, il était encore à la même distance.

— Ainsi, murmura le matelot, ils nous voient comme nous les voyons?

— Ils nous voient, dit Aramis.

Et il retomba dans son impassibilité.

— Comment! ils nous voient? fit le patron Yves. Impossible!

— Tenez, patron, regardez, dit le matelot.

Et il lui passa la lunette d'approche.

— Monseigneur m'assure, demanda le patron, que le diable n'a rien à faire dans tout ceci?

Aramis haussa les épaules.

Le patron porta la lunette à son oeil.

— Oh! monseigneur, dit-il, il y a miracle: ils sont là; il me semble que je vais les toucher. Vingt-cinq hommes au moins! Ah! je vois le capitaine à l'avant. Il tient une lunette comme celle-ci, et nous regarde... Ah! il se retourne, il donne un ordre; ils roulent une pièce de canon à l'avant; ils la chargent, ils la pointent... Miséricorde! ils tirent sur nous!

Et, par un mouvement machinal, le patron écarta sa lunette et les objets, repoussés à l'horizon, lui apparurent sous leur véritable aspect.

Le bâtiment était encore à la distance d'une lieue à peu près; mais la manoeuvre annoncée par le patron n'en était pas moins réelle.

Un léger nuage de fumée apparut au-dessous des voiles, plus bleu qu'elles et s'épanouissant comme une fleur qui s'ouvre; puis, à un mille à peu près du petit canot, on vit le boulet découronner deux ou trois vagues, creuser un sillon blanc dans la mer, et disparaître au bout de ce sillon, aussi inoffensif encore que la pierre avec laquelle, en jouant, un écolier fait des ricochets.

— Que faire? demanda le patron.

— Ils vont nous couler, dit Goennec; donnez-nous l'absolution, monseigneur.

Et les marins s'agenouillèrent devant l'évêque.

— Vous oubliez qu'ils vous voient, dit celui-ci.

— C'est vrai, dirent les marins honteux de leur faiblesse. Ordonnez, monseigneur, nous sommes prêts à mourir pour vous.

— Attendons, dit Aramis.

— Comment, attendons?

— Oui; ne voyez-vous pas, comme vous le disiez tout à l'heure, que, si nous essayons de fuir, ils vont nous couler?

— Mais peut-être, hasarda le patron, peut-être qu'à la faveur de la nuit nous pourrons leur échapper?

— Oh! dit Aramis, ils ont bien quelque feu grégeois pour éclairer leur route et la nôtre.

Et, en même temps, comme si le petit bâtiment eût voulu répondre à l'appel d'Aramis, un second nuage de fumée monta lentement au ciel, et du sein de ce nuage jaillit une flèche enflammée qui décrivit sa parabole pareille à un arc-en-ciel, et vint tomber dans la mer, où elle continua de brûler, éclairant l'espace à un quart de lieue de diamètre.

Les Bretons se regardèrent épouvantés.

— Vous voyez bien, dit Aramis, que mieux vaut les attendre.

Les rames échappèrent aux mains des matelots, et la petite barque, cessant d'avancer, se berça immobile à l'extrémité des vagues.

La nuit venait, mais le bâtiment avançait toujours.

On eût dit qu'il redoublait de vitesse avec l'obscurité. De temps en temps, comme un vautour au cou sanglant dresse la tête hors de son nid, le formidable feu grégeois s'élançait de ses flancs et jetait au milieu de l'océan sa flamme comme une neige incandescente.

Enfin, il arriva à la portée du mousquet.

Tous les hommes étaient sur le pont, l'arme au bras, les canonniers à leurs pièces; les mèches brûlaient.

On eût dit qu'il s'agissait d'aborder une frégate et de combattre un équipage supérieur en nombre, et non de prendre un canot monté par quatre hommes.

— Rendez-vous! s'écria le commandant de la balancelle, à l'aide de son porte-voix.

Les matelots regardèrent Aramis.

Aramis fit un signe de tête.

Le patron Yves fit flotter un chiffon blanc au bout d'une gaffe.

C'était une manière d'amener le pavillon.

Le bâtiment avançait comme un cheval de course.

Il lança une nouvelle fusée grégeoise, qui vint tomber à vingt pas du petit canot, et qui le mit en lumière mieux que n'eût fait un rayon du plus ardent soleil.

— Au premier signe de résistance, cria le commandant de la balancelle, feu!

Les soldats abaissèrent leurs mousquets.

— Puisqu'on vous dit qu'on se rend! cria le patron Yves.

— Vivants! vivants, capitaine! crièrent quelques soldats exaltés; il faut les prendre vivants.

— Eh bien! oui, vivants, dit le capitaine.

Puis, se tournant vers les Bretons:

— Vous avez tous la vie sauve, mes amis! cria-t-il sauf M. le chevalier d'Herblay.

Aramis tressaillit imperceptiblement.

Un instant son oeil se fixa sur les profondeurs de l'océan, éclairé à sa surface par les dernières lueurs du feu grégeois, lueurs qui couraient aux flancs des vagues jouaient à leurs cimes comme des panaches, et rendaient plus sombres, plus mystérieux et plus terribles encore les abîmes qu'elles couvraient.

— Vous entendez, monseigneur? firent les matelots.

— Oui.

— Qu'ordonnez-vous?

— Acceptez.

— Mais vous, monseigneur?

Aramis se pencha plus avant, et joua du bout de ses doigts blancs et effilés avec l'eau verdâtre de la mer, à laquelle il souriait comme à une amie.

— Acceptez! répéta-t-il.

— Nous acceptons, répétèrent les matelots; mais quel gage aurons- nous?

— La parole d'un gentilhomme, dit l'officier. Sur mon grade et sur mon nom, je jure que tout ce qui n'est point M. le chevalier d'Herblay aura la vie sauve. Je suis lieutenant de la frégate du roi *la Pomone*, et je me nomme Louis-Constant de Pressigny.

D'un geste rapide, Aramis, déjà courbé vers la mer déjà à demi penché hors de la barque, d'un geste rapide, Aramis releva la tête, se dressa tout debout, et, l'oeil ardent, enflammé, le sourire sur les lèvres:

— Jetez l'échelle, messieurs, dit-il, comme si c'eût été à lui qu'appartint le commandement.

On obéit.

Alors Aramis, saisissant la rampe de corde, monta le premier; mais, au lieu de l'effroi que l'on s'attendait à voir paraître sur son visage, la surprise des marins de la balancelle fut grande, lorsqu'ils le virent marcher au commandant d'un pas assuré, le regarder fixement, et lui faire de la main un signe mystérieux et inconnu, à la vue duquel l'officier pâlit, trembla et courba le front.

Sans dire un mot, Aramis alors leva la main jusque sous les yeux du commandant, et lui fit voir le chaton d'une bague qu'il portait à l'annulaire de la main gauche.

Et, en faisant ce signe, Aramis, drapé dans une majesté froide, silencieuse et hautaine, avait l'air d'un empereur donnant sa main à baiser.

Le commandant, qui, un instant, avait relevé la tête, s'inclina une seconde fois avec les signes du plus profond respect.

Puis, étendant à son tour la main vers la poupe, c'est-à-dire vers sa chambre, il s'effaça pour laisser Aramis passer le premier.

Les trois Bretons, qui avaient monté derrière leur évêque, se regardaient stupéfaits.

Tout l'équipage faisait silence.

Cinq minutes après, le commandant appela le lieutenant en second, qui remonta aussitôt, en ordonnant de mettre le cap sur la Corogne.

Pendant qu'on exécutait l'ordre donné, Aramis reparut sur le pont et vint s'asseoir contre le bastingage.

La nuit était arrivée, la lune n'était point encore venue, et cependant Aramis regardait opiniâtrement du côté de Belle-Île. Yves s'approcha alors du commandant, qui était revenu prendre son poste à l'arrière, et, bien bas, bien humblement:

— Quelle route suivons-nous donc, capitaine? demanda-t-il.

— Nous suivons la route qu'il plaît à Monseigneur, répondit l'officier.

Aramis passa la nuit accoudé sur le bastingage.

Yves, en s'approchant de lui, remarqua, le lendemain, que cette nuit avait dû être bien humide, car le bois sur lequel s'était appuyée la tête de l'évêque était trempé comme d'une rosée.

Qui sait! cette rosée, c'était peut-être les premières larmes qui fussent tombées des yeux d'Aramis!

Quelle épitaphe eût valu celle-là, bon Porthos?

CHAPITRE LII. *La ronde de M. de Gesvres*

D'Artagnan n'était pas accoutumé à des résistances comme celle qu'il venait d'éprouver. Il revint à Nantes profondément irrité.

L'irritation, chez cet homme vigoureux, se traduisait par une impétueuse attaque, à laquelle peu de gens, jusqu'alors, fussent- ils rois, fussent-ils géants, avaient su résister.

D'Artagnan, tout frémissant alla, droit au château et demanda à parler au roi. Il pouvait être sept heures du matin, et, depuis son arrivée à Nantes, le roi était matinal.

Mais, en arrivant au petit corridor que nous connaissons, d'Artagnan trouva M. de Gesvres, qui l'arrêta fort poliment, en lui recommandant de ne pas parler haut, pour laisser reposer le roi.

— Le roi dort? dit d'Artagnan. Je le laisserai donc dormir. Vers quelle heure supposez-vous qu'il se lèvera?

— Oh! dans deux heures, à peu près: le roi a veillé toute la nuit.

D'Artagnan reprit son chapeau, salua M. de Gesvres et retourna chez lui.

Il revint à neuf heures et demie. On lui dit que le roi déjeunait.

— Voilà mon affaire, répliqua-t-il, je parlerai au roi tandis qu'il mange.

M. de Brienne fit observer à d'Artagnan que le roi ne voulait recevoir personne pendant ses repas.

— Mais, dit d'Artagnan en regardant Brienne de travers, vous ne savez peut-être pas, monsieur le secrétaire, que j'ai mes entrées partout et à toute heure.

Brienne prit doucement la main du capitaine, et lui dit:

— Pas à Nantes, cher monsieur d'Artagnan; le roi, en ce voyage, a changé tout l'ordre de sa maison.

D'Artagnan, radouci, demanda vers quelle heure le roi aurait fini de déjeuner.

— On ne sait, fit Brienne.

— Comment, on ne sait? Que veut dire cela? on ne sait combien le roi met à manger? C'est une heure, d'ordinaire, et, si j'admets que l'air de la Loire donne appétit, nous mettrons une heure et demie; c'est assez, je pense; j'attendrai donc ici.

— Oh! cher monsieur d'Artagnan, l'ordre est de ne plus laisser personne dans ce corridor; je suis de garde pour cela.

D'Artagnan sentit la colère monter une seconde fois à son cerveau. Il sortit bien vite, de peur de compliquer l'affaire par un coup de mauvaise humeur.

Comme il était dehors, il se mit à réfléchir.

«Le roi, dit-il, ne veut pas me recevoir, c'est évident; il est fâché, ce jeune homme; il craint les mots que je puis lui dire. Oui; mais, pendant ce temps, on assiège Belle-Île et l'on prend ou tue peut-être mes deux amis... Pauvre Porthos! Quant à maître Aramis, celui-là est plein de ressources, et je suis tranquille sur son compte... Mais, non, non, Porthos n'est pas encore invalide, et Aramis n'est pas un vieillard idiot. L'un avec ses bras, l'autre avec son imagination, vont donner de l'ouvrage aux soldats de Sa Majesté. Qui sait! si ces deux braves allaient refaire, pour l'édification de Sa Majesté Très Chrétienne, un petit bastion Saint-Gervais?... Je n'en désespère pas. Ils ont canon et garnison.

Cependant, continua d'Artagnan en secouant la tête, je crois qu'il vaudrait mieux arrêter le combat. Pour moi seul, je ne supporterais ni morgue ni trahison de la part du roi; mais, pour mes amis, rebuffades, insultes, je dois subir tout. Si j'allais chez M. Colbert? reprit-il. En voilà un auquel il va falloir que je prenne l'habitude de faire peur. Allons chez M. Colbert.

Et d'Artagnan se mit bravement en route. Il apprit là que M. Colbert travaillait avec le roi au château de Nantes.

— Bon! s'écria-t-il, me voilà revenu au temps où j'arpentais les chemins de chez M. Tréville au logis du cardinal du logis du cardinal chez la reine, de chez la reine chez Louis XIII. On a raison de dire qu'en vieillissant les hommes redeviennent enfants. Au château.

Il y retourna. M. de Lyonne sortait. Il donna ses deux mains à d'Artagnan et lui apprit que le roi travaillerait tout le soir, toute la nuit même, et que l'ordre était donné de ne laisser entrer personne.

— Pas même, s'écria d'Artagnan, le capitaine qui prend l'ordre? C'est trop fort!

— Pas même, dit M. de Lyonne.

— Puisqu'il en est ainsi, répliqua d'Artagnan blessé jusqu'au coeur, puisque le capitaine des mousquetaires, qui est toujours entré dans la chambre à coucher du roi, ne peut plus entrer dans le cabinet ou dans la salle à manger, c'est que le roi est mort ou qu'il a pris son capitaine en disgrâce. Dans l'un et l'autre cas, il n'en a plus besoin. Faites-moi le plaisir de rentrer, vous, monsieur de Lyonne, qui êtes en faveur, et dites tout nettement au roi que je lui envoie ma démission.

— D'Artagnan, prenez garde! s'écria de Lyonne.

— Allez, par amitié pour moi.

Et il le poussa doucement vers le cabinet.

— J'y vais, dit M. de Lyonne.

D'Artagnan attendit en arpentant le corridor.

Lyonne revint.

— Eh bien! qu'a dit le roi? demanda d'Artagnan.

— Le roi a dit que c'était bien, répondit de Lyonne.

— Que c'était bien! fit le capitaine avec explosion, c'est-à-dire qu'il accepte? Bon! me voilà libre. Je suis bourgeois, monsieur de Lyonne; au plaisir de vous revoir! Adieu, château, corridor, antichambre! un bourgeois qui va enfin respirer vous salue.

Et, sans plus attendre, le capitaine sauta hors de la terrasse dans l'escalier où il avait retrouvé les morceaux de la lettre de Gourville. Cinq minutes après, il rentrait dans l'hôtellerie où, suivant l'usage de tous les grands officiers qui ont logement au château, il avait pris ce qu'on appelait sa chambre de ville.

Mais là, au lieu de quitter son épée et son manteau, il prit des pistolets, mit son argent dans une grande bourse de cuir, envoya chercher ses chevaux à l'écurie du château, et donna des ordres pour gagner Vannes pendant la nuit.

Tout se succéda selon ses voeux. À huit heures du soir, il mettait le pied à l'étrier, lorsque M. de Gesvres apparut à la tête de douze gardes devant l'hôtellerie.

D'Artagnan voyait tout du coin de l'oeil; il vit nécessairement ces treize hommes et ces treize chevaux; mais il feignit de ne rien remarquer et continua d'enfourcher son cheval. Gesvres arriva sur lui.

— Monsieur d'Artagnan! dit-il tout haut.

— Eh! monsieur de Gesvres, bonsoir!

— On dirait que vous montez à cheval?

— Il y a plus, je suis monté, comme vous voyez.

— Cela se trouve bien que je vous rencontre.
— Vous me cherchiez?
— Mon Dieu, oui.
— De la part du roi, je parie?
— Mais oui.
— Comme moi, il y a deux ou trois jours, je cherchais M. Fouquet?
— Oh!
— Allons, vous allez me faire des mignardises, à moi? Peine perdue, allez! dites-moi vite que vous venez m'arrêter.
— Vous arrêter? Bon Dieu, non!
— Eh bien! que faites-vous à m'aborder avec douze hommes à cheval?
— Je fais une ronde.
— Pas mal! Et vous me ramassez dans cette ronde?
— Je ne vous ramasse pas, je vous trouve et vous prie de venir avec moi.
— Où cela?
— Chez le roi.
— Bon! dit d'Artagnan d'un air goguenard. Le roi n'a donc plus rien à faire?
— Par grâce, capitaine, dit M. de Gesvres bas au mousquetaire, ne vous compromettez pas; ces hommes vous entendent!

D'Artagnan se mit à rire et répliqua:
— Marchez. Les gens qu'on arrête sont entre les six premiers et les six derniers.
— Mais, comme je ne vous arrête pas, dit M. de Gesvres, vous marcherez derrière moi, s'il vous plaît.
— Eh bien! fit d'Artagnan, voilà un beau procédé, duc, et vous avez raison; car, si jamais j'avais eu à faire des rondes du côté de votre chambre de ville, j'eusse été courtois envers vous, je vous l'assure, foi de gentilhomme! Maintenant, une faveur de plus. Que veut le roi!
— Oh! le roi est furieux!
— Eh bien! le roi, qui s'est donné la peine de se rendre furieux, prendra la peine de se calmer, voilà tout. Je n'en mourrai pas, je vous jure.
— Non; mais...
— Mais on m'enverra tenir société à ce pauvre M. Fouquet? Mordioux! c'est un galant homme. Nous vivrons de compagnie, et doucement, je vous le jure.
— Nous voici arrivés, dit le duc. Capitaine, par grâce! soyez calme avec le roi.

— Ah çà? mais, comme vous êtes brave homme avec moi, duc! fit d'Artagnan en regardant M. de Gesvres. On m'avait dit que vous ambitionniez de réunir vos gardes à mes mousquetaires; je crois que c'est une fameuse occasion, celle-ci!

— Je ne la prendrai pas, Dieu m'en garde! capitaine.

— Et pourquoi?

— Pour beaucoup de raisons d'abord; puis pour celle-ci, que, si je vous succédais aux mousquetaires après vous avoir arrêté...

— Ah! vous avouez que vous m'arrêtez?

— Non, non!

— Alors, dites rencontré. Si, dites-vous, vous me succédiez après m'avoir rencontré?

— Vos mousquetaires, au premier exercice à feu, tireraient de mon côté par mégarde.

— Ah! quant à cela, je ne dis pas non. Ces drôles m'aiment fort.

Gesvres fit passer d'Artagnan le premier, le conduisit directement au cabinet où le roi attendait son capitaine des mousquetaires, et se plaça derrière son collègue dans l'antichambre. On entendait très distinctement le roi parler haut avec Colbert, dans ce même cabinet où Colbert avait pu entendre, quelques jours auparavant, le roi parler haut avec M. d'Artagnan.

Les gardes restèrent, en piquet à cheval, devant la porte principale, et le bruit se répandit peu à peu dans la ville que M. le capitaine des mousquetaires venait d'être arrêté par ordre du roi.

Alors, on vit tous ces hommes se mettre en mouvement, comme au bon temps de Louis XIII et de M. de Tréville; des groupes se formaient, les escaliers s'emplissaient; des murmures vagues, partant des cours, venaient en montant rouler jusqu'aux étages supérieurs, pareils aux rauques lamentations des flots à la marée.

M. de Gesvres était inquiet. Il regardait ses gardes, qui, d'abord, interrogés par les mousquetaires qui venaient se mêler à leur rang, commençaient à s'écarter d'eux en manifestant aussi quelque inquiétude.

D'Artagnan était, certes, bien moins inquiet que M. de Gesvres, le capitaine des gardes. Dès son entrée, il s'était assis sur le rebord d'une fenêtre, voyait toutes choses de son regard d'aigle, et ne sourcillait pas.

Aucun des progrès de la fermentation qui s'était manifestée au bruit de son arrestation ne lui avait échappé. Il prévoyait le moment où l'explosion aurait lieu; et l'on sait que ses prévisions étaient certaines.

«Il serait assez bizarre, pensait-il, que, ce soir, mes prétoriens me fissent roi de France. Comme j'en rirais!»

Mais, au moment le plus beau, tout s'arrêta. Gardes, mousquetaires, officiers, soldats, murmures et inquiétudes se dispersèrent, s'évanouirent, s'effacèrent; plus de tempête, plus de menace, plus de sédition.

Un mot avait calmé les flots.

Le roi venait de faire crier par Brienne:

— Chut! messieurs, vous gênez le roi.

D'Artagnan soupira.

— C'est fini, dit-il, les mousquetaires d'aujourd'hui ne sont pas ceux de Sa Majesté Louis XIII. C'est fini.

— Monsieur d'Artagnan chez le roi! cria un huissier.

CHAPITRE LIII. Le roi Louis XIV

Le roi, se tenait assis dans son cabinet, le dos tourné à la porte d'entrée. En face de lui était une glace dans laquelle, tout en remuant ses papiers, il lui suffisait d'envoyer un coup d'oeil pour voir ceux qui arrivaient chez lui.

Il ne se dérangea pas à l'arrivée de d'Artagnan, et replia sur ses lettres et sur ses plans la grande toile de soie verte qui lui servait à cacher ses secrets aux importuns.

D'Artagnan comprit le jeu et demeura en arrière; de sorte qu'au bout d'un moment le roi, qui n'entendait rien et qui ne voyait que du coin de l'oeil, fut obligé de crier:

— Est-ce qu'il n'est pas là, M. d'Artagnan?

— Me voici, répliqua le mousquetaire en s'avançant.

— Eh bien! monsieur, dit le roi en fixant son oeil clair sur d'Artagnan, qu'avez-vous à me dire?

— Moi, Sire? répliqua celui-ci, qui guettait le premier coup de l'adversaire pour faire une bonne riposte; moi? Je n'ai rien à dire à Votre Majesté, sinon qu'elle m'a fait arrêter et que me voici.

Le roi allait répondre qu'il n'avait pas fait arrêter d'Artagnan; mais cette phrase lui parut être une excuse et il se tut.

D'Artagnan garda un silence obstiné.

— Monsieur, reprit le roi, que vous avais-je chargé d'aller faire à Belle-Île? Dites-le-moi, je vous prie.

Le roi, en prononçant ces mots, regardait fixement son capitaine.

Ici, d'Artagnan était trop heureux; le roi lui faisait la partie si belle!

— Je crois, répliqua-t-il, que Votre Majesté me fait l'honneur de me demander ce que je suis allé faire à Belle-Île?

— Oui, monsieur.

— Eh bien! Sire, je n'en sais rien; ce n'est pas à moi qu'il faut demander cela, c'est à ce nombre infini d'officiers de toute espèce, à qui l'on avait donné un nombre infini d'ordres de tous genres, tandis qu'à moi, chef de l'expédition, l'on n'avait ordonné rien de précis.

Le roi fut blessé; il le montra par sa réponse.

— Monsieur, répliqua-t-il, on n'a donné des ordres qu'aux gens qu'on a jugés fidèles.

— Aussi m'étonné-je, Sire, riposta le mousquetaire, qu'un capitaine comme moi, qui a valeur de maréchal de France, se soit trouvé sous les ordres de cinq ou six lieutenants ou majors, bons à faire des espions, c'est possible, mais nullement bons à conduire des expéditions de guerre. Voilà sur quoi je venais demander à Votre Majesté des explications, lorsque la porte m'a été refusée; ce qui, dernier outrage fait à un brave homme, m'a conduit à quitter le service de Votre Majesté.

— Monsieur, repartit le roi, vous croyez toujours vivre dans un siècle où les rois étaient, comme vous vous plaignez de l'avoir été, sous les ordres et à la discrétion de leurs inférieurs. Vous me paraissez trop oublier qu'un roi ne doit compte qu'à Dieu de ses actions.

— Je n'oublie rien du tout, Sire, fit le mousquetaire, blessé à son tour de la leçon. D'ailleurs, je ne vois pas en quoi un honnête homme, quand il demande au roi en quoi il l'a mal servi, l'offense.

— Vous m'avez mal servi, monsieur, en prenant le parti de mes ennemis contre moi.

— Quels sont vos ennemis, Sire?

— Ceux que je vous envoyais combattre.

— Deux hommes! ennemis de l'armée de Votre Majesté! Ce n'est pas croyable, Sire.

— Vous n'avez point à juger mes volontés.

— J'ai à juger mes amitiés, Sire.

— Qui sert ses amis ne sert pas son maître.

— Je l'ai si bien compris, Sire, que j'ai offert respectueusement ma démission à Votre Majesté.

— Et je l'ai acceptée, monsieur, dit le roi. Avant de me séparer de vous, j'ai voulu vous prouver que je savais tenir ma parole.

— Votre Majesté a tenu plus que sa parole; car Votre Majesté m'a fait arrêter, dit d'Artagnan de son air froidement railleur; elle ne me l'avait pas promis.

Le roi dédaigna cette plaisanterie, et, venant au sérieux:

— Voyons, monsieur, dit-il, à quoi votre désobéissance m'a forcé.

— Ma désobéissance? s'écria d'Artagnan rouge de colère.

— C'est le nom le plus doux que j'ai trouvé, poursuivit le roi. Mon idée, à moi, était de prendre et de punir des rebelles; avais-je à m'inquiéter si les rebelles étaient vos amis?

— Mais j'avais à m'en inquiéter, moi, répondit d'Artagnan. C'était une cruauté à Votre Majesté de m'envoyer prendre mes amis pour les amener à vos potences.

— C'était, monsieur, une épreuve que j'avais à faire sur les prétendus serviteurs qui mangent mon pain et doivent défendre ma personne. L'épreuve a mal réussi, monsieur d'Artagnan.

— Pour un mauvais serviteur que perd Votre Majesté, dit le mousquetaire avec amertume, il y en a dix qui ont, ce même jour, fait leurs preuves. Écoutez-moi, Sire; je ne suis pas accoutumé à ce service-là, moi. Je suis une épée rebelle quand il s'agit de faire le mal. Il était mal à moi d'aller poursuivre, jusqu'à la mort, deux hommes dont M. Fouquet, le sauveur de Votre Majesté, vous avait demandé la vie. De plus, ces deux hommes étaient mes amis. Ils n'attaquaient pas Votre Majesté; ils succombaient sous le poids d'une colère aveugle. D'ailleurs, pourquoi ne les laissait-on pas fuir? Quel crime avaient-ils commis? J'admets que vous me contestiez le droit de juger leur conduite. Mais, pourquoi me soupçonner avant l'action? pourquoi m'entourer d'espions? pourquoi me déshonorer devant l'armée! pourquoi, moi, dans lequel vous avez jusqu'ici montré la confiance la plus entière, moi qui, depuis trente ans, suis attaché à votre personne et vous ai donné mille preuves de dévouement car, il faut bien que je le dise, aujourd'hui que l'on m'accuse, pourquoi me réduire à voir trois mille soldats du roi marcher en bataille contre deux hommes?

— On dirait que vous oubliez ce que ces hommes m'ont fait? dit le roi d'une voix sourde, et qu'il n'a pas tenu à eux que je ne fusse perdu.

— Sire, on dirait que vous oubliez que j'étais là!

— Assez, monsieur d'Artagnan, assez de ces intérêts dominateurs qui viennent ôter le soleil à mes intérêts. Je fonde un État dans lequel il n'y aura qu'un maître, je vous l'ai promis autrefois; le moment est venu de tenir ma promesse. Vous voulez être, selon vos goûts et vos amitiés, libre d'entraver mes plans et de sauver mes ennemis? Je vous brise ou je vous quitte. Cherchez un maître plus commode. Je sais bien qu'un autre roi ne se conduirait point comme je le fais, et qu'il se laisserait dominer par vous, risque à vous envoyer un jour tenir compagnie à M. Fouquet et aux autres; mais j'ai bonne mémoire, et, pour moi, les services sont des titres sacrés à la reconnaissance, à l'impunité. Vous n'aurez, monsieur d'Artagnan, que cette leçon pour punir votre indiscipline, et je n'imiterai pas mes prédécesseurs dans leur colère, ne les ayant pas imités dans leur faveur. Et puis d'autres raisons me font agir doucement envers vous: c'est que, d'abord, vous êtes un homme de sens, homme de grand sens, homme de coeur, et que vous serez un bon serviteur pour qui vous aura dompté; c'est ensuite que vous allez cesser d'avoir des motifs d'insubordination. Vos amis sont détruits ou ruinés par moi. Ces points d'appui sur lesquels, instinctivement, reposait votre esprit capricieux, je les ai fait disparaître. À l'heure qu'il est, mes soldats ont pris ou tué les rebelles de Belle-Île.

D'Artagnan pâlit.

— Pris ou tué? s'écria-t-il. Oh! Sire, si vous pensiez ce que vous me dites là, et si vous étiez sûr de me dire la vérité, j'oublierais tout ce qu'il y a de juste, tout ce qu'il y a de magnanime dans vos paroles, pour vous appeler un roi barbare et un homme dénaturé. Mais je vous les pardonne, ces paroles, dit-il en souriant avec orgueil; je les pardonne au jeune prince qui ne sait pas, qui ne peut pas comprendre ce que sont des hommes tels que M. d'Herblay, tels que M. du Vallon, tels que moi. Pris ou tué? Ah! ah! Sire, dites-moi, si la nouvelle est vraie, combien elle vous coûte d'hommes et d'argent. Nous compterons après si le gain a valu l'enjeu.

Comme il parlait encore, le roi s'approcha de lui en colère, et lui dit:

— Monsieur d'Artagnan, voilà des réponses de rebelle? Veuillez donc me dire, s'il vous plaît, quel est le roi de France? En savez-vous un autre?

— Sire, répliqua froidement le capitaine des mousquetaires, je me souviens qu'un matin vous avez adressé cette question, à Vaux, à beaucoup de gens qui n'ont pas su y répondre, tandis que moi j'y ai répondu. Si j'ai reconnu le roi ce jour-là, quand la chose n'était pas aisée, je crois qu'il serait inutile de me le demander, aujourd'hui que Votre Majesté est seule avec moi.

À ces mots, Louis XIV baissa les yeux. Il lui sembla que l'ombre du malheureux Philippe venait de passer entre d'Artagnan et lui, pour évoquer le souvenir de cette terrible aventure.

Presque au même moment, un officier entra, remit une dépêche au roi, qui, à son tour, changea de couleur en la lisant.

D'Artagnan s'en aperçut. Le roi resta immobile et silencieux, après avoir lu pour la seconde fois. Puis, prenant tout à coup son parti:

— Monsieur, dit-il, ce qu'on m'apprend, vous le sauriez plus tard; mieux vaut que je vous le dise et que vous l'appreniez par la bouche du roi. Un combat a eu lieu à Belle-Île.

— Ah! ah! fit d'Artagnan d'un air calme, pendant que son coeur battait à faire rompre sa poitrine. Eh bien! Sire?

— Eh bien! monsieur, j'ai perdu cent six hommes.

Un éclair de joie et d'orgueil brilla dans les yeux de d'Artagnan.

— Et les rebelles? dit-il.

— Les rebelles se sont enfuis, dit le roi.

D'Artagnan poussa un cri de triomphe.

— Seulement, ajouta le roi, j'ai une flotte qui bloque étroitement Belle-Île, et j'ai la certitude que pas une barque n'échappera.

— En sorte que, dit le mousquetaire rendu à ses sombres idées, si l'on prend ces deux messieurs?...

— On les pendra, dit le roi tranquillement.

— Et ils le savent? répliqua d'Artagnan, qui réprima un frisson.

— Ils le savent, puisque vous avez dû le leur dire, et que tout le pays le sait.

— Alors, Sire, on ne les aura pas vivants, je vous en réponds.

— Ah! fit le roi avec négligence et en reprenant sa lettre. Eh bien! on les aura morts, monsieur d'Artagnan, et cela reviendra au même, puisque je ne les prenais que pour les faire pendre.

D'Artagnan essuya la sueur qui coulait de son front.

— Je vous ai dit, poursuivit Louis XIV, que je vous serais un jour maître affectionné, généreux et constant. Vous êtes aujourd'hui le seul homme d'autrefois qui soit digne de ma colère ou de mon amitié. Je ne vous ménagerai ni l'une ni l'autre selon votre conduite. Comprendriez-vous, monsieur d'Artagnan, de servir un roi qui aurait cent autres rois, ses égaux, dans le royaume?

«Pourrais-je, dites-le moi, faire avec cette faiblesse les grandes choses que je médite? Avez-vous jamais vu l'artiste pratiquer des oeuvres solides avec un instrument rebelle? Loin de nous, monsieur, ces vieux levains des abus féodaux! La Fronde, qui devait perdre la monarchie, l'a émancipée. Je suis maître chez moi, capitaine d'Artagnan, et j'aurai des serviteurs qui, manquant peut-être de votre génie, pousseront le dévouement et l'obéissance jusqu'à l'héroïsme. Qu'importe, je vous le demande, qu'importe que Dieu n'ait pas donné du génie à des bras et à des jambes? C'est à la tête qu'il le donne, et à la tête, vous le savez, le reste obéit. Je suis la tête, moi!

D'Artagnan tressaillit. Louis continua comme s'il n'avait rien vu, quoique ce tressaillement ne lui eût point échappé.

— Maintenant, concluons, entre nous deux ce marché que je vous promis de faire, un jour que vous me trouviez bien petit, à Blois. Sachez-moi gré, monsieur, de ne faire payer à personne les larmes de honte que j'ai versées alors. Regardez autour de vous: les grandes têtes sont courbées. Courbez-vous comme elles, ou choisissez-vous l'exil qui vous conviendra le mieux. Peut-être, en y réfléchissant, trouverez-vous que ce roi est un coeur généreux qui compte assez sur votre loyauté pour vous quitter, vous sachant mécontent, quand vous possédez le secret de l'État. Vous êtes brave homme, je le sais. Pourquoi m'avez-vous jugé avant terme? Jugez-moi à partir de ce jour, d'Artagnan, et soyez sévère tant qu'il vous plaira.

D'Artagnan demeurait étourdi, muet, flottant pour la première fois de sa vie. Il venait de trouver un adversaire digne de lui. Ce n'était plus de la ruse, c'était du calcul; ce n'était plus de la violence, c'était de la force; ce n'était plus de la colère, c'était de la volonté; ce n'était plus de la jactance, c'était du conseil. Ce jeune homme, qui avait terrassé Fouquet, et qui pouvait se passer de d'Artagnan, dérangeait tous les calculs un peu entêtés du mousquetaire.

— Voyons, qui vous arrête? lui dit le roi avec douceur. Vous avez donné votre démission; voulez-vous que je vous la refuse? Je conviens qu'il sera dur à un vieux capitaine de revenir sur sa mauvaise humeur.

— Oh! répliqua mélancoliquement d'Artagnan, ce n'est pas là mon plus grave souci. J'hésite à reprendre ma démission, parce que je suis vieux en face de vous et que j'ai des habitudes difficiles à perdre. Il faut, désormais, des courtisans qui sachent vous amuser, des fous qui sachent se faire tuer pour ce que vous appelez vos grandes oeuvres. Grandes, elles le seront, je le sens; mais, si par hasard j'allais ne pas les trouver telles? J'ai vu la guerre, Sire;

j'ai vu la paix; j'ai servi Richelieu et Mazarin; j'ai roussi avec votre père au feu de La Rochelle, troué de coups comme un crible, ayant fait peau neuve plus de dix fois, comme les serpents. Après les affronts et les injustices, j'ai un commandement qui était autrefois quelque chose, parce qu'il donnait le droit de parler comme on voulait au roi. Mais votre capitaine des mousquetaires sera désormais un officier gardant les portes basses. Vrai, Sire, si tel doit être désormais l'emploi, profitez de ce que nous sommes bien ensemble pour me l'ôter. N'allez pas croire que j'aie gardé rancune; non, vous m'avez dompté, comme vous dites; mais, il faut l'avouer, en me dominant, vous m'avez amoindri, en me courbant, vous m'avez convaincu de faiblesse. Si vous saviez comme cela va bien de porter haut la tête, et comme j'aurai piteuse mine à flairer la poussière de vos tapis! oh! Sire, je regrette sincèrement, et vous regretterez comme moi, ce temps où le roi de France voyait dans ses vestibules tous ces gentilshommes insolents, maigres, maugréant toujours, hargneux, mâtins qui mordaient mortellement les jours de bataille. Ces gens-là sont les meilleurs courtisans pour la main qui les nourrit, ils la lèchent; mais, pour la main qui les frappe, oh! le beau coup de dent! Un peu d'or sur les galons de ces manteaux, un peu de ventre dans les hauts-de-chausse, un peu de gris dans ces cheveux secs, et vous verrez les beaux ducs et pairs, les fiers maréchaux de France! Mais pourquoi dire tout cela? Le roi est mon maître, il veut que je fasse des vers, il veut que je polisse, avec des souliers de satin, les mosaïques de ses antichambres; mordioux! c'est difficile, mais j'ai fait plus difficile que cela. Je le ferai. Pourquoi le ferai-je? Parce que j'aime l'argent? J'en ai. Parce que je suis ambitieux? Ma carrière est bornée. Parce que j'aime la Cour? Non. Je resterai, parce que j'ai l'habitude, depuis trente ans, d'aller prendre le mot d'ordre du roi, et de m'entendre dire: «Bonsoir, d'Artagnan», avec un sourire que je ne mendiais pas. Ce sourire, je le mendierai. Êtes-vous content, Sire?

Et d'Artagnan courba lentement sa tête argentée, sur laquelle le roi, souriant, posa sa blanche main avec orgueil.

— Merci, mon vieux serviteur, mon fidèle ami, dit-il. Puisque, à compter d'aujourd'hui, je n'ai plus d'ennemi, en France, il me reste à t'envoyer sur un champ étranger ramasser ton bâton de maréchal. Compte sur moi pour trouver l'occasion. En attendant, mange mon meilleur pain et dors tranquille.

— À la bonne heure! dit d'Artagnan ému. Mais ces pauvres gens de
Belle-Île? l'un surtout, si bon et si brave?

— Est-ce que vous me demandez leur grâce?
— À genoux, Sire.
— Eh bien! allez la leur porter, s'il en est temps encore. Mais vous vous engagez pour eux!
— J'engage ma vie!
— Allez. Demain, je pars pour Paris. Soyez revenu; car je ne veux plus que vous me quittiez.
— Soyez tranquille, Sire, s'écria d'Artagnan en baisant la main du roi.

Et il s'élança, le coeur gonflé de joie, hors du château, sur la route de Belle-Île.

CHAPITRE LIV. Les amis de M. Fouquet

Le roi étant retourné à Paris, et avec lui d'Artagnan, qui, en vingt-quatre heures, ayant pris avec le plus grand soin toutes ses informations à Belle-Île, ne savait rien du secret que gardait si bien le lourd rocher de Locmaria, tombe héroïque de Porthos.

Le capitaine des mousquetaires savait seulement ce que ces deux hommes vaillants, ce que ces deux amis, dont il avait si noblement pris la défense et essayé de sauver la vie, aidés de trois fidèles Bretons, avaient accompli contre une armée entière. Il avait pu voir, lancés dans la lande voisine, les débris humains qui avaient taché de sang les silex épars dans les bruyères.

Il savait aussi qu'un canot avait été aperçu bien loin en mer, et que, pareil à un oiseau de proie, un vaisseau royal avait poursuivi, rejoint et dévoré ce pauvre petit oiseau qui fuyait à tire-d'aile.

Mais là s'arrêtaient les certitudes de d'Artagnan. Le champ des conjectures s'ouvrait à cette limite. Maintenant, que fallait-il penser? Le vaisseau n'était pas revenu. Il est vrai qu'un coup de vent régnait depuis trois jours; mais la corvette était à la fois bonne voilière et solide dans ses membrures; elle ne craignait guère les coups de vent, et celle qui portait Aramis eût dû, selon l'estime de d'Artagnan, être revenue à Brest, ou rentrer à l'embouchure de la Loire.

Telles étaient les nouvelles ambiguës, mais à peu près rassurantes pour lui personnellement, que d'Artagnan rapportait à Louis XIV, lorsque le roi, suivi de toute la Cour, revint à Paris.

Louis, content de son succès, Louis, plus doux et plus affable depuis qu'il se sentait plus puissant, n'avait pas cessé un seul instant de chevaucher à la portière de Mlle de La Vallière.

Tout le monde s'était empressé de distraire les deux reines pour leur faire oublier cet abandon du fils et de l'époux. Tout respirait l'avenir; le passé n'était plus rien pour personne. Seulement, ce passé venait comme une plaie douloureuse et saignante aux coeurs de quelques âmes tendres et dévouées. Aussi, le roi ne fut pas plutôt installé chez lui, qu'il en reçut une preuve touchante.

Louis XIV venait de se lever et de prendre son premier repas, quand son capitaine des mousquetaires se présenta devant lui. D'Artagnan était un peu pâle et semblait gêné.

Le roi s'aperçut, au premier coup d'oeil, de l'altération de ce visage, ordinairement si égal.

— Qu'avez-vous donc, d'Artagnan? dit-il.

— Sire, il m'est arrivé un grand malheur.

— Mon Dieu! quoi donc?

— Sire, j'ai perdu un de mes amis, M. du Vallon, à l'affaire de Belle-Île.

Et, en disant ces mots, d'Artagnan attachait son oeil de faucon sur Louis XIV, pour deviner en lui le premier sentiment qui se ferait jour.

— Je le savais, répliqua le roi.

— Vous le saviez et vous ne me l'avez pas dit? s'écria le mousquetaire.

— À quoi bon? Votre douleur, mon ami, est si respectable! J'ai dû, moi, la ménager. Vous instruire de ce malheur qui vous frappait, d'Artagnan, c'était en triompher à vos yeux. Oui, je savais que M. du Vallon s'était enterré sous les rochers de Locmaria; je savais que M. d'Herblay m'a pris un vaisseau avec son équipage pour se faire conduire à Bayonne. Mais j'ai voulu que vous appreniez vous-même ces événements d'une manière directe, afin que vous fussiez convaincu que mes amis sont pour moi respectables et sacrés, que toujours en moi l'homme s'immolera aux hommes, puisque le roi est si souvent forcé de sacrifier les hommes à sa majesté, à sa puissance.

— Mais, Sire, comment savez-vous?...

— Comment savez-vous vous-même, d'Artagnan?

— Par cette lettre, Sire, que m'écrit de Bayonne, Aramis, libre et hors de péril.

— Tenez, fit le roi en tirant de sa cassette, placée sur un meuble voisin du siège où d'Artagnan était appuyé, une lettre copiée exactement sur celle d'Aramis, voici la même lettre, que Colbert m'a fait passer huit heures avant que vous receviez la vôtre... Je suis bien servi, je l'espère.

— Oui, Sire, murmura le mousquetaire, vous étiez le seul homme dont la fortune fût capable de dominer la fortune et la force de mes deux amis. Vous avez usé, Sire; mais vous n'abuserez point, n'est-ce pas?

— D'Artagnan, dit le roi, avec un sourire plein de bienveillance, je pourrais faire enlever M. d'Herblay sur les terres du roi d'Espagne et me le faire amener ici vivant pour en faire justice. D'Artagnan, croyez-le bien, je ne céderai pas à ce premier mouvement, bien naturel. Il est libre, qu'il continue d'être libre.

— Oh! Sire, vous ne resterez pas toujours aussi clément, aussi noble, aussi généreux que vous venez de vous le montrer à mon égard et à celui de M. d'Herblay; vous trouverez auprès de vous des conseillers qui vous guériront de cette faiblesse.

— Non, d'Artagnan, vous vous trompez, quand vous accusez mon conseil de vouloir me pousser à la rigueur. Le conseil de ménager M. d'Herblay vient de Colbert lui-même.

— Ah! Sire, fit d'Artagnan stupéfait.

— Quant à vous, continua le roi avec une bonté peu ordinaire, j'ai plusieurs bonnes nouvelles à vous annoncer, mais vous les saurez, mon cher capitaine, du moment où j'aurai terminé mes comptes. J'ai dit que je voulais faire et que je ferais votre fortune. Ce mot va devenir une réalité.

— Merci mille fois, Sire; je puis attendre, moi. Je vous en prie, pendant que je vais et puis prendre patience, que Votre Majesté daigne s'occuper de ces pauvres gens, qui, depuis longtemps, assiègent votre antichambre, et viennent humblement déposer une supplique aux pieds du roi.

— Qui cela?

— Des ennemis de Votre Majesté.

Le roi leva la tête.

— Des amis de M. Fouquet, ajouta d'Artagnan.

— Leurs noms?

— M. Gourville, M. Pélisson et un poète, M. Jean de La Fontaine.

Le roi s'arrêta un moment pour réfléchir.

— Que veulent-ils?

— Je ne sais.

— Comment sont-ils?

— En deuil.
— Que disent-ils?
— Rien.
— Que font-ils?
— Ils pleurent.
— Qu'ils entrent, dit le roi en fronçant le sourcil.

D'Artagnan tourna rapidement sur lui-même, leva la tapisserie qui fermait l'entrée de la chambre royale, et cria dans la salle voisine:

— Introduisez!

Bientôt parurent à la porte du cabinet, où se tenaient le roi et son capitaine, les trois hommes que d'Artagnan avait nommés.

Sur leur passage régnait un profond silence. Les courtisans, à l'approche des amis du malheureux surintendant des finances, les courtisans, disons-nous, reculaient comme pour n'être pas gâtés par la contagion de la disgrâce et de l'infortune.

D'Artagnan, d'un pas rapide, vint lui-même prendre par la main ces malheureux qui hésitaient et tremblaient à la porte du cabinet royal; il les amena devant le fauteuil du roi, qui, réfugié dans l'embrasure d'une fenêtre, attendait le moment de la présentation et se préparait à faire aux suppliants un accueil rigoureusement diplomatique.

Le premier des amis de Fouquet qui s'avança fut Pélisson. Il ne pleurait plus; mais ses larmes n'avaient uniquement tari que pour que le roi pût mieux entendre sa voix et sa prière.

Gourville se mordait les lèvres pour arrêter ses pleurs par respect du roi. La Fontaine ensevelissait son visage dans son mouchoir, et l'on n'eût pas dit qu'il vivait, sans le mouvement convulsif de ses épaules soulevées par ses sanglots.

Le roi avait gardé toute sa dignité. Son visage était impassible. Il avait même conservé le froncement de sourcil qui avait paru quand d'Artagnan lui avait annoncé ses ennemis. Il fit un geste qui signifiait: «Parlez», et il demeura debout, couvant d'un regard profond ces trois hommes désespérés.

Pélisson se courba jusqu'à terre, et La Fontaine s'agenouilla comme on fait dans les églises.

Cet obstiné silence, troublé seulement par des soupirs et des gémissements si douloureux, commençait à émouvoir chez le roi, non pas la compassion, mais l'impatience.

— Monsieur Pélisson, dit-il d'une voix brève et sèche, monsieur Gourville, et vous, monsieur...

Et il ne nomma pas La Fontaine.

— Je verrais, avec un sensible déplaisir, que vous vinssiez me prier pour un des plus grands criminels que doive punir ma justice. Un roi ne se laisse attendrir que par les larmes ou par les remords: larmes de l'innocence, remords des coupables. Je ne croirai ni aux remords de M. Fouquet ni aux larmes de ses amis, parce que l'un est gâté jusqu'au coeur et que les autres doivent redouter de me venir offenser chez moi. C'est pourquoi, monsieur Pélisson, monsieur Gourville, et vous, monsieur... je vous prie de ne rien dire qui ne témoigne hautement du respect que vous avez pour ma volonté.

— Sire, répondit Pélisson tremblant à ces terribles paroles, nous ne sommes rien venus dire à Votre Majesté qui ne soit l'expression la plus profonde du plus sincère respect et du plus sincère amour qui sont dus au roi par tous ses sujets. La justice de Votre Majesté est redoutable; chacun doit se courber sous les arrêts qu'elle prononce. Nous nous inclinons respectueusement devant elle. Loin de nous la pensée de venir défendre celui qui a eu le malheur d'offenser Votre Majesté. Celui qui a encouru votre disgrâce peut être un ami pour nous, mais c'est un ennemi de l'État. Nous l'abandonnerons en pleurant à la sévérité du roi.

— D'ailleurs, interrompit le roi, calmé par cette voix suppliante et ces persuasives paroles, mon Parlement jugera. Je ne frappe pas sans avoir pesé le crime. Ma justice n'a pas l'épée sans avoir eu les balances.

— Aussi avons-nous toute confiance dans cette impartialité du roi, et pouvons-nous espérer de faire entendre nos faibles voix, avec l'assentiment de Votre Majesté, quand l'heure de défendre un ami accusé aura sonné pour nous.

— Alors, messieurs, que demandez-vous? dit le roi de son air imposant.

— Sire, continua Pélisson, l'accusé laisse une femme et une famille. Le peu de bien qu'il avait suffit à peine à payer ses dettes, et Mme Fouquet, depuis la captivité de son mari, est abandonnée par tout le monde. La main de Votre Majesté frappe à l'égal de la main de Dieu. Quand le Seigneur envoie la plaie de la lèpre ou de la peste à une famille, chacun fuit et s'éloigne de la demeure du lépreux ou du pestiféré. Quelquefois, mais bien rarement, un médecin généreux ose seul approcher du seuil maudit, le franchit avec courage et expose sa vie pour combattre la mort. Il est la dernière ressource du mourant; il est l'instrument de la miséricorde céleste. Sire, nous vous supplions, à mains jointes, à deux genoux, comme on supplie la Divinité; Mme Fouquet n'a plus d'amis, plus de soutiens; elle pleure dans sa maison, pauvre et déserte, abandonnée par tous ceux qui en assiégeaient la porte au moment de la faveur; elle n'a plus de crédit, elle n'a plus d'espoir! Au moins, le malheureux sur qui s'appesantit votre colère reçoit de vous, tout coupable qu'il est, le pain que mouillent chaque jour ses larmes. Aussi affligée, plus dénuée que son époux, Mme Fouquet, celle qui eut l'honneur de recevoir Votre Majesté à sa table, Mme Fouquet, l'épouse de l'ancien surintendant des finances de Votre Majesté, Mme Fouquet n'a plus de pain!

Ici, le silence mortel qui enchaînait le souffle des deux amis de Pélisson fut rompu par l'éclat des sanglots, et d'Artagnan dont la poitrine se brisait en écoutant cette humble prière, tourna sur lui-même, vers l'angle du cabinet, pour mordre en liberté sa moustache et comprimer ses soupirs.

Le roi avait conservé son oeil sec, son visage sévère: mais la rougeur était montée à ses joues, et l'assurance de ses regards diminuait visiblement.

— Que souhaitez-vous? dit-il d'une voix émue.

— Nous venons demander humblement à Votre Majesté, répliqua Pélisson, que l'émotion gagnait peu à peu, de nous permettre, sans encourir sa disgrâce, de prêter à Mme Fouquet deux mille pistoles, recueillies parmi tous les anciens amis de son mari, pour que la veuve ne manque pas des choses les plus nécessaires à la vie.

À ce mot de *veuve*, prononcé par Pélisson, quand Fouquet vivait encore, le roi pâlit extrêmement; sa fierté tomba; la pitié lui vint du coeur aux lèvres. Il laissa tomber un regard attendri sur tous ces gens qui sanglotaient à ses pieds.

— À Dieu ne plaise, répondit-il, que je confonde l'innocent avec le coupable! Ceux-là me connaissent mal qui doutent de ma miséricorde envers les faibles. Je ne frapperai jamais que les arrogants. Faites, messieurs, faites tout ce que votre coeur vous conseillera pour soulager la douleur de Mme Fouquet. Allez, messieurs, allez.

Les trois hommes se relevèrent silencieux, l'oeil aride. Les larmes s'étaient taries au contact brûlant de leurs joues et de leurs paupières. Ils n'eurent pas la force d'adresser un remerciement au roi, lequel, d'ailleurs, coupa court à leurs révérences solennelles en se retranchant vivement derrière son fauteuil.

D'Artagnan demeura seul avec le roi.

— Bien! dit-il en s'approchant du jeune prince, qui l'interrogeait du regard; bien, mon maître! Si vous n'aviez pas la devise qui pare votre soleil, je vous en conseillerais une, quitte à la faire traduire en latin par M. Conrart: «Doux au petit, rude au fort!»

Le roi sourit et passa dans la salle voisine, après avoir dit à d'Artagnan:

— Je vous donne le congé dont vous devez avoir besoin pour mettre en ordre les affaires de feu M. du Vallon, votre ami.

CHAPITRE LV. Le testament de Porthos

À Pierrefonds, tout était en deuil. Les cours étaient désertes, les écuries fermées, les parterres négligés.

Dans les bassins, s'arrêtaient d'eux-mêmes les jets d'eau, naguère épanouis, bruyants et brillants.

Sur les chemins, autour du château, venaient quelques graves personnages sur des mules ou sur des bidets de ferme. C'étaient les voisins de campagne, les curés et les baillis des terres limitrophes.

Tout ce monde entrait silencieusement au château, remettait sa monture à un palefrenier morne, et se dirigeait, conduit par un chasseur vêtu de noir, vers la grande salle, où, sur le seuil, Mousqueton recevait les arrivants.

Mousqueton avait tellement maigri depuis deux jours, que ses habits remuaient sur lui, pareils à ces fourreaux trop larges, dans lesquels dansent les fers des épées.

Sa figure couperosée de rouge et de blanc, comme celle de la Madone de Van Dyck, était sillonnée par deux ruisseaux argentés qui creusaient leur lit dans ses joues, aussi pleines jadis qu'elles étaient flasques depuis son deuil.

À chaque nouvelle visite, Mousqueton trouvait de nouvelles larmes, et c'était pitié de le voir étreindre son gosier par sa grosse main pour ne pas éclater en sanglots.

Toutes ces visites avaient pour but la lecture du testament de Porthos, annoncée pour ce jour, et à laquelle voulaient assister toutes les convoitises ou toutes les amitiés du mort, qui ne laissait aucun parent après lui.

Les assistants prenaient place à mesure qu'ils arrivaient, et la grande salle venait d'être fermée quand sonna l'heure de midi, heure fixée pour la lecture.

Le procureur de Porthos, et c'était naturellement le successeur de maître Coquenard, commença par déployer lentement le vaste parchemin sur lequel la puissante main de Porthos avait tracé ses volontés suprêmes.

Le cachet rompu, les lunettes mises, la toux préliminaire ayant retenti, chacun tendit l'oreille. Mousqueton s'était blotti dans un coin pour mieux pleurer, pour moins entendre.

Tout à coup, la porte à deux battants de la grande salle, qui avait été refermée, s'ouvrit comme par un prodige, et une figure mâle apparut sur le seuil, resplendissant dans la plus vive lumière du soleil.

C'était d'Artagnan, qui était arrivé seul jusqu'à cette porte, et, ne trouvant personne pour lui tenir l'étrier, avait attaché son cheval au heurtoir, et s'annonçait lui-même.

L'éclat du jour envahissant la salle, le murmure des assistants, et, plus que tout cela, l'instinct du chien fidèle, arrachèrent Mousqueton à sa rêverie. Il releva la tête, reconnut le vieil ami du maître, et, hurlant de douleur, vint lui embrasser les genoux en arrosant les dalles de ses larmes.

D'Artagnan releva le pauvre intendant, l'embrassa comme un frère, et ayant salué noblement l'assemblée, qui s'inclinait tout entière en chuchotant son nom, il alla s'asseoir à l'extrémité de la grande salle de chêne sculpté tenant toujours la main de Mousqueton qui suffoquait et s'asseyait sur le marchepied.

Alors le procureur, qui était ému comme les autres commença la lecture.

Porthos, après une profession de foi des plus chrétiennes, demandait pardon à ses ennemis du tort qu'il avait pu leur causer.

À ce paragraphe, un rayon d'inexprimable orgueil glissa des yeux de d'Artagnan. Il se rappelait le vieux soldat. Tous ces ennemis de Porthos, terrassés par sa main vaillante, il en supputait le nombre, et se disait que Porthos avait fait sagement de ne pas détailler ses ennemis ou les torts causés à ceux-ci; sans quoi, le besogne eût été trop rude pour le lecteur.

Venait alors l'énumération suivante:

«Je possède à l'heure qu'il est, par la grâce de Dieu:

«1° Le domaine de Pierrefonds, terres, bois, prés, eaux, forêts, entourés de bons murs;

«2° Le domaine de Bracieux, château, forêts, terres labourables, formant trois fermes;

«3° La petite terre du Vallon, ainsi nommée, parce qu'elle est dans le vallon...»

— Brave Porthos!

«4° Cinquante métairies dans la Touraine, d'une contenance de cinq cents arpents;

«5° Trois moulins sur le Cher, d'un rapport de six cents livres chacun;

«6° Trois étangs dans le Berri, d'un rapport de deux cents livres chacun.

«Quant aux biens *mobiliers*, ainsi nommés, parce qu'ils ne peuvent se mouvoir, comme l'explique si bien mon savant ami l'évêque de Vannes...»

D'Artagnan frissonna au souvenir lugubre de ce nom.

Le procureur continua imperturbablement:

«Ils consistent:

«1° En des meubles que je ne saurais détailler ici faute d'espace, et qui garnissent tous mes châteaux ou maisons, mais dont la liste est dressée par mon intendant...»

Chacun tourna les yeux vers Mousqueton, qui s'abîma dans sa douleur.

«2° En vingt chevaux de main et de trait que j'ai particulièrement dans mon château de Pierrefonds et qui s'appellent: Bayard, Roland, Charlemagne, Pépin, Dunois, La Hire, Ogier, Samson, Milon, Nemrod, Urgande, Armide, Falstrade, Dalila, Rébecca, Yolande, Finette, Grisette, Lisette et Musette. «3° En soixante chiens, formant six équipages, répartis comme il suit: le premier, pour le cerf; le second, pour le loup; le troisième, pour le sanglier; le quatrième, pour le lièvre, et les deux autres, pour l'arrêt ou la garde;

«4° En armes de guerre et de chasse renfermées dans ma galerie d'armes;

«5° Mes vins d'Anjou, choisis pour Athos, qui les aimait autrefois; mes vins de Bourgogne, de Champagne, de Bordeaux et d'Espagne, garnissant huit celliers et douze caves en mes diverses maisons;

«6° Mes tableaux et statues qu'on prétend être d'une grande valeur, et qui sont assez nombreux pour fatiguer la vue.

«7° Ma bibliothèque, composée de six mille volumes tout neufs, et qu'on n'a jamais ouverts;

«8° Ma vaisselle d'argent, qui s'est peut-être un peu usée, mais qui doit peser de mille à douze cents livres, car je pouvais à grand-peine soulever le coffre qui la renferme, et ne faisais que six fois le tour de ma chambre en le portant.

«9° Tous ces objets, plus le linge de table et de service, sont répartis dans les maisons que j'aimais le mieux...»

Ici, le lecteur s'arrêta pour reprendre haleine. Chacun soupira, toussa et redoubla d'attention. Le procureur reprit:

«J'ai vécu sans avoir d'enfants, et il est probable que je n'en aurai pas, ce qui m'est une cuisante douleur. Je me trompe cependant, car j'ai un fils en commun avec mes autres amis: c'est M. Raoul Auguste-Jules de Bragelonne, véritable fils de M. le comte de La Fère.

«Ce jeune seigneur m'a paru digne de succéder aux trois vaillants gentilshommes dont je suis l'ami et le très humble serviteur.»

Ici, un bruit aigu se fit entendre. C'était l'épée de d'Artagnan, qui, glissant du baudrier, était tombée sur la planche sonore. Chacun tourna les yeux de ce côté, et l'on vit qu'une grande larme avait coulé des cils épais de d'Artagnan sur son nez aquilin, dont l'arête lumineuse brillait ainsi qu'un croissant enflammé au soleil.

«C'est pourquoi, continua le procureur, j'ai laissé tous mes biens, meubles et immeubles, compris dans l'énumération ci-dessus faite, à M. le vicomte Raoul-Auguste-Jules de Bragelonne, fils de M. le comte de La Fère, pour le consoler du chagrin qu'il paraît avoir, et le mettre en état de porter glorieusement son nom...»

Un long murmure courut dans l'auditoire.

Le procureur continua, soutenu par l'oeil flamboyant de d'Artagnan, qui, parcourant l'assemblée, rétablit le silence interrompu.

«À la charge, par M. le vicomte de Bragelonne, de donner à M. le chevalier d'Artagnan, capitaine des mousquetaires du roi, ce que ledit chevalier d'Artagnan lui demandera de mes biens.

«À la charge, par M. le vicomte de Bragelonne, de faire tenir une bonne pension à M. le chevalier d'Herblay, mon ami, s'il avait besoin de vivre en exil.

«À la charge, par M. le vicomte de Bragelonne, d'entretenir ceux de mes serviteurs qui ont fait dix ans de service chez moi, et de donner cinq cents livres à chacun des autres.

«Je laisse à mon intendant Mousqueton tous mes habits de ville, de guerre et de chasse, au nombre de quarante-sept, dans l'assurance qu'il les portera jusqu'à les user pour l'amour et par souvenir de moi.

«De plus, je lègue à M. le vicomte de Bragelonne mon vieux serviteur et fidèle ami Mousqueton, déjà nommé, à la charge par ledit vicomte de Bragelonne d'agir en sorte que Mousqueton déclare en mourant qu'il n'a jamais cessé d'être heureux.»

En entendant ces mots, Mousqueton salua, pâle et tremblant; ses larges épaules frissonnaient convulsivement; son visage, empreint d'une effrayante douleur, sortit de ses mains glacées, et les assistants le virent trébucher, hésiter, comme si, voulant quitter la salle, il cherchait une direction.

— Mousqueton, dit d'Artagnan, mon bon ami, sortez d'ici; allez faire vos préparatifs. Je vous emmène chez Athos, où je m'en vais en quittant Pierrefonds.

Mousqueton ne répondit rien. Il respirait à peine, comme si tout, dans cette salle, lui devait être désormais étranger. Il ouvrit la porte et disparut lentement.

Le procureur acheva sa lecture, après laquelle s'évanouirent déçus, mais pleins de respect, la plupart de ceux qui étaient venus entendre les dernières volontés de Porthos.

Quant à d'Artagnan, demeuré seul après avoir reçu la révérence cérémonieuse que lui avait faite le procureur il admirait cette sagesse profonde du testateur qui venait de distribuer si justement son bien au plus digne, au plus nécessiteux, avec des délicatesses que nul, parmi les plus fins courtisans et les plus nobles coeurs, n'eût pu rencontrer aussi parfaites.

En effet, Porthos enjoignait à Raoul de Bragelonne de donner à d'Artagnan tout ce que celui-ci demanderait. Il savait bien, ce digne Porthos, que d'Artagnan ne demanderait rien; et, au cas où il eût demandé quelque chose, nul, excepté lui-même, ne lui faisait sa part.

Porthos laissait une pension à Aramis, lequel, s'il eût eu l'envie de demander trop, était arrêté par l'exemple de d'Artagnan; et ce mot exil, jeté par le testateur sans intention apparente, n'était- il la plus douce, la plus exquise critique de cette conduite d'Aramis qui avait causé la mort de Porthos?

Enfin, il n'était pas fait mention d'Athos dans le testament du mort. Celui-ci, en effet, pouvait-il supposer que le fils n'offrirait pas la meilleure part au père? Le gros esprit de Porthos avait jugé toutes ces causes, saisi toutes ces nuances, mieux que la loi, mieux que l'usage, mieux que le goût.

«Porthos était un coeur», se dit d'Artagnan avec un soupir.

Et il lui sembla entendre un gémissement au plafond. Il pensa tout de suite à ce pauvre Mousqueton, qu'il fallait distraire de sa douleur.

À cet effet, d'Artagnan quitta la salle avec empressement pour aller chercher le digne intendant, puisque celui-ci ne revenait pas.

Il monta l'escalier qui conduisait au premier étage, et aperçut dans la chambre de Porthos un amas d'habits de toutes couleurs et de toutes étoffes, sur lesquels Mousqueton s'était couché après les avoir entassés lui-même.

C'était le lot du fidèle ami. Ces habits lui appartenaient bien; ils lui avaient été bien donnés. On voyait la main de Mousqueton s'étendre sur ces reliques, qu'il baisait de toutes ses lèvres, de tout son visage, qu'il couvrait de tout son corps.

D'Artagnan s'approcha pour consoler le pauvre garçon.

— Mon Dieu, dit-il, il ne bouge plus; il est évanoui!

D'Artagnan se trompait: Mousqueton était mort.

Mort, comme le chien qui, ayant perdu son maître, revient mourir sur son habit.

CHAPITRE LVI. La vieillesse d'Athos

Pendant que tous ces événements séparaient à jamais les quatre mousquetaires, autrefois liés d'une façon qui paraissait indissoluble, Athos, demeuré seul après le départ de Raoul, commençait à payer son tribut à cette mort anticipée qu'on appelle l'absence des gens aimés.

Revenu à sa maison de Blois, n'ayant plus même Grimaud pour recueillir un pauvre sourire quand il passait dans les parterres, Athos sentait de jour en jour s'altérer la vigueur d'une nature qui, depuis si longtemps semblait infaillible.

L'âge, reculé pour lui par la présence de l'objet chéri, arrivait avec ce cortège de douleurs et de gênes qui grossit à mesure qu'il se fait attendre. Athos n'avait plus là son fils pour s'étudier à marcher droit, à lever la tête, à donner le bon exemple; il n'avait plus ces yeux brillants de jeune homme, foyer toujours ardent où se régénérait la flamme de ses regards.

Et puis, faut-il le dire? cette nature, exquise par sa tendresse et sa réserve, ne trouvant plus rien qui contînt ses élans, se livrait au chagrin avec toute la fougue des natures vulgaires, quand elles se livrent à la joie.

Le comte de La Fère, resté jeune jusqu'à sa soixante-deuxième année, l'homme de guerre qui avait conservé sa force malgré les fatigues, sa fraîcheur d'esprit malgré les malheurs, sa douce sérénité d'âme et de corps malgré Milady, malgré Mazarin, malgré La Vallière, Athos était devenu un vieillard en huit jours, du moment qu'il avait perdu l'appui de son arrière jeunesse.

Toujours beau, mais courbé, noble, mais triste, doux et chancelant sous ses cheveux blanchis, il recherchait, depuis sa solitude, les clairières par lesquelles le soleil venait trouer le feuillage des allées.

Le rude exercice de toute sa vie, il le désapprit quand Raoul ne fut plus là. Les serviteurs, accoutumés à le voir levé dès l'aube en toute saison, s'étonnèrent d'entendre sonner sept heures en été sans que leur maître eût quitté le lit.

Athos demeurait couché, un livre sous son chevet, et il ne dormait pas, et il ne lisait pas. Couché pour n'avoir plus à porter son corps, il laissait l'âme et l'esprit s'élancer hors de l'enveloppe et retourner à son fils ou à Dieu.

On fut bien effrayé quelquefois de le voir, pendant des heures, absorbé dans une rêverie muette, insensible; il n'entendait plus le pas du valet plein de crainte qui venait au seuil de la chambre épier le sommeil ou le réveil du maître. Il lui arrivait d'oublier que le jour était à moitié écoulé, que l'heure des deux premiers repas était passée. Alors on l'éveillait, il se levait, descendait sous son allée sombre, puis revenait un peu au soleil comme pour en partager une minute la chaleur avec l'enfant absent. Et puis la promenade lugubre, monotone, recommençait jusqu'à ce que, épuisé, il regagnât la chambre et le lit, son domicile préféré.

Pendant plusieurs jours, le comte ne dit pas une parole. Il refusa de recevoir les visites qui lui arrivaient, et, pendant la nuit, on le vit rallumer sa lampe et passer de longues heures à écrire ou à feuilleter des parchemins.

Athos écrivit une de ces lettres à Vannes, une autre à Fontainebleau: elles demeurèrent sans réponse. On sait pourquoi: Aramis avait quitté la France; d'Artagnan voyageait de Nantes à Paris, de Paris à Pierrefonds. Son valet de chambre remarqua qu'il diminuait chaque jour quelques tours de sa promenade. La grande allée de tilleuls devint bientôt trop longue pour les pieds qui la parcouraient jadis mille fois en un jour. On vit le comte aller péniblement aux arbres du milieu, s'asseoir sur le banc de mousse qui échancrait une allée latérale, et attendre ainsi le retour des forces ou plutôt le retour de la nuit.

Bientôt cent pas l'exténuèrent. Enfin, Athos ne voulut plus se lever; il refusa toute nourriture, et ses gens épouvantés, bien qu'il ne se plaignit pas, bien qu'il eût toujours le sourire aux lèvres, bien qu'il continuât à parler de sa douce voix, ses gens allèrent à Blois chercher l'ancien médecin de feu Monsieur, et l'amenèrent au comte de La Fère, de telle façon qu'il pût voir celui-ci sans être vu.

À cet effet, ils le placèrent dans un cabinet voisin de la chambre du malade et le supplièrent de ne pas se montrer dans la crainte de déplaire au maître, qui n'avait pas demandé de médecin.

Le docteur obéit; Athos était une sorte de modèle pour les gentilshommes du pays; le Blaisois se vantait de posséder cette relique sacrée des vieilles gloires françaises; Athos était un bien grand seigneur, comparé à ces noblesses comme le roi en improvisait en touchant de son sceptre jeune et fécond les troncs desséchés des arbres héraldiques de la province.

On respectait, disons-nous, et l'on aimait Athos. Le médecin ne put souffrir de voir pleurer ses gens et de voir s'attrouper les pauvres du canton, à qui Athos donnait la vie et la consolation par ses bonnes paroles et ses aumônes. Il examina donc du fond de sa cachette les allures du mal mystérieux qui courbait et mordait de jour en jour plus mortellement un homme naguère encore plein de vie et d'envie de vivre.

Il remarqua sur les joues d'Athos la pourpre de la fièvre qui s'allume et se nourrit, fièvre lente, impitoyable, née dans un pli du coeur, s'abritant derrière ce rempart grandissant de la souffrance qu'elle engendre, cause à là fois et effet d'une situation périlleuse.

Le comte ne parlait à personne, disons-nous, il ne parlait pas même seul. Sa pensée craignait le bruit, elle touchait à ce degré de surexcitation qui confine à l'extase. L'homme ainsi absorbé, quand il n'appartient pas encore à Dieu, n'appartient déjà plus à la terre.

Le docteur demeura plusieurs heures à étudier cette douloureuse lutte de la volonté contre une puissance supérieure. Il s'épouvanta de voir ces yeux toujours fixes, toujours attachés sur le but invisible; il s'épouvanta de voir battre du même mouvement ce coeur dont jamais un soupir ne venait varier l'habitude; quelquefois l'acuité de la douleur fait l'espoir du médecin.

Une demi-journée se passa ainsi. Le docteur prit son parti en homme brave, en esprit ferme: il sortit brusquement de sa retraite et vint droit à Athos, qui le vit sans témoigner plus de surprise que s'il n'eût rien compris à cette apparition.

— Monsieur le comte, pardon, dit le docteur en venant au malade les bras ouverts, mais j'ai un reproche à vous faire; vous allez m'entendre.

Et il s'assit au chevet d'Athos, qui sortit à grand-peine de sa préoccupation.

— Qu'y a-t-il, docteur? demanda le comte après un silence.

— Il y a que vous êtes malade, monsieur, et que vous ne vous faites pas traiter.

— Moi, malade! dit Athos en souriant.

— Fièvre, consomption, affaiblissement, dépérissement, monsieur le comte!

— Affaiblissement! répondit Athos. Est-ce possible? Je ne me lève pas.

— Allons, allons, monsieur le comte, pas de subterfuges! Vous êtes un bon chrétien.

— Je le crois, dit Athos.

— Vous donneriez-vous la mort?

— Jamais, docteur.

— Eh bien! monsieur, vous vous en allez mourant; demeurer ainsi, c'est un suicide; guérissez, monsieur le comte, guérissez!

— De quoi? Trouvez le mal d'abord. Moi, jamais je ne me suis trouvé mieux, jamais le ciel ne m'a paru plus beau, jamais je n'ai plus chéri mes fleurs.

— Vous avez un chagrin caché.

— Caché?... Non pas, j'ai l'absence de mon fils, docteur; voilà tout mon mal; je ne le cache pas.

— Monsieur le comte, votre fils vit, il est fort, il a tout l'avenir des gens de son mérite et de sa race; vivez pour lui...

— Mais je vis, docteur. Oh! soyez bien tranquille ajouta-t-il en souriant avec mélancolie, tant que Raoul vivra, on le saura bien; car, tant qu'il vivra, je vivrai.

— Que dites-vous?

— Une chose bien simple. En ce moment, docteur, je laisse la vie suspendue en moi. Ce serait une tâche au-dessus de mes forces que la vie oublieuse, dissipée, indifférente, quand je n'ai pas là Raoul. Vous ne demandez point à la lampe de brûler quand l'étincelle n'y a pas attaché la flamme; ne me demandez pas de vivre au bruit et à la clarté. Je végète, je me dispose, j'attends. Tenez, docteur, rappelez-vous ces soldats que nous vîmes tant de fois ensemble sur les ports où ils attendaient d'être embarqués; couchés, indifférents, moitié sur un élément, moitié sur l'autre, ils n'étaient ni à l'endroit où la mer allait les porter, ni à l'endroit où la terre allait les perdre; bagages préparés, esprit tendu, regard fixe, ils attendaient. Je le répète, ce mot, c'est celui qui peint ma vie présente. Couché comme ces soldats, l'oreille tendue vers ces bruits qui m'arrivent, je veux être prêt à partir au premier appel. Qui me fera cet appel? la vie, ou la mort? Dieu, ou Raoul? Mes bagages sont prêts, mon âme est disposée, j'attends le signal... J'attends, docteur, j'attends!

Le docteur connaissait la trempe de cet esprit, il appréciait la solidité de ce corps; il réfléchit un moment, se dit à lui-même que les paroles étaient inutiles, les remèdes absurdes, et il partit en exhortant les serviteurs d'Athos à ne le point abandonner un moment.

Athos, le docteur parti, ne témoigna ni colère ni dépit de ce qu'on l'avait troublé; il ne recommanda même pas qu'on lui remît promptement les lettres qui viendraient: il savait bien que toute distraction qui lui arrivait était une joie, une espérance que ses serviteurs eussent payée de leur sang pour la lui procurer.

Le sommeil était devenu rare. Athos, à force de songer, s'oubliait quelques heures au plus dans une rêverie plus profonde, plus obscure, que d'autres eussent appelée un rêve. Ce repos momentané donnait cet oubli au corps, que fatiguait l'âme; car Athos vivait doublement pendant ces pérégrinations de son intelligence. Une nuit, il songea que Raoul s'habillait dans une tente, pour aller à l'expédition commandée par M. de Beaufort en personne. Le jeune homme était triste, il agrafait lentement sa cuirasse, lentement il ceignait son épée.

— Qu'avez-vous donc? lui demanda tendrement son père.

— Ce qui m'afflige, c'est la mort de Porthos, notre si bon ami, répondit Raoul; je souffre d'ici de la douleur que vous en ressentirez là-bas.

Et la vision disparut avec le sommeil d'Athos.

Au point du jour, un des valets entra chez son maître, et lui remit une lettre venant d'Espagne.

L'écriture d'Aramis, pensa le comte.

Et il lut.

— Porthos est mort! s'écria-t-il après les premières lignes. Ô Raoul, Raoul, merci! tu tiens ta promesse, tu m'avertis!

Et Athos, pris d'une sueur mortelle, s'évanouit dans son lit sans autre cause que sa faiblesse.

CHAPITRE LVII. Vision d'Athos

Quand cet évanouissement d'Athos eut cessé, le comte, presque honteux d'avoir faibli devant cet événement surnaturel, s'habilla et demanda un cheval, bien décidé à se rendre à Blois, pour nouer des correspondances plus sûres, soit avec l'Afrique, soit avec d'Artagnan ou Aramis.

En effet, cette lettre d'Aramis instruisait le comte de La Fère du mauvais succès de l'expédition de Belle-Île. Elle lui donnait, sur la mort de Porthos, assez de détails pour que le coeur si tendre et si dévoué d'Athos fût ému jusqu'en ses dernières fibres.

Athos voulut donc aller faire à son ami Porthos une dernière visite. Pour rendre cet honneur à son ancien compagnon d'armes, il comptait prévenir d'Artagnan, l'amener à recommencer le pénible voyage de Belle-Île, accomplir en sa compagnie ce triste pèlerinage au tombeau du géant qu'il avait tant aimé, puis revenir dans sa maison, pour obéir à cette influence secrète qui le conduisait à l'éternité par ces chemins mystérieux.

Mais, à peine les valets, joyeux, avaient-ils habillé leur maître, qu'ils voyaient avec plaisir se préparer à un voyage qui devait dissiper sa mélancolie, à peine le cheval le plus doux de l'écurie du comte était-il sellé et conduit devant le perron, que le père de Raoul sentit sa tête s'embarrasser, ses jambes se rompre, et qu'il comprit l'impossibilité où il était de faire un pas de plus.

Il demanda à être porté au soleil; on l'étendit sur son banc de mousse, où il passa une grande heure avant de reprendre ses esprits.

Rien n'était plus naturel que cette atonie après le repos inerte des derniers jours. Athos prit un bouillon pour se donner des forces, et trempa ses lèvres desséchées dans un verre plein du vin qu'il aimait le mieux, ce vieux vin d'Anjou, mentionné par le bon Porthos dans son admirable testament.

Alors, réconforté, libre d'esprit, il se fit amener son cheval; mais il lui fallut l'aide des valets pour monter péniblement en selle.

Il ne fit point cent pas: le frisson s'empara de lui au détour du chemin.

— Voilà qui est étrange, dit-il à son valet de chambre, qui l'accompagnait.

— Arrêtons-nous, monsieur, je vous en conjure! répondit le fidèle serviteur. Voilà que vous pâlissez.

— Cela ne m'empêchera pas de poursuivre ma route, puisque je suis en chemin, réplique le comte.

Et il rendit les rênes à son cheval.

Mais soudain l'animal, au lieu d'obéir à la pensée de son maître, s'arrêta. Un mouvement dont Athos ne se rendit pas compte avait serré le mors.

— Quelque chose, dit Athos, veut que je n'aille pas plus loin. Soutenez-moi, ajouta-t-il en étendant les bras; vite, approchez! je sens tous mes muscles qui se détendent, et je vais tomber de cheval.

Le valet avait vu le mouvement fait par son maître en même temps qu'il avait reçu l'ordre. Il s'approcha vivement, reçut le comte dans ses bras, et, comme on n'était pas encore assez éloigné de la maison pour que les serviteurs, demeurés sur le seuil de la porte pour voir partir M. de La Fère, n'aperçussent pas ce désordre dans la marche ordinairement si régulière de leur maître, le valet de chambre appela ses camarades du geste et de la voix; alors tous accoururent avec empressement.

À peine Athos eut-il fait quelques pas pour retourner vers sa maison, qu'il se trouva mieux. Sa vigueur sembla renaître, et la volonté lui revint de pousser vers Blois. Il fit faire une volte à son cheval. Mais, au premier mouvement de celui-ci, il retomba dans cet état de torpeur et d'angoisse.

— Allons, décidément, murmura-t-il, on veut que je reste chez moi.

Ses gens s'approchèrent; on le descendit de cheval; et tous le portèrent en courant vers sa maison. Tout fut bientôt préparé dans sa chambre; ils le couchèrent dans son lit.

— Vous ferez bien attention, leur dit-il en se disposant à dormir, que j'attends aujourd'hui même des lettres d'Afrique.

— Monsieur apprendra sans doute avec plaisir que le fils de Blaisois est monté à cheval pour gagner une heure sur le courrier de Blois, répondit le valet de chambre.

— Merci! répondit Athos avec son sourire de bonté.

Le comte s'endormit; son sommeil anxieux ressemblait à une souffrance. Celui qui le veillait vit sur ses traits poindre, à plusieurs reprises l'expression d'une torture intérieure. Peut- être Athos rêvait-il. La journée se passa; le fils de Blaisois revint; le courrier n'avait pas apporté de nouvelles. Le comte calculait avec désespoir les minutes, il frémissait quand ces minutes avaient formé une heure. L'idée qu'on l'avait oublié là-bas lui vint une fois et lui coûta une atroce douleur au coeur.

Personne, dans la maison, n'espérait plus que le courrier arrivât, son heure était passée depuis longtemps. Quatre fois, l'exprès envoyé à Blois avait réitéré son voyage, et rien n'était venu à l'adresse du comte.

Athos savait que ce courrier n'arrivait qu'une fois par semaine. C'était donc un retard de huit mortels jours à subir.

Il commença la nuit avec cette douloureuse persuasion.

Tout ce qu'un homme malade et irrité par la souffrance peut ajouter de sombres suppositions à des probabilités déjà tristes, Athos l'entassa pendant les premières heures de cette mortelle nuit.

La fièvre monta; elle envahit la poitrine, où le feu prit bientôt, suivant l'expression du médecin qu'on avait ramené de Blois au dernier voyage du fils de Blaisois.

Bientôt elle gagna la tête. Le médecin pratiqua successivement deux saignées qui la dégagèrent, mais qui affaiblirent le malade et ne laissèrent la force d'action qu'à son cerveau.

Cependant cette fièvre redoutable avait cessé. Elle assiégeait de ses derniers battements les extrémités engourdies; elle finit par céder tout à fait lorsque minuit sonna.

Le médecin, voyant ce mieux incontestable, regagna Blois après avoir ordonné quelques prescriptions et déclaré que le comte était sauvé.

Alors commença, pour Athos, une situation étrange, indéfinissable. Libre de penser, son esprit se porta vers Raoul, vers ce fils bien-aimé. Son imagination lui montra les champs de l'Afrique aux environs de Djidgelli, où M. de Beaufort avait dû débarquer avec son armée.

C'étaient des roches grises toutes verdies en certains endroits par l'eau de la mer, quand elle vient fouetter la plage pendant les tourmentes et les tempêtes.

Au-delà du rivage, diapré de ces roches semblables à des tombes, montait en amphithéâtre, parmi les lentisques et les cactus, une sorte de bourgade pleine de fumée, de bruits obscurs et de mouvements effarés.

Tout à coup, du sein de cette fumée se dégagea une flamme qui parvint, bien qu'en rampant, à couvrir toute la surface de cette bourgade, et qui grandit peu à peu, englobant tout dans ses tourbillons rouges; pleurs, cris, bras étendus au ciel. Ce fut, pendant un moment, un pêle-mêle affreux de madriers s'écroulant, de lames tordues, de pierres calcinées, d'arbres grillés, disparus.

Chose étrange! dans ce chaos où Athos distinguait des bras levés, où il entendait des cris, des sanglots, des soupirs, il ne vit jamais une figure humaine.

Le canon tonnait au loin, la mousqueterie pétillait, la mer mugissait, les troupeaux s'échappaient en bondissant sur les talus verdoyants. Mais pas un soldat pour approcher la mèche auprès des batteries de canon, pas un marin pour aider à la manoeuvre de cette flotte, pas un pasteur pour ces troupeaux.

Après la ruine du village et la destruction des forts qui le dominaient, ruine et destruction opérées magiquement, sans la coopération d'un seul être humain, la flamme s'éteignit, la fumée recommença de monter, puis diminua d'intensité, pâlit et s'évapora complètement.

La nuit alors se fit dans ce paysage; une nuit opaque sur terre, brillante au firmament; les grosses étoiles flamboyantes qui scintillent au ciel africain brillaient sans rien éclairer qu'elles-mêmes autour d'elles.

Un long silence s'établit qui servit à reposer un moment l'imagination troublée d'Athos, et, comme il sentait que ce qu'il avait à voir n'était pas terminé, il appliqua plus attentivement les regards de son intelligence sur le spectacle étrange que lui réservait son imagination.

Ce spectacle continua bientôt pour lui.

Une lune douce et pâle se leva derrière les versants de la côte, et moirant d'abord des plis onduleux de la mer, qui semblait s'être calmée après les mugissements qu'elle avait fait entendre pendant la vision d'Athos, la lune, disons-nous, vint attacher ses diamants et ses opales aux broussailles et aux halliers de la colline.

Les roches grises, comme autant de fantômes silencieux et attentifs, semblèrent dresser leurs têtes verdâtres pour examiner aussi le champ de bataille à la clarté de la lune, et Athos s'aperçut que ce champ, entièrement vide pendant le combat, était maintenant jonché de corps abattus.

Un inexplicable frisson de crainte et d'horreur saisit son âme, quand il reconnut l'uniforme blanc et bleu des soldats de Picardie, leurs longues piques au manche bleu et leurs mousquets marqués de la fleur de lis à la crosse;

Quand il vit toutes les blessures béantes et froides regarder le ciel azuré, comme pour lui redemander les âmes auxquelles elles avaient livré passage;

Quand il vit les chevaux, éventrés, mornes, la langue pendante de côté hors des lèvres, dormir dans le sang glacé répandu autour d'eux, et qui souillait leurs housses et leurs crinières;

Quand il vit le cheval blanc de M. de Beaufort étendu, la tête fracassée, au premier rang sur le champ des morts.

Athos passa une main froide sur son front, qu'il s'étonna de ne pas trouver brûlant. Il se convainquit, par cet attouchement, qu'il assistait, comme un spectateur sans fièvre, au lendemain d'une bataille livrée sur le rivage de Djidgelli par l'armée expéditionnaire, qu'il avait vue quitter les côtes de France et disparaître à l'horizon, et dont il avait salué, de la pensée et du geste, la dernière lueur du coup de canon envoyé par le duc, en signe d'adieu à la patrie.

Qui pourra peindre le déchirement mortel avec lequel son âme, suivant comme un oeil vigilant la trace de ces cadavres, les alla tous regarder les uns après les autres, pour reconnaître si parmi eux ne dormait pas Raoul? Qui pourra exprimer la joie enivrante, divine, avec laquelle Athos s'inclina devant Dieu, et le remercia de n'avoir pas vu celui qu'il cherchait avec tant de crainte parmi les morts?

En effet, tombés morts à leur rang, roidis, glacés, tous ces morts, bien reconnaissables, semblaient se tourner avec complaisance et respect vers le comte de La Fère, pour être mieux vus de lui pendant son inspection funèbre.

Cependant, il s'étonnait voyant tous ces cadavres, de ne pas apercevoir les survivants.

Il en était venu à ce point d'illusion, que cette vision était pour lui un voyage réel fait par le père en Afrique, pour obtenir des renseignements plus exacts sur le fils.

Aussi, fatigué d'avoir tant parcouru de mers et de continents, il cherchait à se reposer sous une des tentes abritées derrière un rocher, et sur le sommet desquelles flottait le pennon blanc fleurdelisé. Il chercha un soldat pour être conduit vers la tente de M. de Beaufort.

Alors, pendant que son regard errait dans la plaine, se tournant de tous les côtés, il vit une forme blanche apparaître derrière les myrtes résineux.

Cette figure était vêtue d'un costume d'officier: elle tenait en main une épée brisée; elle s'avança lentement vers Athos, qui, s'arrêtant tout à coup et fixant son regard sur elle, ne parlait pas, ne remuait pas, et qui voulait ouvrir ses bras, parce que dans cet officier silencieux et pâle, il venait de reconnaître Raoul.

Le comte essaya un cri, qui demeura étouffé dans son gosier. Raoul, d'un geste, lui indiquait de se taire en mettant un doigt sur sa bouche et en reculant peu à peu, sans qu'Athos vit ses jambes se mouvoir.

Le comte, plus pâle que Raoul, plus tremblant, suivit son fils en traversant péniblement bruyères et buissons, pierres et fossés. Raoul ne paraissait pas toucher la terre, et nul obstacle n'entravait la légèreté de sa marche.

Le comte, que les accidents de terrain fatiguaient, s'arrêta bientôt épuisé. Raoul lui faisait toujours signe de le suivre. Le tendre père, auquel l'amour redonnait des forces, essaya un dernier mouvement et gravit la montagne à la suite du jeune homme, qui l'attirait par son geste et son sourire.

Enfin, il toucha la crête de cette colline, et vit se dessiner en noir, sur l'horizon blanchi par la lune, les formes aériennes, poétiques de Raoul. Athos étendait la main pour arriver près de son fils bien-aimé, sur le plateau, et celui-ci lui tendait aussi la sienne; mais soudain, comme si le jeune homme eût été entraîné malgré lui, reculant toujours, il quitta la terre, et Athos vit le ciel briller entre les pieds de son enfant et le sol de la colline.

Raoul s'élevait insensiblement dans le vide, toujours souriant, toujours appelant du geste; il s'éloignait vers le ciel.

Athos poussa un cri de tendresse effrayée; il regarda en bas. On voyait un camp détruit, et, comme des atomes immobiles, tous ces blancs cadavres de l'armée royale.

Et puis, en relevant la tête, il voyait toujours, toujours, son fils qui l'invitait à monter avec lui.

CHAPITRE LVIII. L'ange de la mort

Athos en était là de sa vision merveilleuse, quand le charme fut soudain rompu par un grand bruit parti des portes extérieures de la maison.

On entendit un cheval galoper sur le sable durci de la grande allée, et les rumeurs des conversations les plus bruyantes et les plus animées montèrent jusqu'à la chambre où rêvait le comte.

Athos ne bougea pas de la place qu'il occupait; à peine tourna-t-il sa tête du côté de la porte pour percevoir plus tôt les bruits qui arrivaient jusqu'à lui.

Un pas alourdi monta le perron; le cheval, qui galopait naguère avec tant de rapidité, partit lentement du côté de l'écurie. Quelques frémissements accompagnaient ces pas qui, peu à peu, se rapprochaient de la chambre d'Athos.

Alors une porte s'ouvrit, et Athos, se tournant un peu du côté où venait le bruit, cria d'une voix faible:

— C'est un courrier d'Afrique, n'est-ce pas?

— Non, monsieur le comte, répondit une voix qui fit tressaillir sur son lit le père de Raoul.

— Grimaud! murmura-t-il.

Et la sueur commença de glisser le long de ses joues amaigries.

Grimaud apparut sur le seuil. Ce n'était plus le Grimaud que nous avons vu, jeune encore par le courage et par le dévouement, alors qu'il sautait le premier dans la barque destinée à porter Raoul de Bragelonne aux vaisseaux de la flotte royale.

C'était un sévère et pâle vieillard, aux habits couverts de poudre, aux rares cheveux blanchis par les années. Il tremblait en s'appuyant au chambranle de la porte, et faillit tomber en voyant de loin, et à la lueur des lampes, le visage de son maître.

Ces deux hommes, qui avaient tant vécu l'un avec l'autre en communauté d'intelligence et dont les yeux, habitués à économiser les expressions, savaient se dire silencieusement tant de choses; ces deux vieux amis, aussi nobles l'un que l'autre par le coeur, s'ils étaient inégaux par la fortune et la naissance, demeurèrent interdits en se regardant. Ils venaient, avec un seul coup d'oeil, de lire au plus profond du coeur l'un de l'autre.

Grimaud portait sur son visage l'empreinte d'une douleur déjà vieillie d'une habitude lugubre. Il semblait n'avoir plus à son usage qu'une seule traduction de ses pensées.

Comme jadis il s'était accoutumé à ne plus parler, il s'habituait à ne plus sourire.

Athos lut d'un coup d'oeil toutes ces nuances sur le visage de son fidèle serviteur, et, du même ton qu'il eût pris pour parler à Raoul dans son rêve:

— Grimaud, dit-il, Raoul est mort, n'est-ce pas?

Derrière Grimaud, les autres serviteurs écoutaient palpitants, les yeux fixés sur le lit du malade.

Ils entendirent la terrible question, et un silence effrayant la suivit.

— Oui, répondit le vieillard en arrachant ce monosyllabe de sa poitrine avec un rauque soupir.

Alors s'élevèrent des voix lamentables qui gémirent sans mesure et emplirent de regrets et de prières la chambre où ce père agonisant cherchait des yeux le portrait de son fils.

Ce fut pour Athos comme la transition qui le conduisit à son rêve.

Sans pousser un cri, sans verser une larme, patient, doux et résigné comme les martyrs, il leva les yeux au ciel afin d'y revoir, s'élevant au-dessus de la montagne de Djidgelli, l'ombre chère qui s'éloignait de lui au moment où Grimaud était arrivé.

Sans doute, en regardant au ciel, en reprenant son merveilleux songe, il repassa par les mêmes chemins où la vision à la fois si terrible et si douce l'avait conduit naguère; car, après avoir fermé doucement les yeux; il les rouvrit et se mit à sourire: il venait de voir Raoul qui lui souriait à son tour.

Les mains jointes sur sa poitrine, le visage tourné vers la fenêtre, baigné par l'air frais de la nuit qui apportait à son chevet les arômes des fleurs et des bois, Athos entra pour n'en plus sortir, dans la contemplation de ce paradis que les vivants ne voient jamais.

Dieu voulut sans doute ouvrir à cet élu les trésors de la béatitude éternelle, à l'heure où les autres hommes tremblent d'être sévèrement reçus par le Seigneur, et se cramponnent à cette vie qu'ils connaissent, dans la terreur de l'autre vie qu'ils entrevoient aux sombres et sévères flambeaux de la mort.

Athos était guidé par l'âme pure et sereine de son fils, qui aspirait l'âme paternelle. Tout pour ce juste fut mélodie et parfum, dans le rude chemin que prennent les âmes pour retourner dans la céleste patrie.

Après une heure de cette extase, Athos éleva doucement ses mains blanches comme la cire; le sourire ne quitta point ses lèvres, et il murmura, si bas, si bas qu'à peine on l'entendit, ces deux mots adressés à Dieu ou à Raoul:

— Me voici!

Et ses mains retombèrent lentement comme si lui-même les eût reposées sur le lit.

La mort avait été commode et caressante à cette noble créature. Elle lui avait épargné les déchirements de l'agonie, les convulsions du départ suprême; elle avait ouvert d'un doigt favorable les portes de l'éternité à cette grande âme digne de tous ses respects.

Dieu l'avait sans doute ordonné ainsi, pour que le souvenir pieux de cette mort si douce restât dans le coeur des assistants et dans la mémoire des autres hommes, trépas qui fit aimer le passage de cette vie à l'autre à ceux dont l'existence sur cette terre ne peut faire redouter le jugement dernier.

Athos garda même dans l'éternel sommeil ce sourire placide et sincère, ornement qui devait l'accompagner dans le tombeau. La quiétude de ses traits, le calme de son néant, firent douter longtemps ses serviteurs qu'il eût quitté la vie.

Les gens du comte voulurent emmener Grimaud, qui, de loin, dévorait ce visage pâlissant et n'approchait point, dans la crainte pieuse de lui apporter le souffle de la mort. Mais Grimaud, tout fatigué qu'il était, refusa de s'éloigner. Il s'assit sur le seuil, gardant son maître avec la vigilance d'une sentinelle, et jaloux de recueillir son premier regard au réveil, son dernier soupir à la mort.

Les bruits s'éteignaient dans toute la maison, et chacun respectait le sommeil du seigneur. Mais Grimaud, en prêtant l'oreille, s'aperçut que le comte ne respirait plus.

Il se souleva, ses mains appuyées sur le sol, et, de sa place, regarda s'il ne s'éveillerait pas un tressaillement dans le corps de son maître.

Rien! la peur le prit; il se leva tout à fait, et, au même moment, il entendit marcher dans l'escalier; un bruit d'éperons heurtés par une épée, son belliqueux, familier à ses oreilles, l'arrêta comme il allait marcher vers le lit d'Athos. Une voix plus vibrante encore que le cuivre et l'acier retentit à trois pas de lui.

— Athos! Athos! mon ami! criait cette voix émue jusqu'aux larmes.

— Monsieur le chevalier d'Artagnan! balbutia Grimaud.

— Où est-il? continua le mousquetaire.

Grimaud lui saisit le bras dans ses doigts osseux, et lui montra le lit, sur les draps duquel tranchait déjà la teinte livide du cadavre.

Une respiration haletante, le contraire d'un cri aigu, gonfla la gorge de d'Artagnan.

Il s'avança sur la pointe du pied, frissonnant, épouvanté du bruit que faisaient ses pas sur le parquet, et le coeur déchiré par une angoisse sans nom. Il approcha son oreille de la poitrine d'Athos, son visage de la bouche du comte. Ni bruit ni souffle. D'Artagnan recula.

Grimaud, qui l'avait suivi des yeux et pour qui chacun de ses mouvements avait été une révélation, vint timidement s'asseoir au pied du lit, et colla ses lèvres sur le drap que soulevaient les pieds roidis de son maître.

Alors on vit de larges pleurs s'échapper de ses yeux rougis.

Ce vieillard au désespoir, qui larmoyait courbé sans proférer une parole, offrait le plus émouvant spectacle que d'Artagnan, dans sa vie d'émotions, eût jamais rencontré.

Le capitaine resta debout en contemplation devant ce mort souriant, qui semblait avoir gardé sa dernière pensée pour faire à son meilleur ami, à l'homme qu'il avait le plus aimé après Raoul, un accueil gracieux, même au-delà de la vie, et, comme pour répondre à cette suprême flatterie de l'hospitalité, d'Artagnan alla baiser Athos au front et, de ses doigts tremblants, lui ferma les yeux.

Puis il s'assit au chevet du lit, sans peur de ce mort qui lui avait été si doux et si bienveillant pendant trente-cinq années; il se nourrit avidement des souvenirs que le noble visage du comte lui ramenait en foule à l'esprit, les uns fleuris et charmants comme ce sourire, les autres sombres, mornes et glacés, comme cette figure aux yeux clos pour l'éternité.

Tout à coup, le flot amer qui montait de minute en minute envahit son coeur, et lui brisa la poitrine. Incapable de maîtriser son émotion, il se leva, et, s'arrachant violemment de cette chambre, où il venait de trouver mort celui auquel il venait apporter la nouvelle de la mort de Porthos, il poussa des sanglots si déchirants, que les valets, qui semblaient n'attendre qu'une explosion de douleur, y répondirent par leurs clameurs lugubres, et les chiens du seigneur par leurs lamentables hurlements.

Grimaud fut le seul qui n'éleva pas la voix. Même dans le paroxysme de sa douleur, il n'eût pas osé profaner la mort, ni pour la première fois troubler le sommeil de son maître. Athos, d'ailleurs, l'avait habitué à ne parler jamais.

Au point du jour, d'Artagnan, qui avait erré dans la salle basse en se mordant les poings pour étouffer ses soupirs, d'Artagnan monta encore une fois l'escalier, et, guettant le moment où Grimaud tournerait la tête de son côté, il lui fit signe de venir à lui, ce que le fidèle serviteur exécuta sans faire plus de bruit qu'une ombre.

D'Artagnan redescendit suivi de Grimaud.

Une fois au vestibule, prenant les mains du vieillard:

— Grimaud, dit-il, j'ai vu comment le père est mort: dis-moi maintenant comment est mort le fils.

Grimaud tira de son sein une large lettre, sur l'enveloppe de laquelle était tracée l'adresse d'Athos. Il reconnut l'écriture de M. de Beaufort, brisa le cachet et se mit à lire en arpentant, aux premiers rayons du jour bleuâtre, la sombre allée de vieux tilleuls foulée par les pas encore visibles du comte qui venait de mourir.

CHAPITRE LIX. Bulletin

Le duc de Beaufort écrivait à Athos. La lettre destinée à l'homme n'arrivait qu'au mort. Dieu changeait l'adresse.

«Mon cher comte, écrivait le prince avec sa grande écriture d'écolier malhabile, un grand malheur nous frappe au milieu d'un grand triomphe. Le roi perd un soldat des plus braves. Je perds un ami. Vous perdez M. de Bragelonne.

«Il est mort glorieusement, et si glorieusement, que je n'ai pas la force de pleurer comme je voudrais.

«Recevez mes tristes compliments, mon cher comte. Le Ciel nous distribue les épreuves selon la grandeur de notre coeur. Celle-là est immense, mais non au-dessus de votre courage.

«Votre bon ami,
«Le duc de Beaufort.»

Cette lettre renfermait une relation écrite par un des secrétaires du prince. C'était le plus touchant récit et le plus vrai de ce lugubre épisode qui dénouait deux existences.

D'Artagnan, accoutumé aux émotions de la bataille, et le coeur cuirassé contre les attendrissements, ne put s'empêcher de tressaillir en lisant le nom de Raoul, le nom de cet enfant chéri, devenu, comme son père, une ombre.

«Le matin, disait le secrétaire du prince, M. le duc commanda l'attaque. Normandie et Picardie avaient pris position dans les roches grises dominées par le talus de la montagne, sur le versant de laquelle s'élèvent les bastions de Djidgelli.

«Le canon, commençant à tirer, engagea l'action; les régiments marchèrent pleins de résolution; les piquiers avaient la pique haute; les porteurs de mousquets avaient l'arme au bras. Le prince suivait attentivement la marche et le mouvement des troupes, qu'il était prêt à soutenir avec une forte réserve.

«Auprès de Monseigneur étaient les plus vieux capitaines et ses aides de camp. M. le vicomte de Bragelonne avait reçu l'ordre de ne pas quitter Son Altesse.

«Cependant le canon de l'ennemi, qui d'abord avait tonné indifféremment contre les masses, avait réglé son feu, et les boulets, mieux dirigés, étaient venus tuer quelques hommes autour du prince. Les régiments formés en colonne, et qui s'avançaient contre les remparts, furent un peu maltraités. Il y avait hésitation de la part de nos troupes, qui se voyaient mal secondées par notre artillerie. En effet, les batteries qu'on avait établies la veille n'avaient qu'un tir faible et incertain, en raison de leur position. La direction de bas en haut nuisait à la justesse des coups et de la portée.

«Monseigneur, comprenant le mauvais effet de cette position de l'artillerie de siège, commanda aux frégates embossées dans la petite rade de commencer un feu régulier contre la place.

«Pour porter cet ordre, M. de Bragelonne s'offrit tout d'abord; mais Monseigneur refusa d'acquiescer à la demande du vicomte.

«Monseigneur avait raison, puisqu'il aimait et voulait ménager ce jeune seigneur; il avait bien raison, et l'événement se chargea de justifier sa prévision et son refus; car, à peine le sergent que Son Altesse avait chargé du message sollicité par M. de Bragelonne fut-il arrivé au bord de la mer, que deux gros coups de longue escopette partirent des rangs de l'ennemi et vinrent l'abattre.

«Le sergent tomba sur le sable mouillé qui but son sang.

«Ce que voyant, M. de Bragelonne sourit à Monseigneur, lequel lui dit:

«— Vous voyez, vicomte, je vous sauve la vie. Rapportez-le plus tard à M. le comte de La Fère, afin que, l'apprenant de vous, il m'en sache gré, à moi.

«Le jeune seigneur sourit tristement et répondit au duc:

«— Il est vrai, monseigneur, sans votre bienveillance, j'aurais été tué là-bas où est tombé ce pauvre sergent, et en un fort grand repos.

«M. de Bragelonne fit cette réponse d'un tel air, que Monseigneur répliqua vivement:

«— Vrai Dieu! jeune homme, on dirait que l'eau vous en vient à la bouche: mais, par l'âme de Henri IV! j'ai promis à votre père de vous ramener vivant, et, s'il plaît au Seigneur, je tiendrai ma parole.

«M. de Bragelonne rougit, et, d'une voix plus basse:

«— Monseigneur, dit-il, pardonnez-moi, je vous en prie; c'est que j'ai toujours eu le désir d'aller aux occasions, et qu'il est doux de se distinguer devant son général, surtout quand le général est M. le duc de Beaufort.

«Monseigneur s'adoucit un peu, et, se tournant vers ses officiers qui se pressaient autour de lui, donna différents ordres.

«Les grenadiers des deux régiments arrivèrent assez près des fossés et des retranchements pour y lancer leurs grenades, qui firent peu d'effet.

«Cependant, M. d'Estrées, qui commandait la flotte, ayant vu la tentative du sergent pour approcher des vaisseaux, comprit qu'il fallait tirer sans ordres et ouvrir le feu.

«Alors les Arabes, se voyant frappés par les boulets de la flotte et par les ruines et les éclats de leurs mauvaises murailles, poussèrent des cris effrayants.

«Leurs cavaliers descendirent la montagne au galop, courbés sur leurs selles, et se lancèrent à fond de train sur les colonnes d'infanterie, qui, croisant les piques, arrêtèrent cet élan fougueux. Repoussés par l'attitude ferme du bataillon, les Arabes vinrent de grande furie se rejeter vers l'état-major qui n'était point gardé en ce moment.

«Le danger fut grand: Monseigneur tira l'épée; ses secrétaires et ses gens l'imitèrent; les officiers de sa suite engagèrent un combat avec ces furieux.

«Ce fut alors que M. de Bragelonne put contenter l'envie qu'il manifestait depuis le commencement de l'action. Il combattit près du prince avec une vigueur de Romain, et tua trois Arabes avec sa petite épée.

«Mais il était visible que sa bravoure ne venait pas d'un sentiment d'orgueil, naturel à tous ceux qui combattent. Elle était impétueuse, affectée, forcée même; il cherchait à s'enivrer du bruit et du carnage.

«Il s'échauffa de telle sorte, que Monseigneur lui cria d'arrêter.

«Il dut entendre la voix de Son Altesse, puisque nous l'entendions, nous qui étions à ses côtés. Cependant il ne s'arrêta pas, et continua de courir vers les retranchements.

«Comme M. de Bragelonne était un officier fort soumis, cette désobéissance aux ordres de Monseigneur surprit fort tout le monde, et M. de Beaufort redoubla d'instances, en criant:

«— Arrêtez, Bragelonne! Où allez-vous? Arrêtez! Reprit Monseigneur, je vous l'ordonne.

«Nous tous, imitant le geste de M. le duc, nous avions levé la main. Nous attendions que le cavalier tournât bride; mais M. de Bragelonne courait toujours vers les palissades.

«— Arrêtez, Bragelonne! répéta le prince d'une voix très forte; arrêtez au nom de votre père!

«À ces mots, M. de Bragelonne se retourna, son visage exprimait une vive douleur, mais il ne s'arrêtait pas; nous jugeâmes alors que son cheval l'emportait.

«Quand M. le duc eut deviné que le vicomte n'était plus maître de son cheval, et qu'il l'eut vu dépasser les premiers grenadiers, Son Altesse cria:

«— Mousquetaires, tuez-lui son cheval! Cent pistoles à qui mettra bas le cheval!

«Mais de tirer sur la bête sans atteindre le cavalier, qui eut pu l'espérer? Aucun n'osait. Enfin il s'en présenta un, c'était enfin tireur du régiment de Picardie, nommé La Luzerne, qui coucha en joue l'animal, tira et l'atteignit à la croupe, car on vit le sang rougir le pelage blanc du cheval; seulement, au lieu de tomber, le maudit genet s'emporta plus furieusement encore.

«Tout Picardie, qui voyait ce malheureux jeune homme courir à la mort, criait à tue-tête: <Jetez-vous en bas, monsieur le vicomte! en bas, en bas, jetez-vous en bas!> M. de Bragelonne était un officier fort aimé dans toute l'armée.

«Déjà le vicomte était arrivé à portée de pistolet du rempart; une décharge partit et l'enveloppa de feu et de fumée. Nous le perdîmes de vue; la fumée dissipée, on le revit à pied, debout; son cheval venait d'être tué.

«Le vicomte fut sommé de se rendre par les Arabes; mais il leur fit un signe négatif avec sa tête, et continua de marcher aux palissades.

«C'était une imprudence mortelle. Cependant toute l'armée lui sut gré de ne point reculer, puisque le malheur l'avait conduit si près. Il marcha quelques pas encore, et les deux régiments lui battirent des mains.

«Ce fut encore à ce moment que la seconde décharge ébranla de nouveau les murailles, et le vicomte de Bragelonne disparut une seconde fois dans le tourbillon; mais, cette fois, la fumée eut beau se dissiper, nous ne le vîmes plus debout. Il était couché, la tête plus bas que les jambes, sur les bruyères, et les Arabes commencèrent à vouloir sortir de leurs retranchements pour venir lui couper la tête ou prendre son corps, comme c'est la coutume chez les infidèles.

«Mais Son Altesse M. le duc de Beaufort avait suivi tout cela du regard, et ce triste spectacle lui avait arraché de grands et douloureux soupirs. Il se mit donc à crier, voyant les Arabes courir comme des fantômes blancs parmi les lentisques:

«— Grenadiers, piquiers, est-ce que vous leur laisserez prendre ce noble corps?

«En disant ces mots et en agitant son épée, il courut lui-même vers l'ennemi. Les régiments, s'élançant sur ses traces, coururent à leur tour en poussant des cris aussi terribles que ceux des Arabes étaient sauvages.

«Le combat commença sur le corps de M. de Bragelonne, et fut si acharné, que cent soixante Arabes y demeurèrent morts, à côté de cinquante au moins des nôtres.

«Ce fut un lieutenant de Normandie qui chargea le corps du vicomte sur ses épaules, et le rapporta dans nos lignes.

«Cependant l'avantage se poursuivait; les régiments prirent avec eux la réserve, et les palissades des ennemis furent renversées.

«À trois heures, le feu des Arabes cessa; le combat à l'arme blanche dura deux heures; ce fut un massacre.

«À cinq heures, nous étions victorieux sur tous les points; l'ennemi avait abandonné ses positions, et M. le duc avait fait planter le drapeau blanc sur le point culminant du monticule.

«Ce fut alors que l'on put songer à M. de Bragelonne, qui avait huit grands coups au travers du corps, et dont presque tout le sang était perdu.

«Toutefois, il respirait encore, ce qui donna une joie inexprimable à Monseigneur, lequel voulut assister, lui aussi, au premier pansement du vicomte et à la consultation des chirurgiens.

«Il y en eut deux d'entre eux qui déclarèrent que M. de Bragelonne vivrait. Monseigneur leur sauta au cou, et leur promit mille louis chacun s'ils le sauvaient.

«Le vicomte entendit ces transports de joie, et, soit qu'il fût désespéré, soit qu'il souffrît de ses blessures, il exprima par sa physionomie une contrariété qui donna beaucoup à penser, surtout à l'un de ses secrétaires, quand il eut entendu ce qui va suivre.

«Le troisième chirurgien qui vint était le frère Sylvain de Saint-Cosme, le plus savant des nôtres. Il sonda les plaies à son tour et ne dit rien.

«M. de Bragelonne ouvrait des yeux fixes et semblait interroger chaque mouvement, chaque pensée du savant chirurgien.

«Celui-ci, questionné par Monseigneur, répondit qu'il voyait bien trois plaies mortelles sur huit, mais que si forte était la constitution du blessé, si féconde la jeunesse, si miséricordieuse la bonté de Dieu, que peut-être M. de Bragelonne en reviendrait- il, si toutefois il ne faisait pas le moindre mouvement.

«Frère Sylvain ajouta, en se retournant vers ses aides:

«— Surtout, ne le remuez pas même du doigt, ou vous le tuerez.

«Et nous sortîmes tous de la tente avec un peu d'espoir.

«Ce secrétaire, en sortant, crut voir un sourire pâle et triste glisser sur les lèvres du vicomte, lorsque M. le duc lui dit d'une voix caressante:

«— Oh! vicomte, nous te sauverons! Mais le soir, quand on crut que le malade devait avoir reposé, l'un des aides entra dans la tente du blessé, et en ressortit en poussant de grands cris.

«Nous accourûmes tous en désordre, M. le duc avec nous, et l'aide nous montra le corps de M. de Bragelonne par terre, en bas du lit, baigné dans le reste de son sang.

«Il y a apparence qu'il avait eu quelque nouvelle convulsion, quelque mouvement fébrile, et qu'il était tombé; que la chute qu'il avait faite avait accéléré sa fin, selon le pronostic de frère Sylvain.

«On releva le vicomte; il était froid et mort. Il tenait une boucle de cheveux blonds à la main droite, et cette main était crispée sur son coeur.»

Suivaient les détails de l'expédition et de la victoire remportée sur les Arabes.

D'Artagnan s'arrêta au récit de la mort du pauvre Raoul.

— Oh! murmura-t-il, malheureux enfant, un suicide!

Et, tournant les yeux vers la chambre du château où dormait Athos d'un sommeil éternel:

— Ils se sont tenu parole l'un à l'autre, dit-il tout bas. Maintenant, je les trouve heureux: ils doivent être réunis.

Et il reprit à pas lents le chemin du parterre.

Toute la rue, tous les environs se remplissaient déjà de voisins éplorés qui se racontaient les uns aux autres la double catastrophe et se préparaient aux funérailles.

CHAPITRE LX. *Le dernier chant du poème*

Dès le lendemain, on vit arriver toute la noblesse des environs, celle de la province, partout où les messagers avaient eu le temps de porter la nouvelle.

D'Artagnan était resté enfermé sans vouloir parler à personne. Deux morts aussi lourdes tombant sur le capitaine, après la mort de Porthos, avaient accablé pour longtemps cet esprit jusqu'alors infatigable.

Excepté Grimaud, qui entra dans sa chambre une fois, le mousquetaire n'aperçut ni valets ni commensaux.

Il crut deviner au bruit de la maison, à ce train des allées et des venues, qu'on disposait tout pour les funérailles du comte. Il écrivit au roi pour lui demander un surcroît de congé.

Grimaud, nous l'avons dit, était entré chez d'Artagnan, s'était assis sur un escabeau, près de la porte, comme un homme qui médite profondément, puis, se levant, avait fait signe à d'Artagnan de le suivre.

Celui-ci obéit en silence. Grimaud descendit jusqu'à la chambre à coucher du comte, montra du doigt au capitaine la place du lit vide, et leva éloquemment les yeux au ciel.

— Oui, reprit d'Artagnan, oui, bon Grimaud, auprès du fils qu'il aimait tant.

Grimaud sortit de la chambre et arriva au salon, où, selon l'usage de la province, on avait dû disposer le corps en parade avant de l'ensevelir à jamais.

D'Artagnan fut frappé de voir deux cercueils ouverts dans ce salon; il approcha, sur l'invitation muette de Grimaud, et vit dans l'un d'eux Athos, beau jusque dans la mort, et, dans l'autre Raoul, les yeux fermés, les joues nacrées comme le Pallas de Virgile, et le sourire sur ses lèvres violettes.

Il frissonna de voir le père et le fils, ces deux âmes envolées, représentés sur terre par deux mornes cadavres incapables de se rapprocher, si près qu'ils fussent l'un de l'autre.

— Raoul ici! murmura-t-il. Oh! Grimaud, tu ne me l'avais pas dit!

Grimaud secoua la tête et ne répondit pas, mais, prenant d'Artagnan par la main, il le conduisit au cercueil et lui montra, sous le fin suaire, les noires blessures par lesquelles avait dû s'envoler la vie.

Le capitaine détourna la vue, et, jugeant inutile de questionner Grimaud qui ne répondrait pas, il se rappela que le secrétaire de M. de Beaufort en avait écrit plus que lui, d'Artagnan, n'avait eu le courage d'en lire.

Reprenant cette relation de l'affaire qui avait coûté la vie à Raoul, il trouva ces mots qui formaient le dernier paragraphe de la lettre:

«M. le duc a ordonné que le corps de M. le vicomte fût embaumé, comme cela se pratique chez les Arabes lorsqu'ils veulent que leurs corps soient portés dans la terre natale, et M. le duc a destiné des relais pour qu'un valet de confiance, qui avait élevé le jeune homme, pût ramener son cercueil à M. le comte de La Fère.»

— Ainsi, pensa d'Artagnan, je suivrai tes funérailles mon cher enfant, moi, déjà vieux, moi, qui ne vaut plus rien sur la terre, et je répandrai la poussière sur ce front que je baisais encore il y a deux mois. Dieu l'a voulu. Tu l'as voulu toi-même. Je n'ai plus même le droit de pleurer; tu as choisi ta mort; elle t'a semblé préférable à la vie.»

Enfin, arriva le moment où les froides dépouilles de ces deux gentilshommes devaient être rendues à la terre.

Il y eut une telle affluence de gens de guerre et de peuple, que, jusqu'au lieu de la sépulture, qui était une chapelle dans la plaine, le chemin de la ville fut rempli de cavaliers et de piétons en habits de deuil.

Athos avait choisi pour sa dernière demeure le petit enclos de cette chapelle, érigée par lui aux limites de ses terres. Il en avait fait venir les pierres, sculptées en 1550, d'un vieux manoir gothique situé dans le Berri, et qui avait abrité sa première jeunesse.

La chapelle, ainsi réédifiée, ainsi transportée, riait sous un massif de peupliers et de sycomores. Elle était desservie chaque dimanche par le curé du bourg voisin, à qui Athos faisait une rente de deux cents livres à cet effet, et tous les vassaux de son domaine, au nombre d'environ quarante, les laboureurs et les fermiers avec leurs familles y venaient entendre la messe, sans avoir besoin de se rendre à la ville.

Derrière la chapelle s'étendait, enfermé dans deux grosses haies de coudriers, de sureaux et d'aubépines, ceintes d'un fossé profond, le petit clos inculte, mais joyeux dans sa stérilité, parce que les mousses y étaient hautes, parce que les héliotropes sauvages et les ravenelles y croisaient leurs parfums; parce que sous les marronniers venait sourdre une grosse source, prisonnière dans une citerne de marbre, et que, sur des thyms, tout autour s'abattaient des milliers d'abeilles, venues de toutes les plaines voisines, tandis que les pinsons et les rouges-gorges chantaient follement sur les fleurs de la haie.

Ce fut là qu'on amena les deux cercueils, au milieu d'une foule silencieuse et recueillie.

L'office des morts célébré, les derniers adieux faits à ces nobles morts, toute l'assistance se dispersa, parlant par les chemins des vertus et de la douce mort du père, des espérances que donnait le fils et de sa triste fin sur le rivage d'Afrique.

Et peu à peu les bruits s'éteignirent comme les lampes allumées dans l'humble nef. Le desservant salua une dernière fois l'autel et les tombes fraîches encore; puis, suivi de son assistant, qui sonnait une rauque clochette, il regagna lentement son presbytère.

D'Artagnan, demeuré seul, s'aperçut que la nuit venait.

Il avait oublié l'heure en songeant aux morts.

Il se leva du banc de chêne sur lequel il s'était assis dans la chapelle, et voulut, comme le prêtre, aller dire un dernier adieu à la double fosse qui renfermait ses amis perdus.

Une femme priait agenouillée sur cette terre humide.

D'Artagnan s'arrêta au seuil de la chapelle pour ne pas troubler cette femme, et aussi pour tâcher de voir quelle était l'amie pieuse qui venait remplir ce devoir sacré avec tant de zèle et de persévérance.

L'inconnue cachait son visage sous ses mains, blanches comme des mains d'albâtre. À la noble simplicité de son costume on devinait la femme de distinction. Au-dehors, plusieurs chevaux montés par des valets et un carrosse de voyage attendaient cette dame. D'Artagnan cherchait vainement à deviner ce qui la regardait.

Elle priait toujours; elle passait souvent son mouchoir sur son visage. D'Artagnan comprit qu'elle pleurait.

Il la vit frapper sa poitrine avec la componction impitoyable de la femme chrétienne. Il l'entendit proférer à plusieurs reprises ce cri parti d'un coeur ulcéré: «Pardon! pardon!»

Et comme elle semblait s'abandonner tout entière à sa douleur, comme elle se renversait, à demi évanouie, au milieu de ses plaintes et de ses prières, d'Artagnan, touché par cet amour pour ses amis tant regrettés, fit quelques pas vers la tombe, afin d'interrompre le sinistre colloque de la pénitente avec les morts.

Mais aussitôt que son pied eut crié sur le sable, l'inconnue releva la tête et laissa voir à d'Artagnan un visage inondé de larmes, un visage ami.

C'était Mlle de La Vallière!

— M. d'Artagnan! murmura-t-elle.

— Vous! répondit le capitaine d'une voix sombre, vous ici! Oh! madame, j'eusse aimé mieux vous voir parée de fleurs dans le manoir du comte de La Fère. Vous eussiez moins pleuré, eux aussi, moi aussi!

— Monsieur! dit-elle en sanglotant.

— Car c'est vous, ajouta l'impitoyable ami des morts, c'est vous qui avez couché ces deux hommes dans la tombe.

— Oh! épargnez-moi!

— À Dieu ne plaise, mademoiselle, que j'offense une femme ou que je la fasse pleurer en vain; mais je dois dire que la place du meurtrier n'est pas sur la tombe des victimes.

Elle voulut répondre.

— Ce que je vous dis là, ajouta-t-il froidement, je le disais au roi.

Elle joignit les mains.

— Je sais, dit-elle, que j'ai causé la mort du vicomte de Bragelonne.

— Ah! vous le savez?

— La nouvelle en est arrivée à la Cour hier. J'ai fait, depuis cette nuit à deux heures, quarante lieues pour venir demander pardon au comte, que je croyais encore vivant, et pour supplier Dieu, sur la tombe de Raoul, qu'il m'envoie tous les malheurs que je mérite, excepté un seul. Maintenant, monsieur, je sais que la mort du fils a tué le père; j'ai deux crimes à me reprocher; j'ai deux punitions à attendre de Dieu.

— Je vous répéterai, mademoiselle, dit M. d'Artagnan, ce que m'a dit de vous, à Antibes, M. de Bragelonne, quand déjà il méditait sa mort:

«Si l'orgueil et la coquetterie l'ont entraînée, je lui pardonne en la méprisant. Si l'amour l'a fait succomber, je lui pardonne en lui jurant que jamais nul ne l'eût aimée autant que moi.»

— Vous savez, interrompit Louise, que, pour mon amour, j'allais me sacrifier moi-même; vous savez si j'ai souffert quand vous me rencontrâtes perdue, mourante, abandonnée. Eh bien! jamais je n'ai autant souffert qu'aujourd'hui, parce qu'alors j'espérais, je désirais, et qu'aujourd'hui je n'ai plus rien à souhaiter; parce que ce mort entraîne toute ma joie dans sa tombe; parce que je n'ose plus aimer sans remords, et que, je le sens, celui que j'aime, oh! c'est la loi, me rendra les tortures que j'ai fait subir à d'autres.

D'Artagnan ne répondit rien; il sentait trop bien qu'elle ne se trompait point.

— Eh bien! ajouta-t-elle, cher monsieur d'Artagnan, ne m'accablez pas aujourd'hui, je vous en conjure encore. Je suis comme la branche détachée du tronc, je ne tiens plus à rien en ce monde, et un courant m'entraîne je ne sais où. J'aime follement, j'aime au point de venir le dire, impie que je suis, sur les cendres de ce mort, et je n'en rougis pas, et je n'en ai pas de remords. C'est une religion que cet amour. Seulement, comme plus tard vous me verrez seule, oubliée, dédaignée; comme vous me verrez punie de ce que vous êtes destiné à punir, épargnez-moi dans mon éphémère bonheur; laissez-le moi pendant quelques jours, pendant quelques minutes. Il n'existe peut-être plus à l'heure où je vous parle. Mon Dieu! ce double meurtre est peut-être déjà expié.

Elle parlait encore; un bruit de voix et de pas de chevaux fit dresser l'oreille au capitaine.

Un officier du roi, M. de Saint-Aignan, venait chercher La Vallière de la part du roi, que rongeaient, dit-il, la jalousie et l'inquiétude.

De Saint-Aignan ne vit pas d'Artagnan, caché à moitié par l'épaisseur d'un marronnier qui versait l'ombre sur les deux tombeaux.

Louise le remercia et le congédia d'un geste. Il retourna hors de l'enclos.

— Vous voyez, dit amèrement le capitaine à la jeune femme, vous voyez, madame, que votre bonheur dure encore.

La jeune femme se releva d'un air solennel:

— Un jour, dit-elle, vous vous repentirez de m'avoir si mal jugée. Ce jour-là, monsieur, c'est moi qui prierai Dieu d'oublier que vous avez été injuste pour moi. D'ailleurs, je souffrirai tant, que vous serez le premier à plaindre mes souffrances. Ce bonheur, monsieur d'Artagnan, ne me le reprochez pas: il me coûte cher, et je n'ai pas payé toute ma dette.

En disant ces mots, elle s'agenouilla encore doucement et affectueusement.

— Pardon, une dernière fois, mon fiancé Raoul, dit-elle. J'ai rompu notre chaîne; nous sommes tous deux destinés à mourir de douleur. C'est toi qui pars le premier: ne crains rien, je te suivrai. Vois seulement que je n'ai pas été lâche, et que je suis venue te dire ce suprême adieu. Le Seigneur m'est témoin, Raoul, que, s'il eût fallu ma vie pour racheter la tienne, j'eusse donné sans hésiter ma vie. Je ne pourrais donner mon amour. Encore une fois, pardon!

Elle cueillit un rameau et l'enfonça dans la terre, puis essuya ses yeux trempés de larmes, salua d'Artagnan et disparut.

Le capitaine regarda partir chevaux, cavaliers et carrosse, puis, croisant les bras sur sa poitrine gonflée:

— Quand sera-ce mon tour de partir? dit-il d'une voix émue. Que reste-t-il à l'homme après la jeunesse, après l'amour, après la gloire, après l'amitié, après la force, après la richesse?... Ce rocher sous lequel dort Porthos, qui posséda tout ce que je viens de dire; cette mousse sous laquelle reposent Athos et Raoul, qui possédèrent bien plus encore!

Il hésita un moment, l'oeil atone; puis, se redressant:

— Marchons toujours, dit-il. Quand il en sera temps, Dieu me le dira comme il l'a dit aux autres.

Il toucha du bout des doigts la terre mouillée par la rosée du soir, se signa comme s'il eût été au bénitier d'une église et reprit seul, seul à jamais, le chemin de Paris.

CHAPITRE LXI. Épilogue

Quatre ans après la scène que nous venons de décrire, deux cavaliers bien montés traversèrent Blois au petit jour et vinrent tout ordonner pour une chasse à l'oiseau que le roi voulait faire dans cette plaine accidentée que coupe en deux la Loire, et qui confine d'un côté à Meung, de l'autre à Amboise.

C'était le capitaine des levrettes du roi et le gouverneur des faucons, personnages fort respectés du temps de Louis XIII, mais un peu négligés par son successeur.

Ces deux cavaliers, après avoir reconnu le terrain, s'en revenaient, leurs observations faites, quand ils aperçurent des petits groupes de soldats épars que des sergents plaçaient de loin en loin, aux débouchés des enceintes. Ces soldats étaient les mousquetaires du roi.

Derrière eux venait, sur un bon cheval, le capitaine, reconnaissable à ses broderies d'or. Il avait des cheveux gris, une barbe grisonnante. Il semblait un peu voûté, bien que maniant son cheval avec aisance, et regardait tout autour de lui pour surveiller.

— M. d'Artagnan ne vieillit pas, dit le capitaine des levrettes à son collègue le fauconnier; avec dix ans de plus que nous, il paraît un cadet, à cheval.

— C'est vrai, répondit le capitaine des faucons, voilà vingt ans que je le vois toujours le même.

Cet officier se trompait: d'Artagnan, depuis quatre ans, avait pris douze années.

L'âge imprimait ses griffes impitoyables à chaque angle de ses yeux; son front s'était dégarni, ses mains, jadis brunes et nerveuses, blanchissaient comme si le sang commençait à s'y refroidir.

D'Artagnan aborda les deux officiers avec la nuance d'affabilité qui distingue les hommes supérieurs. Il reçut en échange de sa courtoisie deux saluts pleins de respect.

— Ah! quelle heureuse chance de vous voir ici, monsieur d'Artagnan! s'écria le fauconnier.

— C'est plutôt à moi de vous dire cela, messieurs, répliqua le capitaine, car, de nos jours, le roi se sert plus souvent de ses mousquetaires que de ses oiseaux.

— Ce n'est pas comme au bon temps, soupira le fauconnier. Vous rappelez-vous, monsieur d'Artagnan, quand le feu roi volait la pie dans les vignes au-delà de Beaugency? Ah! dame! vous n'étiez pas capitaine des mousquetaires dans ce temps-là, monsieur d'Artagnan.

— Et vous n'étiez qu'anspessades des tiercelets, reprit d'Artagnan avec enjouement. Il n'importe, mais c'était le bon temps, attendu que c'est toujours le bon temps quand on est jeune... Bonjour, monsieur le capitaine des levrettes!

— Vous me faites honneur, monsieur le comte, dit celui-ci.

D'Artagnan ne répondit rien. Ce titre de comte ne l'avait pas frappé: d'Artagnan était devenu comte depuis quatre ans.

— Est-ce que vous n'êtes pas bien fatigué de la longue route que vous venez de faire, monsieur le capitaine? continua le fauconnier. C'est deux cents lieues, je crois qu'il y a d'ici à Pignerol?

— Deux cent soixante pour aller et autant pour revenir, dit tranquillement d'Artagnan.

— Et, fit l'oiseleur tout bas, *il* va bien?

— Qui? demanda d'Artagnan.

— Mais ce pauvre M. Fouquet, continua tout bas le fauconnier.

Le capitaine des levrettes s'était écarté par prudence.

— Non, répondit d'Artagnan, le pauvre homme s'afflige sérieusement; il ne comprend pas que la prison soit une faveur, il dit que le Parlement l'avait absous en le bannissant, et que le bannissement c'est la liberté. Il ne se figure pas qu'on avait juré sa mort, et que, sauver sa vie des griffes du Parlement, c'est avoir trop d'obligation à Dieu.

— Ah! oui, le pauvre homme a frisé l'échafaud, répondit le fauconnier; on dit que M. Colbert avait déjà donné des ordres au gouverneur de la Bastille, et que l'exécution était commandée.

— Enfin! fit d'Artagnan d'un air pensif et comme pour couper court à la conversation.

— Enfin! répéta le capitaine des levrettes, en se rapprochant, voilà M. Fouquet à Pignerol, il l'a bien mérité; il a eu le bonheur d'y être conduit par vous; il avait assez volé le roi.

D'Artagnan lança au maître des chiens un de ses mauvais regards, et lui dit:

— Monsieur, si l'on venait me dire que vous avez mangé les croûtes de vos levrettes, non seulement je ne le croirais pas, mais encore, si vous étiez condamné pour cela au cachot, je vous plaindrais, et je ne souffrirais pas qu'on parlât mal de vous. Cependant, monsieur, si fort honnête homme que vous soyez, je vous affirme que vous ne l'êtes pas plus que ne l'était le pauvre M. Fouquet.

Après avoir essuyé cette verte mercuriale, le capitaine des chiens de Sa Majesté baissa le nez et laissa le fauconnier gagner deux pas sur lui auprès de d'Artagnan.

— Il est content, dit le fauconnier bas au mousquetaire; on voit bien que les lévriers sont à la mode aujourd'hui; s'il était fauconnier, il ne parlerait pas de même.

D'Artagnan sourit mélancoliquement de voir cette grande question politique résolue par le mécontentement d'un intérêt si humble; il pensa encore un moment à cette belle existence du surintendant, à l'écroulement de sa fortune, à la mort lugubre qui l'attendait, et, pour conclure:

— M. Fouquet, dit-il, aimait les volières?

— Oh! monsieur, passionnément, reprit le fauconnier avec un accent de regret amer et un soupir qui fut l'oraison funèbre de Fouquet.

D'Artagnan laissa passer la mauvaise humeur de l'un et la tristesse de l'autre, et continua de s'avancer dans la plaine.

On voyait déjà au loin les chasseurs poindre aux issues du bois, les panaches des écuyères passer comme des étoiles filantes les clairières, et les chevaux blancs couper de leurs lumineuses apparitions les sombres fourrés des taillis.

— Mais, reprit d'Artagnan, nous ferez-vous une longue chasse? Je vous prierai de nous donner l'oiseau bien vite, je suis très fatigué. Est-ce un héron, est-ce un cygne?

— L'un et l'autre, monsieur d'Artagnan, dit le fauconnier; mais ne vous inquiétez pas, le roi n'est pas connaisseur; il ne chasse pas pour lui; il veut seulement donner le divertissement aux dames.

Ce mot *aux dames* fut accentué de telle sorte qu'il fit dresser l'oreille à d'Artagnan.

— Ah! fit-il en regardant le fauconnier d'un air surpris.

Le capitaine des levrettes souriait, sans doute pour se raccommoder avec le mousquetaire.

— Oh! riez, dit d'Artagnan; je ne sais plus rien des nouvelles, moi; j'arrive hier après un mois d'absence. J'ai laissé la Cour triste encore de la mort de la reine mère. Le roi ne voulait plus s'amuser depuis qu'il avait recueilli le dernier soupir d'Anne d'Autriche; mais tout finit en ce monde. Eh! bien il n'est plus triste, tant mieux!

— Et tout commence aussi, dit le capitaine des levrettes avec un gros rire.

— Ah! fit pour la seconde fois d'Artagnan qui brûlait de connaître, mais à qui la dignité défendait d'interroger au-dessous de lui; il y a quelque chose qui commence, à ce qu'il paraît?

Le capitaine fit un clignement d'oeil significatif. Mais d'Artagnan ne voulait rien savoir de cet homme.

— Verra-t-on le roi de bonne heure? demanda-t-il au fauconnier.

— Mais, à sept heures, monsieur, je fais lancer les oiseaux.

— Qui vient avec le roi? Comment va Madame? Comment va la reine?

— Mieux, monsieur.

— Elle a donc été malade?

— Monsieur, depuis le dernier chagrin qu'elle a eu, Sa Majesté est demeurée souffrante.

— Quel chagrin? Ne craignez pas de m'instruire, mon cher monsieur. J'arrive.

— Il paraît que la reine, un peu négligée depuis que sa belle-mère est morte, s'est plainte au roi, qui lui aurait répondu: «Est-ce que je ne couche pas chez vous toutes les nuits, madame? Que vous faut-il de plus?»

— Ah! dit d'Artagnan, pauvre femme! Elle doit bien haïr Mlle de La Vallière.

— Oh! non, pas Mlle de La Vallière, répondit le fauconnier.

— Qui donc, alors?

Le cor interrompit cet entretien. Il appelait les chiens et les oiseaux. Le fauconnier et son compagnon piquèrent aussitôt et laissèrent d'Artagnan seul au milieu du sens suspendu.

Le roi apparaissait au loin entouré de dames et de cavaliers.

Toute cette troupe s'avançait au pas, en bel ordre, les cors et les trompes animant les chiens et les chevaux.

C'était un mouvement, un bruit, un mirage de lumière dont maintenant rien ne donnera plus une idée, si ce n'est la menteuse opulence et la fausse majesté des jeux de théâtre.

D'Artagnan, d'un oeil un peu affaibli, distingua derrière le groupe trois carrosses; le premier était celui destiné à la reine. Il était vide.

D'Artagnan, qui ne vit pas Mlle de La Vallière à côté du roi, la chercha et la vit dans le second carrosse.

Elle était seule avec deux femmes qui semblaient s'ennuyer comme leur maîtresse.

À la gauche du roi, sur un cheval fougueux, maintenu par la main habile, brillait une femme de la plus éclatante beauté.

Le roi lui souriait, et elle souriait au roi.

Tout le monde riait aux éclats quand elle avait parlé.

«Je connais cette femme, pensa le mousquetaire; qui donc est-elle?»

Et il se pencha vers son ami le fauconnier, à qui il adressa cette question.

Celui-ci allait répondre, quand le roi, apercevant d'Artagnan:

— Ah! comte, dit-il, vous voilà donc revenu. Pourquoi ne vous ai-je pas vu?

— Sire, répondit le capitaine, parce que Votre Majesté dormait quand je suis arrivé, et qu'elle n'était pas éveillée quand j'ai pris mon service ce matin.

— Toujours le même, dit à haute voix Louis satisfait. Reposez-vous, comte, je vous l'ordonne. Vous dînerez avec moi aujourd'hui.

Un murmure d'admiration enveloppa d'Artagnan comme une immense caresse. Chacun s'empressait autour de lui. Dîner avec le roi, c'était un honneur que Sa Majesté ne prodiguait pas comme Henri IV. Le roi fit quelques pas en avant, et d'Artagnan se sentit arrêté par un nouveau groupe au milieu duquel brillait Colbert.

— Bonjour, monsieur d'Artagnan, lui dit le ministre avec une affable politesse; avez-vous fait bonne route?

— Oui, monsieur, dit d'Artagnan en saluant sur le cou de son cheval.

— J'ai entendu le roi vous inviter à sa table pour ce soir, continua le ministre, et vous y trouverez un ancien ami à vous.

— Un ancien ami à moi? demanda d'Artagnan, plongeant avec douleur dans les flots sombres du passé, qui avaient englouti pour lui tant d'amitiés et tant de haines.

— M. le duc d'Alaméda, qui est arrivé ce matin d'Espagne, reprit Colbert.

— Le duc d'Alaméda? fit d'Artagnan en cherchant.

— Moi! fit un vieillard blanc comme la neige et courbé dans son carrosse, qu'il faisait ouvrir pour aller au-devant du mousquetaire.

— Aramis! cria d'Artagnan, frappé de stupeur.

Et il laissa, inerte qu'il était, le bras amaigri du vieux seigneur se pendre en tremblant à son cou.

Colbert, après avoir observé un instant en silence, poussa son cheval et laissa les deux anciens amis en tête à tête.

— Ainsi, dit le mousquetaire en prenant le bras d'Aramis, vous voilà, vous, l'exilé, le rebelle, en France?

— Et je dîne avec vous chez le roi, fit en souriant l'évêque de Vannes. Oui, n'est-ce pas, vous vous demandez à quoi sert la fidélité en ce monde? Tenez, laissons passer le carrosse de cette pauvre La Vallière. Voyez comme elle est inquiète! comme son oeil flétri par les larmes suit le roi qui va là-bas à cheval!

— Avec qui?

— Avec Mlle de Tonnay-Charente, devenue Mme de Montespan, répondit Aramis.

— Elle est jalouse, elle est donc trompée?

— Pas encore, d'Artagnan, mais cela ne tardera pas.

Ils causèrent ensemble tout en suivant la chasse, et le cocher d'Aramis les conduisit si habilement, qu'ils arrivèrent au moment où le faucon, pillant l'oiseau, le forçait à s'abattre et tombait sur lui.

Le roi mit pied à terre, Mme de Montespan l'imita. On était arrivé devant une chapelle isolée, cachée de gros arbres dépouillés déjà par les premiers vents de l'automne. Derrière cette chapelle était un enclos fermé par une porte de treillage.

Le faucon avait forcé la proie à tomber dans l'enclos attenant à cette petite chapelle, et le roi voulut y pénétrer pour prendre la première plume selon l'usage.

Chacun fit cercle autour du bâtiment et des haies, trop petits pour recevoir tout le monde.

D'Artagnan retint Aramis, qui voulait descendre du carrosse comme les autres, et, d'une voix brève:

— Savez-vous, Aramis, dit-il, où le hasard nous a conduits?

— Non, répondit le duc.

— C'est ici que reposent des gens que j'ai connus, dit d'Artagnan, ému par un triste souvenir.

Aramis, sans rien deviner et d'un pas tremblant, pénétra dans la chapelle par une petite porte que lui ouvrit d'Artagnan.

— Où sont-ils ensevelis? dit-il.

— Là, dans l'enclos. Il y a une croix, vous voyez, sous ce petit cyprès. Le petit cyprès est planté sur leur tombe; n'y allez pas; le roi s'y rend en ce moment, le héron y est tombé.

Aramis s'arrêta et se cacha dans l'ombre. Ils virent alors, sans être vus, la pâle figure de La Vallière, qui, oubliée dans son carrosse, avait d'abord regardé mélancoliquement à sa portière; puis, emportée par la jalousie, s'était avancée dans la chapelle, où, appuyée sur un pilier, elle contemplait dans l'enclos le roi souriant, qui faisait signe à Mme de Montespan d'approcher et de ne pas avoir peur.

Mme de Montespan s'approcha; elle prit la main que lui offrait le roi, et celui-ci, arrachant la première plume du héron que le faucon venait d'étrangler, l'attacha au chapeau de sa belle compagne.

Elle, alors, souriant à son tour, baisa tendrement la main qui lui faisait ce présent.

Le roi rougit de plaisir; il regarda Mme de Montespan avec le feu du désir et de l'amour.

— Que me donnerez-vous en échange? dit-il.

Elle cassa un des panaches du cyprès et l'offrit au roi, enivré d'espoir.

— Mais, dit tout bas Aramis à d'Artagnan, le présent est triste, car ce cyprès ombrage une tombe.

— Oui, et cette tombe est celle de Raoul de Bragelonne, dit d'Artagnan tout haut; de Raoul, qui dort sous cette croix auprès d'Athos son père.

Un gémissement retentit derrière eux. Il virent une femme tomber évanouie. Mlle de La Vallière avait tout vu, et elle venait de tout entendre.

— Pauvre femme! murmura d'Artagnan, qui aida ses femmes à la déposer dans son carrosse, à elle désormais de souffrir.

Le soir, en effet, d'Artagnan s'asseyait à la table du roi auprès de M. Colbert et de M. le duc d'Alaméda.

Le roi fut gai. Il fit mille politesses à la reine, mille tendresses à Madame, assise à sa gauche et fort triste. On se fut cru au temps calme, alors que le roi guettait dans les yeux de sa mère l'aveu ou le désaveu de ce qu'il venait de dire.

De maîtresse, à ce dîner, il n'en fut pas question. Le roi adressa deux ou trois fois la parole à Aramis, en l'appelant M. l'ambassadeur, ce qui augmenta la surprise que ressentait déjà d'Artagnan de voir son ami le rebelle si merveilleusement bien en cour.

Le roi, en se levant de table, offrit la main à la reine, et fit un signe à Colbert, dont l'oeil épiait celui du maître.

Colbert prit à part d'Artagnan et Aramis. Le roi se mit à causer avec sa soeur, tandis que Monsieur, inquiet, entretenait la reine d'un air préoccupé, sans quitter sa femme et son frère du coin des yeux.

La conversation entre Aramis, d'Artagnan et Colbert roula sur des sujets indifférents. Ils parlèrent des ministres précédents; Colbert raconta Mazarin et se fit raconter Richelieu.

D'Artagnan ne pouvait revenir de voir cet homme au sourcil épais, au front bas, contenir tant de bonne science et de joyeuse humeur. Aramis s'étonnait de cette légèreté d'esprit qui permettait à un homme grave de retarder avec avantage le moment d'une conversation plus sérieuse, à laquelle personne ne faisait allusion, bien que les trois interlocuteurs en sentissent l'imminence.

On voyait, aux mines embarrassées de Monsieur, combien la conversation du roi et de Madame le gênait. Madame avait presque les yeux rouges; allait-elle se plaindre? allait-elle faire un petit scandale en pleine cour?

Le roi la prit à part, et, d'un ton si doux, qu'il dut rappeler à la princesse ces jours où on l'aimait pour elle:

— Ma soeur, lui dit-il, pourquoi ces beaux yeux ont-ils pleuré?

— Mais, Sire... dit-elle.

— Monsieur est jaloux, n'est-ce pas, ma soeur?

Elle regarda du côté de Monsieur, signe infaillible qui avertit le prince qu'on s'occupait de lui.

— Oui... fit-elle.

— Écoutez-moi, reprit le roi, si vos amis vous compromettent, ce n'est pas la faute de Monsieur.

Il dit ces mots avec une telle douceur, que Madame, encouragée, elle qui avait tant de chagrins depuis longtemps, faillit éclater en pleurs, tant son coeur se brisait.

— Voyons, voyons, chère soeur, dit le roi, contez-nous ces douleurs-là; foi de frère! j'y compatis; foi de roi! j'y mettrai un terme.

Elle releva ses beaux yeux; et, avec mélancolie:

Ce ne sont pas mes amis qui me compromettent, dit-elle, ils sont absents ou cachés; on les a fait prendre en disgrâce à Votre Majesté, eux si dévoués, si bons, si loyaux.

— Vous me dites cela pour Guiche, que j'avais exilé sur la demande de Monsieur?

— Et qui, depuis cet exil injuste, cherche à se faire tuer une fois par jour!

— Injuste, dites-vous, ma soeur?

— Tellement injuste, que si je n'eusse pas eu pour Votre Majesté le respect mêlé d'amitié que j'ai toujours...

— Eh bien?

— Eh bien! j'eusse demandé à mon frère Charles, sur qui je puis tout...

Le roi tressaillit.

— Quoi donc?

— Je lui eusse demandé de vous faire représenter que Monsieur et son favori, M. le chevalier de Lorraine, ne doivent pas impunément se faire les bourreaux de mon honneur et de mon bonheur.

— Le chevalier de Lorraine, dit le roi, cette sombre figure?

— Est mon mortel ennemi. Tant que cet homme vivra dans ma maison, où Monsieur le retient et lui donne tout pouvoir, je serai la dernière femme de ce royaume.

— Ainsi, dit le roi avec lenteur, vous appelez votre frère d'Angleterre un meilleur ami que moi?

— Les actions sont là, Sire.

— Et vous aimiez mieux aller demander secours à...

— À mon pays! dit-elle avec fierté; oui, Sire.

Le roi lui répondit:

— Vous êtes petite-fille de Henri IV comme moi, mon amie. Cousin et beau-frère, est-ce que cela ne fait pas bien la monnaie du titre de frère germain?

— Alors, dit Henriette, agissez.

— Faisons alliance.

— Commencez.

— J'ai, dites-vous, exilé injustement Guiche?

— Oh! oui, fit-elle en rougissant.

— Guiche reviendra.

— Bien.

— Et, maintenant, vous dites que j'ai tort de laisser dans votre maison le chevalier de Lorraine, qui donne contre vous de mauvais conseils à Monsieur?

— Retenez bien ce que je vous dis, Sire; le chevalier de Lorraine, un jour... Tenez, si jamais je finis mal, souvenez-vous que d'avance j'accuse le chevalier de Lorraine... c'est une âme capable de tous les crimes!

— Le chevalier de Lorraine ne vous incommodera plus, c'est moi qui vous le promets.

— Alors ce sera un vrai préliminaire d'alliance, Sire; je le signe... Mais, puisque vous avez fait votre part, dites-moi quelle sera la mienne?

— Au lieu de me brouiller avec votre frère Charles, il faudrait me faire son ami plus intime que jamais.

— C'est facile.

— Oh! pas autant que vous croyez; car, en amitié ordinaire, on s'embrasse, on se fête, et cela coûte seulement un baiser ou une réception, frais faciles; mais en amitié politique...

— Ah! c'est une amitié politique?

— Oui, ma soeur, et alors, au lieu d'accolades et de festins, ce sont des soldats qu'il faut servir tout vivants et tout équipés à son ami; des vaisseaux qu'il faut lui offrir tout armés avec canons et vivres. Il en résulte qu'on n'a pas toujours ses coffres disposés à faire de ces amitiés là.

— Ah! vous avez raison, dit Madame... les coffres du roi d'Angleterre sont un peu sonores depuis quelque temps.

— Mais vous, ma soeur, vous qui avez tant d'influence sur votre frère, vous obtiendrez peut-être ce qu'un ambassadeur n'obtiendra jamais.

— Il faut pour cela que j'allasse à Londres, mon cher frère.

— J'y avais bien pensé, repartit vivement le roi, et je m'étais dit qu'un voyage semblable vous donnerait un peu de distraction.

— Seulement, interrompit Madame, il est possible que j'échoue. Le roi d'Angleterre a des conseillers dangereux.

— Des conseillères, voulez-vous dire?

— Précisément. Si, par hasard, Votre Majesté avait l'intention, je ne fais que supposer, de demander à Charles II son alliance pour une guerre...

— Pour une guerre?

— Oui. Eh bien! alors, les conseillères du roi, qui sont au nombre de sept, Mlle Stewart, Mlle Wells, Mlle Gwyn, miss Orchay, Mlle Zunga, miss Daws et la comtesse de Castelmaine, représenteront au roi que la guerre coûte beaucoup d'argent; qu'il vaut mieux donner des bals et des soupers dans Hampton-Court que d'équiper des vaisseaux de ligne à Portsmouth et à Greenwich.

— Et alors, votre négociation manquera?

— Oh! ces dames font manquer toutes les négociations qu'elles ne font pas elles-mêmes.

— Savez-vous l'idée que j'ai eue, ma soeur?

— Non. Dites.

— C'est qu'en cherchant bien autour de vous, vous eussiez peut-être trouvé une conseillère à emmener près du roi, et dont l'éloquence eût paralysé le mauvais vouloir des sept autres.

— C'est, en effet, une idée, Sire, et je cherche.

— Vous trouverez.

— Je l'espère.

— Il faudrait une jolie personne: mieux vaut un visage agréable qu'un difforme, n'est-ce pas?

— Assurément.

— Un esprit vif, enjoué, audacieux?

— Certes.

— De la noblesse... autant qu'il en faut pour s'approcher sans gaucherie du roi. Assez peu pour n'être pas embarrassée de sa dignité de race.

— Très juste.

— Et... qui sût un peu l'anglais.

— Mon Dieu! mais quelqu'un, s'écria vivement Madame, comme Mlle de Kéroualle, par exemple.

— Eh! mais oui, dit Louis XIV, vous avez trouvé... c'est vous qui avez trouvé, ma soeur.

— Je l'emmènerai. Elle n'aura pas à se plaindre, je suppose.

— Mais non, je la nomme séductrice plénipotentiaire d'abord, et j'ajouterai les douaires au titre.

— Bien.

— Je vous vois déjà en route, chère petite soeur, et consolée de tous vos chagrins.

— Je partirai à deux conditions. Le première, c'est que je saurai sur quoi négocier.

— Le voici. Les Hollandais, vous le savez, m'insultent chaque jour dans leurs gazettes et par leur attitude républicaine. Je n'aime pas les républiques.

— Cela se conçoit, Sire.

— Je vois avec peine que ces rois de la mer, ils s'appellent ainsi, tiennent le commerce de la France dans les Indes, et que leurs vaisseaux occuperont bientôt tous les ports de l'Europe; une pareille force m'est trop voisine, ma soeur.

— Ils sont vos alliés, cependant?

— C'est pourquoi ils ont eu tort de faire frapper cette médaille que vous savez, qui représente la Hollande arrêtant le soleil, comme Josué, avec cette légende: *Le soleil s'est arrêté devant moi.* C'est peu fraternel, n'est-ce pas?

— Je croyais que vous aviez oublié cette misère?

— Je n'oublie jamais rien, ma soeur. Et si mes amis vrais, tels que votre frère Charles, veulent me seconder...

La princesse resta pensive.

— Écoutez: il y a l'empire des mers à partager, fit Louis XIV. Pour ce partage que subissait l'Angleterre, est-ce que je ne représenterai pas la seconde part aussi bien que les Hollandais?

— Nous avons Mlle de Kéroualle pour traiter cette question-là, repartit Madame.

— Votre seconde condition, je vous prie, pour partir, ma soeur?

— Le consentement de Monsieur, mon mari.

— Vous l'allez avoir.

— Alors, je suis partie, mon frère.

En écoutant ces mots, Louis XIV se retourna vers le coin de la salle où se trouvaient Colbert et Aramis avec d'Artagnan, et il fit avec son ministre un signe affirmatif.

Colbert brisa alors la conversation au point où elle se trouvait et dit à Aramis:

— Monsieur l'ambassadeur, voulez-vous que nous parlions affaires?

D'Artagnan s'éloigna aussitôt par discrétion.

Il se dirigea vers la cheminée, à portée d'entendre ce que le roi allait dire à Monsieur, lequel, plein d'inquiétude, venait à sa rencontre.

Le visage du roi était animé. Sur son front se lisait une volonté dont l'expression redoutable ne rencontrait déjà plus de contradiction en France, et ne devait bientôt plus en rencontrer en Europe.

— Monsieur, dit le roi à son frère, je ne suis pas content de M. le chevalier de Lorraine. Vous, qui lui faites l'honneur de le protéger, conseillez-lui de voyager pendant quelques mois.

Ces mots tombèrent avec le fracas d'une avalanche sur Monsieur, qui adorait ce favori et concentrait en lui toutes les tendresses.

Il s'écria:

— En quoi le chevalier a-t-il pu déplaire à Votre Majesté?

Il lança un furieux regard à Madame.

— Je vous dirai cela quand il sera parti, répliqua le roi impassible. Et aussi quand Madame, que voici, aura passé en Angleterre.

— Madame en Angleterre! murmura Monsieur saisi de stupeur.

— Dans huit jours, mon frère, continua le roi, tandis que, nous deux, nous irons où je vous dirai.

Et le roi tourna les talons après avoir souri à son frère pour adoucir l'amertume de ces deux nouvelles.

Pendant ce temps-là, Colbert causait toujours avec M. le duc d'Alaméda.

— Monsieur, dit Colbert à Aramis, voici le moment de nous entendre. Je vous ai raccommodé avec le roi, et je devais bien cela à un homme de votre mérite; mais, comme vous m'avez quelquefois témoigné de l'amitié, l'occasion s'offre de m'en donner une preuve. Vous êtes d'ailleurs plus Français qu'Espagnol. Aurons-nous, répondez-moi franchement, la neutralité de l'Espagne, si nous entreprenons contre les Provinces-Unies?

— Monsieur, répliqua Aramis, l'intérêt de l'Espagne est bien clair. Brouiller avec l'Europe les Provinces-Unies contre lesquelles subsiste l'ancienne rancune de leur liberté conquise, c'est notre politique; mais le roi de France est allié des Provinces-Unies. Vous n'ignorez pas ensuite que ce serait une guerre maritime, et que la France n'est pas, je crois, en état de la faire avec avantage.

Colbert, se retournant à ce moment, vit d'Artagnan qui cherchait un interlocuteur pendant les apartés du roi et de Monsieur.

Il l'appela.

Et tout bas à Aramis:

— Nous pouvons causer avec M. d'Artagnan, dit-il.

— Oh! certes, répondit l'ambassadeur.

— Nous étions à dire, M. d'Alaméda et moi, fit Colbert, que la guerre avec les Provinces-Unies serait une guerre maritime.

— C'est évident, répondit le mousquetaire.

— Et qu'en pensez-vous, monsieur d'Artagnan?

— Je pense que, pour faire cette guerre maritime, il nous faudrait une bien grosse armée de terre.

— Plaît-il? fit Colbert qui croyait avoir mal entendu.

— Pourquoi une armée de terre? dit Aramis.

— Parce que le roi sera battu sur mer s'il n'a pas les Anglais avec lui, et que, battu sur mer, il sera vite envahi, soit par les Hollandais dans les ports, soit par les Espagnols sur terre.

— L'Espagne neutre? dit Aramis.

— Neutre tant que le roi sera le plus fort, repartit d'Artagnan.

Colbert admira cette sagacité, qui ne touchait jamais à une question sans l'éclairer à fond.

Aramis sourit. Il savait trop que, en fait de diplomates, d'Artagnan ne reconnaissait pas de maître.

Colbert, qui, comme tous les hommes d'orgueil, caressait sa fantaisie avec une certitude de succès, reprit la parole:

— Qui vous dit, monsieur d'Artagnan, que le roi n'a pas de marine?

— Oh! je ne me suis pas occupé de ces détails, répliqua le capitaine. Je suis un médiocre homme de mer. Comme tous les gens nerveux, je hais la mer, j'ai idée qu'avec des vaisseaux, la France étant un port de mer à deux cents têtes, on aurait des marins.

Colbert tira de sa poche un petit carnet oblong, divisé en deux colonnes. Sur la première, étaient des noms de vaisseaux; sur la seconde, des chiffres résumant le nombre de canons et d'hommes qui équipaient ces vaisseaux.

— J'ai eu la même idée que vous, dit-il à d'Artagnan, et je me suis fait faire un relevé des vaisseaux, que nous avons additionnés. Trente-cinq vaisseaux.

— Trente-cinq vaisseaux! C'est impossible! s'écria d'Artagnan.

— Quelque chose comme deux mille pièces de canon, fit Colbert. C'est ce que le roi possède en ce moment. Avec trente-cinq vaisseaux on fait trois escadres, mais j'en veux cinq.

— Cinq! s'écria Aramis.

— Elles seront à flot avant la fin de l'année, messieurs; le roi aura cinquante vaisseaux de ligne. On lutte avec cela, n'est-ce pas?

— Faire des vaisseaux, dit d'Artagnan, c'est difficile, mais possible. Quant à les armer, comment faire? En France, il n'y a ni fonderies, ni chantiers militaires.

— Bah! répondit Colbert d'un air épanoui, depuis un an et demi, j'ai installé tout cela, vous ne savez donc pas? Connaissez-vous M. d'Infreville?

— D'Infreville? répliqua d'Artagnan; non.

— C'est un homme que j'ai découvert. Il a une spécialité, il sait faire travailler des ouvriers. C'est lui qui, à Toulon, fait fondre des canons et tailler des bois de Bourgogne. Et puis, vous n'allez peut-être pas croire ce que je vais vous dire, monsieur l'ambassadeur: j'ai eu encore une idée.

— Oh! monsieur, fit Aramis civilement, je vous crois toujours.

— Figurez-vous que, spéculant sur le caractère des Hollandais nos alliés, je me suis dit: Ils sont marchands, ils sont amis avec le roi, ils seront heureux de vendre à Sa Majesté ce qu'ils fabriquent pour eux-mêmes. Donc, plus on achète... Ah! il faut que j'ajoute ceci: J'ai Forant... Connaissez-vous Forant, d'Artagnan?

Colbert s'oubliait. Il appelait le capitaine d'Artagnan tout court, comme le roi. Mais le capitaine sourit.

— Non, répliqua-t-il, je ne le connais pas.

— C'est encore un homme que j'ai découvert, une spécialité pour acheter. Ce Forant m'a acheté trois-cent cinquante mille livres de fer en boulets, deux-cent mille livres de poudre, douze chargements de bois du Nord, des mèches, des grenades, du brai, du goudron, que sais-je, moi? avec une économie de sept pour cent sur ce que me coûteraient toutes ces choses fabriquées en France.

— C'est une idée, répondit d'Artagnan, de faire fondre des boulets hollandais qui retourneront aux Hollandais.

— N'est-ce pas? avec perte.

Et Colbert se mit à rire d'un gros rire sec. Il était ravi de sa plaisanterie.

— De plus, ajouta-t-il, ces mêmes Hollandais font au roi, en ce moment, six vaisseaux sur le modèle des meilleurs de leur marine. Destouches... Ah! vous ne connaissez pas Destouches, peut-être?

— Non, monsieur.

— C'est un homme qui a le coup d'oeil assez singulièrement sûr pour dire, quand il sort un navire sur l'eau, quels sont les défauts et les qualités de ce navire. C'est précieux cela, savez-vous! La nature est vraiment bizarre. Eh bien! ce Destouches m'a paru devoir être un homme utile dans un port, et il surveille la construction de six vaisseaux de soixante-dix-huit que les Provinces font construire pour Sa Majesté. Il résulte de tout cela, mon cher monsieur d'Artagnan, que le roi, s'il voulait se brouiller avec les Provinces, aurait une bien jolie flotte. Or, vous savez mieux que personne si l'armée de terre est bonne.

D'Artagnan et Aramis se regardèrent, admirant le mystérieux travail que cet homme avait opéré depuis peu d'années.

Colbert les comprit, et fut touché par cette flatterie, la meilleure de toutes.:

— Si nous ne le savions pas en France, dit d'Artagnan, hors de France on le sait encore moins.

— Voilà pourquoi je disais à M. l'ambassadeur, fit Colbert, que l'Espagne promettant sa neutralité, l'Angleterre nous aidant...

— Si l'Angleterre vous aide, dit Aramis, je m'engage pour la neutralité de l'Espagne.

— Touchez là, se hâta de dire Colbert avec sa brusque bonhomie. Et, à propos de l'Espagne, vous n'avez pas la Toison d'or, monsieur d'Alaméda. J'entendais le roi dire l'autre jour qu'il aimerait à vous voir porter le grand cordon de Saint-Michel.

Aramis s'inclina.

«Oh! pensa d'Artagnan, et Porthos qui n'est plus là! Que d'aunes de rubans pour lui dans ces largesses! Bon Porthos!»

— Monsieur d'Artagnan, reprit Colbert, à nous deux. Vous aurez, je le parie, du goût pour mener les mousquetaires en Hollande. Savez-vous nager?

Et il se mit à rire comme un homme agité de belle humeur.

— Comme une anguille, répliqua d'Artagnan.

— Ah! c'est qu'on a de rudes traversées de canaux et de marécages, là-bas, monsieur d'Artagnan, et les meilleurs nageurs s'y noient.

— C'est mon état, répondit le mousquetaire, de mourir pour Sa Majesté. Seulement, comme il est rare qu'à la guerre on trouve beaucoup d'eau sans un peu de feu, je vous déclare à l'avance que je ferai mon possible pour choisir le feu. Je me fais vieux, l'eau me glace; le feu réchauffe, monsieur Colbert.

Et d'Artagnan fut si beau de vigueur et de fierté juvénile en prononçant ces paroles, que Colbert, à son tour, ne put s'empêcher de l'admirer.

D'Artagnan s'aperçut de l'effet qu'il avait produit. Il se rappela que le bon marchand est celui qui fait priser haut sa marchandise lorsqu'elle a de la valeur. Il prépara donc son prix d'avance.

— Ainsi, dit Colbert, nous allons en Hollande?

— Oui, répliqua d'Artagnan; seulement...

— Seulement?... fit Colbert.

— Seulement, répéta d'Artagnan, il y a dans tout la question d'intérêt et la question d'amour-propre. C'est un beau traitement que celui de capitaine de mousquetaires; mais, notez ceci: nous avons maintenant les gardes du roi et la maison militaire du roi. Un capitaine des mousquetaires doit, ou commander à tout cela, et alors il absorberait cent mille livres par an pour frais de représentation et de table...

— Supposez-vous, par hasard, que le roi marchande avec vous? Dit Colbert.

— Eh! monsieur, vous ne m'avez pas compris, répliqua d'Artagnan, sûr d'avoir emporté la question d'intérêt; je vous disais que moi, vieux capitaine, autrefois chef de la garde du roi, ayant le pas sur les maréchaux de France, je me vis, un jour de tranchée, deux égaux, le capitaine des gardes et le colonel commandant les Suisses. Or, à aucun prix, je ne souffrirais cela. J'ai de vieilles habitudes, j'y tiens.

Colbert sentit le coup. Il y était préparé, d'ailleurs.

— J'ai pensé à ce que vous me disiez tout à l'heure, répondit-il.

— À quoi, monsieur?

— Nous parlions des canaux et des marais où l'on se noie.

— Eh bien?

— Eh bien! si l'on se noie, c'est faute d'un bateau, d'une planche, d'un bâton.

— D'un bâton si court qu'il soit, dit d'Artagnan.

— Précisément, fit Colbert. Aussi, je ne connais pas d'exemple qu'un maréchal de France se soit jamais noyé.

D'Artagnan pâlit de joie, et, d'une voix mal assurée:

— On serait bien fier de moi dans mon pays, dit-il, si j'étais maréchal de France; mais il faut avoir commandé en chef une expédition pour obtenir le bâton.

— Monsieur, lui dit Colbert, voici dans ce carnet, que vous méditerez, un plan de campagne que vous aurez à faire observer au corps de troupes que le roi met sous vos ordres pour la campagne, au printemps prochain.

D'Artagnan prit le livre en tremblant, et ses doigts rencontrant ceux de Colbert, le ministre serra loyalement la main du mousquetaire.

— Monsieur, lui dit-il, nous avions tous deux une revanche à prendre l'un sur l'autre. J'ai commencé; à votre tour!

— Je vous fais réparation, monsieur, répondit d'Artagnan, et vous supplie de dire au roi que la première occasion qui me sera offerte comptera pour une victoire, ou verra ma mort.

— Je fais broder dès à présent, dit Colbert, les fleurs de lis d'or de votre bâton de maréchal.

Le lendemain de ce jour, Aramis, qui partait pour Madrid afin de négocier la neutralité de l'Espagne, vint embrasser d'Artagnan à son hôtel.

— Aimons-nous pour quatre, dit d'Artagnan, nous ne sommes plus que deux.

— Et tu ne me verras peut-être plus, cher d'Artagnan, dit Aramis; si tu savais comme je t'ai aimé! Je suis vieux, je suis éteint, je suis mort.

— Mon ami, dit d'Artagnan, tu vivras plus que moi, la diplomatie t'ordonne de vivre; mais, moi, l'honneur me condamne à mort.

— Bah! les hommes comme nous, monsieur le maréchal, dit Aramis, ne meurent que rassasiés, de joie et de gloire.

— Ah! répliqua d'Artagnan avec un triste sourire, c'est qu'à présent je ne me sens plus d'appétit, monsieur le duc.

Ils s'embrassèrent encore, et, deux heures après, ils étaient séparés.

CHAPITRE LXII. *La mort de M. d'Artagnan*

Contrairement à ce qui arrive toujours, soit en politique, soit en morale, chacun tint ses promesses et fit honneur à ses engagements.

Le roi appela M. de Guiche et chassa M. le chevalier de Lorraine; de telle façon que Monsieur en fit une maladie.

Madame partit pour Londres, où elle s'appliqua si bien à faire goûter à Charles II, son frère, les conseils politiques de Mlle de Kéroualle, que l'alliance entre la France et l'Angleterre fut signée, et que les vaisseaux anglais lestés par quelques millions d'or français, firent une terrible campagne contre les flottes des Provinces-Unies.

Charles II avait promis à Mlle de Kéroualle un peu de reconnaissance pour ses bons conseils: il la fit duchesse de Portsmouth.

Colbert avait promis au roi des vaisseaux, des munitions et des victoires. Il tint parole, comme on sait.

Enfin Aramis, celui de tous sur les promesses duquel on pouvait le moins compter, écrivit à Colbert la lettre suivante, au sujet des négociations dont il s'était chargé à Madrid:

«Monsieur Colbert,

«J'ai l'honneur de vous expédier le R.P. d'Oliva, général par intérim de la Société de Jésus, mon successeur provisoire.

«Le révérend père vous expliquera, monsieur Colbert, que je garde la direction de toutes les affaires de l'ordre qui concernent la France et l'Espagne; mais que je ne veux pas conserver le titre de général, qui jetterait trop de lumière sur la marche des négociations dont Sa Majesté Catholique veut bien me charger. Je reprendrai ce titre par l'ordre de Sa Majesté quand les travaux que j'ai entrepris, de concert avec vous, pour la plus grande gloire de Dieu et de son Église, seront menés à bonne fin.

«Le R.P. d'Oliva vous instruira aussi, monsieur, du consentement que donne Sa Majesté Catholique à la signature d'un traité qui assure la neutralité de l'Espagne, dans le cas d'une guerre entre la France et les Provinces-Unies.

«Ce consentement serait valable, même si l'Angleterre, au lieu de se porter active, se contentait de demeurer neutre.

«Quant au Portugal, dont nous avions parlé vous et moi, monsieur, je puis vous assurer qu'il contribuera de toutes ses ressources à aider le roi Très Chrétien dans sa guerre.

«Je vous prie, monsieur Colbert, de me vouloir garder votre amitié, comme aussi de croire à mon profond attachement, et de mettre mon respect aux pieds de Sa Majesté Très Chrétienne.

Signé: Duc d'Alaméda.»

Aramis avait donc tenu plus qu'il n'avait promis; il restait à savoir comment le roi, M. Colbert et M. d'Artagnan seraient fidèles les uns aux autres.

Au printemps, comme l'avait prédit Colbert, l'armée de terre entra en campagne.

Elle précédait, dans un ordre magnifique, la Cour de Louis XIV, qui, parti à cheval, entouré de carrosses pleins de dames et de courtisans, menait à cette fête sanglante l'élite de son royaume.

Les officiers de l'armée n'eurent, il est vrai, d'autre musique que l'artillerie des forts hollandais; mais ce fut assez pour un grand nombre, qui trouvèrent dans cette guerre les honneurs, l'avancement, la fortune ou la mort.

M. d'Artagnan partit, commandant un corps de douze mille hommes, cavalerie et infanterie, avec lequel il eut ordre de prendre les différentes places qui sont les noeuds de ce réseau stratégique qu'on appelle la Frise.

Jamais armée ne fut conduite plus galamment à une expédition. Les officiers savaient que le maître, aussi prudent, aussi rusé qu'il était brave, ne sacrifierait ni un homme ni un pouce de terrain sans nécessité.

Il avait les vieilles habitudes de la guerre: vivre sur le pays, tenir le soldat chantant, l'ennemi pleurant.

Le capitaine des mousquetaires du roi mettait sa coquetterie à montrer qu'il savait l'état. On ne vit jamais occasions mieux choisies, coups de main mieux appuyés, fautes de l'assiégé mieux mises à profit. L'armée de d'Artagnan prit douze petites places en un mois.

Il en était à la treizième, et celle-ci tenait depuis cinq jours. D'Artagnan fit ouvrir la tranchée sans paraître supposer que ces gens-là pussent jamais se prendre.

Les pionniers et les travailleurs étaient, dans l'armée de cet homme, un corps rempli d'émulation, d'idées et de zèle, parce qu'il les traitait en soldats, savait leur rendre la besogne glorieuse, et ne les laissait jamais tuer que quand il ne pouvait faire autrement.

Aussi fallait-il voir l'acharnement avec lequel se retournaient les marécageuses glèbes de la Hollande. Ces tourbières et ces glaises fondaient, aux dires des soldats, comme le beurre aux vastes poêles des ménagères frisonnes.

M. d'Artagnan expédia un courrier au roi pour lui donner avis des derniers succès; ce qui redoubla la belle humeur de Sa Majesté et ses dispositions à bien fêter les dames.

Ces victoires de M. d'Artagnan donnaient tant de majesté au prince, que Mme de Montespan ne l'appela plus que Louis l'Invincible.

Aussi, Mlle de La Vallière, qui n'appelait le roi que Louis le Victorieux, perdit-elle beaucoup de la faveur de Sa Majesté. D'ailleurs, elle avait souvent les yeux rouges, et, pour un invincible, rien n'est aussi rebutant qu'une maîtresse qui pleure, alors que tout sourit autour de lui. L'astre de Mlle de La Vallière se noyait à l'horizon dans les nuages et les larmes.

Mais la gaieté de Mme de Montespan redoublait avec les succès du roi, et le consolait de toute autre disgrâce.

C'était à d'Artagnan que le roi devait cela.

Sa Majesté voulut reconnaître ces services; il écrivit à M. Colbert:

«Monsieur Colbert, nous avons une promesse à remplir envers M. d'Artagnan, qui tient les siennes. Je vous fais savoir qu'il est l'heure de s'y exécuter. Toutes provisions à cet égard vous seront fournies en temps utile.

«Louis.»

En conséquence, Colbert, qui retenait près de lui l'envoyé de d'Artagnan, remit à cet officier une lettre de lui, Colbert, pour d'Artagnan, et un petit coffre de bois d'ébène incrusté d'or, qui n'était pas fort volumineux en apparence, mais qui sans doute, était bien lourd, puisqu'on donna au messager une garde de cinq hommes pour l'aider à le porter.

Ces gens arrivèrent devant la place qu'assiégeait M. d'Artagnan vers le point du jour, et ils se présentèrent au logement du général.

Il leur fut répondu que M. d'Artagnan, contrarié d'une sortie que lui avait faite la veille le gouverneur, homme sournois, et dans laquelle on avait comblé les ouvrages, tué soixante-dix-sept hommes et commencé à réparer une brèche, venait de sortir avec une dizaine de compagnies de grenadiers pour faire relever les travaux.

L'envoyé de M. Colbert avait ordre d'aller chercher M. d'Artagnan partout où il serait, à quelque heure que ce fût du jour ou de la nuit. Il s'achemina donc vers les tranchées, suivi de son escorte, tous à cheval.

On aperçut en plaine découverte M. d'Artagnan avec son chapeau galonné d'or, sa longue canne et ses grands parements dorés. Il mâchonnait sa moustache blanche, et n'était occupé qu'à secouer, avec sa main gauche, la poussière que jetaient sur lui en passant les boulets qui effondraient le sol.

Aussi, dans ce terrible feu qui remplissait l'air de sifflements, voyait-on les officiers manier la pelle, les soldats rouler les brouettes, et les vastes fascines, s'élevant portées ou traînées par dix à vingt hommes, couvrir le front de la tranchée, rouverte jusqu'au coeur par cet effort furieux du général animant ses soldats.

En trois heures, tout avait été rétabli. D'Artagnan commençait à parler plus doucement. Il fut tout à fait calmé quand le capitaine des pionniers vint lui dire, le chapeau à la main, que la tranchée était logeable.

Cet homme eut à peine achevé de parler, qu'un boulet lui coupa une jambe et qu'il tomba dans les bras de d'Artagnan. Celui-ci releva son soldat, et, tranquillement, avec toutes sortes de caresses, il le descendit dans la tranchée, aux applaudissements enthousiastes des régiments.

Dès lors, ce ne fut plus une ardeur, mais un délire; deux compagnies se dérobèrent et coururent jusqu'aux avant-postes, qu'elles eurent culbutés en un tour de main. Quand leurs camarades, contenus à grand-peine par d'Artagnan, les virent logés sur les bastions, ils s'élancèrent aussi, et bientôt un assaut furieux fut donné à la contrescarpe, d'où dépendait le salut de la place.

D'Artagnan vit qu'il ne lui restait qu'un moyen d'arrêter son armée, c'était de la loger dans la place; il poussa tout le monde sur deux brèches que les assiégés s'occupaient à réparer; le choc fut terrible. Dix-huit compagnies y prirent part, et d'Artagnan se porta avec le reste à une demi-portée de canon de la place, pour soutenir l'assaut par échelons.

On entendait distinctement les cris des Hollandais poignardés sur leurs pièces par les grenadiers de d'Artagnan; la lutte grandissait de tout le désespoir du gouverneur, qui disputait pied à pied sa position.

D'Artagnan, pour en finir et faire éteindre le feu qui ne cessait point, envoya une nouvelle colonne, qui troua comme une vrille les portes encore solides, et l'on aperçut bientôt sur les remparts, dans le feu, la course effarée des assiégés poursuivis par les assiégeants.

C'est à ce moment que le général, respirant et plein d'allégresse, entendit, à ses côtés, une voix qui lui disait:

— Monsieur, s'il vous plaît, de la part de M. Colbert.

Il rompit le cachet d'une lettre qui renfermait ces mots:

«Monsieur d'Artagnan, le roi me charge de vous faire savoir qu'il vous a nommé maréchal de France en récompense de vos bons services et de l'honneur que vous faites à ses armes.

«Le roi est charmé, monsieur, des prises que vous avez faites; il vous commande, surtout, de finir le siège que vous avez commencé, avec bonheur pour vous et succès pour lui.»

D'Artagnan était debout, le visage échauffé, l'oeil étincelant. Il leva les yeux pour voir les progrès de ses troupes sur ces murs tout enveloppés de tourbillons rouges et noirs.

— J'ai fini, répondit-il au messager. La ville sera rendue dans un quart d'heure.

Il continua sa lecture.

«Le coffret, monsieur d'Artagnan, est mon présent à moi. Vous ne serez pas fâché de voir que, tandis que vous autres, guerriers, vous tirez l'épée pour défendre le roi, j'anime les arts pacifiques à vous orner des récompenses dignes de vous.

«Je me recommande à votre amitié, monsieur le maréchal, et vous supplie de croire à toute la mienne.

«Colbert.»

D'Artagnan, ivre de joie, fit un signe au messager qui s'approcha, son coffret dans les mains. Mais au moment où le maréchal allait s'appliquer à le regarder, une forte explosion retentit sur les remparts et appela son attention du côté de la ville.

— C'est étrange, dit d'Artagnan, que je ne voie pas encore le drapeau du roi sur les murs et qu'on n'entende pas battre la chamade.

Il lança trois cents hommes frais, sous la conduite d'un officier plein d'ardeur, et ordonna qu'on battît une autre brèche.

Puis, plus tranquille, il se retourna vers le coffret que lui tendait l'envoyé de Colbert. C'était son bien; il l'avait gagné.

D'Artagnan allongeait le bras pour ouvrir ce coffret, quand un boulet, parti de la ville, vint broyer le coffre entre les bras de l'officier, frappa d'Artagnan en pleine poitrine, et le renversa sur un talus de terre, tandis que le bâton fleurdelisé, s'échappant des flancs mutilés de la boîte, venait en roulant se placer sous la main défaillante du maréchal.

D'Artagnan essaya de se relever. On l'avait cru renversé sans blessures. Un cri terrible partit du groupe de ses officiers épouvantés: le maréchal était couvert de sang; la pâleur de la mort montait lentement à son noble visage.

Appuyé sur les bras qui, de toutes parts, se tendaient pour le recevoir, il put tourner une fois encore ses regards vers la place, et distinguer le drapeau blanc à la crête du bastion principal; ses oreilles, déjà sourdes aux bruits de la vie, perçurent faiblement les roulements du tambour qui annonçaient la victoire.

Alors serrant de sa main crispée le bâton brodé de fleurs de lis d'or, il abaissa vers lui ses yeux qui n'avaient plus la force de regarder au ciel, et il tomba en murmurant ces mots étranges, qui parurent aux soldats surpris autant de mots cabalistiques, mots qui avaient jadis représenté tant de choses sur la terre, et que nul, excepté ce mourant, ne comprenait plus:

— Athos, Porthos, au revoir.. Aramis, à jamais, adieu!

Des quatre vaillants hommes dont nous avons raconté l'histoire, il ne restait plus qu'un seul corps: Dieu avait repris les âmes.

Retrouvez les aventures complètes de la Saga des Mousquetaires d'Alexandre Dumas dans une collection brochée en cinq volumes de l'éditeur Atlantic Editions :

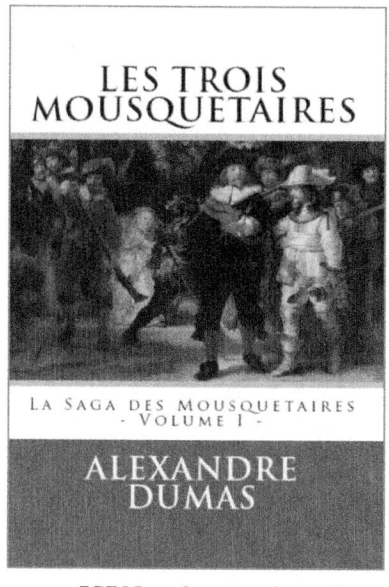

ISBN 978-1517583798

ISBN 978-1517590574

ISBN 978-1517602574

ISBN 978-1517602628

Sommaire

CHAPITRE I. Prisonnier 5
CHAPITRE II. Comment Mouston avait engraissé sans en prévenir Porthos, et des désagréments qui en étaient résultés pour ce digne gentilhomme... 30
CHAPITRE III. Ce que c'était que messire Jean Percerin 38
CHAPITRE IV. Les échantillons.. 44
CHAPITRE V. Où Molière prit peut-être sa première idée du Bourgeois gentilhomme 53
CHAPITRE VI. La ruche, les abeilles et le miel.........................59
CHAPITRE VII. Encore un souper à la Bastille 68
CHAPITRE VIII. Le général de l'ordre.......................................74
CHAPITRE IX. Le tentateur... 82
CHAPITRE X. Couronne et tiare.. 89
CHAPITRE XI. Le château de Vaux-le-Vicomte 96
CHAPITRE XII. Le vin de Melun 100
CHAPITRE XIII. Nectar et ambroisie..104
CHAPITRE XIV. À Gascon, Gascon et demi 107
CHAPITRE XV. Colbert.. 118
CHAPITRE XVI. Jalousie... 123
CHAPITRE XVII. Lèse-majesté 129
CHAPITRE XVIII. Une nuit à la Bastille................................... 137
CHAPITRE XIX. L'ombre de M. Fouquet 142
CHAPITRE XX. Le matin 155
CHAPITRE XXI. L'ami du roi 162
CHAPITRE XXII. Comment la consigne était respectée à la Bastille 176
CHAPITRE XXIII. La reconnaissance du roi............................183
CHAPITRE XXIV. Le faux roi 190
CHAPITRE XXV. Où Porthos croit courir après un duché 199
CHAPITRE XXVI. Les derniers adieux..................................... 204
CHAPITRE XXVII. M. de Beaufort 209
CHAPITRE XXVIII. Préparatifs de départ.................................216

CHAPITRE XXIX. L'inventaire de Planchet..................223
CHAPITRE XXX. L'inventaire de M. de Beaufort 228
CHAPITRE XXXI. Le plat d'argent...234
CHAPITRE XXXII. Captif et geôliers............................. 241
CHAPITRE XXXIII. Les promesses.................................250
CHAPITRE XXXIV. Entre femmes................................ 260
CHAPITRE XXXV. La cène................................ 268
CHAPITRE XXXVI. Dans le carrosse de M. Colbert................. 274
CHAPITRE XXXVII. Les deux gabares......................................281
CHAPITRE XXXVIII. Conseils d'ami 288
CHAPITRE XXXIX. Comment le roi Louis XIV joua son petit rôle..294
CHAPITRE XL. Le cheval blanc et le cheval noir 301
CHAPITRE XLI. Où l'écureuil tombe, où la couleuvre vole........ 309
CHAPITRE XLII. Belle-Île-en-Mer.. 317
CHAPITRE XLIII. Les explications d'Aramis..............................326
CHAPITRE XLIV. Suite des idées du roi et des idées de M. d'Artagnan...336
CHAPITRE XLV. Les aïeux de Porthos...................................338
CHAPITRE XLVI. Le fils de Biscarrat....................................342
CHAPITRE XLVII. La grotte de Locmaria..............................347
CHAPITRE XLVIII. La grotte 353
CHAPITRE XLIX. Un chant d'Homère................................. 361
CHAPITRE L. La mort d'un titan..366
CHAPITRE LI. L'épitaphe de Porthos 372
CHAPITRE LII. La ronde de M. de Gesvres..............................379
CHAPITRE LIII. Le roi Louis XIV 384
CHAPITRE LIV. Les amis de M. Fouquet................................ 391
CHAPITRE LV. Le testament de Porthos 397
CHAPITRE LVI. La vieillesse d'Athos................................... 402
CHAPITRE LVII. Vision d'Athos 407
CHAPITRE LVIII. L'ange de la mort 412
CHAPITRE LIX. Bulletin 417
CHAPITRE LX. Le dernier chant du poème..............................422
CHAPITRE LXI. Épilogue................................ 428
CHAPITRE LXII. La mort de M. d'Artagnan..............................445

Printed in Great Britain
by Amazon